Jennifer L. Armentrout

MORGEN LIEB ICH DICH FÜR IMMER

Jennifer L. Armentrout

Morgen lieb ich dich für immer

Aus dem Amerikanischen
von Anja Hansen-Schmidt

Bei diesem Buch wurden die durch das verwendete Material und die Produktion entstandenen CO$_2$-Emissionen ausgeglichen, indem der cbj-Verlag ein Projekt zur Aufforstung in Brasilien unterstützt. Weitere Informationen zu dem Projekt unter: www.ClimatePartner.com/14044-1912-1001

Penguin Random House Verlagsgruppe
FSC® N001967

1. Auflage
Erstmals als cbt Taschenbuch Februar 2021
© 2016 by Jennifer L. Armentrout
Die Originalausgabe erschien 2016 unter dem Titel
»The Problem with Forever« bei Harlequin Teen.
© 2021 cbj Kinder- und Jugendbuchverlag in der
Penguin Random House Verlagsgruppe GmbH,
Neumarkter Straße 28, 81673 München
Alle deutschsprachigen Rechte vorbehalten
Aus dem Amerikanischen von Anja Hansen-Schmidt
Lektorat: Monika Hofko
Umschlaggestaltung: Geviert, Grafik & Typografie,
Andrea Hollerieth unter Verwendung mehrerer Motive von
©shutterstock (Aleshyn_Andrei/Tasiania/Olga Zakharova)
he • Herstellung:
Satz: KompetenzCenter, Mönchengladbach
Druck und Bindung: GGP Media GmbH, Pößneck
ISBN 978-3-570-31402-9
Printed in Germany

www.cbj-verlag.de
Dieses Buch ist auch als E-Book erhältlich.

Für alle, die noch auf der Suche nach ihrer Stimme sind,
und für die, die sie bereits gefunden haben.

PROLOG

Der Stapel mit den staubigen leeren Schuhkartons war höher und breiter als ihr schmaler Körper, und er schwankte, als sie den Rücken dagegenpresste, die knochigen Knie bis zur Brust hochgezogen.

Atmen. Immer schön atmen. Atmen.

So geräuschlos wie nur möglich drückte sie sich in den hintersten Winkel des schmutzigen Schranks. Sie saugte ihre Unterlippe zwischen die Zähne und zwang sich, die staubige Luft einzuatmen. Tränen traten ihr in die Augen.

Wie hatte ihr das nur passieren können? Miss Becky hatte recht, sie war wirklich ein böses Mädchen.

Dabei hatte sie doch nur die schmutzige, fleckige Dose mit dem aufgedruckten Bär vom Küchenschrank herunterholen wollen, in der die Kekse versteckt waren, die so seltsam schmeckten. Eigentlich war es ihr nicht erlaubt, sich ohne zu fragen einen Keks oder etwas zu essen zu nehmen, aber ihr Bauch hatte schon ganz wehgetan vor Hunger, und Miss Becky war wieder einmal krank auf dem Sofa gelegen und hatte geschlafen. Und sie hatte den Aschenbecher doch nicht hinunterwerfen wollen, sodass er in winzige Stücke zerbarst. Ein paar davon waren so spitz wie die Eiszapfen, die im Winter vom Dach herabhingen, andere so klein wie Krümel.

Sie hatte doch nur einen Keks nehmen wollen.

Ihre schmalen Schultern zuckten zusammen, als etwas gegen die Wand auf der anderen Seite des Schranks krachte, und sie biss sich noch fester auf die Lippe. Ein metallischer Geschmack breitete sich in ihrem Mund aus. Morgen würde ein Loch im Putz klaffen, so groß wie Mr Henrys riesige Hand, und Miss Becky würde weinen und wieder krank sein.

Das leise Quietschen der Schranktür hallte in ihren Ohren wie ein Donnerschlag.

Oh nein, nein, nein …

Er durfte sie nicht finden hier drin. Der Schrank war ihr Zufluchtsort, wenn Mr Henry wütend auf sie war oder wenn er …

Sie erstarrte und riss erschrocken die Augen auf, als eine Gestalt, etwas größer und breiter als sie, in das staubige Dunkel glitt und sich vor sie hinkniete. Sie konnte sein Gesicht nicht deutlich erkennen, aber ihr Bauch und ihr Herz wussten sofort, dass er es war.

»Es tut mir so leid«, hauchte sie.

»Ich weiß.« Seine Hand legte sich beruhigend auf ihre Schulter. Er war der einzige Mensch, bei dem es sie nicht störte, wenn er sie berührte. »Du musst hier drinbleiben, kapiert?«

Miss Becky hatte einmal gesagt, er sei nur ein halbes Jahr älter als sie mit ihren sechs Jahren, aber er kam ihr viel größer und älter vor, weil er der einzige sichere Anker in ihrer Welt war.

Sie nickte.

»Du darfst auf keinen Fall rauskommen«, sagte er und drückte ihr die rothaarige Puppe in die Hand, die sie bei ihrer Flucht aus der Küche verloren hatte. Sie hatte sich zu sehr gefürchtet, um Velvet zu holen, auch wenn sie ganz verzweifelt deswegen war, weil er ihr diese Puppe vor vielen, vielen Monaten geschenkt hatte. Sie wusste nicht, wo er Velvet aufgetrieben hatte, aber eines Tages hatte er einfach mit ihr dagestanden, und seitdem gehörte die Puppe ihr, ihr ganz allein.

»Du bleibst hier drin. Egal, was passiert.«

Sie drückte die Puppe an sich, zwischen Knie und Brust geklemmt, und nickte noch einmal.

Er richtete sich auf und erstarrte, als ein zorniges Gebrüll die Wände um sie herum erschütterte.

Ein eisiger Schauer lief ihr über den Rücken – es war ihr Name, der mit solcher Wut durch das Haus geschrien wurde. Ein leises Wimmern drang aus ihrem Mund, und sie flüsterte: »Ich wollte doch nur einen Keks holen.«

»Keine Angst. Ich hab dir doch versprochen, dass ich immer auf dich aufpasse. Du musst nur ganz leise sein.« Er drückte ihr beruhigend die Schulter. »Bleib ganz still hier sitzen, und wenn ich ... wenn ich zurückkomme, lese ich dir was vor, okay? Von mir aus auch das Buch mit dem blöden Hasen.«

Sie konnte nur nicken, denn es war schon einmal vorgekommen, dass sie nicht still gewesen war, und die Folgen würde sie nie vergessen. Aber sie wusste auch, was passieren würde, wenn sie still blieb. Dann würde er ihr heute Abend nichts vorlesen können. Und morgen würde er nicht zur Schule gehen, und gar nichts war gut, auch wenn er immer sagte, es sei nicht so schlimm.

Einen kurzen Augenblick blieb er noch bei ihr, dann schlüpfte er aus dem Schrank. Mit einem leisen Klicken schloss sich die Zimmertür hinter ihm. Sie nahm ihre Puppe und vergrub das tränenüberströmte Gesicht in dem weichen Bauch. Ein Knopf an Velvets Brust bohrte sich in ihre Wange.

Sei ganz still.

Mr Henry fing an zu schreien.

Sei ganz still.

Schwere Schritte trampelten durch den Flur.

Sei ganz still.

Ein lautes Klatschen ertönte, dann ein dumpfer Schlag, als etwas zu Boden fiel. Miss Becky schien es wieder besser zu gehen, denn sie brüllte plötzlich ebenfalls herum. Doch hier im Schrank zählte nur das harte Klatschen einer fleischigen Faust auf einem mageren Kinderleib, das wieder und wieder zu hören war. Sie öffnete den Mund und schrie lautlos in den Bauch ihrer Puppe hinein.

Sei ganz still.

1

IN VIER JAHREN konnte sich vieles ändern.

Kaum zu glauben, dass es schon so lange her war. Vier Jahre, seit ich das letzte Mal in einer Schule gewesen war. Vier Jahre, seit ich mit jemandem geredet hatte, der nicht zu dem kleinen vertrauten Kreis von Menschen um mich herum gehörte. Vier Jahre, in denen ich mich auf diesen Moment vorbereitet hatte; trotzdem hatte ich das Gefühl, ich müsste die wenigen Löffel Müsli, die ich hinuntergewürgt hatte, in hohem Bogen wieder von mir geben.

In vier Jahren konnte sich vieles ändern. Die Frage war nur: Hatte ich mich auch verändert?

Das Klirren eines Löffels riss mich aus meinen Gedanken.

Das war schon der dritte Löffel Zucker, den Carl Rivas unauffällig in seinen Kaffee schaufelte. Und wenn er sich unbeobachtet fühlte, würde er noch zwei dazutun. Für einen Mann Anfang fünfzig war er schlank und gut in Form, trotz seiner krassen Sucht nach Zucker. In seinem Arbeitszimmer, in dem sich überall dicke medizinische Fachzeitschriften stapelten, gab es eine Schublade in seinem Schreibtisch, die aussah, als hätte er einen Süßwarenladen geplündert.

Wieder wollte er nach dem Löffel in der Zuckerdose greifen und blickte über die Schulter. Seine Hand erstarrte.

Ich grinste ihn von der Mücheninsel aus an, wo ich vor meiner vollen Müslischale saß.

Seufzend drehte er sich zu mir, lehnte sich an die steinerne Arbeitsplatte und musterte mich über den Rand seines Kaffeebechers hinweg. Seine tiefschwarzen Haare, die er aus der Stirn gekämmt trug, wurden an den Schläfen allmählich grau. Ich fand, dass ihm das zusammen mit seiner olivfarbenen Haut einen distinguierten Eindruck verlieh. Er sah gut aus, genau wie seine Frau Rosa. Na ja, in ihrem Fall war »gut aussehend« eher untertrieben. Mit der dunklen Haut und den dichten Locken, in denen kein einziges graues Haar zu sehen war, sah sie fast schon atemberaubend schön aus, was durch ihre stolze, aufrechte Haltung noch betont wurde.

Rosa hatte nie Angst, für sich oder andere einzustehen.

Vorsichtig legte ich den Löffel in die Schüssel, damit er ja nicht gegen das Porzellan klirrte. Ich vermied es, unnötige Geräusche zu machen. Das war eine alte Angewohnheit von mir, die ich einfach nicht ablegen konnte. Wahrscheinlich würde sie mich mein ganzes Leben lang begleiten.

Ich schaute von meiner Schüssel auf und stellte fest, dass Carl mich beobachtete. »Bist du sicher, dass du dafür bereit bist, Mallory?«

Mein Herzschlag stockte ein wenig bei dieser so unschuldig klingenden Frage, die in Wahrheit jedoch einem geladenen Sturmgewehr gleichkam. Ich war so bereit, wie es nur ging. Wie ein Streber hatte ich meinen Stundenplan und den Raumplan der Schule ausgedruckt. Vor ein paar Tagen hatte Carl außerdem dort angerufen und meine Spindnummer erfragt. Ich wusste also ganz genau, wohin ich gehen musste. Ich hatte den Grundriss des Gebäudes praktisch auswendig gelernt. Von vorn bis hinten. Als hinge mein Leben davon ab. So lief ich auf keinen Fall Gefahr, jemanden fragen zu müssen, wo die Unterrichtsräume lagen, und ich musste auch nicht ziellos durch die Gänge irren. Gestern war Rosa sogar mit mir zur Schule gefahren, damit ich die Strecke kennenlernte und einschätzen konnte, wie lange die Fahrt dauerte.

Eigentlich hatte ich gedacht, dass Rosa an diesem Morgen da sein würde; immerhin war es ein wichtiger Tag, auf den wir ein ganzes Jahr lang hingearbeitet hatten. Und das Frühstück war eigentlich immer unsere gemeinsame Zeit. Aber Carl und Rosa arbeiteten beide als Ärzte in einem Krankenhaus. Sie war Herzchirurgin, und sie war zu einer Notoperation gerufen worden, noch bevor ich aufgestanden war. Sie konnte also nicht wirklich etwas dafür.

»Mallory?«

Ich nickte schweigend und ließ die Hände in den Schoß sinken.

Carl stellte seine Tasse hinter sich auf die Arbeitsplatte. »Bist du bereit?«, fragte er noch einmal.

Kleine Nervenknäuel zogen sich in meinem Magen zusammen und ich hätte mich am liebsten übergeben. Etwas in mir war ganz und gar nicht bereit. Heute würde ein schwerer Tag für mich werden, aber ich musste es tun. Ich sah Carl in die Augen und nickte.

Er atmete erleichtert auf. »Kennst du den Weg zur Schule?«

Ich nickte wieder, sprang vom Barhocker und nahm die Müslischale. Wenn ich jetzt losfuhr, wäre ich eine Viertelstunde zu früh da. Vielleicht gar nicht so schlecht, überlegte ich, kippte die Müslireste in den Mülleimer und räumte die Schüssel in die Spülmaschine.

Carl trat zu mir. Er war nicht besonders groß, ungefähr einsfünfundsiebzig, aber trotzdem reichte ich ihm nur bis zur Schulter. »Du musst sprechen, Mallory. Ich weiß, du bist nervös, und dir gehen tausend Sachen durch den Kopf, aber du musst sprechen. Nicht immer nur nicken oder den Kopf schütteln.«

Du musst sprechen.

Ich kniff die Augen zu. Diesen Satz hatte ich schon eine Million Mal von meinem früheren Therapeuten Dr. Taft zu hören bekommen und auch von der Logopädin, bei der ich die letzten zwei Jahre dreimal in der Woche in Behandlung war.

Du musst sprechen.

Doch dieses Mantra widersprach allem, was mir fast dreizehn Jahre lang eingebläut worden war, denn Worte bedeuteten Lärm, und Lärm wurde mit Angst und Gewalt belohnt. Aber das war lange her. Ich hatte nicht vier Jahre intensive Therapie hinter mich gebracht, nur um weiterhin zu schweigen, und Rosa und Carl hatten nicht jede freie Minute darauf verwendet, die Albträume meiner Vergangenheit zu vertreiben, nur um dann erleben zu müssen, dass ihre Anstrengungen umsonst gewesen waren.

Die Worte waren nicht das Problem. Sie schossen durch meinen Kopf wie ein Schwarm Zugvögel auf dem Weg nach Süden. Die Worte waren nie das Problem gewesen. Ich hatte genug Worte, schon immer, aber sie aus meinem Mund zu entlassen und ihnen eine Stimme zu geben, das fiel mir immer noch sehr schwer.

Ich holte tief Luft und schluckte mit trockener Kehle. »Klar. Ja. Ich bin … bereit.«

Ein kleines Lächeln erschien auf Carls Gesicht und er strich mir eine meiner langen braunen Haarsträhnen aus dem Gesicht. Meine Haare waren eigentlich eher braun als rot, aber sobald ich in die Sonne kam, leuchteten sie knallrot wie ein Feuerwehrauto.

»Du schaffst das. Davon bin ich fest überzeugt. Und Rosa auch. Du musst nur selbst ganz fest daran glauben, Mallory.«

»Danke.« Meine Stimme stockte.

Nur ein einziges Wort.

Das war eigentlich viel zu wenig. Immerhin hatten Carl und Rosa mir das Leben gerettet, im wörtlichen und auch im übertragenen Sinne. Was sie betraf, war ich zur richtigen Zeit am richtigen Ort gewesen, auch wenn es aus den allerfalschesten Gründen so gekommen war. Unsere Geschichte hätte auch aus einer dieser Nachmittagssoaps oder aus einer der Sonntagabend-Schnulzen im Fernsehen stammen können. Ein Märchen. Deshalb würde ein bloßes Danke nie reichen für das, was sie für mich getan hatten.

Und weil sie so viel für mich getan und mir so viele Möglichkeiten eröffnet hatten, wollte ich so perfekt für sie sein, wie ich nur konnte. Das war ich ihnen schuldig. Und nur darum ging es an diesem Morgen.

Hastig griff ich nach meiner Büchertasche und nach dem Autoschlüssel, bevor ich noch zusammenbrechen und losheulen würde wie ein kleines Kind, das gerade herausgefunden hatte, dass es den Weihnachtsmann nicht gibt.

Als könnte Carl meine Gedanken lesen, hielt er mich an der Tür auf. »Du brauchst mir nicht zu danken«, sagte er. »Zeig es uns einfach.«

Ich wollte schon wieder nicken, doch ich bremste mich gerade noch. »Okay«, flüsterte ich.

Da lächelte er. »Viel Glück.«

Ich öffnete die Haustür und trat auf die schmale Vortreppe in die warme Luft und den hellen Sonnenschein eines späten Augustmorgens. Mein Blick wanderte über den Vorgarten, der so gepflegt war wie die Gärten aller Häuser in Pointe, dem Viertel von Baltimore, in dem wir wohnten.

Manchmal konnte ich es immer noch nicht fassen, dass ich in so einem Haus wohnte – in einem großen Haus mit einem Garten und mit schön bepflanzten Blumenbeeten. Und in der gerade erst frisch geteerten Einfahrt daneben stand ein Auto, das mir gehörte.

An manchen Tagen kam mir das total unwirklich vor. So als würde ich jeden Moment aufwachen und säße wieder in dem ...

Mit einem Kopfschütteln vertrieb ich diese düsteren Gedanken und ging zu dem zehn Jahre alten Honda Civic in der Einfahrt. Das Auto hatte ursprünglich Rosas und Carls richtiger Tochter Marquette gehört. Es war ein Geschenk zum Schulabschluss gewesen, bevor sie aufs College ging, um Medizin zu studieren wie ihre Eltern.

Ihre richtige Tochter.

Dr. Taft hatte mich immer korrigiert, wenn ich Marquette so nannte, weil er fand, es würde Rosas und Carls Gefühlen für mich nicht gerecht. Ich hoffte, dass er recht hatte, denn an manchen Tagen kam ich mir ein bisschen so vor wie das große Haus mit dem gepflegten Garten.

An manchen Tagen fühlte ich mich nicht richtig echt.

Marquette hatte es nie aufs College geschafft. Ein Aneurysma. Gerade lebte sie noch, und eine Minute später war sie tot, und niemand konnte etwas tun. Ich denke, das war das Schlimmste für Rosa und Carl – sie hatten so vielen Menschen das Leben retten können, nur nicht dem einen, der ihnen am meisten bedeutete.

Es war ein seltsames Gefühl, dass ihr Auto jetzt mir gehörte, so als wäre ich ein Ersatzkind. Carl und Rosa bemühten sich zwar, dass ich mich nicht so fühlte, und ich würde es auch niemals laut aussprechen, doch jedes Mal, wenn ich hinter dem Lenkrad saß, musste ich an Marquette denken.

Ich legte meine Tasche auf den Beifahrersitz. Mein Blick wanderte über das Armaturenbrett und landete schließlich im Rückspiegel. Meine Augen waren viel zu groß. Ich sah aus wie ein Reh, das gleich von einem Laster überfahren wird, falls ein Reh überhaupt blaue Augen haben konnte. Die Haut um meine Augen herum war blass, meine Stirn gerunzelt. Ich sah verängstigt aus.

Mist.

An meinem ersten Schultag wollte ich diesen Eindruck eigentlich vermeiden.

Ich wollte schon wegschauen, da fiel mir der silberne Anhänger ins Auge, der am Rückspiegel baumelte. Er war nicht viel größer als eine Münze. In einem ovalen Kreis war ein bärtiger Mann eingraviert, der mit einer Feder in ein Buch schrieb. Und über ihm stand HEILIGER LUKAS und darunter BETE FÜR UNS.

Lukas war der Schutzheilige der Ärzte.

Die Kette hatte Rosa gehört. Ihre Mutter hatte sie ihr geschenkt, als sie mit dem Medizinstudium anfing, und Rosa hatte sie mir geschenkt, nachdem ich ihr gesagt hatte, ich sei so weit, für mein letztes Schuljahr wieder auf eine normale Schule zu gehen. Bestimmt hatte die Kette vorher irgendwann auch Marquette gehört, doch ich hatte sie nie danach gefragt.

Ich glaube, beide, Rosa und Carl, hofften, ich würde in Marquettes Fußstapfen treten. Doch um Chirurgin zu werden, brauchte man Durchsetzungsvermögen, Selbstvertrauen und verdammt viel Mut, und keine dieser drei Eigenschaften traf auch nur ansatzweise auf mich zu.

Weil Carl und Rosa das wussten, drängten sie mich, in die Forschung zu gehen. Ihrer Meinung nach hatte ich in den Jahren, als ich von einem Hauslehrer unterrichtet worden war, die gleiche Begabung für Naturwissenschaften gezeigt wie Marquette. Auch wenn ich nicht widersprochen hatte, fand ich die Vorstellung, jahrelang an irgendwelchen Mikroben herumzuforschen, ungefähr so spannend, wie ein weißes Zimmer jeden Tag weiß zu streichen. Aber ich hatte keine Ahnung, was ich sonst machen sollte. Ich wollte nur unbedingt aufs College, weil das vor Rosa und Carl absolut nie für mich infrage gekommen wäre.

Die Fahrt zur Lands Highschool dauerte exakt achtzehn Minuten, genau wie ich erwartet hatte. Sobald der große dreigeschossige Ziegelbau hinter den Baseball- und Footballplätzen in Sicht kam, fuhr ich zusammen, als würde ein Baseball auf mich zurasen.

Mein Magen krampfte sich zusammen, und meine Hände krallten sich um das Lenkrad. Die Schule war riesig und ziemlich neu. Auf der Homepage stand, sie sei in den Neunzigern gebaut worden, und verglichen mit anderen Schulen sah sie immer noch sehr gepflegt aus.

Gepflegt und riesengroß.

Ich fuhr an den Bussen vorbei, die zu den Bushaltestellen am Kreisverkehr abbogen, und folgte einem anderen Auto um das weitläufige Gelände herum zu einem Parkplatz, der groß genug für ein Einkaufszentrum gewesen wäre. Da ich schnell eine Lücke fand und immer noch zu früh dran war, nutzte ich die Zeit für meinen täglichen Aufmunterungsspruch, ein etwas kitschiges und peinliches Ritual.

Ich schaffe das. Ich kann das schaffen.

Ich wiederholte die Sätze immer wieder, während ich aus dem

Honda stieg und mir die neue Tasche über die Schulter hängte. Mein Herz hämmerte so schnell, dass ich Angst hatte, ich würde gleich ohnmächtig werden. Ich schaute mich um und betrachtete das Meer von Schülern, die über einen Fußweg zum Hintereingang der Lands High strömten. Lauter unterschiedliche Gesichter, Kleider, Farben und Figuren liefen an mir vorbei. Einen Moment lang war mir, als würde es in meinem Gehirn einen Kurzschluss geben, und ich bekam keine Luft mehr. Blicke trafen mich, manche verweilten kurz, andere schweiften gleich weiter, als würden sie mich gar nicht sehen, was mich allerdings nicht weiter störte. Ich war daran gewöhnt, ein Geist zu sein.

Meine Hand legte sich auf den Riemen meiner Tasche, mein Mund war ganz trocken, und ich zwang meine Füße, sich zu bewegen. Unauffällig reihte ich mich ein in den Schülerstrom und konzentrierte mich beim Gehen auf den blonden Pferdeschwanz des Mädchens vor mir. Sie trug einen Jeansrock und Sandalen. Richtig süße orangefarbene Römersandalen mit Riemchen. Das könnte ich ihr sagen und ein Gespräch mit ihr anfangen. Ihr Pferdeschwanz war auch ziemlich cool. Er war oben auf dem Kopf zu einer Banane eingedreht, so wie ich es irgendwie nie richtig hinbekam, auch wenn ich noch so viele YouTube-Tutorials anschaute. Immer wenn ich es versuchte, sah ich am Ende aus, als hätte ich eine schiefe Beule auf dem Kopf.

Aber ich sprach sie nicht an.

Als ich den Blick wieder hob, fielen meine Augen auf einen Jungen, der neben mir ging. Er sah noch sehr verschlafen aus und zeigte keinerlei Reaktion, sondern starrte nur auf das Handy in seiner Hand. Wahrscheinlich hatte er mich gar nicht bemerkt.

Die Morgenluft war warm, aber als ich in die kühle Eingangshalle der Schule kam, war ich dankbar für die dünne Strickjacke, die ich passend zu dem ärmellosen T-Shirt und den Jeans ausgesucht hatte.

Hinter dem Eingang teilte sich der Schülerstrom. Die Schüler der unteren Klassen, die ungefähr so groß waren wie ich, aber deutlich jünger, rannten über den rot-blauen Wikinger, der auf dem Boden aufgemalt war. Mit wippender Schultasche auf dem Rücken wichen sie den größeren, breiteren Schülern aus. Andere trotteten wie Zombies langsam und scheinbar ziellos durch die Gänge. Ich selbst bemühte mich, ganz normal durch die Schule zu gehen, was ich allerdings vorher geübt hatte.

Und dann gab es noch die Schüler, die auf andere zuliefen und sie lachend umarmten. Sicher waren es Freunde, die sich den Sommer über nicht gesehen hatten, oder vielleicht auch einfach nur besonders temperamentvolle Menschen. Jedenfalls schaute ich ihnen neidisch hinterher. Das erinnerte mich an meine Freundin Ainsley. Die war genau wie ich zu Hause unterrichtet worden, und das war immer noch so, sonst würden wir uns jetzt vielleicht auch so freudestrahlend begrüßen wie diese Schüler. Ganz normal eben.

Aber Ainsley lag wahrscheinlich noch im Bett.

Nicht, weil sie den ganzen Tag herumgammeln durfte, sondern weil unser gemeinsamer Lehrer die Sommerpause ein bisschen anders legte als die staatlichen Schulen. Sie hatte noch Ferien, aber sobald bei ihr das Schuljahr wieder anfing, würde ihr Stundenplan genauso durchgetaktet und anstrengend sein wie früher bei mir.

Ich riss mich aus meinen Gedanken und ging zu der Treppe am Ende der breiten Eingangshalle neben dem Eingang zur Schulmensa. Allein schon die Nähe zur Mensa jagte meinen Puls höher. Mein Magen zog sich zusammen.

Die Mittagspause.

Oh Gott, was sollte ich in der Pause nur machen? Ich kannte ja niemanden hier, keinen einzigen Menschen, und ich würde ...

Hastig verdrängte ich den Gedanken. Wenn ich noch länger darüber nachdachte, bestand die Gefahr, dass ich mich einfach umdrehte und in meinem Auto Zuflucht suchte.

Mein Spind befand sich im ersten Stock und hatte die Nummer zwei-drei-vier. Ich fand ihn ohne Probleme und die Tür öffnete sich schon beim ersten Versuch. Ich zog einen Ordner aus meiner Tasche, den ich nur für den Nachmittagsunterricht brauchte, und legte ihn ins oberste Fach. Heute würde ich bestimmt noch jede Menge Bücher bekommen.

Der Spind neben mir flog krachend zu, ich schrak zusammen, und mein Kopf fuhr herum. Ein großes Mädchen mit dunkler Haut und lauter winzigen Zöpfchen am ganzen Kopf lächelte mich an. »Hi.«

Meine Zunge war wie gelähmt, und ich brachte nichts heraus, nicht einmal dieses eine dumme kleine Wort, bis sich das Mädchen schließlich umdrehte und ging.

Durchgefallen.

Ich kam mir so was von bescheuert vor und schlug genervt die Tür des Spinds zu. Als ich mich umdrehte, fiel mein Blick auf den Rücken eines Jungen, der in die entgegengesetzte Richtung durch den Gang ging. Sämtliche Muskeln in mir verkrampften sich.

Ich hätte nicht sagen können, warum mein Blick ausgerechnet auf ihn gefallen war. Vielleicht, weil er einen guten Kopf größer war als die Schüler um ihn herum. Wie gebannt starrte ich ihm hinterher. Er hatte lockige schwarzbraune Haare, die oben etwas länger und hinten im Nacken kurz geschnitten waren. Ich überlegte, ob ihm wohl ein paar Haarsträhnen in die Stirn fielen, und erinnerte mich mit einem wehmütigen Ziehen in der Brust an einen Jungen, den ich früher einmal gekannt hatte und bei dem das so gewesen war. Ihm waren die Haare ständig in die Stirn gefallen, auch wenn er sie sich noch so oft aus dem Gesicht gestrichen hatte. Schon bei dem Gedanken an diesen Jungen tat mir das Herz weh.

Der Schüler, dem ich nachstarrte, hatte breite Schultern unter dem schwarzen T-Shirt, sein Bizeps war muskulös, als würde er Sport machen oder körperlich arbeiten. Seine Jeans waren zerschlissen, aber nicht wie bei den teuren Marken. Ich kannte den Unterschied zwischen Markenjeans, die auf alt getrimmt waren, und Hosen, die einfach nur alt und abgetragen aussahen. Er hatte nur einen Schreibblock in der Hand, der sogar von Weitem genauso zerfleddert aussah wie seine Jeans.

Ein merkwürdiges Gefühl regte sich in mir, ein Gefühl der Vertrautheit, und während ich noch vor meinem Spind stand, ertappte ich mich dabei, wie ich an den einen hellen Lichtstrahl in einer Vergangenheit voller düsterer Schatten dachte.

Mit wehem Herzen dachte ich an einen Jungen, der mir versprochen hatte, er würde immer da sein.

Seit vier Jahren hatte ich ihn nicht mehr gesehen und nichts mehr von ihm gehört. Vier Jahre, in denen ich versucht hatte, alles auszulöschen, was mit diesem Abschnitt meiner Kindheit zu tun hatte, aber an *ihn* erinnerte ich mich noch ganz genau. Immer wieder dachte ich an ihn und fragte mich, was wohl aus ihm geworden war.

Wie könnte es auch anders sein?

Schließlich hatte ich nur durch ihn die Jahre in dem Haus überlebt, in dem wir aufgewachsen waren.

2

IN DER ERSTEN STUNDE bekam ich schnell mit, dass die beiden hinteren Sitzreihen perfekt für mich waren. Nah genug, um die Tafel noch zu sehen, aber weit genug entfernt, um von den Lehrern möglichst wenig aufgerufen zu werden.

Von da an war ich in jeder Stunde als Erste im Klassenzimmer und belegte einen Tisch ganz hinten, um in der Masse unterzutauchen, bevor mich jemand bemerkte. Keiner redete mit mir. Bis zum Beginn der Englischstunde, dem letzten Fach vor der Mittagspause. Da setzte sich ein dunkelhäutiges Mädchen mit braunen Augen auf den leeren Platz neben mir.

»Hi«, sagte sie und knallte ein dickes Heft auf den Tisch. »Ich habe gehört, Mr Newberry soll ein richtiger Arsch sein. Schau dir mal die Bilder an.«

Mein Blick huschte zum vorderen Teil des Klassenzimmers. Unser Lehrer war noch nicht da, aber an der Tafel hingen Fotos berühmter Schriftsteller. Ein paar erkannte ich, wie Shakespeare, Voltaire, Hemingway, Emerson und Thoreau, weil ich so unendlich viel Zeit zum Lesen hatte.

»Siehst du? Alles nur Männer«, fuhr sie fort und schüttelte so angewidert den Kopf, dass ihre schwarzen Locken flogen. »Meine Schwester hatte ihn vor zwei Jahren auch. Sie hat mich gewarnt und gesagt, für den kann sowieso nur jemand mit einem Schwanz etwas von literarischem Wert schaffen.«

Meine Augen weiteten sich.

»Der Unterricht wird also richtig lustig werden.« Sie grinste und zeigte dabei ihre strahlend weißen Zähne. »Ich heiße übrigens Keira Hart. Du kommst mir gar nicht bekannt vor vom letzten Jahr. Ich kenne zwar nicht jeden Schüler hier, aber du wärst mir bestimmt aufgefallen.«

Sie schaute mich erwartungsvoll an. Meine Hände wurden schweißnass. Die Frage, die sie gestellt hatte, war wirklich nicht schwer, die Antwort darauf ganz einfach. Mein Hals wurde trocken, und Hitze kroch mir den Nacken hoch, während die Sekunden vergingen.

Du musst sprechen!

Meine Zehen krallten sich in die weiche Ledersohle meiner Flipflops, und mein Hals fühlte sich ganz rau an, als ich endlich die Worte herauspresste. »Ich bin ... ich bin neu hier.«

Da! Ich hatte es geschafft. Ich hatte gesprochen!

Ha! Na also! Worte waren eben doch meine Freunde.

Na gut, vielleicht war meine Begeisterung ein bisschen übertrieben. Schließlich hatte ich nur vier Worte gesprochen. Aber es war eben wirklich schwer für mich, mit fremden Leuten zu reden. So schwer wie für jemand anderen, nackt in ein Klassenzimmer zu kommen.

Keira schien meine bescheuerte Sprachstörung nicht zu bemerken. »Hab ich mir doch gedacht.« Dann wartete sie wieder, und erst begriff ich gar nicht, warum sie mich so erwartungsvoll ansah. Doch dann kapierte ich endlich.

Mein Name. Sie wartete darauf, dass ich meinen Namen sagte. Ich holte tief Luft. »Ich bin Mallory ... Mallory Dodge.«

»Cool.« Sie nickte und lehnte sich auf ihrem Stuhl zurück. »Ach. Da kommt er.«

Danach redeten wir nichts mehr, aber ich war ungeheuer stolz, dass ich elf Worte gesagt hatte, und zählte jedes einzelne mit, auch wenn ich ein paar davon nur wiederholt hatte. Rosa und Carl würden es sicher verstehen.

Mr Newberry hatte eine ziemlich arrogante Art, was sogar einem Neuling wie mir sofort auffiel, aber das störte mich nicht. Ich schwebte auf einer Wolke des Erfolgs.

Dann kam das Mittagessen.

Die riesige laute Mensa zu betreten war ein bisschen so, als würde ich aus meinem Körper herauskatapultiert. Mein Gehirn schrie mir zu, ich solle mir einen ruhigeren, besseren – *sichereren* – Ort suchen, aber ich zwang mich, hineinzugehen, indem ich einen Fuß vor den anderen setzte.

Mein Magen hatte sich zu einem Knoten zusammengeballt, während ich in der Warteschlange vor der Essensausgabe stand. Ich nahm nur eine Banane und eine Flasche Wasser. Um mich herum waren so viele Leute, so viel Lärm – lautes Gelächter, Rufe und das dauernde Summen leiser Gespräche. Ich fühlte mich total fehl am Platz. Alle saßen an langen rechteckigen Tischen zusammen. Soweit ich sehen konnte, saß niemand für sich allein. Nur ich würde allein sitzen, weil ich niemanden kannte.

Voller Entsetzen krampfte ich die Finger um die Banane in meiner Hand. Von dem Geruch nach Desinfektionsmittel und verbranntem Essen wurde mir schwindelig, ein beklemmendes Gefühl legte sich auf meine Brust und schnürte mir die Kehle zu. Ich holte Luft, aber sie schien nicht bis in meine Lunge zu dringen. In meinem Nacken kribbelte es.

Ich konnte das nicht.

Es war zu laut und zu voll in diesem kleinen Saal. Zu Hause war es nie so laut. Nie. Mein Blick huschte durch den Raum, ohne wirklich etwas zu sehen. Meine Hände zitterten so heftig, dass ich Angst hatte, ich würde die Banane fallen lassen. Der Instinkt schaltete sich ein, und meine Beine setzten sich in Bewegung. Ich hastete hinaus in einen etwas ruhigeren Gang und dann weiter, vorbei an ein paar Schülern, die, umgeben von dem schwachen Geruch nach Zigaretten, vor den Spinden herumlungerten. Ich atmete tief ein und aus, doch es half nicht. Erst als ich ein gutes Stück von der Mensa entfernt war, wurde ich ruhiger. Ich bog um die Ecke und blieb unvermittelt stehen, um nicht mit einem Jungen zusammenzustoßen, der kaum größer war als ich.

Er stolperte und sah mich aus blutunterlaufenen Augen überrascht an. Erst dachte ich, er würde nach Zigarettenrauch riechen. Doch als ich einatmete, stieg mir ein durchdringendes erdiges Aroma in die Nase.

»Sorry, *chula*«, murmelte er, und seine Augen wanderten von meinen Zehenspitzen bis hinauf zu meinem Gesicht. Er grinste.

Am Ende des Gangs beschleunigte ein größerer Junge den Schritt. »Jayden, wo willst du hin, Alter? Wir müssen reden.«

Der Junge namens Jayden drehte sich um und fuhr sich mit der Hand durch die kurzen dunklen Haare. »*Mierda, hombre*«, murmelte er.

Eine Tür ging auf, ein Lehrer kam heraus und blickte missbilligend von einem zum anderen. »Was soll das, Jayden? Willst du das Schuljahr gleich so anfangen?«

Ich fand es an der Zeit, mich zu verdrücken, denn der Gesichtsausdruck des größeren Jungen war alles andere als freundlich oder gut gelaunt. Dazu kam der zornige Blick des Lehrers, als

Jayden einfach davonging, ohne ihn zu beachten. Ich eilte ebenfalls weiter, den Kopf gesenkt und ohne jemandem in die Augen zu sehen.

Am Ende landete ich in der Schulbücherei, wo ich bis zum Läuten *Candy Crush* auf meinem Handy spielte. Die nächste Stunde über war ich stocksauer auf mich selbst, weil ich es nicht einmal versucht hatte. So war es doch. Stattdessen hatte ich mich in der Bücherei verkrochen wie ein kleines Kind und ein blödes Spiel gespielt, das nur der Teufel erfunden haben konnte, weil ich so mies darin war.

Zweifel legten sich über mich wie eine schwere grobe Decke. In den letzten vier Jahren hatte ich so viel erreicht. Ich war nicht mehr das gleiche Mädchen wie früher. Okay, ich litt immer noch unter ein paar Komplexen, aber ich war doch viel stärker als das zerbrechliche Kind von früher, oder nicht?

Rosa würde total enttäuscht sein.

Auf dem Weg zu meiner letzten Unterrichtsstunde juckte es mich überall, und mein Herzschlag näherte sich der Infarktgrenze, denn die letzte Stunde war das schlimmste Fach, das man sich nur vorstellen konnte.

Rhetorik.

Oder auch bekannt als Kommunikationstraining. Bei der Schulanmeldung im Frühjahr war ich mir so unglaublich mutig vorgekommen, während Carl und Rosa mich nur anstarrten, als wäre ich verrückt. Sie sagten, sie könnten mich von dem Fach auch wieder abmelden, obwohl es zu den Pflichtfächern an der Lands Highschool gehörte, aber ich musste etwas beweisen.

Ich wollte nicht, dass sie sich da einmischten. Ich wollte – nein, ich *musste* das schaffen.

Oh Mann.

Jetzt wünschte ich, ich hätte mehr Verstand gehabt und zugelassen, dass sie alles daransetzten, um mich vor diesem Albtraum zu bewahren. Die offene Tür des Klassenzimmers starrte mir Unheil kündend entgegen, während der Raum dahinter hell leuchtete.

Meine Schritte stockten. Ein Mädchen ging an mir vorbei und musterte mich mit spöttischer Miene. Am liebsten hätte ich auf dem Absatz kehrtgemacht und wäre geflohen. *Steig in den Honda. Fahr nach Hause. Bring dich in Sicherheit.*

Bleib ein Angsthase.

Nein.

Ich schloss die Finger fester um den Taschenriemen und zwang mich weiterzugehen. Es war, als würde ich durch knietiefen Schlamm waten. Jeder Schritt kostete Mühe, jeder Atemzug pfiff in meinen Lungen. Die Lampen an der Decke surrten und die Gespräche um mich herum hallten unnatürlich laut in meinen Ohren. Endlich hatte ich es geschafft.

Ich schleppte mich in die hintere Reihe, ließ meine Tasche mit tauben Fingern und weißen Knöcheln zu Boden fallen und glitt auf einen Stuhl. Ich tat so, als würde ich mein Heft herausholen, und krallte die Hände um die Tischkante.

Ich saß in Rhetorik. Ich war nicht abgehauen.

Ich hatte es geschafft.

Zu Hause würde ich eine rauschende Party feiern. Eis direkt aus der Packung löffeln oder so was Ähnliches. Richtig einen draufmachen.

Weil meine Finger allmählich schmerzten, löste ich meinen Klammergriff und blickte mich um. Das Erste, was ich sah, war die breite Brust in dem schwarzen T-Shirt in der Tür, dann der wohlgeformte Bizeps. Und da war auch der zerfledderte Schreibblock, der so aussah, als würde er gleich auseinanderfallen. Gerade schlug eine Hand damit ungeduldig gegen das Bein.

Es war der Junge von heute Morgen.

Neugierig, wie er aussah, hob ich den Kopf, aber er drehte mir den Rücken zu. Das Mädchen aus dem Flur, das vorhin an mir vorbeigelaufen war, kam herein. Jetzt, da ich sicher auf meinem Stuhl saß und wieder einigermaßen atmen konnte, hatte ich Gelegenheit, sie zu betrachten. Sie war hübsch. Bildhübsch sogar, so wie Ainsley. Sie hatte ganz glatte karamellblonde Haare, genauso lang wie meine, die ihr bis über die Brust fielen. Sie war groß und unter ihrem ärmellosen Shirt lugte ein flacher Bauch hervor. Ihr Blick aus den dunkelbraunen Augen war diesmal nicht auf mich gerichtet, sondern auf den Jungen vor ihr.

Ihr Gesichtsausdruck verriet, dass er sie ansah, und als er lachte, verzogen sich ihre rosafarbenen Lippen zu einem breiten Lächeln. Das Lächeln verwandelte sie von einem hübschen Mädchen in eine Schönheit, aber da achtete ich schon nicht mehr auf sie, weil sich mir plötzlich sämtliche Haare am Körper aufstellten. Dieses Lachen ... Es klang tief und voll und irgendwie vertraut. Ein Schauer lief mir über die Schultern. *Dieses Lachen ...*

Der Junge kam rückwärts in den Raum. Neidisch sah ich, wie geschickt und ungezwungen er sich bewegte, ohne irgendwo anzustoßen. Dann wurde mir klar, dass er auf die hintere Reihe zusteuerte. In *meine* Richtung. Ich sah mich um. Es waren nur noch wenige Stühle frei, zwei davon zu meiner Linken. Das Mädchen folgte ihm. Sie folgte ihm nicht nur, sie berührte ihn auch.

Sie berührte ihn so, als würde sie das häufig tun.

Ihre Hand legte sich auf seinen Bauch, direkt unterhalb seiner Brust, und wanderte allmählich weiter nach unten. Sie biss sich auf die Unterlippe, als sich die goldenen Anhänger an ihrem

Handgelenk dem abgewetzten Ledergürtel näherten. Meine Wangen wurden heiß. Gleich darauf entzog sich der Junge mit einem Schritt der Berührung. Seine Bewegungen waren spielerisch, als wäre dieser Tanz ein tägliches Ritual für sie beide.

Am Ende der Tischreihe drehte er sich um und ging an einem besetzten Stuhl vorbei. Mein Blick wanderte über seine schlanken Hüften, über den Bauch, den das Mädchen eben berührt hatte, und immer weiter nach oben. Dann sah ich sein Gesicht und mir stockte der Atem.

Mein Gehirn wollte nicht begreifen, was ich da sah. Es konnte das, was ich sah, einfach nicht verarbeiten. Ich starrte ihn an, zum ersten Mal sah ich ihn richtig, sah sein Gesicht, das so vertraut war und doch neu, viel erwachsener als in meiner Erinnerung, aber immer noch atemberaubend schön. Ich erkannte ihn sofort. Oh Gott, ich würde ihn überall wiedererkennen, auch wenn es vier Jahre her war und sich an jenem schrecklichen Abend, an dem wir uns zum letzten Mal gesehen hatten, mein ganzes Leben verändert hatte.

Es war völlig surreal.

Jetzt wusste ich auch, warum er mir morgens in den Sinn gekommen war. Ich hatte ihn gesehen, aber ich hatte nicht erkannt, dass *er* es war.

Ich konnte mich nicht bewegen, konnte nicht richtig atmen, konnte nicht glauben, dass das wirklich passierte. Meine Hände sanken schlaff in meinen Schoß. Er setzte sich auf den Platz neben mir, den Blick immer noch auf das Mädchen gerichtet, das sich auf den zweiten freien Stuhl fallen ließ. Sein gut aussehendes Profil, das damals noch längst nicht so markant gewesen war, drehte sich zur Seite, während seine Augen durch den Klassenraum und über die breite Tafel wanderten. Er sah noch genauso

aus wie früher, nur größer, und seine Gesichtszüge waren ...
irgendwie klarer und schärfer ausgeprägt. Von den Augenbrauen,
die einen Hauch dunkler waren als die schwarzbraunen Haare,
und den dichten Wimpern bis zu den hohen Wangenknochen
und dem unrasierten Kinn.

Er sah genauso aus, wie ich ihn mir vorgestellt hatte, als ich
zwölf war und anfing, ihn richtig zu sehen, als Jungen. Es war
einfach unglaublich.

Ich konnte es nicht fassen, dass er neben mir saß. Mein Herz
klopfte zum Zerspringen, als seine Lippen, die voller waren, als
ich sie in Erinnerung hatte, sich zu einem Lächeln bogen, und
mein Bauch zog sich zusammen, als daraufhin ein Grübchen in
seiner rechten Wange erschien. Auf der anderen Seite war keines
zu sehen, es gab nur dieses eine. Meine Gedanken rasten zurück
in die Vergangenheit, und ich konnte mich nur an ganz wenige
Gelegenheiten erinnern, wo er so entspannt gewesen war. In dem
Moment lehnte er sich gemächlich auf seinem Stuhl zurück,
der zu klein für ihn war, und drehte langsam den Kopf zu mir.
Braune Augen mit kleinen goldenen Sprenkeln richteten sich auf
mich.

Augen, die ich nie vergessen hatte.

Das unbefangene, fast gelangweilte Lächeln, das ich an ihm gar
nicht kannte, erstarrte auf seinem Gesicht. Sein Mund klappte
auf und die hellbraune Haut wurde blass. Seine Augen weiteten
sich, die goldenen Sprenkel darin schienen sich auszudehnen. Er
erkannte mich. Ich hatte mich sehr verändert seit damals, aber er
erkannte mich sofort. Er beugte sich zu mir. Drei Worte dröhnten aus der Vergangenheit und hallten in meinem Kopf wider.

Sei ganz still.

»Maus?«, hauchte er.

3

MAUS.

Außer ihm hatte mich nie jemand so genannt. Ich hatte diesen Spitznamen so lange nicht mehr gehört, dass ich ihn schon fast vergessen hatte.

Und niemals, in einer Million Jahren nicht, hätte ich zu hoffen gewagt, dass ich *ihn* wiedersehen würde. Aber da saß er und ich konnte die Augen nicht von ihm wenden. Er hatte kaum mehr Ähnlichkeit mit dem Dreizehnjährigen von damals, aber er war es ganz ohne Zweifel. Die warmen braunen Augen mit den goldenen Sprenkeln waren noch da und auch die leicht gebräunte Haut, eine Erbe von seinem Vater, der vermutlich spanischer Abstammung gewesen war. Er hatte nicht gewusst, woher seine Mutter und deren Familie stammten. Einer der Jugendamtsmitarbeiter, der eine Zeit lang für uns zuständig gewesen war, meinte, seine Mutter sei wohl halb weißer, halb südamerikanischer Abstammung gewesen, vielleicht aus Brasilien, aber mehr hatte er über sie nicht erfahren.

Auf einmal sah ich ihn vor mir – den Jungen von damals, als wir beide noch klein waren und er der einzige Halt in einer Welt voller Chaos für mich war. Mit neun Jahren, damals schon viel größer als ich und trotzdem noch ein kleiner Junge, hatte er sich wieder einmal in der Küche zwischen Mr Henry und mich gestellt. Ich hatte zitternd dagestanden und meine rothaarige Puppe Velvet an mich gedrückt, die er mir kurz zuvor erst geschenkt hatte, und er hatte sich mit herausgestreckter Brust zwischen uns aufgebaut. *»Lass sie in Ruhe«,* hatte er geknurrt, die Hände zu Fäusten geballt. *»Komm ihr ja nicht zu nahe.«*

Ich riss mich los von der Erinnerung, aber es gab so viele Situationen, in denen er mich vor allem Möglichen bewahrt hatte, bis er sein Versprechen, mich immer zu beschützen, nicht mehr halten konnte und alles ... alles zusammengebrochen war.

Seine Brust hob sich schwer atmend, dann sagte er mit leiser, rauer Stimme: »Bist du es wirklich, Maus?«

Aus den Augenwinkeln bemerkte ich, wie das Mädchen auf der anderen Seite uns beobachtete. Ihre Augen blickten genauso erstaunt wie meine. Meine Zunge versagte den Dienst, was in diesem Fall seltsam war, weil er ... er war immer der Einzige gewesen, mit dem ich reden konnte, aber das war in einer anderen Zeit gewesen, in einem anderen Leben.

Einem Leben, das für immer Vergangenheit war.

»Mallory?«, flüsterte er und beugte sich so weit zu mir, dass ich fast meinte, er würde von seinem Stuhl zu mir herüberklettern. Das wäre typisch für ihn gewesen, er hatte nie Angst und machte immer, was er wollte. Auch früher schon. Sein Gesicht war so dicht vor mir, dass ich die blasse Narbe über der rechten Augenbraue erkennen konnte, etwas heller als die restliche Haut. Das Herz tat mir wieder weh, weil diese Narbe für einen alten Keks stand und einen zerbrochenen Aschenbecher.

Ein Junge vor uns hatte sich auf seinem Stuhl herumgedreht. »Yo.« Der Junge schnippte mit den Fingern, als er keine Antwort bekam. »Hey, Mann? Hallo?«

Er beachtete den Typen nicht und starrte mich immer noch an, als wäre ihm ein Geist erschienen.

»Dann halt nicht«, murmelte der Typ und drehte sich zu dem Mädchen, aber auch sie beachtete ihn nicht. Sie starrte uns an. Die Schulglocke läutete zum zweiten Mal, und ich wusste, dass der Lehrer hereingekommen war, weil die Gespräche im Raum verstummten.

»Erkennst du mich?« Seine Stimme war kaum mehr als ein Flüstern.

Seine Augen waren immer noch auf mich geheftet, und endlich sagte ich ein Wort, das leichteste, das mir je im Leben über die Lippen gekommen war: »Ja.«

Daraufhin schwenkte er auf seinen Stuhl zurück, richtete sich mit angespannten Schultern auf und schloss die Augen. »Das gibt's doch gar nicht«, murmelte er und rieb sich mit der flachen Hand über die Brust.

Ich schrak zusammen, als der Lehrer mit der Hand auf einen Stapel Bücher auf seinem Pult schlug, und zwang mich, nach vorn zu blicken. Mein Herz schlug immer noch wie ein Presslufthammer.

»Also gut, ihr müsstet eigentlich alle wissen, wer ich bin, weil ihr ja hier in meinem Unterricht sitzt, aber für den Fall, dass ihr doch keine Ahnung habt: Ich bin Mr Santos.« Er lehnte sich an seinen Tisch und verschränkte die Arme. »Und das hier ist die Rhetorikstunde. Wenn ihr also nicht hier sein solltet, werdet ihr wahrscheinlich in einer anderen Klasse vermisst.«

Mr Santos redete weiter, aber das Blut rauschte so laut in meinen Ohren, dass ich ihn nicht hören konnte. Meine Gedanken waren zu sehr auf die Tatsache konzentriert, dass *er* neben mir saß. Er war da. Nach so langer Zeit saß er wieder neben mir, wie früher, nachdem wir mit drei Jahren zu denselben Pflegeeltern gekommen waren. Aber er schien nicht wirklich glücklich zu sein, mich zu sehen. Und ich wusste auch nicht recht, was ich davon halten sollte. Eine Mischung aus Hoffnung und Verzweiflung brodelte in mir, vermischt mit traurigen und schönen Erinnerungen, an die ich mich klammerte und die ich doch am liebsten vergessen hätte.

Er war ... Ich kniff die Augen zu und versuchte, den Kloß im Hals hinunterzuschlucken.

Bücher wurden ausgeteilt, gefolgt von einem Lehrplan. Beides lag unberührt auf meinem Tisch. Mr Santos ging die Reden durch, die wir im Lauf des Schuljahrs schreiben und halten sollten, von einem informativen Vortrag bis hin zu einer Rede, für die wir einen Mitschüler interviewen mussten. Nachdem ich mir kurz vor der Unterrichtsstunde noch fast in die Hose gemacht hatte vor Angst, dachte ich jetzt keine Sekunde mehr daran, dass ich bald vor dreißig Leuten Vorträge halten sollte.

Ich schaute starr nach vorn und stellte fest, dass auch Keira im Klassenzimmer war. Sie saß vor dem Jungen, der am Anfang der Stunde versucht hatte, mit *ihm* zu reden. Ich wusste nicht, ob sie mich bemerkt hatte, als ich hereingekommen war. Aber vielleicht hatte sie mich gesehen und es war ihr einfach nur egal? Warum sollte es auch anders sein? Dass sie heute Morgen im Unterricht mit mir gesprochen hatte, bedeutete nicht, dass sie meine beste Freundin werden wollte.

Meine Panikattacke in der Mittagspause kam mir vor, als wäre sie Jahre her. Ich nahm jeden Atemzug, den ich machte, genau wahr. Unwillkürlich strich ich mir die Haare hinter die Ohren und schaute zur Seite.

Mein Blick traf seinen und ich holte unsicher Luft. Als wir noch jünger waren, hatte ich seinen Gesichtsausdruck immer deuten können. Aber jetzt ... Seine Miene zeigte keine Regung. War er glücklich? Wütend? Traurig? Oder genauso verwirrt wie ich? Ich wusste es nicht, aber er versuchte jedenfalls nicht zu verbergen, dass er mich anstarrte.

Die Hitze stieg mir in die Wangen und ich drehte den Kopf weg. Stattdessen schaute ich zu dem Mädchen neben ihm. Sie sah stur geradeaus, den Mund zu einem schmalen Strich zusammengepresst. Mein Blick fiel auf ihre Hände, die zu Fäusten geballt auf dem Tisch lagen. Hastig sah ich weg.

Etwa fünf Minuten vergingen, bevor ich es aufgab und erneut zu ihm hinüberspähte. Er schaute nicht zu mir, aber es war deutlich zu sehen, wie es in ihm arbeitete. Seine Kiefer mahlten, und ein Muskel in seiner Wange zuckte. Ich konnte ihn nur anstarren wie ein Idiot, mehr brachte ich nicht zustande.

Schon als er noch klein war, konnte man ahnen, dass er irgendwann umwerfend gut aussehen würde. Das hatte man an den großen Augen, dem ausdrucksvollen Mund und den feinen Gesichtszügen schon erkennen können. Manchmal war das für ihn wirklich ... schlimm gewesen. Es hatte zu viel Aufmerksamkeit auf ihn gelenkt. Mr Henry zum Beispiel schien es darauf anzulegen, ihn zu brechen, als wäre er aus Porzellan. Und dann waren da noch die Männer, die bei uns ein und aus gingen. Einige von ihnen hatten ... sie hatten sich zu sehr interessiert für ihn.

Mein Mund war ganz trocken und ich schob diese Gedanken weg. Eigentlich hätte es mich nicht überraschen dürfen, was für ein attraktiver Junge aus ihm geworden war, aber – wie Ainsley sagen würde – er sah einfach so gut aus, dass man nicht mehr klar denken konnte.

Während Mr Santos aus Gründen, von denen ich nichts mitbekommen hatte, damit begann, Karteikarten auszuteilen, drehte sich der Junge vor uns noch einmal um und richtete seine meer-grünen Augen auf ihn. »Sehen wir uns nach der Schule?«

Ich konnte nicht anders. Mein Blick huschte zu *ihm*. Er hatte die Arme vor der Brust verschränkt und nickte nur kurz.

Der Junge warf einen kurzen Blick auf Mr Santos und schaute dann noch einmal nach hinten zu *ihm*. »Wir müssen unbedingt mit Jayden reden.«

Jayden? So hieß doch der Junge, mit dem ich im Gang fast zusammengeprallt wäre.

Das Mädchen sah die beiden mit schräg gelegtem Kopf an.

»Ich weiß, Hector«, erwiderte *er* kurz angebunden. Wie tief seine Stimme war. Kurz darauf drehte er den Kopf wieder in meine Richtung.

Ich wurde rot und schaute weg, doch vorher sah ich noch, wie Hector mich neugierig musterte. Den Rest der Stunde übte ich mich darin, immer wieder einen verstohlenen Blick auf *ihn* zu werfen. Ich musste ihn ansehen, um mich zu vergewissern, dass er tatsächlich neben mir saß. Allerdings war ich nicht besonders gut darin, es heimlich zu tun. Das Mädchen neben ihm, das ihn beim Hereinkommen ins Klassenzimmer so vertraut angefasst hatte, ertappte mich jedenfalls mehrmals dabei.

Die Minuten vergingen und mein Magen zog sich immer mehr zusammen. Angst umkreiste mich wie eine Viper und lauerte da-rauf, mit ihrem tödlichen Gift anzugreifen.

Meine Kehle schnürte sich zu wie in einer stählernen Schraub-zwinge, bis sie mir den letzten Rest Luft aus den Lungen ge-quetscht hatte. Ein eiskaltes Brennen kroch meinen Nacken hoch und schwappte über meine Schädeldecke. Mein nächster Atem-zug stockte und da spürte ich es kommen – dieses sturzflutartige Gefühl, die Kontrolle zu verlieren.

Atmen.

Ich musste atmen.

Ich bohrte meine Fingernägel in die Handfläche und brachte meine Brust dazu, sich gleichmäßig zu heben und zu senken. Zugleich zwang ich mein Herz, langsamer zu schlagen. In meinen Therapiestunden hatte Dr. Taft mir eingebläut, dass ich in solchen Momenten nicht wirklich die Kontrolle über meinen Körper verlor. Das passierte alles nur in meinem Kopf, ausgelöst von einem lauten Geräusch oder von einem Geruch, die mich urplötzlich in die Vergangenheit zurückversetzten. Manchmal konnte ich gar nicht genau sagen, wodurch diese Reaktion hervorgerufen wurde.

Doch diesmal wusste ich es.

Der Auslöser saß direkt neben mir. Die Panik war echt, weil er echt war, und die Vergangenheit, für die er stand, war nicht nur ein Produkt meiner Fantasie.

Was sollte ich zu ihm sagen, wenn die Schulglocke läutete und die Schule aus war? Seit jenem Abend waren vier Jahre vergangen. Wollte er überhaupt mit mir reden? Und was wäre, wenn nicht?

Oh Gott.

Vielleicht hatte er ja gar nicht darauf gehofft oder überhaupt daran gedacht, mich wiederzusehen. Er hatte ... Er hatte viel durchgemacht, für mich und wegen mir. In unseren zehn Jahren zusammen hatte es gute Momente gegeben, aber es gab auch eine Menge schlechter Momente. Eine Riesenmenge.

Und es wäre ... Also, es wäre schon echt mies, wenn er aufstehen und ohne ein Wort aus dem Klassenzimmer gehen würde, aber irgendwie wäre es vielleicht sogar besser. Wenigstens wusste ich jetzt, dass er lebte und offenbar körperlich unversehrt war.

Außerdem schien er mit dem Mädchen, das neben ihm saß, sehr vertraut zu sein. Vielleicht war sie sogar seine Freundin. Und das bedeutete doch, dass er glücklich sein musste, oder? Glücklich und gesund. Nachdem das geklärt war, konnte ich dieses Kapitel meines Lebens offiziell für beendet erklären.

Dabei hatte ich die ganze Zeit gedacht, dieses Kapitel sei längst beendet. Und nun war es doch wieder aufgeschlagen worden, und zwar ganz vorn auf der ersten Seite.

Als es läutete, schaltete sich mein Schutzmechanismus ein, so wie früher. Mir war gar nicht bewusst, was ich da tat. Ein alter Instinkt hob den Kopf wie ein schlafender Drache, ein Instinkt, gegen den ich vier Jahre lang erfolgreich angekämpft, dem ich mich an diesem Tag aber schon einmal ergeben hatte.

Ich stand auf, nahm mein Buch und schnappte meine Tasche. Mit klopfendem Herzen huschte ich um meinen Tisch herum, den Blick starr nach vorn gerichtet, um möglichst vor ihm aus dem Klassenzimmer zu flüchten. Meine Sandalen patschten auf den Boden, als ich durch den Gang hetzte, mich an langsameren Schülern vorbeidrängte und dabei das Schulbuch blindlings in meine Tasche stopfte. Wahrscheinlich sah ich aus wie eine Irre. Ehrlich gesagt fühlte ich mich auch so.

Ich rannte aus dem Schulhaus in die heiße Sonne. Mit gesenktem Blick folgte ich dem Weg zum Parkplatz und ballte meine zitternden Hände zu Fäusten, weil ich das Gefühl hatte, das Blut würde sich in den Handgelenken stauen. Meine Fingerspitzen kribbelten.

Der silberne Honda leuchtete vor mir auf und ich holte zitternd Luft. Ich würde nach Hause fahren und ich würde ...

»Mallory.«

Mein Puls raste, als ich meinen Namen hörte, und mein

Schritt stockte. Ich war keine drei Meter von meinem Auto entfernt, von meiner Zuflucht, trotzdem drehte ich mich langsam um.

Er stand neben einem roten Geländewagen, der morgens noch nicht da gewesen war und den ich auf meiner wilden Flucht gar nicht bemerkt hatte. In der Sonne schimmerten seine Haare eher braun als schwarz, seine Haut wirkte dunkler, seine Gesichtszüge schärfer. Es gab so viele Fragen, die ich ihm auf einmal gern gestellt hätte. Was hatte er in den letzten vier Jahren gemacht? War er endlich von jemandem adoptiert worden? Oder wanderte er von einer Pflegefamilie zur nächsten?

Und – wichtiger noch – war er in Sicherheit?

Nicht alle Heime waren schlecht. Nicht alle Pflegeeltern waren schrecklich. Carl und Rosa zum Beispiel, die waren einfach nur toll. Sie hatten mich adoptiert, aber davor hatten dieser Junge und ich nicht so viel Glück gehabt. Wir waren bei grässlichen Leuten untergebracht gewesen, die es irgendwie geschafft hatten, als Pflegeeltern zugelassen zu werden. Die Sachbearbeiter des Jugendamts waren chronisch überlastet und finanziell schlecht ausgestattet, auch wenn die meisten sich dennoch viel Mühe gaben. Trotzdem taten sich immer wieder Lücken im Netz auf und wir waren auf die denkbar schlimmste Weise durch eine dieser Lücken gerutscht.

Die meisten Pflegekinder blieben nicht länger als zwei Jahre im System oder in einer Familie, dann kehrten sie irgendwann wieder zu ihren Eltern zurück oder wurden adoptiert. Keiner außer Mr Henry und Miss Becky hatte uns beide haben wollen, und ich begriff immer noch nicht, warum die beiden uns erst bei sich aufgenommen und uns dann so schlecht behandelt hatten. Die Jugendamtsmitarbeiter wechselten im Rhythmus der Jahreszeiten. Die Lehrer in der Schule hätten eigentlich sehen müssen, was wir zu Hause durchlitten, aber keiner hatte Lust, seinen Job zu riskieren, um uns zu helfen. Die Verbitterung darüber, in einem überlasteten und kaputten System so lange misshandelt und übersehen worden zu sein, klebte immer noch an mir wie eine zweite Haut, die ich wohl nie mehr loswerden würde.

Aber alles hatte eine gute und eine schlechte Seite. Hatte *er* endlich die gute Seite gefunden?

»Echt jetzt?«, sagte er und seine Finger krampften sich um den zerfledderten Schreibblock in seiner Hand. »Nach allem, was war, und nachdem ich vier Jahre lang keine Ahnung hatte, was aus dir geworden ist, tauchst du auf einmal in dieser beschissenen Rhetorikstunde auf und rennst dann weg? Vor mir?«

Ich atmete scharf ein und ließ die Arme sinken. Meine Tasche rutschte mir von der Schulter und landete auf dem heißen Asphalt. Der Schreck fuhr mir in die Glieder, aber tief in mir drin war ich nicht überrascht, dass er mir gefolgt war. Er rannte nie weg. Er versteckte sich nie. So etwas hatte immer nur ich getan. Wir waren wie Yin und Yang, schon immer. Meine Feigheit gegen seinen Mut. Seine Stärke gegen meine Schwäche.

Aber so war ich nicht mehr.

Ich war keine Maus mehr.

Ich war kein Feigling.

Ich war nicht schwach.

Er machte einen Schritt auf mich zu und blieb dann kopfschüttelnd stehen. Sein Atem ging stockend. »Sag doch was.«

»... was?« Ich musste das Wort förmlich aus mir herauspressen.

»Meinen Namen.«

Ich verstand nicht recht, wieso er das wollte, und ich wusste auch nicht, wie es sich anfühlen würde, den Namen nach so langer Zeit wieder auszusprechen, aber trotzdem holte ich tief Luft. »Rider.« Ein weiterer zitternder Atemzug. »Rider Stark.«

In ihm arbeitete es sichtlich, und einen Herzschlag lang bewegte sich keiner von uns. Ein heißer Windhauch wehte mir ein paar Haarsträhnen ins Gesicht. Dann ließ er seinen Block fallen, und ich war überrascht, dass der nicht zu Staub zerfiel. Mit zwei großen Schritten überwand er den Abstand zwischen uns und stand vor mir. Er war inzwischen viel größer als ich, sodass ich ihm kaum bis zur Schulter reichte.

Dann waren seine Arme um mich.

Mein Herz explodierte, als er mich mit seinen starken Armen an sich zog. Erst stand ich da wie erstarrt, dann schlang ich die Arme um seinen Hals. Die Augen fest geschlossen klammerte ich mich an ihn und atmete seinen sauberen Geruch und den leichten Hauch von Rasierwasser ein. Das war *er*, auch wenn sich seine Umarmung ganz anders anfühlte, stärker und fester. Er hob mich vom Boden hoch, einen Arm um meine Taille, die andere tief in meinen Haaren vergraben, und meine Brüste stießen gegen seine überraschend harte Brust.

Wow.

Diese Umarmung war auf jeden Fall anders als damals, als wir zwölf waren.

»Himmel, Maus, du hast ja keine Ahnung, wie ...« Seine Stimme war rau und voller Gefühl. Er setzte mich ab, hielt mich aber weiterhin fest. Ein Arm lag immer noch um meine Taille, mit der anderen Hand fasste er in meine Haare und schloss die Faust darum. Sein Kinn ruhte auf meinem Scheitel, während meine Hände an ihm hinabglitten. »Ich dachte, ich seh dich nie wieder.«

Ich legte meine Hände auf seine Brust und die Stirn dazwischen und spürte seinen schnellen Herzschlag. Um uns herum waren Leute, wahrscheinlich beobachteten uns einige Schüler sogar, aber das war mir egal. Rider war warm und fest. Echt. Lebendig.

»Scheiße, Mann, dabei hatte ich heute gar nicht vor, in die Schule zu gehen. Wenn ich nicht gekommen wäre…« Er löste seine Hand aus meinen Haaren, nahm eine Strähne und ließ sie durch die Finger gleiten. »Deine Haare sind jetzt ganz anders. Du bist gar kein Rotfuchs mehr.«

Ein ersticktes Lachen entfuhr mir. Als Kind waren meine Haare ein feuerrotes Gewirr aus Knoten und widerspenstigen Locken gewesen. Zum Glück hatte sich die Farbe – mit Unterstützung eines Friseurs – inzwischen etwas abgeschwächt. Aber die Knoten und die Locken waren immer noch eine Pest, vor allem, wenn die Luft sehr feucht war.

Rider trat eine halben Schritt zurück, ich schlug die Augen auf und stellte fest, dass er mich betrachtete. »Sieh mal an«, murmelte er. »Du bist ja richtig erwachsen geworden.« Er ließ meine Haare los und fuhr mir mit dem Daumen leicht über die Unterlippe. Bei dieser unerwarteten Berührung lief mir ein leichter Schauer über den Rücken. »Und du bist immer noch so still wie eine Maus.«

Ich erstarrte. *Maus.* »Ich bin keine…« Doch die Worte erstarben in dem inneren Feuer, weil sein Daumen weiter über meine Wange wanderte. Sein Finger war schwielig und rau, aber die Berührung war ganz zart.

Mein Blick wanderte hinauf zu seinen Augen. Ich hätte nie gedacht, dass ich ihn jemals wiedersehen würde, aber da stand er. Oh mein Gott, da stand Rider, und auf einmal stürmten die Gedanken auf mich ein. Ich bekam nur ein paar davon zu fassen, aber Erinnerungen kamen hoch, wie wenn die Sonne über einem Berggipfel aufgeht.

Eines Nachts war ich aufgewacht und hatte mich vor den lauten Stimmen gefürchtet, die aus dem dunklen Erdgeschoss heraufdrangen. Ich war ins Nebenzimmer geschlüpft, wo Rider lag, und er hatte mich zu sich ins Bett kriechen lassen. Dann hatte er mir mein Lieblingsbuch vorgelesen, das er immer nur »die blöde Hasen-Geschichte« genannt hatte. Ich musste jedes Mal weinen, wenn ich die Geschichte hörte, aber er las sie mir trotzdem vor, um mich von dem Gebrüll abzulenken, das durch das kleine schäbige Reihenhaus hallte. Damals war ich fünf gewesen und von da an war Rider zum Rettungsanker meines Lebens geworden.

Plötzlich trat er zurück und nahm meinen rechten Arm. Er drehte ihn um und schob den Ärmel der dünnen Strickjacke hoch. Verwundert sagte er: »Das verstehe ich nicht.«

Mein Blick folgte seinem zu der Stelle, wo er mich am Handgelenk festhielt. An der Innenseite meines Ellbogens war die Haut ein etwas dunkleres Rosa, genau wie an den Unterarmen und an beiden Handflächen, aber das fiel kaum auf.

»Sie haben mir gesagt, du hättest schwere Verbrennungen.« Prüfend blickte er mir ins Gesicht. »Ich habe doch gesehen, wie sie dich auf der Bahre weggetragen haben, Maus. Ich erinnere mich noch so genau daran, als wäre es gestern gewesen.«

»Ich ... Carl ...« Bei seinem verständnislosen Blick wurde mir klar, dass er ja keine Ahnung hatte, wer Carl war. Ich atmete tief durch, sammelte mich und versuchte es noch einmal. »Die Ärzte im Krankenhaus. Sie haben ... eine Hauttransplantation bei mir gemacht.«

»Eine Hauttransplantation?«

Ich nickte. »Ich hatte ... sehr gute Ärzte. Deswegen sind da ... fast keine Narben.« Die Stelle an meinem Hintern, wo sie die Haut für die Transplantationen entnommen hatten, war ebenfalls einen Hauch röter, aber das würde so bald niemand zu sehen bekommen.

Vorsichtig strich er mit dem Daumen über die Innenseite meines Handgelenks und es durchfuhr mich wie ein Blitz. Schweigend sah er mich an. Die goldenen Sprenkel in seinen Augen waren heller als früher und verliehen ihnen eine nussbraune Farbe. »Sie haben gesagt, ich könnte dich nicht besuchen. Ich habe gefragt. Ich bin sogar zum städtischen Krankenhaus gefahren.«

Mein Herz klopfte schmerzhaft. »Wirklich?«

Rider nickte und der angespannte Zug um seinen Mund löste sich allmählich. »Aber du warst nicht da. Zumindest haben sie es mir nicht gesagt. Eine Krankenschwester hat dann die Polizei gerufen. Am Ende haben sie mich sogar ...« Er schüttelte den Kopf. »Egal.«

»Was war mit dir?«, fragte ich, weil es ganz und gar nicht egal war. Alles, was mit Rider passiert war, war für mich wichtig, auch wenn der Rest der Welt sich einen Dreck darum scherte.

Er senkte den Blick. »Die Polizei und das Jugendamt dachten, ich wollte weglaufen, was totaler Quatsch war. Wieso hätte ich mich dann ausgerechnet in einem Krankenhaus herumtreiben sollen?«

Das lag wahrscheinlich daran, dass das Jugendamt eine Akte über uns hatte, die so dick war wie ein Auto. Und daran, dass Rider und ich schon öfter weggelaufen waren. Ich war acht Jahre alt gewesen, und er war gerade neun geworden, als wir beschlossen, dass wir allein besser klarkämen.

Wir schafften es gerade einmal bis zum nächsten McDonald's, bevor Mr Henry uns aufspürte.

Es gab noch andere Male, zu viele, um sie zu zählen.

Rider lachte, und mein Herz zog sich zusammen, weil sein gut aussehendes Gesicht dabei so ernst blieb. »An dem Abend ...« Er schluckte. »Es tut mir so leid, Maus.«

Ich fuhr zusammen und wich einen Schritt zurück, doch er hielt mich am Arm fest.

»Ich wollte ihn ja aufhalten, aber es ging nicht.« Seine Augen verdunkelten sich. »Ich hätte nicht versuchen dürfen ...«

»Es war nicht deine Schuld«, flüsterte ich, zutiefst entsetzt über seine Worte. Ich sah ihn an. Glaubte er im Ernst, was passiert war, wäre seine Schuld?

Er legte den Kopf schräg. »Na ja, ich hatte es dir versprochen. Und ich habe mein Versprechen nicht gehalten, als es wirklich darauf ankam.«

»Nein«, sagte ich und zog meinen Arm weg. Überrascht sah er mich an. »Das war ... so etwas kann man nicht versprechen. Niemand kann das.«

Er hatte mir versprochen, immer da zu sein, und er hatte alles Menschenmögliche getan, um dieses Versprechen zu halten. Aber es gibt Dinge, auf die man keinen Einfluss hat, vor allem nicht als Kind.

Er zog die Brauen hoch und sah mich an. Seine Mundwinkel wanderten langsam nach oben. »Ich glaube, das war das erste Mal, dass du mir widersprochen hast.«

Ich wollte ihn schon darauf hinweisen, dass ich auch noch nie Grund dazu gehabt hatte, doch ich wurde vom lauten Wummern eines Autoradios daran gehindert. Ein Weckruf, der uns daran erinnerte, dass wir nicht allein unter unserer kleinen Glasglocke saßen. Es gab noch eine Welt um uns herum. Die Musik kam näher und der tiefe Bass brachte die Scheiben des Geländewagens neben uns zum Scheppern. Riders Blick huschte an mir vorbei, dann trat er so dicht vor mich hin, dass seine abgetragenen Turnschuhe an meine Sandalen stießen. Er zog ein Handy aus der Tasche und fragte: »Wie ist deine Nummer, Maus?«

Offenbar musste er gehen. Dabei wünschte ich mir so sehr, dass er blieb. Ich hatte eine Million Fragen an ihn. Trotzdem gab ich ihm meine Nummer, während ich mir die feuchten Hände an der Hose abwischte.

»Yo, Rider, bist du so weit?«, rief jemand aus dem wummernden Auto. Ich erkannte die Stimme aus dem Unterricht. Es war Hector. »Wir müssen, Mann.«

Seufzend blickte Rider auf, trat zurück und hob erst seinen Block auf und dann meine Tasche. Er hängte sie mir über die Schulter und zog mit geschickten Fingern ein paar Haarsträhnen unter dem Riemen hervor.

Mit einem leisen Lächeln auf den Lippen sah er mich an. »Maus.«

»Du wirst ganz schön Ärger mit jemandem kriegen«, rief Hector. Ich erschrak. Dann bemerkte ich den frotzelnden Ton. Er zog Rider nur auf.

Rider ließ die Hand sinken und ging an mir vorbei. Wie gebannt schaute ich ihm nach. Das Auto wartete hinter meinem, ein alter Ford Escort mit blauen Rennstreifen an der Seite. Hector saß grinsend hinter dem Lenkrad. Er ließ einen Arm aus dem Fenster hängen und klopfte mit der Hand gegen die Tür.

»Hey, *mami*«, rief Hector, und sein Grinsen wurde noch breiter. »*Que cuerpo tan brutal.*«

Ich hatte keine Ahnung, was er gesagt hatte, aber es schien an mich gerichtet zu sein.

»Halt's Maul«, erwiderte Rider, legte seine große Hand mitten auf Hectors Gesicht und schob ihn zurück in den Wagen. »*No la mires.*«

Ich wusste immer noch nicht, was das zu bedeuten hatte. Die wenigen Sätze, die Hector und er gewechselt hatten, klangen irgendwie nicht wie das Spanisch, das ich von Rosa und Carl zu Hause kannte. Es konnte natürlich trotzdem Spanisch sein und ich verstand es bloß nicht. Nicht umsonst hatten sie schon lange aufgegeben, mir die Sprache beizubringen.

Lautes Lachen drang aus dem Wagen, als Hector den Kopf gegen den Sitz fallen ließ. Dann erschien ein jüngeres Gesicht, das ich ebenfalls kannte.

Jayden.

Er lehnte sich vom Beifahrersitz aus über Hector hinweg zum Fenster. »He!«, rief er. »Dich kenn' ich doch.«

»Du kennst sie nicht«, erwiderte Rider und riss die hintere Tür auf. Er schob sich auf die Rückbank und schaute ein letztes Mal zu mir. Unsere Blicke begegneten sich kurz, dann wurde die Tür zugeschlagen und er verschwand hinter den getönten Scheiben.

Der Escort fuhr davon.

Ich stand da und bemerkte vage, wie jemand in den Geländewagen stieg, der neben meinem Wagen parkte. Wie benommen setzte ich mich ebenfalls hinter das Lenkrad und legte meine Tasche auf den Beifahrersitz.

»Verdammte Scheiße«, flüsterte ich und starrte vor mich hin. *»Verdammte Scheiße.«*

4

ICH KONNTE MICH nicht mehr erinnern, wie ich nach Hause gekommen war. Kein gutes Zeichen. Wie in einen Nebel gehüllt war ich durch die Straßen gefahren. Als ich schließlich das Haus betrat, kam mir das Wiedersehen mit Rider schon gar nicht mehr real vor. Eher wie ein Traum.

Ich versuchte, tief und ruhig zu atmen.

Vier Jahre. Vier Jahre, in denen ich mühsam die vielen löchrigen, kaputten Schichten meiner Kindheit abgestreift hatte. Vier Jahre, in denen ich versucht hatte, ein zehn Jahre langes Scheißleben zu überwinden und möglichst alles zu vergessen. Alles außer Rider, weil er es verdient hatte, dass er nicht vergessen wurde.

Trotzdem gehörte er zu meiner Vergangenheit – zu dem guten Teil dieser Vergangenheit –, aber es war immer noch eine Vergangenheit, an die ich mich eigentlich nicht erinnern wollte.

Ich stürmte durch das Haus und rannte in die Küche. Rosa stand da in einem hellblauen Arztkittel, der mit Katzenpfoten bedruckt war, und hatte die Haare zu einem Pferdeschwanz zusammengebunden. Offenbar war sie heute extra früher nach Hause gekommen. Mit hochgezogenen Augenbrauen sah sie mich an.

»Hey, du Schnellläuferin, wo willst du denn hin?«, fragte sie und stellte eine Schüssel auf den Küchentresen. Ich konnte die Vinaigrette bis zu mir riechen.

Jede Menge Worte blubberten in mir hoch, und ich hatte das dringende Bedürfnis, ihr von Rider zu erzählen, damit sich die Begegnung nicht mehr anfühlte wie ein Traum, aber meine Kehle war wie zugeschnürt. Wenn ich ihr von Rider erzählte, würde sie hundertprozentig ausflippen.

Denn Rosa war dabei gewesen, als jede einzelne dieser löchrigen, kaputten Schichten von mir abgeschält wurde. Obwohl Dr. Taft ein glühender Verfechter des Prinzips *Akzeptiere deine Vergangenheit* war und sie und Carl normalerweise allem zustimmten, was Dr. Taft sagte, waren sie entschiedene Vertreter des Grundsatzes *Man sollte die Vergangenheit ruhen lassen.* Sie waren der festen Überzeugung, dass sämtliche Facetten dieser Vergangenheit dort bleiben sollten, wo sie hingehörten. Und Rider gehörte in ihren Augen auf jeden Fall auch dazu.

Deshalb zuckte ich nur die Schultern, ging zum Kühlschrank und holte mir eine Cola.

»Und wie war dein erster Tag?«, fragte sie mit einem missbilligenden Blick auf meine Getränkewahl.

Lächelnd drehte ich mich zu ihr, obwohl es sich anfühlte, als würden Hunderte kleine Schlangen in meinem Magen herumwimmeln. Das war schon so, seit ich ins Auto gestiegen war.

Rosa legte den Kopf schräg und wartete.

Seufzend drehte ich die Dose in den Händen. »Ganz okay.«

Ihre Lippen verzogen sich zu einem Lächeln und kleine Fältchen bildeten sich in ihren Augenwinkeln. »Das ist gut. Super. Also keine Probleme?«

Ich schüttelte den Kopf.

»Hast du schon jemand kennengelernt?«

Fast hätte ich wieder den Kopf geschüttelt, doch ich ertappte mich gerade noch dabei. »Ich ... da ist ein Mädchen in meiner Englischklasse.«

Verwundert fragte sie: »Hast du mit ihr geredet?«

Wieder zuckte ich mit den Schultern. »Irgendwie schon.«

Sie sah mich an, als wäre mir ein dritter Arm gewachsen. »Was heißt ›irgendwie schon‹, Mallory?«

Ich machte die Cola auf. »Sie ist bei mir in der Klasse und sie hat mich angesprochen und sich vorgestellt. Ich habe ungefähr ... zehn Worte mit ihr gewechselt.«

Ihr überraschter Blick wich einem strahlenden Lächeln und ich straffte mich ein bisschen und vergaß einen Moment lang das unerwartete Wiedersehen mit Rider. Ihr Lächeln war voller Stolz und ich sonnte mich in seiner Wärme.

Zeig es uns. Das hatte Carl am Morgen gesagt, und dieses Lächeln sagte mir, dass ich es ihnen tatsächlich gezeigt hatte. Rosa wusste aus erster Hand, wie viel ich erreicht hatte und was für eine große Sache es war, wenn ich mich wohl genug fühlte, um mit einer Fremden zu reden, auch wenn es nur zehn Worte waren.

»Das ist wirklich großartig.« Sie kam zu mir und umarmte mich ganz fest. Ich atmete tief ein und genoss den strengen Geruch der antibakteriellen Seife, mit der sie sich immer die Hände wusch, und den schwachen Apfelduft ihrer Hautlotion. Sie küsste mich leicht auf die Stirn, trat einen Schritt zurück und fasste mich an den Armen. »Was habe ich dir gesagt?«

»Dass ... es nicht schwer sein würde«, sagte ich.

»Und warum?«

Ich spielte mit der Metallöse meiner Coladose. »Weil ich die schwerste Arbeit ... schon hinter mir habe.«

Sie zwinkerte mir zu. »So gefällst du mir.« Sie drückte mich noch einmal. »Tut mir leid, dass ich heute Morgen nicht da war. Ich wollte wirklich nicht so früh weg.«

»Das weiß ich doch.« Mein Lächeln wurde breiter, bis mir fast das Gesicht wehtat. Rosa war vielleicht nicht meine leibliche Mutter, aber sie war genau so, wie eine Mutter sein sollte, und ich hatte einfach ein Riesenglück mit ihr gehabt.

Sie wollte noch etwas sagen, da klingelte ihr Handy. Sie zog es hervor und meldete sich. Dann erstarrte sie und wandte sich ab. »Verdammt«, sagte sie. »Können Sie kurz warten?« Sie drückte die Stumm-Taste und erklärte: »Ich muss noch mal ins Krankenhaus. Es gibt Komplikationen bei dem Patienten von heute Morgen.«

»Oh nein«, flüsterte ich und hoffte, dass der Patient nicht sterben würde. Wenn man das Wort »stark« googeln würde, dann würde Rosa Rivas jedes Mal ganz vorn in der Trefferliste auftauchen, aber um jeden Patienten, der starb, trauerte sie wie um ein Familienmitglied. Das waren die einzigen Gelegenheiten, wo ich sie trinken sah. Sie verzog sich dann immer mit einer Flasche Wein in ihr Arbeitszimmer und schloss die Tür, bis Carl sie wieder herauslockte.

Ich habe mich immer gefragt, ob das mit Marquettes Tod zu tun hatte oder ob alle Ärzte so waren. Marquette war fünf Jahre, bevor ich zu den Rivas kam, gestorben; seit ihrem Tod war also schon ein Jahrzehnt vergangen, aber das machte den Verlust nicht leichter.

»So was passiert eben«, seufzte Rosa. »Carl kommt heute erst spät nach Hause. Im Kühlschrank sind noch Reste von gestern.«

Ich nickte. Carl und Rosa arbeiteten im Johns-Hopkins-Krankenhaus, sozusagen der Wiege der Herzchirurgie, wie ich mittlerweile wusste. Es gehörte zu den besten Krankenhäusern der Welt, und wenn Rosa und Carl nicht operierten, unterrichteten sie Medizinstudenten.

Sie zögerte und blickte auf das stumm geschaltete Handy. »Wir reden morgen weiter, okay?« Ihre dunklen Augen schauten mich an, dann lächelte sie flüchtig und wandte sich zum Gehen.

»Warte«, sagte ich und überraschte mich selbst total damit. Erstaunt drehte sie sich wieder zu mir. Meine Wangen wurden heiß. »Was... heißt eigentlich ›No la mires‹?« Ich spuckte die Worte aus wie ein typisches weißes Mädchen, das kein Wort Spanisch konnte.

Ihre Augenbrauen fuhren hoch. »Warum willst du das wissen?«

Ich hob nur die Schultern.

»Hat das jemand zu dir gesagt?«

Als ich nicht antwortete, weil ich schon gar nicht mehr wusste, ob ich überhaupt noch wissen wollte, was es bedeutete, seufzte sie. »Man würde es mit ›Schau sie ja nicht an‹ übersetzen.«

Oh.

O-oh.

Sie musterte mich mit zu Schlitzen verengten Augen. Ich hatte so eine Ahnung, dass sie morgen früh bestimmt noch einmal darauf zu sprechen kommen würde. Ich winkte kurz und eilte aus der Küche und rannte die Treppe hoch, immer zwei Stufen auf einmal nehmend.

Mein Zimmer lag am Ende des Flurs. Es ging auf die Straße hinaus und direkt daneben war ein Bad. Rosa hatte es einmal als »angemessen großes Kinderzimmer« bezeichnet, aber für mich war es ein Palast. Es war geräumig genug für ein breites Bett, einen großen Schrank und einen Schreibtisch. Die kleine Sitzecke am Erkerfenster war mein Lieblingsplatz. Von dort aus konnte man supergut die Leute auf der Straße beobachten.

Aber das Beste an dem Zimmer war für mich, auch wenn ich mich deshalb immer furchtbar schlecht fühlte, dass es vorher nicht Marquette gehört hatte. Es war schon schwer genug, ihr Auto zu fahren und das gleiche College-Hauptfach in Erwägung zu ziehen wie sie. Dazu auch noch in ihrem alten Bett zu schlafen wäre einfach zu viel.

Ich warf die Schultasche aufs Bett, nahm den Laptop vom Schreibtisch, kuschelte mich in die Erkerecke und stellte die Cola auf den Fenstersims. Sobald der Computer aus seinem Schlafmodus erwachte, meldete sich mein Chatprogramm.

Ainsley.

Ihr Profilbild stammte aus diesem Sommer. Ihre blonden Haare waren ausgebleicht von der Sonne, und sie trug eine riesige Sonnenbrille, die ihr halbes Gesicht verdeckte. Dazu zog sie eine lustige Schnute in die Kamera.

Ihre Nachricht lautete:

Hast du's überlebt?

Grinsend schickte ich ihr ein kurzes *Ja*.

Wie war's?

Ich biss mir auf die Lippe, schloss kurz die Augen und tippte die Worte, die ich am liebsten laut herausgebrüllt hätte.

Rider ist an meiner Schule.

Auf meinem Bildschirm blinkte sofort eine lange Reihe unterschiedlichster Variationen von *OMG* auf, gefolgt von einem endlos langen *Waaaaaaahnsinn*. Ainsley wusste von Rider. Sie wusste, wie ich aufgewachsen war. Na ja, nicht alles, weil sich manches digital genauso schwer erzählen ließ wie analog und weil sie begriffen hatte, dass ich bei bestimmten Dingen nicht sonderlich gesprächig war. Aber sie begriff auf jeden Fall, welche Bedeutung diese Begegnung für mich hatte.

Und das, nachdem du ihn vier Jahre nicht gesehen hast. Ich
mach mir gleich in die Hose, Mally!!!! Das ist echt super!!! Du
musst mir alles ganz genau erzählen!

Ich kaute immer noch an meiner Lippe und tippte einen Be-
richt, immer wieder unterbrochen von ihren OMGs und Emojis.
Dann feuerte sie zurück:

Du hast doch hoffentlich seine Nummer?

Äh. Nö, hab ich nicht, schrieb ich zurück. *Er hat meine.*

Das schien sie zufriedenzustellen, und wir chatteten noch ein
Weilchen, bis sie aufhören musste. Ainsleys abendliche Online-
Aktivitäten waren stark eingeschränkt worden, als ihre Mutter die
Fotos entdeckte, die sie ihrem Freund Todd im Juli geschickt hatte. Sie waren gar nicht so schlimm, nur ein paar Fotos von Ainsley
im Bikini, aber ihre Mutter war total ausgerastet und hatte Ainsley
zu meiner Belustigung und zu meinem Entsetzen gezwungen, Ge-
burtsvideos anzuschauen, quasi als eine Form von Sexualkunde.

Natürlich war Ainsley seitdem fest entschlossen, niemals Kinder zu bekommen, aber trotzdem interessierte sie sich immer
noch sehr für Sex.

Nachdem wir uns für das Wochenende verabredet hatten,
loggte sie sich aus. Den restlichen Abend stromerte ich ziellos im
Haus herum. Ich war zu aufgewühlt, um viel von Rosas Hühn-
chengericht zu essen, das von gestern übrig war, obwohl sie das
Fleisch mit Orangen und Limetten gegart hatte. Ich versuchte,
nicht an die Schule oder an Rider zu denken oder auf mein
Handy zu starren, das den ganzen Nachmittag und Abend über
stumm geblieben war. Doch es war fast unmöglich, das alles aus
meinem Kopf zu verbannen, weil der Tag ganz anders gelaufen
war, als ich gedacht hätte.

Ich meine, ich hatte nicht geheult oder mich irgendwo in einer

Ecke verkrochen, und auch wenn die Mittagspause nicht so gelaufen war, wie ich es mir vorgenommen hatte, war es mir immerhin gelungen, mit Keira zu sprechen. Elf Worte waren immer noch besser als keins. Ich hatte meinen ersten Tag also ohne größere Zusammenbrüche hinter mich gebracht. Darüber konnte ich mich freuen, und das tat ich auch, aber ...

Ich wusste einfach nicht, was ich von der Sache mit Rider halten sollte.

Ich ging in meinem Zimmer auf und ab und fuhr mir dabei über die etwas raue Haut an der Innenseite meines Arms. Eine erdrückende Mischung aus Verzweiflung und Hoffnung wirbelte in mir durcheinander. Ich freute mich darauf, ihn wiederzusehen, mit ihm zu reden, aber ich ... Oh Gott, es war so schwer, darüber nachzudenken. Jedes Mal, wenn meine Gedanken zu Rider wanderten, kam noch ein anderes Gefühl in mir hoch.

Schuld.

Ich blieb vor dem Fenster stehen und kniff die Augen zu. Rider war ... Er war *verprügelt* worden wegen mir. Immer hatte er sich zwischen Mr Henrys grobe Fäuste und mich gestellt, und das eine Mal, wo er es nicht hatte verhindern können, endete schließlich damit, dass ich diesem Leben entkam. Ich hatte eine zweite Chance bekommen und ausgerechnet bei zwei Ärzten ein Zuhause gefunden. So ziemlich alles, was ich mir wünschte, war jetzt in Reichweite. Und Rider? Ich hatte keine Ahnung, wie es ihm ergangen war.

Tief in mir spürte ich jedoch, dass er nicht so ein Leben führte wie ich, und das kam mir so ungerecht vor. Das saure Brennen in meiner Magengrube wurde stärker. Wie konnte er mich nur so ansehen wie vorhin in der Schule und nicht daran denken, was er alles für mich geopfert hatte?

Hilfe!

Ich schüttelte meine Hände aus und ging weiter im Zimmer auf und ab. Okay. Ich musste mich beruhigen und die ganze Sache von der positiven Seite sehen. Rider lebte, er ging zur Schule und war vielleicht sogar mit dem hübschen Mädchen aus dem Rhetorikunterricht zusammen. Soweit ich gesehen hatte, schien er auch keine frischen blauen Flecken zu haben. Und er hasste mich offenbar nicht. Das waren schon einmal ein paar Pluspunkte. Und am Ende zählte doch vor allem, dass ich den ersten Schultag erfolgreich hinter mich gebracht hatte.

Das war das Allerwichtigste.

Puh, da fiel mir ein, dass ich unbedingt noch ein Kapitel für Geschichte lesen musste. Am Ende las ich sogar noch weiter in meinem Geschichtsbuch, bis ich unten die Garagentür hörte. Ich klappte das Buch zu, drehte mich um und knipste das Licht aus. Carl und Rosa würden nicht hereinkommen, wenn sie dachten, ich schliefe. Nach den vielen Monaten, in denen ich nicht oder kaum geschlafen hatte, hüteten sie sich davor, mich aufzuwecken.

Gerade als ich eindöste, meldete sich mein Handy auf dem Nachttisch. Meine Hand griff blitzschnell danach, während mir das Herz bis zum Hals schlug.

Nur zwei Worte, von einer unbekannten örtlichen Nummer:
Nacht, Maus.

5

AM NÄCHSTEN MORGEN konnte ich die Zahnräder in Rosas Kopf förmlich unheilvoll rattern sehen, als sie mich aushorchte, warum ich den spanischen Satz von ihr übersetzt haben wollte.

Warum hatte ich nicht den Mund gehalten?

Rosa war schlau und wachsam wie eine nervöse Katze, und dass ich sie darum gebeten hatte, etwas zu übersetzen, was in ihren Ohren – wie sie mir am Morgen erklärte – nach puertoricanischem Spanisch klang, machte sie natürlich sofort stutzig.

Lächerlich lange hatte ich auf die SMS gestarrt, auf diese zwei Worte. Ich war wie gelähmt von der ... schier unendlichen Zahl an Möglichkeiten, wie ich darauf antworten könnte, sodass ich mich erst gegen ein Uhr morgens für einen ähnlichen Gruß entschied. Und da hatte ich Angst, ich könnte ihn wecken, also schrieb ich ihm lieber gar nicht.

Ich war so ein Idiot. Echt.

Ich war müde und unausgeschlafen und kam mir vor wie eine Untote aus einer der Dystopien, die ich so gerne las, als ich mich im Halbschlaf durch die überfüllten Gänge der Highschool kämpfte.

Ich legte das Rhetorikbuch in den stahlgrauen Spind und holte nur die Bücher für die ersten beiden Unterrichtsstunden heraus, weil ich später noch genug Zeit hatte, sie auszutauschen. Ich schloss die Tür und bemühte mich mit aller Macht, nicht an Rider zu denken, während ich mir gleichzeitig vornahm, wie ein ganz normaler Mensch zu antworten, wenn Keira mich nachher ansprechen sollte. Die Tür klemmte. Seufzend zog ich sie noch einmal auf und schlug sie etwas kräftiger zu. Diesmal rastete der Riegel ein. Zufrieden nahm ich meine Tasche und wandte mich zum Gehen.

»Du?«

Ich blickte mich um, woher die Stimme kam, und da stand sie. Das Mädchen aus dem Rhetorikunterricht. Das Mädchen, das Rider so unbefangen angefasst hatte, als würde sie das öfter tun und als würde ihm das gefallen.

»Du bist es also.« Ihre braunen Augen wurden schmal. »Ich dachte erst, das kann nicht sein, aber du bist es wirklich.«

Aus den Augenwinkeln sah ich, wie das Mädchen mit den winzigen Zöpfchen, das gestern »Hi« zu mir gesagt hatte, ein paar Meter von uns entfernt stehen blieb und zu ihrem Spind sah, vor dem das blonde Mädchen stand. Sie wich zurück und ging eilig in die entgegengesetzte Richtung davon.

Oh Mann, das war kein gutes Zeichen.

Das Mädchen vor mir schürzte die glänzenden rosa Lippen. »Du weißt nicht, wer ich bin, oder?«

Langsam schüttelte ich den Kopf.

»Aber ich weiß, wer du bist. Und ganz bestimmt nicht deshalb, weil wir zusammen in Rhetorik sind. Ich kann echt nicht fassen, dass du es bist«, fuhr sie fort. »Ich dachte, du müsstest inzwischen längst tot sein oder so.«

Mir wurde schwer ums Herz. Mein zweiter Schultag und ich bekam schon Todesdrohungen?

Der Riemen ihrer schäbigen olivgrünen Tasche rutschte ihr von der Schulter. »Ich bin Riders Freundin«, sagte sie geradeheraus.

Oh.

Oh.

Okay, das erklärte den vertrauten Umgang zwischen ihnen.

Ein seltsames Gefühl breitete sich in mir aus. Es war nicht direkt Enttäuschung, eher eine Art stille Resignation. Natürlich hatte ich mir gestern schon so etwas gedacht, als sie zusammen ins Klassenzimmer gekommen waren. Und er sah nun mal einfach blendend aus. Das Mädchen war ebenfalls bildhübsch. Es passte alles, selbst für jemanden wie mich, der keine Erfahrung mit Jungs und Liebe und so hatte. Aber ich schaute natürlich fern. Ich las Bücher. Ich hatte Ainsley. Ich wusste, dass die Beziehung zwischen Rider und dem Mädchen im Grunde nur logisch war.

Sie maß mich mit dem Blick, so als versuchte sie, etwas herauszufinden. »Er hat davon erzählt, wie …«

»Yo, was geht, Leute?« Jayden tauchte wie aus dem Nichts neben dem Mädchen auf.

Aus der Nähe erkannte ich, dass er jünger war als sie und ich. Vielleicht in der ersten oder zweiten Highschool-Klasse. Seine Augen hatten die gleiche hellgrüne Farbe wie die von Hector und waren nicht mehr so rot wie gestern, als ich ihm im Gang begegnet war.

Das Mädchen schien genauso überrascht über sein Auftauchen wie ich. »Was willst du?«

»Benimm dich nicht wie eine *puta*, Paige.« Lächelnd streckte er die Hand aus und zog an ihrem dicken Zopf. »Was bist du heute? Getto-Katniss?«

Sie riss ihm den Zopf aus der Hand. »Du weißt doch nicht mal, wer Katniss überhaupt ist, du kleiner Punk. Du denkst doch, die *Hunger Games* sind das, was passiert, wenn du gekifft hast.«

Ähm.

»Klingt doch logisch.« Jayden blinzelte mir mit einem durchtriebenen Grinsen zu. »Übrigens, wir kennen uns. Wir sind gestern im Gang zusammengestoßen.« Er hielt inne. »Und du hast nach der Schule mit Rider geredet – draußen auf dem Parkplatz.«

Mein Blick huschte zu dem Mädchen, zu Paige. Ihre Augen waren eisig. »Bist du stumm oder was? Du hast noch kein Wort zu mir gesagt«, sagte sie.

Ich war nicht stumm, kein bisschen.

Jayden zog die Augenbrauen zusammen. »Das ist echt 'ne dumme Frage, Paige. Ich hab doch gerade gesagt, dass sie mit Rider geredet hat.«

»Weißt du was?« Sie blitzte ihn wütend an, wobei sie es schaffte, trotzdem hübsch auszusehen, und stemmte die Hände in die Hüften. »Junge, du hast schon genug Ärger an der Backe, da brauchst du dich nicht auch noch in meine Angelegenheiten einzumischen.«

Er legte den Kopf schräg. »Mutige Worte von einem Mädchen, das sich ständig in meinen Kram einmischt.«

Sie waren offenkundig ganz mit ihrem Streit beschäftigt. So wie sie sich zankten, schien es nicht das erste und auch nicht das letzte Mal gewesen zu sein. Ich machte auf dem Absatz kehrt und tauchte im Gedränge der Schüler unter, die auf dem Weg zum Unterricht waren.

Bist du stumm?

Mit brennenden Wangen betrat ich mein Klassenzimmer. Aus

meiner Scham wurde jedoch rasch Wut – hauptsächlich auf mich selbst. Ich hätte ja etwas zu ihr sagen können, ganz egal was, statt einfach nur dazustehen, als hätte ich keine funktionierende Zunge.

Und überhaupt. Sie war Riders Freundin. Es stimmte also. Das Mädchen, das gefragt hatte, ob ich stumm sei, und vor dem ich gestanden hatte wie ein Loser, dieses Mädchen war tatsächlich seine Freundin.

Ich widerstand dem Drang, meinen Kopf auf die Tischplatte zu knallen.

Stumm.

Nichts hasste ich so sehr wie dieses Wort.

Alle hatten geglaubt, dass ich stumm sei – Miss Becky und Mr Henry, die Heimbetreuer, das Jugendamt. Sogar Carl hatte das gedacht, als Rosa und er mich kennenlernten. Nur Rider hatte gewusst, dass es nicht so war. Dass ich ganz normal reden konnte.

Trotzdem hatte ich vorhin nichts gesagt.

Wenn Dr. Taft erklärte, warum ich so lange geschwiegen hatte, benutzte er immer einen hochkomplizierten Begriff – posttraumatische Belastungsstörung nannte er es, ausgelöst von den schlimmen Dingen, die ich als kleines Kind erlebt hatte. Die Hälfte unserer Therapiesitzungen hatten wir darauf verwendet, Bewältigungsstrategien dafür zu entwickeln und Möglichkeiten, mein Schweigen zu überwinden.

Es hatte irrsinnig viel Mühe gekostet, so weit zu kommen, wie ich mittlerweile war, an einen Punkt, wo ich nicht mehr das Gefühl hatte, dass ich Therapiestunden brauchte. Und dann genügten ein paar Minuten, und ich hatte das Gefühl, dass es mich um zwanzig Schritte zurückgeworfen hatte. Als wäre ich wieder die

Mallory, die ich mit fünf Jahren gewesen war oder mit zehn oder mit dreizehn – die Mallory, die nichts sagte oder tat. Die Mallory, die einfach nur schweigend dastand, weil das am sichersten zu sein schien.

Ich hasste dieses Gefühl.

Meine Hand krampfte sich um meinen Stift, aber ich achtete nicht auf den Schmerz in den Fingerknöcheln. Tränen der Enttäuschung brannten in meiner Kehle, und es fiel mir schwer, mich auf den Chemieunterricht zu konzentrieren. Noch schwerer war es, dem Drang zu widerstehen, mich zu einer kleinen heulenden Kugel zusammenzurollen, vor allem, als mir bewusst wurde, dass ich wieder einen Platz in der letzten Reihe gewählt hatte.

Bloß nicht auffallen.

— —

In Englisch drehte sich Keira sofort zu mir um. »Okay. Ich würde dich gern etwas fragen, was vielleicht ein bisschen merkwürdig klingt.«

Überrascht sah ich sie an, mein Magen sackte hinunter. Wollte sie mich etwa fragen, ob ich stumm sei?

Lächelnd strich sie sich eine Haarsträhne hinters Ohr, doch die fiel sofort wieder nach vorn. Strahlend blaue Ohrringe hingen an ihren winzigen Ohrläppchen. »Hast du dir mal überlegt, ob du Cheerleader werden willst?«

Ich starrte sie an. Das war ein Witz, oder? Dann schaute ich mich im Klassenzimmer um. Niemand beachtete uns oder hielt ein Handy in die Höhe, um diesen Moment für die Nachwelt festzuhalten.

»Ich meine, du siehst ganz schön kräftig aus. Du könntest ein

Base oder ein Back sein, du könntest gut unten stehen und die anderen tragen«, sagte sie so unbefangen, als hätte sie mich nicht gerade erst als »kräftig« bezeichnet. »Wir sind ziemlich verzweifelt auf der Suche nach neuen Leuten. Hier an der Schule haben nur wenig Mädchen Interesse daran und eine meiner Teamgefährtinnen hat sich gestern beim Training die Hand gebrochen. Da bist du mir eingefallen.«

Sie fuhr sich mit der Hand über den schlanken Arm und drehte an dem blauen Band an ihrem Handgelenk. »Was meinst du?«

Äh.

»Du bist echt hübsch und die blau-rote Uniform würde auch super zu deinen Haaren passen«, meinte sie mit einem Blick zur Tür.

Meine Zunge fühlte sich an, als würde sie dick und geschwollen in meinem Mund liegen, während ich verzweifelt nach Worten suchte und darum kämpfte, die harte Arbeit, die ich bis jetzt hineingesteckt hatte, nicht zunichte zu machen. »Ähm, also … ich bin nicht so der Hipp-Hipp-Hurra-Typ.«

Keiras Augenbraue hob sich in einem eleganten Bogen. »Meinst du, ich vielleicht?«

Ich schüttelte den Kopf, unsicher, ob meine Antwort okay gewesen war. Ich hatte absolut nichts gemeinsam mit Cheerleadern. Sie waren laut und gesprächig, bei allen beliebt und hübsch und noch etwa tausend Dinge mehr, mit denen ich überhaupt keine Erfahrung hatte. Andererseits wusste ich eigentlich nicht genau, ob das für alle Cheerleader galt. Schließlich war Keira die erste, die ich je kennengelernt hatte. Meine Vermutungen stützten sich im Grunde nur auf Filme und Bücher, und jeder wusste doch, dass dort gern mit Klischees gearbeitet wurde.

Ich wand mich etwas, als mir klar wurde, wie unhöflich meine Worte möglicherweise geklungen hatten. Hipp-Hipp-Hurra-Typ? Manchmal war es echt besser, nichts zu sagen.

Sie lächelte. »Es macht echt Spaß. Denk wenigstens drüber nach, okay?«

Ich hielt meinen Stift so fest, dass ich schon fürchtete, er könnte jede Minute zerbrechen, sodass überall blaue Tinte herumspritzte. »Okay.«

Ihr Lächeln wurde breiter. »Cool. Du hast auch immer spät Mittagpause, oder? Nach der nächsten Stunde? Ich glaube, ich habe dich gestern in der Mensa gesehen, aber du warst gleich wieder weg. Und du bist auch in Rhetorik, oder? Aber da haben natürlich alle nur Augen für sexy Hector.«

Ich nickte, unsicher, in welche Richtung dieses Gespräch führen würde.

».Also, wenn dir in der Pause langweilig ist, dann komm doch zu mir an den Tisch.« Sie schaute auf ihren Schreibblock und schrieb das Datum in die rechte obere Ecke. »Ich sitz meistens ganz vorn, wo es so laut ist. Du kannst uns eigentlich nicht übersehen.«

Hatte ich mich verhört oder hatte sie mich tatsächlich zum Essen an ihren Tisch eingeladen? Oh mein Gott, Paige und ihr Katniss-Zopf konnten mich mal kreuzweise! Wie cool! Auf alle Fälle ein riesiger Schritt in die richtige Richtung. Wenn ich darauf wieder nichts antwortete, könnte ich mir auch gleich den Mund zunähen, wie Ainsley sagen würde.

»Okay«, hauchte ich und kam mir irgendwie blöd vor, aber diese Einladung war wie Ostern und Weihnachten auf einmal für mich.

Keira grinste zu mir herüber. Als nach vierzig langen Minuten, in denen wir Mr Newberrys hochgestochenes Geschwafel über tote männliche Schriftsteller über uns ergehen lassen mussten, endlich die Schulglocke läutete, winkte sie mir kurz zu und verschwand aus dem Klassenzimmer.

Ich ging an meinem Spind vorbei und tauschte die Bücher, zutiefst erleichtert, dass Paige nicht aus einer der Türen kam. Ich wollte weder über sie nachdenken noch darüber, was sie Rider bedeutete.

Ich sagte mir meinen albernen Mutmach-Spruch vor und ging ins Erdgeschoss hinunter, vorbei an der vollgestopften Vitrine mit den Sportpokalen. *Ich schaffe das. Ich schaffe das.* Doch sobald ich die laute, überfüllte Mensa betrat, war meine Kehle wie zugeschnürt. Ich beschloss, mir als Erstes etwas zu essen zu holen.

Aber vorher blickte ich zu dem Tisch hinüber, wo Keira schon am Tag zuvor gegessen hatte. Sie hockte dort mit mehreren Mädchen, aber der Platz neben ihr war frei. Ich bekam keine Luft. *Ich schaffe das.* Zögernd näherte ich mich der Warteschlange.

»Du brichst mir echt das Herz.«

Beim Klang von Riders Stimme fuhr ich herum und presste erschrocken die Tasche an mich. Zuerst fiel mein Blick auf den ausgebleichten *Ravens*-Druck über seiner breiten Brust, dann zwang ich mich, den Blick weiter zu heben. Die Bartstoppeln an seinem Kinn waren verschwunden, diesmal nur glatt rasierte Haut.

Ohne Schreibblock, die Hände stattdessen in die Hosentaschen geschoben, kam er mit dem vertrauten schiefen Grinsen und dem Grübchen in der rechten Wange auf mich zu. Mein Herz machte einen Satz, als er vor mir stand und den Kopf zu mir senkte. Ich spürte seinen warmen Atem an meiner Wange.

»Du hast gestern gar nicht auf meine SMS geantwortet«, sagte er in einem unbefangenen, frotzelnden Ton, den ich gar nicht an ihm kannte. »Ich dachte, du wüsstest vielleicht nicht, dass sie von mir war, aber das würde bedeuten, dass es noch jemanden gibt, der dir eine gute Nacht wünscht und dich Maus nennt. Ich weiß nicht, ob mir das gefällt.«

Ich schüttelte so hastig den Kopf, dass meine Haare flogen.

Er lachte leise. »War nur ein Witz. Holst du dir was zu essen oder ...?«

Mein Blick huschte zu Keiras Tisch. Sie sah zu uns herüber, genau wie das blonde Mädchen neben ihr, und ihr Blick wanderte von Rider zu mir.

Rider nahm meine Hand. Die Berührung durchfuhr mich wie ein Stromschlag und mein Blick flog zu ihm. »Kommst du mit?«, fragte er.

Ganz durcheinander von seinem Anblick und von der Berührung ließ ich mich von ihm in die kurze Warteschlange vor der Pizzatheke ziehen. Meine Augen huschten wie wild gewordene Flummis über die Gesichter der anderen Schüler in der Schlange und an den Tischen. Dann begriff ich endlich, warum Keira und ihr halber Tisch uns anstarrten.

Mein Magen zog sich zusammen.

Ich hielt Händchen mit Rider – und er hatte eine Freundin.

Mein Mund wurde ganz trocken und ich zog hastig die Hand weg. Obwohl er früher tausendmal meine Hand gehalten hatte, fühlte es sich nun, da ich von Paige und ihm wusste, nicht richtig an. Alles war so ... es war nicht mehr wie früher.

Neugierig schaute Rider mich an. Ich senkte den Blick. Er legte zwei Pizzastücke auf ein Tablett. Mit kribbelnden Händen sah ich zu, wie er eine Flasche Wasser und eine Milchtüte danebenstellte.

»Trinkst du immer noch Milch zu allem?«, fragte er und betrachtete seine Auswahl. Dann schaute er mich an und unsere Blicke begegneten sich. »Als bräuchtest du das zum Überleben?«

Ich nickte und mein Herz schmolz dahin. Er erinnerte sich tatsächlich daran, dass ich bei jeder sich bietenden Gelegenheit Milch trank – und Cola, wenn Rosa und Carl es mir durchgehen ließen.

Einen Moment lang ruhte sein Blick auf mir. Und bevor ich meinen Geldbeutel hervorholen konnte, zog er ein paar zerknitterte Ein-Dollar-Scheine aus der Hosentasche und bezahlte damit. Ich wollte widersprechen, aber er sah mich streng an, die Stirn gerunzelt. Ich erkannte den Blick sofort. Genau so hatte er mich millionenmal angesehen, als wir noch kleiner waren. Keine Widerrede, sagte dieser Blick. Es war merkwürdig, die achtzehnjährige Version davon zu erleben. Ich grübelte noch darüber nach, als er schon das Tablett mit den Tellern und den Getränken in den Händen balancierte. Er deutete mit dem Kopf auf den Ausgang und ich schaute schnell zu Keira hinüber. Die beugte sich zu dem blonden Mädchen, das Gesicht kaum zu sehen hinter den vielen Zöpfen. Sie schien ins Gespräch vertieft zu sein und blickte nicht auf.

Morgen, nahm ich mir vor.

Ich folgte Rider aus der Mensa, neugierig, wohin er mich führte. Wir kamen an der Sporthalle vorbei. Die Türen standen offen, und ich meinte Hector zu sehen, der mit einem Basketball durch die Halle rannte und etwas rief, was so ähnlich klang wie Spanisch und doch irgendwie anders. Rosa hatte gesagt, es sei Puerto-Ricanisch. Ich würde ihr wohl glauben müssen.

»Ich hab eigentlich schon früher Pause, aber ich hab mitbekommen, dass du erst in der zweiten Pause essen gehst«, erklärte Rider und ging langsamer, damit ich ihn einholen konnte. »Kannst du dich noch an den Jungen erinnern, der gestern in Rhetorik vor uns saß? Der Idiot in dem Auto? Das ist Hector, und der hat einen jüngeren Bruder, der dich gestern auf dem Gang gesehen hat. Jayden. Der saß auch im Auto. Jedenfalls hat Jayden gesagt, er hätte dich gestern in der zweiten Pause gesehen.«

Obwohl ich das bereits wusste, sagte ich nichts dazu. Stattdessen warf ich beim Gehen immer wieder einen Seitenblick auf ihn. Es war fast ein Wunder, dass ich nicht stolperte.

»Also, nur falls du dich wunderst ...«, er hielt inne und öffnete die Tür zum Schulgarten, »... ich schwänze gerade den Unterricht.«

Entsetzt sah ich ihn an. »Rider!«

Er hielt mir die Tür auf und wartete, bis ich hindurchgegangen war. Ich blieb stehen, weil ... nun ja, weil er auch stehen geblieben war, das Tablett mit dem Essen in der Hand. Seine Augen suchten meine. »Weißt du, deine Stimme zu hören, wie sie meinen Namen sagt – ich hätte nie gedacht, dass ich das noch mal erlebe. Es ist mir egal, ob ich eine Stunde verpasse. Hauptsache, wir können miteinander reden.«

Draußen ging er zu einem leeren Steintisch mit einer Bank davor. Endlich löste sich meine Zunge vom Gaumen. »Kriegst du ... kriegst du da keinen Ärger?«

Er winkte ab. »Das ist es mir wert.«

Das beruhigte mich nicht wirklich, aber trotzdem machte mein Herz bei diesen Worten einen fröhlichen Satz. Er stellte das Tablett auf den Tisch und hockte sich rittlings auf die Bank. Grinsend klopfte er auf den Platz neben sich.

Ich ließ meine Tasche auf die hellbraunen Pflastersteine fallen und sah ihn an. Er schaute durch seine dichten Wimpern zu mir hoch, den Kopf leicht schräg gelegt, und grinste. Das einsame Grübchen auf seiner Wange bettelte förmlich darum, liebkost zu werden. Mir wurde klar, dass wir zum ersten Mal allein waren. Keine neugierigen Augen, die uns beobachteten, keine Erwachsenen, die uns beaufsichtigten. Niemand, der an uns vorbeilief, so wie am Tag zuvor auf dem Parkplatz. Wir waren allein, nur er und ich, so wie früher.

Keine Ahnung, was dann über mich kam, aber plötzlich brodelte ein ganzes Jahrzehnt an Gefühlen in mir hoch. Vielleicht, weil er früher immer für mich da gewesen war. Vielleicht lag es aber auch nur daran, dass er neben mir saß und wir uns beide zusammen im Hier und Jetzt befanden.

Noch nie hatte ich mich so sehr *im Hier und Jetzt* gefühlt wie in diesem Moment.

Ich beugte mich vor, schlang die Arme um seine breiten Schultern und drückte ihn ganz fest. Wahrscheinlich eine der lahmsten Umarmungen der Weltgeschichte, aber es fühlte sich gut an. Und als er mich daraufhin um die Taille fasste, fühlte sich das noch schöner an. Seine Umarmung war auf jeden Fall besser als meine.

Als ich mich von ihm löste, glitten seine Hände über meine Taille bis zu meinen Hüften, wo sie einen Moment lang verweilten. Ein seltsames warmes Kribbeln regte sich in meinem Bauch, das auch noch blieb, nachdem er mich wieder losgelassen hatte. »Und womit hab ich das verdient?«

Ich zuckte die Schultern und setzte mich und schob die Knie unter den Tisch. Meine Wangen waren heiß. »Ich ... ich wollte es einfach.«

»Also, das kannst du gern wieder tun. Stört mich gar nicht.«

Ich grinste, und als er leise lachte, passierte erneut etwas Seltsames: Ich erschauerte. Dabei war mir gar nicht kalt, ganz im Gegenteil.

»Maus …«

Unsere Blicke trafen sich, und – verdammt – es war, als wären wir wieder dreizehn und würden heimlich Essen klauen in einer Welt, in der es nur Rider und mich gab. Nur dass wir jetzt älter waren und nicht länger zu zweit gegen den Rest der Welt kämpfen mussten. Ich war kein kleines Mädchen mehr, er war kein kleiner Junge mehr. Damals hatte er … also, er hatte zu mir gehört. Aber das war nicht mehr so. Jetzt hatte er eine Freundin, die dachte, ich sei stumm.

Diese Erkenntnis traf mich wie ein Schlag in die Magengrube.

Deswegen sollte ich wohl schleunigst mit den Umarmungen aufhören. Und das seltsam ziehende Gefühl in meinem Bauch und erst recht das Erschauern musste ich mir auch abgewöhnen. Nur das strahlende Lächeln auf meinem Gesicht würde sicher nicht so schnell verschwinden.

»Du musst mir unbedingt erzählen, was du in den letzten Jahren so gemacht hast.« Er schob mir ein Stück Pizza herüber und reichte mir sogar noch eine Serviette.

Dann tat er genau das, was ich erwartet hatte. Er nahm als Erstes die Salamischeiben von seiner Pizza. Mein breites Grinsen sah bestimmt total bescheuert aus.

Mit einem Seitenblick zu mir schob er die Salami in den Mund und sagte genauso geduldig wie früher: »Also, Maus?«

Mein Blick huschte zu der Narbe an seiner Augenbraue und mein Lächeln erstarb. Ich starrte auf meine Pizza und holte tief Luft. »In der Nacht damals … ähm, in dieser letzten Nacht, da hab ich im Krankenhaus einen Arzt kennengelernt. Carlos Rivas – Carl. Er war … er ist Spezialist für Brandverletzungen.«

Rider nahm die Milchtüte und riss sie auf. Dabei bemerkte ich einen Fleck an der rechten Kuppe seines langen Zeigefingers, der aussah wie rote Tinte. Er reichte mir die Milch und ich fuhr fort: »Er ist verheiratet mit Rosa. Die ist Herzchirurgin. Sie ... arbeiten beide im gleichen Krankenhaus, im Johns Hopkins, und ich glaube, das Jugendamt hat ihnen damals gesagt, dass ich ... stumm bin oder dass mit mir was nicht stimmt.«

Stirnrunzelnd nahm Rider seine Pizza in die Hand. »Du bist doch nicht stumm. Und mit dir stimmt alles. Du bist ein wunderbarer Mensch. Hör nicht auf den Scheiß.«

Ich zuckte mit den Schultern. »Die beiden haben mich oft besucht, nachdem ich ... mit ihnen gesprochen habe.« Mit aufeinandergepressten Lippen zupfte ich eine Salamischeibe von meiner Pizza. »Als ich nach der Narkose wieder aufgewacht bin, wollte ich als Erstes wissen, wo du bist. Ich habe Carl gefragt.«

Es war das erste Mal seit Jahren gewesen, dass ich mit einem Fremden sprach.

Riders Kopf fuhr zu mir herum, seine Augen glänzten im Sonnenschein eher golden als braun. »Ich habe wirklich nach dir gesucht, Mallory. Ich habe dir ja gestern schon gesagt, dass ich zum städtischen Krankenhaus rausgefahren bin. Aber niemand wollte mir sagen, wo du bist. Nur dass ...« Seine Stimme klang belegt. »Nur dass du nicht mehr zurückkommst.«

»Ich wünschte ... ich hätte eine Möglichkeit gehabt, dich zu sehen. Ich habe immer wieder nach dir gefragt, aber ...« Aber alles war so beängstigend und überwältigend gewesen. »Und was ist dann aus dir geworden?«

Er runzelte die Stirn. »Ich bin in ein Heim gekommen.« Er klappte den Rest von seinem Pizzastück zusammen und betrachtete es nachdenklich. »Aber deine Geschichte geht doch bestimmt noch weiter. Erzähl.«

Etwas Schweres legte sich mir auf die Brust. Ich bot ihm meine Salamischeibe an. Seine Lippen verzogen sich zu einem leichten Lächeln.

»Ich musste noch eine Weile im Krankenhaus bleiben und dann ... bin ich auch in ein Heim gekommen.«

»Und wo?«

Mit ihm zu reden war wie eine lang ersehnte Erlösung. Mit jedem Wort wurde es leichter. »In der Nähe vom Hafen ... nicht weit weg vom Krankenhaus. Carl und Rosa ... Sie haben mich regelmäßig besucht und irgendwann haben sie mich zu sich geholt.«

Seine Hand erstarrte auf halbem Weg zum Mund. »Du bist von zwei Ärzten adoptiert worden?«, fragte er überrascht.

Meine Muskeln verkrampften sich, und ich fragte mich, ob er vielleicht schimpfen würde, wie unfair das doch sei. Ich hatte keine Ahnung, wie es ihm ergangen war. Lebte er immer noch im Heim ... oder war es noch schlimmer? Denn dass man es viel schlimmer treffen konnte, wussten wir beide nur zu gut. Ich nickte schuldbewusst.

Er ließ die Pizza auf das Tablett fallen und seine Schultern entspannten sich. Sein Blick wurde weich. »Scheiße, Mallory, ich bin ja so was von ... Echt, du lebst bei zwei Ärzten? Das ist ja super!« Ich sah die Erleichterung in seinen Augen und fragte mich, wo er mich in den letzten vier Jahren wohl vermutet hatte. »Die haben sich bestimmt gut um dich gekümmert, oder?«

Ich nickte, nahm noch eine Scheibe Salami von meiner Pizza und gab sie ihm. Seine Finger berührten meine und wieder fuhr ein Stromschlag durch mich hindurch. Ich konnte mich nicht erinnern, dass ich jemals so auf eine Berührung von ihm reagiert hätte, aber es war auf jeden Fall ein angenehmes Gefühl.

»Und das Auto, mit dem du gestern zur Schule gekommen bist? Gehört der Honda dir?«

»Er hat früher mal ihrer Tochter gehört.«

Er hob eine Augenbraue. »Früher mal?«

»Sie ist gestorben, bevor ich Carl und Rosa kennengelernt habe. Vor fast zehn Jahren. Ich glaube, deshalb haben sie mich auch bei sich aufgenommen«, sagte ich und kaute langsam.

Fragend sah er mich an.

»Ich meine, sie hatten keine … sie haben keine anderen Kinder gehabt.« Ich schwieg einen Augenblick lang. »Sie sind wirklich sehr gut zu mir, Rider. Ich hab echt Glück gehabt.«

»Ich wünschte, du hättest sie nie kennenlernen müssen.« Er aß den letzten Bissen seiner Pizza, wischte sich die Hände mit der Serviette sauber und lehnte sich zu mir. »Ich meine, ich bin natürlich froh darüber, Maus, weil du so ein Leben verdient hast, aber …«

»Ich weiß, was du meinst.« Erleichterung durchströmte mich. Weder in seiner Stimme noch in der Art, wie er mich ansah, lag eine Spur von Neid. Ich trank einen Schluck Milch. »Nachdem sie das Sorgerecht für mich bekommen haben, bin ich erst mal von einem Hauslehrer unterrichtet worden«, erklärte ich. »Und dann … irgendwann wollte ich auf eine richtige Schule gehen.«

Fragend hob er die Augenbrauen. »Und warum?«

»Ich möchte aufs College«, erklärte ich ihm und schaute hinauf zu dem wolkenlosen Himmel. Ein Collegestudium war ein ziemlich ehrgeiziges Vorhaben, wenn man bedenkt, dass mir schon bei dem Gedanken, mit einem Lehrer zu reden, kotzübel wurde, aber ich hatte es trotzdem fest vor. College bedeutete – zumindest hoffte ich das –, dass ich irgendwann einen Job fand und ein Leben führen konnte, wo ich mir keine Gedanken um die nächste Mahlzeit machen musste und wo ich von niemand anderem abhängig war. College bedeutete Freiheit. »Und Rosa und Carl … die wollen das auch. Ich meine, ich könnte auch weiter zu Hause unterrichtet werden und trotzdem aufs College gehen, aber …«

Rider wartete.

»Aber du weißt ja, wie ich bin – wie ich war.« Mit heißen Wangen betrachtete ich die Milchtüte. »Ich kann nicht … ich hab ein bisschen Angst vor fremden Menschen … und sie meinten, ich sollte es erst mal auf der Highschool probieren.«

Er schwieg, aber ich spürte seinen Blick. »Also, ich bin echt froh, dass du dich dazu entschlossen hast. Wenn nicht …«

Wenn nicht, hätten sich unsere Wege wahrscheinlich nie gekreuzt. Bei dem Gedanken wurde mir ganz flau. Ich sah ihn an und mir stockte der Atem. Er betrachtete mich auf eine Weise, die ich eigentlich nicht gewohnt war, aber die ich schon kannte. So sah ihr Freund Ainsley an. Vielleicht nicht ganz so innig, aber auf jeden Fall genauso liebevoll.

Ich wand mich, nicht aus Verlegenheit, sondern weil ich mir seiner Anwesenheit auf einmal überdeutlich bewusst war. »Und wie ist es dir ergangen?«

Er stützte die Ellbogen auf den Tisch und legte das Kinn in seine Hand. »Ich lebe auch nicht mehr im Heim.« Dann schaute er vielsagend auf meine Pizza. »Iss. Und zwar sofort.«

Meine Augen verengten sich.

Er grinste. »Ich bin in einer Pflegefamilie.« Er rückte näher, während ich ein großes Stück von meiner Pizza abbiss. »Es ist die Familie von Hector. Seine Großmutter nimmt schon seit vielen

Jahren Pflegekinder bei sich auf. So verdient sie sich ein bisschen was dazu.«

Ich dachte an den zerfledderten Schreibblock und die abgetragenen Jeans.

»Aber sie macht es nicht nur wegen dem Geld. Sie ist echt toll. Eine verdammt feine Frau. Jedenfalls hab ich dadurch Hector und Jayden kennengelernt. Ich lebe schon seit ein paar Jahren dort.« Er legte mir die Fingerspitze auf die Wange, woraufhin ich leise nach Luft schnappte. »Was ist mit deinen Sommersprossen passiert?«

»Ich weiß es nicht.« Meine Stimme klang seltsam flüsternd. »Sie sind weggelaufen.«

Das tiefe, kehlige Lachen ertönte wieder. Sein Atem strich über meine Haut. »Früher hattest du genau da drei Stück.« Er tippte mir ganz leicht auf das Jochbein. »Und zwei da drüben.« Sein Finger strich mir über die Nase, dann zog er die Hand wieder zurück. »Kann ich dir mal was sagen?«

»Klar.« Am liebsten hätte ich ihm gesagt, dass es okay wäre, wenn er mein Gesicht weiter berührte, aber das hätte wahrscheinlich ziemlich seltsam geklungen. Und es wäre unpassend. Absolut unpassend.

Er senkte die Augen und das schiefe Grinsen verschwand. »Ich wusste immer, dass du eines Tages wunderschön sein würdest.«

Mit angehaltenem Atem setzte ich mich auf. Der Rest meiner Pizza, das Randstück, lag vergessen auf dem Teller. Hatte ich mich verhört?

Seine Wangen wurden rot und er grinste verlegen. »Ich hätte nur nie gedacht, dass ich es mal selber sehen würde.«

Wow. Er hatte es wirklich gesagt. Schön. Rider fand mich schön. Das haute mich glatt um. Ich konnte nichts sagen, konnte ihn nur anstarren. Ich wusste, dass ich nicht gerade hässlich war. Ainsley fand meine Haare und meine Augen toll, die wohl auf irgendwelche irischen Vorfahren zurückgingen, von denen ich nichts wusste, aber ich fand mich ansonsten eigentlich eher durchschnittlich. Durchschnittsgesicht. Durchschnittsfigur, nicht zu klein, nicht zu groß. Ich hätte mich nicht unbedingt als schön bezeichnet.

»Du bist auch schön, ich meine, du siehst echt gut aus«, brach es aus mir heraus. »Und ich wusste auch schon immer, dass es einmal so sein würde.« Dann erst begriff ich, was ich da von mir gegeben hatte. Aus Riders Grinsen wurde ein breites Lächeln.

»Oh Gott, ich habe das doch nicht wirklich laut gesagt, oder?«

»Doch, hast du.«

»Oh nein!«

Er legte den Kopf in den Nacken und lachte laut. Er lachte wie früher in den seltenen Momenten, wenn ihn etwas richtig amüsierte. Und er lachte mit einer Unbekümmertheit, um die ich ihn beneidete.

Ich wollte mein feuerrotes Gesicht hinter den Händen verbergen, doch er nahm meine Handgelenke und hielt sie fest. Seine Augen waren heller, sie schienen zu tanzen. »Ich kann so tun, als hättest du das nicht gesagt, wenn es dir dann besser geht«, schlug er vor.

Oh ja, bitte. Ich nickte.

»Aber ich werd's trotzdem nicht vergessen.«

Verlegenheit überkam mich, doch Rider rückte grinsend näher und zog mich an sich. Und ehe ich michs versah, hatte er mich zwischen seine Schenkel gezogen und die Arme um mich geschlungen und drückte mich ganz fest an seine Brust.

Seine sehr kräftige Brust.

Bei der Berührung durchfuhr mich ein Blitz, als hätte ich an einen elektrischen Draht gefasst. Es dauerte ein paar Sekunden, bis ich mich wieder entspannen konnte.

Schweigend legte er das Kinn auf meinen Kopf und auch ich sagte nichts und schloss ganz fest die Augen. Dass ich ihm wieder so nah war, machte mir noch deutlicher bewusst, wie machtvoll die Verbindung zwischen uns war, fast mit Händen zu greifen.

Eine Hand wanderte ganz langsam unter meinen Haaren an meinem Rücken hoch. Dann legte er mir die Hand auf den Nacken. Sein Kinn bewegte sich und strich über meine Stirn, eine ganz intime Berührung und völlig anders als früher, wenn wir uns als Kinder nah gewesen waren. Eine seltsame Wärme breitete sich in mir aus. Als würde man nach einem langen Winter zum ersten Mal wieder in die Sonne kommen. Einen Moment lang war ich mir nicht sicher, ob er atmete, weil sich seine Brust unter meinen Händen nicht bewegte.

Tief drin fragte ich mich, ob ... ob das auch wirklich okay so war. Ich wollte mich nicht von ihm lösen und die Verbindung zwischen uns zerstören, aber ich dachte, dass es vielleicht besser wäre. Es war eine ganz unschuldige Umarmung, was denn auch sonst, aber dennoch war es völlig anders als früher.

»Mit wem verbringst du sonst die Pause?«, fragte er, und seine Stimme kam mir verändert vor. Irgendwie tiefer.

Ich ließ die Augen geschlossen und überlegte, was ich darauf antworten sollte. Ich hatte absolut keine Lust, mich aus seiner Umarmung zu lösen, und war mir nicht sicher, was das über mich aussagte oder ob es überhaupt etwas aussagte.

»Maus?«

»Da ist ein Mädchen in meiner Englischklasse. Sie hat ... mich an ihren Tisch eingeladen.«

Der Arm um meine Taille schien mich auf einmal noch fester zu halten. »Wie heißt sie?«

»Keira ... Ihren Nachnamen weiß ich nicht mehr.«

Kurzes Schweigen. »Die kenne ich. Sie ist auch bei uns in Rhetorik. Ziemlich cooles Mädchen. Und, willst du ihr Angebot annehmen? Sonst kann ich auch mit dir zum Essen gehen.«

Aber er müsste doch eigentlich im Unterricht sitzen. Und da begriff ich. Rider ... Wahnsinn. Er hatte sich überhaupt nicht verändert. Obwohl vier Jahre vergangen waren und obwohl er eigentlich längst in seinem Klassenzimmer sein sollte und obwohl er eine Freundin hatte, würde er für mich da sein, wenn ich ihn brauchte. Dumme Tränen brannten in meinen Augen. »Das brauchst du nicht. Ich setz' mich zu ihr.«

Seine Finger wanderten über meinen Nacken und tasteten nach den Muskeln dort. »Bist du sicher?«

Mein Herz war weich wie Pudding. »Ja. Sie hat es mir angeboten ... und sie hat sogar gefragt, ob ich Cheerleader werden will.«

Riders Hand hielt inne. »Maus ...«

Ich grinste.

»Da denkst du doch nicht ernsthaft drüber nach, oder?«, fragte er nach einer Pause. Dann richtete er sich plötzlich auf und zog die Hände weg.

Widerstrebend öffnete ich die Augen. Mit angespanntem Gesicht starrte Rider über den Schulgarten hinweg zum Parkplatz. Zwischen den geparkten Wagen stand ein Auto mit laufendem Motor. Es hatte getönte Scheiben, sodass man nicht sehen konnte, wer oder was drinnen war.

Eine Tür ging auf. Es war der Ausgang, durch den auch wir herausgekommen waren. Jayden trat heraus und zog seine Jeans zurecht, während er über die Wiese zum Schultor lief.

»Mist«, fluchte Rider leise.

Ich erstarrte, als ich das Misstrauen in ihm spürte. »Alles okay?«

»Ja.« Er sah zu, wie Jayden durch das Tor schlüpfte und zu dem Auto ging. Das Fenster auf der Fahrerseite wurde heruntergelassen und Jayden beugte sich vor. Rider tätschelte mein Bein. »Es läutet gleich. Warum gehst du nicht schon mal rein?«

Ein kalter, harter Zug lag auf seinem Gesicht, der mir gar nicht gefiel. »Rider …«

»Es ist alles okay. Versprochen«, sagte er und tätschelte wieder mein Bein. Dann stand er auf. Wieder ging die Tür auf. Diesmal war es Hector, der mit grimmiger Miene aus dem Gebäude kam. Rider nahm meine Hand und zog mich hoch. »Bis nachher im Unterricht.«

Ich nickte und sammelte meine Sachen zusammen. Ohne mich zu beachten, kam Hector zu Rider. Dann machten die beiden einen Schwenk und marschierten davon. Ich schaute ihnen nach. Tief in mir drin wusste ich genau, dass da irgendetwas vorging. Und was es auch war – es war ganz und gar nicht okay.

6

RIDER ERSCHIEN NICHT zum Rhetorikunterricht. Sein Platz blieb leer, und ich musste die ganze Zeit daran denken, dass sein Fehlen bestimmt mit diesem Auto zusammenhing. Obwohl wir eine Weile über die vergangenen vier Jahre geredet hatten, wusste ich nicht wirklich, was Rider in der Zeit alles erlebt hatte, außer dass er bei Hectors Großmutter untergekommen war.

Ich war weder dumm noch naiv, auch wenn mir manche Leute da widersprechen würden. Jahrelang hatte ich in einem Haus gelebt, wo ich so einiges mitbekommen hatte. Und die Zeit im Heim war ebenfalls sehr lehrreich gewesen. Dort lungerten zwielichtige Typen vor dem Haus herum und warben jüngere Kinder als Drogenkuriere an. Ich hatte selbst gesehen, wie ältere Kinder aus dem Heim mitten im Gespräch einfach umkippten. In dem einem Monat dort hatte ich Kinder kennengelernt, die kurz darauf einfach verschwunden waren und auf der Straße lebten. Ich konnte mir auch ziemlich gut vorstellen, warum Jaydens Augen gestern so blutunterlaufen waren, und dass in einem Auto mit getönten Scheiben auf einem Schulparkplatz vermutlich nicht unbedingt Pfadfinder saßen, war mir auch klar.

Besorgt überlegte ich, in welche Schwierigkeiten Rider wohl

verwickelt sein könnte. Dazu kam noch etwas anderes, wobei ich mir allerdings nicht sicher war, ob ich es mir überhaupt eingestehen wollte: Paige fehlte ebenfalls. Und ich war schließlich nicht dumm. Rider hatte die Schule verlassen und Paige auch. Was immer dahintersteckte, sie waren vermutlich zusammen. Ein brennendes Gefühl breitete sich in mir aus, und ich versuchte, mir einzureden, es sei mein Magen und es hätte nichts damit zu tun, dass Rider meine Hand gehalten und mir gesagt hatte, ich sei schön. Bestimmt sagte er das auch zu Paige, nur dass es bei ihr sicher ganz anders gemeint war.

Es kostete mich einige Mühe, mich auf Mr Santos' Vortrag über verschiedene Redeformen zu konzentrieren. Santos wanderte auf und ab und fuchtelte beim Sprechen wild mit den Händen. Er sprühte regelrecht vor Begeisterung. Ich schaute auf meinen Schreibblock und stellte fest, dass ich erst ein halbes Blatt mitgeschrieben hatte. Nicht gut. Ich nahm mich zusammen und kritzelte hastig etwas auf das Papier.

Als die Glocke läutete, war ich zumindest beruhigt, was meinen Aufschrieb anging. Auf dem Weg hinaus schob ich den Block in meine Tasche. Ich bemerkte erst, dass Keira auf mich gewartet hatte, als sie auf mich zukam.

»Ich wollte noch mal fragen, ob du dir das mit dem Cheerleading überlegt hast?«, fragte sie.

Ich zuckte zusammen und zog den Reißverschluss meiner Tasche zu. Ehrlich gesagt hatte ich gar nicht mehr weiter über ihr Angebot nachgedacht. Stumm schüttelte ich den Kopf.

Sie seufzte und schlang die Finger um ihren Schulterriemen. »Na ja, ich hab mir schon gedacht, dass du keine Lust dazu hast, aber hey, ich dachte, ein Versuch kann ja nicht schaden.«

Nein, ein Versuch konnte absolut nicht schaden. Diese Binsenweisheit war eine ziemlich genaue Beschreibung meines momentanen Lebens.

»Jedenfalls«, sagte sie und hielt die Tür zum Treppenhaus für mich auf. »Ich hab dich heute in der Pause gesehen.« Sie hielt kurz inne, während wir uns in den Schülerstrom auf der Treppe einreihten. »Du warst mit Rider Stark zusammen.«

Bei mir schrillten sämtliche Alarmglocken, doch sie lächelte mich immer noch offen und freundlich an. »Kennst du ihn?«

Ich nickte, während ich über den Treppenabsatz zum ersten Stock ging. Offenbar wollte sie mit mir zu meinem Spind gehen.

»Du bist doch neu hier«, sagte sie und sah mich an, »woher kennst du ihn dann?«

Am liebsten hätte ich gesagt, dass das niemanden etwas anging, aber wahrscheinlich war sie einfach nur neugierig. Das wäre ich an ihrer Stelle vielleicht auch gewesen. Unser Gespräch machte mich nervös, aber ich versuchte, das Gefühl zu verdrängen. »Wir ... wir haben uns gekannt, als wir noch kleiner waren.«

»Echt? Das ist ja cool.« Keira lehnte sich an den Spind neben meinem und holte ihr Handy heraus. »So was hab ich mir schon gedacht. Ihr habt ziemlich ... vertraut miteinander gewirkt und das hat mich überrascht.«

Ich schob mein Geschichtsbuch in den Schrank und holte dafür das Englischbuch heraus. Dann schloss ich die Tür und sah sie an. »Warum hat dich das überrascht?«

»Weil ich schon seit dem ersten Jahr an der Highschool mit ihm zusammen in einer Klasse bin und noch nie gesehen habe, dass er mit einem Mädchen Händchen hält, nicht mal mit Paige«, sagte sie und grinste. »Und sie sind zusammen.«

Warum hatte ich nur auf einmal so ein warmes, glückliches Gefühl im Bauch?

»Oder so was Ähnliches«, fügte sie hinzu.

Was sollte das schon wieder heißen? Und warum hatte ich ihn eigentlich in der Mittagspause nicht nach Paige gefragt? Das wäre doch eine gute Gelegenheit gewesen. Aber ich hatte ja die ganze Zeit seine Fragen beantworten müssen.

Sie lachte; offenbar konnte man mir ansehen, was ich dachte. »Ich meine, ich habe nicht den Eindruck, dass das zwischen den beiden was Ernstes ist.«

Das warme, glückliche Gefühl wurde stärker und ich schob es hastig weg. So etwas hatte bei diesem Gespräch nichts zu suchen.

»Letztes Jahr hatte ich ein paar Fächer mit ihm, und da ist er nur ab und zu mal aufgetaucht, wie er eben gerade Lust hatte. Maggie – die kennst du noch nicht – und ich, also, wir haben immer Witze gemacht, dass uns Prinz Sexy mal wieder beehrt. Er hat auch nie mitgeschrieben oder sich am Unterricht beteiligt. Manchmal hat er sogar geschlafen, ohne Scheiß«, fuhr sie fort. »Aber jedes Mal, wenn er aufgerufen wurde, wusste er die Antwort. Das hat echt niemand kapiert, erst recht nicht unsere Lehrerin. Die ist fast verrückt geworden und wir anderen haben uns köstlich amüsiert. Einer meiner Freunde, er heißt Benny, der war letztes Jahr mit ihm in einer Klasse, als wir die Basiswissentests geschrieben haben, und er hat gehört, wie der Lehrer gesagt hat, dass Rider eine höhere Punktzahl erreicht hat als alle seine Mitschüler, angeblich eine der höchsten in der gesamten Klassenstufe.«

Typisch Rider, dachte ich nur.

»Schon seltsam, wenn man bedenkt, dass er bei Pflegeeltern lebt und ...«

»Ich lebe auch bei Pflegeeltern.« Die Worte brachen aus mir heraus.

Ihre Augen weiteten sich und sie hob abwehrend die Hand. »Hey! Ich hab das echt nicht abfällig gemeint. Ich bin die Letzte, die andere wegen so was verurteilt. Echt jetzt. Nur ...« Sie sah sich um und sagte dann: »Er hat sich mit ein paar ziemlich miesen Typen rumgetrieben. Das weiß ich, weil ich solche Typen schon von Weitem erkenne. Ich habe einen Bruder, Trevor heißt er. Der sitzt gerade im Knast wegen so ein paar miesen Typen in dieser beschissenen Stadt. Und mein Cousin ist tot wegen solchen Leuten.« Sie verstummte und rümpfte die Nase. »Also, mein Cousin war eigentlich selber ein ziemlich mieser Typ, deshalb ...«

Ich dachte an den Wagen auf dem Parkplatz und fragte mich, ob Hector und Jayden nach Keiras Definition auch zu den miesen Typen gehörten.

»Ich muss jetzt los zum Training.« Sie hielt inne und blinzelte mich hoffnungsvoll an. »Kann ich dich nicht vielleicht doch überreden, mitzukommen und es dir mal anzuschauen?«

Ich schüttelte den Kopf und musste mir ein Grinsen verkneifen bei Keiras theatralischem Seufzer.

Sie winkte mir zu und wollte schon davongehen, da zwang ich meine Zunge und meine Lippen dazu, noch etwas zu sagen: »Dann ... sehen wir uns morgen in der Pause?«

Okay. Das war eine blöde Frage, weil wir vorher schon zusammen Englisch hatten, aber sie nickte trotzdem. »Klar. Bring Rider mit, wenn du magst. Wir könnten ein bisschen sexy Gesellschaft beim Essen gut gebrauchen.«

Ich hoffte eigentlich, dass Rider morgen in der zweiten Pause wieder im Unterricht sitzen würde, aber nach allem, was Keira gerade erzählt hatte, war das wohl eher unwahrscheinlich. Irgendwie war ich nicht überrascht, dass er sich nicht an Regeln hielt und machte, was er wollte. Das war typisch für ihn, aber dieser eigensinnige Zug hatte ihm schon damals, als wir noch kleiner waren, jede Menge Ärger eingebracht.

Als ich mich aus dem Chat mit Ainsley ausloggte, kam gerade das Abendessen auf den Tisch. Vor vier Jahren war das noch anders gewesen. Da hatte ich nie an einem Esstisch gegessen. Kein einziges Mal. Dieser Tisch hier mit der polierten Holzplatte war der erste, an dem ich außerhalb einer Schulmensa eine Mahlzeit eingenommen hatte.

Ich setzte mich und strich über die glatte Oberfläche. Als ich damals zu den Rivas' kam, war ich mir vorgekommen wie ein … Tier. Wild. Durcheinander. Eingesperrt. Unsicher. Sie hatten Erwartungen. Und Terminpläne. Sie hatten Komplimente und Lob – nicht nur für mich, sondern auch füreinander. In Mr Henrys Haus hatte es keine festen Essenzeiten gegeben, nie hatte ein Teller mit Essen auf Rider und mich gewartet. Wir aßen das, was übrig blieb. Das heißt, falls etwas übrig blieb. Oft hatte es nichts mehr gegeben. Abends an einem Tisch zu sitzen und zu hören, wie Carl und Rosa ganz normal miteinander redeten, statt sich anzuschreien und zu fluchen, war eine völlig neue Erfahrung für mich gewesen. Der Küchentisch in meinem früheren Zuhause war übersät mit Brandlöchern und voll mit lauter Stapeln von ungelesenen Zeitungen. Mr Henry brachte jeden Abend nach seiner Schicht in der Fabrik eine mit nach Hause, doch ich hatte nie erlebt, dass er sie las.

Im Haus der Rivas' war der Tisch immer sauber und dekoriert mit einem kleinen Gesteck, je nach Jahreszeit. An dem Abend waren es blau-weiße Plastikblumen und eine dicke Stumpenkerze in einem Glas.

Unter der Woche waren Rosa und Carl nur selten zusammen

zum Essen zu Hause und sicher würden sie auch bald wieder verschwinden. Aber wenn es keinen Notfall gab, hatten sie am Wochenende immer frei.

»Ich dachte, wir könnten am Samstag vielleicht am Hafen bummeln gehen.« Carl zerteilte sein Kotelett, als wollte er es sezieren. Er liebte das Hafenviertel in der Innenstadt von Baltimore. »Ich glaube, da ist dieses Wochenende ein Wohltätigkeitsbasar.«

Rosa trank einen Schluck Wasser. »Wir könnten auch in den Catoctin-Park fahren. Da soll es richtig schön sein, viel kühler als in der Stadt.« Sie grinste ihren Mann an. »Und wir würden weniger Geld ausgeben, wenn wir wohin fahren, wo niemand was verkauft.«

Rosa stand total auf so Outdoorzeugs, wandern, Mountainbike fahren, schwitzen. Mit anderen Worten: darauf, sich zu quälen. Meine Hobbys waren eher lesen, rumsitzen und möglichst nicht zu viel schwitzen. Carl sah mich an und legte die Hand auf den Mund, um ein Grinsen zu verbergen.

»Was meinst du, Mallory?«, fragte Rosa.

Schulterzuckend spießte ich ein Stück Brokkoli mit der Gabel auf. Wenn wir nach Catoctin fuhren, würde ich wahrscheinlich mit Muskelkater an Stellen zurückkommen, von denen ich gar nicht wusste, dass man dort überhaupt Muskeln hat. »Ainsley wollte sich am Wochenende mit mir verabreden.«

»Dann sollten wir lieber zum Hafen fahren.« Carl ließ die Hand sinken und verbarg sein Grinsen nicht länger. »Der Ausflug mit uns war, glaube ich, ihr erster und letzter Besuch in einem Nationalpark.«

Ich lächelte und Rosa verdrehte die Augen. Wir beschlossen, den Nachmittag im Hafen zu verbringen, weil das Ainsley mit Sicherheit auch gefallen würde.

»Hast du in letzter Zeit irgendetwas geschnitzt?«, fragte Rosa und spielte mit ihrem Glas. »Du hast mich gar nicht mehr gebeten, dir neue Seife zu besorgen.«

Mein Blick wanderte zu ihr. Seit Juli hatte ich nichts mehr geschnitzt, ungefähr seit der Zeit, als ich allmählich anfing, mich geistig auf die Schule einzustellen – oder besser gesagt, seit ich deswegen vor Panik fast durchdrehte.

Carl musterte mich. »Du solltest ruhig mehr üben, damit du dein Talent nicht vergeudest.«

Fast hätte ich laut gelacht. Mit einem Stift oder mit einem Holzstiel an einem Stück Seife herumzukratzen würde ich nicht gerade als Talent bezeichnen. Es war nur so eine Angewohnheit von mir, seit … na ja, eigentlich schon immer, aber nur wenn ich allein war. Nicht einmal Rider wusste davon. Wenn ich früher etwas geschnitzt hatte, zerstörte ich es gleich wieder.

Carl und Rosa dagegen bewahrten die meisten meiner »Kunstwerke« auf, mittlerweile fast drei Dutzend, im Esszimmer in einer Glasvitrine, die nach »Irischer Frühling« roch.

Ironischerweise hatte ausgerechnet diese seltsame Angewohnheit von mir Carls Aufmerksamkeit erregt, als ich im John-Hopkins-Krankenhaus lag. Er hatte in seiner beruflichen Laufbahn schon so viele Brandopfer gesehen, darunter auch sehr viele Kinder, dass es sicher nicht mein einnehmendes Wesen war, was ihn neugierig gemacht hatte. Trotz meiner verbrannten, wunden Hände und dem dicken Verband hatte ich mir ein Stück Seife aus dem Bad geholt und innerhalb von ein paar Tagen mit einem Holzspatel, den ich einer Krankenschwester stibitzt hatte, eine schlafende Katze daraus geschnitzt.

Keine Ahnung, warum mich das Schnitzen so beruhigte, aber es war schon immer ein Ruhepol für mich gewesen. Trotzdem war es in meinen Augen ein ziemlich ödes Hobby, und Rosa und Carl versuchten schon seit einer Ewigkeit vergeblich, mich zu überreden, es auch einmal mit Holz zu versuchen.

»Und da wir gerade von Erfolgen sprechen – du hast deine ersten zwei Schultage überstanden«, sagte Carl, weil er offenbar spürte, dass sie an der Seifenfront bei mir nicht weiterkamen. »Magst du erzählen, wie es so läuft?«

Das Herz wurde mir schwer und ich starrte auf meinen Teller. Natürlich musste ich sofort an Rider denken. Jetzt wäre die ideale Gelegenheit, von ihm zu erzählen. Und ich wollte ja auch. Ich fand es nicht gut, unser Wiedersehen vor ihnen geheim zu halten, und ich wollte ... ich wollte furchtbar gern über ihn reden. Ich wollte meine Freude darüber, dass ich ihn wiedergefunden hatte, so gerne teilen.

Es war vielleicht ein Fehler, ein Riesenfehler sogar. Aber sie mussten es wissen. Nachdem sie so viel für mich getan hatten, wäre es falsch, sie anzulügen. Ich faltete die Hände im Schoß. »Also ... in der Schule ... da habe ich zufällig jemanden getroffen ...« Ich brach ab, weil sie mich beide anstarrten. Sie hatten sogar aufgehört zu essen. Etwas zu viel Aufmerksamkeit für meinen Geschmack. Sofort versagte meine Zunge den Dienst und mein Kopf schrie: *Abbrechen! Abbrechen!*

Carl sprach als Erster: »Und wen hast du getroffen?«

Ich hätte einfach den Mund halten sollen.

Rosa beugte sich vor und stellte ihr Wasserglas auf den Tisch. »Wen hast du in der Schule getroffen, Schatz?«

Als ich nicht antwortete, warteten sie, und ich wusste genau, dass sie auch für immer warten würden. »Ich habe ... Rider getroffen.«

Schweigen.

Das einzige Geräusch war das Ticken der ovalen Uhr an der Wand.

Carl legte die Gabel auf den Tisch. »Rider? Der Junge, mit dem du bei diesen Leuten gelebt hast?«

Ich nickte.

»Er geht auf deine Schule?« Rosa saß da wie erstarrt.

Ich konnte wieder nur nicken.

»Das ist eine ... ziemlich unerwartete Entwicklung«, bemerkte Carl. Mit einem Blick zu Rosa fuhr er fort: »Habt ihr miteinander geredet?«

Es hatte keinen Sinn zu lügen. Ich nickte. »Er lebt jetzt ... in einer besseren Pflegefamilie.«

Diesmal wechselten sie lange Blicke, und ich konnte nur vermuten, was sie dachten. »Ich bin ein bisschen geschockt«, sagt Carl schließlich. »Ich wäre nie auf die Idee gekommen, Rider könnte auf die Lands High gehen.«

So wie er Riders Namen aussprach, stellten sich sofort sämtliche Härchen an meinen Armen auf. Seine Stimme klang zwar nicht abfällig, aber bedeutungsschwanger.

Ein Moment verstrich, dann fragte Rosa: »Und wie geht es dir damit? Bist du erleichtert?« Wieder schaute sie Carl an und ihre angespannte Körperhaltung löste sich ein wenig. »Er hat dir so viel bedeutet.«

Ich sah sie an. »Ja, das bin ich. Ich bin froh, dass ... es ihm gut geht. Wir haben uns heute in der Mittagspause ein bisschen unterhalten.« Ich fuhr mir mit den Händen über die Beine. »Es war schön zu ... hören, wie es ihm ergangen ist.«

Carl nickte langsam und trank einen Schluck. Ich hatte immer noch keine Ahnung, was er dachte. »Schön, dass es ihm besser geht.«

Ich zwang mich zu lächeln und meine Augen huschten zu Rosa. Sie beobachtete mich aufmerksam. Nach einem weiteren Moment des Schweigens wechselte Carl das Thema, aber ich fühlte mich trotzdem seltsam unbehaglich. Was ich erzählt hatte, gefiel ihnen nicht, und das war ganz furchtbar für mich. Ich wollte sie auf keinen Fall enttäuschen. Um es wiedergutzumachen, räumte ich nach dem Essen die Küche auf. Das war zwar nicht viel, aber immerhin etwas. Als ich fertig war, hatten sie sich beide ins Arbeitszimmer zurückgezogen und die Tür geschlossen. Mir wurde bang ums Herz. Ich wusste genau, worüber sie sprachen.

Ich ging nach oben und klappte den Laptop auf. Ich hätte Ainsley gern erzählt, wie Rosa und Carl darauf reagiert hatten, dass ich Rider wiederbegegnet war, aber sie war nicht online. Vermutlich war sie bei Todd. Ich klappte den Computer wieder zu und öffnete meine Schultasche, da klopfte es an meine geöffnete Tür. Ich blickte auf. Rosa stand da.

»Können wir reden?«, fragte sie.

Meine Schultern versteiften sich. »Klar.«

Sie kam herein. Ich hockte mich im Schneidersitz auf das Bett.

»Rider.« Mehr sagte sie nicht.

Ich nickte.

Rosa setzte sich auf die Bettkante und beugte sich zu mir. »Wie geht es dir wirklich damit, Mallory? Rider hat dir so viel bedeutet. Nachdem du zu uns gekommen bist, hast du noch viele Monate nach ihm gefragt. Lange waren das die einzigen Worte, die du gesprochen hast. Deshalb weiß ich, wie wichtig dieses Wiedersehen für dich sein muss.«

Ich kaute auf der Innenseite meiner Wange herum und überlegte, ob ich einfach so tun sollte, als wäre es keine große Sache für mich. Doch ein Blick auf Rosa verriet mir, dass das nicht funktionieren würde. So dumm war sie nicht. »Ich... freue mich«, gab ich zu. »Ich bin sehr glücklich darüber. Vor allem weil ich jetzt weiß, dass es ihm gut geht, und weil ich ihn wiedergesehen habe.«

Sie nickte. »Das verstehe ich. Ich verstehe deine Gefühle.«

Ich atmete langsam aus, nahm die dicke Haarklammer vom Nachttisch und steckte mir die Haare hoch. Ich wusste, da würde noch mehr kommen. Und ich hatte recht.

»Carl und ich waren beim Abendessen etwas überrascht«, fuhr sie sanft fort. »Warum hast du uns nicht schon gestern von ihm erzählt?«

Ah, gute Frage. »Ich wusste... ich weiß nicht. Ich dachte, ihr macht euch dann vielleicht Sorgen.«

Ihre dunklen Augen musterten mein Gesicht. »Warum sollten wir uns Sorgen machen?«

Ich zuckte nur mit den Schultern.

Rosa blickte auf meine Hände, die zwischen meinen Beinen lagen. »Gibt es da etwas, worüber wir uns Gedanken machen sollten?«

Tja, wenn das mal keine Fangfrage war.

Sie tätschelte mein Bein. »Ich will ganz offen zu dir sein, so wie immer, okay?«

Ich nickte. Jetzt kommt's, dachte ich.

»Wir machen uns tatsächlich Sorgen. Ein bisschen zumindest. Dass du auf die gleiche Schule gehen könntest wie Rider – daran haben wir nie gedacht. Die Schule ist an sich schon eine riesige Veränderung für dich und dann noch er dazu? Wir fürchten, das könnte dich überfordern.«

»Das ist aber nicht so«, erwiderte ich und faltete die Hände.

Sie lächelte schwach. »Du musst die Schule verkraften, du

musst das Wiedersehen mit Rider verkraften. Und vielleicht fühlt es sich für dich im Moment nicht so an, Liebes, aber er stammt aus einer Zeit in deinem Leben, auf die du dich nicht länger konzentrieren solltest.«

»Ich konzentriere mich nicht auf meine Vergangenheit.«

Rosa schwieg.

Mein Puls schlug schneller. »Rider stammt zwar aus meiner Vergangenheit, aber dass ich ihn getroffen habe, dass ... ich weiß nicht. Ich fühle mich nicht schlecht deswegen.«

»Das glaube ich auch nicht.« Sie hielt inne und wählte ihre nächsten Worte sorgfältig. »Wir machen uns nur Sorgen, inwiefern das alles die Fortschritte beeinflusst, die du gemacht hast. Niemand bestreitet, dass deine Vergangenheit ein wichtiger Teil von dir ist. Und ich gebe auch gerne zu, dass ich Rider sehr dankbar bin, dass er versucht hat, dich zu beschützen. Vor allem, wenn man bedenkt, dass er selbst ja auch noch ein Kind war. Aber das verängstigte Mädchen von damals hast du schon lange hinter dir gelassen. Du hast so viele Mühen auf dich genommen, um zu der selbstbewussten jungen Frau von heute zu werden. Wir wollen nicht, dass Rider ... da irgendwie dazwischenfunkt.«

Ich öffnete den Mund, aber ich wusste nicht, was ich darauf sagen sollte.

»Mag ja sein, dass das alles gar nicht zu viel für dich ist«, fügte sie hinzu. »Vielleicht machen wir uns ja ganz umsonst Sorgen um dich.« Nach einer kurzen Pause lächelte sie. »Jedenfalls sind wir froh, dass du uns von ihm erzählt hast.«

Ich dagegen war nicht froh, überhaupt nicht.

»Und wir möchten, dass du uns auch weiterhin von ihm erzählst«, fügte sie hinzu. Sie tätschelte mein Bein, stand auf und ging zur Tür. »Hast du Lust auf Eis? Ich glaube, es ist auch noch ein bisschen Karamell da. Na, wie wär's?«

Eis mit Karamellstückchen klang immer gut, deshalb nickte ich.

Nachdem Rosa leise die Tür hinter sich zugezogen hatte, schloss ich die Augen und ließ mich rücklings auf das Bett fallen. Ich starrte an die Decke und dachte an das winzige Zimmer, in dem ich mit Rider gelebt hatte. Die Decke über mir war so glatt wie Schnee. In dem anderen Haus war sie rissig und abgeblättert gewesen und sah aus wie ein Spinnennetz.

Ich biss mir auf die Unterlippe.

Es war doch richtig gewesen, Rosa und Carl von Rider zu erzählen. Sie wussten mein Vertrauen zu schätzen. Ich lächelte. Trotzdem war es nicht unbedingt klug von mir. Für Rosa mochte es okay sein, dass Rider in mein Leben zurückgekehrt war, aber für Carl sicher nicht.

Carl war ganz und gar nicht einverstanden mit Rider.

7

AM DIENSTAGMORGEN lauerte Paige mir zum Glück nicht bei meinem Spind auf. Aber Jayden war da, als ich meine Bücher holte. Er trug Baggy Pants, die nur durch höhere Gewalt an seinen Hüften hielten. Ein leicht erdiger Geruch ging von seinem T-Shirt aus.

Mit schläfrigen Augen lehnte er sich an den Spind neben meinem. »Hi.«

Ich lächelte überrascht.

»Ich wollte nur kurz vorbeikommen und dir sagen, dass ich die *Tribute von Panem* kenne und sehr wohl weiß, was die *Hunger Games* sind«, verkündete er grinsend. »Ich bin nicht *estúpido*, auch wenn Paige gern so tut.« Er schob die Hände in die Hosentaschen und rümpfte die Nase. »Ich habe gehört, Rider und du, ihr habt eine ... interessante Vergangenheit.«

Ich schloss meinen Spind und sah ihn mit hochgezogenen Augenbrauen an, unsicher, was ich darauf antworten sollte. Wie viel wusste Jayden tatsächlich? Da seine Großmutter Riders Pflegemutter war, hatten Jayden und Hector bestimmt eine Menge mitbekommen, aber hatte Rider ihnen wirklich alles erzählt?

»Ich finde es super, dass du aus der ganzen Scheiße rausgekommen bist und bei Adoptiveltern lebst. Meine *abuelita* – meine

Großmutter – würde ihn auch adoptieren, aber dann bekommt sie kein Geld mehr vom Staat, verstehst du?« Er sah zur Decke und wippte wieder zurück auf die Fersen. »Aber echt, ich hab da ein paar Horrorgeschichten gehört. Keine Ahnung, wie Rider das so gut überstanden hat.«

Ich erstarrte. Ich kannte diese Horrorgeschichten sehr gut und hatte viele davon selbst miterlebt.

»Ich meine, Rider ... der ist echt cool.« Jayden senkte den Blick. »Viel besser als die Typen, die meine *abuelita* vorher im Haus hatte. Rider hat echt Durchhaltevermögen und er hat uns nie ausgenutzt oder so. Er ist eher wie ein zweiter älterer Bruder, um den ich nicht gebeten habe.« Ein Grinsen zog über sein Gesicht.

»Er kann ...« Hitze stieg mir ins Gesicht. »Er kann sehr ... fürsorglich sein.«

Jayden starrte mich erstaunt an. Mein Gesicht wurde noch röter und ich presste die Lippen aufeinander.

»He! Das ist das erste Mal, dass ich dich reden höre.« Er schob sich von dem Spind weg und ging mit mir den Gang hinunter. Er war kleiner als sein Bruder und als Rider, aber immer noch ein paar Zentimeter größer als ich. Wenigstens musste ich nicht den Kopf in den Nacken legen, um ihn anzusehen. »Cool. Ich bin auch eher der stille Typ.«

Ich zog eine Augenbraue hoch.

Er lachte. »Okay. Ich bin nicht wirklich still. In meinem Wikipedia-Eintrag steht davon kein Wort. Aber das macht nichts. Du und ich, wir passen zusammen wie Zitrone und Tequila. Ich rede dauernd und du schweigst – wir ergänzen uns perfekt, findest du nicht?« Er knuffte mich in den Arm. »Wir wären das perfekte Team!«

Ich lächelte wieder. Ich kannte Jayden eigentlich nicht, aber ich mochte ihn. Er war süß und charmant und noch dazu nett, was ihm mindestens tausend Bonuspunkte einbrachte. Er quatschte noch von einem Footballspiel am Wochenende, dann verabschiedeten wir uns, und ich sah ihn den restlichen Vormittag über nicht mehr. Auch in der Mensa war er nicht, aber als ich durch die große Flügeltür ging, war ich sowieso mit ganz anderen Dingen beschäftigt.

Keira saß an ihrem Tisch, der Platz neben ihr war frei, so wie gestern. Sie war zu spät in den Englischunterricht gekommen und erst beim zweiten Läuten auf ihren Stuhl geglitten, und nach der Stunde hastete sie sofort aus dem Klassenzimmer, sodass wir keine Gelegenheit hatten zu reden. Von Rider hatte ich nichts gesehen oder gehört, und ich fragte mich, ob er in der Pause vielleicht wieder wie aus dem Nichts vor mir stehen und mich entführen würde.

Und wenn Keira es sich anders überlegt hatte?

Wenn ich an ihren Tisch kam und alle mich auslachten?

Unwahrscheinlich, aber nicht unmöglich.

Ich ging zur Essensausgabe und versuchte herauszufinden, was auf dem Speiseplan stand, denn das Zeug auf den Tellern sah absolut nicht aus wie Brathähnchen. Keira hob den Kopf und winkte mir zu.

Meine Knie gaben fast nach vor Erleichterung. Wenn sie winkte, würde sie mich ziemlich sicher auch nicht auslachen, wenn ich an ihren Tisch kam. Weil man mir meine Hilflosigkeit bestimmt an dem erleichterten Grinsen ansah, stellte ich mich hastig in die Warteschlange. Es war mir egal, was auf meinen Teller geschaufelt wurde, auch wenn es eher nach Fisch roch als nach Huhn. Dennoch zitterten meine Hände, als ich das Tablett nahm.

Ich ließ den Blick durch die Mensa wandern und wünschte, Rider würde auftauchen und mich wegbringen.

Bei diesem Gedanken keimte sofort Hoffnung in mir auf. Ich atmete tief durch. Das war falsch – alles war falsch, die Hoffnung und dann dieses Gefühl der Bedürftigkeit in mir. Mich auf ihn zu verlassen, statt mein Leben selbst in die Hand zu nehmen – genau das wollte und brauchte ich nicht mehr. Meine Hände krallten sich um das Tablett und ich straffte die Schultern. Mein Magen verkrampfte sich und auf einmal hatte ich keinen Appetit mehr.

Ich schaffe das.

Ich atmete tief ein und zwang meine Füße, mich zu dem Tisch zu bringen. Ein Schritt und noch einer. Ich musste um den Tisch herumgehen, um zu Keira zu kommen, und diese kurze Strecke war eine einzige Qual mich. Augen hoben sich von Handys und richteten sich auf mich, Die Blicke waren neugierig und verwirrt, und meine Schritte wurden schwer wie Blei. Meine Brust wurde eng und Panik erfasste mich, als ich ein Mädchen am Tisch flüstern hörte. Da sah Keira endlich auf.

Die Zeit schien stillzustehen.

Ein breites Lächeln erschien auf ihrem Gesicht. »Hi, Süße, ich hab dir einen Platz freigehalten.« Sie klopfte auf den leeren Sitz neben sich.

Mein Kopf summte wie ein ganzer Bienenschwarm, und ich brauchte meine ganze Konzentration und meine ganze Kraft, um das Tablett auf den Tisch zu stellen, ohne etwas zu verschütten, und mich anschließend hinzusetzen, ohne hinzufallen. Als mein Hintern endlich auf dem harten Plastikstuhl saß, hatte ich das Gefühl, als hätte ich eine Felswand erklommen.

»Das ist Mallory Dodge – dein Nachname ist doch Dodge,

oder?«, fragte sie. Ihre dunklen Augen glänzten im grellen Neon-
licht.

Ich nickte und versuchte, so zu lächeln, dass nicht alle davon-
rannten und sich vor mir versteckten.

»Mallory ist mit mir in Englisch und Rhetorik. Sie ist neu an
der Schule«, fuhr Keira fort und lehnte sich auf ihrem Stuhl zurück. Sie deutete auf das Mädchen mit den grünen Augen neben
ihr. »Und das ist Rachel.«

Die hübsche Blonde winkte mir mit den Fingern zu.

»Und das ist Jo.« Keira zeigte mit einem Rucken des Kinns auf
ein dunkelhäutiges Mädchen mit den gleichen Locken wie sie.
»Und das ist Anna. Sie hat sich das Handgelenk gebrochen. Normalerweise ist sie eine Base, aber sie wollte einfach mal ein bisschen angeben. War ja klar, wie das enden musste.«

Das braunhaarige Mädchen neben Jo zeigte ihren knallpinken
Gips an Unterarm und Hand. »Ich hätte mich wohl lieber aufs
Gesicht fallen lassen sollen.«

Aua.

»Tja, mit gebrochener Nase würdest du jetzt wenigstens nicht
ausfallen«, meinte Jo grinsend.

Anna zeigte ihr mit der gesunden Hand den Mittelfinger.

Keira lachte.

Ich rieb mir die feuchten Hände an der Hose ab. Hoffentlich
wollte mir keine von ihnen die Hand geben. Gab man sich heutzutage überhaupt noch die Hand? Wahrscheinlich nicht. Zumindest nicht hier an der Schule, das wäre sonst auch zu seltsam
gewesen.

»Meinst du echt?«, erwiderte Anna trocken.

»Egal«, sagte Keira und zog das Wort in die Länge. Dann stellte
sie mir die anderen am Tisch vor.

Alle lächelten oder winkten kurz, und ich hoffte inständig, die Grimasse auf meinem Gesicht würde als freundliches Lächeln durchgehen. Ich hatte die Hände unter dem Tisch so fest gefaltet, dass meine Finger schon ganz blutleer waren. Während der kurzen Vorstellungsrunde kamen zwei Jungen zu uns. Einen kannte ich aus dem Unterricht, Peter oder so ähnlich, und legte Anna den Arm um die Schultern. Der andere setzte sich neben Jo.

»Du bist doch mit mir in Geschichte, oder?«, fragte der mutmaßliche Peter und musterte mich nachdenklich.

Meine Zunge lag im Mund wie ein Klumpen Blei und ich konnte nur nicken.

»Cool«, erwiderte er und stibitzte eine Traube von Annas Teller. Dann lehnte er sich zur Seite und zog sein Handy heraus. »Ich glaube, ich hab dich gesehen, bevor ich eingeschlafen bin.«

Der andere Typ schnaubte.

Anna kicherte. »Ich frage mich echt, wie du deine Klausuren bestehst.«

Peter zwinkerte ihr zu. »Das liegt an meinem Charme.«

»Das bezweifle ich«, meinte Keira trocken. »Ich habe dein Foto heute Morgen auf Instagram gesehen. Hast du zufällig dein T-Shirt verloren?«

Er sah von seinem Handy auf. »Siehst du diesen Körper?« Voller Stolz deutete er auf seine Brust. »Den kann ich der Welt doch nicht vorenthalten. Schau mal. Schon zweihundert Likes.«

Jo verdrehte die Augen. »Mit zweihundert Likes muss man echt nicht angeben.«

Ich hatte keinen Instagram-Account, hauptsächlich weil ich nicht wusste, was ich fotografieren sollte. Schnitzereien aus Seife? Viel zu öde, aber auf einmal hatte ich das Gefühl, es sei an der Zeit, da ebenfalls einzusteigen.

Die Gruppe begann eine ungezwungene Unterhaltung, auf die ich lächerlicherweise zutiefst neidisch war. Ihre Kameradschaft, die Witzeleien und die aufrichtige Zuneigung, die sie füreinander zeigten, das alles kannte ich nicht. Ich beobachtete sie wie ein Wissenschaftler, der eine unbekannte Spezies erforscht. Ich meine, Ainsley und ich, wir waren gut befreundet, aber wir gingen nicht zusammen in die Schule wie sie.

So verbrachte ich die Pause und stocherte nebenher in dem sogenannten Hähnchen herum und in etwas, das vielleicht überbackene Kartoffeln sein konnten. Die anderen um mich herum unterhielten sich. Immer wieder einmal stellte mir jemand eine Frage oder machte eine Bemerkung, dann nickte ich oder schüttelte den Kopf als Antwort. Falls sie das merkwürdig fanden, so zeigten sie es zumindest nicht, aber ihnen fiel sicher auf, dass ich kein Wort sagte.

Frust stieg in mir hoch, weil ich wusste, dass ich reden könnte, aber jedes Mal, wenn ein passender Moment kam, wo ich mich hätte zu Wort melden können, verhedderte ich mich in Grübeleien über die beste Formulierung. Und so schwieg ich, als hätte ich einen Stöpsel im Hals, der nur ein winziges bisschen Luft durchließ.

Worte waren weder meine Feinde noch Monster, die mir Angst machten, aber trotzdem hatten sie ungeheure Macht über mich. Sie waren wie der Geist eines geliebten Verstorbenen, der mich heimsuchte.

Das Essen ging zu Ende, ohne dass ich ein Wort gesprochen hätte, aber auch ohne größere Katastrophen. Am liebsten wäre ich laut singend und mit weit ausgebreiteten Armen aus der Mensa gehüpft. Ich hatte zwar wie ein Vollidiot am Tisch gesessen, aber trotzdem summte es in mir vor Glück, als Keira und ich uns verabschiedeten.

Mein erstes Mal.

Ich hatte zwar kein Wort gesprochen, aber ich hatte auch noch nie mit so vielen anderen Mädchen an einem Tisch gesessen. Vor vielen Jahren, als ich mit Rider in die Schule ging, hatte ich mit ihm zusammen gegessen, und manchmal setzten sich auch andere Kinder zu uns. Aber nie so. Nie ganz allein.

Nie ohne jemanden dabeizuhaben, der das Sprechen für mich übernahm.

Deshalb war das eine Riesensache für mich. Mit leicht federnden Schritten und mit einem fast triumphierenden Lächeln im Gesicht ging ich in den Unterricht. Was für ein Wahnsinnserfolg. Weiter so, Mallory.

Als ich vor der letzten Stunde in Mr Santos' Klassenzimmer kam, entdeckte ich als Erstes Paige auf ihrem Platz. Sofort verloren meine Schritte ihren fröhlichen Schwung. Sie sagte nichts, als ich mich setzte, aber ich spürte ihren Blick, während ich geschäftig mein Buch herauskramte. Sobald alle meine Sachen auf dem Tisch lagen, holte ich tief Luft und sah auf. Ein Moment verstrich, dann:

»Er kommt heute nicht. Und Hector auch nicht.«

Verwirrt schaute ich sie an.

Paige lehnte sich zurück, die langen Beine ausgestreckt und an den Knöcheln überkreuzt unter dem Tisch. Ihre dunklen Augen ruhten auf mir. »Du brauchst nicht mehr die ganze Zeit zur Tür zu starren.«

Ich holte scharf Luft und öffnete den Mund, um ihr zu sagen, dass ich nicht nach Rider Ausschau hielt, aber das ... das wäre gelogen. Meine Wangen wurden heiß.

Sie verzog spöttisch den Mund, winkelte die Beine an, beugte sich zu mir und legte die Hand auf Riders leeren Stuhl. Mit leiser

Stimme sagte sie: »Ich weiß nicht, ob du das verstanden hast, aber Rider ist schon vergeben!«

Mein Atem stockte und ich erstarrte.

»Ich hab dir ja neulich schon gesagt, dass ich seine Freundin bin«, fuhr sie fort. »Und ich muss schon sagen, hier zu sitzen und zuzusehen, wie du auf ihn wartest, ist alles andere als cool.«

Sie hatte recht.

Das war nicht cool.

»Und zuzusehen, wie ihr zwei am ersten Schultag euer Wiedersehen feiert, steht definitiv nicht auf der Liste der hundert schönsten Dinge in meinem Leben«, fügte Paige hinzu. Auch das konnte ich gut verstehen. Das Gespräch mit ihr würde sicher nicht auf meiner Liste landen. »Deshalb will ich es dir noch mal so erklären, dass du es auch wirklich kapierst. Er ist mein Freund. Tu nicht mehr so, als wäre er deiner!«

Das zweite Läuten ertönte.

Paige setzte sich aufrecht hin und schlug ihren Schreibblock auf. Mr Santos begann mit dem Unterricht. Mein Blick wanderte über die Sitzreihen vor uns. Keiner schien mitbekommen zu haben, was sie gesagt hatte, aber ich hatte es laut und deutlich gehört.

Botschaft angekommen.

Am Abend musste ich mir selbst etwas zu essen machen, weil Rosa und Carl dienstags und donnerstags erst um neun nach Hause kamen, manchmal sogar noch später, je nachdem, was im Krankenhaus los war. Ich hatte allerdings keinen großen Hunger.

Rosa und Carl hatten Rider beim Frühstück nicht erwähnt, trotzdem spukte er mir ständig im Kopf herum. Und auch Paiges Worte konnte ich nicht vergessen. Jedes Mal, wenn ich daran

103

dachte, fuhr ich zusammen, aber es hielt mich nicht davon ab, mir Sorgen um Rider zu machen. Wohin war er verschwunden? War er verletzt oder in Schwierigkeiten? Wie immer ging ich gleich vom Schlimmsten aus und beruhigte mich damit, dass Paige bestimmt wüsste, wenn ihm etwas zugestoßen wäre, und sie es dann sicher nicht für nötig halten würde, mich wegen ihres Freundes zu warnen.

Ich rührte die Schüssel mit aufgewärmtem Reis kaum an, obwohl ich so viel Sojasauce darüber gekippt hatte, dass Rosa mir die Flasche sofort aus der Hand gerissen hätte.

Irgendwann gab ich auf, stellte den Rest in den Kühlschrank und ging nach oben. Ich zog mein Handy heraus und tippte auf das Display. Keine Nachrichten. Ich öffnete die letzte und einzige Nachricht von Rider. Ob ich ihm schreiben sollte? Wäre es seltsam, wenn ich es täte?

Hilfe.

Ich warf das Handy aufs Bett und band mir die Haare zu einem lockeren Knoten zusammen. Weil ich zu nervös war, um Hausaufgaben zu machen, ging ich zum Wäscheschrank im Flur und holte ein Stück Seife heraus. Ich nahm den Beutel mit Zungenspateln, den Rosa für mich im Schrank verstaut hatte, und brachte alles in mein Zimmer.

Ich würde die Seife mit warmem Wasser etwas weicher machen müssen. Außerdem musste ich eine Tüte holen, um die Späne aufzufangen, damit ich keine Riesensauerei hinterließ.

Ich starrte auf das eingewickelte Seifenstück und überlegte, was ich schnitzen könnte. Ich hatte schon Bäume, Sterne, Fußbälle, Enten, Boote und jede Menge andere Sachen geformt. Manche waren recht einfach und brauchten nur eine Stunde. An anderen hatte ich wegen der filigranen Form tagelang gesessen.

Ich fing an, das Papier herunterzupulen, und hielt dann inne. Ich wollte mir mit den Spänen nicht meine Schulkleidung einsauen, was unweigerlich passieren würde. Also legte ich die Seife und die Spatel auf den Schreibtisch und schlüpfte in eine kurze Pyjamahose und ein Trägertop. Außerdem holte ich noch ein altes T-Shirt aus meiner Kommode und zog es an. Es war zu groß und rutschte mir immer wieder über die Schulter.

Auf dem Weg zum Schreibtisch erhaschte ich einen Blick auf mich in dem Spiegel, der an der Innenseite meiner Schrankwand hing. Ich sah ja echt krass aus. Ich ging zum Spiegel, stellte mich seitlich davor und atmete tief aus. Stirnrunzelnd presste ich die Hand auf meinen Bauch. Viel zu weich. Mein Blick wanderte nach unten und ich erschrak.

Eine kurze Hose war wirklich keine so gute Idee. Die hier war zwar weit, aber meine Beine sahen darin eindeutig... stämmig aus. Dicke Schenkel, igitt. Ich hob mein Shirt hoch. Das Trägertop war so dünn, dass sämtliche Kurven und Rundungen deutlich zu erkennen waren. Ich war ganz eindeutig nicht schmal. Ich war kräftig.

Das Seifenstück lag unangetastet auf dem Schreibtisch.

Wie viele Leute in meinem Alter schnitzten schon an Seife herum? Keira kam in diesem Moment vermutlich vom Cheerleader-Training nach Hause, und wenn Ainsley nicht bei Todd war, schrieb sie bestimmt irgendetwas – sie verfasste immerzu neue Kurzgeschichten. Oder sie ging shoppen. Für jemanden, der noch kein eigenes Einkommen hatte, kaufte sie verdammt gern ein, auch dank ihres stolzen Taschengelds. Und wenn sie bei Todd war, waren sie wahrscheinlich wild am Knutschen – noch etwas, was sie gern tat.

Und etwas, worauf ich auch ein bisschen neidisch war.

Eine peinliche Sache, über die ich nicht gerne nachdachte, war, dass ich noch nie geküsst worden war. Ich meine, ich hatte auch noch nie mit einem Jungen telefoniert, geschweige denn mich mit einem verabredet. Ainsley hatte versucht, mich mit einem von Todds Freunden zu verkuppeln, aber ich hatte sie schmählich im Stich gelassen. Bei der Vorstellung, ihn zu treffen, war mir einfach nur speiübel geworden.

In ein paar Monaten wurde ich achtzehn, und ich hatte keine Ahnung, wie es sich anfühlte, wenn man geküsst wurde, oder wie es war, wenn einen jemand begehrte – wenn einen jemand auf diese Weise liebte.

Vielleicht fehlte mir einfach irgendetwas?

Ich betrachtete mich von Kopf bis Fuß und wackelte mit den Zehen. Kräftig. Meine Figur war kräftig, aber Rider hatte gesagt, ich sei schön. Ohne Vorwarnung zog plötzlich sein Bild durch meinen Kopf. Braune Augen mit goldenen Sprenkeln, hohe Wangenknochen und unglaublich schöne Lippen – Lippen, die bestimmt super küssen konnten.

Oh mein Gott.

An so etwas konnte, *durfte* ich nicht denken.

Ich schüttelte diese Gedanken ab und öffnete die Augen. Was mir fehlte, waren nicht dünnere Oberschenkel oder ein flacherer Bauch. Es war Mut. Tatsache war, ich war ein Angsthase. Wie konnte ich überhaupt daran denken, einen Jungen zu küssen, wenn mein Mund noch nicht einmal reden wollte?

Mein Blick wanderte zurück zu der Seife. Seifenschnitzen zählte wahrscheinlich als Hobby, aber es war eine stille Tätigkeit, für die es keine Worte brauchte, keine Gedanken. Wie passend. Ich musste nicht an die Öffentlichkeit damit. Anders als Keira mit ihrem Cheerleading. Einkaufen war eigentlich kein Hobby, und Schreiben erforderte ebenfalls nicht, dass man an die Öffentlichkeit ging, aber Ainsley war offen, freundlich und gesprächig. Sie bewegte sich nicht nur unter Leuten, sie genoss es sogar. Und ich? Ich schnitzte lieber an einer Seife herum. Vielleicht sollte ich ...

Mein Handy meldete sich auf dem Nachttisch. Bestimmt war es Ainsley, weil ich nicht online war. Ich hob es auf.

Es war nicht Ainsley.

Bist du daheim?

Das kam von Rider.

Mir stockte der Atem.

Eine weitere Nachricht erschien, bevor ich mein Gehirn zwingen konnte zu antworten.

Allein?

Mit Augen so groß wie Planeten starrte ich auf das Display. Diesmal würde ich mich nicht von meiner Unentschlossenheit lähmen lassen. Ich schrieb ein kurzes *Ja* zurück.

Die Sekunden vergingen. Aus einer Minute wurden fünf, und ich fragte mich, ob ich mir das alles vielleicht nur eingebildet hatte, aber dann erschien eine neue Nachricht, und mir blieb fast das Herz stehen.

Nur zwei Worte.

Bin draußen.

8

ACH DU SCHEISSE.

Eine Sekunde lang stand ich da wie erstarrt. Er war draußen? Nein, damit wollte er sicher nicht allen Ernstes sagen, dass er tatsächlich bei mir vor der Tür …

Die Türklingel läutete, der Klang hallte durch das Treppenhaus herauf, und ich fuhr herum. Mein Atem ging schwer.

Verflixt.

Mein Gehirn schaltete sich irgendwie aus, während ich auf nackten Füßen aus dem Zimmer sauste und förmlich die Treppe hinunterflog. Ich raste durch den Flur und konnte gerade noch an mich halten, dass ich die Tür nicht aufriss.

So dumm war ich dann doch nicht.

Ich stellte mich auf die Zehenspitzen und spähte durch den Türspion. Ich biss mir auf die Unterlippe. Draußen waren nur sein Hinterkopf zu sehen und die breiten Schultern.

Es war Rider. Er stand tatsächlich vor meiner Tür.

Das Handy immer noch in der Hand und ohne so recht zu wissen, wie das alles ablief, zog ich die Tür auf.

Rider drehte sich um, und auf einmal stand ich vor ihm, die Augen auf Höhe seiner Brust. »Ich dachte schon, du machst nicht auf.«

Mein Blick huschte nach oben und ein erstickter Laut entfuhr mir. Ich packte ihn am Arm und zog ihn ins Haus. Mit der anderen Hand schloss er die Tür hinter uns.

»Dein Gesicht!« Mein Griff um seinen Unterarm wurde fester. »Was ist passiert?«

Mit gerunzelter Stirn betastete er den tiefen Riss an seiner linken Augenbraue. Um die Wunde herum war das Blut bereits getrocknet, darunter breitete sich ein blauroter Bluterguss aus. »Das? Ach, das ist nicht so schlimm.«

Ich sah ihn an. »Es sieht aber schlimm aus.«

»Es ist nichts, ehrlich.« Er schaute sich im Flur um und löste meinen Klammergriff von seinem Arm. Doch statt meine Hand loszulassen, verschränkte er seine Finger mit meinen. »Ich dachte, du würdest mich fragen, wie ich deine Adresse herausgefunden habe. Ich bin nämlich ziemlich stolz, dass ich so schlau bin.«

Ja, ich war tatsächlich neugierig, wie er das geschafft hatte, aber viel mehr sorgte ich mich darum, dass er so aussah, als hätte er bald eine zweite Narbe passend zu der am rechten Auge. »Rider, deine Stirn ...«

Er sah mich an und drückte grinsend meine Hand. »Du hast mir doch erzählt, in welchem Viertel du wohnst, und da hab ich die U-Bahn ins Zentrum genommen und bin den Rest gelaufen. War gar nicht so schwer.« Mit der anderen Hand strich er über die Plastikblumen, die in einer Vase auf dem kleinen Tisch im Flur standen. »Ich hab einfach dein Auto gesucht. Zum Glück stand es in der Einfahrt. Du siehst, so schlau bin ich gar nicht.«

Schlau hin, schlau her, er war verletzt, und das beunruhigte mich zutiefst. Ich wollte ihn ins Wohnzimmer ziehen.

»Was hast du denn da für Sachen an?«, fragte er und folgte mir. Meine Augen weiteten sich. Ich hatte total vergessen, dass ich schon mein Schlafoutfit trug und dass dieses Outfit meinen kräftigen Körper bestens zur Geltung brachte. »Ich wollte … gerade ins Bett gehen.«

Er zog die verletzte Braue hoch und zuckte zusammen. »Wie spät ist es? Sieben?«

»Halb acht«, murmelte ich und führte ihn ins Wohnzimmer.

Er betrachtete den großzügigen Raum und ließ die Augen über die zahlreichen Topfpflanzen vor dem Erkerfenster, über den Fernseher und die Musikanlage und die Bücherregale an den Wänden wandern. Dann drehte er sich zu mir und sein Blick wanderte langsam über meinen Körper. Meine Zehen suchten vergeblich Halt im Parkett. Eine erregende Wärme folgte seinem Blick und bestimmte Stellen an mir erschauerten.

Unsere Augen trafen sich.

Der Blick war genauso intensiv wie am Tag zuvor. Die Temperatur im Raum schoss um mehrere Grad nach oben und ich bekam auf einmal keine Luft mehr. Rider trat näher.

Meine Hand lag immer noch in seiner. »Ich hätte nicht kommen sollen.«

»Nicht?«

Sein Kopf neigte sich zur Seite, und erst da bemerkte ich, dass sein T-Shirt am Hals zerrissen war. Mein Herz sank und er ließ kopfschüttelnd meine Hand los. Aus Angst, er könnte gleich wieder gehen, stellte ich mich vor ihn hin. »Setz dich doch.«

Unschlüssig sah Rider mich an.

»Setz dich«, wiederholte ich. »Bitte.«

Er blickte an mir vorbei und erschauerte unmerklich, dann schob er ein Kissen zur Seite und setzte sich aufs Sofa. »Und jetzt?«, fragte er mich und sah mich mit diesen vertrauten und doch fremden Augen an.

»Warte kurz.«

Er lehnte sich auf dem Sofa zurück und betrachtete das Bücherregal.

Hastig verließ ich das Wohnzimmer. Ohne groß darüber nachzudenken oder mir wegen Carl und Rosa Sorgen zu machen, holte ich Wasserstoffperoxid und ein paar Wattebäusche aus dem unteren Bad. Sollten sie früher nach Hause kommen, würde ich einen Wahnsinnsärger kriegen, vor allem nach unserem Gespräch am Tag zuvor. Und das nicht nur wegen Rider. Ich hatte ehrlich gesagt keine Ahnung, wie sie reagieren würden, wenn sie nach Hause kämen und einen Jungen im Haus anträfen. Bestimmt hatten sie da noch nie drüber nachgedacht und ich im Übrigen auch nicht.

Rider saß immer noch auf dem Sofa. Als er sah, was ich in der Hand hatte, grinste er schief. »Mir geht's gut, Maus. Im Ernst.«

Ich zuckte die Schultern und schob mich zwischen seine Knie und den Couchtisch. »Was ist passiert?«

»Ich hatte nur ein bisschen ... Ärger«, sagte er und rieb sich das Kinn. »Nichts, worüber du dir Sorgen machen müsstest.«

Ich schraubte die Flasche mit dem Desinfektionsmittel auf und tränkte einen Wattebausch damit. Der scharfe Geruch stieg mir sofort in die Nase. »Das ... das hast du früher auch immer gesagt. Genau wie jetzt.«

Er verzog den rechten Mundwinkel zu einem matten Lächeln und sofort erschien wieder das Grübchen auf seiner Wange. Dann seufzte er und rückte etwas vor, bis ich zwischen seinen Knien stand. Seine Hände legten sich auf meine Hüften und bei dieser unerwarteten Berührung hätte ich fast den Wattebausch fallen lassen. Mir stockte der Atem, als er mich hinunterdrückte, bis ich auf der Kante des Couchtischs saß. Er rückte noch ein Stück vor und seine Schenkel glitten an meinen entlang. Der raue Stoff seiner Jeans scheuerte auf meiner nackten Haut und ein wildes, feuchtes Gefühl schoss durch meine Adern.

»So besser?«, fragte er und blickte durch seine Wimpern zu mir hoch.

Ich blinzelte, denn ich wusste nicht, was er meinte, bis ich endlich begriff, dass ich so besser an seine Wunde herankam. Er ließ die Hände von meinen Hüften sinken. Dann lagen sie auf seinen Schenkeln und waren meinen auf einmal ganz nah ...

Ich beugte mich vor und tupfte vorsichtig über den Riss. Als Rider scharf einatmete, zog ich schnell die Hand zurück.

»Mach ruhig weiter«, sagte er.

Ich versuchte es noch einmal und diesmal bewegte er sich nicht und blieb ganz stumm. »Erzählst du mir, was passiert ist?«

Er schwieg. Ich schaute ihn an.

»Das erinnert mich an früher«, sagte er schließlich. Sein Blick glitt zu mir, aber nur kurz, dann schaute er wieder weg. Ein Muskel zuckte an seinem Kinn. »Ein bisschen zumindest.«

Ich wurde rot und nahm einen neuen Wattebausch. Er hatte recht, es war tatsächlich wie früher, da hatte ich auch immer seine Wunden versorgt. Als ich noch kleiner war, wusste ich noch nicht so genau, wie das ging, aber je älter wir wurden, desto mehr wurde es zur Gewohnheit, wenn er wieder einmal Prügel bezogen hatte, weil er mich verteidigen wollte, oder aus irgendeinem anderen Grund.

Allerdings war ich mir ziemlich sicher, dass er gerade eben meine Brüste betrachtet hatte, und das war früher jedenfalls nicht vorgekommen. Ich bezweifelte, dass ihm damals überhaupt bewusst gewesen war, dass ich welche haben könnte.

Sie waren ja auch erst vor ungefähr zwei Jahren zum Vorschein gekommen.

Während ich die Wunde säuberte, rasten meine Gedanken zu dem Auto auf dem Parkplatz und zu dem, was Keira am Tag zuvor gesagt hatte.

War das die Folge davon, dass er sich mit zwielichtigen Typen abgab? Würde er bald im ganzen Gesicht Narben haben? Die Vorstellung gefiel mir gar nicht. »Warum warst du nicht im Unterricht?«

»Ich musste was erledigen.«

»Das ist keine Antwort.«

Er schwieg und ich versuchte es noch einmal. »Bist du ... Ist bei dir alles in Ordnung, Rider?«

Er drehte den Kopf und fast hätte ich ihm mit dem Wattebausch ins Auge getupft. Er fing mein Handgelenk gerade noch rechtzeitig ab. »Das hätte echt wehgetan«, murmelte er. Dann nahm er mir die Watte aus der Hand und warf sie auf den Couchtisch. »Alles okay. Bei mir ist immer alles okay.«

Ich schüttelte den Kopf. »Das stimmt nicht. Du hast dich so oft ...«

»Maus ...«

»Du hast dich wegen mir in Gefahr gebracht. Das war so. Immer wieder.« Besorgnis stieg in mir hoch und gleich darauf Wut. »Du hast nie ernsthaft darüber nachgedacht, was ... was dir alles passieren könnte.«

Er legte den Kopf in den Nacken und sah mich an. »Ich wusste genau, was ich tat.«

»Du ...« Ich hatte einen Kloß im Hals, als die Erinnerungen wie eine widerliche, vergiftete Welle in mir hochkamen. »Du hast die Prügel für mich eingesteckt. Du ...«

»Maus«, sagte er sanft. »Ich wusste damals, was ich tue, und ich weiß es jetzt.«

Wollte er damit sagen, dass er wieder die Prügel für jemanden einsteckte? Er brauchte gar nichts mehr zu sagen, ich wusste es schon. Ich wusste, dass die blutige Wunde an seiner Stirn nicht von etwas kam, was er gemacht hatte, sondern weil er wieder einmal jemand Kleineres, Schwächeres beschützen wollte. »Bist du etwa ein Masochist?«

Erstaunt starrte er mich an, dann lachte er, ein tiefes Lachen, bei dem ich erschauerte. »Gute Frage.«

»Das ist nicht komisch.« Ich wollte den Arm wegziehen, aber er hielt mich weiter am Handgelenk fest. Wieder begegneten sich unsere Blicke und Worte schäumten in mir hoch wie Champagner. »Ich konnte es früher schon nicht mitansehen, wenn du verletzt warst. Und heute ist es genauso.«

»Aber ich bin nicht verletzt.« Seine Stimme war leise. »Siehst du? Du hast mich perfekt verarztet.«

Wieder schwoll etwas in meiner Brust an, doch diesmal war es ein anderes Gefühl. Wie wenn ein Ballon aufgeblasen wird. »Bist du deswegen gekommen?«

Er antwortete nicht sofort. »Ich weiß nicht. Ich glaube, ich hab dich einfach vermisst. Ich habe dich so lange nicht gesehen, nachdem … nachdem wir fast zehn Jahre Tag und Nacht zusammen waren, und dann … dann hatte ich dich verloren. Und jetzt bist du wieder da.« Er strich mir über die Hand. »Das kommt mir alles so unwirklich vor. Die Chance, dass wir uns je wiedersehen würden, war so minimal, und trotzdem ist es passiert.«

Trotzdem ist es passiert.

»Also, wie lange habe ich noch Zeit, bevor – wie heißen sie noch mal? Carl und Rosa? Ja genau. Wie lange habe ich, bis sie zurückkommen?«

»Ich weiß nicht. Vielleicht ... ungefähr eine Stunde?« Zwischen seinen Händen fühlten sich meine unglaublich klein an.

Wieder erschien das schiefe Grinsen. »Sie wären bestimmt nicht erfreut, mich hier zu sehen.«

»Warum?«

Er hob die Augenbrauen. »Vielleicht irre ich mich ja. Kommen sie oft nach Hause und finden einen fremden Typen auf ihrem Sofa vor?«

Ich verdrehte die Augen.

»Gib's ruhig zu, so ist es doch!« Rider zog mich neben sich auf das Sofa. Er lehnte sich zurück, legte mir den Arm um die Schultern und drückte mich an sich. »War ja nicht anders zu erwarten.«

Ich wusste nicht, wohin mit meinen Händen, da er sie losgelassen hatte, also faltete ich sie im Schoß. »Ich hatte noch nie ... Besuch von einem Jungen hier.«

Rider versteifte sich und drehte den Kopf zu mir und sah mich an.

Hatte ich das wirklich laut gesagt? Ich kniff die Augen zu und seufzte. »Ich glaube, ich halte jetzt lieber die Klappe.«

Er lachte leise. »Auf keinen Fall. Ich höre dir gern zu.«

So eng aneinandergeschmiegt, sein Arm um meine Schultern, kam es mir vor, als würde ich mit einem Fuß in der Vergangenheit und mit einem in der Gegenwart stehen. Diese Nähe fühlte sich völlig anders an als früher. Wenn der Fernseher laufen würde, dann würden wir von Weitem aussehen wie ein stinknormales Paar, das auf dem Sofa kuschelt.

Nur dass wir kein Paar waren.

Ich musste mir diesen Gedanken unbedingt aus dem Kopf schlagen. »Ähm, in Rhetorik hast du nichts verpasst. Wir haben Beispiele von ... Reden gelesen.«

»Klingt ja spannend.«

Unsere Blicke begegneten sich kurz, dann drehte ich den Kopf weg. »Wo warst du, Rider?«

Seine Hand glitt an meinem Arm hinauf und seine Finger strichen über die nackte Haut an meiner Schulter. Es war eine ganz unbewusste Bewegung, aber trotzdem bekam ich eine Gänsehaut.

»Hector und ich hatten etwas zu besprechen mit ein paar Leuten.«

Wieder wanderte mein Blick zu ihm. »Und dabei musstet ihr auch die Fäuste benutzen?«

Rider grinste schief. »Ein bisschen.« Er streckte die Hand aus und zupfte an meinem Haarknoten. »Hectors Bruder... er ist noch jung. Jayden ist erst fünfzehn und manchmal wirkt er sogar noch jünger. Ich meine, von der Reife her, und deswegen steckt er immer wieder in Schwierigkeiten.«

Ich betrachtete ihn prüfend, erneut betroffen, dass sich manche Dinge nicht änderten. Oder vielleicht waren es auch bestimmte Eigenschaften an einem Menschen, die sich nicht änderten. »Und du hilfst ihm, da rauszukommen?«

»Ich versuch's wenigstens«, murmelte er und lehnte den Kopf an das Polster. Er starrte vor sich hin und spielte weiter mit meinen Haaren. Ich hatte keine Ahnung, was er dachte. »Jedenfalls haben wir gestern geredet. Und dafür gesorgt, dass Jayden heute in die Schule geht. Und vorhin lief das Reden eben nicht so friedlich ab.«

Oh mein Gott, ich wollte ihn umarmen und ihn schlagen, alles zugleich. »Rider...«

»Hättest du gedacht, dass wir je wieder so zusammensitzen?«, fragte er.

»Du wechselst das Thema«, wandte ich ein.

»Stimmt.« Er warf mir ein verschmitztes Lächeln zu. »Und? Hättest du das gedacht?«

»Nein«, gab ich zu und schluckte den Kloß hinunter, der plötzlich in meinem Hals steckte. »Ich hätte nie gedacht ... dass ich dich wiedersehe. Aber ich habe es mir gewünscht.«

»Wünsche haben uns eigentlich nie etwas gebracht, oder?«

Ich schüttelte den Kopf. So wie wir aufgewachsen waren, hatten wir schnell lernen müssen, die Realität zu akzeptieren. Wünsche oder Hoffnungen waren immer unerreichbare Träume geblieben.

Riders Finger zupften immer noch an meinem Knoten, kurz darauf hatte er ihn gelöst. Meine Haare fielen mir in wirren Locken auf die Schultern. »So gefällt es mir besser«, sagte er, und ein rötlicher Schimmer färbte seine Wangen. Seine Finger strichen über meinen Oberarm. »Nur das Karottige fehlt mir ein bisschen. Da hat man dich in der Menge immer gleich erkannt.«

»Danke.«

Er lachte. »Quatsch, das war gelogen. Du bist immer noch leicht zu erkennen. Sogar aus einem Kilometer Entfernung«, fügte er wie in einem Nebengedanken hinzu.

»Weil ich kleiner bin als die anderen«, erwiderte ich trocken.

Wieder wanderte dieser seltsame, konzentrierte Blick über mein Gesicht. »Nein, nicht deshalb.« Er senkte die Augen. »Und, wie waren deine ersten drei Schultage?«

Drei Tage erst? Es fühlte sich auf jeden Fall länger an. Ich zuckte mit den Schultern. »Okay.«

»Das klingt ja nicht sehr überzeugend.«

Ich schaute ihn an. Auf einmal musste ich an Paige denken und rückte ein bisschen von ihm weg. Wie hatte ich sie nur vergessen können? Riders unvermutetes Erscheinen und sein Zustand hatten mich überrumpelt, aber das war keine Entschuldigung.

Ich schaute zu ihm hinüber und Hunderte Fragen schwirrten mir durch den Kopf. Eine davon war, warum er zu mir gekommen war, anstatt zu Paige zu gehen.

Mein Herz fing an zu hämmern. Etwas in mir wollte sie nicht erwähnen, denn wenn er es nicht tat, könnte ich ... Was? Was könnte ich? Auch wenn wir nicht über Paige sprachen, änderte das nichts. Und dass er eine Freundin hatte, änderte nichts daran, was wir waren – Freunde. Nur Freunde.

Ich holte tief Luft. »Du ... du hast eine Freundin, stimmt's?«

»Was?« Rider starrte mich an und schüttelte den Kopf. »Das kam jetzt aber unerwartet.«

Richtig. Trotzdem ließ ich mich nicht beirren. »Es ist ... es ist das Mädchen aus dem Rhetorikunterricht.«

Rider blickte mich einen Moment lang an. »Du meinst Paige? Ja, stimmt, wir sind zusammen.«

Mit einem nervösen Lächeln faltete ich die Hände im Schoß. »Das ... ist gut.«

Er wandte den Blick ab. »Wir kennen uns schon lange. Sie ist mit Hector in der Grundschule gewesen, deshalb war sie immer irgendwie da, weißt du?«

Ich wusste es nicht, aber ich konnte es mir vorstellen.

»Und sie ist echt cool. Überhaupt nicht zickig«, sagte er, und ich fragte mich, ob er mich für zickig hielt. »Ich kann ... echt gut mit ihr abhängen, ohne mir groß Gedanken zu machen. Wir gehen seit dem Frühjahr miteinander.« Er verstummte und sah mich an. »Woher weißt du das? Hat sie mit dir geredet?«

Oh Mann. Ich wollte auf keinen Fall, dass er von unserem Gespräch erfuhr. Ich legte die Hände zusammen und ermahnte mich innerlich, dass mich das alles gar nichts anging. »Nein. Ich habe nur ... ich habe gesehen, wie ihr beide ... miteinander umgegangen seid, am ersten Schultag.«

Fragend sah er mich an. »Wie meinst du das?«

Sofort wünschte ich, ich hätte den Mund gehalten. »Sie hat dich ... so angefasst.«

»Aha.« Er schwieg. »Ich fasse dich auch an, aber das bedeutet nicht, dass wir zusammen sind.«

Eine eiskalte Welle brach über mich herein, als seine Worte in mein Bewusstsein drangen. Puh. Er hatte recht, natürlich hatte er recht, und auch wenn ich nicht glaubte, dass er sich bei diesen Worten etwas gedacht hatte, brannte das eisige Gefühl schmerzhaft in mir.

»Ich meine«, sagte er und stieß mich mit der Schulter an, »bei uns beiden war es doch schon immer so.«

»Stimmt«, murmelte ich und lächelte ihn an.

Unsere Blicken trafen sich und seine Augen wurden schmal. »Sie hat aber nichts Blödes zu dir gesagt, oder?«

»Warum ... wie kommst du darauf?«

Er grinste schief. »Sie ist ... Sagen wir mal, Paige ist ein ziemlich toughes Mädchen.«

Das Brennen in meiner Brust breitete sich aus. Natürlich stand Rider auf toughe Mädchen. Er war selbst tough, und Paige hatte keine Schwierigkeiten gehabt, mich vorhin in der Schule in die Schranken zu weisen, wie ich es verdiente. Ich an ihrer Stelle hätte bloß schweigend dagesessen.

»Deshalb ist sie manchmal ein bisschen unfreundlich zu anderen Leuten«, schloss er.

Ich zuckte nur mit den Schultern.

Sein Blick richtete sich auf mich. »Hat sie was zu dir gesagt?

Ich kann gern mal mit ihr reden. Dafür sorgen, dass sie weiß, wie...«

»Nein«, brach es aus mir heraus, sodass ich selbst erschrocken war. Es klang viel lauter, als ich beabsichtigt hatte. »Du musst nicht mit ihr reden.«

Zweifelnd sagte er: »Mallory...«

»Schon gut.« Ich rutschte an die Kante des Sofas und schnippte einen der unbenutzten Wattebäusche über den Tisch. »Ich meine... sie hat echt nichts zu mir gesagt. Du musst nicht mit ihr reden.«

Und ich meinte es ernst. Es war toll, dass er sich seinen Beschützerinstinkt bewahrt hatte, aber ich durfte mich nicht darauf verlassen, dass er immer da sein würde, um mir zu helfen. In den letzten vier Jahren war er auch nicht da gewesen und jetzt konnten wir nicht einfach so weitermachen wie früher. Das würde ich nicht zulassen, auch wenn es viel einfacher wäre. »Ich will... ich will es nicht so.«

»Wie willst du es dann?«, fragte er und betastete seine Wunde. Seine Lippen verzogen sich zu einem falschen, harten Lächeln. »Du brauchst nicht zu antworten.«

Ich hatte keine Ahnung, was er damit meinte. Verwirrt starrte ich ihn an, und ich hatte das Gefühl, dass ich etwas Wichtiges versäumt hatte.

»Ich muss los. Ich will dich nicht in Schwierigkeiten bringen.« Er setzte sich auf.

Ich hätte ihn gern noch länger bei mir gehabt, auch wenn das wahrscheinlich nicht sehr schlau gewesen wäre. Aber bevor ich widersprechen konnte, umfasste er mein Gesicht mit den Händen. Mein Atem blieb irgendwo zwischen Hals und Brust stecken. Er beugte sich vor, drückte die Lippen auf meine Stirn und gab mir einen Kuss, der mein Herz zum Schmelzen brachte. Meine Augen schlossen sich, als seine Lippen noch ein wenig länger auf meiner Haut verweilten. Ich war völlig durcheinander und blieb regungslos sitzen. Schließlich stand er auf.

Es kam mir vor wie eine Ewigkeit, bis ich ihn wieder ansehen konnte. Seine braunen Augen mit den goldenen Sprenkeln glänzten, sein Mund war leicht geöffnet. Ich räusperte mich. »Ich kann … dich auch schnell fahren.«

Er wandte den Blick ab. »Das ist nicht nötig. Ich komm schon klar.«

Ich folgte ihm in die Eingangshalle. An der Tür drehte er sich noch einmal zu mir. »Ich bin froh, dass du mir aufgemacht hast.«

Mein Lächeln fühlte sich ganz zittrig an. »Ich bin froh, dass … du mir geschrieben hast.«

Rider legte den Kopf schräg. »Wirklich?«

Ich nickte, wahrscheinlich etwas zu eifrig, aber ich wurde mit dem Anblick des Grübchens auf seiner Wange belohnt. Unsere Blicke trafen sich, und ich wollte nicht, dass er ging. Auf einmal überkam mich ein ähnlich starkes Verlangen wie in der Mittagspause. Ich machte einen hastigen Schritt auf ihn zu, fasste ihn an den Armen, reckte mich und gab ihm einen Kuss auf die Wange. Es war nur ein kurzer Kuss, um keine Grenze zu überschreiten, aber seine Haut fühlte sich dennoch aufregend und ungewohnt an unter meinen Lippen.

»Pass auf dich auf«, flüsterte ich und trat zurück.

Riders Grinsen verschwand aus seinem gut aussehenden Gesicht. Dann sagte er: »Aber immer, Maus.«

9

Auf Zehenspitzen schlich ich die alte Treppe hoch und schrak jedes Mal zusammen, wenn die Dielen unter meinen Füßen knarrten. Ich musste leise sein, sonst würde Mr Henry mich erwischen. Und das wäre schlimm. Sehr schlimm.

Ich schlich den dunklen Flur hinunter. Miss Becky war wieder einmal krank und lag im Bett, aber wenn ich sie dazu bringen konnte, aufzustehen, würde sie Rider bestimmt helfen. Um ja kein Geräusch zu machen, drückte ich ganz langsam die Tür auf. Ich spähte ins Schlafzimmer. Die Nachttischlampe brannte und tauchte den Raum in ein trübes gelbes Licht. Leere braune Flaschen standen auf der Kommode. Im Zimmer roch es seltsam. Stickig. Ich ging zum Bett und presste ängstlich die Hände zusammen. Miss Becky lag da, aber sie sah so merkwürdig aus. Bleich und regungslos wie die Schaufensterpuppen in den Läden.

»Miss Becky«, flüsterte ich und brach damit erneut eine Regel. Es war auf keinen Fall erlaubt, sie aufzuwecken, aber Rider brauchte Hilfe. Im Bett rührte sich nichts. Ich schlich näher heran. »Miss Becky?«

Ängstlich blieb ich stehen. Heiße Tränen stiegen mir in die Augen, sodass der Raum verschwamm, und ich trat von einem Fuß auf den anderen. Ich wollte ihren Namen sagen, aber kein Laut kam über meine Lippen. Der Träger ihres Oberteils war heruntergerutscht und ihre Brust bewegte sich nicht.

Irgendetwas stimmte nicht. Ich wollte mich abwenden, mich irgendwo verstecken, aber Rider war draußen und es war so kalt. Meine Finger hatten vorhin auf dem Spielplatz in der Schule furcht- bar wehgetan vor Kälte. Ich straffte meine mageren Schultern und rannte zum Bett. Dort streckte ich die Hand aus und packte Miss Beckys Arm. Ihre Haut fühlte sich kalt an und… wie Plastik. Ich riss die Hand zurück und rannte aus dem Zimmer. Miss Becky… Sie würde nicht helfen können. Ich musste es selbst tun, ich würde Rider nicht im Stich lassen. Ich schlich die Treppe hinunter und schob mich leise an dem muffigen Badezimmer vorbei.

Mr Henry fluchte laut im Wohnzimmer und erschreckte mich zu Tode, doch ich schlich weiter bis zur Hintertür. Ich reckte mich und schob den Riegel zurück. Das Geräusch hallte durch die Küche wie ein Donnerschlag. Ich drehte den Türknauf.

»Was zum Teufel machst du da, Mädchen?«

Ich zuckte zusammen und wich zurück. Wie versteinert machte ich mich auf die Faustschläge gefasst und öffnete den Mund. Schreie zerrissen die Luft, hallten durch das Haus und…

»Mallory! Wach auf!« Hände packten mich und rüttelten mich an den Schultern. »Wach auf!«

Ich fuhr hoch, riss mich los und kroch über das Bett. Meine rechte Hand griff ins Leere, ich verlor das Gleichgewicht und geriet ins Schwanken. Der Griff um meinen linken Oberarm wurde fester. Ein neuer Schrei baute sich in mir auf. Mein Blick schoss wild in dem hell erleuchteten Schlafzimmer umher. Und langsam verzog sich die Vergangenheit wieder, als würden die Flecken von Ruß und Rauch einfach weggespült. Keine Bier- flaschen mehr. Kein Berg Zeitungen auf dem Küchentisch. Ich schaute in Carls beunruhigte Augen. Sorge lag auf seinem müden Gesicht, seine Haare standen in alle Richtungen ab, und sein grauer Schlafanzug war zerknittert.

»Alles in Ordnung?«, wollte er wissen, als ich tief und stockend Luft holte. »Meine Güte, Mallory, ich habe dich seit Jahren nicht mehr so schreien hören.«

Mit zitternden Händen strich ich mir die Haare aus dem Gesicht und schluckte. Mein Hals war ganz rau. Erst jetzt sah ich auch Rosa, die in der Tür stand und den Gürtel ihres Morgenmantels zuzog. Sie sagte etwas, was ich nicht verstand. Mein Herz schlug viel zu schnell in meiner Brust.

»Alles ist gut.« Carl tätschelte meinen Arm und schaute über die Schulter zur Tür. »Es war nur ein Albtraum, *cariño*. Schlaf weiter.«

Nur ein Albtraum? Albträume waren nicht echt, aber das hier war echt.

Viel zu bald schon war es Morgen und ich schleppte mich unausgeschlafen durch den ganzen Tag. Als ich kurz vor Rhetorik ins Klassenzimmer kam, begegnete ich als Erstes Paiges Blick. Sie hatte die Haare zu einem Ballerinaknoten hochgesteckt und trug große goldene Ohrringe. Sie sah umwerfend aus. Doch ihr verkniffenes Gesicht, als sie mich entdeckte, war alles andere als umwerfend.

Ich blieb mit dem Fuß an einem Stuhl hängen und stolperte. Die Sohle meiner Sandale patschte laut wie ein Donnerschlag auf den Boden. Ich fiel nicht hin, aber ich stieß mit der Hüfte schmerzhaft gegen einen Tisch.

Paiges Mundwinkel verzogen sich zu einem spöttischen Lächeln. Verlegen blieb ich stehen, dann riss ich mich aus meiner Erstarrung und ging hastig zu meinem Platz. Meine Wangen brannten. So wie sie mich angeschaut hatte, bevor ich so idiotisch gestolpert war, konnte es gut sein, dass Rider vielleicht doch etwas zu ihr gesagt hatte.

Nein, das würde er nicht tun, beruhigte ich mich. Ich schlug meinen Schreibblock auf und las die Notizen, die ich mir am Vortag gemacht hatte. Ich hatte keine Ahnung, was der eine Satz, den ich aufgeschrieben hatte, bedeuten sollte und …

»Maus.«

Mir stockte der Atem und ich sah auf. Wie ein Geist saß Rider auf einmal neben mir. Ich hatte ihn gar nicht kommen hören, doch da war er. Er trug ein altes T-Shirt mit einem verwaschenen Aufdruck, hatte die Arme vor der breiten Brust verschränkt und strahlte eine lässige Arroganz aus.

Nach dem vergangenen Abend regte sich bei seinem Anblick ein seltsames Gefühl in der Magengegend. Ich hatte Carl und Rosa nicht erzählt, dass Rider vorbeigekommen war. Und – schlimmer noch – ich hatte es auch nicht vor.

Maus.

Ein Teil von mir hasste den Spitznamen wegen dem, was er symbolisierte. Ein anderer Teil liebte ihn, weil der Spitzname von *ihm* war. Ich war mir nicht sicher, welches Gefühl überwog.

Mein Herz flatterte auf einmal so merkwürdig in der Brust. »Rider.«

Seine vollen Lippen verzogen sich zu einem leichten Lächeln. Ich betrachtete seinen Mund. Wie konnte ein Junge nur so perfekte Lippen haben? Das war einfach ungerecht. Und warum starrte ich auf seinen Mund? Mein Kopf wurde so knallrot wie eine Erdbeere, und sein Grinsen wurde breiter, bis das Grübchen erschien. »Hast du mich vermisst?«

Meine Hände strichen über den aufgeschlagenen Block. Gleichzeitig huschte mein Blick zu Paige. Die blickte gerade auf Hectors Handy, der ihr etwas zeigte, aber ich konnte nicht fassen, dass Rider so etwas in ihrer Gegenwart fragte. Oder war es vielleicht ganz harmlos gemeint und nur ich machte eine große Sache daraus?

Ich zwang mich, mit den Schultern zu zucken. Die Wunde über seinem linken Auge sah schon ein bisschen besser aus. »Wie geht's deinem Kopf?«, fragte ich leise.

»Hab ich schon vergessen. Wie war dein Tag?«

Etwas Warmes regte sich in mir. In der Ferne ertönte das zweite Klingeln. »Ich habe mit Keira gegessen. Schon das zweite Mal hintereinander«, erzählte ich, doch dann zuckte ich zusammen, weil es so albern klang.

Riders Grinsen verwandelte sich in ein breites Lächeln, das seinem gut aussehenden Gesicht eine männliche Schönheit verlieh, die mich traf wie ein Schlag in die Magengrube. »Das ist echt toll, Mallory.« Er legte die Hand auf meinen Arm und die Berührung durchfuhr mich wie ein Stromschlag. Mit leiser Stimme fuhr er fort: »Ich bin stolz auf dich. Wirklich.«

Ein Schwindelgefühl überkam mich. Ich starrte auf seine große Hand, die viel dunkler war als meine. Er wusste, was für eine große Sache das für mich war, und sofort kam ich mir nicht mehr ganz so dumm vor. Er verstand es. Er verstand *mich*. Und nur das zählte.

Ein Schatten fiel über unsere Tische. Hector war auf dem Weg zu seinem Platz vor uns stehen geblieben. Er entdeckte Riders Hand auf meinem Arm und zog ein Gesicht, als wäre ihm ein Monster begegnet.

Rider zog sie sofort weg und verschränkte die Arme. »Alles klar, Bro?«

Hectors grüne Augen huschten zu ihm. »Und bei dir?«

Rider antwortete nicht, und ich hatte keine Ahnung, was das alles zu bedeuten hatte, aber als Hector sich setzte, bemerkte ich, dass Keira uns von ihrem Platz vorne aus beobachtete. Ich zwang mich zu lächeln und hoffte, dass sie nicht gehört hatte, wie ich Rider von der Mittagspause mit ihr erzählte. Das wäre so was von peinlich.

»Hey, Babe«, sagte Paige und versuchte, Riders Aufmerksamkeit auf sich zu lenken. »Sehen wir uns heute Abend?«

Ich biss mir auf die Innenseite der Wange, als Rider sich zu ihr drehte. »Heute Abend?«

»Ja.« Ihr Lächeln war breit und glücklich, wie an dem Tag, als ich sie zum ersten Mal mit ihm gesehen hatte. »Wir haben doch ausgemacht, dass wir vielleicht zu Ramons Party gehen.«

Ich hatte keine Ahnung, wer Ramon war, trotzdem regte sich Neid in mir. Ich war noch nie auf einer Party gewesen, die nicht von Erwachsenen organisiert worden war. Ich hatte keine Ahnung, wie solche Partys abliefen, und bis zu diesem Moment hatte ich mir auch noch nie Gedanken darüber gemacht. Mein Blick wanderte zwischen den beiden hin und her, und mir wurde klar, dass Rider mich zwar besser verstand als irgendjemand sonst, dass wir aber inzwischen in ganz verschiedenen Welten lebten.

Rider schwänzte die Schule, wann er wollte.

Rider hatte eine Freundin.

Rider wurde auf Partys eingeladen.

Und ich? Ich war noch genauso wie früher und das würde auch immer so bleiben.

Ich würde nie die Schule schwänzen.

Ich hatte keinen Freund.

Ich ging nicht auf Partys und wurde auch nie auf welche eingeladen, außer bei Ainsleys sechzehntem Geburtstag letztes Jahr.

»Weiß nicht«, erwiderte Rider. »Ich muss heute noch in die Werkstatt. Bin vielleicht den ganzen Abend dort.«

In die Werkstatt? Ich hätte ihn zu gern danach gefragt, aber es schien mir nicht der richtige Augenblick zu sein, um aus meinem Schneckenhaus zu kommen und mich zu Wort zu melden.

Paiges Lächeln erstarrte. »Ich hab mich aber schon so darauf gefreut.«

»Dann geh doch«, drängte er und lächelte sie an. Obwohl ich es nicht sehen konnte, wusste ich, dass das Grübchen da war. »Wenn ich rechtzeitig rauskomme, treffen wir uns dort. Okay?«

Paige schwieg einen Moment lang und nickte dann. »Okay.«

Liebevoll legte sie ihm die Hand in den Nacken. »Aber du wirst mir fehlen.«

Ich sollte unbedingt wegsehen.

»Wirklich?« Belustigung schwang in Riders Stimme mit.

Ich sah nicht weg.

Paiges Finger gruben sich in seinen Nacken und … beugte er sich etwa zu ihr? Ich schaute weg, etwa fünf Sekunden lang, dann schoss mein Blick wieder zu ihnen zurück. Er saß auf seinem Stuhl und Paige auf ihrem, ohne dass sie sich berührten.

Kurz darauf drehte Rider den Kopf zu mir und ertappte mich dabei, wie ich sie beobachtete. Er lächelte mir zu und jetzt konnte ich tatsächlich auch das Grübchen sehen. Ich senkte den Blick und konzentrierte mich auf meinen Tisch … und auf meine Angelegenheiten.

Auf einmal stand Mr Santos vor der Klasse, als wäre er aus einer Falltür in der Decke gefallen. »Also gut, Kinder. Beginnen wir den Unterricht mit einer kleinen Übung.« Er klatschte in die

Hände und schreckte damit den Jungen in der vordersten Reihe auf, der bereits eingedöst war. »Wenn es darum geht, öffentlich zu sprechen, ist Übung das Wichtigste. Je häufiger ihr es macht, desto einfacher wird es. Glaubt mir.«

Ich richtete mich auf und meine Finger fingen an zu kribbeln.

»Als ich so alt war wie ihr ...«

»Vor hundert Jahren«, murmelte jemand.

Santos warf dem Schüler einen belustigten Blick zu. »Wie niedlich. Jedenfalls, in eurem Alter, vor vielen Hundert Jahren, hätte ich mich bei der Vorstellung, vor anderen Leuten sprechen zu müssen, am liebsten übergeben.«

»Igitt«, murmelte ein Mädchen.

Gut möglich, dass ich mich auch gleich übergeben würde.

»Ich musste also daran arbeiten. Das geht uns allen so. Und deshalb werden wir die Stunde mit einer kurzen Vorstellungsrunde beginnen.«

»Oh Mist«, murmelte Rider leise.

Santos fuhr fort, ohne zu merken, dass ich ihn mit Augen anstarrte, die so weit aufgerissen waren, dass wahrscheinlich nur noch das Weiße darin zu sehen war. »Jeder von euch steht auf, dreht sich zur Klasse und sagt seinen Namen und dazu noch eine Sache, die er mag – und hier bitte immer schön anständig bleiben, Leute –, und eine, die er nicht mag. Auch hier bitte nur jugendfreie Kommentare.«

Gelächter ertönte, doch mir sackte das Blut so schnell aus dem Kopf, dass mir schwindelig wurde. Nein. Ich sollte doch eigentlich noch wochenlang Zeit haben, mich darauf vorzubereiten. Vor der Klasse zu sprechen, das konnte doch auf keinen Fall heute schon dran sein oder morgen oder nächste Woche.

»Mallory.« Rider flüsterte meinen Namen.

Meine Hände klammerten sich an die Tischkante, und mein Puls schlug einen rasend schnellen Technobeat. Meine Kehle war wie zugeschnürt, und meine Augen schwenkten zu ihm hinüber. Ich konnte Hectors und Paiges Gesicht nur undeutlich erkennen. Ein Stuhl scharrte über den Boden und mein Blick folgte dem Geräusch.

Ein Junge war aufgestanden und zog seine Hose hoch. Wie gewünscht drehte er sich zur Klasse. »Ich heiße Leon Washington.« Ein breites Grinsen erschien auf seinem Gesicht. »Ich mag keinen Käse. Und mir gefallen die Mädels mit den großen Ärschen in den Rap-Videos.«

Kichern und Glucksen ertönte, während Santos ihm einen genervten Blick zuwarf. Leon ließ sich wieder auf seinen Stuhl fallen und ein Mädchen stand auf. Mittlerweile ging mein Atem sehr schnell und flach. Paige, Rider und ich saßen am Ende der letzten Reihe. Das bedeutete, dass vor mir noch siebzehn Stühle standen, zwei davon waren leer.

Oh Gott.

Mein weit aufgerissener Blick fiel auf Rider. Der schaute mich verständnisvoll an und seine Miene war angespannt. Ein Mädchen stand auf.

»Ich heiße Laura Kaye.« Sie strich sich die schulterlangen, braunen Haare aus dem Gesicht und wandte sich an die Klasse. »Ich … ähm, höre beim Autofahren gern laut Musik. Und ich mag keine …« Ihre Wangen wurden rot. »… keine Tussis, die lästern und über andere herziehen.«

Mr Santos seufzte.

Die ganze Klasse brach in lautes Lachen aus.

Mit einem zufriedenen Grinsen setzte Laura sich wieder.

Ich hatte das Gefühl, als würde ich gleich einen Herzschlag

bekommen, da stand ein anderer Junge auf. Sein Gesicht war bereits so rot wie eine Tomate.

»Mallory«, flüsterte Rider und mein panischer Blick schwenkte zu ihm. Ich spürte, wie Paige uns beobachtete. »Du schaffst das«, sagte er leise. »Du kannst das.«

Seine Augen bohrten sich in meine, als hätten seine Worte die Macht, mich zu überzeugen, aber da irrte er sich. Ich konnte das nicht, auf keinen Fall. Der Kloß in meiner Kehle verwandelte sich in einen Stein. Oh Gott, ich würde kein Wort herausbringen. Ein Schraubstock presste mir die Brust zusammen und schnürte mir die Luftröhre zu, das vertraute eisige Brennen breitete sich in meinem Nacken aus.

Ich konnte das nicht.

10

ICH WUSSTE NICHT mehr, wie ich mein Buch genommen und in meine Tasche gestopft hatte. Ich wusste auch nicht mehr, wie ich meine Tasche nahm und aufstand. Ich steckte in einem dunklen Tunnel, und das einzige Licht, das leuchtete, war die Tür.

Ein weiteres Mädchen stand auf und stellte sich vor. Ich hörte kein Wort von dem, was sie sagte, während sich meine Beine wie von allein bewegten. Wie benommen stolperte ich aus dem Klassenzimmer in den stillen Gang hinaus. Von brennender Scham erfüllt verließ ich das Schulhaus, halb laufend, halb rennend, und floh unter dicken dunklen Wolken, die nach Regen aussahen, zu meinem Auto.

Oh mein Gott. Wie konnte das nur passieren?

Ich blieb neben meinem Wagen stehen, ließ die Tasche fallen und beugte mich vor.

Ich war aus dem Unterricht geflüchtet.

Schwer atmend kniff ich die Augen zu, bis ich winzige Lichtpunkte sah. Ich war so verdammt schwach und so dumm. Ich hätte doch nur aufstehen und meinen Namen sagen müssen. Eine kleine Sache nennen, die ich mochte, und etwas, was ich nicht mochte. Das war wirklich nicht schwer, aber mein Gehirn ... Es funktionierte einfach nicht richtig. Es schaltete sich ab und ließ mich in Momenten der Panik total im Stich.

»Mallory?«

Ich schrak zusammen und fuhr so heftig herum, dass ich fast das Gleichgewicht verlor. Rider stand vor mir, seinen zerfledderten Schreibblock in der Hand. Natürlich hatte er das Klassenzimmer verlassen, um nach mir zu sehen.

Nichts hatte sich verändert.

Beschämt drehte ich mich weg und starrte über das leere Footballfeld, Tränen der Enttäuschung in den Augen.

»Ich hab gesagt, dir ist schlecht geworden«, sagte er nach kurzem Schweigen. »Keinem ist was aufgefallen. Schließlich hast du in der Mensa gegessen, da kommt so was schon mal vor. Santos hat mir erlaubt, den Unterricht zu verlassen und nach dir zu sehen. Eigentlich soll ich dann wieder zurückkommen, aber ...«

Aber das würde er nicht.

Ich kniff die Augen zu und schüttelte abwehrend den Kopf. Meine Haut kribbelte, als würden mir tausend wütende Ameisen über die Arme und den Rücken laufen. Vier Tage Schule und ich lief schon davon. Vermutlich war das Rosas und Carls größte Sorge gewesen. Ich hatte genau das getan, was alle ...

»Alles klar mit dir, Maus?« Er schwieg und ich spürte seine Hand auf meinem Arm.

Maus.

Das war ich nicht mehr.

Ich zog den Arm weg und drehte mich zu ihm um. Überrascht schaute er mich an. Ich wollte doch nur ... ich wollte einfach nur normal sein.

Wenn man so ein verkorkstes Gehirn hatte wie ich, gab es nichts Wichtigeres als Normalität.

»Du … du hättest mir nicht folgen sollen«, sagte ich nach einer Weile.

»Warum nicht?«, fragte er, als hätte er wirklich keine Ahnung.

»Wegen Paige, zum einen.«

»Sie versteht das.«

Das bezweifelte ich sehr. Ich an ihrer Stelle hätte absolut kein Verständnis dafür, nicht in einer Million Jahre. »Und du … hättest mir nicht folgen sollen, weil … ich nicht mehr dein Problem bin.«

Er hob den Kopf und seufzte tief. »Ich will dir was zeigen.«

Verwundert sah ich ihn an.

Er streckte die Hand aus. »Kann ich mal deinen Autoschlüssel haben?«

Meine Verwunderung wurde noch größer. Wollte er die Schule verlassen? Der Unterricht ging noch mindestens eine halbe Stunde und … Moment mal. Ihm machte es bestimmt nichts aus, früher abzuhauen, und ich würde auf keinen Fall wieder in den Unterricht zurückgehen.

»Ich habe einen Führerschein«, fuhr er fort, als ich nichts sagte. »Ehrlich. Ich kann Auto fahren. Und ich werde deinen Wagen schon nicht klauen.«

Erschrocken protestierte ich: »Das … daran habe ich auch nicht gedacht.«

Rider legte den Kopf schräg. Glaubte er im Ernst, ich würde so etwas von ihm denken? Ich hob meine Tasche auf, holte die Schlüssel heraus und gab sie ihm. Dann ging ich ohne ein Wort auf die Beifahrerseite und stieg ein. Die Tasche warf ich auf den Rücksitz.

Er kam auch und zwängte seinen langen Körper hinter das Lenkrad. Mit einem verlegenen Grinsen schob er den Sitz ein

Stück zurück. Dann ließ er den Motor an und fuhr rückwärts aus der Parklücke. Mit einem kurzen Blick zu mir lenkte er den Honda durch die Reihen der geparkten Wagen, sagte aber nichts.

Meine Hände waren zu Fäusten geballt und meine Gedanken rasten durch meinen Kopf wie ein Wirbelsturm. Einfach so die Schule zu verlassen war aus vielerlei Gründen total verrückt. Wenn Carl und Rosa davon erfuhren, würden sie ausflippen.

Aber das alles war mir im Moment egal.

Ich wusste sowieso nicht, wie ich der Klasse am Montag wieder gegenübertreten sollte. Ich lehnte mich in meinem Sitz zurück. Meine Knöchel schmerzten, und ich zwang mich, die Fäuste zu öffnen.

Ich hatte keine Ahnung, wohin Rider mit mir fuhr, aber bald erkannte ich, dass wir aus der Stadt hinausfuhren auf einer der älteren Hauptstraßen, auf der sich schon die Autos stauten.

»Kriegst du Ärger, wenn du nicht gleich nach der Schule nach Hause kommst?«, fragte er.

Tja, wenn Rosa und Carl wüssten, was ich tat und wo ich war, dann auf jeden Fall, aber sie würden es ja nicht erfahren. »Sie kommen erst später nach Hause.«

»Cool.« Er konzentrierte sich auf die Straße. »Ich will dich nicht in Schwierigkeiten bringen.«

Ich fasste meine Haare zusammen und drehte sie zu einem dicken Strang. »Wieso solltest du mich in Schwierigkeiten bringen?«

Er warf mir einen ausdruckslosen Blick zu, den ich nicht deuten konnte, und schaute dann wieder auf die Straße. Nach einer Weile fragte er: »Die Leute, die dich aufgenommen haben, wissen sie ... dass wir uns getroffen haben?«

Ich nickte. »Ich hab's ihnen erzählt.«

Das schien ihn zu überraschen. Er hob die Augenbrauen. »Und sie wissen, wer bin ich? Auch von früher?«

Ich wollte nicken, aber ich zwang mich zu sprechen. »Sie wissen es, ja.«

»Alles?«, fragte er.

»Fast alles«, flüsterte ich.

Mit einem langsamen Nicken fragte er: »Was halten sie davon, dass wir zusammen sind?« Er wurde rot. »Ich meine, dass wir auf die gleiche Schule gehen?«

Ich fand die Frage seltsam, aber dann wurde mir klar, worauf er hinauswollte. Er meinte, Rosa und Carl würden unser Wiedersehen deshalb missbilligen, weil sie ihn für einen schlechten Umgang hielten. Aber da täuschte er sich. Es ging nicht darum, wer er war, sondern wofür er in ihren Augen stand.

Wenigstens hoffte ich, dass es so war.

»Sie ... machen sich einfach nur Sorgen, wie ich ... mit allem klarkomme«, erklärte ich, und das stimmte ja auch. »Ob ich das alles gut verkrafte ... was offensichtlich nicht der Fall ist.«

Ein Muskel zuckte an seinem Kiefer, aber bevor ich etwas sagen konnte, verkündete er: »Ich heiße Rider Stark.«

Ähm.

»Ich arbeite gern mit den Händen«, fuhr er fort, als er an einer Ampel bremste. »Und ich mag keine Klassenzimmer.« Er schaute unter gesenkten Lidern zu mir. »Vielleicht wäre es nicht so schlau, das zu verraten, aber ich könnte auch irgendwas anderes sagen, zum Beispiel, dass ich keine Bananen mag.«

»Bananen?«

Er grinste. »Vor drei Jahren hab ich festgestellt, dass ich die Dinger hasse wie die Pest.«

»Aber es sind doch bloß Bananen.«

»Die Frucht des Teufels!«

Ein überraschtes Lachen brach aus mir heraus. »Das ist doch lächerlich.«

Aus seinem Grinsen wurde ein Lächeln und das Grübchen erschien wieder. »Aber es ist wahr. Jetzt bist du dran.«

Ich wusste, was er da versuchte. Er wollte mir beweisen, dass ich das, was wir in Rhetorik machen sollten, locker schaffen könnte. Aber offensichtlich war es nicht so. Was hatte das jetzt noch für einen Sinn? Es war nicht das Gleiche.

»Maus?«, sagte er leise, doch ich schüttelte den Kopf. Er schwieg und sagte dann: »Okay.«

Ich ließ meine Haare los und schaute aus dem Fenster. Wir fuhren durch eine Unterführung und im Wagen wurde es dunkel. Kurz darauf bog Rider rechts ab und hielt auf einem kleinen Parkplatz vor einem langen rechteckigen Gebäude, in dem fast alle Fensterscheiben zerbrochen waren.

»Wo sind wir?«

Rider stellte den Motor ab und löste den Sicherheitsgurt. »Das ist eine alte Fabrik. Sieht gruselig aus, ist aber kein bisschen gefährlich. Versprochen.«

Ich betrachtete das unheimliche Gebäude, das aussah wie aus einer der Geisterjäger-Serien, die ich so liebte. Genau. Geisterjäger-Serien. Ich hätte ohne Probleme vor der Klasse sagen können, dass ich die mag.

Hätte mir ein anderer als Rider versichert, das Gebäude sei ungefährlich, hätte ich mich nicht aus dem Auto gewagt, aber ich vertraute ihm noch immer, trotz der vierjährigen Pause. Ich stieg aus.

Er kam zu mir und schob den Autoschlüssel in seine Tasche. Der Bürgersteig, über den wir gingen, war überall rissig, und in den Ritzen wuchs Unkraut. Immer wieder waren riesige Schlaglöcher im Asphalt. Ich schaute zum Himmel. Es roch nach Regen. Vor uns tauchte eine Flügeltür in verblasstem Rot auf

»Wir gehen nicht rein. Heute nicht.«

Würde es noch ein anderes Mal geben? Ein seltsames Flattern setzte sich in meiner Brust fest. Ich achtete nicht darauf, weil ich es gut fand, dass wir nicht hineingingen. Vor allem deshalb, weil ich nach dem Schuleschwänzen nicht auch noch wegen unbefugtem Betreten und Einbruch erwischt werden wollte.

Außerdem sah es so aus, als würde es hier spuken.

Da schlangen sich seine warmen Finger um meine. Erstaunt ließ ich mich von ihm um das Gebäude herumführen und achtete darauf, nicht über die Schlaglöcher zu stolpern. Ein modriger Geruch hing in den alten Ziegelwänden. Schweigend bogen wir um die Ecke und gingen an längst vergessenen Containern vorbei. Rider schwenkte nach links auf mehrere alte steinerne Picknicktische zu, dann kam die Rückseite des Gebäudes in Sicht.

Unvermittelt blieb ich stehen.

Die Kinnlade fiel mir herunter vor Staunen, und ich wusste gar nicht, wo ich zuerst hinschauen sollte. Alles war so bunt. Jemand hatte die abbröckelnde graue Wand in ein buntes Meer aus Farben verwandelt. Eine ganze Palette von Rottönen, von Gelb, Grün, Lila, Blau, Schwarz, Weiß. Meine Augen wanderten die Wand entlang, ich sah riesige Buchstaben, wahllos aneinandergereiht, und Worte in fremden Sprachen. Und dann die Wandbilder. Ich konnte Menschen erkennen und Autos, Gebäude und Züge. Alles war aufgesprüht. Dagegen wirkten meine Seifenfiguren geradezu lächerlich. Die Feinheiten der Tags und die detailliert dargestellten Gesichter zeugten von einem unglaublichen Talent. Und das alles mit Sprühfarbe? Ich hätte das nicht einmal mit einem Pinsel geschafft, selbst wenn Picasso mir die Hand geführt hätte.

Ich dachte an die roten Flecken an Riders Fingern und drehte mich zu ihm. Mit einem leisen Lächeln ließ er meine Hand los und ging auf die bemalte Wand zu. Nachdem er bis zur Mitte des Gebäudes gegangen war, blieb er vor dem Bild eines Jungen stehen. Ich trat näher und schlang die Arme um mich, während er mit der Hand über die Schulter des dunkelhaarigen Kindes fuhr. Es war erstaunlich detailreich gemalt, bis zu den Händen, die tief in den Taschen der abgetragenen Jeans vergraben waren. Das T-Shirt war weiß und sah so echt aus, so dünn, dass man hätte meinen können, es würde jeden Moment von dem zerbrechlichen Körper geweht werden. Der Junge hatte den Blick zu dem Graffito über ihm gerichtet, aber sein Gesichtsausdruck machte mich fertig.

Diese Hoffnungslosigkeit.

Der Blick seiner hellen braungrünen Augen. Die Verzweiflung um seinen Mund. Die zusammengezogenen Augenbrauen. Die Trostlosigkeit in ihm war fast körperlich zu spüren. Sie verdunkelte förmlich den Himmel. Ich kannte diesen Ausdruck. Ich hatte ihn gesehen und selbst erlebt.

Er sagte: *Wird mein ganzes Leben so sein? Wird meine Zukunft so sein wie diese Gegenwart?*

»Ich bin ein paarmal beim Sprayen erwischt worden«, sagte Rider und trat von der Wand weg. Er schob die Hände tief in die Taschen seiner Jeans, genau wie der Junge an der Wand. »Aber das hier ist einer der wenigen Orte, wo man sprayen kann, ohne dass man Ärger bekommt. Es hilft mir, den Kopf freizukriegen. Ich denke einfach nicht dabei.«

»Das ... das ist alles von dir?«

»Ja.«

Erstaunt sah ich ihn an. Diese vielen Kunstwerke hatte er nur mit ein paar Dosen Sprühlack zustande gebracht? Ich war total hin und weg. Rider hatte immer schon gut zeichnen können. Als Kind hatte er jeden Fetzen Papier vollgekritzelt, aber das hier war einfach unglaublich. Ich konnte mich nicht sattsehen.

Und ich konnte nichts tun gegen den Druck, der sich plötzlich auf meine Brust legte, oder gegen die Tränen, die mir in der Kehle brannten. Die Tränen würden nicht fließen, sie flossen nie. Nicht mehr. Dabei hätte ich am liebsten geweint, als ich ihn ansah, weil ich genau wusste, dass der traurige, verzweifelte Junge an der Wand dort Rider sein sollte.

»Warst du schon mal in der Graffiti Alley oder bei der großen Lagerhalle?«, fragte Rider und verwies dabei auf andere Orte in Baltimore, wo Graffitikünstler sich austoben konnten, ohne von der Polizei verfolgt zu werden.

Ich nickte. »Einmal war ich in der Alley.« Ich riss den Blick von ihm los und betrachtete die Wand. »Es ist wunderschön dort ... genau wie hier. Echt Wahnsinn, dass du das alles selbst gemalt hast.«

Rider hob eine Schulter. »Das ist doch nichts Besonderes.«

»Es ist einfach unglaublich.« Wieder fielen mir meine Seifenschnitzereien ein und fast hätte ich laut gelacht. »Ich könnte ... das nicht.«

Er legte den Kopf schräg. »Ich kann es dir beibringen.«

Ich musste mir ein Grinsen verkneifen. Das wäre wahrscheinlich so, als würde man einem wütenden Kleinkind einen Buntstift geben und erwarten, dass es auch ja nicht über die Linien in seinem Malbuch hinausmalt.

Rider schaute hinauf zu den dicken schweren Regenwolken.

»Ich meine, nur wenn du Lust hast. Es gibt noch andere Stellen, wo man sprühen kann, ohne Ärger zu kriegen.«

Ich musterte die Wand und versuchte, mir vorzustellen, ich könnte so etwas Beeindruckendes schaffen. Bei mir würde sicher nur ein Strichmännchen herauskommen. »Ich will das hier lieber nicht verschandeln.«

Ein schiefes Grinsen erschien auf seinem Gesicht. »Das würdest du nicht. Versprochen.«

Ich war mir da nicht so sicher und schwieg. Mein Blick wanderte zurück zu dem Bild von dem Jungen. Ich fragte mich, ob Rider schon einmal mit Paige hier gewesen war. Was für ein dummer Gedanke. Natürlich waren sie zusammen hier gewesen. Wahrscheinlich gingen sie sogar zusammen taggen.

»Mag ... Paige so etwas auch?«, fragte ich, und die Hitze stieg mir in die Wangen.

»Das hier? Taggen?« Grinsend schüttelte Rider den Kopf. »Am Anfang vielleicht. Ich meine, sie ist ab und zu mitgekommen und hat mir zugeschaut, aber ehrlich gesagt glaube ich nicht, dass das so ihr Ding ist.«

Ich betrachtete weiter die Wand. »Macht es ihr nichts aus, dass du ... dass du mir das hier zeigst?«

»Quatsch.« Seine Antwort kam ohne Zögern. »Warum sollte es ihr was ausmachen?«

Ich wusste nicht, was ich darauf antworten sollte.

»Sie weiß, wie wichtig du mir bist, Maus.« Er kam näher. »Und ich hab dir ja gesagt, dass sie ein toughes Mädchen ist. Sie wird nicht schnell warm mit Leuten, aber ihr werdet bestimmt Freunde werden. Irgendwann.« Er hielt inne. »Es ist absolut kein Problem für sie, wenn ich Zeit mit dir verbringe.«

Langsam drehte ich mich zu ihm. Eigentlich müsste ich ihm

jetzt erklären, dass seine Freundin durchaus ein Riesenproblem damit hatte und dass ich ihr das auch nicht verdenken konnte, aber ich musste akzeptieren, was er sagte. Er kannte sie besser als ich und Paige war gestern im Unterricht auch nicht gemein zu mir gewesen. Sie hatte mir nur erklärt, was sie von der ganzen Sache hielt. Das respektierte ich. Und Rider und ich konnten Freunde sein – wir waren schon immer Freunde gewesen. Vielleicht würde sie sich eines Tages ja doch mit mir anfreunden können.

Wenigstens dieser Teil meines Lebens mit dieser neuen Version von Rider könnte funktionieren.

Ich drehte mich wieder zur Wand. Ich würde nie so gut malen können wie er, aber was konnte es schon schaden? Ein Miniwirbelsturm bildete sich in meinem Bauch. »Okay.«

Das Grübchen erschien wieder und der Wirbelsturm wurde heftiger. Unsere Blicke trafen sich und hastig wandte ich den Kopf ab. Auf einmal war mir furchtbar heiß. Ich hätte mir gern Luft zugefächelt, aber das wäre doch zu peinlich gewesen.

»Sollen wir zurückfahren?«, fragte er. Er stand dicht neben mir und ich hatte es gar nicht bemerkt. »Maus?«

Die Schule war längst aus, und ich sollte wirklich dringend nach Hause fahren, aber ich … ich wollte nicht. Noch nicht. Der Ort strahlte so eine friedliche Atmosphäre aus, trotz des fernen Rauschens und Hupens der Autos. Ich schüttelte den Kopf.

Daraufhin ging er zu einem der alten Steintische und setzte sich. Kurz darauf setzte ich mich zu ihm. Eine Weile sagte keiner von uns ein Wort, es war wie ein Abtauchen in die Vergangenheit. Wie oft hatten wir damals so zusammen dagesessen.

Endlich löste sich meine Zunge vom Gaumen. »Findest du es nicht seltsam?«

»Was denn?«, fragte er und lehnte sich gegen den Tisch hinter ihm.

»Das hier. Dass wir zusammen hier sitzen, genau wie früher.« Mein Gesicht wurde warm. »Es ist einfach seltsam.«

Er schwieg kurz, dann sagte er. »Klar ist es seltsam, aber auf eine gute Art. Oder?«

»Ja«, murmelte ich.

Rider stieß mich mit dem Knie an. »Ich bin froh, dass wir hier zusammen sitzen und diese seltsame Situation gemeinsam erleben.«

Mein Gesicht wurde noch heißer und ich lächelte. »Ich auch.« Er schaute mir einen Herzschlag lang in die Augen und wandte den Kopf dann wieder zu der mit Graffiti besprühten Wand hinüber. Ich atmete flach. Das war die ideale Gelegenheit, ihn zu fragen, wie seine vier letzten Jahre gewesen waren. Es gab so vieles, was ich wissen wollte. »Also ... wie lange lebst du schon bei Hectors Großmutter?«

Er verzog das Gesicht. »Drei Jahre vielleicht.«

»Und das Heim davor ... wie war das?«

»Ganz okay«, erwiderte er und streckte die Beine aus. »Nicht sehr viele Kinder.« Er lachte leise. »Ich war ziemlich überrascht, als sie mich zu Mrs Luna geschickt haben. Damals war ich schon fast fünfzehn. Ich meine, wozu das alles noch?«

Ich wusste, was er meinte, aber er hatte Glück gehabt, denn nicht viele Leute nahmen einen Teenager bei sich auf, der sein ganzes Leben in staatlicher Obhut verbracht hatte. Es war erstaunlich, dass er eine Pflegefamilie gefunden hatte. »Bist du glücklich dort ... bei Mrs Luna?«

»Klar ...« Er verengte die Augen und betrachtete seine Hand, ballte sie zur Faust und öffnete sie wieder. Ein Regentropfen fiel auf den Tisch. »Sie ist echt in Ordnung.«

Ich wartete darauf, dass er mehr erzählte, aber er blieb stumm, sodass mir Zweifel kamen an dem, was er gesagt hatte. Ich öffnete den Mund, um etwas zu sagen, da sah er mich an, und die Worte erstarben mir auf der Zunge.

Seine Stimme war kaum mehr als ein Flüstern. »Denkst du manchmal ... denkst du manchmal an den Abend?«

Mein Magen krampfte sich zusammen und ich schüttelte den Kopf. Das war nicht einmal gelogen. Ich tat wirklich alles, was in meiner Macht stand, um nicht an diesen Abend zu denken. Nur leider hatte mein Gehirn letzte Nacht beschlossen, mir eine wirklichkeitsgetreue Wiederholung der Ereignisse vorzuführen.

»Und du?«, flüsterte ich, ohne ihn anzusehen.

»Manchmal.« Er hielt inne und strich mit den Händen über seine Jeans. »Manchmal muss ich auch an die anderen Abende denken, du weißt schon, wenn dieses Arschloch betrunken war und seine Freunde zu Besuch kamen.«

Jeder Muskel in meinem Körper erstarrte, und ich wagte nicht, auch nur einen Ton von mir zu geben, weil ich genau wusste, welche Abende er meinte.

»Und manchmal hoffe ich, dass jeder von denen, Henry eingeschlossen, elendiglich krepiert ist.« Er lachte freudlos. »Das zeigt nur, was für ein schrecklicher Mensch ich bin, was?«

»Quatsch«, sagte ich sofort. »Du bist doch kein schrecklicher Mensch.« Mein Mund wurde ganz trocken, als meine Gedanken zu den Nächten zurückkehrten, in denen Henrys Freunde bei uns waren. Ein paar von ihnen hatten mich immer auf eine Art und Weise angeschaut, wie man ein kleines Mädchen nicht anschauen sollte. Es gab auch welche, die Rider so anschauten und die es auf ihn abgesehen hatten. Wenn Rider nicht gewesen wäre, hätten die anderen mich sicher ... »Haben sie dich ...«

Rider schüttelte den Kopf. »Nein. Ich war immer zu schnell und sie waren zu betrunken. Ich hab echt Glück gehabt.«

Ich wusste nicht, ob man das als Glück bezeichnen konnte.

»Wir sollten zurückfahren«, sagte er und stand auf. Ein zweiter Regentropfen fiel auf den rissigen Asphalt. »Gleich fängt es an zu schütten.«

Mit steifen Schritten folgte ich ihm zu meinem Auto. Während Rider einstieg und die Tür zuschlug, drehte ich mich noch einmal um zu der Graffitiwand. Egal, was dort abgebildet war, Buchstaben, eine Blume, ein Frauengesicht oder ein kleiner Junge, der zum Himmel starrte, ohne Hoffnung auf ein besseres Morgen – jedes der Kunstwerke erzählte eine Geschichte. Jedes sprach ohne Worte zu seinem Betrachter. Und auch wenn ich jahrelang versucht hatte, es genauso zu machen – ich war kein Bild an einer Wand.

»Ich heiße Mallory Dodge.« Ich holte tief Luft und sprach einfach so ins Leere. »Ich mag Bücher und Lesen. Und … ich mag nicht, wer ich bin.«

11

WIR TRAFEN UNS AM Samstag erst um vier mit Ainsley am Hafen, weil Carl ausgiebig frühstücken und einen gemütlichen Familientag mit uns verbringen wollte, seine Lieblingsbeschäftigung samstags, wenn er und Rosa nicht ins Krankenhaus gerufen wurden.

Carl machte seine berühmten Waffeln zum Frühstück – nur er selbst hielt sie für berühmt, aber ich liebte sie trotzdem. Ich liebte sie, weil nie zuvor jemand Waffeln für mich gemacht hatte, Waffeln mit Blaubeeren und Erdbeeren an einem gemütlichen Samstagmorgen. Ich liebte sie, weil ich wusste, dass es unzählige Kinder gab, die so etwas nie erlebt hatten und nie erleben würden.

Mitten beim Frühstück verstummte ihrer beider Geplauder plötzlich und sie schauten mich ernst an. Rosa, die mittlerweile ihre zweite Tasse Kaffee getrunken hatte, sprach als Erste. »Gestern hat die Schule bei uns angerufen.«

Meine Hand, die gerade eine Gabel mit einem Stück Waffel und einer Erdbeere zum Mund führten wollte, erstarrte. Dass ich Rider versichert hatte, ich würde keinen Ärger kriegen, war wohl etwas voreilig gewesen.

Rosa legte die Gabel zwischen die Waffelkrümel auf den Teller.

Ansonsten hatte sie ihren Teller leer gegessen, auf meinem dagegen war ein Sirupsee. »Mr Santos hat uns kontaktiert.«

Ich schloss die Augen.

»Wir haben beide mit ihm gesprochen«, fügte Carl hinzu, und der Waffelbissen, den ich gerade in den Mund geschoben hatte, schmeckte auf einmal ganz bitter. »Er hat gesagt, du hättest gestern bei einer Übung, wo es darum ging, vor der Klasse zu sprechen, einen Aussetzer gehabt und wärst ganz unvermittelt aufgestanden und aus dem Klassenzimmer geflohen.«

Ich öffnete die Augen wieder und legte meine Gabel hin. Mein Hunger war auf einmal weg. Und ich war so ... Unbehaglich rutschte ich auf meinem Stuhl herum.

»Er sagte, ein Mitschüler hätte sich für dich eingesetzt und gesagt, du hättest den Unterricht verlassen, weil dir schlecht sei«, fuhr Carl fort. »Er hat auch gesagt, dass es Rider war.«

Oh Gott.

Am liebsten hätte ich mich unter dem Tisch verkrochen.

»Dazu kommen wir gleich.« Rosa hielt die Hand hoch und brachte Carl zum Schweigen. »Dir war gestern nicht schlecht, oder?«

Wahrscheinlich wäre es besser zu lügen, als mein Versagen offen zuzugeben, aber ich schüttelte dennoch den Kopf. Das Schweigen zog sich in die Länge, ich presste die Lippen aufeinander und starrte auf meinen Teller. Sie mussten furchtbar enttäuscht von mir sein. Ich war gerade einmal eine Woche in der Schule und schon kam ein Anruf wegen mir.

»Schon gut.« Rosa legte mir die Hand auf den Arm. Ich sah auf. »Carl und ich, wir haben uns schon gedacht, dass es ein steiniger Weg für dich wird. Wir wussten, dass der Rhetorikunterricht schwierig sein würde. Und du wusstest es auch.«

Sie hatte recht. Aber das machte es nicht leichter, mein Versagen zuzugeben.

»Die Schule weiß es«, sagte Carl.

»Was ... weiß die Schule?«

Er verschränkte die Arme und beugte sich vor. »Bei der Anmeldung haben wir mit der Schulleitung gesprochen und sie darüber informiert, dass du möglicherweise ein paar Schwierigkeiten haben könntest.«

Mir blieb der Mund offen stehen. »*Was* ... habt ihr?«

»Wir haben ihnen keine Einzelheiten erzählt, Mallory, und wir haben nur mit deinen Lehrern, dem Direktor und Mrs Derhaven, einer Beratungslehrerin, gesprochen«, erklärte Rosa. »Wir wollten, dass sie ein Auge auf dich haben, falls etwas passiert, was wir wissen sollten.«

Sie hatten *nur* mit allen meinen Lehrern gesprochen? Oh mein Gott. Meine Haut kribbelte und juckte, und ich lehnte mich auf meinem Stuhl zurück und starrte sie an, ohne sie wirklich zu sehen. Alle diese Leute wussten schon vom ersten Tag an von meinen Schwierigkeiten, obwohl es ein neuer Anfang für mich sein sollte?

»Sie mussten es erfahren«, sagte Carl.

Er sagte das so entschieden, als wäre es eine Tatsache, aber ich war da ganz anderer Ansicht. Meine Zunge löste sich.

»In dem Telefonat mit Mr Santos gestern haben wir eine Vereinbarung getroffen«, fuhr er fort, und sofort klebte meine Zunge wieder oben am Gaumen. »Er versteht das sehr gut, Mallory. Ich möchte, dass du das weißt. Er versteht, wie schwer es dir fällt, vor der ganzen Klasse aufzustehen und zu sprechen.«

Ich hatte aufgehört zu atmen.

»Er ist damit einverstanden, dass du deine Reden nicht vor der

Klasse hältst, sondern sie nur ihm allein vorträgst«, erklärte Carl. Mir war, als würde ich über meinem Körper schweben. »So kannst du im Rahmen deiner Möglichkeiten die für die Benotung notwendigen Aufgaben in Rhetorik erfüllen.«

Rosa tätschelte mir den Arm. »Das ist doch eine gute Vereinbarung.«

»Das ...« Ratlos schüttelte ich den Kopf. »Aber dann wissen es alle.«

Carl runzelte die Stirn.

»Die Schüler in meiner Klasse wissen dann ... dass ich das nicht kann und dass ich eine Sonderregelung bekomme ... und sie nicht. Alle müssen ... vor der Klasse stehen, nur ich nicht? Ich finde, ich sollte das auch ... tun.«

Er legte den Kopf schräg. »Liebes, du musst dieses Fach einfach nur bestehen.«

»Nein, ich muss ... ein normales Leben führen. Und wenn ich meine Reden nur vor Mr Santos halte, dann ... das ist nicht das Gleiche«, protestierte ich und schaute von einem zum anderen. »Ich schaffe das.«

»Das wissen wir. Natürlich schaffst du das irgendwann«, sagte Rosa. Ich fuhr zurück. *Irgendwann.* Sie glaubten also nicht, dass ich es im Moment schaffen könnte. »Aber es geht darum, kleine Schritte zu machen. Du hast in den letzten vier Jahren schon so viel erreicht. Nach so viel Veränderung ist es doch in Ordnung, wenn man etwas langsamer weitermacht, oder?«

Ich fand das überhaupt nicht in Ordnung, aber mein kämpferisches Feuer war nur noch eine leise schwelende Glut. Ich ließ die Hände in den Schoß sinken. »Bei Marquette ... habt ihr euch nie so einmischen müssen, oder?«

Rosa und Carl starrten mich an.

Ich hatte keine Ahnung, warum ich das gesagt hatte. Nicht die leiseste Ahnung. Am liebsten hätte ich die Worte zurückgenommen.

Carl holte tief Luft. »Nein, das mussten wir nicht.«

Meine Finger verschränkten sich in meinem Schoß.

Rosa stand auf und sammelte die Teller ein. »Bist du fertig?«, fragte sie. Als ich nickte, verschwand auch meiner vom Tisch.

»Es war sehr nett von diesem Jungen, dass er dich entschuldigt hat«, meinte Carl. Mein Blick fuhr zu ihm.

»Von diesem Jungen?«, fragte ich.

»Von Rider«, verbesserte er sich. Meine Schultern wurden steif. »Mr Santos sagte, er hätte den Unterricht verlassen, um nach dir zu sehen, und wäre nicht zurückgekommen.«

Himmel, warum konnte dieser Tag nicht noch einmal von vorn losgehen? Dann würde ich nämlich im Bett bleiben. Ich wünschte, ich wäre oben in meinem Zimmer und könnte meine Eule fertig schnitzen, die ich gestern Abend angefangen hatte. Nichts betäubte mich schneller als das Arbeiten mit Seife. Nach der Rhetorikstunde und dem Ausflug mit Rider war ich dadurch zur Ruhe gekommen. Ich hatte einen kleinen Körper geschnitzt und winzige Federn und kleine flache Ohren hineingeritzt.

Ich richtete meine Aufmerksamkeit wieder auf das Gespräch. »Er ... er wollte sich nur vergewissern, dass es mir gut geht.«

Carl musterte mich. »Verbringst du viel Zeit mit ihm?«

»Nur ... in Rhetorik«, sagte ich mit einem schlechten Gewissen wegen der Lüge. Ich beruhigte es ein bisschen, indem ich etwas erzählte, was tatsächlich stimmte. »Aber ... in der Mittagspause sitze ich bei einem Mädchen am Tisch, das bei mir in Englisch und Rhetorik ist. Sie heißt Keira.«

»Das freut mich.« Rosa hatte uns den Rücken zugewandt und

fegte die Krümel in den Mülleimer. »Hat Rider nicht mit dir zusammen Pause?«

»Nein.« Sie würden es sicher nicht gutheißen, dass er eine Stunde geschwänzt hatte, um mit mir zu Mittag zu essen.

Carl starrte mich immer noch an, als versuchte er, meine Gedanken zu lesen. »Interessiert er sich für dich?«

»Was?« Ich blinzelte.

Rosa fuhr herum und sah ihn an.

»Interessiert er sich für dich mehr als nur als Freund?«, wiederholte er.

Oh mein …

Oh mein Gott …

Es war, als würde mein Gesicht schmelzen. »Er hat eine Freundin!«

Jetzt war es Rosa, die blinzelte.

»Tatsächlich?« Erleichterung schwang in Carls Stimme mit. »Na ja, dann …« Er brach ab und lehnte sich lächelnd zurück. »Wir sollten die Küche aufräumen, damit wir allmählich loskommen.«

Ich sah ihn an.

Rosa sah ihn an.

Dann standen Carl und ich auf, wir räumten auf und zogen los. Sie kamen nicht mehr auf Rider oder die Schule zu sprechen, aber sobald ich Ainsley im Hafen getroffen hatte und sie außer Hörweite waren, redeten wir über nichts anderes mehr.

Wir saßen auf einer der vielen Bänke am Hafenbecken, während Rosa und Carl die Stände des Wohltätigkeitsbasars ein Stück entfernt durchstöberten. Ein kühler Wind wehte durch die Bucht und blies Ainsley die langen blonden Haare aus dem Gesicht.

Ainsley war bildhübsch. Ein Mädchen, das dem Schönheitsideal entsprach und das jeder schön fand, mit blauen Augen, perfekten, ebenmäßigen Gesichtszügen und der dazu passenden kecken Nase. Außerdem hatte sie einen sehr liebenswerten Charakter. Wirklich. Ainsley konnte temperamentvoll und vorlaut sein, aber sie war auch total liebevoll. Es sei denn, sie wurde provoziert. Dann konnte sie richtig loslegen. Als wir uns in der Lerngruppe von Kindern, die alle Hausunterricht bekamen, kennengelernt hatten, war sie unglaublich geduldig gewesen und hatte immer wieder das Gespräch mit mir gesucht. Andere hätten längst aufgegeben, aber sie bemühte sich jede Woche, wenn wir zusammenkamen, um einen Nachmittag gemeinsam zu lernen, aufs Neue um mich.

Zuerst war es merkwürdig gewesen, eine Freundin zu haben. Lange Zeit hatte es nur Rider und mich gegeben und dann ... Dann war da keiner mehr. Mit ihr zu reden fiel mir nicht immer leicht, weil ich sie meistens nur einmal die Woche sah, selten auch zweimal, aber sie war absolut das Beste, was mir nach den Rivas passiert war.

Außerdem gehörte sie zu den wenigen Menschen, die sogar einen Strampelanzug tragen konnten, ohne dass sie aussahen wie ein Riesenbaby. Heute trug sie einen hellblauen Jumpsuit mit einer Strickjacke in einem dunkleren Blau und sah darin einfach zum Anbeißen aus. Wenn ich so etwas anziehen müsste, würde ich mich freiwillig in meinem Zimmer einschließen.

»Ich bin froh, dass du ihnen von Rider erzählt hast«, sagte sie gerade, aber ich verstand nicht ganz, wieso, denn ich war nicht froh. Sie hatte sich zu mir gedreht, ein Bein hochgezogen, das andere ließ sie von der Bank baumeln, und sprach mit leiser Stimme, falls jemand lauschte. »Was hättest du getan, wenn sie in der Schule aufgetaucht wären und ihn gesehen hätten?«

Ich bezweifelte sehr, dass sie unangemeldet in die Schule kommen würden, aber da sie bereits mit den Lehrern geredet hatten, damit die ein Auge auf mich hatten, bestand durchaus die Möglichkeit, dass einer ihrer Spione ihnen von Rider erzählte. Als ich Ainsley dann noch von der Abmachung erzählte, die Carl mit Mr Santos getroffen hatte, konnte sie gut verstehen, wie gedemütigt ich mich fühlte.

»Ich wünschte ... ich hätte es ihnen ... nicht gesagt«, gab ich zu.

Die langen Pausen in meinen Sätzen störten Ainsley nicht. »Es ist tausendmal besser, dass du es ihnen erzählt hast!«, flüsterte sie eindringlich. »Hör mal, du weißt ja, dass ich nicht gerade ein Musterbeispiel an Ehrlichkeit bin, aber ich finde, es war klug von dir, ganz offen zu ihnen zu sein.«

Es mochte unendlich viele Gründe geben, warum das klug war, aber klug war nicht gleich klug, und es wäre wohl klüger gewesen, die Sache mit Rider vorerst noch geheim zu halten.

Ainsley hielt inne. »Nur dass er schon bei dir zu Hause war – das würde ich lieber für mich behalten.«

Ich verdrehte die Augen. »Schon klar.«

»Aber es zu sagen war vor allem deshalb gut, weil du ihn jetzt – du weißt schon – einfach mal einladen kannst, ohne sie anlügen zu müssen«, erklärte sie, die blauen Augen hinter einer riesigen Sonnenbrille verborgen. Die Sonne war nicht besonders grell, aber Ainsley hatte in letzter Zeit oft darüber geklagt, wie lichtempfindlich ihre Augen geworden seien. Wir hatten sogar schon Witze darüber gemacht, dass sie sich bald in einen Vampir verwandeln würde. »Ich weiß nämlich genau, dass du mehr Zeit mit ihm verbringen willst.«

Ich biss mir auf die Unterlippe und blickte über das Wasser.

Die Wellen kräuselten sich leicht, weiter draußen fuhren Schiffe vorbei. Ich wollte Rider tatsächlich öfter sehen, vor allem außerhalb der Schule. Es gab so vieles, worüber wir noch nicht gesprochen hatten, außerdem ... na ja, ich war einfach gern mit ihm zusammen.

»Mallory?« Sie stieß mich an.

Ich sah sie an, unsicher, wie ich das alles in Worte fassen sollte. Das viele Reden strengte mich an und im Moment klang meine Stimme so schrill in meinen Ohren wie das Kreischen der Möwen auf dem Wasser.

Eine kleine Weile verging. »Willst du ihn denn nicht wieder neu kennenlernen?«

Ihn neu kennenlernen. Was für ein merkwürdiger Ausdruck. Ich kniff die Augen zusammen. »Doch, klar.«

Sie fing eine Haarsträhne und strich sie sich aus dem Gesicht. »Aber?«

»Aber es ... es ist ganz komisch.« Ich fuhr mir mit den Händen über die Oberschenkel. »Ich meine, zwischen uns ist es ... immer noch wie früher und doch anders. Als hätte er ... das alles hinter sich gelassen ... und ich ...«

»Du hast das doch auch hinter dir gelassen«, sagte Ainsley leise.

Wirklich? Manchmal kam es mir vor, als hätte ich seit jenen Tagen voller Angst und Hoffnungslosigkeit einen langen Weg zurückgelegt, aber dann fühlte es sich wieder so an, als würde ich in einem Schrank kauern und hören, wie schwere Fäuste auf einen Kinderkörper einprügelten.

Kurz dachte ich an das Bild von dem Jungen an der Fabrikwand und an das, was Rider gesagt hatte. Vielleicht war ich doch nicht die Einzige, die mit der Vergangenheit zu kämpfen hatte.

Ich schüttelte den Kopf und schob den Gedanken weg. »Er hat ... eine Freundin.«

Ihre Augenbrauen hinter den dunklen Brillengläsern hoben sich. »Okay.« Stille. »Also bitte versteh das jetzt nicht falsch, aber was hat das damit zu tun? Ich meine, ihr zwei habt euch doch eben erst wiedergefunden.«

»Ich weiß und ich will ja auch nicht sagen ... dass es ein Problem ist ... dass er eine Freundin hat«, erklärte ich, und das war es auch nicht. Natürlich war mir bewusst, dass ich Rider mittlerweile anders sah, nicht nur rein freundschaftlich – wem würde es nicht so gehen bei dem umwerfenden Aussehen? Aber ich wusste trotzdem genau, dass er für mich nicht so empfand. Das war nie so gewesen, und es würde auch nie so sein, ob er eine Freundin hatte oder nicht. Schon allein der Gedanke, er könnte auch nur einen Hauch dieser Mehr-als-nur-ein-Freund-Gefühle erwidern, war völlig abwegig. »Es ist nur so, ich glaube nicht, dass sie so begeistert ist, dass wir uns ... wiederbegegnet sind.«

»Warum?«

Ich erklärte Ainsley, wie Paige mich an meinem Spind angesprochen hatte und was sie danach im Klassenzimmer zur mir gesagt hatte, als Rider nicht zum Unterricht kam.

»Ach du Schande.« Ihre Augenbrauen zogen sich zusammen. »Irgendwie kann ich schon verstehen, dass sie nicht unbedingt ein Fan von dir ist. Da tauchst du plötzlich auf, und er freut sich total, dich zu sehen. Das ist bestimmt nicht ganz leicht für sie.«

»Ich weiß.«

»Aber ihr zwei seid alte Freunde, deshalb muss sie irgendwie damit klarkommen. Außerdem klingt es so, als wäre Rider der Kontakt mit dir wichtig. Immerhin hat er dich gleich bei der ersten Gelegenheit umarmt, oder?« Ich nickte. Sie fuhr fort: »Er hat dich zu Hause besucht und sich bei deiner Panikattacke in Rhetorik um dich gekümmert.«

Ainsley nahm wirklich kein Blatt vor den Mund.

»Dann hat er dich zu dieser tollen Fabrik gebracht und dir seine Graffiti gezeigt – verdammt coole Bilder. Das heißt, er will, dass du an seinem Leben teilhast. Daran wird sie sich gewöhnen müssen.«

Ich nickte zögernd.

Eine kurze Pause trat ein, dann fragte sie vorsichtig: »Und wie ist es für dich, dass er wieder in deiner Nähe ist? Ich weiß, wie wichtig er dir früher war.«

Sie klang fast wie Rosa. »Für mich ist das okay.«

»Bist du sicher?«

Ich nickte wieder. Sie schaute mich an und bohrte nicht weiter nach. Wir waren lange genug befreundet, dass sie merkte, wenn ich über etwas nicht reden wollte.

Und sie respektierte das.

Ich schaute hinüber, wo die beiden Rivas' gerade an einem Stand für gebrauchte Bücher standen. Sie standen Hand in Hand da und Carl betrachtete interessiert ein Buch. Ich lächelte und sah Ainsley wieder an. »Und ... wie läuft es bei Todd und dir?«

Zwischen ihnen schien es etwas Ernstes zu sein. Zumindest ging ich davon aus, weil sie schon miteinander geschlafen hatten. Für mich war eine Beziehung mit Sex etwas Ernstes. Sie hatte mir erzählt, es sei ein bisschen peinlich gewesen, aber ganz okay. Es hatte nicht wirklich begeistert geklungen. Bei dem Gedanken an Sex ging mir plötzlich wieder Rider durch den Kopf.

Einfach so, wie aus dem Nichts.

Ich selbst hatte keinerlei Erfahrung mit so etwas, aber Ainsley hatte mir alles genau erzählt. Außerdem hatte ich eine ziemlich lebhafte Fantasie, und ich hatte einen Internetzugang in meinem Zimmer, also ...

Ich stellte mir seine breiten Schultern vor, aber ohne T-Shirt. Bei unseren Umarmungen hatte ich gespürt, wie gut gebaut er war. Ein Kribbeln durchfuhr mich, und ich wünschte, ich hätte ein Trägertop und Shorts an, weil mir auf einmal so heiß war, und dann fragte ich mich, ob er ...

Oh mein Gott, ich musste sofort damit aufhören. Meine Wangen brannten. Zum Glück schaute Ainsley gerade einem Läufer hinterher, der oben ohne unterwegs war. Und einen sehr sportlichen Körper hatte.

»Ganz okay. Seit die Schule wieder angefangen hat, sehen wir uns nur noch selten.« Sie zuckte mit den Schultern, klang jedoch nicht besonders enttäuscht. »Er hat nur noch Colleges im Kopf. Redet über nichts anderes mehr.«

Ich wusste, dass Ainsley an die University von Maryland gehen wollte, so wie ich, aber ich hatte keine Ahnung, wie Todds Pläne aussahen. »Auf welches ... College will er denn gehen?«

»Ach, auf eine Million verschiedene.« Obwohl sie eine Brille trug, spürte ich, wie sie die Augen verdrehte. »Ich glaube, irgendwo weiter im Norden. Er meint, er könnte es an eine Eliteuni schaffen. Ich weiß, das klingt fies, aber so schlau ist er nicht.«

Ich hatte Todd einmal gesehen, und auch wenn ich seine intellektuellen Fähigkeiten nicht wirklich einschätzen konnte, schien er ein netter Typ zu sein. Allerdings hatte ich nicht den Eindruck gehabt, dass ich bei ihm auf der Coolness-Skala sehr weit vorn lag. »Mist«, murmelte sie und streckte die Beine aus. »Er will, dass ich morgen mit ihm und seinen Freunden ins Kino gehe.«

O je. Ich hatte Ainsley schon ziemlich oft über diese Typen schimpfen hören und wusste, dass das kein Spaß für sie war.

»Und ich kann mich auch nicht mit einer Ausrede davor drücken, weil er genau weiß, dass ich jede Gelegenheit nutze, um
mal rauszukommen.« Sie hielt inne und sah mich flehend an.
»Können wir nicht einfach sagen, du hast die Windpocken und
ich muss mich um dich kümmern?«

Ich lachte.

Ainsley seufzte. »Dann eben nicht. Es ist nur so ... ich hasse
seine Freunde. Die denken alle, sie sind viel toller und schlauer
als ich, weil ich zu Hause unterrichtet werde. Ständig machen sie
so blöde Bemerkungen darüber, wie schwer es für mich sein
muss, mit ›normalen‹ Leuten zu tun zu haben. Aber weißt du
was?«

Ich hob fragend die Augenbrauen.

»Ihre Gesellschaft ist für mich nur deshalb anstrengend, weil
die meisten von ihnen ernsthaft glauben, unser verfassungsmäßi-
ges Recht auf Meinungsfreiheit würde es ihnen erlauben, alles zu
sagen, was sie wollen, ohne dass es irgendwelche Konsequenzen
hat. Dabei wird dir auch die Verfassung den Arsch nicht retten
können, wenn du abfällige oder rassistische Bemerkungen machst
und deshalb aus dem Footballteam geworfen wirst!«

Sie wedelte genervt mit den Händen und ich verkniff mir ein
Lächeln. »So läuft das nun mal nicht. Das ist kein Freifahrtschein.
Weißt du, dass einer seiner Freunde letzte Woche allen Ernstes
mit mir darüber diskutieren wollte? Er so: *Komm, Kleine, ich er-*
klär dir das jetzt mal, und dann labert er den totalen Stuss. Er
wollte mir allen Ernstes weismachen, der Verfassungsartikel bedeutet, dass er sagen kann, was er will, weil das seine Meinung
wäre und die sei geschützt. *Redefreiheit,* hat er gebrüllt. Tja, ähm,
das schützt dich vielleicht vor der Regierung, aber deshalb kann
man trotzdem nicht ungestraft irgendwelchen Bullshit von sich

geben. Ich hab echt nur gedacht, meint der das jetzt wirklich ernst?«

Wenigstens dachte ich jetzt nicht mehr an Sex.

»Abgesehen davon, dass längst nicht jede Meinungsäußerung von der Verfassung geschützt ist, finde ich eigentlich schon, dass die Gründerväter sich da klipp und klar ausdrücken.« Sie holte tief Luft. »Oh mein Gott, ich klinge schon wie in einem Werbespot. Am liebsten würde ich laut schreien: ›So funktioniert das nicht! So funktioniert der ganze Scheiß einfach nicht! Hör zu, du kannst deine Meinung von mir aus gern von allen Dächern schreien, aber denk bitte bloß nicht, der erste Zusatzartikel würde dich davor schützen, dass du deinen Job verlierst oder aus dem Studentenwohnheim geworfen wirst. Oder sonst was. Es wird immer Leute geben, die deine Meinung nicht teilen.‹«

Ich konnte mir Ainsley sehr gut als Juristin vorstellen.

»Und weißt du, ich spreche drei Sprachen fließend«, fuhr sie fort, »aber die behandeln mich wie einen Deppen, nur weil ich einen Hauslehrer habe.« Ihre Schultern sackten herunter. »Ich sage das nur ungern, aber ... ich kann sie echt nicht leiden.«

»Tut mir leid«, meinte ich.

Sie schüttelte den Kopf und ihre langen Haarsträhnen flatterten im Wind. »Schon gut. Ich komm schon damit klar.«

Natürlich würde Ainsley damit klarkommen. Sie kam immer klar.

Nach einer Weile sagte sie: »Oh Mann, ich hab solche Kopfschmerzen.« Sie rieb sich die linke Augenbraue. »Ich weiß nicht, ob das der Stress wegen morgen ist oder die Nebenhöhlen oder meine Augen ...«

Besorgt sagte ich: »Deine Augen machen dir in letzter Zeit aber ziemlich oft Probleme.«

»Findest du?« Sie schürzte die Lippen. »Kann schon sein. Ich seh einfach schlecht. Das weißt du doch.«

Klar wusste ich das. Ainsley hätte vielleicht öfter ihre Brille tragen sollen; keine Ahnung, wie sie ohne überhaupt etwas sehen konnte. Ich hatte die Brille einmal aufgesetzt, und das war, als würde man die Welt durch einen Zerrspiegel sehen. Einmal hatte ich sie gefragt, warum sie die Brille so selten trägt, aber sie versicherte mir, sie könne das, was sie sehen musste, sehr gut sehen.

Ainsley legte mir den Arm um die Schultern und schmiegte sich an mich. »Bitte sei nicht sauer, wenn ich noch mal auf Rider zurückkomme, aber das ist reiner Eigennutz. Ich hoffe, ihr beide verbringt ganz viel Zeit miteinander und wir können ab und zu mal was zu viert unternehmen. Das wäre zwar kein richtiges Date, aber fast. Und weißt du, warum ich es toll fände, mit dir auszugehen?«

Ich lächelte.

»Weil du echt toll bist«, sagte sie grinsend. »Und wenn es um Todd geht, brauche ich tolle Menschen um mich herum.«

»Sag mal ... magst du ihn eigentlich?«, fragte ich.

Ainsley seufzte. »Gute Frage. Ich weiß es nicht. Ich würde sagen, ich mag ihn jetzt im Moment, aber sicher nicht für immer.«

Ich hätte Ainsley sagen können, dass *jetzt im Moment* schon ziemlich gut war. Schließlich wusste keiner von uns, was die Zukunft bringen würde. *Für immer* galt dann vielleicht nicht mehr. Stattdessen lächelte ich und versuchte, nicht an die Dates zu denken, die sie für Rider und mich geplant hatte. Dates, die es niemals geben würde.

Ich nahm mir vor, es selbst auch einmal mit dem *Für jetzt* zu versuchen.

12

MEINE HÄNDE KLAMMERTEN sich so fest um das Lenkrad, dass die Knöchel weiß hervortraten, als ich am Montag in die Schule fuhr. Die ganze Fahrt über krampfte sich mein Magen zusammen. Eigentlich hatte ich gar nicht gehen wollen, weil ich es völlig sinnlos fand. Die Vereinbarung, die Carl mit Mr Santos getroffen hatte, bedeutete doch, dass es gar nicht nötig war, mich noch anzustrengen.

Aber ich musste in den Unterricht gehen. Auch wenn ich meine Reden nur vor dem Lehrer halten würde, musste ich mich zeigen. Sonst würde ich für immer das Mädchen bleiben, das sich kaum selbst im Spiegel anschauen konnte, geschweige denn mit anderen reden.

Ich dachte an Ainsley und daran, wie schwer es mir immer noch fiel, selbst mit meiner besten Freundin vertraulich zu reden. Ich hasste diese extreme Schüchternheit an mir. Dabei war Schüchternheit gar nicht der richtige Ausdruck dafür, laut Dr. Taft. Doch so war ich immer bezeichnet worden.

Mallory ist einfach nur schüchtern.

Mallory muss aus ihrem Schneckenhaus herauskommen.

Falls ich tatsächlich in einem Schneckenhaus steckte, dann war es aus Stahl und würde sogar einer Abrissbirne standhalten.

Als ich um die Ecke zu den Spinden bog, stockten meine Schritte. Paige lehnte an meiner Spindtür.

Oh nein.

Ich hatte das Gefühl, dass sie nicht wie Jayden auf mich wartete, um mit mir zu plaudern.

Sofort regte sich mein Instinkt, auf dem Absatz kehrtzumachen und in ein Klassenzimmer zu flüchten. Ich hatte zwar die Bücher für die erste Stunde nicht dabei, aber ich konnte sie ja später noch kurz holen. Aber vielleicht würde die Begegnung ja doch nicht so schlimm werden. Das wäre mir auch viel lieber. Ich wollte, dass es zwischen Paige und mir okay war. Schließlich hatte Rider sie gern.

Paige drehte den Kopf und entdeckte mich. Zu spät. Jetzt konnte ich nicht mehr weglaufen. Quatsch. Natürlich konnte ich noch weglaufen. Ihre roten Lippen verzogen sich zu einem Grinsen. »Hi, *Maus*!« Riders Spitzname triefte vor Spott. Sie schob sich von meinem Spind weg und blieb ein Stück davor stehen. »Ich bin ein bisschen überrascht, dich nach dem kleinen Zwischenfall am Freitag hier zu sehen.«

Meine Schritte wurden langsamer, so als würde ich durch Zement waten. Mein anfänglicher Verdacht war also richtig gewesen. Das würde nicht gut laufen.

Sie musterte mich mit verschränkten Armen, ohne auf die anderen Schüler zu achten, die stehen blieben und uns beobachteten. Vielleicht bemerkte sie sie nicht. Vielleicht wusste sie aber auch genau, welche Aufmerksamkeit sie erregte. Mein Mund wurde trocken.

»Ich werde dich nicht fragen, warum du so ausgeflippt bist«, sagte sie und hob eine ihrer honigfarbenen Augenbrauen. »Ich weiß es sowieso schon. Die arme kleine Maus redet nicht gern.«

Irgendjemand, ein Mädchen, lachte. Ein Junge kicherte. Mein Magen sank immer tiefer. Ich spürte, wie meine Kehle eng wurde. *Lauf!,* schrie eine leise Stimme hinten in meinem Kopf. *Lauf weg!*

Meine Kiefer pressten sich so fest aufeinander, dass mir ein stechender Schmerz durch die Wange schoss. Mein Herz klopfte wie eine Trommel, als ich um sie herumging. Vielleicht ließ sie mich ja zu meinem Spind durch. Wenn es ihr nur darum ging, mich zu beschimpfen, dann war mir das egal. Ich hatte schon viel Schlimmeres zu hören bekommen. Ich schob mich an ihr vorbei und trat zu meinem Fach. Sämtliche Bosheiten, die sie mir sagen könnte, hatte ich schon längst gehört.

»Ich weiß genau, was du vorhast«, sagte sie und folgte mir. »Du bist hinter Rider her. Und das ist echt erbärmlich. Total erbärmlich.«

Ich zuckte zusammen und zog die Spindtür auf. Ich war nicht hinter Rider her. Zumindest nicht so, wie sie dachte. Wenn sie mich nur in Ruhe lassen würde, dann würde sie das irgendwann auch begreifen.

Warum konnte sie nicht einfach gehen? War das wirklich zu viel verlangt?

Doch Paige hatte keineswegs vor, zu gehen.

Ihre kühlen Finger schlossen sich um meinen Unterarm, fest, aber nicht schmerzhaft. Ich fuhr hoch und unsere Blicke trafen sich. Sie senkte den Kopf. »Deine Scheiße ist echt das Letzte, was Rider im Moment gebrauchen kann. Was ist? Hast du gedacht, ich weiß nicht, wie es früher bei euch war? Hast du gedacht, ich wüsste nicht, dass du für Rider immer noch die arme kleine Maus bist, die er beschützen muss?«

Meine Finger fassten ins Leere, und die Muskeln an meinem Rücken verkrampften sich.

Der grausame Zug um ihren Mund verschwand und auch dieser verächtliche Blick, als wäre ich kaum die Luft wert, die sie atmete. Ruhig und ernst sah sie mich an. »Er hat von dir erzählt, von dem Mädchen, das mit keinem geredet hat, und wie leid sie ihm getan hat. Er hat viel von dir erzählt.« Sie atmete tief durch. »Am Anfang, als er zu Hector gekommen ist, hat er mehr über dich erzählt als über sich selbst. Er hat mir erzählt, wie es bei euch war.«

Mit einem hohlen Gefühl im Bauch starrte ich sie an. Abscheu schwang in ihrer Stimme mit. Meine Brust zog sich zusammen. Ich hatte Ainsley viel über meine Vergangenheit erzählt, aber ich wusste auch, dass sie dieses Wissen nie gegen mich verwenden würde. Dieses Mädchen hier schon. Sie hätte keine Skrupel, es allen zu sagen. Wie hatte Rider ihr nur so viel über mich erzählen können? Ein Gefühl von Verrat stieg in mir auf und brachte meine sowieso schon völlig chaotischen Gedanken noch mehr durcheinander. Ich kannte dieses Mädchen nicht, doch sie wusste Dinge über mich, die ich Ainsley erst nach vielen Monaten anvertraut hatte.

»Ich will echt nicht gemein sein«, sagte sie, und ich fand, für jemanden, der das nicht wollte, bekam sie es ganz gut hin. »Aber seit ich Rider kenne, lebt er mit diesem Schuldgefühl, und erst im letzten Jahr ist er einigermaßen darüber hinweggekommen, wie es scheint. Und jetzt bist du wieder da. Dieser Mist ist echt das Letzte, was er im Moment gebrauchen kann.«

Schuldgefühl? Ich blinzelte langsam und ein Gefühl von Leere breitete sich in meiner Brust aus. Als ich begriff, was Paige da gesagt hatte, wurde alles in mir taub. Rider hatte ihr seine innersten Gefühle anvertraut, unaussprechliche Dinge über uns beide. Er fühlte sich schuldig. Er hatte ein schlechtes Gewissen wegen dem, was mit mir passiert war. Sein Mitleid legte sich über mich wie eine klebrige Schicht, die sich nicht abwaschen ließ.

Ihre Augen verengten sich, sie schüttelte den Kopf und ließ meinen Arm los. Erst da bemerkte ich, dass wir Publikum hatten. Ich glaubte zwar nicht, dass jemand uns hören konnte, aber man beobachtete uns. Ausnahmsweise war ich zu verblüfft, um mich zu schämen.

»Mein Gott, du bist so dumm«, fauchte Paige. »Du schaust mich an, als hättest du keinen Schimmer, wovon ich spreche. Warum kannst du ...«

Die Worte brachen aus mir heraus und lösten den Kloß, der meine Kehle blockierte. »Ich bin nicht dumm!«

Verdutzt starrte Paige mich an. Ein paar Sekunden vergingen, die Geräusche der Schüler um uns herum wurden leiser. »Hast du gerade was zu mir gesagt?«

Eine Stimme mischte sich ein. »Sei nicht so eine *cabrona*. Ich weiß, wie schwer dir das fällt, aber lass sie einfach in Ruhe.«

Mein Blick huschte zu Jayden. Ich holte tief Luft und atmete erleichtert den erdigen Geruch ein, der wie immer von ihm ausging.

Mit roten Wangen fuhr Paige zu ihm herum. »Wie hast du mich gerade genannt?«

Er legte den Kopf schräg und sah sie an. »Das weißt du ganz genau. Und du weißt auch, dass es stimmt, oder bist du etwa diejenige, die hier *estúpido* ist?«

Wieder verengten sich ihre Augen, aber Jayden schob sie einfach weg, sodass ich an meinen Spind herankonnte. Ohne auf die kleine Menschentraube zu achten, die sich um uns herum gebildet hatte, zog ich die Tür auf und holte blindlings meine Bücher heraus. Mein Kopf steckte noch sehr, sehr tief in der Vergangenheit.

Als ich mich umdrehte, war Paige verschwunden, und Jayden stand mit seinem üblichen verschlafenen Lächeln vor mir.

»Soll ich dich zu deinem Klassenzimmer bringen, *muñeca*?« Wenn Carl Rosa so nannte, lächelte die immer. Mit zitternden Händen nickte ich und schob mir den Riemen meiner Tasche über die Schulter.

»Mein Schließfach ist übrigens gleich da vorn«, fügte er hinzu. »Ich habe also einen Grund, warum ich hier bin. Paige nicht.«

Das unangenehme Gefühl in meinem Magen wurde stärker. Sie hatte mir aufgelauert.

Jayden ging neben mir her. Ich marschierte mit gesenktem Kopf durch die Gänge, in denen es von Schülern wimmelte, den Blick starr auf den Boden gerichtet. Ich fragte mich, ob er nicht zu spät in seine Klasse kommen würde, aber vermutlich war ihm das egal.

»Darf ich dich was fragen?«

Ich nickte wieder.

Er fuhr sich mit der Hand über die kurz geschnittenen Locken. »Warum sprichst du nicht? Ich meine, du kannst es doch. Ich habe dich gehört. Warum sprichst du dann nicht … die ganze Zeit. Du weißt schon.«

Sei ganz still.

Die drei Worte hallten in meinem Kopf wider, während ich mich bemühte, meine Zunge zu bewegen. Würde Jayden es verstehen, wenn ich »Konditionierung« zu ihm sagte, oder würde er mich für verrückt halten? Eher Letzteres wahrscheinlich. Dr. Taft hatte Rosa und Carl erklärt, dass meine Stummheit die Folge einer posttraumatischen Belastungsstörung sei und dass ich darauf konditioniert worden sei, immer so leise wie möglich zu sein. Ich hatte das einmal nachgelesen und alles über Pawlows

Hund erfahren. Wenigstens sabberte ich nicht, wenn eine Glocke läutete. Mir war einfach durch negative Verstärkung antrainiert worden, keinen Mucks zu machen und möglichst nicht gesehen oder gehört zu werden.

»Weißt du, das macht nichts. Echt nicht. Ich hab dir ja gesagt, dass ich gern das Reden übernehmen kann. Das liegt mir sowieso. Weißt du, was sie über mich sagen, *muñeca*? Dass ich Eis an einen Eskimo verkaufen könnte. So cool und charmant bin ich.« Er grinste, und ich wusste nicht, ob er das wirklich ernst meinte. »Ich glaube, das werde ich später mal machen, wenn ich hier endlich rauskomme. Ich werde Verkäufer. Ich würde megamäßig abgehen, wetten?« Er schwieg kurz, dann fuhr er fort. »Anders als Paige. Die würde jeden potenziellen Kunden mit ihrer Art vergraulen.«

Ich holte zitternd Luft. »Wieso mag Rider sie eigentlich?«

Er blieb stehen und sah mich an. »Meinst du Paige?«

»Tut mir leid«, sagte ich sofort, als mir einfiel, dass Hector und Jayden Paige ja schon von klein auf kannten. »Sie ist deine Freundin und ...«

»Stimmt, sie ist meine Freundin, aber ihr Verhalten dir gegenüber ist echt nicht okay, deshalb brauchst du dich nicht zu entschuldigen. Mit Rider ist sie nie so. Und ich bezweifle, dass sie sich so aufführen würde, wenn er dabei wäre. Bei ihm würde sie nie so 'n Scheiß abziehen.«

Jayden zog ein Handy aus der Tasche, ein neues glänzendes großes Smartphone. Er tippte darauf und überflog schnell eine Nachricht. Er runzelte die Stirn. »Jedenfalls, beachte sie einfach gar nicht. Wahrscheinlich hast du schon ...«

Jaydens Stimme erstarb. Ich blickte auf und stellte fest, dass wir kurz vor meinem Klassenzimmer waren. Aber das war es nicht, was ihn abgelenkt hatte. Ein ziemlich kräftiger Typ stiefelte den Gang herunter auf uns zu. Er musste schon in der Abschlussklasse sein oder hatte sie womöglich sogar mehrmals wiederholt. Jetzt starrte er Jayden so finster an wie der andere Kerl bei unserer ersten Begegnung.

»*Mierda*«, murmelte Jayden und wich zurück. »Dann bis später, *muñeca.*«

Mir blieb keine Zeit, ihm zu antworten. Er fuhr herum, hetzte durch den Gang davon und zog sich beim Gehen hastig die Hose hoch.

»Yo! Jayden!«, rief der ältere Typ und wurde ebenfalls schneller. »Wo willst du hin, Bruder?«

Ich blickte mich um und sah Jayden um die Ecke biegen. Da erschien sein älterer Bruder wie aus dem Nichts im Gang und näherte sich dem Typ von hinten. Er presste die Kiefer aufeinander und legte ihm die Hand auf die Schulter.

»Was ist hier los, Braden?«, wollte er wissen.

Braden fuhr herum und schüttelte Hectors Hand ab. »Du weißt genau, was hier los ist.« Seine Stimme klang wütend. »Jerome ist sauer wegen deinem bescheuerten Bruder, und ich habe keine Lust, die Scheiße auszubaden. Ich mach das ganz bestimmt nicht. Er muss sich echt…«

In dem Moment trat mein Lehrer auf den Gang hinaus und rief die beiden Jungen zur Ordnung. Ich huschte in mein Klassenzimmer und ging zu dem leeren Platz ganz hinten. Fast jedes Mal, wenn ich Jayden sah, lag Ärger in der Luft. Das war kein gutes Zeichen.

Pünktlich zum zweiten Läuten saß ich auf meinem Stuhl, und da traf es mich mit der Geschwindigkeit eines heranbrausenden Lastwagens, und die Gedanken an Jayden verschwanden. Mir wurde bewusst, dass ich etwas getan hatte, was ich noch nie zuvor geschafft hatte.

Ich hatte mich gegen Paige zur Wehr gesetzt.

Es waren nur vier Worte gewesen.

Aber ich hatte es getan. Ich hatte mich gewehrt.

13

ICH WAR GANZ ERFÜLLT von diesem Gefühl, etwas geschafft zu haben, und dieses Gefühl begleitete mich wie ein helles Leuchten durch den Tag, über die Mittagspause und durch den Nachmittagsunterricht. Wieder saß ich bei Keira am Tisch. Ich sagte nichts, aber dieser Mangel an Kommunikation von meiner Seite schien niemanden zu stören.

Dass ich mich Paige gegenüber behauptet hatte, war ein Mega-Erfolg für mich. So als hätte ich den Everest bestiegen und wäre dabei nicht ums Leben gekommen. Jayden war zweimal dazwischengegangen, aber diesmal hatte ich mich selbst gewehrt. Vielleicht nicht mit sehr viel Nachdruck, aber trotzdem – es war ganz allein aus mir gekommen.

Erst nach der vorletzten Stunde fing es wieder an, und mir drehte sich der Magen um. Als Nächstes hatte ich Rhetorik. Der Morgen und mein kleiner Sieg schienen plötzlich sehr lange her zu sein. Ich würde der Klasse gegenübertreten müssen und ich würde Paige wiedersehen.

Ich raffte meine Bücher zusammen, stopfte sie in die Tasche und stand auf. Hatte ich am Morgen noch das Gefühl gehabt, als würde ich durch nassen Zement stapfen, so kam es mir jetzt vor, als würde ich durch Treibsand waten.

Doch als ich auf den Gang hinausblickte, machte mein Herz einen Satz vor Glück. Diese Reaktion war falsch, ganz falsch, aber ich konnte nichts dagegen tun.

Rider wartete vor meinem Klassenzimmer, er lehnte an den Spinden gegenüber, die Hände in die Taschen seiner ausgefransten Jeans geschoben.

Ich hatte einen Kloß im Hals und mein Magen zog sich auf einmal aus einem völlig anderen Grund zusammen. Hitze schoss durch meine Adern, als er mich mit seinen sanften goldgesprenkelten braunen Augen ansah.

Rider sah ... Oh mein Gott, er sah so *gut* aus.

Gut auf eine Art, wie ich es bei einem Jugendlichen nie für möglich gehalten hätte. Wie im Fernsehen, wenn Schüler von fünfundzwanzigjährigen Schauspielern gespielt wurden.

Seine schwarzbraunen Haare waren zerzaust, so als hätte er sie nach dem Aufstehen gewaschen und einfach trocknen lassen, ohne darauf zu achten, wie sie fielen. Das Licht schimmerte auf seinen hohen Wangenknochen, die vollen Lippen waren an einem Mundwinkel leicht hochgezogen, das Grübchen in seiner rechten Wange war nicht zu sehen. Sein blaues T-Shirt spannte über den breiten Schultern, der Aufdruck darauf war so verblasst, dass man ihn nicht mehr lesen konnte.

Er richtete sich auf und strich sich die Haare aus der Stirn. Inzwischen war die Wunde an seiner Stirn fast nicht mehr zu sehen. Darüber war ich sehr froh. Ich ging zu ihm und bemühte mich, das dämliche Grinsen aus meinem Gesicht zu verbannen.

»Hey, Maus«, sagte er, und es klang ganz anders als bei Paige. Es klang weich und tief und unendlich. »Wie ist der Plan?«

Während ich dem Strom der Schüler auswich, wurde mir klar, dass er auf mich wartete, weil er genau wusste, was mir als Nächstes bevorstand. Er wollte wissen, was ich vorhatte. Würde ich in den Unterricht gehen oder schwänzen? Tief in mir drin wusste ich, dass er bei mir sein würde, egal, wie ich mich entschied.

Ich schmolz dahin, doch ich versuchte mir zu sagen, dass sich jeder so fühlen würde, trotzdem regte sich ein winziger Anflug von schlechtem Gewissen in mir. Riders Anblick durfte mich nicht zum Dahinschmelzen bringen. Er war tabu für mich.

Und dann wurde mir noch etwas klar. Paige hatte gesagt, Rider habe mich immer beschützt, und ich würde ihn irgendwie dazu bringen, es wieder zu tun. Sie glaubte, ich sei hinter ihm her. Und sie hatte recht, auch wenn ich es nicht bewusst getan hatte. Rider hatte mich bei Mr Santos entschuldigt, als ich aus dem Klassenzimmer gerannt war, und war mir gefolgt, und jetzt stand er da, bereit zu tun, was ich wollte.

Er beschützte mich immer noch.

Und dadurch sah ich tatsächlich ziemlich erbärmlich aus.

»Gehst du oder gehst du nicht?«, fragte er und verengte kurz die Augen, als jemand mich leicht an der Schulter anrempelte.

Ich räusperte mich. Der Drang wegzulaufen war groß, weil es das Einfachste gewesen wäre, aber das würde meine Probleme nicht wirklich lösen. Das wusste ich, außerdem würde ich es mir nie verzeihen, wenn ich nicht wieder in den Unterricht ging. Ich richtete mich kerzengerade auf und nickte. »Ich gehe.«

Sein Gesichtsausdruck veränderte sich nicht, nur sein Mundwinkel wanderte ein winziges Stück weiter nach oben. Das Grübchen erschien und brachte den Gang zum Leuchten. »Na dann los.«

»Warte.« Ich fasste ihn am Arm.

Erstaunt sah er mich an. Er war es nicht gewohnt, dass ich ihn festhielt. Ich öffnete den Mund und wollte ihn fragen, was er Paige alles über mich erzählt hatte. Ich wollte es wissen. Ich wollte wissen, ob er nur aus Mitleid so nett zu mir war, aber da waren zu viele Leute um uns herum, und dieses Gespräch war zu persönlich. Wir konnten nicht in den wenigen Minuten bis zur nächsten Stunde darüber sprechen.

»Maus?«

Ich zwang mich zu lächeln und ließ meine Hand sinken. Er rieb sich über das Gesicht.

Diesmal hatte er blaue Farbe an den Fingern.

»Hast du ... wieder was gesprayt?«, fragte ich, um das Thema zu wechseln.

Er schob seinen zerfledderten Schreibblock in die andere Hand. »So ähnlich.«

Ich ging mit ihm zur Treppe und wartete auf eine genauere Antwort. Rider nahm fast die ganze Breite des Gangs ein. Die anderen Schüler mussten sich klein machen und sich an ihm vorbeidrängen, aber er schien es nicht zu bemerken.

Oder es war ihm egal.

Er sagte nichts weiter, deshalb fuhr ich mit der Hand über das kühle Eisengeländer und zwang meine Zunge zu sprechen: »Was heißt ... so ähnlich?«

Wir gingen über den Treppenabsatz. »Ich arbeite abends. Meistens zumindest.«

Ich war überrascht. »Du arbeitest?«

»Nach der Schule, ein paarmal die Woche.« Er sah mich an und lachte leise. »Du siehst aus, als hätte ich dir gesagt, ich würde morgen auf einem Krabbenkutter anheuern.«

Blinzelnd ging ich die letzten Stufen hinunter. »Ich wusste es ... nur nicht. Wo arbeitest du denn?«

»Da in der Nähe, wo ich untergebracht bin«, erklärte er.

»Wo du untergebracht bist?«, wiederholte ich, weil ich es

merkwürdig fand, dass er sein Zuhause bei Hectors und Jaydens Großmutter so beschrieb.

Er nickte. »In einer Karosseriewerkstatt ein paar Ecken von Mrs Lunas Haus entfernt. Da kümmere ich mich um die Sonderwünsche. Speziallackierungen und so.«

»Wow«, murmelte ich. Mir fiel wieder ein, dass er Paige gegenüber eine Werkstatt erwähnt hatte. Er drückte die Tür auf und hielt sie fest, bis ich unter seinem Arm hindurchgegangen war. »Das ist ja super. Sie müssen, ich meine ... sie müssen großes Vertrauen zu dir haben.«

Rider zuckte nur mit den Schultern, als wäre das keine große Sache, doch seine Wangen bekamen einen roten Schimmer. Ich wusste nicht viel über Speziallackierungen bei Autos, aber mir war klar, dass es eine schwierige Arbeit war, bei der man nicht viel falsch machen durfte. Die Tatsache, dass jemand einem Jugendlichen so etwas zutraute, war schon erstaunlich, und ich hätte gern gefragt, wie er an diesen Job gekommen war. Doch da betraten wir schon das Klassenzimmer.

Er ging neben mir hinein. Auf dem Weg zu meinem Platz in der hintersten Reihe winkte Keira mir zu. Ich winkte zurück. In der Mittagspause hatten Keira und Jo die meiste Zeit über eine neue Akrobatiknummer geredet, die sie gerade übten, was Anna ziemlich genervt hatte.

Ich setzte mich und schlug mein Buch auf. Die Worte verschwammen vor meinen Augen, da ließ sich Hector auf den Platz vor Rider fallen und fragte: »Wie geht's dir heute, *bebita?*«

Zuerst begriff ich nicht, warum er fragte, und dachte, es hätte mit diesem Typ namens Braden zu tun. Doch dann fiel mir mein panischer Abgang am vergangenen Freitag wieder ein und meine angebliche Übelkeit. Ich nickte und schaute zu Rider. Der lehnte sich auf seinem Stuhl zurück, die Arme vor der Brust verschränkt, die Beine unter dem Tisch ausgestreckt, und blickte unter halb geschlossenen Lidern zu mir herüber.

Meine Kehle war wie ausgedörrt. Ich hätte Hector gern etwas gefragt, aber Riders Blick brachte mich ganz durcheinander. Schließlich sah ich Hector an und zwang meinen Mund zu sprechen. »Was bedeutet ... *bebita*?«

Rider blinzelte sichtlich überrascht. Ich hatte es geschafft! Ich hatte mit Hector gesprochen. Mir wurde fast schwindelig. Es waren nur wenige Worte gewesen, aber ich hatte etwas gesagt. Zum ersten Mal, seit wir uns wiederbegegnet waren, hatte ich vor Rider mit jemand anderem gesprochen. Er war ja nie dabei gewesen, wenn ich mit Jayden geredet hatte.

Ich biss mir auf die Lippe, um nicht zu grinsen, und spähte vorsichtig zu Hector hinüber.

Seine hellgrünen Augen musterten mich überrascht, dann lächelte er breit. »Das heißt, äh, kleines Mädchen.«

»Oh«, flüsterte ich. Meine Wangen wurden heiß. Das klang ja nett.

»Es heißt auch, dass er dich eigentlich nicht so nennen dürfte«, fügte Rider hinzu und mein Blick huschte wieder zu ihm.

Hector lachte. Als ich ihn ansah, grinste er und legte einen Arm lässig über die Sitzlehne. »Mein Fehler«, murmelte er, doch er sah ganz und gar nicht schuldbewusst aus.

Meine Lippen verzogen sich zu einem kleinen Lächeln.

Rider legte den Kopf schräg. »Aha.«

In dem Moment kam Paige herein und stolzierte auf ihren langen Beinen zu uns nach hinten. Sie lächelte Hector an und ging um ihren Tisch herum. Bevor sie sich setzte, legte sie Rider die Hand auf die Schulter und beugte sich zu ihm.

»Hi, Babe«, sagte sie.

Ich konzentrierte mich auf die Tafel. Ich wollte nicht sehen, wie sie sich küssten. Ich blickte auch nicht auf, als mir das Scharren ihres Stuhls anzeigte, dass sie sich gesetzt hatte. Ein seltsames Brennen hing bitter in meiner Kehle.

Hector beobachtete mich.

Ich lächelte ihn an.

Er grinste leicht. Kurz darauf begann Mr Santos mit einem lauten Händeklatschen den Unterricht. Ich erstarrte, mein Blick schwenkte nach vorn. Irgendwie erwartete ich, dass er mich ansehen würde oder mir zunicken oder sonst wie zeigen, dass er Carls Plan unterstützte.

Aber das tat er nicht.

Santos schlug das Lehrbuch auf und ging vor der Tafel auf und ab, während er über die Rede sprach, die wir in drei Wochen halten sollten. Eine maximal drei Minuten lange Informationsrede. Mein Magen sackte hinunter bis zu dem abgetretenen Linoleumboden. Drei Minuten? Die erste Rede sollte drei Minuten lang sein? Das war ja endlos! Obwohl ich meinen Vortrag nur vor Mr Santos halten musste, hämmerte mein Herz gegen die Rippen. Ich zwang mich, ruhig zu werden. Ich hatte noch drei Wochen Zeit, um Panik zu schieben, aber jetzt musste ich cool bleiben und gut aufpassen.

Es gelang mir, meinen Kopf so weit unter Kontrolle zu bringen, dass ich Mr Santos' Worte hastig mitschreiben konnte. Immer wenn ich zu Rider hinübersah, schien der halb zu schlafen. Jedenfalls schrieb er nicht mit. Paige dagegen notierte tatsächlich etwas in ihr Heft. Und Hector, na ja, der konzentrierte sich auf sein Handy, das auf seinem Schenkel lag. Ich meinte, explodierende Bonbons auf dem kleinen Display zu sehen.

Als das Läuten der Glocke das Ende des Unterrichts ankündigte, wäre ich am liebsten aufgesprungen und hätte jubelnd die Fäuste gereckt, so wie in dem Film *The Breakfast Club*. Gott sei Dank konnte ich mich gerade noch zurückhalten und packte ruhig meine Sachen ein.

Hector war schon verschwunden. Keira stand vorne im Klassenzimmer und sprach mit Mr Santos. Rider wartete, die langen Finger um den Rand seines Schreibblocks gelegt.

Auf mich.

Ich schwang mir den Riemen über die Schulter und spürte wieder dieses mulmige Gefühl im Bauch, und dann wurde mir klar, dass Paige ebenfalls wartete.

Auf Rider.

»Hey.« Sie trat zu ihm, fasste nach seiner freien Hand und lehnte sich an ihn.

Ich lächelte, so wie vorher, und verzog mich, bevor jemand etwas sagen konnte. Oder ich versuchte es zumindest.

»Mallory.« Mr Santos stand an der Tür. »Kann ich kurz mit dir sprechen?«

Meine Schultern wurden steif und ich folgte ihm zum Lehrerpult. Er schlug einen Ordner zu, der dort lag.

»Ich will dich nicht lange aufhalten. Du willst sicher schnell raus hier«, sagte er und lächelte, sodass sich ein Kranz von Fältchen um seine Augen bildete. »Ich wollte dir nur sagen, dass ich voll und ganz damit einverstanden bin, dass du deine Rede nur vor mir hältst.«

Das wäre der richtige Moment gewesen, das Wort zu ergreifen und ihm zu sagen, dass ich meine Rede so halten wollte wie alle anderen auch. Doch ich sagte nichts.

Mr Santos sprach weiter. »Ich möchte, dass du weißt, dass ich das gut verstehen kann. In der Öffentlichkeit zu sprechen, fällt niemandem leicht und für manche ist es fast unmöglich. Ich werde keinen Schüler zwingen, etwas zu tun, was potenziell schädlich sein könnte.«

Das war sehr ... nett von ihm.

Ich könnte ihm jetzt sagen, dass ich die Rede doch halte, dass es mir sicher nicht schaden würde. Ich könnte den Mut und die Kraft dazu in mir finden.

Ich sagte immer noch keinen Ton.

»In Ordnung?«, fragte er.

Ich nickte.

Lächelnd verabschiedete er sich von mir. »Einen schönen Abend noch, Mallory.«

Ich wandte mich um und ging aus dem Klassenzimmer. Noch bevor ich das Gespräch mit Mr Santos verarbeitet hatte, entdeckte ich Rider auf dem Gang – ohne Freundin.

Ich schaute mich um. »Wo ... ist Paige?«

»Die ist schon los. Sie hat noch was vor«, sagte er, als wäre es absolut in Ordnung für sie, dass er trotzdem auf mich wartete.

Ich öffnete den Mund und wollte ihm erzählen, was an diesem Morgen passiert war, klappte ihn aber wieder zu.

»Musst du noch zu deinem Spind?«, fragte er. Ich überlegte und schüttelte den Kopf. Er deutete mit dem Kinn zum Ende des Gangs. »Soll ich dich zu deinem Auto bringen?«

Und das tat er dann auch.

Wir gingen in dem dünner werdenden Strom von Schülern aus dem Gebäude, umgeben von ihren aufgeregten Stimmen. Erst als vor uns das Dach meines Wagens in der Nachmittagssonne glänzte, ergriff Rider das Wort. »Ich bin froh, dass heute alles gut gegangen ist.«

Mein Lächeln ließ sich nicht aufhalten, es reichte von einem Ohr zum anderen. »Ich ... ich auch.« Ich hob den Kopf zu ihm und holte leise Luft. Rider blickte mit einem schiefen Grinsen im Gesicht auf mich herab. Und sofort fühlte ich mich um zehn Jahre in die Vergangenheit zurückversetzt.

Ich war noch klein und ich hockte auf der Kante einer harten schmalen Matratze. Mein Magen war leer, ich hatte Bauchkrämpfe vor Hunger. Es war Sommer, in dem Zimmer gab es keine Klimaanlage, meine Haare klebten an den Wangen, und der Schweiß lief mir über den Körper, obwohl ich ganz still dasaß.

Rider war den ganzen Tag weg gewesen.

In einem ihrer seltenen nüchternen Momente hatte Miss Becky Rider mit ins Einkaufszentrum genommen, in das schöne, klimatisierte Einkaufsparadies. Rider war immer schon Miss Beckys Liebling gewesen. Ich erinnerte mich, dass ich weinte, weil ich auch mitwollte, aber sie schimpfte nur und sagte, ich solle aufhören, mich aufzuführen wie ein Baby. Ich blieb den ganzen Tag in dem stickigen Zimmer, weil Mr Henry ebenfalls zu Hause war und ich ihn nicht auf mich aufmerksam machen wollte. An jenem Abend hatte Rider mir die Puppe geschenkt.

»Du hast mir so leidgetan«, sagte er, als er sie mir gab, mit dem gleichen Grinsen im Gesicht wie in diesem Moment, einer seltsamen Mischung aus Unsicherheit und Selbstbewusstsein.

Paiges Worte vom Morgen kamen mit voller Wucht wieder hoch.

Du hast mir so leidgetan.

Sie hatte gesagt, Rider hätte die letzten vier Jahre unter Schuldgefühlen gelitten, und jetzt sah ich es auch. Das war total logisch. Rider hatte in diesem Haus auch gelitten, aber in mancherlei Hinsicht war er besser behandelt worden als ich. Und es war sein schlechtes Gewissen gewesen, das diesen irrsinnigen und manchmal selbstmörderischen Drang in ihm auslöste, sich immer wieder zwischen mich und Mr Henrys Fäuste zu werfen. Mein Wiederauftauchen in seinem Leben hatte dazu geführt, dass er sofort abermals die Rolle des Beschützers übernahm. Das war ... Auf einmal fühlte ich mich ganz furchtbar. Als wäre ich an einem feuchtschwülen Tag stundenlang draußen herumgerannt. Am liebsten wäre ich nach Hause gefahren, hätte meine Sachen ausgezogen und alles verbrannt und mich stundenlang unter die Dusche gestellt. Dieses Mitleid mit mir und sein schlechtes Gewissen mussten furchtbar schwer auf ihm lasten. Dumme Tränen brannten in meiner Kehle.

Oh Gott, es war so demütigend.

Ich trat zurück und umklammerte den Schulterriemen meiner Schultasche fester. Darüber mussten wir unbedingt reden, und zwar sofort. »Fühlst du dich schuldig?«

Rider blinzelte. »Was?«

»Hast du ein schlechtes Gewissen, wegen ... wegen mir?«, fragte ich und presste die Worte hervor, obwohl es schmerzte.

Seine Lippen bewegten sich, formten Worte, die er dann doch nicht aussprach, dann stand er so steif da, als hätte er eine Eisenstange im Rücken. »Warum fragst du das?«

»Warum antwortest du nicht?«, gab ich zurück.

»Ich weiß ja nicht einmal, was das für eine Frage sein soll, Maus. Oder wie du überhaupt auf die Idee kommst.«

Ich hob die Augenbrauen. »Ach wirklich?«

Eine Pause trat ein. Er umklammerte seinen Schreibblock und antwortete nicht. Ich holte tief Luft. »Du ... du hast Paige von mir erzählt.«

»Du lieber Himmel.« Er ließ den Kopf sinken und drehte sich

weg. Ein Muskel zuckte an seinem Kiefer. »Hat sie was Blödes zu dir gesagt, Maus? Mal ehrlich.«

Ich zuckte mit den Schultern, was er jedoch nicht sehen konnte, weil er beobachtete, wie ein gelber VW Käfer rückwärts aus einer Parklücke fuhr. »Nein«, log ich. »Eigentlich nicht, aber es ... Es hat mich zum Nachdenken gebracht.«

»Wann denn? Ich habe euch gar nicht reden sehen.«

»Ich bin ihr heute Morgen kurz begegnet.« Das war nicht gelogen, und es klang viel besser, als wenn ich gesagt hätte, sie hat mir aufgelauert.

»Maus ...«

Ich wartete.

»Ich hab ihr ein bisschen was von dem erzählt, was passiert ist. Vielleicht hätte ich das nicht tun sollen. Mist. Ich hätte doch nie gedacht, dass du zurückkommst oder dass ihr irgendwann mal miteinander redet.«

Ich wusste nicht so recht, was ich davon halten sollte. Ich hätte ja auch nie erwartet, dass ich ihn wiedersehen würde. Trotzdem brodelte in mir dieses Gefühl, verraten worden zu sein. Rider hatte zwar keinen Verrat begangen, indem er Paige von mir erzählte, weil es im Grunde nichts zu verraten gab, aber das änderte nichts an dem bohrenden Schmerz.

»Ich habe ihr nicht alles erzählt.«

Ich sog scharf die Luft ein. »Sie wusste ... dass ich nicht viel rede.«

»Das hat sie nicht von mir. Das habe ich ihr nie erzählt.« Er blickte mich mit harten Augen an. »Am Dienstag ist sie bei Hector vorbeigekommen und da hat er irgendwann nach dir gefragt. Ich habe ihm erklärt, dass du eher ein stiller Typ bist und nicht sehr gesprächig. Das muss sie irgendwie gehört haben, denn ihr gegenüber habe ich das nie gesagt.« Er verstummte. »Oder hat sie das behauptet?«

Ich schüttelte den Kopf, obwohl das nicht stimmte.

Er atmete tief aus und strich mir mit den Fingern eine lose Haarsträhne hinter das Ohr. Ein angenehmes Kribbeln zog durch meine Wange und breitete sich über meinen Rücken aus, als er mir liebevoll die Hand in den Nacken legte.

Wir sahen uns an. Ich wusste nicht, was ich sagen sollte, und das lag nicht daran, dass mir das Sprechen schwerfiel. Ich war nur völlig hin und her gerissen, und auch wenn ich meine Stimme hätte gebrauchen können, hätte ich nicht gewusst, was ich sagen sollte.

Rider schaute mir einen Moment lang tief in die Augen, dann zog er mich an sich und umarmte mich ganz fest.

Nach einer Weile löste er sich von mir, doch er ließ die Hand auf meinem Nacken liegen. »Wir reden ein anderes Mal weiter, ja?«

Ich lächelte und nickte. Obwohl seine Berührung angenehm und die Umarmung noch schöner gewesen war, fiel mir auf, dass Rider meine Frage nicht beantwortet hatte.

14

DIE ZWEITE SCHULWOCHE verlief ähnlich wie die erste, bis auf einen Unterschied: Diesmal musste ich kein einziges Mal aus dem Unterricht fliehen. Treffer Nummer eins! Am Montagabend schickte Rider mir eine SMS. Nur eine kurze Nachricht, in der er mir eine gute Nacht wünschte und mich *Maus* nannte. Diesmal benahm ich mich nicht wie ein kompletter Volltrottel, sondern antwortete ebenfalls mit einem Gutenachtgruß. Nach dem Montag bekam ich auch keine Überraschungsbesuche mehr von Paige an meinem Spind. Treffer Nummer zwei. Offenbar hatte es etwas genützt, dass ich mich gewehrt hatte. Treffer Nummer drei. In Rhetorik ignorierte sie mich und flirtete stattdessen wie wild mit Rider. Die Mittagspause verbrachte ich an Keiras Tisch, und am Donnerstag hatte ich es tatsächlich geschafft, auf eine Frage zu antworten, die mir gestellt wurde. Und das gleich zweimal! Das war schon eine richtige Trefferexplosion.

Die Frage war von Anna gekommen, die ihr gebrochenes Handgelenk hochgehalten hatte. »Hast du dir auch schon mal was gebrochen, Mallory?«

Die Spaghetti, die ich auf meinem Teller mit der Gabel verfolgte, lagen mir auf einmal bleischwer im Magen. Ich stieß ein heiseres »Ja« hervor.

»Und was?«, fragte Keira mit ihren scharfen dunklen Augen.

Die nächsten zwei Worte fielen mir schon leichter. »Die Nase.«

Zum Glück fragte niemand genauer nach, wahrscheinlich weil Jos Freund uns daraufhin lang und breit erzählte, wie sich sein jüngerer Bruder einmal mit einem Wiffleball-Schläger die Nase gebrochen hatte, wozu anscheinend einiges Geschick gehörte. Ich hatte an diesem Donnerstag zwar nicht viel gesagt, insgesamt nur drei Worte, aber drei Worte an einem ganzen Tisch voller Leute. Es klang vielleicht kindisch, aber ich war so stolz auf mich, dass ich sofort Carl und Rosa davon erzählte, als sie von der Arbeit nach Hause kamen.

Sie waren ebenfalls stolz auf mich.

Und erleichtert.

Der kurze wortlose Blickwechsel zwischen ihnen war unmissverständlich. Ich versuchte, mich nicht darüber zu ärgern. Es war nicht so, dass sie mir die Schule nicht zutrauten, aber sie machten sich nun einmal Sorgen um mich. Sie fürchteten, es könnte mir zu viel sein, aber ich ging nach wie vor jeden Morgen hin; inzwischen hatte ich schon länger durchgehalten als in der Mittelschule.

Am Freitag wartete Rider am Eingang zur Mensa auf mich, die Hände in den Hosentaschen. Offenbar hatte er beschlossen, wieder einmal den Unterricht zu schwänzen, und obwohl ich das eigentlich nicht unterstützen sollte, freute ich mich sehr darüber. In Rhetorik kamen wir nicht zum Reden und sonst sahen wir uns kaum. Wir stellten uns in die Schlange vor der Essensausgabe, und Rider wählte das Gleiche wie beim ersten Mal, Pizza und Milch.

»Willst du drinnen sitzen oder draußen?«, fragte ich.

Belustigt blickte Rider zu Keiras Tisch hinüber. »Wo du willst. Die Welt liegt dir zu Füßen.«

Ich musste grinsen. Wenn wir uns zu den anderen setzten,

würden wir sicher nicht zum Reden kommen. Außerdem wurden die Tage allmählich kühler, so als hätte der Sommer beschlossen, einen schnellen, frühen Abgang zu machen. »Draußen?«

Niemand beachtete uns, als wir zu den alten Picknicktischen im Schulgarten gingen. Ein paar waren besetzt, aber wir fanden noch eine leere Bank. Anstatt sich mir gegenüber zu setzen, wie die Schüler an den anderen Tischen, kam Rider neben mich auf die Bank. Er setzte sich so dicht neben mich, dass sein Schenkel fast mein Bein berührte. Das ... das gefiel mir.

Ich war mir seiner Gegenwart überdeutlich bewusst, als er das Tablett auf den Tisch stellte und die Milchtüte für mich aufriss. Ich nahm jeden seiner Atemzüge wahr und spürte jede Bewegung von ihm auf der Bank. Schließlich stützte er den linken Ellbogen auf den Tisch.

Ich trank einen Schluck Milch. »Kriegst du keinen Ärger, wenn du schwänzt?«

Er zuckte nur mit den Schultern und streifte dabei meinen Arm. Auch diese Berührung gefiel mir, nur seine gleichgültige Reaktion fand ich weniger gut. »Rider?«

Er nahm ein Stück Pizza und schaute mich an. »Das spielt doch sowieso keine Rolle.«

Fragend sah ich ihn an. »Wieso nicht?«

Er nahm einen Bissen, und sobald er ihn hinuntergeschluckt hatte, sagte er: »Ich werde die Prüfungen schon bestehen. Deshalb ist es egal.«

Rider war klug. Sogar Keira hatte das erkannt. Als Kind hatte er alles viel schneller kapiert als die anderen, aber es war auch wichtig, im Unterricht anwesend zu sein. Wieso kriegte er keinen Ärger, wenn er schwänzte? Ich kam mir vor wie ein Streber, als ich ihn das fragte.

Er antwortete nicht gleich. »Im Ernst? Weil es ihnen egal ist.«

»Wem?« Ich wollte meine Salamischeibe auf seinen Teller fallen lassen, aber er fing sie auf und schob sie in den Mund. »Den Lehrern?«

»Genau. Von mir erwarten die sowieso nur das Minimum.« Er trank einen Schluck Wasser und grinste. »Es reicht, wenn man ab und zu im Unterricht erscheint.«

Langsam schüttelte ich den Kopf. »Das kann ich mir irgendwie nicht vorstellen.«

»Die Schule ruft nicht mal mehr bei Mrs Luna an. Das hat aufgehört, nachdem sie herausgefunden haben, dass ich ... dass ich ein Pflegekind bin.« Er schnaubte.

Ich konnte es nicht glauben.

»Bei Paige ist es genauso, dabei lebt die sogar bei ihren Eltern. Es liegt nur an ihrer Adresse. Scheiße, Mann, vielen geht es so. Die sehen deine Adresse und die Sache ist gelaufen.«

Verwirrt schüttelte ich den Kopf. »Die Adresse?«

»Du wohnst in einem Viertel, das Eindruck auf sie macht. Aber die Hälfte der Schüler hier an der Schule? Das kannst du echt vergessen.« Er schwieg und schaute auf meinen Teller. »Isst du nichts?«

Ich verdrehte die Augen. »Ich bin kein Kind mehr.«

Rider zog eine Augenbraue hoch, sein Blick glitt langsam an mir hinab und ich wurde rot.

»Glaub mir«, sagte er mit schroffer, kehliger Stimme. »Es ist so. Ich kapier's ja auch nicht, aber es ist so.«

Ich starrte ihn an und wusste nicht, was ich sagen sollte.

Er schaute vielsagend auf meine Pizza.

Na gut. Ich nahm sie und biss ab. Immer noch besser, als dazusitzen und ihn anzustarren wie ein Idiot.

»Jedenfalls krieg ich wegen so was bestimmt keinen Ärger«, sagte er und wischte sich die Finger an einer Serviette ab.

Ich dachte darüber nach, biss noch einmal ab und legte die Pizza dann wieder auf den Teller. »Du kriegst keinen Ärger ... weil sie ...« Ich nahm die zweite Salamischeibe und gab sie ihm. Diesmal streiften seine warmen Finger meine Haut. »Weil sie nichts von dir erwarten? Willst du das damit sagen?«

Rider hob wieder eine Schulter und antwortete nicht.

Verdammte Scheiße, genau das wollte er damit sagen. Beunruhigt betrachtete ich meine halb gegessene Pizza. »Ist das wahr?«

Er sah mich an und schlug dann die Augen nieder. »Ich finde es ... irgendwie gut, dass du so etwas überhaupt fragen musst.«

Ich faltete die Hände im Schoß. »Was ... meinst du damit?«

Er aß seine Pizza auf und drehte sich dann zu mir. Zwischen uns war nur wenig Platz. Wir saßen so dicht nebeneinander, dass ich die goldenen Sprenkel in seinen Augen sehen konnte. Auf seinem Gesicht lag ein Grinsen, aber es sah nicht wirklich fröhlich aus. »Du hast ein gutes Zuhause«, sagte er. »Seit vier Jahren. Du bist von tollen Leuten aufgenommen worden. Von Ärzten. Du lebst nicht mehr in dieser anderen Welt.«

»Aber ... aber du hast doch gesagt, Mrs Luna wäre gut zu dir?«

Sorge stieg in mir hoch. Hatte er gelogen?

Er tippte mir mit dem Zeigefinger auf die Hand. Heute klebten keine Farbreste daran. »Das ist sie auch. Sie ist eine tolle Frau, aber ... ach, ist doch egal.« Seine Finger fuhren an meinen Fingerknöcheln entlang und glitten dann über meine Handfläche zu meinem Handgelenk. »Ich kriege keinen Ärger deshalb, heute nicht und nächste Woche auch nicht.«

Es war ganz und gar nicht egal, weil ich das Gefühl hatte, die

Schule glaubte nicht an ihn. Oder, schlimmer noch, er glaubte selbst nicht an sich. Doch das war ganz falsch. Genau das wollte ich ihm sagen, doch dann drehte er meine Hand um und schlang seine Finger um meine, und meine Gedanken stoben sofort auseinander.

Rider hielt meine Hand.

Das hatte er oft getan, als wir noch Kinder waren, aber jetzt fühlte es sich ganz anders an. Ich konnte nicht anders, ich starrte auf seine Hand, die viel größer war als meine, rauer und härter.

Du lebst nicht mehr in dieser anderen Welt.

Aber er schon, obwohl ich das Gefühl hatte, das müsste gar nicht sein.

Eigentlich sollte ich meine Hand wegziehen, ermahnte ich mich, doch ich tat es nicht. Das Händchenhalten mit ihm war völlig unschuldig, aber ich bezweifelte, dass Paige das so sehen würde. Und ich konnte es ihr nicht einmal verdenken.

Rider drückte meine Hand. »Was meinst du zu der Rede, die wir halten müssen?«, fragte er und wechselte damit das Thema. »Du musst was über die Gewaltenteilung unserer Regierung erzählen, stimmt's?«

Ich nickte. Ich hatte ihm von der Vereinbarung berichtet, die Carl mit Mr Santos getroffen hatte, und er hielt das für eine gute Idee. Vermutlich hielten alle das für eine gute Idee, weil keiner glaubte, dass ich es schaffen könnte.

Santos wollte uns die Themen für die erste Rede nicht selbst aussuchen lassen, was nicht überraschend war. Rider musste über verschiedene Stile in der Malerei sprechen. Ich starrte auf unsere verschränkten Hände. »Das Thema ... dürfte ziemlich einfach sein.«

»Genau.« Er ließ meine Hand los und strich mir mit dem

Finger über die Handfläche und ich erschauerte. »Du schaffst das schon.«

Da ich noch zwei Wochen Zeit hatte, um die Rede vorzubereiten, plus ein paar zusätzliche Tage, weil ich sie nicht vor der Klasse halten musste, glaubte ich das auch.

»Soll ich mit dir üben?«

»Im Ernst?«, fragte ich. Ich hatte eigentlich Ainsley fragen wollen, weil mir die Aufgabe trotzdem schwerfallen würde, auch wenn ich die Rede nur vor Santos hielt. Schon bei dem bloßen Gedanken zog sich mein Magen zusammen. Keira wollte ich auf keinen Fall fragen – das wäre mir zu peinlich.

Rider nickte. »Klar. Wenn du willst, können wir uns gerne mal treffen.«

Mein Herz machte einen Satz. »Und was ist mit deiner Arbeit?«

»Das kann ich mir einteilen.« Er schaute auf meinen Teller, und ich wusste schon, was er sagen würde, noch bevor er fragen konnte.

»Ja«, wehrte ich ab. »Klar esse ich sie noch auf.«

Ein Lächeln erschien und das Grübchen wurde tiefer. »Braves Mädchen.«

Bei diesen Worten stockte mir der Atem und ich kam mir furchtbar kindisch vor. Ich aß das Pizzastück auf und trank meine Milch.

»Wird Paige ... auch mit uns üben?«, fragte ich und kam mir sehr schlau vor. Schließlich würde sie auch eine Rede halten müssen.

Er stieß mich mit dem Ellbogen an, sodass ich fast die Milch hätte fallen lassen. »Äh, glaub ich nicht.«

»Warum?«, fragte ich scharf.

Rider zuckte nur mit den Schultern.

»Ich hab nicht … mit ihr geredet«, sagte ich langsam, unsicher, was ich sagen sollte, weil ich Rider nicht die ganze Wahrheit über mein Gespräch mit ihr gesagt hatte.

»Ich weiß«, erwiderte er.

»Du …« Dann begriff ich und meine Augen verengten sich. Fassungslosigkeit und Ärger stiegen in mir hoch. »Du … du hast mit ihr über mich geredet!«

Rider sah mich mit hochgezogenen Augenbrauen an.

»Ich … Das darfst du nicht«, sagte ich und lehnte mich zurück. Ein leichter Wind wehte mir ein paar Haare ins Gesicht. Ich hatte geglaubt, sie würde mich deswegen in Ruhe lassen, weil ich mich bei unserem Gespräch gewehrt hatte. Aber ich hatte mich getäuscht. »Was hast du zu ihr gesagt?«

Riders Augen suchten meine. »Ich habe ihr nur gesagt, dass du mir wichtig bist und dass ich nie gedacht hätte, dass du jemals wieder in mein Leben treten würdest, und dass ich deswegen nicht will, dass irgendwas oder irgendwer dazwischenfunkt. Das hat sie auch verstanden.«

»Was hat sie verstanden?«, flüsterte ich.

Rider sah mich an. »Sie hat verstanden, dass ich mich nicht für sie entscheiden würde, wenn ich zwischen euch wählen müsste.«

Ein Flattern breitete sich von meinem Magen in meiner Brust aus, weil … na ja, das war natürlich furchtbar süß und lieb und ein bisschen verrückt, aber trotzdem wollte ich nicht, dass er so etwas tat – dass er meine Kämpfe für mich austrug. Und ich wollte auch nicht, dass er sich zwischen uns entscheiden musste.

»Das … ich weiß gar nicht, was ich sagen soll. Du sollst dich nicht für eine von uns entscheiden müssen und ich … ich komm auch gut allein klar.«

»Wirklich?«, sagte er leise.

»Ja!« Ich schrie fast, was mir ein paar überraschte Blicke vom Nebentisch einbrachte. Ich war über mich selbst erstaunt, weil ich die Stimme gehoben hatte, aber ich war sauer. Stinksauer sogar. Da hatte ich gedacht, ich hätte Paige ganz allein in die Schranken gewiesen, und dann war es gar nicht so gewesen. »Ich brauche … keinen, der mich beschützt«, sagte ich leiser.

Er lächelte breit, aber das war mir egal.

Ich boxte ihn gegen den Arm. »Da gibt es nichts zu lachen.« Ich wollte noch einmal nach ihm schlagen, doch er hielt meine Hand fest.

»Maus!« Rider lachte. »Hast du mich gerade wirklich gehauen?«

Ich ignorierte die Frage. »Es ist nicht nötig … dass du mich verteidigst. Ich muss …« Ich verstummte, weil er meine Faust an seine Brust gezogen hatte. Ich konnte seinen kräftigen Herzschlag unter meiner Hand spüren.

Er sah mich an. »Was musst du, Mallory?«

Auf einmal fiel es mir aus einem ganz anderen Grund schwer, das zu sagen. »Ich muss … lernen, allein klarzukommen.«

Rider schaute so verblüfft drein, die Brauen hochgezogen, als würde ich in einer fremden Sprache sprechen. »Warum?«

»Warum?«, stotterte ich. »Weil ich das selbst hinkriegen muss. Du kannst nicht jedes Mal … einschreiten, wenn du meinst, dass irgendetwas passiert. Du kannst mich nicht für immer beschützen.«

»Aber ich will«, sagte er mit leiser Stimme. Sanft.

Mein Herz hüpfte wie verrückt in der Brust. »Aber das kannst du nicht.«

Sein Mund verzog sich zu einem Lächeln und er hielt weiter meine Hand an seine Brust gedrückt. »Alte Gewohnheiten legt man nicht so schnell ab.«

Er hob den Blick wieder und sah mich durchdringend an.

»Du ... du musst es eben versuchen.«

»Okay.« Er legte unsere verschränkten Hände auf seine Knie. Mit der freien Hand strich er mir eine Haarsträhne aus dem Gesicht. »Ich werd's versuchen.«

Ich wusste nicht, was ich sagen sollte. Wir starrten uns an, und ich fragte mich, was die anderen wohl dachten, wenn sie uns beobachteten. Ich war immer noch wütend auf ihn. Natürlich wusste ich seine Fürsorge zu schätzen, aber ich war kein Burgfräulein, das er vor einem Drachen retten musste.

Zumindest wollte ich keines sein.

Die Mallory, die ich sein wollte, war nicht schwach und bedauernswert. Sie war kein Mädchen, das von Paiges Freund beschützt werden musste.

Ich holte kurz Luft. »Wenn ich deine Hilfe brauche, dann ... frag ich dich einfach. Okay?«

Er legte den Kopf schräg, sodass – oh mein Gott – sein Mund auf einmal ... direkt vor meinem war. »Okay.«

»Gut«, flüsterte ich.

Rider löste die Hand von meinem Gesicht. Mit der anderen Hand hielt er meine Finger noch einen Moment lang fest, dann ließ er sie schließlich los. Seine Augen ruhten die ganze Zeit auf meinem Gesicht. »Du bist nicht mehr so wie früher, Mallory.«

Ich richtete mich auf. »Das stimmt.«

»Gut«, flüsterte er.

15

PAIGE STOLZIERTE DURCH die Schule, als wäre die ihr persönlicher Laufsteg. Jeder Schritt verströmte Selbstvertrauen. Neid stieg in mir hoch. Ich war nie so selbstsicher gewesen, ich wusste gar nicht, wie sich das überhaupt anfühlte. Ihre Haare waren zu einem glatten Pferdeschwanz zurückgebunden, und neben ihr ging ein dunkelhäutiges Mädchen, das ich noch nie gesehen hatte.

Ich umklammerte den Riemen meiner Schultasche und ging ihr entgegen. Am liebsten wäre ich nach links ausgewichen und ganz dicht an den Spinden entlanggegangen, aber überall wurden Spindtüren aufgerissen oder zugeschlagen, und es herrschte einfach zu viel Gedränge.

Außerdem hätte ich dann als Feigling dagestanden.

Und das wollte ich nicht. Vor allem nachdem ich Rider am Freitag klargemacht hatte, dass ich seinen Schutz nicht brauchte. Jetzt war wieder Montag; Zeit zu beweisen, dass es mir ernst damit war.

Mein Herz, das erst einen Stepptanz aufgeführt hatte, schlug wie wild in meiner Brust, als ich an ihr vorbeiging. Paige sagte kein Wort, sie hob nur den blassen schlanken Arm und zeigte den gestreckten Mittelfinger.

Genau in meine Richtung.

Das Mädchen neben ihr lachte.

Und dann hörte ich es von der anderen Seite – das Wort, das ich mit jeder Faser meines Körpers verabscheute.

»Die ist doch behindert.«

Mein Gesicht brannte lichterloh. Ich wusste, dass damit sicher nicht Paige gemeint war, trotzdem zuckte ich nicht mit der Wimper. Ich schaute nicht in die Richtung, weil ich niemandem die Genugtuung geben wollte, darauf zu reagieren. Ich marschierte einfach mit erhobenem Kopf weiter zu meinem Spind.

Dort schnappte ich mir blindlings ein paar Bücher, in der Hoffnung, die richtigen zu erwischen. Ich hatte wirklich nicht vor, mich zwischen Paige und Rider zu drängen, aber ihrer freundlichen Geste nach zu schließen hatte ich das bereits getan. Was immer er zu ihr gesagt hatte – sie war ganz und gar nicht glücklich darüber gewesen.

Aber das war es gar nicht, was mir so zusetzte.

Es war das Wort, dieses schreckliche Wort. Bis ich mich in der Mittagspause neben Keira setzte, hatte es ein faustgroßes Loch in mich hineingebrannt. Im Heim und in der Mittelschule hatte ich dieses Wort ständig zu hören bekommen. Es war wie ein Etikett, das man mir an die Stirn geheftet hatte, und irgendwann glaubte ich es sogar selbst. Vielleicht redete ich deshalb so wenig. Und schon als kleines Kind war mir bewusst gewesen, dass es ein hässliches Wort war und dass es außerdem nicht stimmte. Das war auch das Erste, was ich Dr. Taft gefragt hatte. Ich fragte ihn, ob ich nicht vielleicht doch behindert war, während Carl hinten im Behandlungszimmer saß.

Am Abend setzten sich Carl und Rosa dann zu mir und erklärten, dass das absolut nicht stimme. Und dass es keine Rolle spiele, selbst wenn ich entwicklungsmäßig vielleicht ein wenig verzögert sei. Ich sei trotzdem absolut in Ordnung. Und sie hätten mich sehr lieb.

Seit Jahren hatte mich niemand mehr so genannt.

Aber offenbar wurde über mich geredet. Warum sonst sollte ein Mädchen, das ich kaum kannte, so etwas über mich sagen? Ich wollte nicht glauben, dass es von Paige kam, weil sie so eng mit Rider verbunden war, aber wer sollte es sonst gewesen sein?

Ich unterdrückte ein Seufzen, stocherte in meinem Hackbraten herum und sah, wie Anna und Keira gegenseitig ihre Armbänder bewunderten, goldene und silberne Reifen mit kleinen Anhängern daran.

Vielleicht lag es daran, was ich am Morgen gehört hatte. Ich wusste es nicht, aber ich zwang meine Zunge, sich vom Gaumen zu lösen. »Die sind echt ... hübsch.«

Anna wechselte einen kurzen Blick mit Jo und grinste mich dann an, um ihre Überraschung zu verbergen. »Die sind von Alex and Ani. Ich habe zu Hause ein paar davon «, erklärte sie. »Die sind echt toll.«

Jo streckte den Arm aus und schüttelte ihr Handgelenk, an dem drei Armreifen hingen. »Vilma hat uns darauf gebracht und jetzt sind wir richtig süchtig danach.«

Ich konzentrierte mich darauf, ein Stück von meinem Fleisch abzuschneiden. »Vilma?«

»Die hat letztes Jahr ihren Abschluss gemacht«, erklärte Keira. »Sie war früher unser Captain. Und jetzt ist sie Cheerleader an der Universität von West Virginia.«

Anna nickte und stibitzte eine von den geriffelten Pommes von meinem Teller. »Sie hätte einen Laden aufmachen können mit den Armbändern und hätte Millionen verdient.«

Ich schob meinen Teller zu ihr hin und sie nahm sich noch ein paar Pommes. Die Mädchen sprachen über etwas anderes und ich dachte an den Rhetorikunterricht. Ich wusste nicht mehr, worüber Keira ihre Informationsrede halten wollte, und fragte mich, ob sie auch vorhatte zu üben.

Mein Mund ging auf und meine Zunge versuchte, Vokale und Silben zu bilden, aber würde ich es überhaupt schaffen, meine Rede vor ihr aufzusagen? Bestimmt würde ich ewig brauchen, um den Mut dafür zu finden. Würde sie das nicht ziemlich merkwürdig finden? Vermutlich. Und am Ende musste ich dann die Mittagspause in der Bibliothek oder sonst wo verbringen. Daher kniff ich, bevor ich auch nur ein Wort herausgebracht hatte.

Seufz.

Ich hatte den Hackbraten, von dem ich nur hoffen konnte, dass es kein Kängurufleisch war, fast aufgegessen, als sich jemand auf den freien Platz neben mir fallen ließ. Ich erkannte den erdigen Geruch, noch bevor ich aufsah.

Keira grinste. »Hi, Jayden.«

»Yo«, sagte der und setzte sich seitlich auf den Stuhl, den Arm auf den Tisch gestützt. »Ihr hübschen Mädels habt so einsam ausgesehen. Da dachte ich, ich komm mal rüber und beehre euch mit meiner Anwesenheit.«

Jo schnaubte. »Du siehst aus, als wärst du gerade erst aufgestanden und in die Schule gekommen.«

»Vielleicht ist es ja auch so.« Jayden fiel über meine Pommes her, ohne auf Annas genervten Blick zu achten. »Danke, Süße.«

»Ihr kennt euch?«, fragte Jo und deutete mit der Gabel von Jayden zu mir.

Bevor ich nicken konnte, ließ er den Arm um meine Schultern fallen. »Sie ist mein *petit chou.*«

Ich grinste.

»*Petit chou?*« Keira seufzte. »Was soll das denn heißen? Weißt du überhaupt, was *chou* bedeutet?«

»Kohlkopf«, antwortete ich ohne nachzudenken. »Auf Französisch.«

Meine Augen weiteten sich. Ach du lieber Himmel. Ich hatte ohne nachzudenken in der Mittagspause gesprochen. Ach du lieber Himmel! Niemand von den anderen bemerkte, dass ich insgeheim fast ausflippte. Das war ja wirklich cool. Ich saß da und laberte ohne Probleme mit.

Dafür hatte ich mir einen großen Schokokeks verdient.

Anna kicherte. »Ich finde es trotzdem süß.«

Keira, die ihr gegenübersaß, verdrehte die Augen. »Was ist süß daran, wenn dich jemand Kohlkopf nennt?«

»Aber es klingt so niedlich, so niedlich wie Mallory«, protestierte Jayden und ließ den Arm sinken.

Ich sah ihn mit hochgezogenen Brauen an.

»Und wo ist dein Bruder?«, fragte Jo. »Ich wäre gern sein *petit chou.*«

Jayden schnaubte. »Warum? Das ist doch ein Loser. Ich bin noch jung und frisch. Er ist alt und runzelig.«

Lachend strich ich mir die Haare aus dem Gesicht. Jo rümpfte die Nase. »Runzelig?«, sagte sie. »Dieses Wort würde ich eigentlich nicht mit Hector in Verbindung bringen.«

»Solltest du aber.«

Jayden frotzelte die ganze Pause über mit den Mädchen herum und er war ... Er war echt etwas Besonderes. Witzig. Charmant. In ein paar Jahren würde er genauso ein sexy Typ sein wie Hector. Ich musste so viel grinsen, während ich ihm zuhörte, dass ich schon Angst hatte, ich würde Falten davon bekommen.

Ich war immer noch total gut gelaunt, als Rider mir auf dem Weg zu unserer Rhetorikstunde entgegenkam. Es war das erste Mal, dass wir uns an diesem Tag sahen. Er trug wieder ein verwaschenes T-Shirt und ausgebleichte Jeans, seine Haare waren zerzaust, und er sah aus, als hätte er in der vorherigen Stunde ein Nickerchen gemacht.

Ein träges Grinsen lag auf seinen Lippen. »Dich hab ich gesucht.«

Mein Lächeln wurde noch breiter und ich kam zu ihm auf die Treppe. Gemeinsam gingen wir weiter.

»Ich hab nachgedacht, wegen der Rede«, sagte er. »Ich soll dir doch immer noch helfen, oder?«

Ein nervöses Flattern regte sich in meinem Bauch. Ich hätte gern mit Rider geübt, aber nach der Begegnung mit Paige vorhin schien mir das nicht besonders klug zu sein. Ich holte tief Luft. »Das ist wirklich nicht nötig. Ich meine, du ... du hast doch sicher etwas Besseres zu tun.«

»Aber ich will mit dir üben.« Er hielt mir die Schwingtür auf. »Sonst hätte ich es dir ja nicht angeboten.«

Ich ging durch die Tür und presste die Worte hervor: »Ich weiß, aber ...«

»Ich will dir helfen«, wiederholte er ohne zu zögern, und das Flattern in meinem Bauch zog bis hinauf in meine Brust. »Warum willst du denn nicht mit mir üben?« Er klang gekränkt und sah mich verwirrt an.

Wir gingen über den Treppenabsatz. Ich biss mir auf die Unterlippe. Verdammt.

»Ich will nur nicht ... dass du denkst, du müsstest es tun.«

Er grinste. »Am Donnerstag hätte ich Zeit.«

Am Donnerstag? Diese Woche schon? Hilfe. Ich hatte meinen

Vortrag am Wochenende zwar schon angefangen, aber da blieben mir ja nur noch drei Tage.

»Dann hast du wenigstens mal einen Übungsdurchgang gemacht, bevor du nächste Woche die Rede vor Mr Santos halten musst.« Er knuffte mich in den Arm. »Ich kann nach der Schule bei dir vorbeikommen.«

Donnerstag wäre perfekt, weil Carl und Rosa lange im Krankenhaus arbeiteten und es nicht sehr wahrscheinlich war, dass einer von ihnen zufällig zu Hause auftauchte. Ich könnte sie auch einfach fragen, ob es okay wäre, wenn Rider vorbeikam und mir half. Ich nickte.

Der Unterricht begann damit, dass wir uns in Gruppen zu viert aufteilten, um an unseren Reden zu arbeiten. Am liebsten hätte ich mich übergeben. Zum Glück kam ich mit Rider und Hector in eine Gruppe, nur leider stieß auch Paige dazu. Das machte es mir nicht gerade leichter. Und viel geübt wurde auch nicht.

Keiner der Jungs hatte mit seiner Rede schon angefangen. Ich hatte immerhin ein grobes Konzept, traute mich aber nicht, es laut vorzulesen. Paige hatte vermutlich auch schon eine Rede vorbereitet, aber sie tippte heimlich auf ihrem Handy herum und hatte die andere Hand auf Riders Bein gelegt. Immer wenn sie in meine Richtung sah, lächelte sie – ein Riesenunterschied zu unserer Begegnung am Morgen.

Während Hector ein paar Sätze auf sein Blatt kritzelte, beobachtete ich Rider und Paige, aber hauptsächlich Rider, weil ... also, weil ich irgendwie nicht anders konnte.

Er hatte die Unterlippe zwischen die Zähne gezogen und ... zeichnete. Er schrieb gar nicht an seiner Rede. Ich beugte mich vor. Er schaute konzentriert auf das Blatt und strichelte kreuz und quer darauf herum. Innerhalb kürzester Zeit hatte er eine lange Blumengirlande auf das Blatt geworfen, deren Blüten verblüffend echt aussahen.

»Du solltest lieber an deiner Rede arbeiten, als mir zuzuschauen«, sagte Rider, ohne den Blick von seinem Block zu heben.

Paiges dunkle Augen funkelten mich wütend an, dann verengten sie sich.

Meine Wangen wurden heiß.

»Und du solltest doch eigentlich auch irgendwie an deiner Rede arbeiten, oder?« Hector grinste und zeigte auf sein Blatt, auf dem tatsächlich ein paar Wörter standen. »Bitte himmle ihn nicht so an, Mallory. Sein Ego ist wegen Paige schon groß genug. Er braucht nicht noch mehr Bestätigung.«

»*Pendejo*«, murmelte Rider leise.

Hector zeigte ihm den gestreckten Mittelfinger. »Das hättest du wohl gern.«

Ich hatte keine Ahnung, was das bedeutete.

Paige löste die Hand von Riders Bein, stützte den Ellbogen auf den Tisch und ließ das Kinn in ihre Hand fallen. »Und, Mallory, freust du dich schon darauf, nächste Woche vor der ganzen Klasse zu sprechen?«

Ich erstarrte. Die Klasse wusste ja nicht, dass ich meine Rede im Gegensatz zu den anderen nur vor Mr Santos halten musste, und ich fürchtete den Moment, wenn das herauskam.

»Wer freut sich schon auf so was?«, fragte Hector.

Paige zuckte mit den schlanken Schultern und sah mich an. »Und, was ist?«

Rider neben ihr hob den Kopf. Er öffnete den Mund, und ich wusste genau, dass er entweder versuchen würde, Paige abzulenken, oder die Frage für mich beantworten wollte. Und nach unserem Gespräch letzte Woche durfte ich das nicht zulassen.

Ich zwang mich, etwas zu sagen: »Ich werde ... meine Rede nicht ... vor der Klasse halten.« Mein Gesicht wurde heiß und ich zwang mich fortzufahren. »Ich muss meine in der Mittagspause halten.«

»Was?« Sie lachte.

Rider starrte mich überrascht an.

Meine Schultern wurden steif vor Anspannung. »Ich muss ... die Rede nicht wie die anderen halten.«

»Ach?« Mit großen Augen sah sie von einem Jungen zum anderen. »Das finde ich aber ziemlich ungerecht.«

Das Herz wurde mir schwer.

»Und wenn schon«, erwiderte Hector achselzuckend. »Mir ist das egal.«

Paige lehnte sich auf ihrem Stuhl zurück. »Aber das ist total uncool. Wir anderen müssen uns vor die Klasse stellen und sie nicht? Warum?«

»Warum – das spielt doch keine Rolle«, sagte Rider, den Blick immer noch auf mich gerichtet. »Und Hector hat recht, dass es uns egal sein kann.«

Ich öffnete den Mund, um etwas zu erwidern.

Langsam drehte Paige den Kopf zu ihm. »Und wenn Laura oder Leon ihre Rede nicht vor der Klasse halten müssten, würdest du das auch okay finden?«

Rider wandte den Blick von mir. »Ja. Weil es mich nicht betrifft und weil es mir deshalb egal ist.«

»Es ist dir überhaupt nicht egal«, schoss sie zurück, und am liebsten hätte ich mich unter dem Tisch verkrochen, weil ihre wütende Stimme für alle deutlich zu hören war.

»Paige«, seufzte Rider kopfschüttelnd. »Bitte lass das.«

Sie lehnte sich zur Seite und reckte den Kopf vor. »Was soll ich lassen, Rider?«

»Oh Mann«, murmelte Hector leise.

Auf einmal stand Mr Santos bei uns am Tisch und betrachtete Riders Zeichnung. Wir verstummten. Ich erstarrte und rechnete damit, dass er sauer sein würde, weil Rider nicht an seiner Rede gearbeitet hatte.

Doch Mr Santos beugte sich mit einem abwesenden Lächeln vor und warf durch seine Brillengläser einen Blick auf das Blatt. »Die Details und die Schraffierung sind wirklich erstaunlich. Die Blumen scheinen förmlich aus dem Papier herauszutreten.«

Mir blieb der Mund offen stehen.

Rider wurde rot und ließ den Stift sinken.

»Das überrascht mich nicht.« Mr Santos legte ihm die Hand auf die Schulter. »Deine Arbeiten waren immer schon sehr präzise.«

Erstaunt sah ich die beiden an. Hatte Santos Riders Graffiti etwa schon gesehen? Und warum zum Teufel schimpfte er nicht mit ihm?

Rider schwieg und Santos drückte ihm die Schulter. »Aber jetzt arbeite bitte an deiner Rede weiter. Zeichnen kannst du später noch. Einverstanden?«

»Klar«, murmelte Rider und ließ den Stift auf den Tisch fallen.

Mr Santos richtete die Aufmerksamkeit auf mein Blatt und überflog, was ich geschrieben hatte. »Interessant«, murmelte er, während ich mich vor Verlegenheit wand, und trat näher an meinen Tisch.

Ich leckte mir nervös über die Lippen und zwang die Worte, die in meinem Kopf herumwaberten, auf meine Zunge. »Ich …

ich bin nicht so gut im Redenschreiben.« Ich hielt inne und holte tief Luft. »Oder darin ... sie zu halten.«

Da! Ich hatte ganz von allein mit Mr Santos gesprochen, ohne dass jemand für mich das Wort ergreifen musste. Stolz setzte ich mich auf.

»Mit dem Redenhalten ist es ganz ähnlich wie mit der Kunst. Es ist sehr subjektiv, ob jemand gut darin ist, Mallory.«

Ich presste die Lippen aufeinander und schaute zu ihm auf. Ich hatte keine Ahnung, worauf er hinauswollte.

»Es geht nur darum, dass man es überhaupt versucht.« Santos deutete mit dem Kopf auf mein Blatt, und ich fragte mich, ob er damit auf meine wilde Flucht aus dem Klassenzimmer anspielte und auf das Telefonat mit Carl und Rosa. An dem Tag hatte ich es nicht versucht. »Es geht nicht darum, dass man beim ersten Mal schon alles richtig macht, und es geht ganz sicher nicht darum, dass man perfekt ist, aber wenn du es versuchst, dann schaffst du es auch. So ist es auch in der Kunst. Oder im Leben.« Er klopfte mir auf die Schulter. »Und es sieht so aus, als würdest du es versuchen.«

Ich blinzelte langsam.

Santos wanderte weiter, zurück zum Lehrerpult.

»Was sollte das denn?«, murmelte Paige.

Ich schaute Rider an. Der lächelte leicht, sodass das Grübchen in seiner Wange aufblitzte. »Tiefsinnige Gedanken«, murmelte er.

Ich nickte ebenso verhalten. »Und ... wieso hast du keinen Ärger bekommen?«

»Weil ich begabt bin.«

Ich verengte die Augen und sah ihn an. »Und woher ... weiß er von deinen Graffiti?«

Hector sah von seinem Blatt auf. Er schnaubte und antwortete, bevor Rider etwas sagen konnte. »Weil Rider sich in seinem zweiten Highschooljahr vorgenommen hatte, die Außenfassade unserer wunderbaren Schule ein bisschen zu verschönern.«

Rider verdrehte die Augen.

»Er hat seinen Tag auf den Eingang gesprayt und wurde am nächsten Tag erwischt, weil er noch das gleiche T-Shirt anhatte, der Idiot«, mischte sich Paige mit einem triumphierenden Grinsen ein. Ihr Blick verriet, wie sehr sie es genoss, dass sie mehr von ihm wusste als ich. »Mr Santos war vermutlich der einzige Lehrer, der das gut fand.«

Mein Blick wanderte zurück zu Rider. Seine Wangen waren erneut tiefrot geworden. »Ich hab nicht allzu großen Ärger bekommen«, sagte er, ohne mich anzusehen. »Nur eine Anzeige wegen Sachbeschädigung. Ich musste mithelfen, es wieder wegzuschrubben. Das war echt scheiße.«

»Sachbeschädigung?« Ich sah ihn an. »Das hört sich aber nach einer ganzen Menge Ärger an.«

Hector lachte und schaute wieder auf seinen Block. »Wegen so was muss man sich echt nicht ins Hemd machen.«

Ich verstand kein Wort.

Eine Pause trat ein. Riders Blick wanderte zu mir. Er grinste verlegen. »Okay. Ich hatte Ärger, aber es war nicht so schlimm. Santos hat mich rausgehauen und dafür gesorgt, dass ich die Reinigungskosten nicht übernehmen musste. Aber dafür musste ich es eben selber wieder abwaschen.«

»Wetten, du weißt nicht, dass Santos eines von Riders Bildern in einer Galerie in der Stadt untergebracht hat?«, fragte Hector. »So hat er ihn da rausgehauen. Er hat Rider gesagt, er soll was sprühen, was man ausstellen kann. Du weißt schon, irgendwas, was nicht draußen an ’ner Mauer klebt.«

Wieder blieb mir der Mund offen stehen. »Echt jetzt?«

»*Cállate*, Bro.« Rider beugte sich vor und starrte Hector wütend an. »Ich mein' es ernst.«

Hector legte den Kopf in den Nacken und lachte.

»Und wo?«, fragte ich.

Paige seufzte. »So toll ist es auch wieder nicht. Es ist einfach ein Graffiti auf einer Leinwand.«

»Klar ist das toll«, widersprach ich, diesmal ohne zu stottern.

Sie verdrehte die Augen.

Rieder schüttelte den Kopf und widmete sich wieder seiner Zeichnung. »Ist doch egal.«

Fand ich nicht. »Das klingt echt super.«

Etwas in meiner Stimme bewirkte, dass er aufblickte. Nach einer langen Pause sagte er: »In einer Galerie namens City Arts. Keine Ahnung, ob sie es noch hängen haben.«

Ich wollte unbedingt herausfinden, ob es dort noch zu sehen war, weil ... weil es einfach unglaublich war.

Vieles an Rider war noch genau wie früher. Seine Freundlich-keit, dieser unerschütterliche Beschützerinstinkt. Und zugleich gab es eine ganze Menge, was ich über diesen älteren, neuen Rider nicht wusste.

Kopfschüttelnd schaute ich auf den Entwurf meiner Rede, ohne die Sätze wirklich zu sehen. Ich dachte an Mr Santos' Worte. Auf einmal ergaben sie einen Sinn. Mit dem Leben war es so wie mit dieser Rede, die wir halten mussten. Es ging nicht um das Ergebnis, es ging darum, dass man es überhaupt versuchte.

Und genauso ... genauso sah ich das auch.

Nachdem die Stunde zu Ende war, verkündete Hector: »Ich hab Hunger.«

»Okay«, erwiderte Rider, während ich den Schreibblock in die Tasche schob. »Und was soll ich dagegen tun?«

Hector grinste und zwinkerte mir zu. »Du sollst mit mir irgendwohin gehen und mir was zu essen kaufen.«

Rider schnaubte.

»Wir könnten zur alten Feuerwache fahren. Ich hätte total Lust auf einen Burger.«

Rider stand auf und streckte sich. Sein T-Shirt rutschte hoch und entblößte einen schmalen Streifen von seinem Bauch. Unwillkürlich fiel mein Blick darauf. Er sah unglaublich straff aus. Muskulös.

Sexy.

Sehr sexy.

Mein Gesicht lief rot an und ich schaute weg und begegnete Hectors wissendem Blick. Mist. Ich musste besser aufpassen, wenn ich Jungs abcheckte. Immer schön unauffällig bleiben. Ich schaute gar nicht erst zu Paige, um zu sehen, ob sie mich ebenfalls ertappt hatte.

»Komm doch mit«, schlug Hector vor.

Ich blinzelte. Meinte er mich?

So schien es zu sein, denn Rider ließ die Arme sinken und sah mich an. »Hast du Lust auf einen Burger?«

»Klar hat sie Lust«, erwiderte Hector. »Sie sagt doch nicht Nein, wenn sie mit uns abhängen kann. Wer würde das schon tun?«

Oh Mann, Jayden und er waren sich total ähnlich.

Rider grinste. »Was meinst du?«

Hastig überlegte ich. Außer mit Ainsley und meiner Familie war ich noch nie mit jemandem essen gewesen. Und schon gar nicht mit einem Jungen oder sogar mit zwei. Carl und Rosa würden wahrscheinlich ausflippen.

Nein. Sie würden *auf jeden Fall* ausflippen.

Ich wollte trotzdem mit.

Mit klopfendem Herzen nickte ich.

Rider grinste erfreut und wieder erschien das Grübchen in seiner rechten Wange. »Perfekt. Willst du mit uns fahren?«, fragte er. »Wir kennen den Weg.«

»Na klar«, meinte Hector. »Ich kann dich nachher wieder zurück zur Schule bringen.«

Das erschien mir sinnvoll und ich nickte wieder.

»Gut.« Rider zögerte, inzwischen hatte das Lächeln auch seine Augen erreicht. »Aber etwas solltest du vorher noch tun.«

Fragend sah ich ihn an.

»Von deinem Stuhl aufstehen.«

Sofort sprang ich auf.

Paige erhob sich ebenfalls und sagte: »Ich kann aber nicht mit. Ihr wisst doch, dass ich montags immer auf meine Schwester aufpassen muss.«

»Ach Mist.« Rider fuhr sich durch die Haare. »Soll ich Penny und dir später noch was zum Essen vorbeibringen?«

Ihr Kopf fuhr herum. »Ist das dein Ernst? Du willst trotzdem gehen?«

Oh nein.

Ich wich zurück und schwang meine Tasche über die Schulter. Das sah nach Ärger aus.

Rider schaute seine Freundin an und sagte zu uns: »Ich komm gleich nach, okay?«

»Klar«, murmelte Hector. Als ich mich nicht regte, nahm er mich sanft am Ellbogen. »Gehen wir.«

Ich ließ mich von Hector aus dem Raum führen. Auf dem Weg nach draußen sprachen wir kein Wort. Ich hätte gern darüber geredet, was dort im Klassenzimmer gerade vorgefallen war, aber wie immer schwieg ich, während wir zum Parkplatz gingen. Dabei war es wirklich nicht schwer. Ich konnte reden. Ich hatte sogar schon mit ihm geredet. Ich konnte das jetzt. Es war ganz leicht.

Ich verschränkte meine Hände, konzentrierte mich auf die Leute, die vor uns gingen, und versuchte, mir vorzustellen, ich würde mit Carl oder Rosa reden. Oder mit Rider. Langsam, fast schmerzhaft lösten sich die Worte in mir. »Vielleicht ... sollte ich lieber nicht mitkommen.«

So.

Ich hatte es gesagt.

Gott sei Dank.

Und Dank auch allen Engeln im Himmel.

Falls es ihn überraschte, mich sprechen zu hören, so zeigte er es jedenfalls nicht. »Es gibt keinen Grund, warum du nicht mitfahren solltest.«

Ich blieb neben seinem Auto stehen und sah ihn. Kleine Kugeln voller nervöser Energie kullerten in meinem Bauch herum. Hier zu stehen und mit ihm zu sprechen, fiel mir furchtbar schwer, auch wenn ich mir das Gegenteil einredete. »Es gibt ... da schon einen Grund ... warum ich lieber nicht ... mitkommen sollte.«

Ein schwaches Grinsen zeigte sich auf seinem Gesicht. Er ging nach hinten und warf seine Schultasche in den Kofferraum. »Du meinst Paige?«

Ich nickte.

Er lachte leise, dabei fand ich das überhaupt nicht lustig. Dann kam er zu mir zurück und lehnte sich an die Fahrertür. Ein Moment verstrich. »Ich glaube nicht, dass Rider weiß, was er tut. Er weiß eigentlich nie, was er tut.«

Ich sah ihn fragend an. »Was ... meinst du damit?«

Hector musterte mich und lachte wieder leise. »Ich hab einfach nur laut gedacht.« Er schwieg kurz und kratzte sich am Kinn. »Weißt du, in jedem anderen Schuljahr hätte Rider schon mindestens zweimal nachsitzen müssen. Dieses Jahr noch kein einziges Mal.«

Das klang nicht so gut, fand ich, aber ich war froh, dass er sich in dieser Hinsicht offenbar verändert hatte.

»Und immer wenn er abends nicht gearbeitet hat, ist er mit seinen Spraydosen losgezogen«, fuhr Hector fort, die Augen auf den Weg gerichtet, über den Rider zum Parkplatz kommen würde. »Von daher hat er nicht sehr viel Zeit mit Paige verbracht. Verstehst du?«

Ich verstand kein Wort.

»Er benimmt sich meiner *abuelita* gegenüber immer sehr respektvoll, aber Rider war schon immer ...«

»Was ... war er schon immer?«, fragte ich und strich die Haare zurück, die der Wind mir ins Gesicht blies.

Seine moosgrünen Augen wanderten zu mir. »Er ist hier und doch nicht hier.«

Ich wusste, was er meinte.

Meine Brust zog sich zusammen und ich senkte den Blick auf den ölverschmierten Asphalt. Hier und doch nicht hier. Existieren, aber nicht leben. Ich kannte dieses Gefühl sehr gut. Hatte es viele Jahre lang erlebt. An manchen Tagen fühlte es sich an, als würde dieses Gefühl immer noch auf mir liegen wie ein schwerer und zu fest zugeknöpfter Mantel. Ich hatte nicht gewusst, dass es Rider genauso ging und dass andere es ihm anmerkten.

Und das ... das machte mich traurig.

»Da kommt er ja.« Hector richtete sich auf und stieg ein.

Rider eilte den Weg herunter. Als er sich dem Auto näherte, wurde er langsamer. Paige war nicht bei ihm. Ich suchte in Riders Gesicht nach Anzeichen danach, was zwischen Paige und ihm vorgefallen war. Sein Mund war nur ein schmaler Strich.

Meine Kehle war wie ausgedörrt. »Alles ... in Ordnung?«

Rider runzelte die Stirn. »Ja klar.«

»Vielleicht sollte ich lieber nicht ...«

»Nein.« Er trat zu mir. »Ich weiß, was du sagen willst. Nein. Das hat alles nichts mit dir zu tun.«

Ich stand regungslos da. »Das ... hat sehr wohl etwas mit mir zu tun.«

Rider wandte den Blick ab. Ein Muskel zuckte in seinem Gesicht. Dann sagte er: »Du hast recht. Irgendwie. Aber das ändert nichts daran, dass Hector dich eingeladen hat und dass ich dich dabeihaben möchte.«

Das Fenster fuhr herunter, Hector steckte den Kopf heraus. »Kommt ihr jetzt?«

Immer noch unsicher sah ich Rider an.

Bitte.

Er sagte es nicht laut, er formte es nur lautlos mit den Lippen.

Ich stieg ein.

Zwanzig Minuten später befand ich mich in einem kleinen Burger-Lokal, das nur wenige Kilometer von der Schule entfernt lag. Das Gebäude schien früher tatsächlich einmal eine Feuerwache gewesen zu sein, was auch den Namen des Lokals erklärte. Alles sah schon älter aus, von den Schwarz-Weiß-Fotos an den Wänden bis hin zu den rot gepolsterten Nischen, und wirkte gemütlich und familiär. Man hatte fast das Gefühl, die ältere, etwas missmutige Frau hinter dem Tresen müsste jeden Moment ihren

Sohn anschreien, der hinten in der Küche das Essen zubereitete. Dabei hatte ich keine Ahnung, ob die beiden tatsächlich Mutter und Sohn waren.

Jedenfalls gefiel es mir.

Wir alle bestellten so ziemlich das Gleiche – Hamburger und Pommes, nur Rider und ich nahmen noch Käse dazu, während Hector sämtliche Saucen auf der Welt verlangte. Das Essen war köstlich, viel besser als das dubiose Fleisch, das man uns in der Mensa vorsetzte.

Ich war froh, dass ich mitgegangen war.

Als hätte es nicht einen guten Grund gegeben, die Einladung abzulehnen. Ich amüsierte mich köstlich darüber, wie die beiden Jungs sich aufzogen. Manchmal warf Hector ein puerto-ricanisches Wort ein, woraufhin Rider ebenfalls auf Spanisch antwortete. Offenbar beleidigten sie sich dann gegenseitig. Ich lernte schnell, dass *cállate* »Halt die Klappe« heißt, weil sie es sich ziemlich oft an den Kopf warfen.

Mein Handy ließ ich in der Tasche. Auf dem Weg zum Lokal hatte ich Rosa nur kurz geschrieben, ich würde noch mit ein paar Freunden etwas essen gehen und anschließend nach Hause fahren. Nach dieser SMS, die Millionen normale Jugendliche wahrscheinlich jeden Tag verschickten, die für mich aber neu war, wurde mir fast ein bisschen schwindelig vor Glück. Dann stellte ich mein Handy vorsichtshalber auf lautlos. Eine Viertelstunde, nachdem wir losgefahren waren, vibrierte es in meiner Tasche. Ich wusste auch ohne hinzusehen, dass es entweder Rosa oder Carl war. Zu Hause würde ich mich damit herausreden, dass ich gerade am Steuer gesessen hatte und nicht rangehen konnte.

Ich hatte ein schlechtes Gewissen wegen der Lüge.

Das hielt mich jedoch nicht davon ab, das hier zu genießen.

Hector lehnte sich zurück und tätschelte sich den flachen Bauch. »Mann, war das gut. So'n Hamburger könnte ich jeden Tag verdrücken.«

Rider neben mir schnaubte. »Du ernährst dich doch von nichts anderem, so oft wie du hier isst.«

»Na und?«, erwiderte Hector grinsend und ließ die Arme auf den Tisch sinken. »Ich bestelle mir ja nicht jedes Mal einen Hamburger.«

»Was denn dann?«

Hector überlegte. »Mal sehen. Manchmal esse ich auch das Hamburger-Baguette.«

Ich grinste.

»Das ist doch fast das Gleiche«, sagte Rider. Er lehnte sich zurück und legte den Arm auf die Lehne unserer Bank. »Was sonst noch?«

»Die frittierten Zwiebelringe zum Beispiel.«

»Das zählt nicht.« Rider tippte mich an. »Oder?«

Ich schüttelte den Kopf.

»Toll, dass du auch noch gegen mich bist«, erwiderte Hector und schnappte sich eine Fritte von meinem Teller.

Genau. Wie. Sein. Bruder.

Grinsend rutschte Rider auf der Sitzbank hin und her. »Musst du heute Abend arbeiten?«

Hector schüttelte den Kopf. »Nein. Aber morgen vielleicht.«

»Wo … arbeitest du denn?«, fragte ich.

»Ich hab einen richtig coolen Job«, erwiderte er sofort.

Neugierig sah ich ihn an.

Er lächelte. »Bei McDonald's.«

»Da würde man doch denken, dass er mal was anderes essen will als immer nur Hamburger«, warf Rider ein.

»Die Hamburger hier kannst du nicht mit denen von McDonald's vergleichen. Und wieso reden wir eigentlich die ganze Zeit nur darüber?« Hector sah mich an. »Also, ich hab da vor etwa einem Jahr angefangen. Da kriegt man am schnellsten und am einfachsten einen Job. Und außerdem rechnet das Sozialamt meiner *abuelita* das Geld nicht auf die Stütze an.«

Ich spürte, wie Rider mir mit den Fingern über die Haare strich. Er sagte: »Mrs Luna arbeitet ebenfalls. Vollzeit.«

»Ich versuche gerade, Jayden ebenfalls einen Job dort zu vermitteln.« Hector fuhr sich mit den Händen durch die Haare. »Wenn er eine Arbeitserlaubnis bekommt, kann er dort schon mit fünfzehn anfangen.« Er hielt inne und sah Rider an. »Aber er ist nicht gerade begeistert. Er ist nur auf das schnelle, leichte Geld aus. Nur dass schnelles Geld nicht so leicht verdient ist, wie man denkt.«

Rider schwieg, aber ich hatte das Gefühl, dass eine ganze Menge unausgesprochen blieb. Weil die Jungs sich noch mit ein paar anderen zum Basketballspielen treffen wollten, brachen wir kurz danach auf. Hector brachte mich zurück zu meinem Auto. Es standen immer noch ein paar Wagen auf dem Parkplatz. Das Football- und Cheerleadertraining war noch nicht vorbei und von den Sportplätzen hallten die Rufe der Spieler herüber.

Rider stieg mit mir aus und brachte mich zu meinem Wagen. Er wartete, bis ich meine Tür aufgeschlossen hatte. »Danke, dass du mitgekommen bist. Das war ... schön.«

Überrascht stellte ich fest, dass er bei diesen Worten leicht errötete, und ich verstand nicht ganz, warum. Mir war aufgefallen, dass er vor allem dann rot wurde, wenn jemand ihm ein Kompliment machte oder wenn über seine Graffiti gesprochen wurde. Das schien ihm offenbar peinlich zu sein. Aber ich hatte keine Ahnung, was ihm dabei so unangenehm sein könnte.

Er hielt die Autotür für mich auf und ich warf meine Tasche auf den Beifahrersitz. »Also, dann bis bald.«

Hector klopfte schon ungeduldig gegen seine Wagentür.

Ich lächelte. »Danke, dass ich mitkommen durfte.«

Er senkte den Kopf. »Du brauchst dich nicht zu bedanken. Es war schön, dass du dabei warst.«

Aus meinem Lächeln wurde ein breites Grinsen. Es tat gut, das zu hören. Dann fiel mir wieder ein, was Hector über Rider gesagt hatte. »Ich fand es auch schön.«

Rider blinzelte und sagte leise: »Danke.«

»Tut mir leid wegen Paige«, fügte ich noch schnell hinzu.

»Ich ...« Er verstummte. Unsere Blicke trafen sich und wir sahen uns einen Moment lang tief in die Augen. »Mir auch.«

Weil ich keine Ahnung hatte, was ich darauf erwidern sollte, setzte ich mich in mein Auto.

»Yo!«, rief Hector und schlug von außen gegen seine Wagentür. »Sonst fangen sie noch ohne uns an.«

Statt meine Tür zu schließen, beugte Rider sich vor. Wieder begegneten sich unsere Blicke. Eine Ewigkeit verging, dann neigte er sich zu mir. Seine Lippen strichen über meine Stirn und verweilten dort einen Augenblick. Mein Herzschlag stockte.

»Das hätte ich wahrscheinlich nicht tun sollen«, flüsterte er so leise, dass ich mich fragte, ob ich es mir nur eingebildet hatte. Laut sagte er: »Bis morgen dann, Maus.«

16

»MALLORY, KOMMST du bitte mal?«

Beim Klang von Carls Stimme zog sich mein Magen zusammen. Er war noch vor Rosa aus dem Krankenhaus nach Hause gekommen und rief sofort nach mir. Ich schaute auf meinen Wecker und stellte fest, dass es kurz vor neun war. Am liebsten hätte ich mich schlafend gestellt, weil er mich dann sicher nicht geweckt hätte. Aber das wäre feige gewesen; immerhin hatte ich mich bewusst entschieden, mit Rider und Hector essen zu gehen.

Ich stieg vom Bett und ging die Treppe hinunter. Meine Finger drehten nervös an einer Haarsträhne. Ich nahm mir vor, nicht zu lügen. Wenn Carl fragte, mit wem ich unterwegs gewesen war, würde ich die Wahrheit sagen. Auch wenn es kitschig klang – Hector und Rider hatten es verdient, dass ich die Wahrheit sagte. Trotzdem hatte ich Riesenschiss.

Carl stand in der Küche und nahm eine Flasche Saft aus dem Kühlschrank. Er hatte noch seinen OP-Kittel an. »Ich will nicht lange um den heißen Brei herumreden, Mallory. Ich war doch leicht überrascht, als Rosa mir geschrieben hat, du würdest mit ein paar Freunden nach der Schule etwas essen gehen.«

Ich verschränkte die Arme und sah zu, wie er sich ein Glas aus dem Küchenschrank holte. »Wieso ist das ... so ungewöhnlich?«

Er drehte sich mit hochgezogenen Augenbrauen zu mir. »Wärst du mit Ainsley essen gegangen, hätte uns das nicht gewundert. Aber in den vier Jahren, die du jetzt bei uns lebst, war Ainsley die Einzige, in deren Gesellschaft du dich so wohlgefühlt hast, dass du Zeit mit ihr verbringen wolltest.« Er hielt inne und goss sich einen roten Saft ein. »Und du bist nicht rangegangen, als ich angerufen habe.«

»Ich ... ich bin gerade gefahren.« Was war ich nur für eine gemeine Lügnerin. »Und dann hab ich es vergessen. Und als ich nach Hause gekommen bin, hab ich gleich mit den Hausaufgaben angefangen.« Das war nicht einmal gelogen und Carl schien diese Ausrede auch keineswegs verdächtig zu finden.

»Und mit wem warst du unterwegs?«, fragte er.

Ich wollte lügen, aber dann auch wieder nicht. Seltsam. Ich biss mir auf die Innenseite meiner Wange und wappnete mich. »Mit ... Rider.«

Carls Kopf fuhr so hastig zu mir herum, dass es mich fast an den *Exorzist* erinnerte. »Mit Rider?«, wiederholte er.

Ich erstarrte und konnte kaum nicken. Meine Kehle war wie zugeschnürt, und ich hatte das Gefühl, dass ich nicht mehr atmen konnte. »Mit Rider und seinem Freund ... Hector. Wir waren Burger essen in der Feuerwache ...«

»In diesem Feuerwache-Grill?«, fragte Carl und runzelte die Brauen. »Der liegt nicht gerade in einem guten Viertel.«

So schlimm hatte ich den Stadtteil auch wieder nicht gefunden. »Wir haben nur einen Burger gegessen und dann bin ich wieder nach Hause gefahren. Es hat ... Spaß gemacht.«

Carl trank einen Schluck und musterte mich über das Glas hinweg. »Wer ist Hector?«

Ich erklärte ihm, wer Hector war, und spürte, wie sein Missfallen wuchs. »Er ist echt nett. Er arbeitet bei McDonald's und hat einen jüngeren Bruder namens Jayden, der total lustig ist. Ihre Großmutter, Mrs Luna, ist die Pflegemutter von Rider«, holte ich weiter aus und trat verlegen von einem Fuß auf den anderen. »Wir haben Rhetorik zusammen. Rider will mir bei meiner Rede helfen und ...«

»Er hilft dir bei deiner Rede?« Carl klang zweifelnd.

Ich nickte und fügte hinzu: »Ja. Er ... er kennt meine Probleme mit so was, und ich muss ja trotzdem üben, auch wenn ich meine Rede nicht vor der Klasse halte. Wir wollen uns am Donnerstag nach der Schule treffen.«

Jetzt verschlug es ihm offenbar die Sprache. »Du hast dich mit ihm verabredet, ohne vorher mit uns darüber zu reden?«

O-oh. Wieder trat ich von einem Fuß auf den anderen. »Ich ... ich fand das nicht so wichtig. Schließlich brauche ich Hilfe.«

»Und Ainsley kann dir nicht helfen?«

O-o-oh. »Rider geht in meine Klasse, deshalb ... da ist es doch sinnvoll, wenn ich mit ihm übe.«

»Und was ist mit dieser Keira?«, gab er sogleich zurück. »Die ist doch auch bei dir in Rhetorik.«

Verdammt.

Carl hatte sich tatsächlich daran erinnert. Das war ja klar, aber ich hatte einen guten Grund, warum ich Keira nicht fragen wollte. »Das ist ... es wäre mir peinlich, vor ihr zu üben, und Rider ... er weiß, wie ich bin.«

Carl öffnete den Mund und machte ihn wieder zu. Dann stellte er sein Glas ab. Das schien er tatsächlich zu verstehen. »Ich bin nicht gerade begeistert darüber. Du hast diesen Jungen jahrelang nicht gesehen und dann gehst du auf einmal mit ihm zum Essen und jetzt hilft er dir auch noch bei deinen Schulaufgaben.«

Ich schluckte schwer. »Aber ... aber er ist mein Freund ... und da ist so was doch normal.«

»Nicht für dich.«

Ich zuckte zusammen und wich einen Schritt zurück. Nicht für mich. Für mich würde so etwas nie normal sein. Die Leichtigkeit, die ich in mir spürte, nachdem ich Carl und Rose diese ganz normale SMS geschickt hatte, verschwand. Etwas so Normales würde es für mich eben nie geben können.

»So hab ich das nicht gemeint«, fügte er hastig hinzu und legte mir die Hand auf die Schulter. »Tut mir leid, wenn es so rüberkam, aber du kennst ihn doch gar nicht, Mallory. Nicht mehr.«

»Ich kenne ihn sehr wohl«, beharrte ich und schob meine verletzten Gefühle beiseite. »Er ist ein guter Mensch.«

»Das bestreite ich ja gar nicht.« Carl ließ die Hand sinken und wandte sich seufzend ab, um den Pager vom Gürtel zu lösen. »Wenigstens hoffe ich, dass es so ist. Man kennt niemanden wirklich, manchmal nicht mal die eigene Familie. Menschen zeigen sich immer so, wie sie gesehen werden wollen. Das darfst du nicht vergessen.«

Ich verstand nicht ganz, was er damit sagen wollte. Das heißt, irgendwie verstand ich es natürlich schon. Schließlich hatten die Leute vom Jugendamt ja auch nicht gewusst, wie Mr Henry und Miss Becky wirklich waren. Die beiden hatten es gut verborgen, aber auf was für Erfahrungen spielte Carl damit an?

Er fuhr fort: »Ich will nur, dass du vorsichtig bist, Mallory.«

»Das bin ich«, versicherte ich ihm.

Carl musterte mich und nickte dann. »Und wo wollt ihr am Donnerstag lernen?«

Schulterzuckend antwortete ich: »Keine Ahnung. Hier vielleicht?«

Wieder hoben sich seine buschigen Brauen. »Ich weiß nicht recht, ob es mir gefällt, dass du hier mit ihm allein bist«, sagte Carl, und ich beglückwünschte mich dafür, dass ich ihnen von Riders erstem Besuch nichts erzählt hatte. »Aber es gefällt mir auch nicht besonders, wenn ihr irgendwo anders lernt.«

»Wegen ihm?«, wollte ich wissen.

Er schüttelte leise lächelnd den Kopf. »Weil ein Junge mit dabei ist, egal wer.«

Meine Wangen wurden heiß. »Aber ... wir lernen doch nur zusammen. Außerdem hat er eine Freundin.« Es gab mir einen Stich bei diesen Worten, weil ich daran denken musste, wie Rider mich auf die Stirn geküsst und dann gesagt hatte, er hätte das nicht tun sollen.

Und das stimmte auch. Ein Kuss auf die Stirn mochte vielleicht eine unschuldige Geste der Zuneigung sein, trotzdem war es falsch.

»Ich weiß.« Carl kniff sich mit Daumen und Zeigefinger in den Nasenrücken.

Schweigen trat ein. Ich wurde kribbelig. »Ich muss noch Hausaufgaben machen«, erklärte ich schließlich.

Carl ließ die Hand sinken. »Aber bleib nicht zu lange auf.« Ich wollte mich schon umdrehen, da hielt er mich zurück. »Danke, dass du mir gesagt hast, mit wem du unterwegs warst.«

Ich wand mich innerlich vor Scham, weil ich ihn wegen des nicht beantworteten Anrufs angelogen hatte, aber ich zwang mich zu lächeln. Dann rannte ich schnell hinauf in mein Zimmer. Carl hatte sich zwar bei mir bedankt, aber es war ihm deutlich anzusehen, dass es ihm nicht passte, wenn ich mich mit Rider traf. Vielleicht lag das aber auch nur daran, dass Rider ein Junge war. Ich hoffte, dass das der Punkt war und dass Carl nicht etwas gegen Rider hatte. Ich hätte nicht sagen können, warum, aber im Grunde kannte ich diesen neuen Rider tatsächlich kaum. In diesem Punkt hatte Carl schon recht, auch wenn der neue Rider sich bestimmt kaum von dem Rider unterschied, den ich als Kind geliebt hatte.

Da war ich mir sicher.

Am nächsten Tag begleitete Rider mich nach Rhetorik zu meinem Wagen. Er war still und sagte kaum etwas, als ich die hintere Tür aufzog und meine Tasche auf den Rücksitz warf. Ich fürchtete, es könnte an dem Streit zwischen Paige und ihm liegen oder an dem keuschen Kuss auf meine Stirn, den er, wie ich ja wusste, sofort bereut hatte. Oder vielleicht lag es auch daran, dass Paige an diesem Tag nicht zum Unterricht erschienen war.

Den Schlüssel in der Hand schlug ich die Tür zu und sah ihn an. Er trat zur Seite und zog die Fahrertür für mich auf. Ich murmelte ein leises Dankeschön und wollte einsteigen.

»Hey«, sagte er da und starrte auf den fleckigen Asphalt. »Was ist mit Donnerstag?« Dann sah er mich an und mir stockte der Atem. »Steht unsere Verabredung noch, Maus?«

Meine Antwort kam sofort, obwohl mein Magen sich überschlug. Ich nickte. »Klar.«

Ein Lächeln erschien auf seinem Gesicht. »Ehrlich?« Er klang überrascht, und ich verstand nicht, warum. Aber ich wollte nicht an das Gespräch mit Carl gestern Abend denken. »Cool. Ich freu mich schon darauf.«

Ich mich auch, aber diese drei Worte blieben irgendwo zwischen Vorfreude und Aufregung stecken. Rider wollte Zeit mit mir verbringen! Du meine Güte, das war ja fast schon Alarmstufe Rot! Ich musste unbedingt mit Ainsley reden.

Grinsend schob Rider die Hand in die Hosentasche. »Okay.«

»Okay«, stieß ich flüsternd hervor.

Er wandte sich ab und drehte sich dann noch einmal zu mir um. Wie am Tag zuvor senkte er den Kopf und drückte mir einen Kuss auf die Stirn. Und wie am Tag zuvor spürte ich die kurze Berührung seiner Lippen vom Kopf bis zu den Zehenspitzen. Auf einmal fing auch mein Herz an, Purzelbäume zu schlagen.

Rider richtete sich auf, trat einen Schritt zurück und klopfte mit dem Schreibblock gegen sein Bein. »Bis morgen dann.«

Und anders als am Tag zuvor sagte er diesmal nicht, dass er das nicht hätte tun sollen.

Zu Hause lockte mich ein würziger Duft in die Küche. Mein Magen knurrte, und mir lief das Wasser im Mund zusammen, als ich die Enchiladas entdeckte, die zum Abkühlen auf dem Küchentresen standen.

Mit selbst gemachter Käsesauce überbacken.

Mein Lieblingsessen.

Ich ließ die Tasche fallen und hüpfte zu Rosa, die gerade die Teller auf den Tisch stellte. Ich schlang von hinten die Arme um sie und drückte sie ganz fest.

Lachend drehte sie sich um. »Das ist wegen der Käsesauce, stimmt's?«

Ich nickte und trat einen Schritt zurück. Mein Magen knurrte wieder, als Carl die Auflaufform in die Mitte des Tisches stellte. Am liebsten hätte ich den Kopf hineingesteckt und alles ausgeschlürft.

»Hallo«, sagte er zu mir und warf den Ofenhandschuh in eine offene Schublade. »Wie war's in der Schule?«

»Gut.« Ich wusch mir die Hände und holte mir eine Limo aus

dem Kühlschrank. Carl beobachtete meine Getränkeauswahl missbilligend, sagte aber nichts. Und das war auch gut so, denn er hätte mir die Limo schon aus totenstarren Fingern entreißen müssen.

Grinsend strich sich Rosa eine lose Haarsträhne hinters Ohr. »Es gibt auch Salat. Bitte iss auch davon etwas.«

Salat? Wer wollte denn Salat, wenn mit Fleisch gefüllte Enchiladas durchtränkt von Käsesauce auf dem Tisch standen? Also bitte. Mein Gesichtsausdruck verriet offenbar, was ich dachte, denn die Salatschüssel landete wie durch Zauberhand direkt neben meinem Teller.

Ich ließ mich auf meinen Stuhl fallen. Da kam mir ein schrecklicher Gedanke. Wartete auch auf Rider ein warmes Essen, wenn er von der Schule oder von seinem Job in der Werkstatt nach Hause kam? Hector hatte gesagt, seine Großmutter würde arbeiten. Mussten die Jungs sich allein versorgen?

Rosa stach zwei Enchiladas heraus und legte sie mir auf den Teller. Bekam er auch solche Mahlzeiten serviert? Schöpfte ihm jemand Essen auf den Teller? Auf einmal konnte ich die Enchiladas nicht mehr so genießen wie sonst und auch nicht das Geplauder von Rosa und Carl, die Leichtigkeit und die Wärme, die ich umso stärker spürte, weil ich wusste, was für ein unglaubliches Glück ich gehabt hatte. Diese Dankbarkeit erfüllte mich fast jeden Tag, seit Carl damals in mein Krankenzimmer gekommen war, aber an diesem Abend war mir ... mir war, als sollte ich noch viel öfter dankbar dafür sein.

Ich hatte wirklich Glück gehabt.

»Hast du dir die Unterlagen angesehen, die ich heute Morgen in dein Zimmer gelegt habe?«, fragte Carl.

Unterlagen? Meine Gedanken rasten, bis mir klar wurde, dass

er von den Broschüren der Biotechnik- und Biologie-Fachbereiche an der Universität von Maryland sprach. Weil ich sie noch nicht durchgelesen hatte, schüttelte ich den Kopf.

Carl kniff die Augen zusammen und hob sein Glas. »Du hast die Zusage für Maryland schon, und es eilt auch nicht besonders, trotzdem ist es wichtig, sich beizeiten für ein Hauptfach zu entscheiden. Das solltest du wirklich ernst nehmen.«

Angesichts der Tatsache, dass ich dafür noch mindestens zwei Jahre Zeit hatte, fand ich eigentlich nicht, dass ich da irgendwie nachlässig war.

»Ich will nur sichergehen, dass du dich auf dein endgültiges Ziel konzentrierst«, fuhr er fort. »Die Wahl des richtigen Hauptfachs ist entscheidend für deine ganze Zukunft.«

Meine Augen wurden groß. Das klang ja ernst.

»Die ersten beiden Jahre am College sind entscheidend, damit man eine frühe Zusage für die Medizin- und Forschungsprogramme an der George Washington bekommt.« Rosa lächelte, wie immer, wenn sie von der George Washington University sprach. Sie hatte dort ihren Abschluss gemacht und Carl auch. Und das war auch Marquettes Plan gewesen: erst für den Bachelor an die University of Maryland zu gehen und dann weiter auf die George Washington. »Es ist nicht so einfach, in einen medizinischen oder naturwissenschaftlichen Studiengang aufgenommen zu werden. Das musst du lange vor deinem ersten Collegejahr anfangen zu planen.«

Unbehaglich rutschte ich auf meinem Stuhl herum und starrte auf meinen Teller. Schon allein bei dem Gedanken, irgendetwas mit Biotechnik oder Chemie zu studieren, bekam ich Ausschlag. Nicht, dass ich das nicht schaffen würde. Ich hielt mich schon für klug genug dafür, aber ... es interessierte mich einfach nicht.

Eine Pause trat ein. Schließlich sagte Rosa: »Darf ich dich was fragen, Liebes?«

Ich nickte.

Sie stützte den Arm auf den Tisch und beugte sich zu mir. »Ist es wirklich das, was du willst?«

Das Herz wurde mir schwer. Es war das erste Mal, dass sie mir diese Frage stellten. Ich lehnte mich auf meinem Stuhl zurück, unsicher, was ich darauf antworten sollte, weil ich es nicht wusste. Wenn ich diesen Plan nicht verfolgte, was sollte ich dann tun? Was *wollte* ich tun? Ich wusste nur, dass ich später irgendeine Arbeit haben wollte, bei der ich anderen helfen konnte. Einen Job, der etwas bewirkte. Das war mir wichtig, weil ich selbst so eine riesengroße zweite Chance bekommen hatte. Aber das Leben in einem Labor zu verbringen war nicht der einzige Weg, wie man anderen Menschen helfen konnte. Es gab schließlich auch Polizeibeamte, Psychologen, Sozialpädagogen, Lehrer und …

Sozialpädagogen.

In mir wuchs ein Gefühl der Erregung. Sozialpädagogik? Ich blinzelte, einmal, zweimal. Etwas daran fühlte sich richtig an. Irgendwie erschien es mir auf einmal sinnvoll, dass jemand wie ich, der in diesem Fürsorgesystem aufgewachsen war, etwas zurückgeben wollte. Eine solche Arbeit würde zwar superschwer für mich sein angesichts der Dinge, mit denen Sozialarbeiter es zu tun hatten, aber vielleicht konnte ich dadurch verhindern, dass das, was Rider und mir passiert war, auch anderen Kindern passierte. Vielleicht konnte ich solchen Kindern helfen zu verstehen, dass auch sie etwas zählten, dass auch sie willkommen waren und geliebt wurden. Damit könnte ich tatsächlich etwas bewirken. Das würde einer Kindheit, wie ich sie erleben musste, doch noch so etwas wie einen Sinn geben.

Ich holte tief Luft und öffnete den Mund.

»Natürlich ist es das, was sie will«, lachte Carl. »Wir haben doch nie über etwas anderes gesprochen.«

Rosa zog eine Braue hoch. »Wenn sie so davon überzeugt wäre wie du, hätte sie die Broschüren längst gelesen.«

Carl kniff wieder die Augen zusammen.

Ich wand mich noch mehr. »Ich ... ich interessiere mich schon dafür, aber es gibt da auch noch ein paar andere Sachen, die ich mir ... anschauen möchte.«

Seine Augen wurden noch kleiner. »Was denn, Mallory?«

Meine Finger krampften sich um die Gabel. »Sozialpädagogik vielleicht.«

»Sozialpädagogik?« Carl lachte wieder. »Damit wirst du deine Studienkredite nie zurückzahlen können.«

Ich schürzte die Lippen. Rosa warf ihm einen bösen Blick zu. »Was ist?« Er schüttelte den Kopf. »Das war doch keine ernsthafte Antwort. Außerdem gibt es da noch etwas, worüber wir reden müssen.«

Und damit lenkte er unser Gespräch von Collegestudiengängen auf ein anderes Thema, das ich ebenso gern vermieden hätte. Ich schnitt ein großes Stück von meiner Enchilada ab.

»Carl hat mir erzählt, was du morgen vorhast«, verkündete Rosa, als ich gerade eine voll geladene Gabel in den Mund schieben wollte. Ich erstarrte. Zeit für Runde zwei. »Ich finde, das ist eine gute Idee.«

Ach?

Mein Blick huschte zu Carl, der seine Enchilada mit kurzen, hackenden Bewegungen seiner Gabel in Stücke zerteilte.

»Aber ich würde dich gern um einen Gefallen bitten«, fuhr sie fort und lehnte sich zurück. Meine Gabel hielt auf halbem Weg zum Mund inne. »Trefft euch bitte dann zum Lernen, wenn wir auch zu Hause sind.«

Oh Mann.

Rosa lächelte mich an, Carl hackte weiter auf sein Essen ein. Und ich schob endlich die Gabel in den Mund. Okay. Runde zwei fiel aus.

Nach dem Essen räumte ich den Tisch ab und stellte die Reste in den Kühlschrank. Das würde einen perfekten Snack für morgen abgeben, wenn ich mich mit Rider – *oh mein Gott!!!* – traf. Dann nahm ich meine Tasche und ging hoch. Carl und Rosa setzten sich ins Wohnzimmer und die Titelmelodie einer Ratesendung hallte durch das Haus. Oben angekommen, klappte ich meinen Rechner auf und klickte auf das Chat-Fenster. Ainsley war online.

Ich schickte ihr eine Nachricht.

Bist du online?

Eine Blase erschien, dann ihre Antwort:

Klar.

Ich trug den Laptop zu meinem Bett, setzte mich darauf und stellte ihn auf meinen Schoß.

Ich brauche deinen Rat.

Sensei Ainsley ist stets zu Diensten.

Rider kommt morgen nach der Schule vorbei, um mir bei meiner Rede zu helfen, und ich weiß nicht, ob ich Cola und was zum Knabbern anbieten soll. Ich hielt inne. *Und so.*

Sofort erschien ihre Blase.

Warte mal. Noch mal von vorn. Rider kommt morgen zu dir?

Ich grinste, weil ich ihr Gesicht vor mir sehen konnte.

Ja.

Und Carl und Rosa wissen das?

Mein Grinsen erstarb und mein Magen zog sich zusammen.

Ja.

Ich hielt inne.

Carl war nicht gerade begeistert, aber für Rosa ist es okay.

Mallory Dodge!!! Ich bin ja so stolz auf dich! Du schlägst also den legalen Weg ein? LOL.

Meine Finger flogen über die Tastatur.

Soll ich ihm jetzt was zu trinken und zu knabbern anbieten?

Ihr habt so was doch sowieso immer im Haus, oder? Also ja, ich denke schon.

Ainsley hatte recht. So was gab es bei uns sowieso und meine Zweifel waren total lächerlich. Doch während ich auf ihre Nachricht starrte, fragte ich mich, ob es wirklich so schlau gewesen war, sich mit ihm bei mir zu Hause zu verabreden. Vielleicht war es doch ... zu intim, hier bei uns zu lernen, und keine besonders gute Idee.

Paiges Verhalten mir gegenüber war zwar total daneben, aber sie hatte auch gute Gründe dafür. Wenn Rider zu mir nach Hause käme, würde sie mich nur noch mehr hassen.

Blitzschnell ging ich im Kopf sämtliche Möglichkeiten durch. Wir könnten einfach in die Stadtbücherei gehen; dort gab es auch kleine Studierzimmer für Lerngruppen. Dann müsste ich mir keine Gedanken machen, ob ich ihm was zu essen anbot. Und ich musste mir keine Gedanken über mein Aussehen machen. Ich war nicht gerade gut darin, mich zu schminken, und zu meinem Gesicht passte auch nicht viel Make-up. Ainsley dagegen könnte jedem Beauty-Vlogger noch etwas beibringen.

Zufrieden mit meiner Entscheidung lehnte ich mich zurück.

Ich glaube, ich frage ihn einfach, ob wir in die Stadtbücherei gehen.

Es dauerte eine Weile, bis sie antwortete

Echt? Und wieso?

Ich denke, das ist klüger, schrieb ich zurück. *Seiner Freundin würde es sicher nicht gefallen, wenn er zu mir kommt.*

Was kümmert dich seine Freundin?

Ainsley!!!

War nur ein Witz, antwortete sie. *Aber wenn sie ein Problem damit hätte, wäre er doch nicht einverstanden gewesen, zu dir zu kommen.*

Da hatte sie recht.

Es ist einfacher, wenn wir in die Bibliothek gehen.

Die Chat-Blase ploppte wieder auf.

Du bist echt seltsam, aber ich liebe dich trotzdem, und ich habe eine Frage an dich. Eine ernste Frage. Todernst.

Ich war neugierig.

Okay.

Magst du Rider? Ich meine, so richtig?

Der Knoten in meinem Bauch bildete sich wieder, diesmal aus einem völlig anderen Grund. Ob ich ihn mochte, so richtig mochte? Dieser Knoten war eigentlich Antwort genug, aber wenn ich es aussprach, würde es so real werden, dass ich es nicht mehr zurücknehmen konnte.

Und das durfte nicht sein.

Ich mochte Rider, ich mochte ihn sehr, auf eine ganz andere Art als früher. Ich fühlte mich auf einmal wieder wie zwölf, nur war ich diesmal viel heftiger verknallt. Aber diese Gefühle waren falsch. Er hatte eine Freundin; das war nicht zu ändern, auch wenn ich ihn noch so sehr mochte. Und das war okay für mich. Es musste okay sein. Die Gefühle, die ich für ihn empfand, gehörten nur mir.

Niemand sonst durfte davon erfahren.

Langsam atmete ich aus.

Ich antwortete nicht, aber Ainsley tat es:

Hab ich mir's doch gedacht.

Ich wartete, dass sie noch mehr schrieb. Als nichts kam, tippte ich:

Bist du noch da?

Ein Minute oder zwei verstrichen, dann ploppte ihr Fenster wieder auf.

Sorry. Mom war gerade da, um sicherzugehen, dass ich mich nicht mit irgendwelchen Dreißigjährigen über Facebook verabrede.

Ich lachte, obwohl ich wusste, dass das kein Witz war.

Wieder tauchte eine Nachricht von Ainsley auf.

Schreib mir, wie es morgen gelaufen ist. Ich brauche ein bisschen Unterhaltung, wenn ich im Wartezimmer herumhänge.

Stirnrunzelnd tippte ich zurück.

In welchem Wartezimmer?

Mom geht mit mir zum Augenarzt, damit er mir eine neue Brille verschreibt.

Hast du nicht erst letztes Jahr eine neue Brille bekommen?

Ja, aber ich glaube, die Werte stimmen nicht mehr. Ich hab echt miese Augen. Außerdem brauche ich ein Rezept für eine Sonnenbrille. Die Sonne ist mir viel zu hell!!! Jedenfalls werde ich mich da sicher zu Tode langweilen, darum halt mich auf dem Laufenden, okay?

Ich streckte die Beine aus.

Keine Ahnung, ob es was Aufregendes zu berichten gibt.

Oh, bestimmt!!

Sie fügte ein Smiley hinzu.

Hoffentlich.

Nach unserem Gespräch stellte ich den Laptop beiseite und ging zu meiner Tasche, die auf dem Schreibtisch lag. Ich zog mein Handy heraus und schrieb Rider, dass ich mich lieber in der Bibliothek mit ihm treffen würde.

Sobald das erledigt war, legte ich das Handy auf meinen Nachttisch und nahm mein Geschichtsbuch, um zu lernen. Erst kurz vor neun ertönte ein leises *Pling*. Eine Nachricht von Rider.

Alles klar, passt, hatte er geantwortet.

Ich fragte mich, ob das auch wirklich stimmte.

17

DER DONNERSTAG kam und er wollte kein Ende nehmen. Die Stunden zogen sich hin wie Kaugummi, und als ich nach der vorletzten Stunde das Klassenzimmer verließ und kein Rider auf mich wartete, schaltete mein Gehirn sofort in den Panikmodus und spielte alle denkbaren Katastrophenszenarien durch.

Was, wenn Rider gar nicht in der Schule war? Wenn er in Wahrheit gar keine Lust hatte, mir bei meiner Rede zu helfen? Wenn er sich drückte? Was, wenn er seine Beziehung zu Paige nicht noch mehr gefährden wollte? Das alles schienen mir auf einmal realistische Möglichkeiten zu sein.

Hastig ging ich in Rhetorik und setzte mich in die hintere Reihe, die Augen starr auf die Tür gerichtet.

Paige kam herein und ich hätte sie fast nicht erkannt. Sie trug eine weite schwarze Jogginghose und ein unförmiges, viel zu großes Shirt. Ihre Haare waren zu einem zerzausten Pferdeschwanz zusammengefasst. Als sie näher kam, konnte ich sehen, dass ihre Augen leicht geschwollen waren.

Sie setzte sich und ließ die Tasche zu Boden fallen, dann drehte sie sich zu mir. »Was starrst du mich so an?«

Ich wurde rot und richtete den Blick wieder auf die Tafel vorn im Klassenzimmer.

»Blöde Kuh«, murmelte sie, und ich zuckte zusammen.

Mir lagen verschiedene Antworten auf der Zunge, doch sie verpufften sofort wieder. Stattdessen kniff ich den Mund zu und atmete tief durch die Nase ein und aus.

Als Nächstes kam Hector in die Klasse. Er stolzierte in den Raum und grinste über etwas, was Keira, die neben ihm ging, sagte. Ich sah, wie unbekümmert sie mit ihm redete und lachte, und meine Brust zog sich zusammen. Wenn ich das doch auch könnte!

Meine Kehle wurde eng, und ich sagte mir, dass es nicht persönlich gemeint war, wenn Rider nicht auftauchte, obwohl ich wusste, dass ich es auf jeden Fall persönlich nehmen würde. Ich war schon kurz davor, den Kopf auf die Tischplatte zu donnern, da kam Rider ins Klassenzimmer geschlurft, den Schreibblock in der Hand und ein müdes Grinsen im Gesicht. Natürlich würde er sich nicht drücken.

Meine Anspannung verschwand sofort und ich befahl mir, mich zusammenzureißen.

»Yo.« Hector nickte Rider zu, als der an ihm vorbeiging.

Rider murmelte eine Antwort und setzte sich. Er beugte sich zu Paige und redete so leise mit ihr, dass ich ihn nicht verstehen konnte. Sie schüttelte den Kopf. Er legte ihr die Hand auf den Arm. Überrascht sah ich, wie sie ihn wegzog. Sie knallte ihr Buch auf den Tisch und ich meinte, ihn seufzen zu hören.

Er sah zu mir. »Hi, Maus.«

»Hi«, sagte ich leise.

Mehr sagte ich die ganze Stunde über nicht zu ihm – kein gutes Zeichen. Als wir am Ende der Stunde unsere Sachen einpackten und Rider auf mich wartete, war ich auf einmal wahnsinnig nervös.

»Sollen wir gleich los?«, fragte er.

Ich nickte und stellte fest, dass Paige das Klassenzimmer schon verlassen hatte. Wir verabschiedeten uns von Hector und Keira und gingen schweigend hinaus zum Parkplatz. Zum Glück war ich es, die fuhr, so konnte ich mich auf die Straße konzentrieren und die Panik unterdrücken, die mich erfasste.

Die Stadtbücherei lag etwa zwanzig Minuten von der Schule entfernt. Die Hände um das Lenkrad gekrallt, bog ich auf die Straße ein.

Rider bemerkte meine Anspannung. Natürlich. »Alles okay bei dir?«, fragte er.

Ich nickte und räusperte mich. Ich wollte ihn nach Paige fragen, aber wie immer steckte mir ein Kloß in der Kehle. Zu dumm. Das war mir bei ihm noch nie passiert, aber ich war wie blockiert im Kopf. Ich musste meinen Mund zum Sprechen bringen.

»Ist ... alles in Ordnung zwischen dir und ... Paige?« Es fiel mir sehr schwer, aber irgendwann brachte ich die Worte heraus.

Ein Moment verging. »Nicht so ganz.«

»Willst du ... darüber reden?«, fragte ich.

»Nein.«

»Okay«, hauchte ich.

»Über alles, nur darüber nicht«, fügte er hinzu. »Okay?«

Mein Griff um das Lenkrad verstärkte sich, sodass meine Knöchel weiß hervortraten, und ich schaute zu der roten Ampel hinauf. Natürlich war das okay, auch wenn ich furchtbar neugierig war. Aber es gab noch so viele andere Dinge, die ich über ihn wissen wollte.

»Wie ... wie bist du ...« Ich schaute auf die rote Ampel und reihte eine ganze Menge von Schimpfwörtern aneinander, bis sich meine Zunge wieder gelöst hatte. So nervös war ich seit zwei Jahren nicht mehr gewesen. »Wie hast du den Job in der ... Werkstatt bekommen?«

Er antwortete nicht gleich, vermutlich war er verwirrt über meinen unvermittelten Themenwechsel.

Ich wurde knallrot und umklammerte das Lenkrad noch fester. »Ich ... ich habe mich nur gewundert. Deshalb habe ich gefragt. Tut mir leid.«

»Nein. Nein, schon gut.« Als ich einen kurzen Seitenblick zu ihm hinüberwarf, schaute er aus dem Fenster. »Die *Razorback Garage* liegt nur eine Straße von uns entfernt. Deshalb bin ich dem Besitzer – er heißt Drew – öfter mal über den Weg gelaufen. Wir haben uns unterhalten. Manchmal bin ich auch in der Werkstatt rumgehangen, weil da ein Autolackierer gearbeitet hat, der echt was draufhatte. Und dann, vor einem Jahr oder so, haben sie mich mal beim Sprayen erwischt. Das hatte aber nichts mit der Sache an der Schule zu tun.«

»Du wirst ... ganz schön oft erwischt«, sagte ich und wurde rot.

»Tja. Kann sein. Jedenfalls, Drew hat davon gehört. Und als ich ihm mal wieder begegnet bin, hat er gefragt, ob ich ihm mal meine Sachen zeigen will. Das hab ich getan. Er fand mein Zeug cool. Und so kam eins zum anderen.«

Ich bremste vor einer weiteren Ampel. »Das ist wirklich ... toll.«

»Ich hab Glück gehabt«, erwiderte er und grinste. »Drew zahlt ziemlich gut.«

»Weil du ziemlich gut in dem bist, was du tust«, sagte ich zu ihm.

Das Grübchen erschien wieder. »Ich könnte dir mal, ähm, ein paar von den Sachen in der Werkstatt zeigen, wenn du magst. Ich meine, es ist nicht besonders aufregend, und vielleicht hast du ja auch gar keine Lust, aber ...«

»Das wäre super!« Mein Herz überschlug sich fast.

Er grinste erfreut.

»Sparst du ... das Geld, das du verdienst?«, fragte ich.

»Nö. Das geht alles für Alkohol und Frauen drauf.«

Mein Blick fuhr zu ihm.

Rider grinste. »Klar spare ich das Geld. Ich bin achtzehn und im Mai mit der Schule fertig. Ich muss an die Zukunft denken und mir eine eigene Wohnung suchen. Das Jugendamt zahlt bald nicht mehr für mich. Mrs Luna würde mich zwar nicht einfach so rausschmeißen, aber ich kann trotzdem nicht bleiben. Sie ist finanziell darauf angewiesen, wieder ein neues Kind aufzunehmen.«

Ich fuhr auf den Parkplatz der Stadtbücherei und suchte nach einer Lücke. »Willst du aufs College gehen?«

»Nö, das steht eigentlich nicht auf meiner Liste.«

»Warum nicht?« Ich verstand das nicht. »Du bist ... echt schlau. Das College wäre ein Klacks für dich.«

Rider rutschte auf seinem Sitz hin und her. »Ich weiß nicht. Das kostet nur Geld, Maus, und so viel kann ich nie zusammensparen.«

»Aber es gibt doch Stipendien und Förderprogramme.« Ich entdeckte einen Parkplatz weiter hinten, setzte vorsichtig hinein und stellte den Motor ab. »Was ist damit?«

Ein Muskel in seinem Kiefer zuckte. »Ja, ich weiß, aber ... Ich kann mir das eigentlich nicht vorstellen. Ich meine, 'ne Menge Leute würden tot umfallen vor Staunen, wenn ich tatsächlich aufs College gehen würde.«

Ich verzog das Gesicht. »Ich nicht.«

Er sah mich an und löste den Gurt. Sein Grinsen wurde breiter. »Du hast dich verändert. Und zwar ganz schön. Aber einiges an dir ist immer noch gleich.«

Ich war mir nicht sicher, ob das gut oder schlecht war.

Rider beugte sich herüber und löste auch meinen Gurt. »Wenn es um mich geht, hast du noch nie das gesehen, was alle anderen sehen«, erklärte er.

Ich war verwirrt. »Wie meinst du das?«

»Du denkst … ich weiß nicht. Du siehst irgendwas in mir, was gar nicht da ist.« Er drehte sich um und nahm meine Tasche vom Rücksitz. »Für dich bin ich so was wie ein edler Ritter, ein Held.«

Was redete er da?

Ich sah zu, wie er die Tür aufmachte und mit meiner Tasche in der Hand aus dem Wagen stieg. Dann zog ich den Schlüssel aus dem Zündschloss und folgte ihm hastig. »Ich halte dich nicht für einen Helden.«

Rider warf mir einen Seitenblick zu. »Du bist so ziemlich die Einzige, die bei der Vorstellung, ich könnte auf die Uni gehen, nicht laut loslacht.«

Ich musste schnell gehen, um mit seinen langen Beinen Schritt zu halten. »Das ist doch Unsinn.«

Er zog die große Flügeltür am Eingang auf. »Ist ja auch egal.«

»Nein, es ist nicht egal.« Ich blieb mitten zwischen den beiden Türen stehen und sah ihn wütend an. Er erstarrte, die Hand auf den Knauf der inneren Tür gelegt. »Du würdest das College ohne Probleme schaffen, wenn du das willst. Ein Studium … das würde total gut zu dir passen.«

Er presste die Lippen aufeinander und blickte an die Decke. Eine Ewigkeit verging, dann sagte er: »So, so.«

Das war alles?

Rider marschierte in die Bibliothek und ich folgte ihm. Er ging schnurstracks zur Ausleihe, wo wir Glück hatten und den letzten verfügbaren Raum ergatterten. Wir gingen zwischen den hohen Regalen hindurch, ich atmete tief ein und sog den Geruch von Büchern in mich auf. Eine Erinnerung regte sich in mir.

Ich lag auf der Seite, die Knie an die Brust gezogen. Tränen trock-neten auf meinen Wangen. Heute war es schlimm. Mr Henrys Freunde waren da, und ich wusste, dass sie so schnell nicht wieder verschwinden würden. Das Zimmer war kalt und dunkel und die schäbige Bettdecke war viel zu dünn. Ich rollte mich zusammen und schob die Hände zwischen die Schenkel, um sie zu wärmen.

Die Tür öffnete sich einen Spalt und eine schmale Gestalt schlüpfte herein. Ich atmete erleichtert aus. Rider schlich zum Bett. Ich rutschte an die Wand. Die Matratze bebte, als er sich neben mich legte. Kurz darauf leuchtete ein warmes gelbes Licht auf. Die kleine Taschen-lampe würde niemand bemerken.

Rider zog die Knie hoch und drückte sie gegen meine, dann holte er tief Luft. »*Es war einmal ein Samthase und am Anfang war er wirklich wunderschön.*«

Ich atmete tief ein und sah Rider an. Einen Moment lang stand der Junge von damals wieder vor mir. »Weißt du noch, wie du mir vorgelesen hast?«

Er nickte lächelnd. »Natürlich.«

Ich sagte nichts mehr, bis wir das Studierzimmer erreicht hat-ten. Dort war es kühl und ich war froh über mein langärmeliges Shirt.

Rider schaltete das Licht an und stellte meine Tasche auf den Tisch. »Und warum wolltest du dich lieber in der Bücherei tref-fen?«, fragte er, bevor ich wieder auf das College-Thema zu spre-chen kommen konnte.

Ainsleys Frage vom vergangenen Abend kam mir in den Sinn und ich schob sie hastig weg. Ich könnte ihm sagen, dass es wegen Paige war, aber vielleicht wollte er das in diesem Moment lieber nicht hören. »Ich dachte ... ich dachte, es wäre hier leichter für mich.«

Er nickte.

Ich musterte ihn und ging dann zu meiner Tasche. Das Ratschen des Reißverschlusses hallte durch den kühlen weiß gestrichenen Raum. Bis auf einen runden Tisch und vier Stühle war er leer. Ein einsamer schwarzer Edding lag herum.

Rider setzte sich, lehnte sich zurück und legte den Arm auf die Lehne des Stuhls neben ihm. Er schaute mich an, ein Lächeln umspielte seine Lippen. Unsere Blicke trafen sich und versanken ineinander. Auf einmal spürte ich ein Flattern in der Brust. Sein Lächeln wurde breiter und das Flattern verstärkte sich.

»Warum schaust du ... mich so an?« Sobald die Worte meinen Mund verlassen hatten, hätte ich sie am liebsten wieder zurückgeholt. Was für eine alberne Frage.

Das Grübchen erschien wieder. »Ich schau dich eben gern an.«

Ich hob die Augenbrauen.

Er lachte leise. »Das klingt ein bisschen schleimig, oder? Aber ich meine damit ... Na ja, ich seh dich eben gern an. Auch wenn das blöd klingt.«

Lächelnd schüttelte ich den Kopf. »Das klingt doch nicht schleimig. Ich ... Nur ...«

»Was?«, fragte er, als ich nicht weitersprach.

Was sollte ich zu ihm sagen? Dass ich nicht verstand, warum er mich gern anschaute? Dass sich ihm doch überall viel bessere Möglichkeiten boten? Das würde furchtbar klingen. Es war ja nicht so, dass ich mich für den hässlichsten Menschen auf der

Welt hielt. Ich war ... na ja, ich war schon einigermaßen hübsch. Aber ich war realistisch, was mein Aussehen betraf, und ich spielte nun mal nicht in einer Liga mit Paige, Keira oder Ainsley.

Ich schüttelte den Kopf und konzentrierte mich auf etwas anderes. »Willst du zuerst?«, fragte ich und holte meinen Block heraus und zog meine zusammengefaltete Rede hervor.

»Würde ich ja gern.« Rider grinste. »Aber ich habe meine noch nicht fertig.«

Ich war entsetzt. »Was?«

»Ich mach das schon noch.« Er wedelte wegwerfend mit der Hand. »Also, leg los.«

»Hast du im Ernst die ganze Zeit im Unterricht nur gemalt? Und nicht an deiner Rede ...«

»Ich krieg das schon hin, Maus. Versprochen.« Er hob die Hand und streckte zwei Finger in die Höhe. »Großes Indianerehrenwort.«

Ich seufzte. »Ich brauche kein Indianerehrenwort.«

Rider grinste nur und lehnte sich mit verschränkten Armen zurück. Ich holte tief Luft und starrte auf meinen Aufschrieb. Die Worte verschwammen ein bisschen, so als wäre ich auf einmal kurzsichtig geworden. Mein Herzschlag beschleunigte sich. Ich atmete tief ein, bekam aber plötzlich keine Luft mehr.

»Du kannst das«, sagte er leise.

Ich schloss die Augen. Ich konnte das. »Die Vereinigten Staaten von Amerika ... be... beruhen auf einem dreigliedrigen ...«

Ich konnte es wirklich.

Na ja, ich musste schon ziemlich kämpfen, und mein erster Durchlauf dauerte mit Sicherheit länger als drei Minuten. Es kam mir eher vor wie zehn, weil ich anfing zu stottern, wenn ich an einem Wort hängen blieb, und weil meine Augen immer schon weiterlesen wollten, was auch nicht gerade hilfreich war. Auf Riders Vorschlag hin versuchte ich es im Sitzen. Dann noch einmal im Stehen. Ich hielt die Rede so viele Male, dass ich sie fast auswendig aufsagen konnte.

Rider hörte mir die ganze Zeit geduldig zu, was ihn in meinen Augen fast zu einem Heiligen machte. Im Ernst, wer würde sich das schon freiwillig antun, mir zuzuhören, wie ich mich ein Dutzend Mal durch eine Informationsrede quälte. Würde man das aufnehmen, könnte es der Teufel in der Hölle auf Endlosschleife laufen lassen und die Menschen damit quälen.

»Ich … ich finde es ganz furchtbar, dass ich über jedes einzelne Wort nachdenken muss.« Ich setzte mich und ließ das Blatt auf den Tisch fallen. Meine Hände sanken in meinen Schoß. »Das ist total peinlich. Da … lachen mich doch alle aus.«

»Es gibt eben viele Arschlöcher, Maus. Das weißt du doch.« Er hielt inne und strich mir sanft ein paar Haarsträhnen von der Schulter. »Das muss dir nicht peinlich sein.«

Ich sah ihn an. An seinem Gesicht sah ich, dass er das wirklich ernst meinte. Aber da irrte er sich. »Es ist sehr wohl … peinlich.«

»Nur wenn du es zulässt.« Sein Bein berührte meines, als er sich zu mir drehte. Unsere Blicke begegneten sich. »Du allein hast die Macht darüber. Die Leute können sagen, was sie wollen. Sie können denken, was sie wollen, aber nur du allein kontrollierst, was du dabei empfindest.«

Verdammt.

Das waren echt kluge und erwachsene Worte.

»Du klingst wie Dr. Taft«, brach es aus mir heraus.

Fragend sah er mich an. »Wer ist das?«

»Das war …« Oh. Moment mal. Rider wusste ja nicht, dass ich bei einem Therapeuten in Behandlung gewesen war.

Er legte den Kopf schräg und wartete. »Ja?«

Oh nein. Ich hätte die Klappe halten sollen. Tief drin wusste ich sehr wohl, dass eine Therapie nichts war, wofür man sich schämen musste. Bei meiner Vergangenheit – *unserer* Vergangenheit – war so etwas eigentlich nur logisch. Doch wie meine Redeschwäche war auch eine Therapie für viele Menschen mit einem hässlichen Stigma verbunden.

Und Rider? Der schien unsere Kindheit relativ unbeschadet überstanden zu haben. Oder doch nicht? Er war nicht in Therapie gewesen. Er konnte ganz normal sprechen. Aber hatte er wirklich keinen Schaden genommen? Ich dachte an die vielen Schulstunden, die er schwänzte, und dass er gesagt hatte, das würde keinen wirklich kümmern. Davon war er überzeugt – hatte er vielleicht deshalb keine Erwartungen an sein Leben?

»Maus?« Er zupfte an einer Haarsträhne von mir. »Wer ist Dr. Taft?«

Ich wandte den Blick ab und betrachtete das Blatt mit meiner Rede. Was spielte es schon für eine Rolle? Rider würde mir deswegen sicher nicht die Freundschaft aufkündigen. Ich machte einen flachen Atemzug. »Dr. Taft war mein ... Therapeut. Ich war ungefähr drei Jahre bei ihm in Behandlung. Vor einer Weile habe ich aufgehört, weil ich ... ich dachte, ich bin jetzt so weit.«

»Oh. Cool.«

Cool? Okay. Wie oft bekam er denn von siebzehnjährigen Mädchen zu hören, sie würden zu einem Therapeuten gehen, dass seine einzige Reaktion in einem »Cool« bestand? Ich schaute zu ihm und er sah mich ganz offen an. »Echt jetzt?«

Rider zuckte mit den Schultern. »Das klingt nur vernünftig. Du hast ganz schön viel Scheiße erlebt. Schlimme Dinge gesehen.

Ich bin eigentlich ziemlich erleichtert, dass du in Therapie gewesen bist.«

Ich musterte ihn. »Ist das ... dein Ernst?«

Er nickte.

»Und was ist mit dir?«, fragte ich. Er blinzelte verwirrt. »Du bist doch mit mir zusammen aufgewachsen. Du hast auch ein paar schlimme Sachen erlebt.«

»Mir geht's gut«, sagte er und richtete den Blick auf die Bücher.

Ich starrte ihn an. »Ich war dabei, Rider. Ich erinnere mich an ein paar ...«

»Mir geht's gut, ehrlich«, unterbrach er mich und sah mich an. »Ich schwör's dir.«

Ich presste die Lippen aufeinander und schüttelte langsam den Kopf. »Du hast gesagt, du denkst noch ... an die Nacht.«

Rider erstarrte und atmete dann langsam aus. »Manchmal«, wiederholte er leise, lauter sagte er: »Wenn ich das tue, denke ich immer daran, was mit dir passiert ist.«

Mir drehte sich der Magen um, und ausnahmsweise war ich dankbar, dass ich seit dem Mittagessen nichts mehr gegessen hatte. »Rider ...«

»Ich hätte da sein sollen«, erklärte er, und seine Miene verdüsterte sich. »Ich hätte irgendwie wieder zurück ins Haus kommen müssen. Ich wusste, dass dieser Mistkerl sich irgendwann deine Puppe vorknöpfen würde.«

Ich öffnete den Mund, aber, verdammt, ich hatte Velvet so geliebt. Sie war ein Geschenk von Rider gewesen und außerdem jahrelang das Einzige, was mir ganz allein gehört hatte. Ich hatte die Puppe nicht von irgendjemandem geerbt, sie hatte vor mir keinem anderen gehört, und ich musste sie mit niemandem teilen. Die Puppe gehörte nur mir und sie war wunderschön.

Bis zu dieser Nacht.

Mit zwölf trug ich Velvet nicht mehr ständig mit mir herum. Dafür war ich zu alt, aber Mr Henry und Miss Becky wussten, wie viel mir die Puppe bedeutete. Mr Henry hatte sie in die Finger bekommen und ... tja, das hatte kein gutes Ende genommen.

Rider fuhr sich durch die Haare. »Wenn ich mich an dem Abend nicht mit ihm angelegt hätte, wäre das alles nicht passiert. Du hättest nicht sehen müssen, was du gesehen hast.« Er legte den Kopf in den Nacken. »Das bereue ich noch heute.«

»Was?«, krächzte ich entsetzt. »Aber ... das war doch nicht deine Schuld!«

Rider konnte am allerwenigsten etwas dafür.

»Er hat die Puppe in den verfluchten Kamin geworfen«, sagte er barsch.

Und in einem Akt größter Verzweiflung und Dummheit hatte ich versucht, meine geliebte Puppe zu retten. Hätte ich nicht kurz zuvor Miss Becky in ihrem Bett gesehen, hätte ich es wahrscheinlich nicht gemacht. Aber was Mr Henry meiner geliebten Velvet antat, war zu viel. Ich geriet in Panik, als ich sah, wie mein einziger Besitz und noch dazu ein Geschenk von Rider zerstört werden sollte. Ich war an Mr Henry vorbeigerannt und hatte ins Feuer gefasst. Vage erinnerte ich mich daran, wie Mr Henry gelacht hatte, dann waren da diese furchtbaren Schreie gewesen und der schreckliche Geruch.

Die Schreie waren von mir gekommen.

Schweigend nahm Rider meinen linken Arm. Mit kühlen Fingern schob er den Ärmel hoch und drehte meine Hand um, so wie am ersten Schultag auf dem Parkplatz.

»Kaum zu glauben, dass fast keine Narben zu sehen sind.« Er strich mir mit dem Daumen über das Handgelenk, was bewirkte, dass ich leise die Luft einsog. Bei der zärtlichen Berührung lief mir ein Schauer über den Rücken. »Die Haut hier ist nur ein kleines bisschen röter als am restlichen Arm. Das ist echt Wahnsinn.«

Mein Mund wurde ganz trocken. Sein Daumen wanderte weiter über meine Haut bis zu meinem Ellbogen.

»Ich wünschte, das wäre nie passiert.« Er schluckte. »Dann hätte ich dich nicht ...« Er verstummte, spähte durch seine dichten Wimpern zu mir und grinste leicht. »Aber am Ende hat es doch noch geklappt. Seltsam, dass sich aus einem Fehler etwas so Gutes entwickeln kann.«

»Es war nicht deine Schuld«, beharrte ich und meinte es auch so. »Du konntest doch nicht rund um die Uhr auf mich aufpassen. Du warst nicht für mich verantwortlich.«

Sein Blick bohrte sich in meinen. Ein Moment verstrich, in dem er zu überlegen schien, was er darauf sagen sollte. »Ist ja auch egal«, sagte er schließlich. »Das spielt doch alles keine Rolle mehr, oder? Ich finde, du solltest dich nicht schämen. Wen kümmert es, ob du viel oder wenig redest? Und wenn die Leute so doof sind, dann sind sie auch nicht wichtig. Sie sind nur wichtig, wenn du es zulässt.«

»Und wenn das nicht funktioniert?«, fragte ich.

Riders Mundwinkel bogen sich nach oben. »Dann verpass' ich ihnen eben eine.«

Schockiert starrte ich ihn an.

»Im Ernst.«

Ich legte den Kopf in den Nacken und lachte, ich lachte lange und laut, und als ich ihn wieder ansah, stellte ich fest, dass er mich erneut auf diese eindringliche Weise musterte. »Was ist?«, fragte ich und mein Lächeln erstarb.

Er schüttelte leicht den Kopf. »Nichts.« Er zögerte. »Es ist nur... ich habe dich schon sehr lange nicht mehr so lachen hören. Das klingt schön.«

Ich lächelte wieder.

»Total schön«, wiederholte er und wieder begegneten sich unsere Blicke. Er hielt immer noch meinen Arm fest und bewegte den Daumen in langsamen, sanften Kreisen über meine Haut. »Ich hoffe, ich bekomme es noch öfter zu hören.«

18

ICH WUSSTE, DASS es nicht echt war.

In der hintersten Ecke meines Verstandes wusste ich, dass das, was ich sah und hörte, in diesem Moment nicht wirklich passierte. Ich wusste es und konnte mich trotzdem nicht davon losreißen. Vor allem, als die Stimmen dazukamen. Sie explodierten laut und scharf wie eine Bombe, die mit Entsetzen und Furcht geladen war.

Ich hielt mir mit den Händen die Ohren zu und wich zurück bis an die Wand. Ich wollte die Augen schließen, doch ich konnte es nicht. Es fühlte sich an, als würden meine Lider von unsichtbaren Fingern aufgezwungen und mit winzigen Nadeln festgesteckt. Der Schmerz mitten in meinem Gesicht war vergessen.

Mit hochroten Wangen und blutunterlaufenen Augen zerrte Mr Henry Rider über den schmutzigen, rissigen Linoleumboden. Rider war mittlerweile fast so groß wie Mr Henry, doch der Mann wog gut fünfzig Kilo mehr als er. Er brüllte so laut, dass ich die Worte nicht verstehen konnte, aber Rider wehrte sich nicht. Er hielt sich die Hand vor die Nase. Blut lief zwischen seinen Fingern hindurch. Mein Magen zog sich zusammen.

Mr Henry riss die Hintertür auf. Eiskalte Luft wehte herein, winzige Schneeflocken fielen auf den gelblich weißen Boden. Die kaputte

Außentür schwang schief im Wind hin und her. »Ich hab genug von deim Scheiß, Junge. Dir gefällt's hier nich'? Mal sehen, ob du kapierst, wie gut du's bei uns hast, wenn du mal'n paar Stunden da draußen verbracht hast.«

Damit schob Mr Henry Rider hinaus auf die schneebedeckte Veranda. Ich schrie auf und trat von der Wand weg. Rider durfte nicht da raus. Er hatte doch nur Jeans und ein T-Shirt an. Es war viel zu kalt.

Die Tür wurde zugeschlagen. Zu spät.

Mr Henry fuhr zu mir herum. Angst packte mich.

Während von außen Fäuste gegen die Tür trommelten, wich ich Schritt für Schritt zurück. Nichts war mehr zwischen Mr Henrys unstetem Blick und mir.

»Geh mir aus den Augen, Mädchen«, schrie er, sodass Speichel aus seinem Mund spritzte. »Oder's wird dir noch leidtun!«

Ich fuhr herum und floh aus der Küche in die Abstellkammer. Dort drückte ich mich gegen die Wand und betastete mit den Fingern meine Nase. Es tat weh, aber an meiner Hand war kaum Blut zu sehen.

Bitte wach auf. Bitte wach auf. Bitte wach auf.

Mit klopfendem Herzen hörte ich, wie Mr Henry ins Wohnzimmer stapfte. Kurz darauf dröhnte der Fernseher durch das Haus. Er hatte tatsächlich vor, Rider da draußen stehen zu lassen. Oh mein Gott, er würde erfrieren bei der Kälte und dem Schnee! Ich musste irgendetwas tun.

Nachdem ich ein paar Minuten gewartet hatte, schlüpfte ich aus der Kammer. Ich schlich die Treppe hoch, möglichst ohne ein Geräusch zu machen, und huschte durch den Flur.

Geh nicht in das Zimmer. Geh auf keinen Fall in das Zimmer. Ich drückte die Tür auf. Trübes gelbes Licht flackerte. Miss Becky *lag auf dem Bett. Ich rief ihren Namen, ging zu ihr und berührte sie am Arm. Ihre Haut fühlte sich gar nicht echt an und da wusste ich es. Ich wusste tief in mir drin, dass etwas nicht stimmte. Ein Schrei stieg in meiner Kehle hoch.*

Sei ganz still.

Schreie. Gellende Schreie ertönten, und ich konnte nicht still sein, weil es meine Schreie waren. Ich stolperte rückwärts aus dem Zimmer. Unten brüllte Mr Henry irgendetwas, während ich die Treppe hinunterrannte. Ich musste Rider holen und wir mussten hier weg! Mein Herz hämmerte, und ich wusste, was kommen würde, und ich wollte es nicht sehen, aber ich hatte es schon gesehen.

Bitte wach auf. Bitte wach auf. Bitte wach auf.

Ich erreichte die Küchentür und da war Mr Henry und schrie und geiferte. Ich brachte kein Wort heraus. Er packte mich am Arm und zerrte mich ins Wohnzimmer. Flammen prasselten im Kamin. Vor seinem Sessel blieb er stehen und zog etwas dahinter hervor.

Das ist nur ein Traum. Nur ein Traum. Wach auf.

Er richtete sich auf und hatte Velvet in der Faust. Ich hatte gewusst, dass die Puppe dort versteckt war. Er hatte sie mir vor drei Monaten weggenommen, weil ich die Milchflasche nicht wieder so fest zugeschraubt hatte, wie er es verlangte. Ich hatte genau gewusst, wo meine Puppe lag, aber ich wusste auch, dass ich sie mir auf keinen Fall holen durfte.

Er drückte mir Velvet ins Gesicht und ließ mich los. Ich prallte gegen den Couchtisch und stolperte.

Wach auf. Wach auf.

Mr Henry fluchte. »Hab die Schnauze voll von dem Scheiß. N' Klugscheißer und n' Mongo und immer muss ich mich allein um alle kümmern.« Er packte die Puppe mit der Faust und stürzte zum Kamin.

Meine Augen weiteten sich und ...

»Mallory!«

Ich wachte auf und schoss keuchend hoch. Ich war nicht allein, Hände waren auf meinen Armen. Wieder schrie ich mit heiserer Stimme und riss mich los.

»Beruhige dich«, ertönte die Stimme wieder, und da erst begriff ich, dass es Carl war. »Schon gut, Mallory. Du hast schlecht geträumt ... wieder einmal.«

»Dunkel«, stieß ich hervor und lehnte mich gegen das Kopfteil meines Betts. »Es ist zu ...« Die Nachttischlampe ging an und tauchte den Raum in ein warmes Licht. Carl saß auf meiner Bettkante. Seine Haare waren zerzaust, seine Augen klein vor Schlaf, sein weißes T-Shirt zerknittert. Er legte mir die Hand auf die Stirn.

Meine Brust schmerzte.

»Schon gut, Mallory.« Sanft strich er mir über die feuchten Haare. »Das war nur ein Albtraum. Alles ist gut. Du bist in Sicherheit.«

In Sicherheit.

Ich kniff die Augen zu. Ja, ich war jetzt in Sicherheit, aber die Vergangenheit ... die Vergangenheit nicht. Ich würde nie vor ihr sicher sein, sie würde mich für immer heimsuchen.

Carl verließ das Zimmer und kam kurz darauf mit einer kalten Flasche Wasser zurück. Er reichte sie mir. »Trink das ganz langsam.«

Mit zitternden Fingern öffnete ich den Verschluss und führte die Flasche an den Mund. Ich nahm einen kleinen Schluck und noch einen und kühlte meine ausgedörrte Kehle.

Er wartete, bis ich die Flasche wieder absetzte, und sagte: »Wir machen uns Sorgen, Mallory.«

Ich erschrak. Carl war nicht der Typ, der lange herumredete.

»Du hast zwei Jahre keine Albträume mehr gehabt, aber seit du zur Schule gehst, schläfst du wieder schlecht«, sagte er und musterte mich eindringlich. »Wir machen uns Sorgen um dich.«

»Weswegen?«

Er legte den Kopf schräg. »Wegen der Schule und weil Rider wieder in dein Leben zurückgekehrt ist, und ob das alles nicht zu viel ist, Mallory. Du ...«

»Es ist nicht zu viel«, unterbrach ich ihn. »Es ist nur ...«

»Du hast wieder Albträume«, fuhr er fort, als wüsste ich das nicht selbst am besten. »Wir haben einfach nur Angst um dich. Wir möchten dich nicht überfordern.«

Überfordern. Als wäre ich so ein zerbrechliches Wesen, das unter Stress in tausend Stücke zerbersten würde. Wut blitzte in mir auf, und es war seltsam, so etwas gegenüber Carl zu empfinden.

»Es geht mir gut.« Ich zwang die Worte hervor. »Ich bin nicht überfordert. Das war nur ein ... Albtraum. Nicht weiter schlimm. Und es hat nichts mit der Schule oder mit Rider zu tun.«

»Da bin ich aber anderer Meinung, vor allem, was Rider betrifft.« Carl hob die Hand, als ich widersprechen wollte. »Es wäre doch nur logisch, wenn durch euer Wiedersehen ...« Er holte tief Luft. »Wenn dadurch alte Gefühle an die Oberfläche kommen, die dir Angst machen.«

Was er sagte, klang tatsächlich logisch, aber ich schüttelte dennoch entschuldigend den Kopf. »Es geht mir gut.«

Carl nickte seufzend. »Okay.« Er stand auf. »Aber vergiss nicht, dass du jederzeit zu uns kommen kannst, wenn du reden möchtest.«

Worüber reden? Ich hatte Ahnung, was er meinte, und nickte trotzdem. Er musterte mich noch einen Augenblick lang, dann ging er aus dem Zimmer und zog leise die Tür hinter sich zu. Ich hatte ihm erklärt, dass ich nicht überfordert sei und dass es mir gut gehe, aber ich wusste genau, dass Carl mir nicht glaubte.

Ich war mir nicht einmal sicher, ob ich mir selbst glaubte.

Am Freitag tauchte Rider nicht in der Schule auf. Auch Paige kam nicht zum Unterricht, woraus ich schloss, dass die beiden zusammen schwänzten. Ein unbehagliches Gefühl rumorte in meinem Bauch. Von der ersten Schulwoche abgesehen, hatte Rider noch keinen Tag gefehlt.

Nach der Stunde packte ich meine Sachen ein und spähte zu Hector hinüber. Ich konnte ihn doch einfach nach Rider fragen. Sicher wusste er, wo sein Stiefbruder war. Der Riemen meiner Tasche schnitt in meine Handfläche, während ich die Worte hervorpresste. »Hector?«

Lächelnd drehte er sich zu mir um. »Yo?«

Ich trat um meinen Tisch herum. »Ist mit... Rider alles in Ordnung? Ich meine, weil er heute nicht in der Schule ist«, erklärte ich. »Wahrscheinlich ... ist er bei Paige, aber ich wollte nur wissen, ob es ... ihm gut geht.

Sein Lächeln erstarb, sein Blick huschte zu dem leeren Stuhl. »Er ist ganz sicher nicht bei Paige.« Dann richteten sich die hellgrünen Augen auf mich. »Zumindest geh ich davon aus.«

»Oh.« Ich biss mir auf die Lippe.

Er schaute sich um und seufzte dann. »Sie haben sich gestern ganz schön gezofft, deshalb wundert es mich nicht, dass sie auch nicht da ist, aber ...«

Vorn im Klassenzimmer drehte sich Mr Santos zu uns herum. »Aber was?«, fragte ich.

»Aber er hat sich gestern Abend ziemlich vollgeballert.« Hector warf sich den Rucksack über die Schulter. »Da ist er heute Morgen einfach nicht aus dem Bett gekommen.«

»Vollgeballert?«, wiederholte ich dämlich, bis ich kapierte. Vollgeballert im Sinne von betrunken.

»Ich muss los. Zur Arbeit«, sagte Hector. »Bis dann, *bebé*.«

Ich nickte benommen und blieb auch noch stehen, als Hector schon gegangen war. Rider hatte also am Vorabend mit Paige gestritten und sich danach betrunken. Mit einem unguten Gefühl im Bauch ging ich durch das Klassenzimmer.

»Mallory, kann ich kurz mit dir sprechen?«, sagte Mr Santos zu mir. »Was hältst du davon, mir deine Rede am Mittwoch zu präsentieren?«

Ich nickte abwesend.

»Wunderbar.« Er tätschelte mir den Arm. »Ich freue mich darauf.«

Ich verließ den Klassenraum und ging zu meinem Spind, um die Bücher zu holen, die ich am Wochenende brauchte. Den Weg zum Auto legte ich wie in Trance zurück. In mir brannte ein schlechtes Gewissen.

Am Freitagabend starrte ich endlos lange auf mein Handy, während meine Finger zögernd über dem Display schwebten. Vorher hatte ich mit Ainsley gechattet, und sie hatte mir geraten, Rider eine kurze Nachricht zu schicken. Dann nahm sie mir noch das Versprechen ab, dass ich mich am nächsten Tag mit ihr treffen würde.

Rider eine Nachricht schicken?

Als wäre das so einfach.

Es war einfach. Da brauchte ich mir nichts vorzumachen. Trotzdem kostete es mich sehr viel Überwindung, weil ich noch nie von mir aus Kontakt mit ihm oder irgendeinem anderen Jungen aufgenommen hatte. Wie immer grübelte ich viel zu lange darüber nach. Schließlich war Rider mein Freund, da war es doch völlig normal, dass ich mich nach ihm erkundigte.

Frust stieg in mir hoch. Mit zu Schlitzen verengten Augen starrte ich auf mein Handy, tippte Riders Namen und öffnete die Nachrichten-App.

Geht's dir auch gut?

Ich hielt inne und löschte es wieder. Dann tippte ich:

Alles in Ordnung?

Weil das weniger dramatisch klang, drückte ich auf Senden und warf das Handy auf mein Bett.

Kurz vor zehn kam eine Antwort von Rider.

Ja. Bis Montag.

Obwohl ich sehr erleichtert war, ging mir alles Mögliche im Kopf herum, und ich fand nur schwer in den Schlaf. Zum Glück hatte ich keinen weiteren Albtraum. Carl und Rosa wären sonst sicher ausgerastet und hätten mich von der Schule abgemeldet und das wollte ich auf keinen Fall.

Aber wenn sie das für nötig hielten, würden sie es mit Sicherheit tun.

—

Nach dem Wochenende hingen plötzlich in der ganzen Schule Banner und Plakate für den Homecoming-Ball. An den Wänden, an den Spinden, überall. Auf dem Weg zur zweiten Stunde sah ich das Datum. Der Ball würde in zwei Wochen stattfinden, am letzten Oktoberwochenende.

Kaum zu glauben, dass ich schon fast zwei Monate in der Schule war. Die Zeit verging rasend schnell, auch wenn es mir vorkam wie eine Ewigkeit.

Rider war am Montag tatsächlich wieder in der Schule und Paige auch. Er passte mich vor dem Klassenzimmer ab und ging mit mir in Rhetorik. Ich fragte nicht danach, was zwischen ihm und Paige vorgefallen war, und er sprach auch nicht darüber. Aber mir fiel auf, dass Paige erst kurz vor dem zweiten Läuten ins Klassenzimmer gehuscht kam. Sie sah zu Rider hinüber, aber der mied ihren Blick. Ich hatte keine Ahnung, was bei den beiden los war.

In Rhetorik richteten sich meine Gedanken dann aber auf ein weitaus wichtigeres Thema. Die erste Rede wurde gehalten, und da wurde mir bewusst, dass es tatsächlich so weit war. Jeder in der Klasse musste seine Rede vortragen und am Mittwoch in der Mittagspause wäre ich an der Reihe.

Panik wucherte in mir hoch wie ein giftiges Unkraut. Dann würden alle wissen, dass ich … dass ich anders war. Während ich zuhörte, wie die anderen Schüler ihre Rede hielten, erinnerte ich mich daran, was Rider in der Stadtbücherei dazu gesagt hatte.

Dass es überall Idioten gibt und dass ich mich davon freimachen muss.

Ich konnte nur dafür sorgen, dass ich es wenigstens schaffte, meine Rede vor Mr Santos zu halten. Also begann ich wie wild zu üben und die Rede aufzusagen, entweder mit Carl und Rosa als Publikum oder für mich allein. Rider dagegen hatte seinen Vortrag immer noch nicht geschrieben. Seine mangelnden Fortschritte auf diesem Gebiet schienen ihn jedoch nicht zu beunruhigen. Jedes Mal, wenn ich darauf zu sprechen kam, wechselte er das Thema und sagte: »Wenn du es schaffst, die Rede zu halten, zeige ich dir die Werkstatt.«

Ich schaute ihn dann schief an, obwohl ich furchtbar neugierig auf diese Werkstatt war. Ich wollte unbedingt seine Arbeit sehen. Und ich wollte *ihn* sehen, auch wenn das falsch war. Trotzdem, ich war keine Rennmaus, die man mit einer Belohnung ködern konnte.

Es sei denn, es würde sich um eine Schüssel mit selbst gemachter Käsesauce handeln. Dann jederzeit gern.

Beim Mittagessen am Dienstag wurde nur über den Homecoming-Ball geredet. Offenbar wollte die eine Hälfte der Schule unbedingt hingehen, der anderen Hälfte dagegen war es völlig egal. Mein Tisch gehörte zur ersten Gruppe. Ehrlich gesagt hatte ich erst an den Ball gedacht, als ich die Banner gesehen hatte. Ich hatte ihn überhaupt nicht auf dem Schirm gehabt. Nicht, weil ich dafür zu cool war oder weil ich keine Lust auf Schulfeste hatte. Ich hatte nur noch nie Gelegenheit dazu gehabt. Eine Stimme in mir meinte, es könnte Spaß machen hinzugehen. Es wäre eine *Erfahrung*.

Aber ich hatte kein Kleid.

Und keinen Begleiter.

»Wann musst du deinen Vortrag halten?«, fragte Keira beim Mittagessen. Sie war am Mittwoch dran, im Unterricht, wie jeder normale Schüler.

Das war das erste Mal, dass mich jemand danach fragte. Am liebsten hätte ich gar keine Antwort gegeben, aber das hätte ziemlich seltsam gewirkt, und ich war auch so schon seltsam genug. »Morgen«, sagte ich und starrte auf meinen Teller. »Morgen ... in der Mittagspause.«

Keira antwortete nicht gleich. Vorsichtig schaute ich zu ihr. Sie hatte die Stirn gerunzelt. »Dann musst du deinen Vortrag nur vor Mr Santos halten?«

Ich nickte und hoffte, sie würde nicht das Gleiche denken wie Paige.

»Cool«, sagte sie und nahm ihre Serviette vom Tisch, weil sich auch Jo und Anna zu uns setzten. »Ich bin immer supernervös, wenn ich vor anderen sprechen muss.«

»Echt?«

»Ja.«

»Oh Gott, ich hoffe nur, du musst nicht wieder spucken«, sagte Jo und stützte den Kopf in die Hand. »Kennst du den Film *Pitch Perfect*?«

Ich nickte.

»Vor zwei Jahren hat Keira fast so gereihert wie die Aubrey im Film, als sie ihr erstes Referat in Naturwissenschaften halten musste«, fuhr Jo fort.

Keira knurrte: »Immerhin hab ich's bis aufs Klo geschafft.«

»Es war trotzdem megaeklig«, zog Jo sie auf und stach mit der Gabel in ihre Nudeln.

Das kapierte ich nicht. »Aber ... du bist doch Cheerleader.«

Keiras Blick wanderte den Tisch entlang und richtete sich schließlich auf mich. »Na und?«

Meine Wangen wurden heiß. »Du ... du stehst doch ständig vor Publikum und ... tanzt.«

»Ja, aber da steh ich mit vielen Leuten auf der Bühne«, sagte Keira und strich sich die Locken zurück. »So was ist viel leichter, wenn man nicht allein ist. Das kann man nicht damit vergleichen, wenn man sich vor die Klasse stellen und den Leuten irgendwas erzählen muss, wovon man eigentlich keine Ahnung hat.«

»Stimmt«, murmelte Anna und betrachtete ihren Gips.

Ich konnte es nicht fassen. Keira war nervös. Sie redete die ganze Zeit ohne zu stottern, aber sie rührte ihr Essen nicht an, genau wie ich. Sie war nervös.

»Musstest du wirklich s-spucken?«, fragte ich.

Jo brach in ein lautes, ansteckendes Gelächter aus, woraufhin sich die anderen Tische zu uns umdrehten. »Spucken ist noch harmlos ausgedrückt.«

»So schlimm war es nun auch wieder nicht«, widersprach Keira und warf Jo einen finsteren Blick zu.

»Jedenfalls bin ich auch immer schrecklich nervös«, fuhr sie fort, »darum lass uns doch eine Vereinbarung treffen.«

»Eine Vereinbarung?«, flüsterte ich. Auf einmal war ich so dankbar für Keira und ihre Freundinnen – meine Freundinnen. Ich hatte sie total falsch eingeschätzt. Das war mir schon eine ganze Weile bewusst, aber jetzt schämte ich mich, wie leicht ich auf das Cheerleader-Klischee hereingefallen war.

Sie nickte. »Wenn es so aussieht, als müsste ich mich übergeben, gibst du mir schnell den Mülleimer rüber, und wenn dir während deinem Vortrag bei Mr Santos schlecht wird, werde ich dich nicht auslachen, wenn du es mir erzählst, versprochen.«

Mir blieb der Mund offen stehen.

»Abgemacht?«, fragte sie.

Ich musste lachen. Das war mit Abstand die absurdeste Vereinbarung, die ich je getroffen hatte. »Abgemacht.«

Am Mittwoch, dem Tag meines Vortrags, wachte ich morgens mit einem unguten Gefühl im Bauch auf. Ich hatte einen brennenden Kloß im Hals und fiese Kopfschmerzen.

Rosa wartete in der Küche auf mich. Eine Schüssel mit Corn-flakes, die ich nicht mal anschauen konnte, stand auf dem Tresen. Sie sagte nichts, als ich mir nur ein Glas Milch einschenkte. Bevor ich zur Schule aufbrach, umarmte sie mich ganz fest und sagte: »Du wirst das ganz toll hinkriegen, Mallory.«

Diese Worte bewahrte ich den ganzen Vormittag über in meinem Herzen.

In der Mittagspause ging ich zum Rhetorik-Zimmer, meinen Ordner ganz fest an mich gepresst, und achtete nicht auf mein hämmerndes Herz. Ich bog um die Ecke und blieb unvermittelt stehen.

Rider wartete vor dem Zimmer auf mich. Als er mich sah, stieß er sich von der Wand ab. Mit einem schiefen Lächeln schob er die Hände tief in die Hosentaschen. »Hi, Maus.«

»Was machst du denn hier?«, fragte ich. »Du hast doch Unterricht.«

Sein Lächeln wurde breiter und das Grübchen erschien. »Na und …?«

Mit hochgezogenen Brauen blieb ich vor ihm stehen.

Er legte den Kopf schräg. »Ich musste einfach kommen. Ich wollte dir nur sagen, dass du das schon hinkriegst. Du schaffst das.«

Mein Herz schwoll so an in der Brust, dass ich schon dachte, ich müsste gleich an die Decke schweben. Er war wegen mir da. Und zwar nicht, weil er mich beschützen wollte. Sondern weil er mein Freund war und weil ich ihm am Herzen lag. Am liebsten hätte ich ihn umarmt.

Mein Blick fiel auf seine vollen Lippen.

Wie sie sich wohl anfühlten … Hastig schob ich den Gedanken wieder weg. Ich musste mich konzentrieren. *Du schaffst das.* Diese drei Worte richteten mich auf, als hätte ich auf einmal eine Eisenstange in der Wirbelsäule. Er hatte recht. Ich schaffte das.

Ich lächelte ihn an und öffnete die Tür. Mr Santos saß an seinem Schreibtisch. Vor ihm stand eine Papiertüte und es roch nach Tomatensuppe. Er wischte sich die Hände ab und stand auf, während ich die Tür hinter mir zuzog.

»Entschuldigung, ich habe nur noch kurz etwas gegessen.«

Lächelnd schob er den Stuhl zurück. »Du hast sicher auch Hunger, deshalb lass uns anfangen, sobald du so weit bist.«

Ich stellte meine Tasche auf einen leeren Stuhl und ging mit meinem Block zum Rednerpult. Mein Magen krampfte sich zusammen. In dieser Pause würde ich ganz sicher keinen Bissen herunterbringen.

Mr Santos nahm Platz und legte die gefalteten Hände auf den Tisch. »Lass dir ruhig Zeit.«

Gern. Für immer vielleicht?

Mit zitternden Händen schlug ich den Block an der Stelle auf, wo ich die ausgedruckte Rede hineingeschoben hatte. Das Papier war glatt und makellos weiß, die Worte darauf verschwammen mir vor den Augen. Meine Knie zitterten. Ich stand nur vor einer einzigen Person, nicht vor einer ganzen Klasse. Eigentlich hätte es eine ganze Klasse sein sollen, aber so war es nicht.

Du schaffst das.

Meine Schultern verkrampften sich, ich holte tief Luft, doch sie schien nicht bis in meine Lungen zu dringen.

Das war nicht schwer. Ich konnte das. Ich musste es tun. Das Papier knisterte leise wie trockene Knochen.

Ich kann das. Ich kann das.

Die Worte verschwammen wieder, als würde irgendetwas Seltsames mit meinen Augen passieren. Mein Herz klopfte so schnell in der Brust, dass meine Knie ganz weich wurden. Meine Hände zitterten.

Ich kann das. Ich kann das.

»Die Vereinigten Staaten von Amerika haben ein dreigliedriges Regierungssystem. Erstens ... die ...« Ich hielt inne und merkte, dass ich eine Zeile zu weit gerutscht war. Voller Panik sah ich Mr Santos an.

Der nickte mir mit geduldiger Miene zu.

Ich begann noch einmal. »Die V-Vereinigten Staaten ... von Amerika haben ein dreigliedriges Regierungssystem, bestehend aus der Legislative, der Exekutive und der Jurisdiktion«, presste ich hervor. »Die L-Legislative ist zuständig für ...«

Wie mies.

Oh Gott, meine Rede war so was von mies.

Sie war so mies, dass sich sämtliche professionellen Redner der Welt im Grab umdrehen würden, aber ich schaffte es trotzdem. Ich beendete meinen Vortrag ein paar Sekunden, bevor Mr Santos verkünden konnte, dass meine Redezeit abgelaufen war. Ich beendete meine Rede, die erste Rede meines Lebens.

Ich hatte es geschafft.

Ohne mich zu übergeben.

Das würde Keira bestimmt sehr freuen.

Lächelnd erhob sich Mr Santos von seinem Platz. »Gut gemacht, Mallory. Einmal bist du ins Stocken geraten, aber dann hast du noch mal angefangen und weitergeredet. Deine Rede klingt auf jeden Fall sehr gut vorbereitet.«

Mit zitternden Händen reichte ich ihm mein Blatt. »Danke ... schön.«

»Deine Note bekommst du zusammen mit den anderen«, erklärte er. Ich nickte. »Herzlichen Glückwunsch. Du hast deine erste Rede erfolgreich hinter dich gebracht.«

Ich ging zu meiner Tasche und schob den Block hinein. Meine erste Rede. Ich hatte es geschafft. Okay, ich hatte sie nur vor Mr Santos gehalten, aber ich hatte es dennoch geschafft.

Rider wartete vor dem Klassenzimmer. Er war gerade mit seinem Handy beschäftigt, steckte es aber sofort in die Tasche und beugte sich fragend zu mir. »Und?«

Meine Mundwinkel wanderten nach oben. »Ich hab's geschafft!«

Sein Lächeln erhellte den ganzen Flur. »Ich wusste es!«

»Danke.«

Unsere Blicke trafen sich, sein Gesicht war ganz weich. Wieder
schwoll alles in mir an und diesmal ließ ich mich davon bis zur
Decke hinauftragen.

Ich hatte etwas vollbracht, was ich mir niemals zugetraut hätte.

19

»HAST DU LUST, SCHNELL was zu essen?«, fragte Rider auf dem Weg den Gang hinunter. »Du hast doch noch Zeit.«

Mein Magen war immer noch wie zugeschnürt, aber nachdem ich die Rede endlich hinter mich gebracht hatte, könnte ich ein Stück Pizza durchaus vertragen. Ich nickte.

»Super.«

Wir steuerten die Mensa an, und je näher wir kamen, desto deutlicher wurde mir bewusst, dass das laute Stimmengewirr und das Gelächter dort viel weniger schrill in meinen Ohren dröhnten als noch in der ersten Woche. Mittlerweile waren mir der Lärm und der Essensgeruch fast schon angenehm vertraut. Meine Schritte waren viel leichter. Ich war –

»Rider Stark«, meldete sich auf einmal eine tiefe Stimme hinter uns. »Warum überrascht es mich nicht, dass ich dich hier auf dem Gang antreffe, wo du doch mit fast hundertprozentiger Sicherheit gerade im Unterricht sitzen müsstest?«

Rider und ich blieben stehen und drehten uns um. Schuldirektor Washington stand mit verschränkten Armen neben einer geöffneten Tür. Auf seinem glatten, kahlen Schädel spiegelte sich das Licht.

O-oh.

»So ganz hundertprozentig sicher sind Sie sich da aber nicht«, entgegnete Rider zu meiner Überraschung. »Finden Sie nicht, dass Sie immer hundertprozentig sicher sein sollten?«

Direktor Washington lächelte dünn. »Sehr schlau, Rider. Wie bedauerlich, dass du deine schnelle Auffassungsgabe nicht auf den Lernstoff anwendest, aber das wäre wohl zu viel verlangt, nicht wahr?«

Ein Muskel zuckte in Riders Kiefer. »Ich denke schon.«

Das gezwungene Lächeln auf dem Gesicht des Direktors verflog. »Geh in deinen Unterricht, Rider.«

Einen Moment lang dachte ich, Rider würde sich weigern. Er musterte den Direktor mit einem herausfordernden Grinsen. Doch dann trat er einen Schritt zurück und zur Seite. »Wir sehen uns später, Maus.«

»Aber bitte nicht hier auf dem Gang, wenn du in einem Klassenzimmer sitzen solltest«, mischte sich der Direktor ein.

Leise lachend schlenderte Rider davon. »Ich weiß nicht. Vielleicht ist das tatsächlich zu viel verlangt.«

Die breite Brust des Direktors hob sich mit einem tiefen Seufzen und er sah mich an. »Verschwende deine Zeit lieber nicht mit so einem Jungen«, riet er mir.

Ich fuhr zusammen bei dieser wilden Unterstellung. Er wusste sicher nicht, wer ich war, auch wenn Carl und Rosa vor Beginn des Schuljahres mit ihm gesprochen hatten. »Dieser Junge hat einen Weg eingeschlagen, den du lieber meiden solltest. Und jetzt geh bitte auch wieder in deinen Unterricht.«

Bevor ich darauf etwas erwidern konnte, stolzierte Direktor Washington bereits in Richtung Rektorat davon. Meine gute Laune nach der erfolgreichen Rede war verflogen, stattdessen gingen mir die Worte und der Tonfall des Direktors und sein Verhalten gegenüber Rider im Kopf herum. Wie herablassend er mit ihm geredet hatte.

Keine Erwartungen.

Kein Respekt.

Keira hielt ihren Vortrag vor der Klasse, ohne dabei irgendwelche Körperflüssigkeiten von sich zu geben. Daraufhin kehrte das gute Gefühl in mir zurück und die unerfreuliche Begegnung in der Mittagspause rückte in weite Ferne. Ich freute mich sogar für Paige, die vor die Klasse trat und einen Vortrag über die ersten fünf Präsidenten der Vereinigten Staaten hielt.

Sie war wieder ganz die Alte. Fast zumindest. Keine schlabberige Jogginghose mehr, kein zerzauster Pferdeschwanz. Sie trug wieder hautenge Jeans und ein Sweatshirt, die Haare fielen glatt und gerade. Nachdem sie mich die letzten Tage nicht beachtet hatte, überraschte es mich nicht, dass sie sich setzte, ohne mich eines Blickes zu würdigen.

Ich hatte den Kopf zu voll gehabt in den letzten Tagen, um viel über Paige und Rider nachzudenken, aber mir fiel auf, dass es keine Berührungen und keine Küsse mehr zwischen ihnen gab. Sie redeten miteinander. Sie lächelten sich an. Na ja, Paige lächelte jedenfalls, aber seine Reaktion darauf konnte ich nicht sehen. Doch mehr war nicht zwischen ihnen.

Nach dem Läuten der Glocke hörte ich noch, wie Paige Rider bat, sie anzurufen, dann war sie weg. Keira kam zu mir. »Wie war dein Vortrag? Keine Kotzerei?«

»Ganz gut, denke ich. Und nein, keine Kotzerei.« Ich hielt inne, meine rechte Hand gegen den rechten Oberschenkel gepresst. »Du warst echt toll.«

»Ich weiß!«, rief sie. »Mein Gott, ich bin so froh, dass ich das hinter mir habe.«

Rider stand auf und nahm meine Blätter und mein Buch. »Eine ist geschafft, ungefähr tausend liegen noch vor uns.«

Oh Mann, was für ein deprimierender Gedanke.

Keira lachte. »Ja, aber wenigstens musste sich keine von uns übergeben!« Sie klatschte in die Hände. »Yay!«

Ein Lächeln breitete sich auf meinem Gesicht aus.

»Ein paar Sekunden lang hab ich gedacht, mir würde doch schlecht werden«, erzählte sie und sah aufmerksam zu, wie Rider meine Tasche aufhob. »Aber dann konnte ich es doch unterdrücken.«

»Wofür wir dir alle sehr dankbar sind«, frotzelte Rider und packte mein Buch ein.

»Das glaub' ich dir gern«, erwiderte sie. »Was ist mit deinem Vortrag? Dir fällt so was bestimmt total leicht.«

»Wird schon klappen«, meinte er leichthin.

Ich stand auf und griff nach meiner Tasche. Dabei streiften meine Finger seine Hand. Die kurze Berührung schoss durch meinen ganzen Körper wie ein Stromschlag und ich zog die Hand zurück. Meine Augen flogen zu seinem Gesicht hoch und unsere Blicke trafen sich. Er wurde rot und schaute weg und konzentrierte sich auf die ungeheuer schwierige Aufgabe, in meiner Tasche den idealen Platz für mein Buch zu finden. Mein Puls fing an zu rasen.

»Also, ähm ...«, murmelte Keira und schaute von Rider zu mir. Dann verabschiedete sie sich mit einem Grinsen. »Bis morgen, Leute.«

Rider nickte kurz und zog den Reißverschluss an meiner Tasche zu.

Ich winkte ihr nach.

»Fertig?«, fragte er.

Ich nickte und folgte ihm durch das Klassenzimmer. An der Tür trat Mr Santos zu uns.

»Rider«, sagte er und nahm seine Brille ab. »Hättest du einen Moment Zeit für mich?«

Rider schaute erst mich an und dann den Lehrer. »Klar.«

Mr Santos lächelte mir zu, legte Rider die Hand auf die Schulter und führte ihn zur Tafel. Obwohl ich bei der Tür stand und der Lärm vom Gang hereinschwappte, konnte ich seine Worte gut verstehen.

»Bist du bereit für deine Rede?«, fragte Mr Santos.

»Natürlich«, erwiderte Rider.

Zweifelnd sah der Lehrer ihn an. »Bist du sicher?«

Rider zog einen Mundwinkel hoch, aber er sagte nichts.

»Ich habe im Unterricht immer wieder ein Auge zugedrückt. Ich weiß, du langweilst dich schnell und würdest lieber handwerklich arbeiten, aber du musst den Unterricht trotzdem ernst nehmen.«

Rider antwortete nicht. Voller Unbehagen trat ich von einem Fuß auf den anderen.

»Du weißt, dass du jederzeit zu mir kommen und mit mir reden kannst«, sagte Mr Santos. Das Grinsen verschwand aus Riders Gesicht und er erstarrte. »Wirf deine Begabung nicht einfach so weg. Okay?«

Rider antwortete nicht und endlich durfte er gehen. Mein Blick war auf ihn geheftet. Seine Kiefer mahlten, als er zu mir kam. Worüber sollte Rider mit Santos reden? Was wusste Mr Santos über Rider, was ich nicht wusste?

Die Antwort auf die letzte Frage kannte ich bereits.

So ziemlich alles.

Wir traten auf den überfüllten Gang hinaus. »Ist ... ist alles in Ordnung?«

»Was? Ja, klar.« Er schaute auf mich herab und seine Miene entspannte sich. »Sieh dich nur an.«

»Was?«

Rider nahm meine Hand, und mein Arm fing an zu kribbeln, als stünde er unter Strom. Er ließ los und hielt immer noch meine Hand. »Die ganze Stunde über hast du gelächelt. So ein Lächeln will ich öfter an dir sehen!«

»Ich ... ich freue mich nur, dass ich es geschafft habe, auch wenn ich die Rede total schlecht vorgetragen haben.«

»Du warst ganz bestimmt nicht schlecht.«

Das sah ich anders. Mr Santos vermutlich auch, aber er war zu nett und zu geduldig, um das zuzugeben. Mein Blick fiel auf unsere verschränkten Hände. Das ... das war neu und ganz tief in meinem Herzen genoss ich die Wärme und das Gewicht seiner Hand. Trotzdem war es falsch. Es war rein freundschaftlich gemeint, aber alle anderen würden es anders wahrnehmen.

Ich mied seinen Blick, zog die Hand weg und verschränkte die Arme vor der Brust.

»Musst du noch bei deinem Spind vorbei?«, fragte er kurz darauf.

Ich überlegte und schüttelte den Kopf. Der Himmel draußen war wolkenverhangen.

Erst bei meinem Auto erlaubte ich mir, ihn wieder anzusehen.

Mit unergründlicher Miene lehnte er an meinem Wagen. »Ich wollte dich noch was fragen. Ich habe dir ja angeboten, dass du dir mal meine Werkstatt anschauen kannst, die *Razorback Garage*.« Er strich sich die Haare aus dem Gesicht. »Ich dachte, es interessiert dich vielleicht, woran ich gerade arbeite. Hast du am Samstag schon was vor?«

Mein Herz fing an zu klopfen, als wäre ein Serienmörder hinter mir her. »Ähm …« Am liebsten hätte ich laut »Nein!« gebrüllt, aber so war es leider nicht. Ainsley wollte sich am Samstag mit mir treffen, und selbst wenn das nicht klappen sollte, war da immer noch Paige.

Rider musterte mich mit hochgezogenen Brauen.

Meine Wangen wurden heiß. Was würde er von mir denken, wenn ich nur dastand und ihn anstarrte wie ein Idiot? »Ich bin mit Ainsley zum Mittagessen verabredet und dann … wollten wir noch was zusammen unternehmen.«

Er schwieg einen Moment und schob die Hände in die Hosentaschen. »Cool.« Sein Blick wanderte über mich hinweg. Ich drehte mich um und sah Hectors Auto auf uns zukommen. »Ich würde sie gern mal kennenlernen.«

Moment mal.

Wie bitte?

Er wollte Ainsley kennenlernen?

Rider biss sich auf die Unterlippe. »Also, falls du es noch nicht gemerkt hast, ich versuche gerade, mich zu eurer Verabredung einzuladen.«

Er wollte tatsächlich meine beste Freundin kennenlernen?

Er legte den Kopf schräg und sah mich an. »Und wenn du das blöd findest, wird es gleich ziemlich peinlich für mich.«

Ich blinzelte. Ich musste etwas sagen, und zwar schnell. Hectors Auto blieb ein paar Meter von meinem entfernt stehen. Durften wir das wirklich tun? Ich suchte in meinem Kopf nach irgendwelchen Regeln, die ich nicht kannte. Es wäre schließlich nicht das erste Mal, dass wir uns außerhalb der Schule trafen.

Wir hatten schon einmal zusammen Burger gegessen und in der Bücherei gelernt. Und er war bei mir zu Hause vorbeigekommen, aber das zählte nicht. Es war normal, dass Freunde sich gelegentlich trafen und etwas zusammen unternahmen.

Aber ich sah Rider nicht bloß wie einen Freund, auch wenn er das nicht wusste. Aber ich wusste es.

Es war alles so verwirrend.

»Ist das denn ... in Ordnung, wenn wir uns treffen?«, fragte ich zweifelnd.

»Klar ist das in Ordnung.« Das kam ohne Zögern.

Ich war mir unsicher, ob er auch verstand, was ich meinte, und atmete tief ein. Natürlich wollte ich, dass er Ainsley kennenlernte. Sie war mir total wichtig. Schließlich gelangte ich zu einer Entscheidung. »Das ... das wäre super.«

Riders Reaktion kam prompt. Er lächelte und das Grübchen erschien wieder. Mir stockte fast der Atem. Ich hatte Rider tatsächlich eingeladen, sich mit Ainsley und mir zu treffen. Ich wollte es. Ich wollte es unbedingt, aber ich hatte keine Ahnung, wie ich damit umgehen sollte.

Trotzdem freute ich mich sehr. Mit Rider und Ainsley abzuhängen war ganz normal. Millionen Menschen machten so etwas jeden Tag, weil sie ein richtiges Leben führten, aber für mich war es das erste Mal – ein unglaublich wichtiges erstes Mal. Meine beste Freundin und der Junge, der ... der Junge, der mein bester Freund gewesen war und für den ich jetzt, trotz allem, viel tiefere, stärkere und sehr viel kompliziertere Gefühle empfand, würden sich treffen.

Das war ein großer Moment für mich.

»Perfekt«, sagte er und stieß sich von der Beifahrertür meines Autos ab. »Da bin ich aber froh, dass es jetzt doch nicht peinlich geworden ist.«

»Yo!«, rief Hector und streckte den Arm aus dem Fenster. »Kommst du, Mann? Ich muss los.«

»Bin gleich da.« Rider gab mir meine Tasche und beugte den Kopf zu mir. Mir blieb die Luft weg. Seine Lippen strichen über meine Wange und ein zarter Schauer durchfuhr mich. »Ich schreibe dir später noch wegen Samstag.«

Ich meinte darauf mit einem »Okay« geantwortet zu haben, aber ich war mir nicht ganz sicher. Vielleicht stand ich auch einfach nur da und starrte ihn an. Doch Rider lächelte wieder dieses Lächeln, das sich in meine Brust bohrte und sich um mein Herz legte. Ich sah, wie er zu Hector in den Wagen stieg, und winkte ihnen nach, dann setzte ich mich hinter das Steuer meines Honda.

Ich ließ den Motor nicht an.

Was dachte ich? Was fühlte ich?

Es spielte keine Rolle.

Und während ich so über den sich rasch leerenden Parkplatz blickte, wurde mir etwas äußerst Wichtiges klar, fast schon weltbewegend in seiner Schlichtheit. In der ganzen Aufregung wegen Samstag hatte ich alles andere völlig vergessen: Mr Henry und Miss Becky, Carl und Rosa und ihr Gespräch mit meinen Lehrern, den Rhetorikunterricht und meine Probleme beim Sprechen.

Weil es nicht mehr wichtig war. Etwas anderes war wichtig.

Das Leben zu leben.

Es war ein Abend für eine große Portion Eis, zumindest sagte Rosa das, als sie nach dem Essen mit zwei großen Schüsseln Schokoladeneis in mein Zimmer kam.

Mit einer Unmenge Schokoladensauce.

Zur Feier meines erfolgreich absolvierten Vortrags.

Carl musste noch bis spätnachts arbeiten, deshalb waren wir nur zu zweit. Es war merkwürdig, Rosa in Jogginghose und T-Shirt zu sehen, weil ich sie meistens nur in ihrem grünen OP-Kittel zu Gesicht bekam.

Sie setzte sich neben mich und gab mir eine Schüssel. »Ich hoffe, in deinem Magen ist noch Platz für ein bisschen Nachtisch.«

Ich grinste. »Dafür ... ist bei mir immer Platz.«

Sie lächelte. »Bist du sicher, dass wir nicht doch blutsverwandt sind?«

Ich lachte und schaufelte einen Löffel von der kalten süßen Köstlichkeit in den Mund. Rosa sah sich in meinem Zimmer um und ihr Blick fiel auf meine Kommode. »Ist das dein neuestes Werk?«

Ich nickte. »Es ist eine ... Eule.«

Sie stand auf, ging hinüber, nahm sie in die Hand und drehte sich mit glänzenden Augen zu mir. »Mallory, die ist wirklich gut geworden!«

»Danke.«

»Alle deine Schnitzereien sind gut, aber die Details an der hier ...«, vorsichtig stellte sie die Eule wieder zurück, »... die sind einfach fantastisch.« Sie kam zum Bett zurück. »Ich wünschte, du würdest es doch mal mit Holz versuchen. Carl hat die Werkzeuge dafür immer noch in der Garage.«

Ich war nicht unbedingt ein Fan von elektrischen Geräten.

Sie schluckte einen Löffel Eis hinunter. »Carl möchte am Samstagabend mit uns essen gehen, um deinen Erfolg offiziell zu feiern.«

Auf einmal wurde das Eis in meinem Magen sauer. »Ich bin am Samstag ... mit Ainsley verabredet.«

Ainsley war schon mehr als aufgeregt, weil sie endlich Rider kennenlernen würde. Das Chatprogramm war förmlich explodiert, als ich ihr nach der Schule die gute Nachricht geschrieben hatte, und es konnte sehr wohl sein, dass sie mir gerade im Moment immer noch ellenlange OMGs schickte.

»Ach ja! Stimmt.« Ein weiterer Löffel Eis verschwand in ihrem Mund. »Wie wäre es dann mit Sonntag?«

Ich nickte, aber mein Magen krampfte sich zusammen. »Ähm, Rider ...« Mein Mund wurde trocken, als Rosa mich erwartungsvoll ansah. »Rider möchte Ainsley am Samstag gerne kennenlernen.«

Ihr Löffel stieß klappernd gegen ihre Schüssel. »Tatsächlich?«

Ich nickte. »Ich ... ich fände es schön, wenn sie sich mal treffen.« Die Haut um ihren Mund herum straffte sich. Als sie nichts sagte, wuchs meine Besorgnis. »Ist das okay?«

Ihre Schultern hoben sich. »Ja. Ich denke schon.«

Das klang nicht sehr überzeugend.

»Was wollt ihr zusammen machen?«, fragte sie.

»Ainsley und ich treffen uns zum Mittagessen und Rider wollte dann dazukommen. Und später wollte ich dann mit Ainsley ins Kino.«

»Klingt nach einem langen, aufregenden Tag.« Sie kratzte mit dem Löffel ihre Schüssel aus. »Musst du am Wochenende keine Hausaufgaben machen?«

Ich schüttelte den Kopf und stellte meine Schüssel auf den Nachtisch. Mein Magen hatte sich verknotet.

»Carl wird nicht sehr begeistert sein, dass du dich in deiner Freizeit mit Rider triffst«, sagte sie. Ich bekam fast keine Luft mehr. »Das war bei Marquette genauso«, fügte sie mit einem traurigen Lächeln hinzu. »Ich finde, es ist eine gute Idee, wenn sich deine beiden Freunde kennenlernen, weil sie beide wichtig für dich sind. Aber es ist auch wichtig, dass *wir* ihn kennenlernen.«

Oh nein.

»Deshalb finde ich, dass wir ihn vor Samstag treffen sollten. Das wird dazu beitragen, Carls Befürchtungen zu zerstreuen und meine natürlich auch.« Sie sah mich an. »Also, das ist der Deal. Wenn du dich am Wochenende mit Ainsley und Rider treffen willst, muss er am Freitag zu uns zum Abendessen kommen. Wir werden auch beide zu Hause sein.«

Oh Mann.

Mann, Mann, Mann.

»Einverstanden?«, drängte sie.

Ich nickte und sagte: »Okay.« Was hätte ich auch sonst sagen sollen? Ich hatte keine Ahnung, ob Rider damit einverstanden war, und im Nachhinein bereute ich es, dass ich ihr von meinen Plänen für Samstag erzählt hatte.

Ein Piepsen drang aus Rosas Hosentasche. Sie zog ihren Pager heraus. Solche Geräte kannte ich nur von Carl und Rosa. Seltsam, dass Ärzte immer noch so eine veraltete Technik nutzten. Sie holte ihr Handy aus der Hosentasche und wählte die Nummer des Krankenhauses.

»*Dios*«, murmelte sie und erhob sich sofort. »Können wir unser Gespräch morgen fortsetzen?«, fragte sie mich ernst. »Es tut mir wirklich leid, aber ich muss los. Ein Patient mit einer Schussverletzung kommt gleich in den OP, offenbar ein Kind.«

Ich nickte. »Schon ... gut.«

Rosa beugte sich vor und küsste mich auf die Stirn. Zwei Minuten später hatte sie schon das Haus verlassen. Ich hoffte, ihre OP verlief erfolgreich. Es traf sie immer hart, wenn sie einen

Patienten verlor und leider passierte das in dieser Stadt viel zu oft.

Sobald die Haustür ins Schloss gefallen war, nahm ich mein Handy. Ich tippte ein paar Worte und fühlte mich dabei so unbehaglich wie vor meinem Vortrag an diesem Morgen.

Carl und Rosa würden dich gern am Freitag zum Abendessen einladen.

So. Da es keine andere Möglichkeit gab, das zu sagen, drückte ich schnell auf *Senden*.

Dann brachte ich meine Schüssel in die Küche und sah die von Rosa auf dem Tresen stehen. Ich spülte beide aus und stellte sie in die Spülmaschine. Als ich wieder in mein Zimmer kam, wartete schon eine Nachricht von Rider auf mich.

Klingt cool. Sag mir, wann ich da sein soll.

Hilfe!

Klingt cool? Ein Lächeln huschte über mein Gesicht und ich schickte ihm rasch ein *Okay*. Daraufhin hörte ich nichts mehr von ihm, doch als ich aus dem Bad wiederkam, hatte er mir eine Nachricht geschickt, bei der mein Herz leise zu flattern anfing.

Freu mich schon.

Ich wusste nicht, ob ich das wirklich glauben sollte.

Mitten in der Nacht hörte ich, wie Rosa nach Hause kam. Ich schlich zur Treppe und lauschte, wie sie mit Carl über ihren Patienten sprach. Es war ein dreizehnjähriger Junge. Zwei Schusswunden, eine in der Brust, die andere im Rücken. Die Wunde in der Brust war nicht so schlimm, aber der zweite Schuss hatte die Wirbelsäule verletzt. Rosa verzog sich mit einer Flasche Wein ins Lesezimmer, wo sie bis zum Morgen bleiben würde. Sie konnte es nicht gut verkraften, wenn sie einen Patienten verlor. Dieser hier war zwar nicht gestorben, doch der Ausgang der Operation belastete sie dennoch.

Der Junge war erst dreizehn Jahre alt. Und er würde nie wieder laufen können.

20

MIT RIDERS REDE AM Freitag war es wie mit meiner Lieblingssendung im Fernsehen: Ich hatte keine Ahnung, was auf mich zukam, aber ich wusste, dass es mir großen Spaß machen würde. Er tauchte kurz vor Unterrichtsbeginn im Klassenzimmer auf und hielt seinen Vortrag über verschiedene Kunstrichtungen, als wäre es ein Klacks. Er sprach flüssig und fast ein wenig lässig, grinste immer wieder und wirkte, als würde er sich da vorn so richtig wohlfühlen. Rider kannte sich gut aus in Kunst und hatte keine Probleme, vor anderen zu sprechen. Er stand ganz cool da und schaffte es mühelos, dass alle aufmerksam zuhörten.

Tja, fast alle.

Während er sprach, flogen Paiges Finger unablässig über das Display ihres Handys, das sie auf dem Schoß liegen hatte. Die beiden sprachen die ganze Stunde über kein Wort miteinander, und ich überlegte, ob sie wohl wusste, dass er am Abend zu mir kommen würde.

Morgen würde ich es erfahren.

Vorher mussten wir nur noch irgendwie den Abend überstehen.

Es schien Rider nicht groß zu kümmern, dass er mit Carl und Rosa zu Abend essen sollte. Ich dagegen war den ganzen Tag furchtbar nervös und stellte mich nach der Schule erst einmal unter die Dusche, um die ganze überschüssige Energie loszuwerden.

Ich hatte keine Ahnung, wie das Essen laufen würde.

Immerhin roch es köstlich im ganzen Haus.

Rosa hatte einen Schmorbraten in den Backofen geschoben, und trotz meiner Nervosität hätte ich mir am liebsten das ganze Stück Fleisch auf einmal in den Mund geschoben.

Was wohl keine besonders gute Idee gewesen wäre.

Nachdem ich mir die Haare geföhnt hätte, suchte ich etwas Neues zum Anziehen heraus, weil ich die Sachen, die ich in der Schule getragen hatte, nicht noch einmal anziehen wollte. Es klang vielleicht merkwürdig, aber für mich war dieser Abend ... der Abend war etwas ganz Besonderes. Drei der vier Menschen, die mir am wichtigsten waren, würden sich endlich kennenlernen. Also zog ich frisch gewaschene Jeans an und das cremefarbene Oberteil mit den Fledermausärmeln, das Ainsley mir letztes Jahr zum Geburtstag geschenkt hatte. Es war eng anliegend und an den Hüften leicht ausgestellt. Ich drehte mich zur Seite und begutachtete mich im Spiegel.

Mit aufeinandergepressten Lippen strich ich mir über die Seiten und über die Hüften. Ein unerwarteter Gedanke schoss mir durch den Sinn und ich errötete. Es war eigentlich kein Gedanke, eher ein Bild, ein Gefühl ... von Rider und davon, wie seine Hände über meinen Körper glitten. Ein Schauer regte sich in meinem Bauch.

Falsch – alles falsch!

Rider war nur ein Freund, mehr nicht.

Ich wandte mich vom Spiegel ab und ließ die Hände sinken. Ich atmete ein paarmal tief durch, dann ging ich aus meinem

Zimmer nach unten. Mein Blick fiel auf die Uhr an der Wand und mein Herz machte einen Satz. Rider würde bald da sein.

Rosa stand in der Küche und deckte den Tisch für vier Personen. Für Rider. Oh Gott. Lächelnd blickte sie auf. Ihre dunklen Haare waren zu einem Pferdeschwanz gebunden. Ein Zeitmesser piepste. »Kannst du bitte den Topf mit dem Gemüse vom Herd nehmen? Aber vorsichtig, er ist heiß.«

Ich war froh, dass ich etwas zu tun hatte, und holte einen Ofenhandschuh aus der Schublade und ging zum Herd.

»Bist du nervös?«, fragte sie und trat zum Schrank.

Ich nickte und lächelte.

»Das musst du nicht.« Sie holte Gläser heraus. »Das ist ein aufregender Moment für uns alle.«

Da hatte sie recht.

Sobald die Gläser auf dem Tisch standen, fiel mir auf, dass Rider und ich ... dass wir noch nie so zusammen zu Abend gegessen hatten. Kein einziges Mal. Wir hatten natürlich oft zusammen gegessen, aber meistens waren wir da auf dem Boden gehockt oder ...

»Ich möchte dich etwas fragen, bevor Carl herunterkommt.« Lächelnd legte sie mir die Hände auf die Schultern, aber ihr Blick war ernst. »Was empfindest du für Rider?«

Meine Augen weiteten sich. Darauf gab es so viele Antworten. So vieles, was ich sagen oder denken könnte, aber das Erste, was mir in den Sinn kam, war dieses Gefühl, das ich empfunden hatte, als ich vor dem Spiegel stand.

»Aha, das habe ich mir schon gedacht.«

Ich sah sie an. »Ich ...«

»Du musst nichts sagen.« Sie legte eine Hand auf meine heiße Wange. »Schon gut.«

»Er hat eine Freundin«, erklärte ich hilflos.

»Liebes, man kann trotzdem gewisse Gefühle für jemanden entwickeln, auch wenn man es eigentlich nicht darf.«

Oh.

»Du wirst erwachsen.« Ihr Blick schweifte zur Decke. »Und ich bin noch kein bisschen bereit dafür.«

Ähm.

»Aber das muss ich wohl, oder?«

Oh.

Rosas Blick suchte meinen. »Ich werde ...«

»Was macht ihr beiden denn da?« Carl kam durch das Wohnzimmer auf uns zu. »Eine Besprechung ohne mich?«

»Nur ein kleines Gespräch unter Frauen.« Rosa ließ die Hand sinken und legte mir den Arm um die Schultern. Da war ich gerade noch rechtzeitig einer ziemlich peinlichen Situation entkommen. »Und Finger weg vom Topf!«

Carl war am Küchentresen stehen geblieben, wo der Braten auf einer Platte abkühlte. Er tat ganz unschuldig. »Das würde ich doch nie wagen.«

»Ja klar. Wir kennen dich, stimmt's, Mallory?«

Ich nickte. Wir kannten ihn, absolut.

Plötzlich klingelte es an der Tür und ich schrak zusammen. Ich warf einen Blick zur Uhr. Es war fünf Minuten vor der verabredeten Zeit.

Carl wandte sich zum Eingang.

»Ich mach schon auf.« Ich sauste an ihm vorbei.

Vor der Haustür blieb ich stehen und öffnete sie, ohne nachzusehen, wer draußen stand. Da war er.

Rider stand auf unserer Veranda und er ... Er hatte sich ebenfalls umgezogen.

Erleichterung durchströmte mich, sofort gefolgt von einer geschärften Wahrnehmung, weil ... er sah einfach umwerfend aus. Das hätte ich eigentlich nicht bemerken dürfen, aber ich bemerkte es. Er trug ein graues Hemd und dunkle Jeans. Mein Blick fiel auf seine Hände.

Seine vollen Lippen verzogen sich zu einem leichten Lächeln. »Darf ich reinkommen?«

Ich blinzelte.

Das Lächeln wurde breiter. »Maus?«

»Oh. Na klar.« Ich trat zur Seite. »Bitte.«

Rider kam herein und ließ den Blick über mich wandern. Ich atmete den Geruch von Rasierwasser ein. Unsere Blicke begegneten sich kurz, dann schaute er zum Wohnzimmer. Seine Wangen waren eine Spur dunkler als sonst. »Das riecht ja toll.«

»Es gibt Braten.« Auf einmal hatte ich keinen Hunger mehr. Ich schaute auf seinen Mund und wandte hastig den Blick ab. »Äh, Rosa ist ... Sie ist eine sehr gute Köchin.«

Ich führte ihn zur Küche, und ich konnte ihn mit jeder Faser meines Körpers neben mir spüren. Wir gingen durch das Wohnzimmer, wo Rider auf einmal vor der Vitrine stehen blieb. »Was ist das?«, fragte er.

Ich drehte mich um und folgte seinem Blick. Er starrte auf die Seifenschnitzereien; offenbar hatte er sie bei seinem letzten Besuch nicht bemerkt. »Äh ...«

Er beugte sich vor und betrachtete eine schlafende Katze. »Waren das mal Seifenstücke?«

»Ja«, flüsterte ich.

»Wow«, murmelte er und begutachtete das Herz und die Sonne, die ich vor ein paar Jahren gemacht hatte. »Sind die von Carl oder von Rosa?«

Ich schüttelte den Kopf. »Nein. Ähm. Die sind ... von mir.«

»Was?« Überrascht richtete er sich auf. »Du hast die gemacht?«

Meine Wangen brannten. »Niemand ... nur Carl und Rosa wissen davon.«

Er schaute von mir zur Vitrine. »Mallory, das ist echt cool.«

Ich hob die Schultern. »Es ist nur ... Seife.«

»Seife, aus der du sehr gut zu erkennende, wunderschöne Figuren geschnitzt hast«, widersprach er. »Ich könnte das nicht.«

»Aber du kannst Graffiti sprühen und zeichnen und ...«

»So was kann ich nicht«, wiederholte Rider. »Um so was zu schnitzen, braucht man genauso viel Talent wie für Graffiti.«

Da würde ich aber entschieden widersprechen. Weil mir die ganze Aufmerksamkeit peinlich war, deutete ich zur Küche. »Bist du so weit?«

Er schaute mich noch einen Moment lang an und nickte dann. Carl und Rosa warteten am Küchentisch.

»Das ... ist Rider«, sagte ich und verschränkte die Hände. »Und das ... das sind Carl und Rosa.«

Rosas Brauen hoben sich, ihre Augen weiteten sich fast unmerklich.

Carl musterte Rider von den abgewetzten Schuhen bis zu dem zerzausten schwarzbraunen Haarschopf und runzelte die Stirn.

In dem Moment wusste ich, dass das Abendessen eine mega-peinliche Angelegenheit werden würde.

Zuerst kam das Essen.

Dann ging es los mit den Fragen.

Alles zugleich. Sobald wir uns hingesetzt hatten, begann Carl damit, Rider auszufragen. Überrumpelt von dieser Taktik, säbelte ich mir nur einen kleinen Bissen von meiner Bratenscheibe ab und aß ein winziges Stück Kartoffel dazu.

Rider rührte sein Essen ebenfalls kaum an, wahrscheinlich, weil Carl ihn die ganze Zeit mit Fragen bombardierte. In einer kurzen Pause während des strengen Kreuzverhörs wandte Rider sich an mich: »Isst du gar nichts?«

Ich nickte und spießte noch eine Kartoffel auf. Rider beobachtete mich, bis ich sie gegessen hatte, und ich war nur deshalb nicht genervt von seinem Blick, weil ich wusste, woher seine Sorge kam. Wie beim Mittagessen in der Schule achtete er auch jetzt wieder darauf, dass ich genug aß. Es war schwer, so eine Gewohnheit abzulegen, wenn man jahrelang Abfälle und Reste teilen musste. Ich aß noch eine Kartoffel und Rider schob eine Gabel Kichererbsen in den Mund.

Ich schnitt mein Fleisch und blickte über den Tisch. Carl und Rosa starrten uns an. Sie kapierten offensichtlich nicht, was da zwischen uns vor sich ging. Ich wurde rot.

»Du arbeitest also in einer Werkstatt?« Carl räusperte sich. Ein perfekt gegartes Bratenstück hing an seiner Gabel. »Teilzeit?«

Ich schloss die Augen.

»Ja, Sir. In der *Razorback Garage*. Ich bin für die Speziallackierungen zuständig«, antwortete Rider geduldig. Er ließ die ganze ... diese Tortur in aller Seelenruhe über sich ergehen.

Er beantwortete jede Frage, die Carl ihm stellte. Wie lange er im Heim gelebt hatte. In welchem Viertel er jetzt wohnte. Welches Schulfach ihn am meisten interessierte. Was – wenig überraschend – der Kunstunterricht war. Unablässig prasselten die Fragen auf ihn ein, sodass Rosa überhaupt nicht zu Wort kam.

Ich schämte mich so.

Und ich war furchtbar enttäuscht.

»Und was arbeiten deine Pflegeeltern?«, fragte Carl.

Mein Griff um die Gabel wurde fester und ich sog scharf die Luft ein. Das ... das ging wirklich zu weit.

Rider blieb ganz ruhig. »Ich habe nur eine Pflegemutter. Mrs Lunas Mann ist schon gestorben, bevor ich in die Familie gekommen bin. Sie arbeitet bei der Telefongesellschaft.«

»Und was hast du nach deinem Schulabschluss vor?«, bohrte Carl nach. »Bald bist du zu alt, um weiter vom Jugendamt unterstützt zu werden. Ich nehme nicht an, dass du vorhast, auf die Dauer bei Mrs Luna zu bleiben. Willst du aufs College gehen?«

»Im Moment habe ich das nicht geplant«, erwiderte Rider und schob die Kichererbsen auf seinem Teller hin und her. »Die Studiengebühren sind hoch und Mrs Luna hat schon so viel für mich getan. Ich kann nicht erwarten, dass sie mir auch noch eine Ausbildung finanziert.«

»Es gibt doch Förderprogramme und Stipendien«, wandte Carl ein und säbelte ein Stück Braten ab. »Ich habe den Eindruck, dass du ziemlich klug bist.«

»Das ist auch so«, sagte ich. »Und er kann richtig gut malen. Er hat ... Ein Bild von ihm wird in der Stadt ausgestellt.«

Rider grinste mich an.

»Tatsächlich?«, entgegnete Rosa höflich. »In einer Kunstgalerie?«

Während Rider ihre Frage beantwortete, betete ich, dass Carl sein Verhör endlich abbrechen würde.

Rider sah zu mir und fragte zum zweiten Mal: »Willst du nichts essen?«

Ich hatte das leckere Bratenstück auf meinem Teller kaum angerührt. Ich war so frustriert von diesem Abend, dass ich mein Essen am liebsten auf den Tisch gespuckt hätte.

Er stieß mich an und drängte leise: »Iss doch was.«

Seufzend hob ich die Gabel und stach in mein Fleisch. »Zufrieden?«

Das Grübchen auf seiner Wange erschien. »Sehr.«

Carls skeptische Miene entspannte sich und er wurde etwas lockerer. Als er wissen wollte, was wir morgen vorhätten, antwortete ich darauf, trotzdem fragte er weiterhin nur Rider aus. Eine halbe Stunde nach dem Essen war ich dann so wütend, dass ich am liebsten den Tisch umgestoßen hätte.

Eine solche Wut hatte ich schon sehr, sehr lange nicht mehr gespürt.

»Mallory hat erzählt, du hast eine Freundin«, sagte Carl. Ich erstickte fast und starrte ihn mit geweiteten Augen an. »Wie findet sie es denn, dass du heute bei uns zu Abend isst?«

Rosa sah ihren Mann mit hochgezogenen Augenbrauen an. Ich öffnete den Mund, um zu sagen, dass ihn das absolut nichts anging, da versetzte mir Rider den Schock meines Lebens.

»Ich habe keine Freundin, Sir.«

Ich fuhr auf meinem Stuhl zurück und riss den Kopf herum. »Was?«

»Ich meine, ich hatte eine.« Riders Wangen wurden rot, als er mich ansah. »Paige und ich … wir haben uns getrennt.«

Mir war, als würde ich in ein bodenloses Loch fallen. Tausend Gedanken wirbelten mir durch den Kopf. Ich war völlig perplex. Davon hatte er kein Wort gesagt. In den letzten Tagen hatte ich ihn zwar nicht mehr nach Paige gefragt, aber er hätte es doch erwähnen können.

»Tja, das scheint ja alle hier ziemlich zu überraschen.« Carls Stimme klang unbewegt.

Er sprach weiter, und Rider beantwortete weiter seine Fragen, aber ich hörte nicht mehr zu. In letzter Zeit hatte es sehr wohl Zeichen dafür gegeben, dass sich zwischen ihnen etwas verändert hatte. Sie hatten kaum noch miteinander geredet und Paige hatte mir nicht mehr aufgelauert. Hector hatte gesagt, sie hätten sich gezofft und deshalb sei Rider am Freitag nicht in der Schule gewesen. Weil er sich angeblich so zugeballert hatte. Vielleicht war er gar nicht betrunken gewesen? Vielleicht war er einfach fertig gewesen wegen der Trennung?

Vielleicht hatte Paige genug von seiner Freundschaft mit mir gehabt. Rider hatte gesagt, wenn er zwischen ihr und mir wählen müsste ... Oh Gott, ich hoffte von ganzem Herzen, dass das nichts mit uns zu tun hatte. Ich wollte nicht diejenige sein, die plötzlich auftauchte und ... anderen Leuten das Leben versaute.

Ich war immer noch völlig verdattert, als der Tisch abgeräumt war und Rider sich verabschiedete. »Danke für das Essen«, sagte er zu den Rivas, höflich wie immer. »Es war sehr lecker.«

Ich riss mich aus meinen Gedanken und stand mit ihm auf. »Soll ... ich dich nach Hause fahren?«

Er schüttelte den Kopf und schob den Stuhl an den Tisch.

»Es war sehr nett, dich kennenzulernen.« Rosa erhob sich und legte ihre Serviette auf den Tisch. »Nur nicht so förmlich«, sagte sie und umarmte Rider kurz.

Carl nickte ihm zu. Wir gingen um den Tisch, Rider blieb bei Carl stehen. »Noch mal vielen Dank, Sir.«

Mit einem verkrampften Lächeln schüttelte Carl ihm die Hand. Schweigend begleitete ich Rider zur Haustür. Draußen brannten die Straßenlaternen und warfen ein mildes Licht auf den glatten Asphalt.

»Bist du sicher ... dass ich dich nicht fahren soll?«, fragte ich.

Er nickte. Dann blieb er auf halber Treppe stehen und drehte sich zu mir. Unsere Blicke trafen sich und diese schwindelerregende Wärme war sofort wieder da. »Es war echt nett bei euch.«

Ich hob eine Augenbraue. »Im Ernst?«

Er lachte und schob die Hände in die Hosentaschen. »Ja. Sie sind cool.«

»Carl war nicht … Er war nicht sehr freundlich zu dir. Er hat so viele Fragen gestellt und er … Ich finde, er hat sich nicht besonders gut benommen.« Wut stieg in mir hoch. »Das tut mir sehr leid.«

»Du brauchst dich nicht zu entschuldigen, Maus.«

Ich verschränkte die Arme vor der Brust. Irgendwie schienen unsere Rollen an diesem Abend vertauscht zu sein. Nicht er verteidigte mich, sondern ich ihn, und das war ein seltsames Gefühl. »Ich finde … schon.«

Er zuckte die Achseln. »Er will dich nur beschützen. Ich freue mich, dass du bei Leuten lebst, die sich um dich sorgen.« Er hielt inne. »Mach dir keine Gedanken um mich. Es ist alles in Ordnung.«

Für mich war Carls Verhalten absolut nicht in Ordnung.

»Ich lass mich nicht so leicht abschrecken«, sagte er nach einer kurzen Pause.

Ich schob den Ärger über Carl weg und stellte die eine Frage, die mir auf der Zunge brannte. »Paige und du, ihr habt euch wirklich getrennt?«

Rider nickte. »Ja. Letzte Woche. Am Donnerstagabend.«

Langsam schüttelte ich den Kopf. »Du … das hast du gar nicht erzählt.«

»Ich wollte nicht darüber reden«, sagte er mit festem Blick. »Paige und ich sind befreundet, seit ich bei Hector und Jayden eingezogen bin. Und ich weiß nicht ... ob das immer noch so ist.«

»Das tut mir leid.« Und das meinte ich auch so. Trotz meiner Gefühle für ihn und den Reaktionen meines Körpers auf seine Nähe tat es mir leid, dass er traurig war.

Er lächelte leicht. »Mir auch. Aber mit ihr zusammen zu sein ... Es hat sich einfach nicht richtig angefühlt. Nicht mehr.«

Tja, das beantwortete wohl die Frage, wer sich von wem getrennt hatte. Ich blickte über die Schulter und überlegte, warum es sich wohl nicht mehr richtig angefühlt hatte. Ich hätte gern gefragt, was zu der Trennung geführt hatte, aber mir fehlte der Mut, es tatsächlich laut auszusprechen. »Warst du deswegen letzte Woche nicht in der Schule?«

Rider runzelte die Stirn. »Die Trennung war echt scheiße, Maus. Ich wollte ihr nicht wehtun, aber ich hab's doch getan. Dabei wollte ich sie wirklich nicht verletzen.« Er seufzte tief. »Wir reden morgen darüber, okay?«

Morgen.

»Okay«, hauchte ich.

Er stand regungslos da und sah mich an. Dann glitt sein Blick an mir vorbei, und er schien irgendwie zu einer Entscheidung zu kommen, denn in der nächsten Sekunde lief er die Treppe zu mir wieder hoch und blieb dicht vor mir stehen. »Deine Seifenfiguren sind echt cool. Ich hoffe, ich darf noch ein paar mehr davon sehen«, sagte er. Dann beugte er sich vor und küsste mich auf die Wange. Mir stockte der Atem.

Mit ernster Miene wich Rider zurück. »Bis morgen, Mallory.«

Mit kribbelndem Gesicht sah ich zu, wie er die Treppe zum Bürgersteig hinunterging. Er schaute noch einmal zurück zu mir und lächelte, dann ging er weiter. Ich stand in der Tür, bis er nicht mehr zu sehen war, um seine Abschiedsworte in Gedanken noch einmal zu wiederholen. Dann wappnete ich mich und ging zurück in die Küche.

Mein Staunen über die Trennung von Paige und Rider verflog, ebenso wie meine Freude darüber, dass er sich für meine Seifenfiguren interessierte. Dafür kamen Wut und Enttäuschung wieder in mir hoch.

Carl lehnte am Küchentresen, und Rosa stellte die letzten Teller in die Spülmaschine, als ich hereinkam. Ausnahmsweise musste ich nicht lange über meine Worte nachdenken. Ich wusste genau, was ich sagen wollte.

Ich blieb vor der Kücheninsel stehen. »Du warst ja nicht besonders nett zu Rider.«

Carl sah mich mit ausdrucksloser Miene an. »Wie bitte?«

»Du warst nicht sehr nett zu Rider«, wiederholte ich. »Du hast ihn behandelt … als wäre er ein Verbrecher.«

Rosa blieb der Mund offen stehen.

Carl richtete sich auf und seine Augen weiteten sich. »Mallory …«

»Rider lebt nicht so wie wir«, sagte ich mit einem Brennen in den Augen und im Hals. »Seine Pflegemutter ist keine Ärztin, und er meint, dass er sich das College nicht leisten kann. Aber das macht ihn noch lange nicht … zu einem schlechten Menschen.«

»Wir sagen doch gar nicht, dass er ein schlechter Mensch ist.« Mit ernster Miene trat Rosa vor Carl. »Und falls wir den Eindruck erweckt …«

»Ja, das hast du.« Ich sprach Carl mit zitternder Stimme direkt an. »Du hast ihn immer weiter ausgefragt, und egal, was er … geantwortet hat, es hat dir nicht gereicht.«

Seine Augen verengten sich. »Wenn du über Rider reden willst, dann sollten wir aber bitte auch darüber reden, dass er keine Freundin hat.«

»Bis vor Kurzem hatte er eine. Sie haben sich getrennt.«

»Wie praktisch«, murmelte Carl.

»Siehst du!« Frustriert hob ich die Hände. »Du denkst, das wäre praktisch. Als hätte ich gelogen oder Rider. Ich will, dass er zu meinem Leben gehört ... zu unserem Leben. Und ich habe mich so auf diesen Abend gefreut und darauf, dass ihr ihn endlich kennenlernt.« Meine Unterlippe zitterte. »Er ... er hat mir so oft das Leben gerettet, und ich dachte ... ich dachte, wenigstens dafür würdet ihr ihn respektieren.«

»Mallory«, sagte Carl.

Ich drehte mich um und tat etwas, was ich noch nie zuvor getan hatte: Ich beachtete Carl nicht und ging die Treppe hinauf. Für mich war diese Unterhaltung beendet.

21

DIE LAMPE IM LESEZIMMER brannte noch und tauchte den Raum in ein weiches gelbes Licht. Es roch schwach nach Pfirsich. Ich schlenderte an den Bücherregalen entlang und fuhr mit den Fingern über die Buchrücken. Am mittleren Regal blieb ich stehen und ließ die Hand sinken. Irgendwie war ich an diesem Morgen in dem Zimmer gelandet nach einer miesen Nacht, die auf einen noch mieseren Abend gefolgt war.

Ich war früh aufgewacht und wanderte ruhelos im Haus herum, weil ich nicht wieder einschlafen konnte. Zum einen war ich aufgeregt wegen des Treffens mit Rider und Ainsley, und dann musste ich ständig darüber nachdenken, dass Rider nicht mehr mit Paige zusammen war.

Ainsley hatte mich wie üblich getröstet, als ich ihr von dem katastrophalen Abendessen erzählt hatte. Sie sagte, Carls Reaktion sei völlig normal, und als sie Todd zum ersten Mal mit nach Hause gebracht habe, hätte ihr Vater ihn fast hochkant wieder hinausgeworfen.

Ich war mir da nicht so sicher.

Dann wollte sie aber lieber über das Drama zwischen Paige und Rider sprechen, weil sie überzeugt war, dass die Trennung auch für mich etwas zu bedeuten hatte. Ich gestattete mir jedoch nicht, darüber nachzudenken, weil ich mir unsicher war, was ich von alledem halten sollte.

Ich dachte an das Buch, das Rider mir früher immer vorgelesen hatte. Die Geschichte hatte mich jedes Mal zum Weinen gebracht, aber sie hatte mich zugleich mit der Hoffnung erfüllt, wir würden eines Tages »echt« werden, so wie der Samthase, und jemanden finden, der uns liebt.

Denn so hatten Rider und ich uns damals gefühlt. Als würde es uns eigentlich gar nicht geben. Niemand dachte an uns oder sorgte sich um uns. Wir waren vergessen, unserem Schicksal überlassen, und mussten uns allein durchschlagen.

Jetzt gab es zwei Menschen, die an mich dachten, die sich um mich kümmerten und für mich sorgten. Dafür sollte ich dankbar sein, wie Rider am vergangenen Abend gesagt hatte, aber in dem Moment war ich einfach nur wütend gewesen.

Carl und Rosa wussten genug über Rider und darüber, was er für mich getan hatte, als wir noch Kinder waren. Ich fand, das hätte ihm ein paar dicke Bonuspunkte einbringen müssen, aber Carl war dennoch kritisch und misstrauisch geblieben. Wertend.

Ich konnte immer noch nicht fassen, wie ich mit Carl geredet hatte. Auch jetzt noch ging mein Puls schneller bei dem Gedanken daran und mir war übel. Carl würde stinksauer auf mich sein. Ich wollte ... ich wollte unbedingt eine perfekte Tochter für ihn sein – für sie beide – und ich war ganz und gar nicht perfekt gewesen.

Ich war den beiden am Abend dann aus dem Weg gegangen und genauso sah auch meine Taktik für den Samstag aus.

Seufzend ging ich an den Regalen entlang. In den beiden mittleren Fächern standen gerahmte Fotos, von einem fröhlichen Baby bis zu einem wunderschönen Mädchen mit langen dunklen Haaren und glänzenden braunen Augen.

Ich starrte auf die Bilder von Marquette und dachte, wie unfair es doch war, dass sie nicht mehr lebte. Und wie unfair es war, dass der Junge, den Rosa operiert hatte, nie wieder würde gehen können. Ich dachte an die vielen schlimmen Dinge, die Rider gesehen und erlebt hatte – das war auch nicht fair gewesen. Es war nicht fair, dass ich …

Ich schloss die Augen und schob die Gedanken weg. Wenn ich mich weiter hineinsteigerte, würde ich am Ende noch zusammenklappen. Es gab Dinge, an die ich einfach nicht denken wollte.

Ich schlug die Augen wieder auf. Marquette blickte mir entgegen aus einem Bild, das ein paar Monate vor ihrem Tod aufgenommen worden war. Sie stand am Strand in einem hübschen schwarzen Bikini, den ich mich nie trauen würde anzuziehen. Ihre Augen wurden von einer coolen pinken Sonnenbrille geschützt und sie lächelte strahlend. Unter ihren Füßen schimmerte weißer Sand, hinter ihr glitzerte das Meer.

Marquette hatte einen Freund gehabt, den sie in ihrem dritten Collegejahr kennengelernt hatte. Seinen Namen wusste ich nicht, ich wusste nur, dass es ihn gab. Sie war sehr beliebt gewesen und hatte einen großen Freundeskreis. Und sehr klug. Auf den Fotos sah sie aus wie ein sehr netter Mensch. So wie Keira.

Ich dachte an den Jungen, der nie wieder würde gehen können. Wie war sein Leben wohl gewesen? Aber mir wurde schnell klar, dass es keine Rolle spielte, ob er unfreundlich und unbeliebt gewesen war oder nicht. Es war trotzdem unfair.

Ich trat von den Bildern zurück und dachte über etwas nach, was ich mich schon lange fragte. Es war natürlich falsch; ich hätte solche Gedanken gar nicht haben dürfen, aber ich konnte nicht anders. Würde ich heute hier in diesem Haus wohnen, wenn

Marquette noch leben würde? Hätten Carl und Rosa dann auch darum gekämpft, mich zu sich zu nehmen? Hätten sie mir dann auch alle diese Möglichkeiten eröffnet, die so viele andere nicht bekamen?

Ich kannte die Antworten auf diese Fragen nicht und das nagte an mir. Aber zwei Dinge wusste ich:

Marquettes Leben hatte jäh geendet.

Und ich hatte eine zweite Chance bekommen.

Ich betrachtete weiter ihr Foto. Ich hatte eine zweite Chance, wo so viele Leute nur eine Chance hatten. Ich durfte sie nicht vertun.

Was hatte Santos im Rhetorikunterricht gesagt? Es kommt nur darauf an, dass man es versucht. Und das würde ich auch tun.

Ich würde es versuchen.

»Oh mein Gott«, kreischte Ainsley, als ich auf die Bank zukam, auf der sie saß. Sie fuhr hoch und schob die Sonnenbrille wieder zurück, die ihr von der Nase zu rutschen drohte. »Du siehst zum Anbeißen aus!«

Meine Schritte wurden langsamer und ich schaute erleichtert an mir hinunter. Das richtige Outfit für diesen Tag auszuwählen hatte mich viel Mühe gekostet. Am Ende hatte ich mich für schwarze Leggins, eine ärmellose weiße Spitzenbluse und eine hellblaue Strickjacke entschieden. Meine Haare trug ich offen und ich hatte sie mit Rosas Glätteisen geglättet, wobei es an ein Wunder grenzte, dass ich sie mir dabei nicht verbrannt hatte. Dann hatte ich mir dreimal das Make-up wieder abwaschen müssen, bevor ich schließlich den »frischen« Look hingekriegt hatte, den ich mir aus einem YouTube-Tutorial abgeschaut hatte.

Ainsley nahm meine Hand und zog mich zu dem Café, das sie

ausgesucht hatte. »Okay. Du bist fünf Minuten zu früh dran und er wird bestimmt gleich da sein und ich dreh gleich durch!«

Ich grinste. Sie war am Durchdrehen? Und ich hatte das Gefühl, als wäre ich kurz davor, zu hyperventilieren.

Sie führte mich in das Lokal. Es war nicht sehr voll, und wir bekamen sofort einen Tisch, der groß genug war für vier. Sie setzte sich mir gegenüber, sodass der Platz neben mir frei blieb. Mein Herz machte einen Satz.

Sie schob die Sonnenbrille hoch und fuhr zusammen, als sie durch die große Glasfront hinaussah. Helles Sonnenlicht fiel in den Raum. Sie rückte den Stuhl zur Seite, um nicht direkt im Licht zu sitzen.

»Hast du … immer noch Probleme mit den Augen?«, fragte ich.

Sie seufzte. »Ja. Keine Ahnung, was da los ist. Der Augenarzt, bei dem ich wegen der neuen Brille war, hat zu Mom gesagt, ich müsste zu einem Spezialisten gehen.«

Sorge regte sich in mir. »Wieso das denn?«

Sie hob die Schultern. »Er hat irgendwas Komisches gesehen, als er meine Augen untersucht hat, und er meint, ein Netzhaut-Spezialist sollte sich das mal ansehen. Er denkt aber, es ist bestimmt ganz harmlos.«

Ein Spezialist klang für mich ganz und gar nicht harmlos. »Glaubt er, mit deinen Augen stimmt was nicht?«

Sie schüttelte den Kopf. »Ich weiß nicht. Mehr hat er dazu nicht gesagt.«

»Und wann ist … dein Termin?«, fragte ich und verstummte, als die Kellnerin kam und drei Gläser Wasser einschenkte.

»In zwei Wochen. Aber genug von mir. Bist du nervös?«, fragte sie und griff nach der Speisekarte.

Ich nickte, obwohl ich den Eindruck hatte, dass Ainsley mir nicht die ganze Wahrheit über ihre Augen sagte. »Ja.«

»Dir ist schon klar, dass das fast wie ein richtiges Date ist, oder?« Sie presste die Speisekarte an sich.

Das Herz rutschte mir in die Hose. Ich schüttelte den Kopf.

»Na klar«, bekräftigte sie. »Es ist wie ein Date. Ein Übungs-date.«

Ein Übungsdate? Was sollte das denn sein? Bevor ich sie da-nach fragen konnte, fuhr sie schon fort. »Okay. Schauen wir uns die Sache mal genau an. Von dem Moment an, wo ihr euch be-gegnet seid, hat er sich alle Mühe geben, dir irgendwie nah zu sein, oder? Er hat den Unterricht geschwänzt, um mit dir in die Mensa zu gehen. Und als du in Rhetorik die Nerven verloren hast, ist er raus, um nach dir zu schauen, und hat dir seine Graf-fiti gezeigt. Er hat dir bei deinem Vortrag geholfen, und er ist vorbeigekommen, um Carl und Rosa kennenzulernen. Das be-deutet, er ist interessiert!«

Es könnte aber genauso gut bedeuten, dass er einfach nur mit mir befreundet sein wollte, aber bevor ich sie darauf hinweisen konnte, sah ich ihn. Rider war da. Er drehte sich um und suchte das Café nach uns ab.

Ich erstarrte. Sein Blick fiel auf mich und langsam breitete sich ein Grinsen auf seinem Gesicht aus. Er sah ganz anders aus als am Abend zuvor. Eher so wie in der Schule. Abgetragene Jeans, ein schwarzes Shirt mit Knopfleiste und abgewetzte Turn-schuhe – trotzdem konnte ich auf einmal nicht mehr denken.

Okay. Das stimmte nicht ganz. Ich konnte durchaus noch denken, aber ich dachte an Dinge, von denen ich eigentlich nichts verstand. Ich dachte an diese vollen, leicht geschwungenen Lippen und wie sie sich wohl anfühlten ... an gewissen Stellen, die nicht meine Stirn oder meine Wange waren. Ich dachte an seine Hände und wie kräftig sie waren und an die seltsam angenehmen Schwielen an seinen Handflächen. Ich dachte an ... viele Dinge – an Dinge, die sich jetzt, da er wieder Single war, nicht mehr ganz so falsch anfühlten.

Ainsley bemerkte, dass ich mich leicht vorgebeugt hatte, und drehte sich um. »Großer Gott!«, murmelte sie. »Ist er das?«

»Ja«, flüsterte ich. Das war er, absolut.

Sie fuhr herum. Ihre blauen Augen waren weit aufgerissen. »Mallory. Wow.«

Ich konnte nichts antworten, weil ich so auf Rider konzentriert war. Er ging mitten durch das Café und strahlte von Kopf bis Fuß ein lässiges Selbstvertrauen aus. Eine ältere Frau, die mit ihrem Mann an einem Tisch saß, schaute auf. Sie lächelte und folgte ihm mit dem Blick.

Dann stand er an unserem Tisch. Fast hätte ich aufgehört zu atmen, als er den Stuhl neben mir hervorzog und sich setzte. »Entschuldigt«, sagte er und sah mich an. »Ich bin ein bisschen zu spät dran.«

Wirklich?

»Hector hat mich mitgenommen«, fuhr er fort. »Er treibt sich auch irgendwo hier rum. Wollte sich aber nicht aufdrängen.«

Ob Rider ihn eingeladen hatte mitzukommen? Wenn ja, würde Ainsley unser Treffen dann immer noch für ein Übungsdate halten? Gab es so etwas eigentlich? Und spielte das überhaupt eine Rolle?

Ainsley lächelte Rider an. »Ich bin Ainsley. Hallo.«

Rider legte den Kopf schräg und grinste sie an. »Ich bin Rider.«

»Ich weiß«, sagte sie. »Du musst Rider sein, keine Frage.«

Ich sah sie aus schmalen Augen an.

Sie beachtete mich nicht. »Ich freue mich so, dich endlich persönlich kennenzulernen. Ich hab schon so viel von dir gehört.«

»Ehrlich?« Er hob die Augenbrauen und schaute zu mir. »Was hast du ihr denn erzählt, Maus?«

Ich öffnete den Mund, aber es kamen keine Worte heraus. Er lächelte und das Grübchen erschien. Oh, Hilfe.

»Mallory hat gesagt, dass du ein toller Typ bist«, sagte sie. Ich war mir nicht sicher, ob ich das wirklich so gesagt hatte. »Und dass ihr zwei zusammen aufgewachsen seid. Ihr wart ganz eng befreundet oder so.«

»Ja«, sagte er und schaute mich immer noch mit diesem ... diesem verdammten Grinsen an. »Wir waren ganz eng befreundet.« Er hielt inne und wandte sich endlich Ainsley zu. »Aber ich glaube, da habe ich inzwischen Konkurrenz bekommen.«

»Das stimmt«, gab sie zurück. »Zum Glück macht es mir nichts aus zu teilen.«

Er lachte. »Dann ist ja gut.«

Mein Herz klopfte wie verrückt, und ich wusste, dass ich dringend etwas sagen musste. Irgendetwas. »Warst ... du schon mal hier essen?«

Das war ja vielleicht lahm!

Rider schüttelte den Kopf und schien sich an meiner dummen Bemerkung nicht zu stören. »Nein.« Er schaute auf die Speisekarte. »Aber die Burger sehen gut aus.«

Auf einmal musste ich an den Imbiss von neulich denken. Der kleine Burger-Laden mit der etwas schäbigen, familiären Atmosphäre hatte viel besser zu ihm gepasst. Dieses Café dagegen, mit der großen Glasfront und den glänzenden weißen Tischen ... Ainsley und ich aßen ständig in solchen Läden, aber bevor ich zu

Carl und Rosa gekommen war, hatte ich so etwas gar nicht gekannt.

Ob Rider sich fehl am Platz fühlte? Kümmerte es ihn überhaupt? Oder waren das alberne Gedanken von mir?

Wahrscheinlich war es albern.

»Die Hamburger hier sind superlecker«, empfahl Ainsley. »Und der Hummus auch.«

»Hummus?« Rider warf den Kopf in den Nacken und lachte. »Nicht ganz mein Geschmack. Ich bin mehr so der Fleischfresser.«

»Hast du schon mal Hummus probiert?«, fragte sie. »Auf einem Burger?«

Angewidert verzog ich das Gesicht.

»Nein.« Wieder lachte er. »Das hab ich noch nie probiert.«

»Solltest du aber«, meinte sie.

»Auf keinen Fall«, widersprach ich.

Als die Kellnerin kam, bestellte Rider einen Burger, allerdings ohne Hummus. Ich nahm das Gleiche und dazu noch eine Cola. Ainsley nahm den Vorspeiseteller mit Hummus.

Rider und Ainsley fingen unbekümmert an zu quatschen. Sie fragte ihn nach der Schule. Er erkundigte sich, wie es war, wenn man einen Hauslehrer hatte, und nach kurzer Zeit unterhielten sie sich so angeregt, als würden sie sich schon ewig kennen. Ich warf ab und zu etwas ein, blieb ansonsten aber eher schweigsam, worüber sich keiner wunderte. Ich entspannte mich ein wenig, aber ich beobachtete Rider genau und bemerkte es jedes Mal, wenn er mich ansah.

»Und was habt ihr beide nach dem Essen noch vor?«, fragte er schließlich und ließ den Arm auf meine Stuhllehne sinken. »Geht ihr ins Kino?«

»Ach, da fällt mir ein, dass ich nachher doch keine Zeit habe. Ich muss … Meine Eltern haben heute Abend noch was vor, wo ich mitkommen soll, deshalb ist Mallory jetzt eigentlich nicht weiter verplant«, erklärte Ainsley hastig.

Ich erstarrte. Was? Davon hatte sie mir gar nichts gesagt.

Riders Blick huschte zwischen uns hin und her. »Aber ich dachte, ihr wolltet was zusammen unternehmen?«

»Nö«, erwiderte Ainsley schnell. »Ich habe nur kurz Zeit zum Mittagessen. Dann gehört sie ganz dir, und soviel ich weiß, muss sie um elf spätestens zu Hause sein.«

Meine Augen wurden groß. Oh mein Gott. Was ging denn hier ab? Ich sah sie an, doch sie lächelte nur ganz unschuldig. Hätte sie mich nicht vorwarnen können?

Riders rechter Mundwinkel wanderte in die Höhe und er trank einen Schluck aus seinem Glas. »Klingt gut.« Er tippte mir gegen die Schulter. »Hast du Lust, mit mir zur Werkstatt zu fahren?«

Seine tiefe Stimme brachte mein Herz zum Rasen. Ainsley starrte auf ihren leeren Teller. Bevor ich eine Antwort formulieren konnte, klingelte ein Handy.

Rider zog sein Telefon aus der Tasche, schaute kurz auf das Display und stand auf. »Bin gleich wieder da.«

Sobald er außer Hörweite war, beugte Ainsley sich zu mir. »Mally, der ist ja so was von heiß!«

Ich wurde rot und trank einen Schluck. Rider war heißer als jeder Vulkan, daran bestand kein Zweifel, aber es war nicht nur sein Aussehen. Unter diesem attraktiven Äußeren steckte ein richtig … feiner Kerl. Ein gutes Herz.

»Du hast nicht übertrieben, als du ihn mir beschrieben hast.« Grinsend lehnte Ainsley sich zurück. »Gehst du mit ihm mit? Ich meine, du kannst eigentlich nicht anders, weil ich dich ja fast schon dazu gezwungen habe, aber du hast ja auch regelrecht darum gebettelt. Manchmal muss man dich einfach zwingen.«

Ich blinzelte und fast wäre mir das Glas aus der Hand gefallen. »Aber ich ... ich dachte, wir verbringen den Tag zusammen.«

»Wir haben doch zusammen gegessen. Auch wenn ich dich nicht davon überzeugen konnte, den Hummus zu probieren. Das ist deine Chance, auch mal mit jemand anderem Zeit zu verbringen. Mit einem ziemlich sexy Typen zum Beispiel.«

Mein Magen zog sich zusammen, eigentlich kein unangenehmes und nur zu vertrautes Gefühl. »Aber ...«

»Rosa und Carl denken, du wärst mit mir zusammen. Und solange du heute Abend pünktlich zu Hause bist, werden sie auch nichts erfahren. Sie rufen sicher nicht bei meinen Eltern an.« Ainsley grinste verschmitzt. »Bestimmt haben sie heute Abend auch schon was vor. Schön zu zweit essen gehen oder so. Das dürfte also kein Problem sein.«

Ich schaute zu Rider hinüber und mein Magen verkrampfte sich noch mehr. Meine Gedanken rasten. Ich konnte es nicht fassen, dass ich ernsthaft über ihren Vorschlag nachdachte. Ja, ich hatte, ohne dass Rosa und Carl etwas davon wussten, die Schule mit ihm verlassen, und sie wussten auch nicht, dass Rider schon bei mir gewesen war, aber ... das hier war etwas anderes. Es war, als würde ich eine unsichtbare Grenze überschreiten. Die Rivas' meinten, ich wäre mit Ainsley zusammen, und das war ich nicht.

Ich wäre mit Rider zusammen.

Den ganzen Samstagnachmittag und vielleicht sogar am Abend. Aus dem Übungsdate war ein richtiges Date geworden.

Und auf einmal spürte ich, was für ein bedeutender Schritt das war.

Wenn ich erwischt wurde, würden sie sagen, es sei Riders

Schuld und dass er einen schlechten Einfluss auf mich habe, aber in Wahrheit wusste er gar nicht, dass ich das nicht durfte. Zum Teufel, ich wusste ja selbst nicht, ob sie es mir erlauben würden, aber ich hatte bestimmt nicht vor, sie zu fragen.

Ich war mir nicht einmal sicher, ob das, was ich vorhatte, wirklich so falsch war. Leider konnte ich niemanden fragen, weil ich mir dabei ziemlich doof vorgekommen wäre.

Rider steckte das Handy wieder in die Tasche. Konnte ich das überhaupt? Zeit mit ihm verbringen? Hastig nahm ich mein Glas und trank einen großen Schluck. Warum hatte ich nur solche Angst davor? Rider und ich waren zusammen aufgewachsen. Klar hatten wir uns ein paar Jahre nicht gesehen, aber wir waren Freunde, und er hatte sich eben erst von seiner Freundin getrennt. Das war kein Übungsdate.

Und ich konnte das.

»Du ... du meinst, ich sollte mit ihm mitgehen?«

Ainsleys blaue Augen weiteten sich vor Aufregung. »Ja! Mein Gott, auf jeden Fall!« Sie haute mir gegen den Arm. »Das ist der ideale Zeitpunkt für ein bisschen Zeit zu zweit.«

Ich runzelte die Stirn. »Aber wir ... wir haben doch genug Zeit zu zweit.«

Sie starrte mich entgeistert an. »Aber das hier ist anders, Mallory. Das ist Zeit zu zweit an einem Samstag!«

Offenbar sah sie mir an, dass ich nicht verstand, was sie meinte. Kopfschüttelnd nahm sie ihr Glas. »Glaub mir. Das ist etwas völlig anderes.«

Ich würde es ihr glauben müssen.

»Du bist an ihm interessiert, deshalb nur eine kleine Vorwarnung: Er ist auf jeden Fall auch an dir interessiert. Ich meine, also wirklich, warum sollte er das auch nicht sein? Aber Jungs benehmen sich manchmal ziemlich blöd, es kann also sein, dass er den Coolen spielt und so tut, als wärst du ihm egal.«

Ich öffnete den Mund.

»So war es bei Todd. Er hat so getan, als hätte er kein Interesse an mir, bis wir mal allein waren. Dann hat er sofort angefangen, mit mir zu flirten.«

Würde Rider mit mir flirten? Bei dieser Möglichkeit schwoll mein Herz an und mein Magen krampfte sich erneut zusammen.

Ainsley schaukelte fast auf ihrem Stuhl. »Ich weiß, das ist alles neu für dich, aber atme einfach tief durch und amüsier dich. Vielleicht tut er ja noch mehr als nur deine Hand halten.«

Oh mein Gott. Das war zu viel. Ich hätte ihr nie erzählen dürfen, dass Rider meine Hand gehalten hatte. Ich musste unbedingt mit einem Erwachsenen reden.

»Hör zu«, sagte sie mit leiser Stimme und legte ihre Hand auf meine. »Geh nur mit ihm mit, wenn du auch wirklich ein gutes Gefühl dabei hast. Wenn du es wirklich willst. Wenn nicht, ist das auch okay. Ich weiß einfach, dass du mehr als nur freundschaftliche Gefühle für ihn hast. Das merkt man daran, wie du ihn ansiehst ...« Sie hielt inne und hob den Kopf. »Großer Gott, wer ist denn das?«

Mit gerunzelter Stirn folgte ich ihrem Blick und stellte fest, dass Rider nicht mehr allein war. Hector stand neben ihm vor dem Eingang des Cafés. Sie hatten die Köpfe zusammengesteckt, und Riders angespannte Miene verriet, dass sie über etwas Ernstes sprachen. Sorge regte sich in mir.

Suchend blickte ich aus dem Fenster und rechnete damit, Jayden zu sehen, doch er war nicht da. Da erst wurde mir bewusst, dass ich ihn schon seit ein paar Tagen nicht mehr in der Schule gesehen hatte.

»Kennst du den?«, fragte Ainsley.

Ich stellte mein Glas ab und nickte. »Er heißt ... Hector. Das ist ein Freund von Rider.«

Ein langsames Lächeln erschien auf ihren Lippen. »Er sieht heiß aus.«

In dem Moment lachte Hector über etwas, was Rider gesagt hatte. Seine tiefe Stimme drang bis zu uns herein und mehrere Köpfe drehten sich zu ihm um. Hector sah wirklich heiß aus, daran bestand kein Zweifel. Trotzdem wanderte mein Blick wieder zu Rider. Der lächelte und das Grübchen an seiner Wange blitzte auf. Dann sagte er etwas und Hector drehte sich zu unserem Tisch.

Als sein überraschter Blick auf Ainsley fiel, verzogen sich seine vollen Lippen sofort zu einem breiten Grinsen.

»Er gefällt mir«, flüsterte sie. »Hat er eine Freundin?«

Ich zuckte mit den Schultern und fragte mich, ob sie wohl noch einen Freund hatte. Ich wusste nicht, ob Hector mit jemandem fest zusammen war. An der Schule sah man ihn mit verschiedenen Mädchen, allerdings glaubte ich nicht, dass eine von ihnen seine Freundin war.

Rider und Hector kamen zu uns. Rider setzte sich wieder neben mich, Hector nahm den Stuhl neben Ainsley.

»*Esa chica está bien caliente.*« Hector lachte und Rider schüttelte nur den Kopf. Ainsley erstarrte. Sie konnte ziemlich gut Spanisch und verstand vermutlich genau, was Hector da von sich gab, trotz seines puerto-ricanischen Akzents. Und es gefiel ihr offensichtlich überhaupt nicht. »*Me gustaria a llevarla a mi casa y comerla.*«

Ainsley legte den Kopf schräg und strich sich die langen blonden Haare zurück. »*Gracias. Pero no hay ni una parte de mi que tu vas a comer.*«

Hectors Augen weiteten sich.

Rider brach in lautes Lachen aus. »Oh Mann. Das hat gesessen!«

»Na?« Ainsley blinzelte dem verdatterten Hector mit großen Augen zu. »Du glaubst, eine weiße Tussi kann unmöglich deine Sprache verstehen, deshalb setzt du dich vor mich hin und redest, als wäre ich gar nicht da?« Ihr Lächeln war dünn und künstlich. »Das ist vielleicht bescheuert!«

»Mann ...« Hector lehnte sich zurück und schüttelte den Kopf. »Du bist echt ... hart.«

»Stimmt genau«, erwiderte sie eisig. Auf einmal schien sie Hector ganz und gar nicht mehr heiß zu finden. »Und du bist ein *mal criado.*«

Hectors Augen verengten sich.

»Ich mag deine Freundin, Maus.« Lachend blinzelte Rider mir zu. »Sie hat ihn einen erbärmlichen Wichtigtuer genannt, und da kann ich ihr nur zustimmen.«

Oje.

Ainsley zog eine Braue hoch und begutachtete Hectors abgetragenes T-Shirt. »Tja, wenn du dich angesprochen fühlst ...«

»*Qué carajo ...*«, murmelte Hector. »*Nena*, du weißt gar nichts von mir.«

Schulterzuckend sagte sie nur: »Das will ich auch gar nicht.«

Oh. Oh, wow. Das ging ja turbomäßig den Bach runter, auch wenn Rider so aussah, als würde er sich köstlich amüsieren.

Ainsley drehte sich mit roten Wangen zu mir um. »Gehst du jetzt mit Rider?«, fragte sie leise, aber noch vernehmlich.

»Wo wollt ihr zwei denn hin?«, fragte Hector, den Blick immer noch auf sie gerichtet.

Sie beachtete ihn nicht. Mein Magen zog sich auf einmal wieder zusammen. »Ich wollte ihr die Werkstatt zeigen«, erklärte Rider.

Hector grinste vielsagend. »Klingt cool.« Woraufhin Rider ihm den Mittelfinger zeigte. »Dann gehst du heute Abend nicht zu Ramon? Da steigt 'ne große Party.«

Rider sah mich an. Auf einmal schnürte sich mir die Kehle zu. »Nur wenn Mallory nicht mit mir zur Werkstatt fährt.«

»Bring sie doch mit«, schlug Hector vor und wandte sich grinsend an Ainsley. »Ich würde dich ja auch gern einladen, mami, aber wahrscheinlich ist dir das nicht fein genug.«

»Wenn du dabei bist, wahrscheinlich nicht«, erwiderte sie trocken. »Aber ich wäre sowieso nicht interessiert.«

Ich bemerkte kaum, dass Hector und Ainsley wieder anfingen zu streiten, hauptsächlich auf Spanisch. Eine Party? Ich war noch nie auf einer Party gewesen. Noch nicht einmal in der Nähe einer Party. Der Puls in meinem Hals flatterte wie ein durchgeknallter Kolibri. Ich ließ die Hände in den Schoß sinken und strich mir über die Schenkel.

Was sollte ich auf so einer Party überhaupt machen? Wahrscheinlich würde ich die ganze Zeit wie eine Klette an Rider hängen. Man würde erwarten, dass ich redete, mich unter die Leute mischte. Dass ich etwas trank. Ich hatte erst ein Mal Alkohol getrunken, mit neun, und da hatte ich ihn wieder ausgespuckt. Ich konnte ja nicht einmal vor mehreren Leuten sprechen, wie sollte ich da lässig auf einer Party abhängen?

Riders Blick begegnete meinem. Ich spürte förmlich, wie das Blut aus meinem Gesicht wich, und wusste, dass man mir meine Panik ansehen konnte.

»Ach, ich hab heute eigentlich keinen Bock auf 'ne Party«, sagte er in eine Pause der beiden Streithähne hinein. »Ist das okay für dich, Maus?«

Ein Teil von mir wusste, dass er das nur meinetwegen sagte,

weil eine Party bestimmt mehr Spaß machte als mir beizubringen, wie man Graffiti sprühte. Trotzdem strömte zuckersüße Erleichterung durch meine Adern.

Ich machte Fortschritte, klitzekleine zwar nur, aber immerhin, doch auf eine Party zu gehen, fühlte sich an, als würde man ohne Seil von einem hohen Felsen springen. Ich schluckte und nickte. »Das ist total okay für mich.«

»Gut«, murmelte er und lehnte sich zurück. »Dann fahren wir zur Werkstatt.«

Ich bemühte mich, cool zu bleiben, trotzdem stahl sich ein Lächeln auf meine Lippen. Es war ein echt bescheuertes Lächeln, viel zu breit, viel zu strahlend, aber ich war so glücklich. Und nervös. Aber das Glücksgefühl war stärker.

Egal, was an diesem Abend noch passierte – es wäre ein erstes Mal für mich.

22

RIDER FUHR UNS IN meinem Wagen zur *Razor-back-Garage*. Ich war viel zu nervös und er kannte den Weg. Die ersten Meter nach dem Parkhaus schwiegen wir.

Ich nutzte die Zeit, um mir einen Gesprächsanfang zu überlegen. »Hat dir das ... Café gefallen?«, fragte ich. »Ich weiß, es war ... anders.« Nachdem ich das gesagt hatte, zuckte ich zusammen. Etwas Dümmeres hätte mir nicht einfallen können? Zum Beispiel: *Schönes Wetter heute.*

Oh Mann.

Er biss sich auf die Unterlippe und sah mich an. »Es war cool. Inwiefern war es anders?«

»Ich dachte nur, weil ... früher, da hätte ich ... so ein Lokal nie betreten.« Ich schwieg und fragte mich, worauf ich überhaupt hinauswollte. *»Wir* hätten so ein Lokal nie betreten.«

Er glitt mit der Hand über das Lenkrad und nahm die Kurven ganz lässig. »Du willst also wissen, ob ich mich in so einem Lokal wohlfühle?«

Ich öffnete den Mund, brachte aber nichts heraus. Wie immer. Hitze stieg mir ins Gesicht. Genau das hatte ich doch fragen wollen, oder nicht?

»Maus?«

Ich schüttelte den Kopf und nestelte an meinem Gurt herum. »So hab ich das nicht gemeint.«

Schweigend bog er in eine neue Straße ein. »Ach nein?«

Ich wusste nicht, was ich sagen sollte.

»Ich finde die Frage eigentlich naheliegend. Ich meine, wir haben inzwischen ein ganz unterschiedliches Leben, oder?«

Ich spähte zu ihm hinüber. Er blickte konzentriert nach vorn auf die Straße. Die eine Hand lag auf dem Lenkrad, die andere auf seinem Schenkel. Meine natürliche Reaktion wäre gewesen, in so einem Moment stumm zu bleiben. Dann hätte Rider mit Sicherheit das Thema gewechselt. Aber ich hatte damit angefangen und musste auch dazu stehen. Ich konnte nicht ewig schweigen.

Ich atmete tief ein und konzentrierte mich auf den roten Laster vor uns. »Das stimmt, aber ich ... ich denke eigentlich nicht darüber nach. Und deshalb habe ich mir wegen dem Café auch keine Gedanken gemacht.«

»Ich fühle mich dort genauso wohl wie überall sonst«, erwiderte er nach einer Weile gelassen, aber kühl.

Ich kam mir vor wie ein Idiot. »Jetzt habe ich dich ... gekränkt. Das tut mir leid.«

»Hast du nicht«, erwiderte er und kniff die Augen zusammen. »Ehrlich.«

Ich nickte und presste die Lippen aufeinander. Früher hatten wir so vieles zusammen durchgestanden, aber plötzlich fühlte es sich an, als wäre da eine Kluft zwischen uns. Ich konnte weiterhin nur stumm dasitzen und darüber nachdenken, oder ich versuchte, eine Brücke über diese Kluft zu schlagen.

Ich zwang meine Finger, sich von dem Gurt zu lösen, und ließ die Hände in den Schoß sinken. »Im ... Unterricht gestern, da klang es so ... als würde Mr Santos dich ganz gut kennen.«

»Er hat mir geholfen, als ich beim Sprayen erwischt wurde«, erwiderte Rider. »Das hab ich dir doch erzählt.«

»Aber ... es scheint mehr zu sein als nur das.« Ich sah zu ihm hinüber. »Er hat ... ein Bild von dir in einer Galerie untergebracht.«

Rider antwortete nicht gleich. »Seit der Sache damals hat er ein Auge auf mich. So ist er eben. Er schaut hin.« Er zog eine Schulter hoch. »Er hat sich ein bisschen um mich gekümmert. Er sieht mehr, als die anderen sehen.«

»Was ... meinst du damit?«

Riders Finger trommelten auf das Lenkrad. »Er sieht nicht nur Stadtteile und Adressen und so'n Scheiß.« Er verstummte und sah zu mir, als wir an einer Ampel anhielten. »Er drängt mich ständig, ich soll später mal was mit Kunst machen. Er hat gesagt, ich soll mich beim MICA bewerben.« Lachend schüttelte er den Kopf. »Ganz schön hochfliegende Pläne.«

Das Maryland Institute College of Arts war eine bekannte Kunstschule in der Stadt. Eine der besten weit und breit. »Wenn Santos meint, du könntest ... dort aufgenommen werden, warum versuchst du es dann nicht?«

Er zog die Brauen hoch. »Ein Semester dort kostet mehr als ein neues Auto.«

»Und was ist mit einem Stipendium?«

Er antwortete nicht.

Ich bohrte weiter, aber nicht, um ihn auszuhorchen, wie Carl es getan hatte, sondern weil ich überzeugt war von Riders Talent. »Wenn dir das MICA zu teuer ist – es gibt auch ... billigere Unis. Wo man leichter reinkommt.«

»Ich weiß«, erwiderte er nur und schwieg.

Stirnrunzelnd musterte ich ihn. »Als wir jünger waren, hast du ständig davon geredet, dass du aufs College willst. Mir wäre das nicht im Traum eingefallen.«

Seine Hand schloss sich fester um das Lenkrad. »Damals war ich noch ein Kind, Maus. Die Dinge haben sich geändert.«

»Die Dinge sind besser geworden«, erwiderte ich. »Oder nicht?«

Er bremste und bog in eine schmale Nebenstraße ein. »Hast du gemerkt, dass du kaum stotterst, wenn du über etwas redest, das dir wichtig ist?«

Das war mich auch schon aufgefallen, und ich freute mich, dass er mir so aufmerksam zuhörte. Aber darum ging es gerade nicht. »Die Dinge sind doch besser geworden, oder nicht?«

»Ja, Maus«, sagte Rider seufzend.

Ich verengte die Augen. »Ich bin mir nicht sicher, ob ich dir glauben soll.« Ich musterte ihn und beschloss, sofort nachzuhaken. »Und was ... war mit dir und Paige?«

»Was soll denn dieses Kreuzverhör?«, entgegnete er und fuhr in eine Parklücke vor der Werkstatt.

»Weil du mir wichtig bist«, brach es aus mir heraus. Er hatte recht; es war wirklich ein Kreuzverhör. Ich fragte ihn genauso aus wie Carl, aber ich tat es wenigstens in guter Absicht.

Rider drehte den Kopf zu mir und unsere Blicke begegneten sich. Es tat mir nicht leid, dass ich das gesagt hatte; schließlich war es die Wahrheit. Er war mir wichtig, schon immer. Ohne den Blick von mir zu wenden, stellte er den Motor ab und zog den Zündschlüssel. Dann legte er die Hände auf den Schoß.

»Es war Paige gegenüber nicht fair«, sagte er. »Die ganze Beziehung.«

»Wie das?«, fragte ich.

Er sah mich mit einem schiefen Grinsen an. »Wir hätten gar

nicht erst zusammenkommen dürfen. Wir hätten einfach Freunde bleiben sollen und ...« Sein Blick glitt zu dem grauen gedrungenen Gebäude. »Ich meine, ich hab sie wirklich gemocht. Ich mag sie immer noch. Und am Anfang hab ich irgendwie gedacht, dass ... dass es mehr ist. Aber so war es nicht.« Er seufzte. »Ich denke, ich wusste das schon eine ganze Weile. Und irgendwie habe ich mir eingeredet, dass es Paige genauso ging. Ich bereue unsere Beziehung nicht, aber ich bereue es, dass ich so lange gewartet habe, sie zu beenden. Damit habe ich ihr wehgetan und das war echt scheiße von mir. Sie ist mir wichtig ...«

Er schüttelte den Kopf. »Nachdem wir letzte Woche zusammen in der Bücherei gelernt haben, bin ich noch zu ihr gefahren und hab die Sache endlich beendet. Und abends hab ich mich dann betrunken – ich hatte echt einiges zu viel.«

Er verstummte und öffnete meinen Sicherheitsgurt. »Mit ihr zusammen zu sein war falsch, verstehst du?« Er schob mir den Gurt von der Schulter. »Ich hatte das Gefühl, ich würde sie hinhalten. Vor allem jetzt.«

»Jetzt?«

»Ja.« Sein Blick suchte meinen. »Vor allem jetzt.«

Meine Lippen öffneten sich leicht.

Wir schwiegen lange, dann fragte er: »Willst du reingehen?«

Ich nickte und stieg aus. Ein Laster fuhr vorbei und laute Musik hallte dumpf dröhnend zwischen den Häusern wider. Wir überquerten die Straße und ich sah mich neugierig um. Das Viertel wirkte gar nicht so übel. Es gab zahlreiche Läden und weiter unten säumten Reihenhäuser die Straße.

»Wohnst du hier in der Nähe?«, fragte ich.

Rider nickte und blieb vor einer grauen Tür stehen. »Ja, etwa drei Querstraßen von hier.« Er zog einen Schlüssel heraus und

311

schloss die Tür auf. »Die Werkstatt ist ein ziemlicher Saustall. Tut mir leid.«

»Schon gut.« Es war eben eine Autowerkstatt. Da musste es doch unordentlich sein.

Er zog die Tür auf, trat hindurch und hielt sie für mich auf. Ich folgte ihm. Ein schwerer Geruch schlug mir entgegen, eine Mischung aus Lack, Öl und Benzin. Es roch nach Arbeit.

Sobald Rider einen Schalter an der Wand umgelegt hatte, zog ein leises Surren durch das Gebäude. Deckenlichter flackerten in regelmäßigen Abständen auf. Zuerst war das Licht noch trüb, dann wurde es heller.

Rider ging voraus, die Hände tief in die Hosentaschen geschoben. »Kommst du?«

Ich schlang mir die Arme um den Körper und ging mit ihm zu einem Auto, das mit abmontierten Reifen auf einer Hebebühne stand.

Überall standen Werkbänke und Werkzeugkisten herum. Öl- und Farbflecken sprenkelten den Boden. Je tiefer wir in das lange, breite Gebäude hineingingen, desto mehr Autos standen herum, die meisten mit einer dicken Plane überzogen, und desto stärker wurde der Lackgeruch. Hier hinten war es dunkler.

Der schwache gelbe Lichtschein schimmerte auf Riders Gesicht, als er sich vor einem abgedeckten Auto zu mir umdrehte. »Ich habe keine richtig festen Arbeitszeiten in der Werkstatt. Drew ruft an, wenn er einen Auftrag für mich hat. In den letzten Monaten hatte ich Glück und konnte eigentlich immer an was arbeiten.«

Er reckte sich, griff nach einer Kette und zog. Die Muskeln an seinem Rücken wölbten sich und der Stoff seines T-Shirts dehnte sich über den Schultern und dem Bizeps. Wieder strömte dieses warme, schwere Gefühl durch meine Adern.

Helles Licht durchflutete den Raum. Das Erste, was mir auf-fiel, war eine riesige Stoffbahn an der Wand. Sie war voller Farbe, so als wären hundert verschiedene Farbtöne einfach so auf den Stoff gekleckst worden.

Rider bemerkte meinen Blick. »Hier teste ich die Farben. Manchmal muss ich sie erst mischen, bevor ich sie in die Lackier-pistole fülle.«

»Die Lackierpistole?«

Er nickte und deutete auf eine Werkbank, wo mehrere pistolen-förmige Geräte aus Metall lagen. Er ging hinüber und hob eines auf. »Die Farbe kommt da rein.« Er fuhr mit dem Finger über den Behälter, der an der Lackierpistole befestigt war. »Und unten ist sie dann über einen Schlauch mit einem Druckluftkompressor verbunden.« Rider lachte verlegen und legte die Pistole zurück auf die Werkbank. »Aber du wolltest sicher keine Einführung in die Lackiertechnik haben, oder?«

»Das macht nichts.« Ich trat näher. »Ich finde es interessant.«

Rider lachte wieder und ging an mir vorbei zu dem Auto unter der Plane. »Daran habe ich letzte Woche gearbeitet.« Er packte den Stoff und zog ihn weg. »Fast fertig.«

Vor Staunen blieb mir der Mund offen stehen.

Ich hatte keine Ahnung, was für ein Wagen das war. Ein wei-ßer Zweisitzer, vermutlich ein Coupé. Aber das spielte keine Rolle. Ich hatte nur Augen für das Bild, das sich über die Motor-haube und den vorderen Kotflügel zog.

Es war die amerikanische Flagge. Das klang vielleicht nicht sehr aufregend, aber die Details der Flagge waren einfach spekta-kulär. Die roten Streifen saßen in einer perfekten Linie neben den weißen, ohne Tropfen, ohne Schlieren. Und die Sterne leuchteten ebenso makellos aus dem dunkelblauen Grund hervor. Und die

Flagge war nicht einfach nur eine rechteckige Fläche, sie kräuselte sich wie ein Stück Stoff über dem Kühler und dem Kotflügel, so als würde der Wind sie aufblähen. Dadurch sah es fast so aus, als würde sich das Auto bewegen.

Wie konnte er nur so etwas Wunderschönes mit Sprühlack malen?

»Der Typ wollte ein typisch amerikanisches Motiv.« Rider trat vor, fuhr mit der Hand über den Kotflügel und wischte ein unsichtbares Staubkörnchen weg. »Am Ende haben wir uns dann auf die Flagge geeinigt.«

Ehrfurchtsvoll legte ich die Hand auf die Brust. Das war einfach unglaublich. Die Graffiti in der Lagerhalle waren schon erstaunlich gewesen, aber das hier war noch viel, viel besser. »Das ist fantastisch!«

»Findest du?«

»Ja.« Ich sah ihn mit weit geöffneten Augen an. »Siehst du denn nicht selbst, wie wunderschön das ist?«

Schulterzuckend schaute Rider auf das Auto. »Ist doch nur 'ne Flagge.«

»Aber sie sieht so echt aus!« Meine Stimme überschlug sich fast, aber das war mir egal. Rider war aus dem Nichts gekommen. Aus dem *Nichts*. Er war inmitten von Dunkelheit und Gewalt groß geworden und die ganze Zeit hatte er diese unglaubliche Begabung in sich gehabt. Selbst die schlimmen Dinge, die er erlebt hatte, konnten dieses Talent nicht zerstören. »Sie sieht so echt aus, als könnte man hingehen … und sie einfach hochheben.«

»Hm.« Schweigen. »Danke.«

»Hast du … machst du eigentlich Fotos von deinen Sachen?«

Er schüttelte den Kopf. »Eigentlich nicht.«

»Du musst das fotografieren«, drängte ich. »Und zwar alles, was du machst.«

Verlegen sagte er: »Ein paar Fotos hab ich schon. Aber nicht geordnet oder so. Drew macht meistens ein Bild. Für die Internetseite.«

»Eine Mappe!« Aufgeregt wippte ich vor und zurück. »Du solltest eine Mappe damit zusammenstellen.«

Mit einem verlegenen Lächeln nahm er die Plane und breitete sie wieder über das Auto. Dann ging er um den Wagen herum und zog sie an den Seiten zurecht.

Leise atmete ich ein. »Ich ... ich würde gern mehr von deinen Sachen sehen.«

»Ich zeig dir später mal welche. Wenn ich die Bilder zusammengesucht hab«, sagte er und zog die Plane auch über den Kofferraum des Wagens. Lächelnd sah ich zu, wie er die Plane auf der anderen Seite befestigte und langsam um den Wagen herum zu mir kam. Dabei kam mir eine Idee. Rider würde niemals selbst eine Mappe mit seinen Arbeiten zusammenstellen. Aus irgendeinem Grund konnte er sein Talent nicht erkennen. Deshalb würde ich ihm dabei helfen.

»Willst du es mal probieren?«, fragte er.

Meine Augen weiteten sich. »Ich soll ein Auto lackieren?«

Riders haselnussbraune Augen funkelten belustigt. »Nein. Kein Auto, Maus.« Er kam zu mir und deutete auf die Stoffbahn an der Wand. »Da kannst du was draufsprühen.«

Prüfend betrachtete ich die Leinwand. Es gab ein paar Stellen, die noch weiß waren, hauptsächlich in der unteren Hälfte.

Rider ging zu einer Werkbank und holte zwei weiße Masken aus einer Schublade. »Die Dämpfe sind ein bisschen intensiv.« Er kam zu mir zurück. »Also, was meinst du?«

Ich nickte und lächelte.

Daraufhin streifte er mir die Maske über das Gesicht, bis sie unter meinem Kinn hing. Seine Augen trafen meine, als er ein paar Haarsträhnen von mir vorsichtig unter dem Gummiband hervorzog. Er zögerte und sah mich an. Sein Mund öffnete sich, als wollte er etwas sagen, doch dann überlegte er es sich anders. Er streifte die Maske über und ließ sie ebenfalls unter dem Kinn hängen. Dann ging er zu einer großen Plastikkiste neben der Werkbank und öffnete sie. Ganz normale Spraydosen lagen darin.

»Ich dachte, wir fangen mit was ganz Einfachem an«, meinte er in leichtem Ton und gab mir eine Dose mit einem roten Deckel. »Die Farbe passt zu dir.«

Errötend nahm ich die Dose. Rider führte mich zu der Leinwand und schüttelte dabei seine Dose. Ich machte es genauso und kam mir ziemlich albern vor.

»Wie wär's, wenn wir mit einem Buchstaben anfangen, zum Beispiel einem M?« Er zog sich die Maske über den Mund und sagte gedämpft. »Warte.«

Er klemmte seine Dose unter den Arm und zog auch mir die Maske über den Mund. Seine Hände verharrten kurz an dem Gummiband und ein Schauer rieselte mir über den Rücken. »So, bitte.«

Er nahm den Deckel von der Dose und ließ ihn mit einem leisen Klirren zu Boden fallen. Mit glänzenden Augen kniete er sich hin und zauberte mit ein paar schnellen Handbewegungen ein kühnes schwarzes R auf die Leinwand. »Und jetzt du.«

Zuerst stand ich da wie erstarrt. Ich wusste nicht, was ich tun sollte. Ich meine, einen Buchstaben aufzusprühen war nicht schwer, aber auf einmal machte mir der Gedanke Angst, es überhaupt zu versuchen, weil... Ja, aus welchem Grund eigentlich? Aus Angst, es nicht hinzubekommen? Wieso sollte ich es nicht schaffen, einen Buchstaben aufzusprühen? Ich meine, also wirklich. Und selbst wenn ich kläglich versagte, wäre es Rider egal. Und mir sollte es auch egal sein.

Aber ich hatte Angst, es überhaupt zu versuchen.

Ein Zittern kroch in meinem Arm hoch, und ich hörte auf nachzudenken, hörte auf, mir Sorgen zu machen. Ich nahm den Deckel ab und trat vor, kniete mich hin und malte ein riesiges rotes M in Bubbleschrift auf den Stoff.

So.

Keine große Sache.

Niemand wurde verletzt oder getötet durch mein hässliches M. Ich sah zu Rider auf und meinte ihn durch die Maske lächeln zu sehen.

»Also ...« Er malte ein I zu seinem R. »Du hast also vor, aufs College zu gehen, oder?«

Ich wollte nicken, als ich das A sprühte, zwang mich dann aber zu sprechen. »Ja. Ich möchte gern aufs... College, aber ich...«

»Was?«

Meine Augenbrauen zogen sich zusammen, weil ich mich so auf die Buchstaben konzentrierte. »Carl und Rosa wollen, dass ich irgendwas im medizinischen Bereich mache und in die Forschung gehe. Ihre Tochter Marquette wollte Ärztin werden, genau wie sie.«

Schweigend sprühte Rider weiter seine Buchstaben auf.

»Und willst du das auch?«

»Ich ...« Ich ließ die Dose sinken und starrte auf die ersten drei Buchstaben meines Namens. Ich kannte die Antwort auf diese Frage schon, aber ich dachte daran, wie Carl gelacht und meine

Idee, Sozialpädagogik zu studieren, einfach abgetan hatte. Ich wollte nicht, dass Rider auch so reagierte. »Ich weiß … nicht.« Ich schaute ihn an. »Hast du das Gefühl, ich will das eigentlich gar nicht?«

Er hielt inne und suchte meinen Blick. »Woher soll ich das wissen, Maus? Du bist nicht mehr das Mädchen, das ich vor vier Jahren kannte.«

Manchmal fühlte ich mich aber noch wie dieses Mädchen.

Er sprühte weiter und Lackgeruch breitete sich um uns herum aus. »Wenn du es wirklich willst, dann solltest du es tun.«

In die Forschung wollte ich auf keinen Fall, aber Sozialarbeit würde mich tatsächlich sehr reizen. Ich wollte nur Carl und Rosa nicht enttäuschen, und ich würde sie enttäuschen, wenn ich mich für so ein Fach entschied. Aber was gab es sonst noch, was ich wirklich wollte?

Rider erzählte von seinen verschiedenen Lackieraufträgen und was für Motive er hatte gestalten müssen. Ich lachte, als er beschrieb, wie er einmal einen Clown auf einen Lieferwagen malen musste. Das klang echt gruselig. Dann malten wir unsere Buchstaben noch aus. Rider war total kreativ und füllte seine Umrisse mit den unterschiedlichsten Mustern. Ich versuchte es ebenfalls, aber meine Buchstaben sahen eher aus wie Blutflecken.

Und ich dachte weiter darüber nach, was ich mit meinem Leben anfangen wollte. Was wirklich zu mir passte. Nachdem ich das Y fertiggestellt hatte, wurde mir klar, dass ich darauf keine Antwort hatte. Alles an mir war reine Oberfläche, nichts ging in die Tiefe. Ich las gern. Ich schnitzte gern an Seife herum. Ich schaute gern *Project Runway* in Fernsehen. Aber nichts davon war eine wahre Leidenschaft von mir.

Ich hatte nicht den Drang zu schreiben, so wie Ainsley. Die

Seifenschnitzerei war ein absurdes Hobby, meine Form des Meditierens. Und ich könnte noch nicht einmal dann ein weißes Baumwoll-T-Shirt entwerfen, wenn mein Leben davon abhinge.

Oh Mann, ich war einfach ... leer. Wie die weißen Stellen auf der Leinwand, auf denen nur winzige Farbspritzer waren. Es gab Dinge, die ich mochte, Dinge, mich immer interessiert hatten, aber hauptsächlich war ich leer.

Während der letzten paar Jahre hatte ich den ganzen emotionalen Ballast der Vergangenheit allmählich ausgepackt, sämtliche Traumata und Ängste, aber meine verkorkste Kindheit hatte nicht nur dazu geführt, dass ich am liebsten schwieg und mich im Hintergrund hielt. Sie hatte mich auch davon abgehalten zu leben. Und ging es denn nicht genau darum, wenn man herausfinden wollte, was man wirklich wollte? Zu leben? Nur dass da immer noch diese Angst in mir war und mich zu einer leeren Hülle machte.

Seltsamerweise löste sich bei diesem Gedanken eine schwere Last von meinen Schultern. Das war kein Grund, traurig zu sein. Ich war wie eine weiße Leinwand, und das war eigentlich gar nicht schlimm, entschied ich in diesem Moment, weil das bedeutete, dass ich ... alles Mögliche sein konnte.

Aus mir konnte *alles* werden.

Ich musste es nur tun.

Aber mein Name sah jetzt aus wie ein blutiges Marshmallow.

Ich musste grinsen.

»Gefällt mir.« Rider zog die Schutzmaske ab und ließ sie zusammen mit seiner Farbdose auf die Werkbank fallen. »Na, was meinst du?«

Ich zog mir ebenfalls die Maske vom Kopf und lächelte ihn an. »Mir gefällt es auch.« Ich schaute auf unsere Namen. »Danke, dass du mich hierher mitgenommen hast. Die Party wäre sicher ... aufregender für dich gewesen ...«

»Das stimmt nicht. Es gibt keinen Ort, wo ich jetzt lieber wäre«, sagte er und drehte seinen langen schlanken Körper zu mir. »Ehrlich.«

Ich sah ihn mit hochgezogenen Brauen an, unsicher, ob ich ihm das glauben sollte.

Er nahm ein Tuch. »Zeig mir deine Hände.«

An zwei Fingern hatte ich rote Farbe, so wie er sonst immer. Er nahm meine Hand und rieb sie sanft sauber. »Das ist mein Ernst, Mallory. Ich freue mich, dass du hier bist. Die Party ist mir ganz egal.«

Ich sah zu, wie er meine Finger sorgfältig sauber wischte, und beschloss, ihm das einfach zu glauben. Seinen Worten zu vertrauen. Kritisch betrachtete er meine Hand. »Du siehst eben nicht, was ich sehe.«

»Wie bitte?«

Mit gerunzelter Stirn wischte er ein letztes Mal über meinen Zeigefinger. Dann warf er den Lappen hinter sich und nahm die rote Spraydose.

»Ich möchte noch mal darauf zurückkommen, dass du gesagt hast, ich sei dir wichtig«, sagte er, während er wieder zur Leinwand ging, und überraschte mich damit. »Ich weiß, dass ich dir wichtig bin, Mallory.«

Mein Herz fing an zu rasen, als er die Dose schüttelte.

»Du bist mir auch wichtig.« Er kniete sich hin und malte mit schwungvollen Bewegungen etwas auf die Leinwand. »Und ich glaube, hier fehlt etwas.«

Ich hatte keine Ahnung, worauf er hinauswollte, und wartete, bis er sich wieder erhob und zur Seite trat. Dann stöhnte ich leise auf. Rider hatte ein Herz zwischen unsere Namen gesprüht. Nun konnte ich es mit eigenen Augen sehen:

Er neigte sich mit einem verlegenen Lächeln zu mir. Spitzbübisch. »Ganz schön kitschig, was?«

Mein Herz klopfte so rasend, dass ich Angst hatte, ich würde einen Herzinfarkt bekommen.

»Oder ging das jetzt vielleicht zu schnell?« Er warf die Dose in einen Mülleimer und kam langsam auf mich zu. Sein Gesicht war knallrot. »Bestimmt ging es zu schnell.«

Ich wusste nicht, was ich sagen sollte.

Rider tat nichts von dem, was Ainsley vorhergesagt hatte. Er machte nicht einen auf cool oder unnahbar. Er legte mir sein Herz zu Füßen und ich ... ich war ...

»Ich mag dich, Mallory. Aber mir ist auch verdammt klar, dass du jemand Besseren verdient hast als mich.« Er senkte den Kopf und fuhr sich mit einem verlegenen Lachen durch die Haare. »Oh Mann. Was rede ich denn da? Hör zu, vergessen wir das Ganze einfach ...«

Mit einem Ruck riss ich mich aus meiner Erstarrung. »Du magst mich?«

Sein Blick fuhr zu mir. »Ja. Ich weiß, ich war bis vor Kurzem noch mit Paige zusammen, und ich will auch nicht so tun, als hätte mir das nichts bedeutet, aber meine Gefühle für dich sind ganz anders. Das kann man nicht vergleichen. Und das liegt nicht an unserer gemeinsamen Vergangenheit und dass wir beide uns schon so lange kennen«, sagte er, und die Worte sprudelten nur so aus ihm heraus. »Zuerst hab ich gedacht, diese Anziehung zwischen uns würde daher kommen. Ich hab gedacht, es liegt daran, weil wir so viel zusammen durchgemacht haben. Und dann an dem Abend, als ich zu dir gekommen bin und du mich verarztet hast, da dachte ich, es wäre einfach körperlich.« Seine Wangen wurden rot. »Und natürlich ist es auch, weil ich dich sexy finde, aber nicht nur. Ich glaube, insgeheim habe ich es schon von dem Moment an gewusst, als du meinen Namen gesagt hast.«

Mein Puls hämmerte wie verrückt. Rider hatte mich gern, wirklich gern! Oh mein Gott, das kam total unerwartet. Völlig ungeplant. Ein unendlich großer fremder Kontinent tat sich auf einmal vor mir auf.

»Ich weiß, du hast was Besseres verdient, aber ich will besser werden. Für dich.« Seine Stimme wurde ganz leise, als er vor mir stehen blieb. »Deshalb muss ich dir jetzt eine Frage stellen.«

Tief in meiner Brust und in meinem Bauch regte sich ein Flattern. Atemlos sah ich ihm in die Augen. »Was … denn?«

Ein Muskel zuckte in seinem Gesicht und er atmete tief ein. »Darf ich dich küssen?«

23

AUSNAHMSWEISE HIELT ich nicht erst einmal inne und analysierte mit rasenden Gedanken jedes Detail, bevor ich eine Entscheidung traf.

Ich dachte überhaupt nicht nach.

Ich handelte einfach.

»Ja«, flüsterte ich.

Aus Riders Kehle drang ein Laut, tief und männlich, halb Stöhnen, halb Knurren, bei dem ich erschauerte. Er legte die Hand auf meine Wange und senkte den Kopf zu mir, aber er küsste mich nicht.

Noch nicht.

Sein warmer Atem wehte gegen meine Stirn, als er mir über das Gesicht strich und die Finger in den Haaren in meinem Nacken vergrub. Die andere Hand legte sich auf meinen Rücken, und mein Inneres zog sich zusammen wie wahnsinnig. Sie wanderte weiter hinauf und zog eine flammende Spur hinter sich her. Meine Augen schlossen sich flatternd, als seine Lippen zärtlich über meine Wange strichen. Es war die süßeste Qual. Mein ganzer Körper spannte sich an und wartete auf den Moment, wo seine Lippen meine trafen.

Erst war da nur ein zuckersüßer Hauch, federleicht strichen

seine Lippen über meine. Einmal. Zweimal. Ich spürte die Berührung am ganzen Körper, als würde ein Stromschlag durch meine Adern fahren. Dann wurde der Druck auf meinen Mund stärker.

Rider küsste mich.

Es war ein perfekter Kuss, sanft und wunderschön und, als er intensiver wurde, auch kein bisschen schüchtern. Rider wusste, was er tat, und obwohl ich noch vollkommen unerfahren war, wusste ich instinktiv, dass das keine Rolle spielte. Sein Mund erkundete meine Lippen und alles in mir zog sich zu einem festen Knäuel zusammen.

Küssen war einfach wunderbar. Unglaublich. Der Wahnsinn. Mir würden noch viele weitere Wörter einfallen, um es zu beschreiben. Es haute mich um, und als er den Mund von meinem löste, keuchten wir beide schwer. Er legte die Stirn an meine. Keiner von uns sagte etwas.

Ich dachte immer noch nicht nach. Keine Ahnung, wie meine Hände auf Riders Brust gekommen waren, aber ich spürte, dass sein Herz genauso schnell klopfte wie meins. Mein Kopf war völlig leer, und ich sog seinen Duft in mich ein, eine Mischung aus einem zitronigen Aftershave und dem schwachem Geruch nach Lack.

»Gefällt es dir?«, fragte er, löste die Finger aus meinen Haaren und fuhr die Konturen meines Gesichts nach.

Ja, oh Gott, ja, jaaa zu schreien wäre wahrscheinlich etwas übertrieben gewesen, deshalb begnügte ich mich mit einem dezenten »Mhm«.

Rider grinste und seine Lippen berührten meine. »Schön. Denn mir gefällt es auch sehr.«

Ich schmiegte meine Wange in seine Hand. Irgendwie fühlte

sich das alles gar nicht echt an, so als würde ich träumen und würde jeden Moment aufwachen und wieder zurück in die Wirklichkeit geworfen werden, in eine Welt, wo es nur die Vergangenheit gab und eine Gegenwart, in der ich nicht richtig lebte. Nicht diese Wirklichkeit, in der ich zum ersten Mal geküsst worden war. Nicht die Wirklichkeit, in der ich tatsächlich jede Sekunde genau dann erlebte, wenn sie geschah, statt im Eiltempo voranzustürmen und erst im Nachhinein auf alles zurückzublicken.

»Wir sollten unbedingt darüber reden, was da zwischen uns passiert, aber ich will ...« Rider holte tief Luft, seine Stimme wurde leiser und rauer. »Erst will ich dich noch einmal küssen.«

Wieder blähte sich mein Herz auf wie ein Ballon und mir war, als müsste ich vom Boden abheben. Es wäre bestimmt vernünftig zu reden, aber ich hatte es satt, vernünftig zu sein. »Ich ... ich auch.«

Rider zögerte keine Sekunde.

Er neigte den Kopf und wieder lagen seine Lippen wie ein Lufthauch auf meinen. Der zweite Kuss war genauso umwerfend wie der erste, doch nach ein paar Sekunden veränderte er sich. Rider verweilte länger und folgte dem Schwung meiner Lippen, als würde er sie sich genau einprägen. Das Gleiche wollte ich bei ihm auch tun.

Ich lehnte mich vor und glitt mit der Hand über seine Schulter. Seine Hand auf meinem Rücken wanderte zu meiner Taille und er schlang den Arm um mich. Er zog mich an sich, bis sich unsere Körper berührten. Eine Welle an Gefühlen brach über mir herein, ich schmiegte mich an ihn, um ihm noch näher zu sein. Ich musste ihm näher sein. Ich spürte seine Zungenspitze. Instinktiv öffnete ich den Mund und ...

Wir fuhren jäh auseinander, als es vorn in der Werkstatt laut und klirrend schepperte. Erschrocken blickte Rider auf. »Was war das?«

Meine Lippen kribbelten immer noch, als er die Arme von mir löste. »Kriegen wir jetzt ... Ärger?«

»Nein. Aber um die Zeit dürfte eigentlich niemand hier sein.« Entschlossen sah er mich an. »Du bleibst hier, verstanden?«

»Aber ...«

»Da ist bestimmt nichts, aber ich schau lieber kurz nach.« Er ließ meine Hand los. »Bleib einfach hier hinten, okay?«

Ich schlang die Arme um mich und nickte. Er schaute mich einen Moment lang an, als wäre er sich nicht sicher, ob er ihm auch wirklich gehorchen würde, dann drehte er sich um. Er ging zur Werkbank und hob ein langes schmales Metallstück auf.

Einen Montierhebel. Das hieß, dass da sehr wohl etwas sein könnte.

Er schlich zwischen den abgedeckten Autos hindurch nach vorn. Plötzlich wollte ich auf keinen Fall allein hier hinten bleiben. Das war alles total unheimlich. Ich war erst ein paar Schritte gegangen, da hallte eine Stimme durch den vorderen Werkstattbereich.

»Yo! Rider! Bist du da?«

»Himmel!«, murmelte Rider. Lauter rief er: »Jayden, bist du das?«

Eine Pause entstand. »Ja. Wo bist du?«

Rider drehte sich um. Hastig kam ich zu ihm. »Seine ... Stimme klingt irgendwie seltsam«, sagte ich, und so war es auch. Es war, als würden die Buchstaben irgendwie aneinanderpappen.

Rider nickte und tastete nach meiner Hand. Den Montierhebel nahm er trotzdem mit. »Wo zum Teufel hast du gesteckt, Jayden?«, rief Rider und führte mich um ein Auto herum, das in sämtliche Einzelteile zerlegt war. »Hector und deine Großmutter suchen schon wie verrückt nach dir. Warum ...?«

Ich schrie auf und schlug entsetzt die Hand vor den Mund.

Im Eingangsbereich der Werkstatt stand Jayden, den Rücken zu uns gewandt. Er hatte kein T-Shirt an. Ein breiter Striemen zog sich quer über seinen Rücken, ein grässlicher rotblauer Bluterguss. Jayden drehte sich um.

Rider erstarrte und ließ meine Hand los. »Verdammt.«

Als Jayden den Kopf hob, wurde es noch schlimmer. Ein Auge war völlig zugeschwollen und fürchterlich blau und seine Unterlippe war aufgeplatzt und blutete. Er trat ein Stück auf uns zu. »Ich steck echt in der Scheiße, Mann.«

24

RIDER FÜHRTE JAYDEN zu einem Pausenraum hinten in der Werkstatt, einem kleinen, grell erleuchteten Raum mit einem zerkratzten Tisch und einem Kühlschrank, der brummte und rasselte, als würde er jeden Moment den Geist aufgeben. Er holte ein paar Eiswürfel aus dem Gefrierfach und wickelte sie in den saubersten Lappen, den er finden konnte.

»Tut mir echt leid, Mann«, murmelte Jayden und hielt sich den Eisbeutel ans Auge. »Ich wusste nicht, dass du mit ihr hier bist. Ich dachte nur, du bist hier und ich könnte mich ein bisschen sauber machen.« Er verstummte und drehte sich zu mir. Ich versuchte, mir mein Entsetzen darüber, wie übel er zugerichtet war, nicht anmerken zu lassen. So etwas kannte ich von früher, wenn Mr Henry Rider in die Finger bekommen hatte. »Im Ernst, *bebé*. Ich wollte nicht, dass du den Scheiß hier siehst.«

»Ich weiß«, flüsterte ich.

»Sie hat es aber gesehen«, gab Rider zu meiner Überraschung zurück. »Du bringst diesen Scheiß hierher zu mir – und zu ihr. Das ist echt nicht cool, Alter.«

Mit schreckgeweiteten Augen starrte ich ihn an.

Ein Muskel zuckte in Riders Kiefer. Er steckte sein Handy ein.

»Hector ist auf dem Weg hierher. Und ich warne dich: Er ist stinksauer.«

Ich setzte mich neben Jayden, weil ich nicht im Weg stehen wollte und nicht wusste, was ich sonst tun könnte.

»Du hättest ihn doch nicht anrufen brauchen.« Jayden ließ den Eisumschlag sinken. »Das hat nichts mit ihm zu tun. *No te preocupes.*«

»Ich soll mir keine Sorgen machen? Hast du den Verstand verloren? Weißt du, wie du aussiehst? Und halt dir das verdammte Eis wieder aufs Auge.« Rider schüttelte den Kopf. »Das war Braden, stimmt's?«

Das war der Name von dem Jungen, den ich einmal mit Jayden in der Schule gesehen hatte.

Jayden schwieg.

»Ich hab dir doch gesagt, du sollst dich von ihm fernhalten. Und Hector auch. Tagelang warst du verschwunden und hast irgendwelchen Scheiß gemacht, und jetzt schau nur, wie du aussiehst.«

Der Junge senkte den Kopf und drückte das Eis wieder auf sein Auge. »Ich hab gedacht, ich könnte meine Verluste wieder reinholen.«

Mein Blick schwenkte zu Rider. Er las die Frage in meinen Augen. Ich hatte nicht erwartet, dass er sie beantworten würde, doch er tat es.

»Unser kleiner schlauer Jayden hier ...«

»Mann«, murmelte Jayden leise.

»... dachte, er könnte für Braden auf Kredit Zeug verticken«, fuhr Rider fort, und man brauchte nicht allzu viel Verstand, um zu erraten, was damit gemeint war. »Nur dass er dann, nachdem er alles losgeworden ist, nicht so viel Geld eingenommen hat, wie von ihm erwartet wurde.«

»Das machen doch alle so«, protestierte Jayden. »Du hast das auch gemacht!«

Du hast das auch gemacht.

Ich erstarrte und fast hätte ich aufgehört zu atmen. Meine Augen suchten Rider. Ich wusste genau, was damit gemeint war. Sie sprachen davon, dass sie irgendwelches »Zeug« bekommen hatten unter der Bedingung, dass sie es verkauften und das Geld dafür zurückzahlten. Und dabei ging es nicht um Sonnenbrillen, es ging um Drogen.

Mir wurde schlecht.

Riders Blick blieb auf Jayden geheftet. »Ich hab das auch gemacht, das stimmt. Aber ich mach das *jetzt nicht mehr*, Jayden. Weil ich ausnahmsweise mal meine kleinen grauen Zellen benutzt und erkannt habe, dass ich nicht wegen mickrigen hundert Dollar tot in einem Hinterhof enden will.«

Rider hatte Drogen verkauft, aber das war jetzt vorbei? Ich war mir nicht sicher, ob ich darüber erleichtert sein sollte. Ich schaute die beiden an und spürte nur blankes Entsetzen.

»Ich ende doch nicht tot in einem Hinterhof.«

Rider sah aus, als hätte er Jayden gern selbst auch noch ein blaues Auge verpasst. »Ach wirklich? Und was war mit deinem Cousin? Als ich ihn das letzte Mal gesehen habe, hat sein Herz jedenfalls nicht mehr geschlagen.«

»Mann!«, sagte Jayden wieder und ließ den Kopf hängen.

Rider verschränkte die Arme. »Warum machst du das? Hector sagt, er könnte dir jederzeit einen Job bei –«

»Bei McDonald's? Für den Mindestlohn und dann ständig nach altem Fett stinken?« Jayden schüttelte den Kopf. »Du weißt genau, dass ich unserer *abuelita* mit dem Geld helfe, damit sie nicht so viel arbeiten muss.« Er hielt den Eiswickel in die Höhe.

»Sie schafft das nicht mehr. Das weißt du doch und bald zahlt das Jugendamt kein Geld mehr für dich.«

»Das weiß ich, Jayden.«

»Ich will nicht, dass sie weiter Kinder bei uns aufnehmen muss, um die verdammte Stromrechnung zu bezahlen. Nicht alle waren so wie du, Rider«, sagte Jayden.

Rider schloss die Augen. »Das weiß ich auch, aber ... verdammt, irgendwann legen sie dich noch um!«

Mein Magen zog sich immer mehr zusammen und mir schnürte sich die Kehle zu. Ein Eishauch fuhr mir über den Rücken, während ich ihrem Gespräch zuhörte. Das ... das war ernst. Das war ernster als alles, was in meinem Leben vor sich ging.

»Quatsch, Mann. Du übertreibst«, erwiderte Jayden und wollte den Eiswickel wieder herunternehmen. Doch ein Blick von Rider genügte und er drückte ihn weiter auf sein Auge. »Ich regle das schon.«

Rider schnaubte. »Das sieht man.«

Jayden wandte den Blick ab.

Eine Pause trat ein, dann sagte Rider mit leiser Stimme: »Du bist wie ein Bruder für mich, Jayden. Du und Hector, ihr wart immer für mich da. Ihr habt mich bei euch aufgenommen. Ich will nicht, dass dir was passiert.«

»Mir passiert schon nichts«, murmelte der Jüngere.

Rider fuhr fort: »Findest du wirklich, dass deine Großmutter dich so sehen sollte? Was, glaubst du, wird sie dann denken? Glaubst du, sie will Geld, für das du mit deinem Blut bezahlt hast?«

Je länger ich ihnen zuhörte, desto mehr fügten sich die Puzzleteile zusammen. Und das Bild, das sie ergaben, gefiel mir gar nicht. Ich dachte zurück an den Tag, an dem Rider und Hector den älteren Typen vom Schulparkplatz gefolgt waren. Die leisen Gespräche zwischen Hector und ihm. Rider steckte schon längst ganz tief in Jaydens Problemen mit drin.

»Alles cool, Mann«, sagte Jayden mit harter Stimme. »Mir passiert schon nichts. Alles cool.«

— —

Als Hector auftauchte, hatte ich einen Moment lang Angst, dass Braden nicht die größte Bedrohung für Jaydens Leben war. Hector sah aus, als wollte er seinen Bruder umbringen. Er brüllte ihn abwechselnd auf Spanisch und auf Englisch an, ohne mich dabei auch nur eines Blickes zu würdigen. Was mich allerdings kein bisschen störte. Schließlich schleifte er seinen jüngeren Bruder aus der Werkstatt und ließ Rider und mich wieder allein zurück.

Rider schloss die Tür hinter ihnen und blieb einen Moment lang mit dem Rücken zu mir stehen. Seine Schultern hoben sich in einem tiefen Seufzer, bevor er sich langsam zu mir drehte. »Tut mir echt leid.«

»Du ... du kannst doch nichts dafür«, sagte ich.

Rider presste die Kiefer aufeinander und senkte den Kopf. »Ja, aber das ...«

»Was?«, fragte ich, als er den Satz nicht beendete.

Er hob die Hand und rieb sich das Kinn. »Du solltest mit diesem ganzen Scheiß nichts zu tun haben. Du solltest gar nicht in die Nähe von so was kommen.«

»Aber ... du konntest doch nicht wissen, dass das passieren würde«, widersprach ich. Ich wäre so gern zu ihm gegangen und hätte ihn berührt, aber ich hielt mich zurück. »Ich hoffe ... Jayden kriegt nicht noch mehr Ärger.«

Darauf antwortete er zunächst nicht. »Nur wenn er endlich sein Gehirn einschaltet.«

»Wie ... schlimm ist es denn?«

Wieder schwieg er. »Ziemlich schlimm. So was ist immer schlimm, Maus. Er hat sich mit ein paar üblen Typen angelegt, und wenn man erst mal in diese Falle getappt ist, kommt man nicht so leicht wieder raus.«

Ich verschränkte die Arme. »Und du ... hast das früher auch gemacht?«

Er spannte sich an und hob den Kopf. »Ich wollte nicht, dass du das erfährst.«

Meine Brust zog sich zusammen. »Aber jetzt weiß ich es«, sagte ich leise.

»Ich war dumm. Furchtbar dumm. Es sah so leicht aus, weißt du? Ein bisschen was verticken, ein paar Dollar verdienen.« Rider lehnte sich gegen die geschlossene Tür und schloss die Augen. Auf einmal sah sein Gesicht ganz verletzlich aus, er wirkte genauso jung, wie er war, und nicht mehr dreimal so alt. »Ich bin aber nicht so tief reingerutscht wie Jayden. Ich bin wieder rausgekommen.«

Ich hätte mich liebend gern hingesetzt. »Wie ... hast du das geschafft?«

»Ihr Cousin ist ums Leben gekommen, durch einen Schuss in den Kopf«, erklärte Rider ausdruckslos. »Als das passiert ist, war ich fertig mit der Sache. Ich hatte Glück. Ich *habe* Glück. Die Leute, mit denen ich damals zu tun hatte, haben sich nicht groß darum gekümmert, was ich tue oder lasse. Mehr nicht.«

»Und was ist mit ... Hector?«

»Der ist viel zu schlau für so'n Scheiß. Der hat sich nie auf so was eingelassen. Deshalb arbeitet er auch so viel. Spart jeden einzelnen Cent. Er will auf die Technische Universität gehen und später mal einen Beruf haben, wo er keine Hamburger braten muss. Jayden ist noch ein Kind«, fügte Rider hinzu, als wäre er im Vergleich zu ihm uralt.

»Es klingt so, als wollte er Mrs Luna helfen.«

»Das tut er ja auch und das macht die Sache noch schlimmer. Versteh mich nicht falsch, er gibt auch gern Geld für sich aus. Deshalb hat er jetzt auch diesen Ärger an der Backe. Aber er füllt auch ab und zu den Kühlschrank auf und steckt Mrs Luna heimlich Geld zu.« Rider seufzte wieder. »Das tun wir alle.«

In diesem Moment wurde mir klar, dass ich Rider nicht vorwerfen konnte, dass er früher auch gedealt hatte. Rider… Jayden… viele Menschen waren ein Produkt ihrer Umwelt. Manche konnten sich befreien, manche nicht. Rider hatte recht. Vieles war einfach nur Glück. Manchmal war es auch Schicksal, aber meistens war es Glück, und ich hatte am meisten Glück von allen gehabt.

Ich zwang mich, ihn anzuschauen, und ließ die Arme sinken. »Aber du… steckst da auch irgendwie mit drin.« Als er den Mund öffnete, wie um etwas zu sagen, sprach ich weiter. »An dem Tag, als du mit Hector die Schule verlassen hast, um Jayden nachzugehen, da bist du abends… mit der Platzwunde am Auge bei mir aufgetaucht. Wie ist es dazu gekommen?«

Rider trat von der Tür weg und strich mir eine Haarsträhne aus dem Gesicht. »Jayden hatte ein Problem.«

Ich wartete.

Seine Finger wanderten an meinem Gesicht entlang. Dann legte er mir die Hand in den Nacken. »Er wollte sich mit Braden treffen und wir haben ihn daran gehindert.«

Sein Daumen strich sanft über die Stelle an meinem Hals, wo mein Puls zu spüren war. Die Berührung ging mir durch und durch. Doch ich ließ mich nicht ablenken. »Und wie kam es, dass dein Gesicht was abgekriegt hat?«

Riders Lippen zuckten. »Bradens Leute fanden es nicht gut, dass wir Jayden aufgehalten haben.«

Mein Herz schlug dumpf. »Wer ist dieser Braden?«

»Niemand, um den du dir Gedanken machen musst«, antwortete er sofort. Ich durchbohrte ihn mit dem Blick. »Im Ernst. Es gibt keinen Grund, warum du ihm je über den Weg laufen solltest.«

»Aber du wirst ihm über den Weg laufen?«

Er zog eine Braue hoch. »Nicht, wenn ich es verhindern kann. Hoffentlich war das, was heute Abend passiert ist, Jayden eine Lehre.«

»Und wenn nicht?« Mein Magen krampfte sich zusammen. »Ich will wissen, wer das ist.«

Einen Moment lang fürchtete ich, er würde nicht antworten, dann seufzte er. »Braden geht zu uns auf die Schule. Er vertickt Zeug für einen Typen namens Jerome, der schon um einiges älter ist. Als Jayden das Geld nicht hatte, mussten Braden und seine Kumpels sich vor Jerome dafür verantworten, weil Braden Jayden überhaupt erst ins Geschäft gebracht hat. Das hat ihnen natürlich ziemlich gestunken, und wenn die erst mal sauer sind, fackeln sie nicht lang.«

Dann wurde zugeschlagen. »Und du und Hector, ihr habt euch dann an Jaydens Stelle mit ihnen geprügelt? Ist dein blaues Auge daher gekommen?«

»Nein. Wir haben sie überredet, Jayden etwas mehr Zeit zu geben«, erklärte Rider. »Es hat eine Weile gedauert, sie zu überzeugen, und wir haben das auch nicht allein durch Reden geschafft.«

Oh Gott. Ich konnte mir noch nicht einmal annähernd vorstellen, wie es war, wenn man in so einer Situation steckte. »Wirst du dich ... noch mal da einmischen? Es klingt, als wären diese Leute gefährlich. Ich will nicht ...« Ich holte tief Luft und sagte die womöglich egoistischsten Worte meines Lebens. »Ich will nicht, dass du da mit reingezogen wirst.«

»Weil du Angst um mich hast?«

»Natürlich.« Ich verengte die Augen. »Ich will nicht, dass dir was passiert.«

Er trat auf mich zu und legte die Hand auf meine Hüfte. »Weil du mit mir zusammen sein willst?«

»Ja.« Das Wort kam mir ganz leicht über die Lippen.

Rider lächelte und das Grübchen erschien. »Du willst also meine Freundin sein?«

Ich öffnete den Mund, dann musste ich lachen. Es war vermutlich nicht ganz passend nach der ernsten Unterhaltung, aber seine Worte klangen so süß und romantisch.

Sein Gesicht lief rot an. »Ich weiß nicht, was ich von diesem Lachen halten soll«, frotzelte er. »Aber ich liebe es.«

Bei diesem Wort stockte mir der Atem. *Liebe.* Oh Gott, war es das zwischen uns?

»Was ist? Willst du meine Freundin sein?«, fragte er und lachte leise. »Vielleicht hätte ich vorher mit dir darüber reden sollen, also, ich meine, bevor wir uns geküsst haben, aber ich will ... ich würde gern sehen, wohin das führt, Mallory. Es kommt mir so vor, als hätten wir eine zweite Chance bekommen, weißt du? Daran muss ich schon die ganze Zeit denken, seit wir uns wiederbegegnet sind. Wir haben eine zweite Chance. Und wer bekommt so was heutzutage schon?«

Ich suchte seinen Blick. Tief in mir spürte ich, wie wahr seine Worte waren. Das Gleiche hatte ich auch schon gedacht.

»So eine Gelegenheit will ich nicht verpassen.«

»Ich auch nicht.« Langsam legte ich ihm die Hand auf die Brust. Carl und Rosa würden nicht begeistert sein. Und Paige auch nicht. Und vielleicht war das alles ja auch ziemlich verrückt, aber ich wollte es. Ich wollte ihn. »Ja.«

Ein Lächeln breitete sich auf seinem Gesicht aus. Er wollte etwas sagen, doch dann überlegte es sich doch anders. Ohne ein Wort senkte er den Kopf und küsste mich. Es war der dritte Kuss meines Lebens. Und er fühlte sich genauso richtig und perfekt und vollkommen an wie der erste und der zweite.

Dann zog er mich an sich und schlang die Arme um mich. Ich umarmte ihn ebenfalls und hielt ihn genauso fest, wie er es bei mir tat. Ich presste meine Wange an sein Herz und verbannte sämtliche Gedanken an Jayden aus meinem Kopf. Ich konzentrierte mich nur auf Rider und mich und auf das, was in diesem Moment geschah und was es bedeutete.

Denn das war ... ein Anfang.

25

AINSLEY DRÜCKTE DIE Popcornschüssel an sich und starrte mich vom Fußende meines Betts her an. Es waren nur noch ein paar harte Maiskörner übrig, aber Ainsley liebte es, darauf herumzukauen. Keine Ahnung, warum sie sich daran nicht die Zähne ausbiss.

Es war Sonntagabend, und es war noch keine vierundzwanzig Stunden her, dass Rider und ich uns geküsst hatten und dass Jayden aufgetaucht war und aus uns mehr geworden war als nur Freunde, die sich nach vielen Jahren wiedersehen.

Freund.

Freundin.

Obwohl ich diese Ereignisse alle selbst miterlebt hatte, wusste ich eigentlich nicht, wie das alles hatte passieren können. Ein hyänenartiges Geheul baute sich in mir auf, und ich widerstand dem Drang, mein Gesicht in dem Kissen auf meinem Schoß zu vergraben.

»Warte mal«, sagte Ainsley mit einem Funkeln in den blauen Augen. »Du hast mir viel erzählt. Eigentlich alles. Trotzdem muss ich noch mal nachfragen. Er hat ein Herz zwischen eure Namen gemalt?«

Ich nickte.

»Im Ernst? Oh mein Gott, Mally. Das ist total kitschig, aber so was von süß. So süß, dass ich fast ohnmächtig werden könnte.«

Ging mir genauso.

»Ich hab dir doch gesagt, dass es so aussieht, als ob er dich wirklich mögen würde. Und er hat nicht mal die Nummer gebracht, die Typen sonst so abziehen, und so getan, als wäre es nicht so. Er hat dir sein Herz zu Füßen gelegt«, fuhr sie fort und zerbiss ein weiteres Maiskorn. »Das ist ja wie im Märchen.«

Ich hob die Brauen.

»Echt!«, protestierte sie und schwieg kurz, um zu kauen. »Ihr seid zusammen aufgewachsen, und er war dein edler Ritter, dein Retter in der Not. Dann wurdet ihr getrennt und jetzt seid ihr wieder zusammengekommen. Das klingt doch wie eine erfundene Geschichte.«

»Stimmt.« Ich zog das Kissen an meine Brust. »Ich wusste erst nicht recht, was ... ich davon halten soll.«

»Du sollst es einfach wunderbar finden. Denn es ist wunderbar.« Sie strich sich die Haare aus dem Gesicht. »Mehr brauchst du nicht zu denken.«

Ein winziger Zipfel Realität meldete sich. »Aber Paige ...«

»Er hat doch schon vor über einer Woche mit ihr Schluss gemacht – man kann also nicht sagen, dass du für die Trennung verantwortlich bist.« Sie rümpfte die Nase. »Na ja, irgendwie bist du das zwar schon, aber nicht absichtlich. Ich bezweifle, dass Paige das so sehen wird, aber das ist doch egal. Es ist nicht dein Problem.«

Mir graute vor dem Moment, wenn Paige feststellte, dass Rider und ich ... na ja, ein Paar waren. »Ich habe Rosa heute Morgen erzählt, dass Rider und ich ... dass wir zusammen sind. Also, so als Freund und Freundin.« Ich wurde rot. »Sie war nicht entsetzt, aber auch nicht besonders erfreut. Carl hat noch nichts gesagt, aber ...«

»Aber das wird er bestimmt noch tun und es wird bestimmt voll peinlich. Du musst ihm einfach Zeit lassen«, empfahl mir Ainsley altklug. »Schließlich ist Rider dein erster Freund.«

»Ich meine nur ... Ich weiß nicht. Es fühlt sich so an, als würde da ... noch viel mehr dahinterstecken«, sagte ich.

Ainsley musterte mich einen Moment. »Mach dir keinen Kopf wegen Carl und Rosa.«

»Ich ...«, fing ich an.

»Und jetzt erzähl mir bloß nicht, dass du dir keinen Kopf machst. Du machst dir doch über alles viel zu viele Gedanken.« Sie lächelte und ich verzog einen Mundwinkel. »Aber manchmal bist du so in dich selbst verstrickt, dass du nicht ... Na ja, du vergisst dabei zu leben.«

Verwundert sah ich sie an.

Sie schaute auf die Schüssel. »Bitte versteh das jetzt nicht falsch. Ich finde nur, dass du manchmal gar nicht mitbekommst, was um dich herum passiert, weil du dir so viele Gedanken darüber machst, was andere von dir und deinen Entscheidungen halten könnten.«

Ich hätte gern widersprochen, aber das ging nicht. »Du hast recht.« Ich machte mir tatsächlich ständig Sorgen, was Carl und Rosa von mir dachten oder Ainsley, Rider und Keira, Jo, Mr Santos ... Die Liste ließ sich endlos fortsetzen.

»Ich weiß«, zirpte sie, dann wurde sie wieder ernst. »Die Sache mit Jayden ist wirklich total traurig.«

Dieser unvermittelte Themenwechsel war typisch für Ainsley. Ich nestelte am Saum meiner Hose herum. »Er hat ... echt schlimm ausgesehen.«

»Es hat aber nicht den Anschein, als wäre Rider ernstlich in diese Sache verwickelt.« Ainsley stellte die leere Schüssel neben ihre Büchertasche. Sie war unter dem Vorwand gekommen, dass wir zusammen lernen wollten. Bisher hatten wir allerdings kein einziges Schulbuch aufgeschlagen. »Trotzdem ist das alles ganz schön deprimierend und beängstigend.«

Ich war mir nicht sicher, ob Rider wirklich nicht in die Sache verwickelt war. Ich bezweifelte, dass er sich heraushalten würde, wenn es für Jayden weiterhin schlecht lief. Das lag ihm einfach im Blut. Er hatte einen fast schon selbstmörderischen Helden-komplex.

Mein Magen zog sich zusammen.

Außerdem mochte ich Jayden wirklich gern. Er war immer nett zu mir gewesen, auch als er noch gar nicht gewusst hatte, wer ich war. Aber ich wusste nicht, wie ich ihm helfen konnte. Oder ob es überhaupt in meiner Macht stand, ihm zu helfen.

»Erzähl mir von Hector. Ich will alles über ihn wissen.«

Ich legte den Kopf schräg. »Ich dachte, du magst ihn nicht?«

»Ich muss ihn doch nicht mögen, um meine Nase aus der Ferne in seine Angelegenheiten zu stecken.« Ainsley grinste.

Ich lächelte. »Ich weiß nicht sehr viel über ihn. Er ... arbeitet neben der Schule bei McDonald's und er ist ... nett.«

»Nett?« Lachend warf sie ihre Haare zurück. »Du hättest mal hören sollen, was er direkt vor mir über mich gesagt hat. Er ist ein Wichser, ein ekelhaftes, perverses Arschloch.«

Ich starrte sie an.

»Aber er sieht gut aus«, fügte sie mit einem durchtriebenen Lächeln hinzu. »Das muss man ihm lassen.«

Ich nickte zustimmend. »Wie läuft's mit Todd?«

Sie verdrehte die Augen. »Langweilig. Er ist ein richtiger Snob.

Ich will nicht über ihn reden, weil wir dringend über etwas anderes reden müssen.« Ainsley vergewisserte sich, dass die Zimmertür zu war. Carl und Rosa saßen irgendwo unten herum. »Du bist ja jetzt mit Rider zusammen, richtig? Du bist seine Freundin und bald wird an eurer Schule doch Homecoming gefeiert, oder? Dein erster Schulball!«

Ich zuckte zusammen. »Wir ... über so etwas haben wir noch gar nicht geredet.«

»Dann rede jetzt mit mir darüber.«

»Ich weiß nicht«, erwiderte ich zweifelnd.

Sie hob eine Augenbraue. »Du solltest ihn wenigstens fragen, ob er hingehen will. So würde man das normalerweise machen«, fügte sie leise hinzu.

Ich nickte. Das klang gut. »Ich möchte auf jeden Fall normal sein.«

Sie sah mich verwundert an. »Okay. Moment mal. ›Normal‹ ist doch eine total subjektive Kategorie und du bist normal, Mally.«

Ich sah sie zweifelnd an.

»Also was denn? Du redest nicht viel und bekommst gelegentlich mal Panik. Was soll daran nicht normal sein? Es gibt Millionen Menschen auf der Welt, die so sind.« Sie riss die Hände hoch. »Na und? Und du warst in einer Pflegefamilie – in einer verdammt miesen Pflegefamilie, okay –, aber auch das ist leider nicht unbedingt ungewöhnlich. Deshalb bist du noch lange nicht anders als die anderen.«

Ich wollte ihr erklären, dass ich sehr wohl anders war, doch ich hielt inne. Was Ainsley sagte, war nicht ganz falsch. Ich hatte eine ungewöhnliche Kindheit gehabt, und ich redete nicht viel, aber deswegen war ich noch lange kein Freak.

Ainsley wusste viel über meine Kindheit. Sie wusste, dass Rider und ich es schwer gehabt hatten und dass ich am Ende schwere Verbrennungen erlitten hatte, aber ich hatte ihr nicht alles erzählt. Es gab Dinge, über die hatte ich nur mit Dr. Taft geredet. Carl und Rosa wussten Bescheid, weil sie die Polizeiberichte und meine Fallakte gelesen hatten.

Mein Blick wanderte durch das Zimmer, von der Seifeneule zu meinem ordentlich aufgeräumten Schreibtisch und dann zu der gemütlich gepolsterten Sitzbank im Erker. Dieses Zimmer war ganz anders als die muffigen Kammern in jenem Haus. Sauber, hell und luftig. Einladend.

Meine Kehle wurde ganz trocken und ich schaute Ainsley an. Ich hatte noch nie das Bedürfnis gehabt, ihr von den Dingen zu erzählen, über die ich nie sprach, aber jetzt wuchs das Verlangen in mir und brannte sich durch meinen Bauch und meine Brust.

Ich zwang meine Zunge, sich vom Gaumen zu lösen. »Ich habe ... ein Problem ... mit Lärm und mit dem Sprechen.« Meine Wangen wurden heiß und ich senkte den Blick auf das Kissen in meinem Schoß. Es fiel mir schwer zu erklären, warum mich ein Schulball vermutlich überfordern würde. »Ich musste immer still sein, weil Mr Henry ... keinen Lärm mochte. Er mochte vieles nicht, aber wenn ich mich still verhielt ... dann ersparte mir das schon mal eine Menge Ärger.«

Ainsley saß ganz still da und hörte zu.

Ich holte tief Luft und fuhr fort: »Rider hat mich ständig ermahnt, möglichst leise zu sein ... damit Mr Henry mich nicht finden konnte, wenn er betrunken war ... oder wenn ich etwas Unartiges getan hatte. Manchmal wurde er wütend, weil ich einen Keks genommen hatte ... oder zu laut die Treppe hochgerannt war. Er mochte es nicht, wenn ich redete. Und ich ... ich glaube, nein, ich *weiß*, dass ich deshalb nicht gern rede und keinen Krach mag. Mein Therapeut hat gesagt, das wäre die Folge einer posttraumatischen Belastungsstörung ... und von jahrelanger Konditionierung.« Die Hitze in mir verflog, als ich weitersprach. »Jedenfalls, in der Nacht ... als ich mir den Arm verbrannt habe, da ist noch etwas passiert.«

Sie wusste nicht, wie ich mir die Verbrennungen zugezogen hatte, deshalb erzählte ich es ihr. Es war hart und schmerzhaft, darüber zu sprechen. Es war ganz still im Zimmer, nur der Fernseher lief leise im Hintergrund. Man hätte eine Stecknadel fallen hören können. Ich erzählte ihr von Velvet und wie sehr ich die Puppe liebte, die Rider für mich geklaut hatte, selbst dann noch, als ich schon größer war. Ich erklärte, dass Mr Henry ein paar Wochen zuvor wegen einer Kleinigkeit wütend geworden war und mir die Puppe weggenommen hatte. Er hatte sie in Sichtweite auf ein Regal gesetzt, nur um mich zu verhöhnen. Ich erzählte, wie Mr Henry Rider aus dem Haus geworfen hatte, weil der gefragt hatte, ob wir an diesem Abend auch etwas zu essen bekommen würden.

»Dann ... hat er die Puppe in den Kamin geworfen«, erklärte ich und fuhr mit der Hand über das Kissen. »Ich habe nicht nachgedacht. Ich habe einfach reingefasst ... und versucht, sie rauszuholen. So hab ich mir die Arme ... verbrannt.«

»Oh mein Gott«, flüsterte sie.

»Ich weiß, das klingt albern, aber Velvet war ... sie war das Einzige, was ich je besessen hatte. Sie hatte nie jemand anderem gehört ... nur mir. Ich habe einfach Panik bekommen.« Ich schüttelte den Kopf. »Aber davor ... hatte ich versucht, Miss Becky aufzuwecken. Sie hat Rider ... gern gehabt. Ich dachte ... sie würde ihn wieder reinlassen.«

»Aber das hat sie nicht getan?« Ainsleys Stimme war ganz leise.

Ich schluckte das plötzliche Brennen in meinem Hals hinunter. »Ich ... bin in ihr Schlafzimmer gegangen, obwohl wir das eigentlich nicht durften. Miss Becky hat ziemlich viel getrunken. Als ich kleiner war, dachte ich dann immer, sie sei krank. Ich ... bin in das Zimmer gegangen und da lag sie ... auf dem Bett ...«

Mein Atem stockte, als ich das Bild wieder vor mir sah. *Leere Flaschen. Zugemüllter Boden. Miss Becky auf dem Bett, die schmale Brust, die sich nicht regte, die seltsam wächserne Haut.* »Ich dachte, sie würde ... schlafen. Sie hat sehr viel geschlafen. Ich hab ihren Namen gerufen, und als sie nicht aufwachte, bin ich zum Bett gegangen. Ich wollte sie anstupsen.« Ich zuckte zusammen bei der Erinnerung. Ainsley atmete leise ein. »Sie hat gar nicht geschlafen. Irgendwann an dem Tag muss sie gestorben sein. Später hab ich erfahren, dass es wohl eine Überdosis gewesen ist. Tabletten und Alkohol. Mr Henry wusste es auch nicht. Es war schon so normal ... dass sie bewusstlos wurde ... dass er gar nicht nach ihr geschaut hat.«

»Oh mein Gott«, wiederholte Ainsley.

»Ich träume immer noch von dieser Nacht, davon, wie ich sie berührt habe. Ich weiß nicht, warum. Eine ganze Weile hab ich nicht mehr an sie gedacht, aber ... irgendwie hat es mich ziemlich verstört.«

»Das würde jedem so gehen, Mally. Mein Gott, ich wäre schon total traumatisiert, wenn ich einen Toten aus der Ferne sehen müsste, und dann auch noch aus der Nähe und jemanden, den man kennt.« Sie strich sich eine lange blonde Haarsträhne hinter das Ohr. »Und was ist passiert, nachdem du dich verbrannt hast?«

»Ich ... ich hab geschrien. Glaube ich. Ich weiß es ... nicht mehr genau. Das habe ich mir aus dem zusammengereimt, was ich später erfahren habe. Rider hat mich schreien hören und er ... ist zu den Nachbarn gelaufen. Er musste an ein paar Häusern klingeln, bis ihm jemand ... aufgemacht hat. Die haben dann die Polizei gerufen.« Ich zwang mich, weiterzusprechen. »Als die Polizei aufgetaucht ist, kam Mr Henry an die Tür und hat so getan ... als wäre nichts. Echt verrückt. Er ist dann ins Gefängnis gekommen, für das, was er Rider und mir angetan hat. Ich glaube ... nicht, dass er immer noch im Gefängnis sitzt. Aber darüber denke ich eigentlich nicht nach«, sagte ich, und das stimmte auch. »Keine Ahnung, warum, es ist einfach so.«

Ich hob gerade in dem Moment den Kopf, als Ainsley auf mich zustürzte. Sie schlang die Arme um mich und riss mich fast um. Ich erstarrte, weil ich so etwas nicht gewöhnt war. Ich umarmte nur selten jemanden. Eigentlich mochte ich es nicht besonders, wenn man mich berührte, aber das war schnell vergessen, weil sich ihre Umarmung so warm und so schön anfühlte. Anders als die von Carl und Rosa. Anders als die von Rider, aber genauso gut.

Ich schlang die Arme um sie und drückte sie ebenfalls. Ich wusste nicht recht, warum ich es ihr erzählt hatte, aber ich war froh darüber. Tränen brannten in meinen Augen. Aber keine Tränen der Traurigkeit. Es waren eher Tränen der Erleichterung. Ich fühlte mich, als hätte ich eine dicke, schwere Kleiderschicht von mir abgestreift.

Ainsley setzte sich wieder zurück, ihre Augen glänzten. »Danke, dass du mir das erzählt hast.«

Ich wusste nicht, was ich sagen sollte, aber ausnahmsweise fand ich das gar nicht schlimm. Darauf gab es nichts zu sagen und das war okay für mich.

Am Montagmorgen klopfte mein Herz zum Zerspringen. Eigentlich schien es ein ganz gewöhnlicher Montag zu sein, aber in Wahrheit war er völlig anders als alle Montage davor. Es war der erste Tag in der Schule, seit Rider und ich zusammengekommen waren, und ich hatte keine Ahnung, was mich erwartete. Wahrscheinlich würde sich erst einmal nicht viel ändern. Schließlich trug ich keinen Button, auf dem »Freundin von Rider Stark« stand. Trotzdem fühlte es sich anders an, an diesem Morgen zu meinem Spind zu gehen, auch weil Jayden nicht auf mich wartete.

In der Mittagspause machte ich mir große Sorgen um ihn. Er hatte so zerschunden und blutig ausgesehen, aber ich wusste noch von früher, dass Knochen manchmal so stabil sein konnten, als wären sie mit Eisen verstärkt. Manchmal dagegen knickten sie sofort wie trockene Äste. Ob Jayden auch ein paar Knochenbrüche davongetragen hatte? Seine Nase hatte jedenfalls ziemlich übel ausgesehen.

Ich stocherte in meinem Salat herum, bis die Mittagspause um war. Dabei mochte ich eigentlich überhaupt keinen Salat, aber es war nicht genau zu erkennen, was das zweite Tagesgericht sein sollte. Nach der Mittagspause gingen Jo und Anna schon einmal voraus, während Keira mit mir die Mensa verließ. »Alsoooo.« Keira zog das Wort in die Länge. »Bei Peter findet am Wochenende eine Party statt. Das wird bestimmt lustig. Er feiert jedes Jahr in der Woche vor dem Homecoming-Spiel. Ich wollte dir nur sagen, dass du auch eingeladen bist, und ich würde mich total freuen, wenn du kommst.«

Meine Schritte wurden langsamer.

Anna drehte sich zu mir um. »Natürlich kommt sie. Oder, Mallory?«

Ich nickte nur, aus Angst, diesen Moment zu verderben. Es

war ein bedeutender Augenblick für mich, weil ich zum ersten Mal auf eine Party eingeladen wurde. Auf eine richtige Party.

»Cool.« Keira stieß mich mit der Hüfte an. »Du kannst auch jemanden mitbringen, wenn du magst. Alle sind eingeladen.«

Ich nickte. Normalerweise hätte mich eine solche Einladung sofort in Panik versetzt, aber an diesem Tag krampfte sich mein Magen aus einem ganz anderen Grund zusammen. Das schwindelige Gefühl hielt die ganze Mathestunde hindurch an. Ich hatte keine Ahnung, was an diesem Tag im Unterricht durchgenommen wurde, und als die Pausenglocke läutete, musste ich mir auf die Unterlippe beißen, um nicht zu grinsen, als hätte ich sie nicht mehr alle. Ich stopfte das Buch in meine Tasche und eilte mit einem breiten Lächeln aus dem Klassenzimmer.

Rider wartete auf mich.

Er lehnte an den Spinden gegenüber dem Klassenzimmer. Als er mich sah, stieß er sich von dem Spind ab, klemmte den Schreibblock unter den Arm und drängte sich durch den Schülerstrom zu mir. Ich blieb stehen und blickte lächelnd zu ihm auf. Seine Haare waren wellig, als wäre er immer wieder mit den Fingern durchgefahren, und sie fielen ihm nachlässig in die Stirn.

»Hi«, sagte ich als Erste.

Das Grübchen in seiner rechten Wange erschien, er legte den Arm um mich und senkte den Kopf zu mir. Obwohl wir mitten unter den Leuten waren, kam es mir in dem Moment, als er mich sanft auf die Wange küsste, so vor, als wären wir auf unserer eigenen kleinen Insel. Ein süßes, vertrautes Gefühl.

Er drückte meine Schulter. »Hi.«

Mein Lächeln wurde noch breiter.

»Bereit?«

Aber so was von.

Er ließ den Arm sinken und nahm meine Hand. Es war nicht das erste Mal, dass er meine Hand hielt, aber diesmal geschah es mit einer besonderen Intimität, die vorher nicht da gewesen war. Ein Schauer überlief mich, als er mir beim Gehen mit dem Daumen über den Handrücken strich.

So etwas hatte er vorher jedenfalls nicht gemacht.

Vor dem Rhetorikzimmer ließ er mich los. Ich betrat vor ihm den Raum und ging zu meinem Platz. Dort ließ ich die Tasche auf den Boden fallen und wollte mich gerade setzen, da beugte sich Rider auf einmal zu mir herüber und küsste mich auf die Wange.

Errötend sah ich ihn an.

Er setzte sich und grinste. »Ich konnte nicht anders. Du hast so ausgesehen, als hättest du meine Küsse vermisst.«

Mit einem Lächeln setzte ich mich auf meinen Stuhl. Ich hätte gern »Danke« gesagt, aber das kam mir irgendwie seltsam vor. Und die anderen Worte, die mir im Kopf herumgeisterten, bekam ich nicht recht zu fassen.

Riders Grinsen wurde breiter, bis sich das Grübchen wieder zeigte.

Und da wurde mir klar, dass meine Sprachlosigkeit ... Es war in Ordnung so. Alles war gut. Mehr als das.

Die zweite Glocke läutete und Paige kam herein und stolzierte auf ihren langen Beinen zu den hinteren Sitzreihen. Mein Lächeln erstarb.

»Hi«, begrüßte sie Rider.

Der nickte ihr zu. »Alles klar?«

Zu mir sagte sie nichts, was eigentlich normal war. Als der Unterricht begann, fragte ich mich, ob sie wusste, dass Rider und ich zusammen waren. Mir drehte sich fast der Magen um. Auch wenn ich sie nicht besonders mochte, tat sie mir leid ... weil ich glaubte, dass sie ihn wirklich gernhatte und es bestimmt sehr schmerzlich für sie war. Es war normal, dass Paare sich trennten, aber das machte es auch nicht leichter. Ich wusste nicht recht, wie ich mit diesem Mitleid umgehen sollte.

Mr Santos verkündete, dass unsere nächste Rede eine Überzeugungsrede sein würde. Ich wartete, ob irgendjemand darauf hinweisen würde, dass ich meinen Vortrag noch gar nicht gehalten hatte. Doch entweder hatte es niemand bemerkt oder es war den anderen egal. Hoffentlich blieb es auch so.

Nach der Stunde sammelte ich meine Sachen zusammen. Hector stand auf und drehte sich zu uns. Er wollte etwas sagen, doch Paige kam ihm zuvor. »Können wir reden?«

Ich wusste, ohne hinzusehen, dass die Frage an Rider gerichtet war. Mit aufeinandergepressten Lippen und klopfendem Herzen zog ich den Reißverschluss an meiner Tasche zu. Würde Rider mit ihr reden? War das okay? Sollte es okay sein?

»Um was geht's?«, erwiderte Rider nach kurzem Überlegen. Ich sah auf. Er stand neben meinem Tisch.

Paige trat näher. Hector wandte sich ab und warf Keira, die ebenfalls gerade auf uns zugehen wollte, einen warnenden Blick zu. Sie hielt inne, als sie merkte, dass sie lieber nicht näher kommen sollte. »Ich habe gedacht, wir könnten uns kurz in Ruhe unterhalten«, sagte Paige.

»Ich muss arbeiten«, antwortete Rider. Ich stand auf und hängte mir die Tasche über die Schulter.

Paige fuhr sich mit der Zunge über die Lippen. »Und hinterher?«

Rider wandte den Kopf ab und rieb sich mit der Hand über die Brust. »Paige ...«

»Was ist? Willst du jetzt nicht mal mehr mit mir reden? Ich dachte, wir sind noch Freunde.« Sie verschränkte die Arme vor der Brust. »Freunde reden miteinander.«

Er öffnete den Mund und schloss ihn dann wieder. Dann sagte er: »Wir sind Freunde, Paige. Das weißt du doch.«

»Hey«, mischte Hector sich ein und trat zu ihr. »Kommst du mit mir raus?«

Sie schnaubte nur. »Äh. Nein.«

»Ich denke, das solltest du aber«, beharrte Hector. »Weil das jetzt echt der falsche Moment ist.«

»Wieso?«, gab sie zurück. »Ich will doch nur mit Rider reden.«

»Schon gut.« Die zwei Worte rutschten mir heraus. Alle schauten mich an. Ich schluckte. »Ich meine, es ist ... okay, wenn ihr zwei miteinander reden wollt. Ich geh schon mal ... zu meinem Auto.«

»Warte.« Rider fasste nach meiner Hand und schloss seine Finger um meine.

Paiges Blick wanderte erst zu mir und dann zu unseren Händen und sie verstand. Ihr glänzender pinkfarbener Mund klappte auf und sie zog die Brauen hoch. »Ist das dein Ernst?« Die Frage war an Rider gerichtet. »Du ... du hast mit mir Schluss gemacht, um mit *ihr* zusammen zu sein?«

Oh Gott.

Keira schürzte die Lippen und wich langsam zurück. Hector schloss die Augen.

»Das geht dich gar nichts an«, sagte Rider so leise, dass ich ihn fast nicht hören konnte, und drückte meine Hand.

Paige löste die Arme, und ich erstarrte, weil ich eine Sekunde lang meinte, sie würde über den Tisch springen und entweder einen von uns oder gleich alle beide erwürgen. Dann verzogen sich ihre Lippen zu einem höhnischen Lächeln. »Ach ja. War doch klar. Das habe ich doch gleich kommen sehen, als sie hier aufgetaucht ist.«

Am liebsten hätte ich mich irgendwo verkrochen, aber das wäre feige gewesen, mehr als feige sogar, deshalb zwang ich mich stehen zu bleiben.

»Ich weiß nicht, was ich sagen soll«, entgegnete Rider und schloss seine Hand noch fester um meine. »Ehrlich nicht.«

»Schon gut. Dann sag eben ich was.« Paige reckte das Kinn wieder. »Komm bloß nicht zu mir zurückgekrochen, wenn sie dich fallen lässt. Denn genau das wird passieren.«

Meine Augen verengten sich. »Das passiert ganz sicher nicht«, brach es aus mir heraus.

Paige sah mich an und lachte wieder. »Wie du meinst. Aber wir beide wissen doch ganz genau, wie das hier ausgeht.« Sie winkte lässig und wandte sich ab. »Bis dann.«

Ich sah zu, wie sie aus dem Klassenzimmer stolzierte.

»Mist«, sagte Hector. »Das war ganz schön peinlich.«

»Aber hallo«, murmelte Keira.

»Was soll ich da sagen«, seufzte Rider. Er zog mich an sich. »Alles okay?«

»Klar.« Ich blinzelte. »Warum ... auch nicht?«

Statt zu antworten zuckte Rider nur mit den Schultern. Ich wollte fragen, ob er okay war, aber Paiges Worte hatten ein eisiges Gefühl in meiner Brust hinterlassen, weil sie so überzeugt geklungen hatte.

So als wüsste sie, dass Rider und ich nicht lange zusammen sein würden.

Dass unsere Beziehung nicht für immer halten würde.

26

»HEY, *bebé*.«

Die Worte ertönten hinter mir, als ich am Dienstagmorgen in meinem Spind kramte. Ich erkannte die Stimme und blickte über die Schulter.

Da stand Jayden, mit einem blauen Auge und einem geschwollenen Jochbein. Ich schob mein Geschichtsbuch in die Tasche. »Wie ... geht es dir?«

»Ich könnte Bäume ausreißen.« Er lachte über meinen zweifelnden Gesichtsausdruck. »Okay, vielleicht doch nur ein paar Grashalme.«

Ich schloss die Tür meines Spinds.

»Ich wollte dir nur sagen, dass es mir leidtut wegen Samstag.« Jayden senkte den Blick aus seinen blutunterlaufenen Augen und starrte auf den zerkratzten Linoleumboden. »Ich wusste nicht, dass du bei Rider bist.«

»Schon gut.« Ich wandte mich von meinem Spind ab. »Alles okay ... bei dir?«

»Ja. Klar.« Er schob die Hände in die Taschen seiner Baggyjeans. »Also, du und Rider, ihr seid jetzt zusammen?«

Ich biss mir auf die Unterlippe und nickte. Rider hatte am vorigen Abend in der Werkstatt gearbeitet und die Flagge fertiggestellt, die er mir gezeigt hatte. »Wir treffen uns ... heute nach der Schule.

»Das ist cool.« Er lächelte, was bei seiner geschwollenen Gesichtshälfte bestimmt wehtun musste. »Rider ist echt ein netter Kerl.«

Wir gingen nebeneinander den Gang hinunter. »Er macht sich Sorgen um dich«, sagte ich.

»Das war schon immer so.« Jayden zögerte. »Ich ... äh, ich bewundere die beiden total, weißt du? Ich meine Hector und Rider. Sie denken, mir ist alles egal, aber ich höre schon auf sie. Jetzt auch wieder. Ich habe einen neuen Plan.« Als wir bei den Türen zum Treppenhaus angelangt waren, sah er auf. Sein Blick war abwesend. Weit weg. »Ich muss hier lang. Wollte nur kurz bei dir vorbeischauen. Bis später, *cariño*.«

Bevor ich etwas erwidern konnte, hatte er sich schon an ein paar größeren Schülern vorbeigedrängt und war verschwunden. Ich blickte ihm nach und schlüpfte dann durch die große Tür, in der Hoffnung, Jayden würde tatsächlich auf Hector und Rider hören.

»Schlüssel?«, fragte Rider, als wir nach der Schule zu meinem Wagen gingen. Neugierig zog ich meinen Autoschlüssel hervor und gab ihn ihm.

Ich warf meine Tasche auf den Rücksitz, Rider ließ seinen Block danebenfallen. »Wo fahren wir hin?«

»Überraschung.« Er öffnete die Fahrertür.

Ein entrücktes und wahrscheinlich ziemlich dämliches Lächeln erschien auf meinem Gesicht. Es war völlig neu für mich, einen Freund zu haben, und ich wusste eigentlich nicht so recht, was mich erwartete, aber Überraschungen waren immer gut, so viel war mir zumindest klar.

Sobald ich im Auto saß, ließ Rider den Motor an und grinste zu mir herüber. Die Haare fielen ihm bis auf die Brauen. »Wann musst du zu Hause sein?«

»Um acht«, sagte ich, weil Rosa und Carl bis spät im Krankenhaus sein würden.

»Perfekt«, sagte er und fuhr vom Parkplatz. »Ich spare übrigens für ein Auto. Das hier ist cool. Ist aber wahrscheinlich zu teuer.«

Ich streckte die Beine aus und sah zu ihm. Einen Moment lang konnte ich es kaum fassen, dass wir hier nebeneinandersaßen. Dann riss ich mich zusammen. So gut es ging. »Was ... für ein Auto schwebt dir denn vor?«

Er bog vom Schulparkplatz auf die Straße ein und sagte schulterzuckend: »Keine Ahnung. Ich hätte gern einen Pick-up. Keinen richtig großen natürlich, aber Drew hält die Augen für mich offen, und ein älteres Modell könnte ich mir vielleicht leisten.«

Ich dachte kurz darüber nach. »Das gefällt mir.«

»Was? Pick-ups?«

»Ja, aber noch mehr, dass du Pläne für die Zukunft machst«, erklärte ich und beobachtete ihn dabei.

Er lachte leise. »Ich weiß nicht so recht, wie ich das verstehen soll.«

Ich lächelte. Es war schwer zu erklären, aber Rider wollte nicht viel für sich selbst. Er hatte buchstäblich wenige bis gar keine Erwartungen an das Leben, aber trotzdem plante er voraus. Einen Pick-up zu kaufen war vielleicht keine große Sache, aber es war ein Anfang.

Mein Blick war fast die ganze Fahrt über auf ihn geheftet. Wir redeten. Na ja, hauptsächlich redete Rider und ich hörte zu. Es war merkwürdig. Eigentlich war alles so wie letzte Woche und trotzdem war es ganz anders. Immer wenn er zu mir herüber-

schaute, war sein Blick viel eindringlicher. Ganz warm und liebevoll.

»Keira hat ... mich am Samstag auf eine Party eingeladen«,
erzählte ich. Das hatte ich wegen Paiges Szene in Rhetorik völlig
vergessen.

»Bei Peter?«

Ich nickte. »Ja. Warst du da schon mal?«

Er schüttelte den Kopf. »Willst du hin?«

»Ich weiß nicht«, sagte ich aufrichtig. Ich hatte Ainsley beim
Chatten davon erzählt und sie fand die Idee toll. Und hatte gleich
gesagt, sie würde gern mitkommen. »Würdest du ... gern hingehen?«

»Wenn du willst, dass ich dich begleite.« Er grinste. »Solche
Partys sind ziemlich groß. Da kommen immer 'ne Menge Leute.«

Mein Magen zog sich zusammen. »Ich dachte ... es könnte
ganz nett sein.«

»Warum nicht?« Er schwieg kurz. »Und was werden Carl und
Rosa dazu sagen?«

Bei der Vorstellung musste ich fast lachen. »Ich ... weiß nicht.
Ich glaube nicht, dass sie total dagegen wären. Ich meine, sie
wollen ja, dass ... ich mehr unter Leute gehe.«

»Aha.« Mehr sagte er nicht dazu, und ich war mir nicht sicher,
was er damit meinte. Doch dann fuhr er fort: »Apropos unter
Leute gehen ... hast du schon über den Homecoming-Ball nachgedacht?«

»Ich ...« Meine Zunge verknotete sich. Mehrere Sekunden
vergingen, bevor ich sie dazu bringen konnte, wieder Verbindung
mit meinem Gehirn aufzunehmen. »Erst als ich die Plakate gesehen habe. Ich weiß nicht ... Irgendwie würde ich schon ganz
gern gehen, aber ...«

Aber es war eine ziemlich große Sache für mich. Für manche war das vielleicht ein ganz normaler Schulball, aber es war trotzdem ein Fest, wo sich viele Leute drängten und wo laute Musik gespielt wurde. Ich runzelte die Stirn. Eine Party wäre wahrscheinlich ganz ähnlich, nur mit weniger Leuten. Meine Hände wurden feucht und ich rieb damit über meine Schenkel.

Irgendwie war ich total angetan von der Vorstellung, ein hübsches Kleid auszusuchen und Rider in einem eleganten Anzug zu sehen. Das wäre schon ziemlich toll, aber die Schule war neu, unsere Beziehung war neu, und auf eine Party zu gehen war ohnehin schon schwierig genug für mich. Und dann auch noch ein Ball?

»Ich weiß es... einfach nicht. Ich war noch nie auf einem Schulfest. Manche... Organisationen, die Hauslehrer vermitteln, bieten Schulfeste an, aber ich war noch nie auf einem.«

Er wartete geduldig, bis ich die Worte herausgebracht hatte. »Und wie wär's damit: Wir lassen den Homecoming-Ball ausfallen und gehen dafür zur Prom?«

Zur Prom?

Du lieber Himmel, das war ja noch ewig lang hin, und das bedeutete, Rider plante tatsächlich für richtig langfristig mit mir, egal welche Zweifel Paige in mir gesät hatte.

»Das... krieg ich hin«, versprach ich.

Er nahm meine Hand und drückte sie. »Gut.«

Ich grinste wie eine Irre und schaute aus dem Fenster. Ich erkannte die Straße vom letzten Wochenende, wo die Werkstatt lag, doch als er daran vorbeifuhr, fing mein Herz an zu klopfen. »Fährst du mit mir... zu deinem Zuhause?«

Er sah mich durchtrieben an. »Tja, dann ist das jetzt wohl keine Überraschung mehr.«

Das Herz klopfte mir bis zum Hals.

»Obwohl es eigentlich keine richtige Überraschung ist. Ich meine, es ist nur mein ... Es ist nur ein Haus. Nicht besonders aufregend«, fügte er hinzu und richtete den Blick auf eine Ampel vor uns. Das Auto blieb stehen. »Im Moment ist keiner da. Hector arbeitet und Mrs Luna kommt erst gegen sieben. Ich habe keine Ahnung, wo Jayden steckt, aber der ist wahrscheinlich unterwegs und stellt irgendwas an, wofür ich ihn am liebsten verprügeln würde.«

Vorfreude regte sich in mir. Ich würde sein Haus sehen, vielleicht sogar sein Zimmer, und das kam mir vor wie ein sehr intimer Moment. Außerdem würde ich mich vergewissern können, dass er ein gutes Zuhause hatte. Tief drin wusste ich zwar, dass er bei Hectors und Jaydens Großmutter gut aufgehoben war, trotzdem wäre es beruhigend, mit eigenen Augen zu sehen, dass er in einem behüteten Umfeld lebte.

Viele Leute brauchten sich um so etwas nie Gedanken zu machen, aber ich – *wir* – schon, weil wir wussten, dass vier Wände und ein Dach über dem Kopf nicht automatisch ein sicherer Ort waren.

Manchmal konnte es sogar der gefährlichste Ort der Welt sein.

In der Straße, wo Rider wohnte, waren die Parkplätze für Anwohner reserviert, sodass er schnell eine Lücke fand. Wir stiegen aus. Wegen der kalten Nachmittagsluft zog ich die Ärmel meines Sweatshirts über die Hände. Bald würde ich eine Jacke anziehen müssen.

Rider holte meine Schultasche vom Rücksitz und warf sie sich über die Schulter. »Wir wohnen da drüben.«

Er nahm meine Hand und mein Herz machte einen kleinen Satz. Auf dem Weg die Straße hinunter fuhr ein steifer Wind durch meine Haare und wehte mir ein paar Strähnen ins Gesicht. Die Straße war hübsch und sie war gesäumt von kahlen Bäumen. Es roch auch nicht schlecht, so wie in den Vierteln, wo das Heim gelegen hatte, oder vor Mr Henrys Haus. Es roch ganz normal, nicht nach Urin, Müll oder Abgas.

Rider führte mich die rissigen Betonstufen eines älteren schmalen Backsteinhauses hinauf. Die roten Ziegel und die grünen Fensterläden waren typisch für diese Art von Häusern, genau wie das Erkerfenster vorn. An der Tür hing ein Herbstkranz in Orange und Rot mit kleinen Plastikkürbissen daran.

Bei diesem Anblick keimte Hoffnung in mir. Das war gut, richtig gut sogar. Ein Kranz an der Tür bedeutete nicht automatisch Sicherheit, aber sämtliche Fensterscheiben waren intakt, und jemand, vermutlich Mrs Luna, machte sich die Mühe, das Haus nach den Jahreszeiten zu schmücken.

Rider ließ mich los und hielt mir die Tür auf. Ich trat über die Schwelle und atmete tief ein. Es roch nach Äpfeln und Zimt. Mein Blick schweifte durch den Flur, als er die Tür hinter uns schloss.

Das Reihenhaus ähnelte dem Haus von Carl und Rosa, nur dass es älter und kleiner war. Gegenüber der Eingangstür führte eine Treppe in den ersten Stock. Auf den unteren zwei Stufen stapelte sich eine Sammlung von Turnschuhen. Auf einem alten Tisch neben der Tür lag ungeöffnete Post.

Rider ging um mich herum. »Willst du was trinken?«

Ich nickte und folgte ihm durch einen bogenförmigen Durchgang in ein Wohnzimmer. Auf dem Couchtisch lagen Zeitschriften. An einer Wand stand ein großer Fernseher, gegenüber gab es ein bequemes Sofa und einen Lehnsessel. An der Wand dahinter war jeder Quadratzentimeter der Tapete mit gerahmten Fotos von Jayden und Hector bedeckt. Darunter hingen auch mehrere Bilder von einem älteren Herrn, der mich sehr an Hector erinnerte. Das musste Mr Luna sein.

Danach kam ein kleines Esszimmer, und dann betraten wir eine überraschend große Küche, in der sämtliche Geräte noch aus der Zeit zu stammen schienen, als das Haus gebaut worden war. Die Wandschränke hatten dunkle Flecken, die hellbraune Arbeitsplatte glänzte matt.

»Ich glaube, es ist noch Cola da. Magst du eine?«, fragte Rider. »Ich glaube, die Milch ist schon abgelaufen.«

»Cola ist super.« Als er den Kühlschrank öffnete, hätte ich am liebsten geweint vor Freude. Sämtliche Fächer waren voll – Tupperdosen mit Essensresten, Eier, Getränkedosen, abgepacktes Fleisch und sogar ein bisschen Gemüse.

Der äußere Anschein konnte trügen, so schlau war ich schon. Und manchmal waren auch ein sauberer Boden und ein voller Kühlschrank nur Fassade.

Aber meine Hoffnung wuchs.

Rider nahm zwei Dosen heraus. »Hast du Lust, hoch in mein Zimmer zu gehen?« Sein Gesicht wurde rot. »Wenn nicht – im Speicher haben wir eine Ecke zum Chillen eingerichtet.«

Es war total süß, dass er das fragte, und noch süßer, wie er dabei rot wurde. Ich nickte und spürte, wie auch meine Wangen heiß wurden. »Ich würde gern dein … Zimmer sehen.«

Lächelnd gab er mir eine Cola.

Oben war es genauso gemütlich und warm wie unten. Wir kamen an zwei geschlossenen Türen und an einem Bad vorbei. Riders Zimmer war das vorletzte, er öffnete die Tür und schaltete das Licht an.

Durch ein kleines Fenster fiel trübes Tageslicht in den Raum, der überraschend ordentlich war. Fast schon übertrieben ordentlich. Mit großen Augen sah ich mich um. Das schmale Bett war so akkurat gemacht, dass es fast unberührt aussah. Neben einer Kommode stand ein kleiner, aufgeräumter Schreibtisch.

Rider stellte seine Cola auf den Nachttisch und legte meine Tasche an das Fußende des Bettes, während ich mich einmal langsam um die eigene Achse drehte. Die Wände waren kahl, keine Poster oder Fotos. In einer Ecke stand ein kleines Bücherregal. Während meine Finger mit der Lasche der Dose spielten, kniete ich mich davor hin und betrachtete die Buchrücken. Sämtliche Harry-Potter-Bände standen da und ein paar Krimis von Autoren, die ich kannte.

»Sind das deine?«

Rider setzte sich auf das Bett. »Die meisten. Die Harry-Potter-Bücher waren schon da, als ich kam.« Das schiefe Grinsen erschien wieder. »Aber ich habe sie gelesen.«

Lächelnd betrachtete ich weiter die Bücher. Da waren ein paar Stephen-King-Romane, die ich nicht kannte. Tatsächlich hatte ich kein einziges Buch von ihm gelesen, weil ich keine Horrorgeschichten mochte. Da fiel mir ein Buch ins Auge, ein schmaler Band, kleiner als die anderen und quadratisch. Meine Hand zuckte zurück, als ich es erkannte.

Oh mein Gott.

Ich zog es heraus, richtete mich auf und stellte die Cola auf den Schreibtisch.

Als Rider sah, welches Buch ich in der Hand hatte, fing er an zu lächeln, doch dann gefror das Lächeln auf einmal. Ich blinzelte hastig, weil mir sein Gesicht vor den Augen verschwamm.

»Oh Shit«, sagte er barsch und wollte aufstehen. »Du weinst ja immer noch, wenn du das Buch siehst.«

Ich lachte unter Tränen. »Nein. Eigentlich nicht.« Ich schaute auf das Buchcover. Es war eine alte Ausgabe. Oh Gott, sie sah genauso aus wie die von früher. Die gelbe Farbe des Einbands war matt geworden, und die Zeichnung von dem kleinen Jungen, der einen Plüschhasen im Arm hielt, war schon ganz verblichen. Das Buch roch so richtig nach Buch, nach dem alten muffigen Geruch von vergilbtem Papier. »Ist das ...«

Er holte tief Luft. »Ja, das ist es.«

Langsam hob ich den Kopf. Unsere Blicke trafen sich.

»Es war dein Lieblingsbuch«, sagte er nach kurzem Schweigen. »Auch wenn ich nicht weiß, warum, weil es dich immer zum Weinen gebracht hat.«

Meine Unterlippe zitterte. »Die Geschichte ist so traurig.«

»Aber der Hase wird am Schluss doch lebendig.« Er lachte mit heiserer, belegter Stimme. »Ich weiß nicht, wie oft ich dir das erklärt habe.«

»Aber er war alt und verschlissen und ...« Ich schluckte den Kloß im Hals hinunter und setzte mich neben ihn aufs Bett. Ich blickte auf das alte Buch. »Der Hase wollte doch nur ... lebendig sein ... und geliebt werden.« Die letzten Worte waren nur noch ein leises Flüstern. Dann sah ich ihn wieder an.

Der arme Hase hatte mir so leidgetan. Damals war ich noch zu klein gewesen, um zu begreifen, dass auch ich geliebt werden und lebendig sein wollte. In dem Haus unserer Kindheit gab es so etwas nicht für uns.

»Ich hab es mitgenommen, als ich weggebracht wurde, und ich ... Seitdem hab ich es behalten.«

Mein Atem ging schwer. »Das ist ... ich weiß nicht, was ich sagen soll.«

»Kein Tag ist vergangen«, sagte er leise. »an dem ich nicht an dich gedacht habe, Mallory. Das Buch ... Ich weiß nicht, irgendwie war es wie eine Verbindung zu dir.«

Oh mein Gott. Meine Brust zog sich zusammen, meine Hand fing an zu zittern. Das Buch rutschte mir aus der Hand und landete auf dem Teppich. Er beugte sich gleichzeitig mit mir vor, und wir erstarrten in gebückter Haltung, sodass sein Gesicht ganz dicht an meinem war. Er kam mir zuvor und nahm das Buch. Wir richteten uns auf und schauten uns tief in die Augen.

Er hatte ein Buch behalten, das er hasste, nur damit es ihn an mich erinnerte. Mein Herz zerfloss förmlich vor Rührung. Das Herz zwischen unseren Namen war schon so süß gewesen, aber das haute mich vollkommen um.

»Nachdem du weg warst«, sagte er und schluckte schwer, »war dieses Buch alles, was ich noch von dir hatte.« Er legte es neben sich.

Mein Mund öffnete sich leicht und ich dachte keine Sekunde länger nach. Ich fiel Rider um den Hals. Es war ungeschickt und kein bisschen sexy, aber das war mir egal. Seine Arme umfingen mich in dem Moment, als ich ihn umschlang. Ich sagte kein Wort. Das war auch nicht nötig. Stattdessen vergrub ich das Gesicht in seiner Halsbeuge und wir umarmten uns ganz fest.

Vier Jahre lang hatten wir uns nicht gesehen.

Aber wir waren nie wirklich getrennt gewesen.

Ich weiß nicht, wie lange wir so verharrten, aber irgendwann veränderte sich die Umarmung, und wir landeten auf dem glatten, ordentlichen Bett. Rider lag auf dem Rücken, ich neben ihm auf der Seite, mein Kopf ruhte an seiner Schulter. Obwohl sich unsere Körper nicht berührten, raste mein Puls.

Rider war da, direkt neben mir. Ich konnte die Hand ausstrecken und ihn berühren. Überall. Und ich wollte ihn berühren. Dennoch ließ ich meine Hände gefaltet zwischen uns liegen. Er hatte eine Hand auf meine Taille gelegt, die andere ruhte auf seinem Bauch.

Zwischen uns die alte Ausgabe von *Der Samthase*.

Wir redeten und hörten einander zu. Ich erzählte ihm, dass ich mich Ainsley anvertraut hatte.

»Das muss dir sehr schwergefallen sein.« Sein Daumen strich über meine Taille. »Ich bin stolz auf dich.«

Lächelnd schob ich mich näher zu ihm hin und erzählte von meiner Begegnung mit Jayden und dass ich glaubte, er würde endlich auf ihn und Hector hören. Stück für Stück rückte ich an ihn heran, bis nur noch das Buch zwischen uns lag. Seine Hände blieben, wo sie waren, obwohl ich wollte, dass er mich berührte.

Und ich wollte nicht, dass er mich berührte.

Es war total widersprüchlich, aber ich wusste einfach nicht, wohin mit … *alledem*. Ich wollte lernen, das wollte ich wirklich, aber ich hatte keine Ahnung, was ich tun sollte. Ich hob das Kinn und betrachtete seine Lippen, während er leise erzählte, wie er wegen der Graffiti an der Schule Ärger bekommen hatte. Die ganze Aktion war das Resultat einer Wette gewesen.

Ich hörte ihm zu, total fasziniert, wie sich seine Lippen bei jedem Wort bewegten. Ich erinnerte mich daran, wie weich sie sich auf meinem Mund angefühlt hatten. Nachts, wenn ich im Bett lag, musste ich immer daran denken. Schon allein bei der Vorstellung wurde mir ganz heiß.

Ich wollte es noch einmal spüren.

War es zu früh, uns wieder zu küssen? Seit Samstag hatte Rider mir keinen richtigen Kuss mehr gegeben. Allerdings hatten wir uns in den letzten beiden Tagen auch nur in der Schule gesehen

und da hatte er mich immerhin ein paarmal auf die Wange geküsst. Aber ich wollte mehr.

Er verstummte, seine Augen waren geschlossen.

Ich holte tief Luft und stützte mich auf den Ellbogen. Seine
Augenlider öffneten sich flatternd. Meine Haare fielen mir über
die Schultern ins Gesicht wie ein Vorhang.

Sein Blick suchte meinen. Zögernd hob er die Hand und
strich mir die Haare hinter das Ohr.

»Maus?«, flüsterte er.

Gut möglich, dass ich gleich anfangen würde zu sabbern, und
das wäre wirklich nicht sehr attraktiv gewesen. »Ich möchte ...«
Ich fuhr mir mit der Zunge über die Lippen. Sein Blick fiel auf
meinen Mund. »Ich möchte dich ...«

Ein langes Schweigen entstand zwischen uns. »Willst du mich
küssen?«, fragte er, die Augen hinter den langen dichten Wimpern
verborgen. »Willst du das?«

Ich wäre am liebsten im Boden versunken. Ich schämte mich
zu Tode, doch ich schob dieses Gefühl entschlossen weg. Rider
wusste doch, dass ich keine Erfahrung in solchen Dingen hatte,
auch wenn er selbst sicher schon einiges erlebt hatte.

»Ja«, stieß ich fast unhörbar hervor.

»Du willst mich küssen? Mach ruhig. Wann immer du willst.«
Seine Stimme wurde tiefer, rauer. »Du musst auch nicht fragen.
Nie.«

Gut zu wissen. »Okay.« Doch ich rührte mich nicht. »Ich weiß
nicht, was ich ... tun soll.«

Seine Augen trafen meine, dann legte sich seine Hand um
meinen Nacken. »Ich zeig' es dir.«

Mein Herz machte einen Satz und ich nickte.

Behutsam zog er mich zu sich hinunter. Unsere Lippen berührten sich und Funken schossen durch meine Adern. Langsam liebkosten seine Lippen meinen Mund und ich tat es ihm nach.

Dann stellte ich fest, dass ich nur den Kopf ein wenig zur Seite neigen musste, damit sich unsere Lippen stärker aufeinanderpressten, und das gefiel mir wirklich sehr. Rider schien es genauso zu gehen, denn seine Finger gruben sich tiefer in meinen Nacken. Ich schob mich näher an ihn heran und stützte mich mit der Hand auf seiner Brust ab.

Seine Lippen teilten sich und ich konnte seine Zungenspitze spüren. Das Blut schoss siedend heiß durch meine Adern, und als sich unsere Zungen berührten, durchströmte mich ein unglaublich erregendes Gefühl. Der Kuss veränderte sich, er schmeckte nach Cola und nach etwas Gutem, was ich nicht benennen konnte, von dem ich aber unbedingt mehr haben wollte.

Ich weiß nicht, wie lange wir uns küssten. Sekunden? Minuten? Als wir schließlich aufhörten, war ich knallrot und sämtliche Muskeln in meinem Bauch hatten sich zusammengezogen.

Meine Güte.

Blinzelnd schlug ich die Augen auf. Was war das für ein Gefühl, diese schwindelerregende Wärme und dieses betörende Pochen in bestimmten Teilen meines Körpers? Es war berauschend und beängstigend zugleich. Es war wunderschön und zutiefst verwirrend.

Rider atmete leise aus. Ich legte die Wange wieder auf seine Schulter. Seine Brust hob und senkte sich schwer, als hätte er sich völlig verausgabt. Mir ging es genauso. Schweigend lagen wir wieder da, unsere Hände ruhten ineinander verschränkt auf seinem Bauch.

»Also.« Er räusperte sich. »Wenn du das mal wieder tun willst, nur zu. Mach einfach.«

Ich schloss die Augen und kicherte. Vielleicht würde ich das ja tatsächlich tun.

Eine Weile lagen wir so da, und als es Zeit wurde, dass ich nach Hause fuhr, machte Rider mich mit einer sanften Berührung darauf aufmerksam. Ich nahm meine Tasche und warf einen letzten Blick auf *Der Samthase*.

Mir wurde ganz warm ums Herz.

»Ich kann mit dir mitfahren«, sagte er unten zu mir. »Und dann mit dem Bus ...«

»Das ist nicht nötig.« Es war lieb gemeint, aber es war viel zu umständlich für ihn. Ich streckte die Hand nach meinem Schlüssel aus. »Ich kenne den Weg.«

Sein Mundwinkel wanderte in die Höhe. »Ich weiß.«

Er ließ den Schlüssel in meine Hand fallen und küsste mich sanft und viel zu kurz.

»Soll ich dich zu deinem Auto bringen?«, bot er an.

Ich nickte. Als wir im Wohnzimmer waren, ging die Haustür auf. Eine ältere Frau kam herein, in der einen Hand einen blauen Lunchbeutel, in der anderen eine Einkaufstasche. In den schwarzen Haaren, die zu einem kurzen Pferdeschwanz gebunden waren, zeigten sich ein paar graue Strähnen. Das musste Mrs Luna sein, aber sie kam mir gar nicht so alt vor. Die Tür fiel hinter ihr zu. Ich hielt inne.

Als sie mich vom Flur aus erblickte, blieb sie erstaunt stehen. Ein Kribbeln überlief mich, als sie von mir zu Rider sah.

»Hallo, Mrs Luna.« Rider trat ein Stück vor. »Das ist Mallory. Sie ist nach der Schule noch mit zu mir gekommen.«

Mrs Luna blinzelte, einmal, zweimal. »Mallory?«, wiederholte sie. Ihre wachen Augen hefteten sich auf mich. »Das ist Mallory?«

Oh mein Gott.

»Ja, das ist sie«, antwortete er.

»Oh.« Kopfschüttelnd kam sie ins Wohnzimmer. »Wie schön, dich kennenzulernen. Ich wusste nicht, dass du heute vorbeikommst. Sonst wäre ich schon eher hier gewesen.« Sie runzelte die Stirn und sah Rider streng an. »Dieser junge Mann hätte mir das ruhig sagen können. Ich hätte meinen berühmten ...«

»Du brauchst nichts zu kochen«, erwiderte Rider schnell. »Mallory muss jetzt sowieso gehen.«

Mrs Luna stellte die Einkaufstasche auf den Lehnstuhl. Worte schwirrten mir im Kopf herum und ich versuchte krampfhaft, sie zu fassen, doch ohne Erfolg. Schweigen breitete sich zwischen uns aus.

Sie schlüpfte aus der dünnen Jacke und hängte sie über die Lehne. »Also, ich hoffe, wir sehen uns bald wieder. Und beim nächsten Mal bleibst du hoffentlich zum Abendessen. Ich bin berühmt für meinen *arroz con gandules*.« Ihr Lächeln war herzlich. »Das wird dir schmecken.«

»Das ist ein Reisgericht mit Schinken und Erbsen«, erklärte Rider lächelnd. »Es schmeckt wirklich gut.«

Ich nickte.

»Sie kommt bestimmt bald wieder.« Rider stieß mich an. »Stimmt's?«

Ich nickte abermals.

Rider legte mir die Hand auf den Rücken. »Also, Mallory muss jetzt wirklich los ...«

Meine Wangen brannten und Wut stieg in mir hoch. Doch diesmal hatte sie einen anderen Effekt. Sie zwang die Worte aus mir heraus. »Es hat mich gefreut ... Sie kennenzulernen.« Mein Gesicht wurde noch röter, weil ich über jedes Wort stolperte, aber ich brachte den Satz schließlich doch heraus.

Freundlich trat Mrs Luna zur Seite. Wieder ging die Haustür auf und diesmal kam Jayden herein. Als er uns sah, grinste er. Sein Auge sah noch nicht viel besser aus, und ich fragte mich, was Mrs Luna wohl dazu gesagt hatte.

»Hey, du kannst wohl nicht genug von mir kriegen, was? Folgst du mir jetzt auch schon nach Hause?« Jayden streifte die Turnschuhe ab und stellte sie neben die Tür. »Bleibst du zum Essen?«

»Nein, Mallory muss nach Hause.«

»Schade.« Jayden ging zu seiner Großmutter. »Ich mach das schon«, sagte er und nahm ihr den Lunchbeutel ab und hob die Einkaufstasche vom Lehnsessel auf. »Ich koche heute.«

Bei diesen Worten hob Rider die Augenbrauen.

»Wirklich?« Mrs Luna lächelte. »Du bist so gut zu mir«, sagte sie und ließ sich von Jayden in die Küche ziehen. »Was würde ich nur ohne dich machen, *mi nene hermoso*?«

»Du würdest zugrunde gehen«, zog er sie auf und legte einen Arm um sie. »Genau wie Mallory.«

Lächelnd verließ ich mit Rider das Haus. Draußen wurde es bereits dunkel. Das trübe Licht der Straßenlaternen fiel auf den Bürgersteig. Rider nahm meine Hand.

»Darf ich dich was Persönliches fragen?«, fragte ich.

»Klar«, erwiderte er.

»Was ist mit den ... Eltern von Hector und Jayden passiert?«

»Ihr Vater war Mrs Lunas Sohn. Er ist an Krebs gestorben, als sie noch klein waren.« Er drückte meine Hand. »Und ihre Mutter ist dann irgendwie abgestürzt, glaube ich. Oder vielleicht war das auch schon vorher so. Ich weiß es nicht genau. Sie ist drogensüchtig. Kommt ungefähr einmal im Jahr hier vorbei. Das Letzte, was ich gehört habe, ist, dass sie in Washington lebt.«

»Das ist aber ... traurig«, sagte ich, und ich wünschte, es gäbe noch mehr, was ich sagen könnte.

»Ich weiß«, murmelte Rider. Wir blieben bei meinem Auto stehen. »Bist du sicher, dass ich nicht mitfahren soll?«

Ich nickte und suchte seinen Blick. »Darf ich ... noch was fragen?«

Rider grinste. »Du kannst alles fragen.«

»Bist du glücklich dort?«

»Dort? Du meinst, bei Mrs Luna?« Ich nickte. Er legte mir die Hände auf die Schultern und schaute mir tief in die Augen. »Ich bin so glücklich dort, wie es eben geht. Ich habe ein Dach über dem Kopf und immer was zu essen auf dem Tisch. Und ich werde dafür sorgen, dass es auch so bleibt, wenn ich mit der Schule fertig bin.«

»Aber ... ein Zuhause sollte mehr sein als das«, wandte ich ein. »Ein Leben ... sollte mehr sein als das.«

Er streifte mit den Lippen über meine Wange. »Eigentlich sollte es so sein, aber das gilt nicht für jeden. Das weißt du doch.«

27

AM MITTWOCHABEND saßen Rosa und Carl schweigend am Esstisch und starrten mich verblüfft an. Der Broccoli, den ich hinuntergewürgt hatte, schien auf einmal Wurzeln zu bekommen, die sich in meinen Bauch gruben.

Carl sah Rosa an. Ihre Blicke trafen sich, und wieder einmal bewunderte ich ihre Fähigkeit, ohne Worte zu kommunizieren, was für mich fast schon an Telepathie grenzte.

Carl räusperte sich und legte die Gabel auf den Tisch. »Du bist auf eine Party eingeladen?«

Ich nickte. »Ich habe ... euch doch von Keira erzählt. Sie hat mich eingeladen.«

»Und die Party findet bei einem Jungen zu Hause statt?«, fragte er.

Den Teil hätte ich wohl lieber weglassen sollen. »Es ist ein ... Freund.« Das war nicht ganz die Wahrheit, aber es war auch nicht gelogen. Peter war ein Bekannter.

»Ein *Freund*?« Rosas sonst so ruhige Stimme wurde schrill. »Ein anderer Freund als Rider?«

»Ich habe auch ... männliche Bekannte«, entgegnete ich trocken und dachte an Hector und Jayden.

Rosa blinzelte.

»Ainsley kommt auch mit.«

Das stimmte sogar. Ainsley kam mit. Ich hatte Keira vorhin beim Mittagessen erzählt, dass ich sie eingeladen hatte, und sie freute sich darauf, meine Freundin kennenzulernen. »Ich würde … wirklich gern gehen.«

Schweigen.

Wieder verständigten sie sich telepathisch miteinander.

Ich rutschte auf meinem Stuhl hin und her und schaute auf mein halb gegessenes Kotelett. Wenn Carl und Rosa es mir erlaubten, würde ich zuerst Ainsley abholen, dann Rider. Dann würden wir drei zusammen auf die Party gehen.

Auf eine richtige, echte Party.

Mein Magen zog sich zusammen.

Carl trank einen Schluck Wasser und sagte: »Werden die Eltern von dem Jungen auch da sein?«

Woher sollte ich das wissen? Vermutlich nicht, aber das würde ich ihnen auf keinen Fall sagen. »Ich denke schon.«

Wieder wechselten sie einen Blick. Offenbar hatte ich nicht ganz überzeugend geklungen.

»Wir würden gern mit seinen Eltern reden«, meinte Carl schließlich.

Meine Augen weiteten sich. »Was? Das ist ja … megapeinlich.«

»Mallory …«

»Das machen sonst keine Eltern«, beharrte ich, entsetzt bei dem Gedanken, sie könnten eine Elternkonferenz einberufen, so wie sie es hinter meinem Rücken mit den Lehrern getan hatten. »Wenn das so ist … dann gehe ich lieber nicht. Ich wollte nur …«

»Ich denke, das geht schon in Ordnung mit dem Fest«, mischte sich Rosa ein und erntete dafür einen scharfen Blick von Carl.

»Wirklich«, sagte sie und sah ihn streng an. »Ich finde es toll, dass du auf eine Party eingeladen bist und hingehen willst. Und ich denke nicht, dass wir vorher mit jemandem reden müssen.«

Ich kippte fast vom Stuhl.

Carl zog die Brauen hoch.

Rosa sah mich lange und eindringlich an. »Ich finde, du bist allmählich so weit.«

Ich sprang auf und umarmte sie.

»Und ich finde es gut«, fuhr sie fort, den Blick unverwandt auf mich gerichtet, aber sie lächelte, und ich spürte, dass sie es auch so meinte. »Du weißt, wann du zu Hause sein musst, Mallory. Um Punkt elf Uhr und keine Minute später.«

Ich nickte stumm.

»Wahrscheinlich wird es dort auch gewisse ... Dinge geben, und ich hoffe, dass du verantwortungsvoll damit umgehst« sagte sie, woraufhin Carl nur die Augen schloss. »Und mach keinen Blödsinn mit Rider.«

Ich wurde rot, als ich daran dachte, was für eine Art von Blödsinn ich mit ihm anstellen könnte.

»Kein Alkohol, keine Drogen«, fügte sie hinzu.

»Natürlich nicht«, antwortete ich sofort, und das stimmte auch. Ich hatte absolut nicht vor, auf meiner ersten Party illegale Substanzen zu nehmen. Ich war auch so schon seltsam genug. Da musste ich nicht auch noch betrunken oder high sein.

Carl öffnete die Augen, aber er sah immer noch so aus, als würde ihn gleich der Schlag treffen.

»Wir vertrauen dir, Mallory.« Rosa lächelte und ich hätte ihr Lächeln gern erwidert. »Und Vertrauen ist eine wichtige Sache. Bitte enttäusch uns nicht.«

»Auf keinen Fall«, versprach ich. Und dann lächelte ich doch und sah Carl an. Er schien etwa um zwanzig Jahre gealtert zu sein. »Danke.«

»Da bin ich der Falsche«, erwiderte er. »Das hast du nur Rosa zu verdanken.«

»Sei still«, sagte sie grinsend und blinzelte mir zu.

Mein Lächeln wurde breiter, und ich konnte es kaum erwarten, Ainsley und Rider zu erzählen, dass es mit der Party tatsächlich klappte. Nur ... ein winziger Zweifel nagte tief in mir. Irgendwie hatte ich nicht wirklich damit gerechnet, dass sie zustimmen würden, und plötzlich war da eine kleine Stimme in mir, die sich wünschte, sie würden es sich noch einmal anders überlegen.

— —

Lächelnd zog ich am Freitag vor der Mittagspause den Reißverschluss meiner Tasche zu. Rider hatte einen kleinen Umweg gemacht und war an meinem Spind vorbeigekommen, nur um mir einen Kuss zu geben.

Meine Lippen kribbelten noch, als er schon längst zu seinem Unterricht verschwunden war. Solche öffentlichen Liebesbezeugungen waren mir immer noch ein bisschen peinlich, aber während ich meine Bücher austauschte, wurde mir bewusst, dass ich mir über viele Dinge, die mich am Anfang des Schuljahres noch total gestresst hatten – zu spät zum Unterricht zu kommen, in der Mittagspause allein am Tisch sitzen zu müssen oder niemanden zum Reden zu haben –, gar keine Gedanken mehr machte.

Mittlerweile machte ich mir nur noch Gedanken über die Mathearbeit nächste Woche und darüber, was ich Samstagabend anziehen sollte. Ich schwang mir die jetzt deutlich leichtere Tasche über die Schulter und drehte mich um. Da sah ich Paige mit einem anderen Mädchen den Gang herunter auf mich zukommen und erstarrte. Ihr Lächeln erstarb, als sie mich erblickte.

Mist.

Ich tat so, als wäre sie gar nicht da, und wollte gehen. Doch ihre Schritte wurden langsamer und sie steuerte direkt auf mich zu.

Meine Schultern verkrampften sich.

»Ich komm gleich nach«, sagte sie zu ihrer Freundin und starrte mich an. »Wir beide müssen uns kurz unterhalten.«

Ich presste die Lippen aufeinander und atmete durch die Nase. Irgendwann musste es so kommen, das wusste ich. Und je mehr Zeit vergangen war, ohne dass Paige mir aufgelauert hatte, desto größer war meine Hoffnung geworden, dass sie es doch nicht tun würde. Aber Hoffnung kann trügen.

Sie verschränkte die Arme vor der Brust und sah mich an. Warum hatte sie keine Schultasche dabei? Müsste sie nicht eigentlich im Unterricht sitzen? »Jetzt bist du glücklich, was? Du kommst daherspaziert und wirst sofort wieder zum Mittelpunkt seines Lebens, so wie vorher. Die arme kleine *Maus* braucht ihn ja so sehr und schon lässt er mich einfach sitzen.«

Ich war nicht der Mittelpunkt seines Lebens.

Ich war nicht mehr die arme kleine Maus.

Und Paige »sitzen zu lassen«, war ihm ganz und gar nicht leichtgefallen. Ich wusste genau, wie schlimm es für ihn gewesen war, ihr wehzutun.

Doch das alles sagte ich nicht, weil wieder dieser Pfropfen in meinem Hals steckte und sämtliche Wörter blockierte.

Paige lachte leise und schüttelte den Kopf. »Weißt du, das ist echt unglaublich. Er hat mit mir Schluss gemacht, um mit jemand wie dir zusammen zu sein.« Wieder lachte sie. »Aber egal. Am liebsten würde ich dir eine verpassen und zwar jetzt sofort.«

Das Herz rutschte mir in die Hose.

»Ich könnte es einfach tun. Was würde mir schon passieren? Ich würde einen Schulverweis bekommen. Na und? Wär nicht das erste Mal. Aber ich werd's trotzdem nicht tun. Und weißt du auch, warum?«

Das wusste ich natürlich nicht, aber ich war trotzdem sehr erleichtert.

»Weil Rider dann nie wieder ein Wort mit mir reden würde. Das würde er mir...« Ihre Stimme brach. Ihre Augen waren leicht verschleiert. »Das würde er mir nie verzeihen. Er hat mich vielleicht sitzen lassen, aber ich mag ihn immer noch. Das will ich ihm nicht antun.«

Sie... sie hatte tatsächlich Tränen in den Augen.

Oh mein Gott.

»Aber weißt du was?«, sagte sie. »Du bist sowieso zu gut für ihn.«

Der Pfropfen löste sich und ihre Tränen waren mir auf einmal egal. »So ein Blödsinn.«

Überraschung blitzte in ihrem Gesicht auf.

»Ich bin nicht besser als er«, fuhr ich fort. »Und er ist nicht... schlechter als ich oder sonst jemand.«

»Nein. Du verstehst das falsch«, sagte sie etwas leiser. »Du denkst, du würdest Rider kennen, aber das stimmt nicht. Das mit euch ist schon ein halbes Leben her. Früher oder später wird dir das klar werden, wenn du in einem hübschen Haus in deinem perfekten Stadtviertel sitzt. Oder wenn du aufs College gehst, während er verzweifelt nach einer Wohnung sucht, die er sich leisten kann. Irgendwann wirst du kapieren, dass das Einzige, was euch beide verbindet, die Vergangenheit ist, und dann wirst du ihm das Herz brechen.«

Ich trat vor. Das hatte sie also in Rhetorik gemeint, als sie gesagt hatte, ich würde ihn im Stich lassen. »Da... irrst du dich.«

Sie blinzelte.

»Das würde ich ihm nie antun«, beteuerte ich. »Ich würde Rider nie wehtun.«

»Ach wirklich?« Ihre Brauen schossen hoch. »Na, bis jetzt hat das ja prima geklappt.«

Ich hatte keine Ahnung, wovon sie sprach. In der Ferne hörte ich die Pausenglocke läuten, die den Beginn der nächsten Stunde anzeigte, aber keine von uns beiden machte Anstalten zu gehen.

»Jahrelang hat er wegen dir ein schlechtes Gewissen gehabt«, fauchte sie, das Gesicht rot vor Wut. »Er wusste nicht, was mit dir passiert war, und hat sich selbst die Schuld an allem gegeben.«

»Das ...«

»Und jetzt bist du wieder da und führst dich so auf, dass er wieder denkt, er müsste dich beschützen. Glaubst du, du bist die Einzige hier, die es schwer hat im Leben?«

Nein, das glaubte ich ganz und gar nicht.

»Dann schau dich mal um, Maus. Ich kümmere mich um meine kleine Schwester, seit sie auf der Welt ist, weil mein Vater ein elender Säufer ist und meine Mutter sich mit zwei Jobs zu Tode schuftet, damit wir genug zu essen haben. Und was, meinst du, passiert, wenn mein Vater besoffen ist?«, fuhr sie mit hochroten Wangen fort. »Dann stecke ich die Schläge ein, damit er Penny in Ruhe lässt. Aber heul ich deswegen rum? Erwarte ich von anderen, dass sie sich um mich kümmern?«

Oh mein Gott.

»Aber du hast dich nie um dich selbst kümmern können und das hat sich bis heute nicht geändert. Scheiße, Mann, du kannst dich ja nicht einmal vor die Klasse stellen und eine Rede halten!« Ihre Stimme wurde gefährlich ruhig, als sie diesen gut gezielten Schlag austeilte. »Und warum, denkst du, machen sich die anderen deswegen nicht über dich lustig? Jeder andere hätte deswegen Gott weiß was zu hören bekommen, aber dich lassen sie in Ruhe wegen Rider. Klar, sie sehen dich mit ihm und wissen, dass sie sich nicht mit dir anlegen dürfen. Aber er kann nicht immer da sein. Irgendwann wirst du wegen irgendwas überfordert sein und kommst nicht alleine klar und er ist nicht da. Dann klappst du zusammen, und er muss dich wieder aufrichten und wird sich die Schuld geben. So wird es laufen. So läuft es doch immer bei euch beiden.«

Mein Mund klappte auf und ich wich zurück.

»Sogar jetzt.« Ihre Stimme senkte sich zu einem Flüstern. »Nicht einmal jetzt kannst du dich wehren. Weißt du was? Du hast recht. Du bist wirklich nicht zu gut für ihn. Er hat was Besseres verdient.«

Paige stolzierte davon. Ich blieb allein auf dem verlassenen Gang zurück und die Wahrheit ihrer Worte dröhnte mir in den Ohren.

Am Samstagmorgen wachte ich früh auf und suchte meine Werkzeuge zusammen. Dann verbrachte ich mehrere Stunden damit, verschiedene Seifenfiguren zu schnitzen. Mein ganzes Zimmer roch nach Irischer Frühling. Nach dem Mittagessen und der dritten Packung Seife waren zwei Flügel entstanden, die in der Mitte nur durch einen schmalen Streifen verbunden waren.

Ich hatte nicht gut geschlafen. Alle paar Stunden war ich aus Albträumen hochgeschreckt, die alle nichts mit der Party am Abend zu tun hatten. Die Angst davor war auf einmal in den Hintergrund getreten.

Es waren Paiges Worte, die mich verfolgten.

Was sie gesagt hatte, war gemein und gehässig, aber es stimmte auch. Ich hatte viel erreicht, aber ... ich war immer noch *Maus*. Ich schaffte es nicht einmal, mich vor die Klasse zu stellen und eine Rede zu halten. Ich hatte nur dagestanden und mich von Paige beschimpfen lassen. Ich hatte mich nicht gewehrt.

Nicht gegen sie.

Nicht gegen Carl, als er das Sozialpädagogik-Studium einfach abgetan hatte.

Nicht gegen Rosas und Carls Vereinbarung mit Mr Santos.

Paige und ich hatten mehr gemeinsam, als ich gedacht hatte. Sie kam ebenfalls aus einem schlimmen Zuhause und lebte immer noch dort, aber sie war nicht wie ich. Sie setzte sich damit auseinander. Ich versteckte mich nur.

Ich hatte viel erreicht, aber ich ... fühlte mich immer noch schwach. Wie eine Glasfigur. Wenn ich fiel, würde ich zerbrechen, und Rider würde ... Er würde die Teile aufheben und sich die Schuld daran geben. Das wusste ich. Paige hatte recht. Das war es, was uns verband.

Und ich durfte nicht zulassen, dass das alles war.

Als es Zeit war, mich für Peters Party fertig zu machen, stand ein Schmetterling vor mir. So etwas Zartes hatte ich noch nie geformt. Er musste noch ein wenig ausgearbeitet werden, fand ich, und stellte ihn vorsichtig auf meinen Schreibtisch. Dann ging ich zu meinem Schrank.

Die Party war eine große Sache für mich, trotzdem war meine Begeisterung eher gedämpft, als ich in das Kleid schlüpfte, das ich ausgesucht hatte, nachdem ich die Erlaubnis von Carl und Rosa bekommen hatte. Es hatte Dreiviertelärmel und war königsblau. Dazu wollte ich eine schwarze Strumpfhose und flache Schuhe anziehen. Nicht sehr elegant, aber ich fand es hübsch.

Ich schaute mich im Spiegel an. Mehr brauchte es nicht und ich hatte wieder Paiges Worte in den Ohren. Ich dachte an die Rhetorikstunde und warum mich keiner der anderen Schüler auf meine nicht gehaltene Rede angesprochen hatte. Dann stieg eine andere Erinnerung in mir auf.

»Du kannst jetzt rauskommen«, sagte Rider, der vor der Schranktür kauerte. Im trüben Licht des Zimmers ragte sein dunkler Schatten vor mir auf.

Ich drückte Velvet an mich und schüttelte den Kopf. Meine Wangen waren tränenverschmiert. Ich würde nie wieder herauskommen.

»Alles ist gut, Maus. Ich verspreche es.« Rider streckte mir die Arme entgegen. »Er ist weg. Nur wir und Miss Becky sind im Haus. Du kannst rauskommen.«

Ich ließ die Puppe sinken. Wenn Mr Henry weg war, dann war es in Ordnung. Ich ging auf die Knie und kroch aus meinem Versteck. Rider griff nach meiner Hand und zog mich hoch. Als ich sein Gesicht sah, erschrak ich. In seiner Lippe klaffte ein frischer blutiger Riss. Mr Henrys Fäuste. Ich hatte mich versteckt, während Rider ihn abgelenkt hatte.

»Du bist jetzt in Sicherheit«, sagte Rider. »Ich bin da. Du bist in Sicherheit, Maus. Und ich werde dafür sorgen, dass du für immer in Sicherheit bist, auch wenn du mir das nicht glaubst.« Er schluckte und fuhr sich über die Lippe. »Das verspreche ich dir.«

Für immer.

Er hatte versprochen, für mich da zu sein – für immer.

Aber meiner Meinung nach gab es zwei Arten von *Für immer*. Eine gute.

Und eine schlechte.

Und ich hatte schon früh gelernt, dass die gute Art von *Für immer*, tja ... das war eine Lüge. Es endete jedes Mal in einer Katastrophe, weil einem dieses »Für immer« dann doch irgendwann durch die Finger glitt, auch wenn man noch so verzweifelt daran festhalten wollte.

Das schlechte *Für immer* dagegen lauerte einem auf wie ein Schatten oder wie ein Geist. Ganz gleich, was passierte, es war immer irgendwo im Hintergrund verborgen.

Ich schloss die Augen und versuchte, das Brennen in meiner Kehle zu vertreiben, indem ich ganz ruhig atmete. Ich durfte jetzt nicht darüber nachdenken. Tränen drängten in mir hoch, aber ich wusste, dass ich nicht weinen würde. Ich hatte nicht mehr geweint, seit ich jenes Haus verlassen hatte.

Du lieber Himmel, ich hatte tatsächlich seit jenem Abend nicht mehr geweint. Als mir das bewusst wurde, fing es in meinem Magen an zu rumoren. Das lag nicht daran, dass meine Tränenkanäle verstopft waren. In meinem Kopf klemmte es irgendwie. Alles war verklemmt. Und ich ... musste mich davon befreien.

Dieser Abend sollte der Anfang sein.

Voller guter Vorsätze fuhr ich zu Ainsley. Sie wohnte im Stadtteil Otterbein, in einem der historischen Reihenhäuser in der Nähe des Inneren Hafens. Ich hatte keine Ahnung, was Häuser in dieser Gegend kosteten, aber man musste ganz bestimmt einiges dafür hinblättern.

»Du kannst ... vorne sitzen«, sagte ich, als sie hinten einsteigen wollte. Sie sah umwerfend aus, wie immer, in den engen schwarzen Jeans und der weiten Bluse, die ihr über die Schulter rutschte.

»Der Platz vorne ist für Mr Sexy höchstpersönlich reserviert«, erwiderte sie und beugte sich zu mir vor. »Außerdem werde ich gern herumgefahren, wenn ich hinten sitze. Dann bist du quasi mein Chauffeur.«

Ich schnaubte. »Klar, in einem zehn Jahre alten Honda.«

»Egal.« Sie schlug gegen den Sitz. »Ich muss zugeben, ich war echt überrascht, dass Carl und Rosa es dir erlauben.«

»Ich auch«, gestand ich. Bevor ich das Haus verlassen hatte, waren wir noch einmal zusammen die Regeln durchgegangen. Carl hatte trotzdem nicht den Eindruck gemacht, als wäre er hundertprozentig einverstanden.

Auf den Straßen war viel los, deshalb dauerte es eine Weile, bis wir bei Rider waren. Er stieg auf der Beifahrerseite ein, lächelte Ainsley zu und drückte mir einen Kuss auf die Wange.

»Maus.« Er maß mich mit dem Blick von oben bis unten. Ihm schien nichts zu entgehen. »Du siehst wunderschön aus.«

Ich wurde rot.

»Kennst du nicht jemanden wie dich, den ich mir schnappen könnte?«, fragte Ainsley. Ich musste ein Grinsen unterdrücken. Todd schien offenbar kurz vor dem Abschuss zu stehen.

Rider drehte sich zu ihr um. »Klar. Er heißt Hector.«

Ich grinste und fädelte mich in den Verkehr ein.

»Hector? Wie bitte? Er ist ein Arsch«, erwiderte sie und lehnte sich zurück. Nach einer kurzen Pause fragte sie: »Kommt er auch auf die Party?«

Diesmal unterdrückte ich mein Grinsen nicht.

»Nein, er muss arbeiten.« Rider wandte sich zu mir und fuhr

mir mit den Fingern über den Arm. »Du siehst echt wunderschön aus.«

Mein Mund verzog sich zu einem breiten Lächeln. »Du siehst auch gut aus.«

»Mit anderen Worten, sie findet, du siehst echt umwerfend aus«, mischte sich Ainsley von hinten ein.

Und das stimmte auch. Rider sah immer umwerfend aus, aber an diesem Abend war er besonders sexy, in den dunklen Jeans und dem abgetragenen Hemd. Ich weiß nicht, wieso mir das Hemd so gefiel. Vielleicht weil ich mir vorstellte, dass ich seine Körperwärme durch den dünnen Stoff spüren würde, wenn wir uns umarmten. Oder vielleicht weil er die Ärmel bis zu den Ellbogen hochgekrempelt hatte, sodass seine dunklen muskulösen Unterarme zu sehen waren.

Vielleicht lag es aber auch einfach nur an ihm.

Wahrscheinlich war es das.

Peters Party sollte im Haus seiner Großeltern stattfinden, die den Winter über in Florida lebten. Das Haus lag am anderen Ende der Stadt, etwas außerhalb, wo die Häuser größer waren und einen riesigen Garten hatten. Keira hatte erklärt, dass Peters älterer Bruder als inoffizielle Aufsichtsperson da sein würde, aber der war erst einundzwanzig und zählte nicht wirklich als Erwachsener.

»Wow«, murmelte Ainsley, als an der schmalen, von Bäumen gesäumten Straße das Haus in Sicht kam.

Es war ein großes altes Bauernhaus – offenbar war hier früher einmal eine richtige Farm gewesen –, vor dem Unmengen von Autos kreuz und quer am Straßenrand parkten. Mein Magen verkrampfte sich, als ich das Meer von Fahrzeugen sah und die vielen Menschen, die um das weiß-rote Bauernhaus herumwimmelten.

Das ... das waren Massen von Leuten.

»Am besten stellst du dich gleich hierhin«, riet Rider mir. »Direkt an die Straße und park nicht so dicht hinter dem Wagen vor dir. Nur falls nach dir noch ein Auto ...«

Oh mein Gott, das waren wirklich viele Leute hier.

Schweißperlen bildeten sich auf meiner Stirn, das Blut rauschte in meinen Ohren. Mir war so heiß, und ich schlug blindlings gegen die Tür, bis ich den Fensterheber traf. Die Scheibe fuhr herunter und kühle Luft strömte ins Wageninnere. Aber das war noch nicht alles. Mein Mund war wie ausgedörrt, Säure brannte in meinem Magen, der Geruch von brennendem Holz erstickte mich fast. Die Musik dröhnte und lautes Stimmengewirr und Gelächter hallten in meinen Ohren wider.

Ich erschrak, als sich eine Hand auf meinen Arm legte. Mein Kopf fuhr herum. Riders Lippen bewegten sich, und eine Sekunde lang konnte ich nicht verstehen, was er sagte. Ich konnte nur den Lärm hören, das schrille Gelächter und die lauten Stimmen. Es kostete mich viel Mühe, mich auf das zu konzentrieren, was im Auto vorging.

»Mallory?«, sagte er.

Ich schluckte. »Was?«

Er zog die Brauen zusammen und blickte mir prüfend ins Gesicht. »Du warst auf einmal ganz weit weg.«

»Ist alles okay mit dir?«, fragte Ainsley und beugte sich vor. »Du bist ja ganz blass.«

»Das stimmt.« Rider legte die Hand auf meine Wange. »Oh Mann, und du bist schweißnass.«

Unsere Blicke begegneten sich. »Das ist alles so ... überwältigend.«

Seine Miene war sorgenvoll. »Wir müssen da nicht hin.«

»Nein, müssen wir nicht«, stimmte Ainsley vom Rücksitz her zu und drückte meinen Arm. »Ich würde sowieso lieber was anderes machen. Das ist doch bloß eine blöde Party auf dem Bauernhof, und ich könnte wetten, dass sie nicht mal Pferde oder Kühe dadrin stehen haben. Das wäre wenigstens noch cool gewesen.«

Rider sah mich unverwandt an und nickte. »Ainsley hat recht. Ist doch nur eine langweilige Party.«

Aber es war ... wichtig.

Hinzugehen bedeutete, dass ich es versuchte.

Und wenn ich wieder wegfuhr, hätte ich es nicht einmal versucht.

»Ich will nicht ... so sein«, flüsterte ich und wandte den Blick ab. Ein seltsames Gefühl überkam mich, fast wie ... Erleichterung. Das ergab doch keinen Sinn. Oder? »Ich mag es nicht ... wie ich bin.«

Mein Blick kehrte zu Rider zurück. Immer noch lag Sorge in seinen haselnussbraunen Augen, sein Mund war nur ein schmaler Strich. Tränen stiegen mir die Kehle hoch. Es war demütigend, ihm etwas so Persönliches gestehen zu müssen, aber wenigstens war ich jetzt nicht mehr die Einzige, die das über mich wusste. Es war kein Geheimnis mehr.

»Ist schon okay. Das wird nicht für immer so bleiben.« Rider strich mir mit dem Daumen über das Kinn. Ich schloss die Augen, ich wollte ihm so gern glauben. Ich musste ihm einfach glauben. Mit leiser Stimme sagte er: »Nichts bleibt für immer, Maus.«

Am Ende gingen wir nicht zu der Party.

Wir gingen ins Kino.

Und ich saß auch nicht am Steuer. Rider fuhr uns hin. Hinterher fuhr er Ainsley nach Hause, und nachdem ich ihn davon überzeugt hatte, dass es mir wieder besser ging, brachte ich ihn zurück zu Mrs Luna. Ich war zum ersten Mal mit einem Jungen im Kino gewesen und hatte es gar nicht richtig mitbekommen. In Gedanken war ich die ganze Zeit nur damit beschäftigt, dass ich auf ganzer Linie versagt hatte.

Carl und Rosa waren bestimmt noch auf und warteten auf mich, aber sie waren so rücksichtsvoll, sich nicht auf mich zu stürzen, als ich ins Haus schlüpfte und schnell die Treppe hochstieg. Fünf Minuten, nachdem ich die Zimmertür hinter mir zugezogen hatte, klingelte mein Handy. Es war das erste Mal, dass Rider anrief, und der Grund lag auf der Hand.

»Bist du da, Maus?«, fragte er.

»Ja.« Ich presste das Handy an mein Ohr.

Eine Pause entstand. »Ich muss dir was sagen, und ich will, dass du mir gut zuhörst, okay?«

Mein Magen sackte nach unten. Ich setzte mich auf mein Bett und winkelte die Beine an. Ich trug immer noch mein Kleid und hatte nur die Strickjacke ausgezogen, die leicht nach Popcorn roch. Ich wappnete mich dagegen – zumindest versuchte ich es –, dass Rider gleich sagen würde, diese ganze Beziehung sei vielleicht doch keine so gute Idee. Tausend Dinge schossen mir durch den Kopf, bevor er wieder weitersprach.

»Du hast da vorhin was gesagt, was ich echt blöd fand«, sagte er, und ich hörte durch die Leitung, wie eine Tür geschlossen wurde. »Du hast gesagt, du magst dich nicht.«

Ich starrte auf den halb fertigen Schmetterling auf meinem Schreibtisch und öffnete den Mund. Doch es kamen keine Worte.

»Das fand ich echt schlimm, Maus. Es gefällt mir nicht, dass du so von dir denkst«, fuhr er fort, und ich schloss die Augen.

Das Brennen in meiner Kehle war wieder da. »Es gibt so vieles an dir, was du mögen solltest. Du bist klug. Du warst schon immer klug. Du hast vor, aufs College zu gehen und vielleicht sogar Medizin zu studieren.«

Ich kniff die Augen zu, weil ich ... ich glaubte nicht, dass ich das wirklich wollte, und bei dem Gedanken fühlte ich mich, als würde ich ohne Anker auf hoher See treiben.

»Du bist freundlich«, fuhr er fort.

Ich schlug die Hand vors Gesicht.

»Du bist ein liebenswerter Mensch und du hast deine ganze Zukunft noch vor dir. Ganz zu schweigen davon, dass du super küssen kannst. Nur was das Sprayen angeht, da bist du echt mies. Das stimmt.«

Ich stieß ein ersticktes Lachen aus.

»Aber das können wir ja noch üben«, fügte Rider hinzu. »Und deine Seifenfiguren? Die sind toll, Mallory. Du hast echt Talent. Du redest nur nicht viel, Maus. Das ist alles. Du bist schüchtern. Aber das ist kein Grund, dich selbst nicht zu mögen. Du bist nämlich echt toll. Du bist perfekt auf deine Weise.«

»Das ist es ja gar nicht«, stieß ich hervor.

»Was?«

Ich holte tief Luft und dann ... dann kam alles heraus. »Es geht nicht nur darum, dass ich nicht rede. Ich stecke fest.«

»Du steckst doch nicht fest, Mallory.«

»Doch, sehr wohl.« Ich stand vom Bett auf und ging in meinem Zimmer auf und ab. »Ich stecke fest und komm da irgendwie nicht mehr raus.« Meine Stimme stockte und dann sprach ich schneller weiter und spie in einer Minute mehr Wörter aus als sonst in fünf Stunden. »Heute Abend sollte ein Anfang sein. Es sollte Spaß machen, und es sollte toll werden, und dann hat es mir überhaupt nicht gefallen. Dabei habe ich es mir ja nicht einmal angeschaut. Ich habe es gar nicht erst versucht. Nicht ernsthaft. Ich bin so was von feige.«

»Mallory ...«

»Und wir zwei, wir leben auch immer noch in demselben Muster: Ich brauche Hilfe und du ... du bist da für mich. Ich breche zusammen, du baust mich wieder auf. Ich versuche nicht einmal, etwas daran zu ändern.«

»Was? Wer hat dir denn den Mist in den Kopf gesetzt?«, fragte er. »Das ist doch Quatsch.«

Ich schüttelte den Kopf.

»Und du versuchst es sehr wohl. Du gehst zur Schule. Du findest neue Freunde. Du redest mit Leuten«, beharrte er. »Du hattest heute nur einen kleinen Rückfall, das ist alles.«

Das war mehr als nur ein kleiner Rückfall.

»Ich habe Angst vor allem«, gestand ich mit leiser Stimme. »Einfach vor allem. Und meine größte Angst ist ... dass das für immer so bleibt.«

Er fluchte. »Daran ist nur dieser Drecksack schuld. Was der dir angetan ...«

»Er hat dir genau das Gleiche angetan und du bist nicht so geworden.«

»Ich bin auch nicht perfekt, Maus. Keiner von uns ist perfekt, aber verdammt noch mal, ich hasse es, wenn du so redest, weil ich ...« Sein erschöpftes Seufzen drang durch den Hörer. »Ich weiß nicht, wie ich das ändern kann.«

Ich wusste es auch nicht.

Und vielleicht würde es auch nie anders werden. *Nichts bleibt für immer*, hatte Rider gesagt, aber manche Dinge, manche Wunden, gingen einfach zu tief, als dass sie jemals heilen konnten.

28

AM MITTWOCHABEND schickte Ainsley mir eine Nachricht.

Fremde, bist du da?

Ich schrieb ihr ein kurzes *Ja* zurück. Seit dem missglückten Partyausflug hatten wir kaum Kontakt gehabt. Ich war zu sehr mit mir selbst beschäftigt, um mich über die immer lustigeren Nachrichten zu amüsieren, die sie mir in den darauffolgenden Tagen schickte. Seit dem Abend der Party fühlte ich mich zutiefst unwohl in meiner Haut. Am liebsten hätte ich mich gehäutet wie eine Raupe, aber ich wusste nicht, wie oder wo ich damit anfangen sollte.

Dieses Gefühl hielt auch in der ersten Wochenhälfte noch an. Ich hätte nicht einmal sagen können, was wir im Unterricht durchgenommen hatten. Als Keira mich am Montag wegen der Party gefragt hatte, hatte ich gelogen und gesagt, ich hätte mich krank gefühlt. Selbst Rider machte sich schon Sorgen. Am Mittwoch gingen wir nach der Schule zusammen spazieren, und es kam mir vor, als würde ich auf einmal wieder ganz am Anfang stehen. Ich nahm alles, was ich sagte und tat, so überdeutlich wahr, dass ich lieber schwieg, als wir über die Hafenmole schlenderten. Rider sah mich an, als hätte er Angst, ich könnte jeden

Moment zusammenbrechen. Er hielt nur meine Hand und küsste mich kurz auf die Wange, bevor er in die Werkstatt zum Arbeiten fuhr.

Wieder zu Hause blieb ich in meinem Zimmer und schnitzte an einem neuen Stück Seife. Ich brachte es nicht über mich, den Schmetterling anzufassen, der halb fertig auf meinem Schreibtisch stand. Doch nichts, was ich aus den neuen Seifenstücken schuf, sah gut aus. Die Rose hatte hässliche Blütenblätter, dem Hasen brach ich versehentlich ein Ohr ab, und die Katze sah aus wie eine Figur aus einem Tim-Burton-Film, nur nicht so interessant.

Ich war nicht konzentriert. Ich konnte mich nicht konzentrieren. Vielleicht würde Ainsley mich auf andere Gedanken bringen. Eine neue Chat-Nachricht erschien.

Darf ich dich anrufen? Ich weiß, du telefonierst nicht gern, aber ich muss mit dir reden.

Verwundert richtete ich mich auf. Wenn Ainsley mich anrief, konnte etwas nicht stimmen. Dann ging es nicht nur darum, dass ich mich die ganze Woche kaum gemeldet hatte.

Natürlich, tippte ich. Kurz darauf klingelte mein Handy.

»Ich weiß, telefonieren ist nicht so dein Ding, aber ich ... ich muss unbedingt mit jemandem reden«, sagte sie, und ihre Stimme war kaum mehr als ein Flüstern. »Du bist meine beste Freundin und ich ...« Besorgt hörte ich, wie ihre Stimme stockte. »Ich flippe hier echt aus.«

»Ist ... es wegen Todd?«, fragte ich beunruhigt und schob den Laptop von meinem Schoß auf das Kopfkissen.

Ihr Lachen klang schrill. »Nein. Ich wünschte, es wäre nur wegen ihm.«

Ich legte die Hand auf den Bauch. »Was ist denn los?«

Ainsleys tiefes Atmen drang durch den Hörer. »Weißt du noch, dass ich dir gesagt habe, ich müsste zu einem Facharzt gehen? Zu einem Netzhaut-Spezialisten? Das hat der Augenarzt gesagt, als ich mir neue Brillengläser verschreiben lassen wollte.«

»Ja, ich ... erinnere mich.«

»Also, heute Nachmittag war ich dort und ich ... ich kapier das alles nicht. Ich habe wirklich einfach gedacht, er würde so was sagen wie: *Sie haben schlechte Augen* oder *Sie haben da ein Muttermal im Auge.* Weißt du, dass man ein Muttermal im Auge haben kann? Das stimmt echt.«

»Das wusste ich nicht.« Ich kaute auf meiner Unterlippe. »Und was hat ... der Spezialist gesagt?«

»Sie haben meine Pupillen erweitert und dann den Augendruck gemessen. Der war ein bisschen höher als normal, aber nicht viel. Dann haben sie Aufnahmen von meinen Augen gemacht – du weißt schon, wo man auf so ein X auf einem Bildschirm schauen muss? Und dann haben sie noch mehr Untersuchungen gemacht, unter anderem Röntgenbilder. Dann haben sie mir Jod reingeträufelt und mir mit allen möglichen Lampen in die Augen geleuchtet und dabei noch mehr Aufnahmen gemacht. Es war total schräg, weil ich auf einmal nur noch Rot sehen konnte und dann nur noch Blau.« Sie holte tief Luft. »Und dann kam der Spezialist schließlich und hat meine Augen untersucht.«

Ainsley räusperte sich. »Er hat sich auf seinen kleinen Hocker gesetzt und dieses Kopfteil abgenommen, das aussieht wie so ein Bergarbeiterhelm, und dann hat er ... er hat gesagt, er sei sich ziemlich sicher, dass ich etwas habe, was sich Retinitis Pigmen-irgendwas-tosa nennt, aber er müsste noch mein Gesichtsfeld testen, um sicherzugehen. Und dann hat er noch gesagt, ich hätte da eine Schwellung in den Augen. Und ich nur so, na gut, und was machen wir jetzt?«

»Okay.« Ich hielt mein Handy noch fester ans Ohr.

»Und er hat gesagt, für die Schwellung würde er mir Augentropfen verschreiben. Irgendein Steroid. Er klang so, als wäre das ganz schön ernst. Irgendein Makulaödem oder so, und wenn die Venen oder sonst was reißen, wäre das richtig schlimm.«

Oh mein Gott. »Aber die ... die Tropfen helfen doch dagegen, oder?«

»Ja.« Ainsleys Stimme klang gezwungen. »Ich habe gefragt, wie er dieses Retinitis-Dings behandeln will, und da hat er gesagt, dagegen könne man nichts machen. Es gäbe keine Heilung. Und ich nur so, okay, nicht so schlimm, ich hätte ja immer schon schlechte Augen gehabt, aber dann hat er mich so angesehen, als würde ich ihm richtig leidtun, und da hab ich dann gar nichts mehr kapiert.«

Ein ganz ungutes Gefühl breitete sich in mir aus.

»Und da hat er gesagt, dass ich höchstwahrscheinlich ... dass ich irgendwann wahrscheinlich blind oder fast blind sein werde.«

»Ainsley«, keuchte ich erschrocken.

»Und sie wissen nicht mal, wann es so weit sein wird, aber es wird auf alle Fälle irgendwann passieren. Sie müssen noch mehr Tests mit mir machen, und er hat mir erklärt, dass ich meine Sehkraft entweder dadurch verliere, dass sich mein Gesichtsfeld immer mehr verengt, oder durch eine sogenannte Gitterdegeneration und ...« Sie hielt inne und atmete tief ein. »Okay. Ich werde jetzt nicht ausflippen.«

»Es ... es ist absolut okay, wegen so was auszuflippen«, versicherte ich ihr. Das hier war auf jeden Fall eine Situation zum Ausflippen. »Sind sie sicher, dass du das wirklich hast?«

»Ich glaube schon, Mally, ehrlich. Sogar die Arzthelferin hat mich angesehen, als würde sie mich am liebsten in den Arm nehmen, und ich bin einfach nur stocksteif dagesessen. Und jetzt bin ich zu Hause und… Ich kann es einfach nicht begreifen. Ich meine, wache ich morgen auf und bin blind? Habe ich noch ein paar Wochen oder ein paar Jahre? Ich weiß gar nicht, was ich denken soll. Und vor ein paar Stunden war mein Leben noch völlig in Ordnung.«

Mein Herz quoll auf einmal über vor Mitgefühl. »Ainsley, das… das tut mir ja so leid. Ich weiß gar nicht, was ich sagen soll.« Und das lag ausnahmsweise nicht daran, dass ich zu sehr in mir selbst gefangen war. Ich wusste wirklich nicht, was man auf so etwas sagen konnte. Das war so furchtbar. Ihr Leben wurde völlig auf den Kopf gestellt. »Ich hoffe… ich hoffe, sie irren sich.«

»Ich auch«, murmelte sie. »Eine kleine Chance besteht ja noch. Sie müssen noch diese Gesichtsfeld-Analyse machen und dann haben sie noch von genetischen Tests gesprochen, um die Diagnose zu bestätigen, aber in meiner Familie ist keiner blind. Ich weiß nicht.«

»Kann ich… irgendwas für dich tun?«

»Mir neue Augen besorgen?« Sie lachte und einen Moment lang war sie wieder ganz die Alte.

Nachdem wir uns eine halbe Stunde später voneinander verabschiedet hatten, war ich völlig durcheinander von dieser Nachricht. Ich legte das Handy neben das Bett und starrte auf den Computer. Dann klappte ich ihn zu und schob ihn weg. Er rutschte in die Mitte des Betts zu meiner Schultasche.

»Oh mein Gott«, flüsterte ich und kniff einen Moment lang die Augen ganz fest zu.

Dann stand ich auf und ging zur Tür. Doch auf halbem Weg blieb ich stehen. Ich hatte keine Ahnung, wo ich hinwollte.

Ainsley wurde blind?

Wie war das nur möglich? Da wachte man morgens auf und glaubte, man hätte einen ganz normalen Tag vor sich, und dann bekam man so eine schreckliche Nachricht?

Ich wusste nicht, was ich denken sollte.

Ich setzte mich auf die Bettkannte und schüttelte langsam den Kopf. Ich hatte keine Ahnung, was Ainsley gerade durchmachte, was sie dachte. Sehen zu können war doch etwas ganz Selbstverständliches, auch wenn man eine Brille tragen musste. Keiner dachte darüber nach, wie es war, wenn man blind war. Wenn man nicht mehr wusste, wie die Farbe Rot in Wirklichkeit aussah oder wie sich der Himmel in der Abenddämmerung färbte. An ihrer Stelle wäre ich in Panik geraten. Ich hätte mich zusammengerollt wie ein Baby und mich in einer Ecke verkrochen.

Aber ich war nicht in ihrer Situation.

Weil ich mein Sehvermögen nicht verlieren würde. Zumindest soweit ich wusste.

Ich ließ meine Hände auf die Knie sinken und saß ganz still da.

Ich würde wahrscheinlich auch nie einen Schuss in den Rücken bekommen und nicht mehr gehen können. Und ich würde wahrscheinlich – hoffentlich – nie mehr erleben müssen, wie es war, abends mit leerem Magen und mit Bauchweh vor Hunger ins Bett zu gehen. Ich musste mir keine Gedanken mehr darüber machen, dass man mich für behindert halten könnte. Ich hatte Carl und Rosa, die mich liebten. Ich hatte tolle Freundinnen, und eine von ihnen machte gerade etwas Schreckliches durch, was ihr ganzes Leben verändern würde. Ich hatte Rider. Ich hatte das alles, weil ich eine zweite Chance bekommen hatte.

Ich dachte an die Leute, die keine zweite Chance bekamen.

Ich hatte Glück.

Mein Leben war schwer gewesen, aber die Vergangenheit ...
sie war ein Teil von mir, aber sie bestimmte nicht über mich. Ich
hatte eine Zukunft, und vermutlich sogar eine sehr schöne, in
der ich nicht mehr Opfer sein würde. Und trotzdem, wenn ich
mich in meinen Grübeleien verlor oder zuließ, dass das, was Mr
Henry mir angetan hatte, meine Entscheidungen beeinflusste,
dann verweigerte ich mich dieser Zukunft.

Dann konnte ich das, was ich hatte, nicht würdigen.

Das ... das musste sich ändern.

Und indem ich das begriff, indem mir das bewusst wurde,
hatte ich den ersten Schritt gemacht.

29

GRINSEND SCHAUTE Rider von der Bank vor meinem Erkerfenster auf die geöffnete Schlafzimmertür. Ich saß auf meinem Bett, das Rhetorikbuch aufgeschlagen vor mir. Wir wollten an unserer nächsten Rede arbeiten, in der wir jemanden vorstellen sollten, der in unserem Leben wichtig war. Meine Überzeugungsrede hatte ich letzte Woche in der Mittagspause gehalten. Sie zu schreiben war mir nicht schwergefallen, nur sie vor Mr Santos zu halten hatte mich wieder viele Nerven gekostet. An dem Thema jedoch verzweifelte ich fast.

Es gab so viele Leute, über die ich schreiben könnte. Wie sollte ich mich da für einen entscheiden? Ich holte tief Luft und machte mich wieder an die Arbeit.

Es gibt mehrere wichtige Menschen in meinem Leben, die mich beeinflusst haben.

Seufzend hielt ich inne. Es war klar, dass ich über Carl oder Rosa schreiben musste, aber in Worte zu fassen, welche Bedeutung sie für mich hatten, war schwieriger, als ich gedacht hatte. Ich wollte nicht zu sehr auf die Gründe eingehen, auch wenn Mr Santos vermutlich schon eine gewisse Ahnung davon hatte.

Rider riss ein Blatt aus seinem Block, knüllte es zusammen und warf es nach mir. Ich hatte keine Ahnung, über wen er seine

Rede halten würde. Immer wenn ich ihn fragte, sagte er, er würde etwas über Peter Griffin aus *Family Guy* schreiben, aber ich nahm an – und hoffte –, dass er das nicht ernst meinte. Mr Santos würde das sicher nicht lustig finden.

Ich lächelte, als die Papierkugel auf einem Stapel Blätter landete, die ich fein säuberlich zusammengeschoben hatte. Auch ohne das Papier auseinanderzufalten, wusste ich, dass eine Zeichnung darauf sein würde. Das hatte er sich in den letzten Wochen angewöhnt, wenn wir zusammen lernten.

Ich lernte.

Er zeichnete.

Ich sagte ihm, er solle seine Hausaufgaben machen.

Er tat alles, um mich davon abzulenken.

In den Wochen nach Peters Party hatte sich einiges verändert, manches allerdings war gleich geblieben. Ainsleys Gesichtsfeld-Analyse hatte die Diagnose des Augenspezialisten bestätigt. Ihr peripheres Sehen war bereits stark eingeschränkt, um rund dreißig Prozent, ohne dass sie es bemerkt hatte. Der Arzt sagte, ihre Sehkraft würde noch einige Jahre erhalten bleiben und dass es bei den Fortschritten auf diesem medizinischen Gebiet bis dahin möglicherweise eine Behandlung gebe.

Möglicherweise.

Ainsley redete nicht gern darüber. Das bedauerte ich, weil ich besser als irgendjemand sonst wusste, dass Schweigen nicht wirklich eine Lösung war. Über manche Ängste musste man sprechen und diese Angst hier gehörte definitiv dazu.

Carl wurde nicht richtig warm mit Rider, auch nicht, als der mindestens einmal pro Woche bei uns zu Abend aß, aber wenigstens nahm er ihn nicht mehr ins Kreuzverhör. Er beschränkte sich darauf, schweigend seinen Teller leer zu essen, während Rosa die Unterhaltung bestritt. Das war immerhin schon ein Fort-schritt.

Und mit Rider lief es mehr als gut.

Es war ... neu und aufregend und frisch. Und lustig. Und als ich vor zwei Wochen etwas leicht Verrücktes gebracht hatte, war er nicht wütend oder sauer geworden.

Weil wir im letzten Schuljahr waren, mussten wir zu einem Beratungslehrer gehen, um über unsere College- und Zukunfts-pläne zu sprechen. Nach meinem Gespräch hatte ich die Unter-lagen für den Collegezulassungstest mitgenommen. Nicht für mich – ich hatte die Prüfung schon abgelegt –, sondern für Rider. An dem Tag war ich nach der Schule dann noch in einem Laden für Kunstbedarf vorbeigefahren und hatte eine schlichte, günstige Mappe für Riders Bilder besorgt. Beides hatte ich ihm am Abend nach dem Essen überreicht, und er hatte erst so lange schweigend daraufgestarrt, dass ich schon Angst hatte, ich hätte einen schwe-ren Fehler gemacht. Doch dann hatte er gelächelt und sich be-dankt.

Ich wollte ihm nur zeigen, dass es durchaus Möglichkeiten für ihn gab und dass er stolz auf seine Bilder sein konnte. Das Col-lege wäre durchaus eine Möglichkeit für ihn, wenn er es wollte.

Am Tag darauf hatte er mich in die Kunstgalerie mitgenommen, wo immer noch sein Bild hing. Ich war ganz hin und weg, so wie bei unserem Besuch in der alten Fabrik. Das Bild war eineinhalb Meter hoch und fast genauso breit und erinnerte mich an das erste Wandbild, das er mir gezeigt hatte. Es war wieder ein Junge, doch diesmal schaute er nicht zum Himmel. Er schaute aus dem Bild heraus jedem in die Augen, der an dem Bild vorbeiging. Sein Blick forderte den Betrachter heraus, ihn nicht nur oberflächlich anzuschauen, sondern ihn wirklich zu *sehen*. Wieder war ich voller Bewunderung, dass er so ein Bild mit Sprühfarbe geschaffen hatte.

Und auch diesmal fiel es mir schwer, die Augen von dem Gemälde abzuwenden. Noch lange nachdem wir die Galerie verlassen hatten, verfolgte mich die... Hoffnungslosigkeit, die davon ausging. Diese Schicksalsergebenheit, ohne jede Aussicht auf Besserung.

Sie ging mir auch jetzt noch nach, als ich die Papierkugel auffing, die Rider mir zugeworfen hatte.

Die erste Zeichnung, die er bei einem unserer Lerntreffen gemacht hatte, zeigte die Skyline von Baltimore. Ich hatte ihn sofort überredet, das Bild in seine Mappe zu legen, woraufhin er rot angelaufen war. Total süß. Inzwischen lagen auf meinem Bett noch zwei weitere Skizzen, die perfekt für seine College-Bewerbungsunterlagen wären: eine Zeichnung von einem schlafenden Golden Retriever und eine von einem Wildpferd.

Vorsichtig faltete ich das Blatt auseinander und sah ihn verblüfft an. »Dafür brauchst du nur ein paar Minuten?«

Schulterzuckend wedelte er mit seinem Stift. »Also, zehn Minuten oder so sitz ich schon daran.«

»Zehn Minuten? Das ist ja unglaublich.«

Ehrfürchtig hielt ich das Blatt hoch. In der Zeit, die ich brauchte, um einen einzigen Satz zu schreiben, hatte er eine perfekte Zeichnung von mir zu Papier gebracht.

Er hatte den zerzausten Haarknoten auf meinem Kopf eingefangen und mein Profil, wie ich an meiner Rede arbeitete. Meine Stirn, die ich vor lauter Konzentration in Falten gelegt hatte, und wie ich mir auf die Unterlippe biss. Auch die Sommersprosse unter meinem linken Auge hatte er nicht vergessen. Jedes Detail war mit blauer Tinte gezeichnet. Das war ich und trotzdem sah das Mädchen auf dem Papier ganz anders aus. Sie wirkte älter und reifer. Und ihre Haltung war richtig anmutig. Es war, als würde ich eine andere Version von mir sehen. Eine bessere Version.

Sah ich in seinen Augen wirklich so aus?

Auf der Skizze saß ein Schmetterling auf meiner Schulter. Zuerst verstand ich nicht, warum, bis mein Blick auf den Schreibtisch fiel. Dort stand immer noch der halb fertige Seifenschmetterling, den ich vor über einem Monat angefangen hatte.

In der Zeichnung war er vollendet.

Ich legte das Blatt auf mein Buch und strich es sorgfältig glatt. Dieses Bild würde nicht in seine Mappe kommen. Ich würde es selbst behalten, für immer.

»Gefällt es dir?«, fragte ich.

»Es ist toll.«

Er grinste. Sein Stift schwebte schon wieder über seinem Block.

»Bist du mit deiner Rede weitergekommen?«

»Natürlich.«

»Du lügst.«

»Kann schon sein.«

»Ach, Rider«, seufzte ich.

Er musterte mich unter halb geschlossenen Lidern hervor. »Ich brauche nicht so lange, um was dafür zusammenzuschreiben. Außerdem ist meine Zeit so erheblich besser genutzt.«

»Wieso?«

»Die Zeichnungen bringen dich zum Lächeln«, erwiderte er grinsend. »Die Arbeit an meiner Rede bestimmt nicht.«

Das ... das war echt süß von ihm. Am liebsten hätte ich ihn umarmt und geküsst. »Wenn du deine Rede schreibst, lächele ich, versprochen.«

Er zog die Brauen hoch und klappte den Schreibblock zu. »Ich weiß noch was, was ich tun könnte, damit du lächelst.«

»Was denn? Dass du ausnahmsweise mal deine Hausaufgaben machst?«

»Nö.« Er spähte zur Tür und stand auf. »Ich setze mich näher zu dir.«

Dieser Junge kannte mich einfach zu gut.

Er ging einen Schritt auf mich zu. »Oder ich halte deine Hand.«

Ich richtete mich auf und sah ihn an.

»Und ...«, er setzte sich auf die Bettkante, »... dann küsse ich dich. Dann lächelst du bestimmt auch.«

Hilfe. Die Richtung, die unser Gespräch nahm, hatte ich so nicht beabsichtigt. Aber sie gefiel mir sehr gut. Mein Mund verzog sich zu einem Lächeln. »Da könntest du recht haben.«

»Ich weiß, aber ...« Er legte seine Hand auf meine und flüsterte: »Wenn Rosa jetzt hochkommt und mich erwischt, wie ich dich auf diese Weise zum Lächeln bringe, könnte das böse enden.«

»Ach, und wegen Carl machst du dir da keine Sorgen?«

Das Grübchen erschien wieder und er schüttelte den Kopf. »Rosa jagt mir erheblich mehr Angst ein.«

Lachend stieß ich ihn an.

»Was denn? Ich finde sie verdammt Furcht einflößend. Ich meine, so richtig«, erwiderte er. »Sie sieht aus, als könnte sie einen Ninja-mäßig zerlegen.«

»Ninja-mäßig?« Ich lachte wieder. »Also ... Karate kann sie garantiert nicht.«

»Puh, da bin ich aber froh.« Er beugte sich vor und küsste mich auf die Wange. »Übrigens, es wird langsam Zeit.«

Unruhe regte sich in mir. Party, die zweite. Diesmal war es eine völlig andere Party, längst nicht so groß wie die bei Peter. Wir wollten zu einem Jungen von der Schule gehen, der mit Hector und Rider Basketball spielte, und dort ein bisschen abhängen. Ainsley würde nicht dabei sein, das machte mich noch nervöser. Und wenn ich es wieder nicht schaffte? Wenn ich mit keinem redete? Wenn ich mir so lange den Kopf darüber zerbrach, wie ich auch ja alles richtig machte, dass ich es gar nicht erst versuchte?

Er legte den Kopf schräg und suchte meinen Blick. »Wir müssen nicht hin. Wir können auch hierbleiben. Oder ins Kino gehen.«

Hierbleiben wäre schön. Ins Kino gehen wäre toll, aber was würde ich damit erreichen? Ich schüttelte den Kopf. »Nein. Ich möchte gehen.«

»Maus ...«

»Das ist mein Ernst.« Ich nahm das Porträt von mir und klappte meinen Block zu. Dann ging ich zum Schreibtisch. »Ich will zu der Party.«

»Es ist eigentlich keine Party«, erklärte er. »Nur ein paar Leute, die sich treffen. Es ist völlig egal, ob wir hingehen oder nicht. So was gibt es immer wieder mal.«

Ich zog eine Schublade heraus und suchte nach Klebeband. »Wir gehen!«

Stille, dann: »Wie Sie wünschen, gnädige Frau.«

Ich lächelte und befestigte die Zeichnung an der Wand über meinem Schreibtisch. »Wartest du kurz?«

Seine Augen waren auf das Blatt geheftet. »Klar.«

Ich nahm mein Schminktäschchen und ging ins Bad, bevor ich die Nerven verlor und es mir doch anders überlegte. Ich löste meinen Haarknoten und bürstete mir die Haare. Dann frischte ich hastig mein Make-up auf: Lippenstift, Rouge und Wimperntusche. Das Sweatshirtkleid und die dünne Strumpfhose waren hübsch genug für den Anlass.

Als ich wieder in mein Zimmer kam, wanderten Riders Augen langsam an mir herunter, und mir lief ein leichter Schauer über den Rücken. »Ich liebe es, wenn du deine Haare offen trägst.«

Bei dem Wort *liebe* machte mein Herz einen Satz, und ich ermahnte mich sofort, nicht albern zu sein. »Danke.«

Er stand auf, kam zu mir und schlang eine dicke Haarsträhne um seine Hand. »Und die Farbe ist echt wunderschön geworden. Versteh mich nicht falsch, das Karottenrot war auch süß …«

Ich verdrehte die Augen. »Das Karottenrot war überhaupt nicht süß.«

Er achtete nicht darauf. »Ich habe keine Ahnung, welche Farben ich zusammenmischen müsste, um diesen Farbton zu bekommen, aber ich finde es noch raus.« Dann küsste er die Sommersprosse unter meinem Auge.

Ich wollte mich an ihn lehnen, doch unten war Carls Stimme zu hören, und da schien es mir doch keine so gute Idee zu sein. »Komm, hauen wir ab.«

Vorher schnappte ich mir noch mein Handy und eine kleine Handtasche. Unten in der Küche nahm ich den Schlüsselbund vom Küchentisch.

»Geht ihr weg?«

Wir drehten uns um. »Ja.«

Carl verschränkte die Arme und richtete den Blick auf Rider. »Und wo geht ihr hin?«

Ich antwortete, bevor Rider etwas sagen konnte. »Wir wollen einen Freund besuchen.«

»Ich dachte, ihr wollt zusammen lernen.« Misstrauen schwang in seiner Stimme mit.

»Das haben wir ja auch gemacht. Wir sind jetzt fertig.« Das war auch nicht gelogen.

Carl sah aus, als würde er uns kein Wort glauben, aber bevor er uns weiter ausfragen konnte, kam Rosa ins Wohnzimmer. »Wieso habt ihr keine Jacke an?«

»Wir sind nur ganz kurz draußen.«

Rider trug nur ein T-Shirt mit einem langen Unterhemd darunter, ich hatte wenigstens mein dickes Sweatshirtkleid an.

Rider schob die Hände in die Hosentaschen. »Danke noch mal für das Sandwich, Mrs Rivas.«

Rider hatte Rosa so oft für die Schinken-Käse-Sandwichs gedankt, die sie uns gebracht hatte, als er gekommen war, dass ich ihm seine Angst vor ihr schon fast glaubte.

Carl musterte Rider mit steinerner Miene. »Mallory muss um acht zu Hause sein.«

»Was?« Entsetzt riss ich die Augen auf. »Sonst muss ich doch immer erst um elf da sein!«

Rosa trat vor und legte Carl die Hand auf die Schulter. »Bitte bring sie vor elf wieder nach Hause.«

»Um acht ist sie wieder da«, sagte Rider. Entgeistert starrte ich ihn an. Und bevor ich widersprechen konnte, fügte er hinzu: »Versprochen.«

Carls Lippen waren zu einem dünnen Strich zusammengepresst. Ich wartete darauf, dass er sich bei Rider bedankte oder so, aber er nickte nur kurz. Meine Haut kribbelte vor Zorn. Rosa gab sich wenigstens Mühe, Carl dagegen kein bisschen.

Ich schlang die Finger um Riders Hand und drückte sie ganz fest. Ein Muskel zuckte an Carls Schläfe. Erst als wir draußen in der hellen Sonne standen, sagte ich: »Tut mir leid wegen Carl. Er will mich nur ... beschützen.«

»Schon okay.« Wir gingen zu meinem Auto, Rider ließ meine Hand los. Da wusste ich, dass es eigentlich nicht okay war für ihn. »Ich versteh das schon.«

Fragend schaute ich ihn an. »Was verstehst du?«

Er zog eine Schulter hoch und schnappte sich den Schlüssel aus meiner Hand. »Alles.«

— —

Das große, heruntergekommene Gebäude gegenüber von älteren Reihenhäusern erinnerte mich an Riders verlassenes Fabrikgelände. Die Fenster waren vernagelt und die verblassten roten Ziegelwände von oben bis unten mit Graffiti bemalt. Die stammten ganz sicher nicht von Rider, weil sie längst nicht so schön waren wie seine, aber die grell leuchtenden Farben hellten die düstere Fassade auf.

Rider fuhr auf einen Parkplatz, der teilweise von einem hohen Maschendrahtzaun umschlossen war. Der halbe Zaun war umgefallen und jemand hatte die kaputten Teile in einer Ecke gestapelt. Der schmutzig weiße Asphalt drohte unter unseren Füßen zu zerbröseln.

»Ist das Auto hier sicher?«, fragte ich. Ich kannte das Viertel nicht, aber ich wusste, dass es in der Nähe seiner Wohnung lag.

Rider nickte. »Das rührt keiner an.«

Das war nicht unbedingt meine Sorge. Ich fürchtete eher, es könnte abgeschleppt werden, wegen der vielen Betreten-verboten-Schilder überall.

Rider nahm meine Hand, als wir die schmale Straße überquerten. »Rico wohnt da drüben. Es ist nicht besonders schön hier, aber so stören wir Mrs Luna nicht, wenn sie von der Arbeit nach Hause kommt.«

Wir gingen die Treppe hoch. Meine Kehle war wie ausgedörrt. Rider klopfte gar nicht an, er zog einfach die Tür auf und ging mit mir ins Haus. Gelächter hallte durch den dunklen Flur und ein schwerer erdiger Geruch lag in der Luft.

»Hey, Mann«, sagte ein älterer Typ in einem Lehnstuhl, eine große Flasche in der Hand. »Was geht?«

»Nicht viel«, erwiderte Rider und drückte meine Hand. Das Wohnzimmer war voller Menschen. Ich schaute mich nervös um, während Rider anfing, mir die verschiedenen Leute vorzustellen. Rico erkannte ich, aber die übrigen hatte ich noch nie gesehen.

»Und das ist ...«

»Mallory«, sagte eine wohlbekannte Stimme hinter uns. Paige.

Ich erstarrte. Rider drehte sich zu ihr. »Hi«, sagte er. Sie reichte ihm einen Becher. Nur ihm, nicht mir. »Danke.«

»Gern geschehen.« Sie ließ den Blick über mich huschen. »Hübsches Kleid.«

Es klang nicht wirklich wie ein Kompliment. Sie sah wie immer umwerfend aus in den engen schwarzen Jeans und dem schimmernden silbernen Trägertop. Wieso fror sie eigentlich nicht? Vielleicht, weil sie der Teufel war.

Der Teufel, der die Wahrheit sagte.

»Danke«, murmelte ich dennoch. Das waren die ersten Worte, die sie mit mir sprach, seit sie mir bei unserer Begegnung im Flur prophezeit hatte, ich würde Rider das Herz brechen. Ich wusste, dass sie immer noch ab und zu miteinander redeten. Aber das störte mich nicht, solange sie mich in Ruhe ließ.

Paige hob die Augenbrauen. Und dann ging sie nicht einfach an uns vorbei, sondern stolzierte mit wiegenden Hüften davon wie ein Model – das ganze Programm. Sie setzte sich zwischen zwei ältere Typen auf das Sofa. Die beiden nickten Rider zu und starrten dann wieder auf den Bildschirm, während ihre Finger über zwei Controller flogen.

»Getränke gibt's in der Küche.« Mit einem Nicken deutete Rico auf mich. »Falls sie was will.«

»Cool.« Rider zog mich durch den Flur in eine spärlich ausgestattete Küche. Leere Bierkisten stapelten sich neben einem überquellenden Mülleimer. Er stellte den Becher, den Paige ihm gegeben hatte, auf den Küchentresen und ging zum Kühlschrank. Es roch streng, als er die Tür aufzog. »Hier gibt's auch Cola. Magst du eine?«

Ich nickte. »Ist Paige oft hier?«

Schulterzuckend reichte er mir eine Dose und nahm sich dann selbst eine. »Manchmal. Rico ist ein Freund ihrer Familie.«

»Trinkst du das nicht, was Paige dir gegeben hat?«

»Nö.«

Aus irgendeinem albernen und sicher völlig kindischen Grund freute mich das. Rider legte mir die Hand in den Nacken und neigte den Kopf zu mir. Sein warmer Atem strich über meine Lippen. »Wie geht's dir?«

»Gut«, murmelte ich. »Wir sind ja gerade erst angekommen.«

»Ich wollte trotzdem fragen.« Sein Mund kam näher und ich erschauerte. »Ich werde dich immer mal wieder fragen, und wenn du gehen willst, brauchst du es nur zu sagen. Okay?«

»Okay.«

Er küsste mich sanft und richtete sich dann wieder auf. Meine Wangen waren ganz heiß und ich ging mit ihm zurück ins Wohnzimmer. In der Tür blieb Rider stehen. »Wo ist Hector?«

»Oben.« Rico trank einen Schluck aus seiner Flasche.

Rider sah mich an. »Sollen wir mal nachschauen, was er da so treibt?«

»Klar«, sagte ich und bemühte mich, laut zu sprechen. Trotzdem kam nur ein Flüstern heraus.

Er lächelte dennoch und ging vor mir die Treppe hinauf. Oben war es ein bisschen kühler als unten. Rider schien den Weg genau zu kennen, denn er ging direkt zur zweiten Tür und klopfte.

»Yo«, kam die Antwort.

»Ich bin's. Was geht ab? Ich bin mit Mallory hier.«

»Warte kurz.«

Irgendetwas quietschte und ein Mädchen kicherte. Ich zog die Brauen hoch und Rider wich von der Tür zurück. »Hey, wir kommen nachher wieder«, rief er und grinste mich an. »Wir wollten euch nicht ...«

Die Tür ging auf und Hector zog noch sein T-Shirt zurecht. Offensichtlich waren wir total ungelegen gekommen. »Schon gut. Kein Problem. Kommt rein.«

»Bist du sicher?«

Hector nickte und zog die Tür ganz auf. Ein dunkelhäutiges Mädchen saß auf einem Futon. Als wir hereinkamen, lächelte sie.

Auf einer Kommode brannte eine Kerze, der Geruch erinnerte mich an Zuckerplätzchen. Ich überlegte, wer wohl in diesem Zimmer wohnte. Es sah nicht so recht nach einem Schlafzimmer aus.

»Kennst du Rider schon?«, fragte Hector das Mädchen. Die nickte. »Cool. Äh, das ist Sheila und das ist Mallory.«

Sheila lächelte. »Hi.«

»Hi«, murmelte ich.

Hector ließ sich in einen dunkelroten Sitzsack fallen. »Wann seid ihr gekommen?«, fragte er, nachdem wir uns neben Sheila auf den Futon gesetzt hatten.

»Gerade eben erst«, antwortete Rider.

Hector warf mir einen Blick zu und fuhr fort: »Sind die anderen noch unten?«

Rider nickte. »Rico spielt mit ein paar Jungs ›Assassin's Creed‹. Geht ganz schön heiß her.«

Grinsend nahm Hector ein Glas von dem kleinen Beistelltisch. »Also alles wie immer. Wollt ihr 'ne Weile hierbleiben?«

»Vielleicht.« Rider stieß mich mit dem Knie an. »Vielleicht gehen wir auch ins Kino oder so. Weiß noch nicht.«

»Cool. Hast du das Spiel vorhin gesehen?«, fragte Hector, und die beiden fingen an, über Basketball zu reden. Ich schaute zu Sheila. Die blickte auf ihr Handy und las irgendetwas auf Facebook.

Es gab so vieles, was ich jetzt sagen, so viele Fragen, die ich stellen könnte. Unendlich viele Möglichkeiten, aber meine Zunge war schwer wie Blei. Ich wollte den Blick schon abwenden, doch ich hielt mich zurück. Genau das durfte ich nicht. Ich musste sprechen. Ich durfte nicht schweigen, wie ich es sonst immer tat.

Ich zwang meine Lippen und meine Zunge, sich zu bewegen. »Äh ... gehst du auch auf die Lands High?« So. Na bitte. Und ich schaffte es sogar, dabei nicht dämlich zu grinsen.

Sheila sah auf. »Nein.« Sie lächelte. »Ich studiere eigentlich. Ich bin nur übers Wochenende zu Hause.«

»Ach.« Überrascht schaute ich zu Hector hinüber, aber die beiden Jungs achteten nicht auf uns. »Ähm, und ... was studierst du?«

Sie schlug ihre langen Beine übereinander. »Erziehungswissenschaften. Ich bin im ersten Jahr.«

»Das ... das ist echt cool. Wolltest du das ... schon immer studieren?«

»Eigentlich schon«, erwiderte sie, und ich wurde sofort neidisch, weil ich noch nicht recht wusste, was ich machen wollte. Oder vielleicht wusste ich es ja, nur Carl und Rosa waren nicht besonders begeistert von der Idee. »Und du? Willst du auch aufs College?«

Ich nickte und stellte die Coladose auf den Boden. »Ich geh auf die University of Maryland. Aber ... ich weiß noch nicht genau, was ich als Hauptfach nehmen will.«

»Das findest du schon noch heraus. An meinem College gibt es sogar Studenten im dritten Jahr, die das noch nicht wissen.« Ihr Handy brummte. »Geht ihr alle auf die gleiche Schule?«

Ich nickte. Das Gespräch zwischen uns stockte, und ich konzentrierte mich darauf, was die Jungs redeten. Sie waren mittlerweile bei Football angekommen und irgendwann verlor ich das Zeitgefühl. Nach etwa einer Stunde standen Hector und Sheila auf.

»Wir gehen mal runter«, verkündete Hector.

»Wir kommen gleich nach.«

»Ja klar. Lasst euch ruhig Zeit.« Mit einem anzüglichen Grinsen zog Hector die Tür hinter sich zu.

Ich drehte mich zu Rider. »Warum ...«

Ich konnte den Satz nicht beenden. Blitzschnell war sein Mund auf meinem und er küsste mich.

»Ich bin stolz auf dich«, murmelte er dabei und ich lächelte. Ich wusste, was er meinte. Das Gespräch mit Sheila war nur kurz gewesen, aber für mich war es trotzdem ein wichtiger Schritt. Obwohl ich mich völlig fehl am Platz gefühlt hatte, hatte ich nicht einfach dagesessen wie gelähmt.

Ich legte die Hände auf seine Brust und lächelte, während wir uns küssten. »Sie scheint nett zu sein.«

»Ja.« Er küsste mich auf die Mundwinkel. »Und ich bin mir sicher, dass wir total ungelegen gekommen sind.«

Ich kicherte. »Ja. Das glaube ich auch.«

»Wir sind echt schreckliche Freunde.« Er legte mir die Hand auf die Wange. »Aber weißt du was?«

»Was?«

»Ich werde es jetzt schamlos ausnutzen, dass wir allein sind.« Er schwieg kurz. Mein Magen sackte ab, als säße ich in einer Achterbahn. »Was hältst du davon?«

Ich ließ die Hand auf sein Knie sinken. »Ich finde… das ist eine sehr gute Idee.«

»Schön.« Er legte den Kopf schräg. »Ich glaube, das würde mir wirklich sehr, sehr gut gefallen.«

Dann küsste er mich wieder, langsam und zärtlich, und mir wurde ganz warm. Ich weiß nicht, wie lange dieser samtweiche Kuss dauerte, aber nach einer gefühlten Ewigkeit veränderte er sich und wurde intensiver. Seine Zunge drang zu meiner vor und ich… noch nie hatte ich jemanden auf diese Weise geküsst. Noch nie hatte ich solche Gefühle empfunden.

Wieder drang dieser raue Laut aus seiner Kehle, und mein Herz klopfte heftig, als er sich gegen mich lehnte. Dann lag ich auf einmal auf dem Rücken und Rider war neben mir auf dem Futon. Seine Hand glitt an meinem Arm hinunter und dann gab es nur noch ihn und mich. Ich dachte nicht mehr an diesen seltsamen Raum oder an die Leute unten. Ich dachte nur noch daran, wel- che Gefühle er in mir auslöste und wie zärtlich er mich küsste und liebkoste, so als wäre ich etwas unendlich Kostbares für ihn.

Meine Hände erwachten zum Leben, und ich berührte ihn auf eine Weise, wie ich es noch nie getan hatte. Ich zog an seinem Unterhemd und Rider reagierte sofort. Er richtete sich auf und streifte es in einer einzigen fließenden Bewegung zusammen mit dem T-Shirt über den Kopf.

Beim Anblick seines nackten Oberkörpers verschlug es mir den Atem. Das war ... Wow. Er war der erste Mann, den ich so sah, außer im Kino und im Fernsehen. Carl zählte nicht, weil, na ja, er war ja eigentlich mein Vater.

»Du darfst mich gern anfassen, wenn du willst«, bot er an.

Natürlich wollte ich.

Ich biss mir in die Innenseite der Wange und legte die Hand auf seine Brust. Drahtige Haare kitzelten meine Handfläche. Ich spürte, wie sein Herz klopfte. Langsam wanderte meine Hand nach unten, über die festen Muskeln an seinem Bauch. Als ich dabei gegen den Bund seiner Jeans stieß, fuhr er zusammen. Ich zog die Hand weg und suchte mit dem Blick sein Gesicht.

»Ist okay.« Seine Stimme klang rau. »Mehr als okay.«

Wieder glitt ich mit der Hand über seinen Bauch, aber diesmal nicht ganz so tief. Ich liebte es, ihn zu spüren. So viel Kraft unter der weichen Haut.

Rider legte sich wieder neben mich und legte mir die Hand auf die Taille. Er küsste mich und lenkte mich von meinen Erkundungen ab. Ich verlor mich in seinen Küssen und darin, wie mein Körper darauf reagierte. Die Muskeln in meinem Unterleib zogen sich zusammen, und in meinem Kopf drehte sich alles, als seine Hand zu meinem Nacken kroch und dann weiter nach vorn. Immer wieder verharrte sie an den empfindlichsten Stellen und ich bog den Rücken durch und mein Atem wurde schneller. Dann glitt er mit der Hand unter den Saum meines Kleides und wanderte über die dünne Strumpfhose nach oben.

Seine Hand strich über meine Schenkel und schob sich dann dazwischen. Mein Körper fühlte sich an, als stünde er in Flammen.

Eine ungeheure Spannung baute sich tief in mir auf, heiß und stark, und ich wusste nicht, wie ich damit umgehen sollte. Unbehagen regte sich in mir und ich griff nach seinem Arm. Etwas von der Hitze verflog, als meine Augen sich flatternd öffneten.

»Rider«, sagte ich. Wieder küsste er mich, und einen Moment lang verlor ich mich erneut in diesem Kuss, verlor mich in den Gefühlen, die seine Hand in mir auslöste. Es fühlte sich gut an, aber ich ...

Hilfe, ich war noch nicht bereit dafür.

»Können wir ... das etwas langsamer angehen?«, flüsterte ich und fasste ihn am Handgelenk.

Sofort hielt er inne und hob den Kopf. »Ja klar.« Er räusperte sich, rückte von mir weg und zog die Hand zurück.

Ich kniff die Augen zusammen. Auf einmal brannten Tränen darin. Mein Gott. Ich wusste ja gar nicht, warum ich nicht dafür bereit war oder ob ich es sein müsste. Ich hatte keine Ahnung und ich fürchtete ...

»Hab ich dir wehgetan?«

Ich schlug die Augen auf. »Was?«

Rider sah mich eindringlich an. »Hab ich was falsch gemacht?«

Ich konnte nicht antworten. Nichts von dem, was er gemacht hatte, fühlte sich falsch an. Ganz im Gegenteil.

»Wenn es so ist, dann will ich es wissen. Ich verspreche, ich werde ...«

»Du hast mir nicht wehgetan«, sagte ich. »Es ist nur ... Wie kommst du darauf?«

Er senkte den Blick. »Ich ... ich hab noch nicht so viel Erfahrung mit so was.« Staunend sah ich, wie er rot anlief. »Ich meine, ein bisschen was weiß ich schon, aber ... ich habe noch nie mit einem Mädchen geschlafen.«

Ich wusste erst nicht, was ich sagen sollte. »Du bist noch Jungfrau?«

Er grinste leicht. »Ja. Du klingst so überrascht.«

»Bin ich auch. Ich dachte ... ich weiß nicht. Du warst doch mit ... Paige zusammen. Da bin ich davon ausgegangen, dass du schon Sex gehabt hast.«

»Tja, das ist aber nicht so«, erwiderte er und nahm meine Hand. »Du schaust mich an, als würdest du nicht verstehen, wie so etwas möglich ist.«

Er konnte wirklich Gedanken lesen.

»Wir waren kurz davor, aber ich wollte nicht ... ich wollte einfach nicht so weit gehen.« Seine nackten Schultern hoben sich verlegen.

»Ich hab es auch noch nicht getan«, brach es aus mir heraus. »Ich meine, das ist ja klar, schließlich ... bist du der erste Junge, den ich geküsst habe, aber, oh Mann ... ich weiß gar nicht, was ich damit eigentlich sagen will ... und jetzt halte ich wohl lieber den Mund.«

Rider lachte. »Nein! Ich liebe es, wenn du so sinnloses Zeug redest.«

»Da bist du der Einzige.« Ich verschränkte meine Finger mit seinen. »Und ... würdest du mit mir so weit gehen wollen?«

Seine goldgesprenkelten Augen sahen mich liebevoll an. »Ja, klar will ich das. Irgendwann.«

Wärme stieg mir ins Gesicht und ich flüsterte: »Ich ... auch. Irgendwann.«

Das Grübchen in seiner rechten Wange erschien. »Dann sind wir uns ja einig.«

»Ja.« Ich hob den Kopf und küsste ihn. »Tut mir leid, dass ich dich vorhin aufgehalten habe. Es fühlte sich gut an, aber ...«

»Du brauchst dich nicht zu entschuldigen, Mallory.« Rider setzte sich auf und zog mich ebenfalls hoch. »Wir können alles tun, was du willst, wir können so weit gehen, wie du willst, und wir hören immer dann auf, wenn du es willst. Egal, was passiert. Hörst du? Du brauchst dich für nichts zu entschuldigen und so sollte es immer sein.«

Oh mein Gott.

Rider war nicht perfekt, aber er war verdammt nah dran. Er war auf perfekte Weise unperfekt. Ein schwindeliges Gefühl erfasste mich und ich grinste ihn glücklich an.

»Wir sollten vielleicht mal runtergehen. Was meinst du?«, fragte er. Ich nickte. Rider nahm sein Unterhemd und zog es über den Kopf. Dann hielt er inne. »Tut mir leid, dass ich mich jetzt wieder anziehen muss. Ich weiß, das ist nicht fair.«

Lachend schaute ich zu, wie er auch sein Shirt wieder anzog. »Das stimmt.«

Er holte sein Handy heraus und grinste. »Mist. Mein Akku ist fast leer.«

»Ich hab ja noch meins.«

»Cool. Dann können wir nachher mal schauen, ob irgendwo ein guter Film läuft.« Er streckte mir die Hand hin und ich nahm sie. Das schwindelige Gefühl folgte mir die Treppe hinunter.

Im Wohnzimmer setzte sich Rider auf einen der Plastikstühle schräg gegenüber des Sofas, zog mich auf seinen Schoß und schlang die Arme um mich. Sheila und Rico waren nirgends zu sehen. Da erst bemerkte ich, dass wir unsere Getränke oben gelassen hatten.

»Nett, dass ihr euch auch mal wieder zu uns gesellt«, bemerkte Paige und drehte sich um.

Riders Griff wurde fester, als Hector leise lachte. »*Metete en tus asuntos.*«

Sie warf ihm einen bösen Blick zu. Da ging die Haustür auf und gleich darauf kam Jayden herein. Als er uns sah, grinste er breit. »Yo! Ich wusste gar nicht, dass ihr hier seid.« Er schlenderte zu uns. »Super.«

»Hi«, sagte ich lächelnd. Sein blaues Auge war längst verheilt und er sah wieder so aus wie früher.

»Wir gehen bald «, erklärte Rider. »Wir wollen noch ins Kino.«

Jayden lehnte sich an die Wand und sah sich in dem Zimmer um. »Ich weiß schon. Du denkst, du hast keine Chance mehr bei Mallory, weil ich jetzt da bin und ihr zeigen kann, wie ein richtiger Mann aussieht.« Er blinzelte mir zu. Rider grinste nur. »Na schön, dann geht doch. Aber kein Film ist so lustig wie die weltberühmte Jayden-Show. Und ich koste keinen Eintritt.«

Rider lachte. »Klar, Mann.«

»Ist Rico da?«, fragte Jayden.

»Vorhin schon. Keine Ahnung, wo er jetzt ist.«

Jayden schob die Hände in die Hosentaschen. »Und welchen Film wollt ihr euch anschauen?«

»Ich weiß … nicht«, antwortete ich, als Rider schwieg. Da kam mir eine Idee. »Willst du mitkommen?«

Jayden blinzelte überrascht. »Ach, das ist echt süß von dir, aber es kann ziemlich stressig sein, mit mir im Kino zu sitzen.«

Verwundert fragte ich: »Wieso?«

»Weil er die Klappe nicht halten kann«, rief Paige vom Sofa her. »Er quatscht den ganzen Film über.«

»Is’ so«, meldete sich einer der anderen Typen.

Ich grinste.

»Das stimmt wirklich. Weißt du, ich finde es eben lustig, ab und zu einen kleinen Kommentar abzugeben«, erklärte Jayden. »Aber aus irgendeinem Grund regen sich dann alle immer furchtbar auf.«

»Kann ich mir vorstellen«, meinte Rider trocken.

»Ich finde ja, dass ich die anderen Leute dadurch erleuchte«, sagte Jayden.

Paige schnaubte. »Ich glaube nicht, dass ›erleuchten‹ das richtige Wort dafür ist.«

»Meine Anwesenheit ist immer erleuchtend«, erwiderte Jayden.

Hector drehte sich mit hochgezogenen Brauen um. »Mir fallen ja durchaus ein paar Wörter ein, um dich zu beschreiben. Aber ›erleuchtend‹ gehört ganz bestimmt nicht dazu.«

Jayden grinste seinen Bruder an. »Du kennst doch die Redensart.«

»Welche Redensart?« Hector wartete.

Jayden blinzelte ihm zu. »Tja, der Mensch ist nur das Produkt seiner Umwelt.«

Hector schüttelte den Kopf. »Das kapier ich in diesem Zusammenhang jetzt echt nicht.«

»Weil das zu hoch für dich ist«, gab Jayden zurück.

Sein Bruder verdrehte die Augen. »Ist ja auch egal. Hast du die Bewerbung ausgefüllt?«

Jayden nickte. »Ja, Dad. Liegt zu Hause auf dem Tisch, du brauchst sie morgen nur mitzunehmen.«

»Eine Bewerbung?«, wiederholte ich hoffnungsvoll.

»Hector hält es einfach keine Minute ohne mich aus, deshalb werde ich mit ihm zusammen bei MickyD. arbeiten«, erklärte Jayden. »Ich will schließlich bald den Führerschein machen und so.«

»Genau.« Hector lachte. »Deshalb will ich ja, dass du mit mir zusammenarbeitest.«

Ich war sehr froh, dass Jayden dem Rat seines Bruders folgte, und strahlte ihn an. »Das ist super.« Sein Blick begegnete meinem. »Ehrlich«, wiederholte ich.

»Ja.« Jayden senkte den Kopf, seine Wangen wurden rot. »Irgendwo muss man ja anfangen.«

»Das ist bestimmt ... ein guter Anfang«, sagte ich zu ihm, und meinte es auch so.

Wir blieben noch ungefähr eine Stunde. In Jaydens Gegenwart verflog meine Nervosität. Er riss ständig Witze und machte sich über sich selbst lustig und spielte zwischendurch mit seinem Handy herum. Ständig schickte er Nachrichten an alle möglichen Leute; bis wir uns verabschiedeten, waren es mindestens zwei Dutzend. Als Jayden uns aus dem Haus folgte, huschten seine Finger immer noch über das Display.

Rider legte mir den Arm um die Schulter und wir gingen über die Straße. »Weißt du schon, welchen Film ... He!«

Blitzschnell zog er mich hinter ein geparktes Auto, als plötzlich wie aus dem Nichts ein Auto die Straße hinunterraste. Reifen quietschten, und ich erhaschte einen Blick auf ein Fenster, das herunterglitt.

Ein Feuerwerk ging los, es klang wie diese Kracher, die mit einem lauten Knall explodieren, wenn man sie auf den Boden wirft. Nur dass es keine Kracher waren. Das Geräusch – das war kein ...

Jemand stieß mich zu Boden, und der Aufprall raubte mir den Atem. Dann landete ein schwerer Körper auf mir. Voller Entsetzen begriff mein Gehirn, was für Geräusche das gewesen waren.

Es waren *Schüsse*.

30

REIFEN DREHTEN SICH quietschend und spritzten Schotter auf. Winzige Kieselsteine flogen durch die Luft und hagelten auf mein Gesicht. Meine Handflächen brannten von dem Sturz auf den Asphalt, aber ich spürte den Schmerz kaum. Langsam hob ich den Kopf.

»Rider?«, flüsterte ich.

»Ich bin hier.« Das Gewicht auf mir verschwand, und er sagte noch etwas, aber das Blut rauschte so laut in meinen Ohren, dass ich fast nichts hörte. »Alles okay?«

»Ja.« Adrenalin schoss mir durch die Adern und vertrieb meine Fassungslosigkeit. Mein Blick schwenkte über den Parkplatz und blieb an der Gestalt hängen, die auf dem Boden lag. »Oh mein Gott...«

Rider sprang auf. »Nein. Nein!« Er stürmte über den Parkplatz. Ich blieb stockSteif stehen, fassungslos über das, was ich da sah. Ich konnte den Anblick einfach nicht ertragen. Mein Herz hörte auf zu schlagen, mein Magen krampfte sich schmerzhaft zusammen. Oh Gott, das konnte nicht sein. Das konnte nicht sein! So etwas passierte doch nicht am helllichten Tag. So etwas passierte doch nicht vor meinen Augen. So etwas passierte doch nicht jemandem, den ich kannte. So etwas...

Diese Gedanken waren dumm, furchtbar dumm, weil es sehr wohl passiert war.

Das war Jayden.

Jayden, der auf der Seite lag.

Jayden, um dessen Körper sich eine dunkle Lache bildete.

»Oh Scheiße, Scheiße, Scheiße.« Rider sank neben Jayden auf die Knie. »Verdammte Scheiße. Jayden? Nein. Verflucht noch mal. Nein!« Beim letzten Wort brach seine Stimme, und er schrie noch einmal, brüllte das Wort heraus, sodass es über den ganzen Parkplatz hallte. »*Nein!*«

Mit zitternden Armen stemmte ich mich hoch und stand auf. Schwankend ging ich zu ihm, mein Mund bewegte sich, aber kein Wort kam heraus.

Mit weit aufgerissenen Augen sah Rider zu mir auf. Er hob die Hände. Sie waren verschmiert mit der dunklen Flüssigkeit. Ich stolperte und schlug die Hände vor den Mund. Das Entsetzen überrollte mich mit der Macht eines Güterzugs und warf mich fast um. Millionen Gedanken rasten mir durch den Kopf, während ich mich umsah. Leute rannten aus den umliegenden Häusern und liefen herbei. Jemand weinte. Schreie zerrissen die kühle Luft. Alles um uns herum geschah wie im Zeitraffer, doch zugleich schien die Welt stillzustehen.

Ich musste Hilfe holen. Wir brauchten Hilfe. Ich wusste, was zu tun war, und griff nach meinem Handy. Da hörte ich die Sirenen. Hilfe war schon unterwegs. Ich drehte mich um. Jayden lag auf dem Rücken. Als ich seine Augen sah, wusste ich, dass er sich nicht selbst umgedreht hatte. Solche Augen hatte ich schon einmal gesehen.

Sie waren ins Leere gerichtet, trüb und blicklos.

Oh Gott. Oh Gott.

Rider berührte Jayden am Hals und schüttelte verzweifelt den Kopf. Die zwei Gestalten vor mir verschwammen. Auf wackeligen Beinen stolperte ich um Jaydens reglosen Körper herum, dann sank ich neben Rider auf die Knie und legte ihm meine zitternde Hand auf den Arm. Er schrak zusammen und sah mich an.

Jemand brüllte, der kleine Halbkreis um uns herum teilte sich, weil sich eine große Gestalt hindurchdrängte. Rider sprang auf, als Hector stolpernd vor ihm stehen blieb.

Hector wich einen Schritt zurück, krümmte sich und schlug sich mit den Händen auf die Knie. »Nein. Nein. Nein. Das ist nicht mein ... Nein.«

Dann sprang er vor. Rider schlang die Arme um ihn. »Du willst das nicht sehen, Mann. Du darfst nicht ...«

»Ist das mein Bruder?« Hector wehrte sich, um an Rider vorbeizukommen, und seine Stimme klang scharf wie eine Peitsche. »Ist das mein Bruder, Mann?«

Rider krallte die Hände in Hectors T-Shirt und hielt ihn zurück.

»Ist das mein Bruder?« Immer und immer wieder brüllte Hector die Worte, und jedes Mal war mir, als würde ich die Schüsse wieder hören. »Oh Mann, nein. Nein. Nein! Das ist nicht Jayden. Das ist er nicht. Er liegt nicht da am Boden!«

Es zerriss mir das Herz. Das Heulen der Sirenen wurde lauter und übertönte alles außer Hectors rauer verzweifelter Stimme, dem Schrei eines gebrochenen Herzens.

— —

Rot. Blau. Rot. Blau.

Stunden später konnte ich immer noch die blinkenden, kreisenden Lichter sehen, egal, ob meine Augen offen waren oder geschlossen. Ich konnte sie immer noch sehen und auch das Meer aus blauen Uniformen, das sich über die Straße und den Parkplatz ergoss.

Alle Gesichter und alle Fragen zogen an mir vorbei wie in einem Nebel, und ich hatte keine Ahnung, wie viel Zeit vergangen war. Die Polizei hatte mir Fragen gestellt, die ich nicht beantworten konnte. Dann kamen zwei Männer im Anzug, die die gleichen Fragen noch einmal stellten. Ich wurde von Rider getrennt und erst von den Rettungssanitätern, dann von den Polizisten beiseitegeschoben. Die Menge war dichter geworden, und es dauerte ewig, bis ich bei meinem Auto war und meine Handtasche fand. Ich versuchte, Rider anzurufen, aber meine Hände zitterten zu sehr.

Irgendwann fand er mich und kam durch die Menge auf mich zu. Ich schrie auf, als ich ihn sah, und er hob die Hände zu meinem Gesicht, berührte mich aber nicht.

»Ich muss bei Hector bleiben«, sagte er. »Fahr nach Hause und bleib da.«

»Aber ...«

»Bitte, verschwinde von hier. Bitte«, sagte er noch einmal, kreideweiß im Gesicht. »Hau einfach ab von hier. Fahr nach Hause und bleib da, okay? Ich ruf' dich an, sobald ich kann.«

Mein Herz hämmerte in der Brust. »Ich will dich aber nicht allein lassen. Nicht jetzt, wo ...« Ich wollte mich zu der Stelle drehen, wo eine gelbe Plane ausgebreitet worden war. »Ich ...«

»Schau nicht hin. Mein Gott, ich weiß, es ist schon zu spät, aber bitte, schau nicht hin.«

Rider trat vor mich und versperrte mir die Sicht. »Bitte, Mallory. Bitte verschwinde von hier.«

Das war das Letzte, was ich tun wollte, aber er flehte mich an, und ich hatte Rider noch nie flehen hören, nicht einmal, als Mr Henrys Fäuste auf ihn eindroschen. Deshalb nickte ich. Rider gab mir einen kurzen, fast groben Kuss, der nach Zorn und Angst schmeckte. Als er ging, wäre ich ihm am liebsten hinterhergerannt.

Trotzdem stieg ich ins Auto und fuhr nach Hause, so wie er es wollte. Benommen parkte ich den Wagen und nahm meine Tasche. Wie durch Sand ging ich ins Haus und zuckte zusammen bei den vertrauten, normalen Geräuschen, die mich empfingen.

Carl saß im Arbeitszimmer zu meiner Linken und telefonierte. Lachend. Lebendig. In der Küche lief der Wasserhahn.

»Mallory?«, rief Rosa. »Du hast gar nicht geantwortet auf meine Nachricht. Kommt Rider auch zum Abendessen?«

Ein trockenes, kaum hörbares Lachen entrang sich mir. Rosa bemühte sich wenigstens, ja wirklich, aber Rider würde nicht zum Abendessen kommen. Ich antwortete nicht, sondern schleppte mich die Treppe hinauf. Rosa rief noch einmal nach mir, aber ich ging einfach weiter.

Mitten in meinem Zimmer blieb ich stehen und drehte mich langsam um mich selbst. Meine Augen nahmen alles auf und sahen doch nichts. Dann setzte ich mich mich aufs Bett. Ich zwang mich, ruhig und tief zu atmen, und rieb mir über die Schenkel.

Ich legte die Hände über die Augen und öffnete den Mund. Ich schrie, aber kein Laut kam heraus. Trotzdem tat es weh, und es brannte mir im Hals.

Ich versuchte zu verarbeiten, was geschehen war, aber ich musste die ganze Zeit daran denken, wie Jayden das erste Mal zu meinem Spind gekommen war. Er hatte Paige am Zopf gezogen und sie Getto-Katniss genannt und dann so offen mit mir geredet, als würden wir uns seit Jahren kennen. Ich musste an Jayden in dem Auto am ersten Schultag denken. Ich konnte immer noch sein Lachen hören, und wenn ich tief genug einatmete, würde ich sicher noch den erdigen Geruch riechen können, der von ihm ausging.

Das alles gab es nicht mehr.

Weg. Für immer.

Es wollte mir einfach nicht in den Kopf.

Er hatte doch gesagt, er hätte jetzt andere Ziele und würde auf das hören, was sein Bruder und Rider sagten.

»Oh mein Gott«, flüsterte ich.

»Mallory?« Rosas Stimme klang näher, sie kam vom oberen Flur. »Du hast gar nicht geantwortet...« Dann stand sie in der Tür und ihre Augen weiteten sich. »Mallory!« Sie stürzte ins Zimmer. »Du meine Güte, was ist denn passiert?«

Ich sah sie lange an, dann senkte ich den Blick und riss hastig die Hände von meinen Beinen hoch. Die Strumpfhose war dreckig und hatte dunkelrote Flecken. »Oh mein Gott...« Ich hatte mit den Knien in Jaydens... Mir drehte sich der Magen um.

»Mallory.« Mit kalten Fingern fasste sie mich am Kinn und hob meinen Kopf. »Was ist mit dir passiert? Mit deinem Gesicht? Was ist los?«

In einem fernen Teil meines Verstandes wurde mir bewusst, dass ich Rosa noch nie so panisch erlebt hatte. Sie war immer ruhig und gefasst, immer total beherrscht, aber jetzt berührte sie mich, strich mir die Haare aus dem Gesicht, und ihre Stimme klang so, wie ich mich fühlte. Völlig außer sich.

»Rede mit mir, Liebes.« Sie kniete sich hin, nahm meine Hände und drehte sie um. Die Handflächen waren aufgeschürft und rot. »Sag mir, was passiert ist!«

Ich schüttelte den Kopf. Die Kratzer waren harmlos. »Ich ...
Jayden ist tot.«

»Was?« Sie blinzelte, und da erst wurde mir klar, dass sie Jayden
gar nicht kannte. Jedenfalls nicht dem Namen nach. »Was sagst
du da?«

Ich schaute in ihre dunklen Augen und die Worte brachen aus
mir heraus. »Sie haben ihn erschossen. Er wollte gerade über einen
Parkplatz gehen und da sind sie in einem Auto vorbeigefahren
und haben einfach ... Sie haben einfach auf ihn geschossen ...
Sie haben ihn erschossen. Er stand da und dann war er auf einmal weg.« Ich schüttelte den Kopf. »Ich versteh' das nicht. Sie
sind vorbeigefahren und haben angefangen zu schießen. Er ist ...
er war erst fünfzehn, Rosa. Er war ...«

»Oh mein Gott.« Sie strich mir über die Arme und schwieg.
»Und wie ist das passiert?«, fragte sie schließlich und drehte meine Hände um.

»Rider. Er hat mich ... zu Boden geworfen.« Ich blickte auf
meine aufgeschürften Handflächen. »Dabei bin ich mit den Händen über den Asphalt gerutscht.« Ich schluckte und starrte auf
die hellroten Kratzer. »Überall sind Steine herumgeflogen.«

»Du warst bei Rider? Und wo ist er jetzt?«

Ich schüttelte den Kopf. »Er ist bei Hector. »Das ... das ist
Jaydens Bruder.«

Rosa zog mich sanft an sich. »Fang noch mal von vorn an und
erzähl mir alles ganz genau.«

Während ich erzählte, wurde ihre Miene hart. Sie führte mich
ins Bad und drehte den Wasserhahn auf. Ich setzte mich auf den
Rand der Badewanne, und sie säuberte schweigend die Kratzer
an meinen Händen und in meinem Gesicht, so wie ich damals,
als Rider bei uns vorbeigekommen war. Die gleichen Typen, die

Rider verletzt hatten, waren wahrscheinlich auch für... sie hatten Jayden getötet.

Das Desinfektionsmittel brannte, aber ich hielt still. Irgendwann schaute Carl herein, doch Rosa bedeutete ihm mit einem Winken, er solle wieder gehen. Als sie fertig war, sammelte sie die Wattebäusche ein und warf sie in den Mülleimer.

Wieder kniete sie sich vor mich. »Warum wäschst du dich nicht und ziehst dir was Sauberes an? Leg die Strumpfhose in den Flur, ich schmeiß sie weg.«

Ich nickte.

Sie suchte meinen Blick, dann umarmte sie mich ganz fest. »Es tut mir so leid um deinen Freund und dass du das erleben musstest.« Sie löste sich von mir, aber sie ließ die Hände auf meinen Schultern liegen. »Es tut mir wirklich schrecklich leid. Aber ich bin froh, dass dir nichts passiert ist.«

Meine Unterlippe bebte.

Rosa sah mich eindringlich an und stand auf. Zum ersten Mal in meinem Leben hörte ich ihre Stimme zittern. »Das ist... und genau deswegen will Carl nicht, dass du mit Rider zusammen bist. Das ist der Grund.«

31

BEIM DUSCHEN GINGEN mir Rosas letzte Worte immer wieder durch den Kopf. Hastig zog ich mich an. Die Jogginghose scheuerte an meinem aufgeschürften linken Knie, aber ich achtete nicht darauf und ging in mein Zimmer. Dort zog ich mein Handy heraus und versuchte, Rider anzurufen.

Keine Antwort.

Ich öffnete meine SMS-App und tippte: *Bist du okay?* Die Nachricht wurde verschickt, und ein Symbol darunter zeigte an, dass sie angekommen war. Ich wartete. Wieder keine Antwort. Ich drehte mich zur Seite und strich mir die nassen Haare aus dem Gesicht. Ich hätte Rider nicht allein lassen sollen. Ich hätte bei ihm bleiben sollen – mit Hector. Ich wäre zwar keine große Hilfe gewesen, aber ich hätte wenigstens für sie da sein können.

Stattdessen war ich gegangen.

Ich hatte getan, was man mir gesagt hatte, wie immer, und war gegangen. Ich war mir nicht sicher, ob das nicht vielleicht doch falsch gewesen war. Ich schaute auf mein Handy, um Ainsley anzurufen, aber dann hielt ich inne. Ich wusste nicht, wie ich ihr von dem schlimmen Vorfall erzählen sollte, wo sie doch gerade selbst so viel durchmachte.

Also setzte ich mich aufs Bett und rührte mich nicht. Stunden vergingen. Draußen vor dem Fenster wurde es dunkel. Ich legte mich hin, mein Handy in der Hand. Mein Kopf war seltsam leer bis auf ein dumpfes Brummen, wie bei einer Grippe. Irgendwann muss ich eingeschlafen sein, denn als ich blinzelnd die Augen aufschlug, drang heller Sonnenschein durch die Vorhänge. Winzige Staubteilchen tanzten im Licht. Mein Mund war ganz trocken und ich setzte mich auf und starrte auf die geschlossene Tür. Ich wusste genau, dass ich sie am Vorabend offen gelassen hatte. Ein paar Minuten lang konnte ich mich nicht mehr erinnern, woher dieses schreckliche ziehende Gefühl in der Magengrube kam.

Jayden.

Ich fuhr zusammen und suchte hektisch nach meinem Handy. Da! Es lag zwischen den Kissen. Hastig tippte ich auf das Display. Keine verpassten Anrufe oder Nachrichten.

Ich starrte auf das Telefon und sagte mir, dass Rider sich nur deshalb nicht gemeldet hatte, weil er bei Hector war. Ich war für ihn im Moment nur zweitrangig. Das konnte ich verstehen, trotzdem kroch Angst in mir hoch, und mir wurde schlecht. Bestimmt war alles okay mit Rider. Es gab keinen Grund, warum es nicht so sein sollte. Dennoch wich meine Unruhe einer tief sitzenden eiskalten Furcht.

Ich sprang auf und rannte hinaus in den Flur und ins Bad. Ich zog die Tür hinter mir zu, sank zu Boden und übergab mich. Doch es kam nichts. Ich würgte noch eine Weile, bis mir die Rippen schmerzten, und setzte mich dann schwer atmend wieder auf.

Langsam und unter Schmerzen stemmte ich mich hoch und nahm die Zahnbürste. Nach dem Zähneputzen wusch ich mir das Gesicht und zuckte zusammen, als die Waschlotion und das heiße Wasser an meine Haut kamen. Ich hob den Kopf und betrachtete mich im Spiegel. Winzige Kratzer zogen sich über meine Wangen. Dunkle Schatten lagen unter meinen Augen. Meine Haare waren noch ein bisschen feucht, weil ich mit nassen Haaren ins Bett gegangen war. Sie schimmerten weinrot und standen in alle Richtungen ab. Ich stieß mich vom Waschbecken ab und ging zurück in mein Zimmer. Jeder Schritt kam mir unendlich mühsam vor.

Nichts fühlte sich ... Nichts fühlte sich mehr wirklich an. Wieder nahm ich mein Handy in die Hand.

»Mallory?«, rief Carl von unten. »Kannst du mal kommen?«

Das Handy in der Hand lief ich die Treppe hinunter und fand beide am Küchentisch sitzend vor. Langsam ging ich zu ihnen. Sie sahen aus, als hätten sie kaum geschlafen. Carls graues T-Shirt war zerknittert, aus Rosas Pferdeschwanz hatten sich ein paar Strähnen gelöst, die ihr Gesicht umrahmten wie winzige Finger.

»Willst du dich nicht zu uns setzen?«, fragte Carl sanft. Tassen standen vor ihnen auf dem Tisch und der Geruch nach Kaffee hing schwer in der Luft.

Ich spürte, dass das kein angenehmes Gespräch werden würde, und blieb lieber stehen.

Carl sah Rosa an und fuhr dann fort: »Wie fühlst du dich?«

Was für eine unglaublich dumme Frage – mehr konnte ich nicht denken.

»Ich weiß, du hast gestern etwas gesehen, was schwer zu verkraften ist, sehr schwer sogar, und Rosa und ich, wir wünschten beide, du hättest so etwas nicht noch einmal miterleben müssen.«

Wieso noch einmal?

Doch dann begriff ich. Wie hatte ich das nur vergessen können? Er sprach von Miss Becky. Doch der Anblick von Miss

Becky, die schon stundenlang tot und kalt in ihrem Bett gelegen hatte, war damit ganz sicher nicht zu vergleichen. Ich kannte die näheren Umstände nicht, aber im Gegensatz zu Jayden war sie friedlich gestorben. Ihr Tod hatte nichts mit dem von Jayden gemein, bis auf die trüben Augen.

»Und wir wissen auch, dass das jetzt eine harte Zeit für dich ist«, fuhr Carl fort. Ich blinzelte und fragte mich, ob ich vielleicht irgendetwas überhört hatte. »Aber dieses Gespräch kann nicht warten.«

»Was ...?« Ich blickte von einem zum anderen und legte mein Handy auf den Küchentresen. »Was kann nicht warten?«

»Rider.« Rosa nahm ihre Kaffeetasse. »Wir müssen über Rider reden.«

Ich starrte sie mit geweiteten Augen an. »Warum?«

»Ich denke, das liegt doch auf der Hand«, bemerkte Carl freundlich, aber entschieden. »Was gestern passiert ist ...«

»Hat nichts mit Rider zu tun«, unterbrach ich ihn.

Ein Anflug von Überraschung huschte über sein Gesicht und verschwand so schnell wieder, dass ich nicht wusste, ob ich es mir nur eingebildet hatte. »Da bin ich anderer Meinung.«

»Ich auch«, mischte Rosa sich ein. »Wenn Rider nicht gewesen wäre, hättest du dich niemals in diesem Viertel aufgehalten.«

»Wieso, was stimmt denn nicht mit dem Viertel?«, fragte ich erregt. Erstaunt hob Carl eine Augenbraue.

»Gut, es ist vielleicht nicht die beste Gegend – es ist nicht Pointe oder die Gegend, wo Ainsley wohnt, aber es ist sicher nicht die schlimmste Gegend in dieser Stadt.«

»Es ist eine üble Ecke, Mallory.« Carl faltete die Hände um seine Tasse. »Du kennst nicht so viel hier in der Stadt, aber wir schon. Wir ...«

»Ich kenne die beschissensten Ecken hier in der Stadt und diese Gegend gehört ganz sicher nicht dazu. Kein bisschen.« Zorn blitzte in mir auf, so grell wie die Sonne, und ich merkte flüchtig, dass ich beim Sprechen kein einziges Mal gestockt hatte. Ich war einfach zu ... zu *sauer*.

»Mallory«, warnte Rosa. »Achte auf deine Ausdrucksweise.«

»Meine Ausdrucksweise? Ich habe gesehen, wie jemand erschossen wurde ...« Meine Stimme brach. »Ich habe gestern einen Freund sterben sehen und ihr gebt Rider die Schuld?«

»Wir geben Rider doch nicht die Schuld«, erwiderte Carl. »Wir finden nur, dass dir die Freundschaft mit ihm im Moment nicht guttut.«

»Das ist nicht einfach nur eine *Freundschaft*.« Meine Hände ballten sich zu Fäusten. »Er ist mein *Freund!*«

Carl kniff sich in den Nasenrücken und murmelte leise: »Mallory ...«

»Was? Ihr wisst ganz genau, dass er mein Freund ist.«

»Ja, aber ...« Hilflos sah er Rosa an.

»Sieh mal, Liebes, wir gehören ganz sicher nicht zu den Leuten, die vorschnell urteilen, aber wir finden einfach, dass Leute wie Rider nicht der richtige Umgang für dich sind.« Rosa stellte ihre Tasse weg. »Das wollen wir dir damit sagen.«

Entgeistert starrte ich sie an. »Was meinst du mit ›Leute wie Rider‹?«

»Leute, die keine Zukunft haben. Leute, die sich nicht einmal darum scheren, dass sie keine Pläne für die Zukunft haben.« Carls Ton wurde hart und ich zuckte zusammen. Dachten sie wirklich so über Rider? »Leute, die dich in eine Gegend bringen, wo Fünfzehnjährige einfach so auf offener Straße erschossen werden.«

Mir blieb der Mund offen stehen.

»Carl.« Rosa legte ihm die Hand auf den Arm.

»Nein. Wir haben Vertrauen zu dir, aber wir haben kein Vertrauen zu ihm. Wir haben diese ganze Rider-Sache geduldet, weil wir wussten, wie viel er dir bedeutet, aber hier müssen wir die Grenze setzen.« Sein Gesicht lief rot an. »Du hättest verletzt werden können oder noch schlimmer. Ich finde das absolut inakzeptabel, und ich werde nicht zulassen, dass so etwas noch einmal vorkommt.«

»Es war nicht seine Schuld!«, brüllte ich.

Rosa blinzelte bestürzt. In den vier Jahren, seit ich bei ihnen war, hatte ich kein einziges Mal die Stimme gehoben oder ihnen widersprochen. »Wir wissen, dass es nicht seine Schuld war, Mallory, aber das ändert nichts daran, was passiert ist.«

»Gut, dann reden wir doch mal über den lieben Mr Stark.« Carls Augen blitzten. »Was hat er denn vor, wenn er mit der Schule fertig ist? Falls er die Prüfungen überhaupt besteht. Will er sein Leben lang Autos lackieren?«

Mein Gesicht wurde heiß. »Und was wäre so schlimm daran? Er ist gut darin. Er ist ein toller Mensch.« Am liebsten hätte ich mir irgendetwas geschnappt und es durch den Raum geschleudert. Nicht nur, weil ich mir diesen Mist anhören musste, sondern weil ich einsah, dass Rider tatsächlich auf manche Leute so wirkte. Eigentlich auf alle. Ihm schien alles egal zu sein, aber das stimmte nicht. Und jetzt war ich ... ich war sauer auf sie *und* auf ihn. »Rider hat sehr wohl eine Zukunft.«

»Er verkehrt mit Leuten, die ...«

Rosa drückte Carls Arm und hielt ihn davon ab, den Satz zu beenden. Carl sah so aus, als wollte er am liebsten entnervt die Arme hochreißen. »Ich will dich wirklich nicht verärgern, Mallory, aber er ist kein guter –«

»Sag es bloß nicht.« Ich hob die Hand und deutete mit zitternden Fingern auf sie. »Er hat gestern als Erstes darauf geschaut, dass ich in Sicherheit bin, und er war für mich da, lange bevor ihr überhaupt gewusst habt, dass es mich gibt. Er war der Einzige, der für mich da war, und nur weil er denkt, das College ist nichts für ihn, soll er nicht gut genug für mich sein?«

»*Mallory*.« Carls Augen weiteten sich. »Ich weiß, dass Rider dich früher oft beschützt hat. Und das rechne ich ihm ja auch hoch an, aber das ändert trotzdem nichts an dem, was gestern vorgefallen ist. Hier geht es nicht um eure gemeinsame Vergangenheit oder um das College. Ich weiß, was das für Leute sind, mit denen er abhängt. Ich weiß, wie solche Geschichten ausgehen.«

Jetzt konnte ich nicht mehr an mich halten. Ein Ventil hatte sich gelöst und aufgestaute Gefühle brachen sich Bahn. Alles, was gestern passiert war. Alles, was in den letzten Monaten passiert war, in den letzten vier Jahren – mein ganzes Leben lang. Tränen brannten in meinen Augen. »Rider ist ein guter Mensch. Genau wie Hector. Genau wie ... wie Jayden. Dass sie kein Geld haben und nicht in so einem schönen Haus wohnen wie wir, heißt noch lange nicht, dass sie schlechte Menschen sind.«

»Das wissen wir doch.« Rosa stand auf und schüttelte den Kopf. »Weder Carl noch ich stammen aus reichem Haus. Das weißt du genau. Hier geht es nicht um Geld.«

»Um was geht es dann?«

»Er ist kein guter Umgang für dich«, wiederholte Carl.

»Warum?« Meine Stimme klang selbst in meinen Ohren furchtbar schrill. »Nur weil ich nicht mehr zu allem, was ihr vorschlagt, Ja und Amen sage? Daran soll er schuld sein?«

»Du hast gesehen, wie jemand erschossen wurde, weil du mit ihm zusammen warst.« Carls Stimme war scharf wie ein Messer.

»Das war nicht seine Schuld!«

»Du solltest bessere Entscheidungen treffen, Mallory. Klügere Entscheidungen«, wandte er ein. »Du hast dein ganzes Leben noch vor dir, alles ist perfekt geplant. Wirf es nicht weg. Wirf nicht alles weg, weil du einen Fehler machst.«

Ich erstarrte. Nie würde ich meine Beziehung zu Rider als Fehler betrachten, aber bei Gott – natürlich würde ich Fehler machen. Das ging gar nicht anders. Ich war ja schließlich nicht perfekt.

Ich war nicht perfekt.

Auf einmal rastete irgendwo tief in mir drin etwas ein. Rosa und Carl wussten, dass ich keineswegs perfekt war. Dann mussten sie auch wissen, dass ich Fehler machen würde. Dass ich Fehler machen *musste*. Und auf einmal löste sich mein Wunsch auf, die perfekte Tochter für sie zu sein. Er hatte keine Macht mehr über mich, weil ich das sowieso nicht schaffen würde. Ich straffte die Schultern. »Wenn sich herausstellen sollte, dass es ein Fehler war, dann ... dann kann ich damit leben.«

Resigniert rieb Carl sich über das Gesicht. »Mit Marquette hätten wir so eine Diskussion niemals führen müssen.«

Entgeistert wich ich einen Schritt zurück. Schmerz wallte in mir auf und fachte eine Wut an, so wie der Wind ein Feuer anfacht. In den vier Jahren, seit sie mich in ihr Haus und in ihr Leben aufgenommen hatten, hatte ich so etwas noch nie von ihnen gehört, zumindest nicht offen ausgesprochen.

»Carl«, rief Rosa erschrocken.

»Ich habe euch nicht gebeten ...« Ich atmete flach ein. »Ich bin nicht Marquette. Das werde ich nie sein.«

Carl ließ die Hand sinken und sah zu mir auf. Sein Gesicht war ganz blass geworden und Reue lag in seinem Blick. »Mallory ...«

»Ich werde nicht die gleichen Entscheidungen treffen wie sie«, sagte ich, und meine Hände zitterten, und alles brach aus mir heraus. »Ich will mein Leben nicht in irgendeinem Labor verbringen. Ich will nichts mit Medizin machen. Ich bin nicht so perfekt wie sie. Und das will ich auch gar nicht sein.«

Rosa legte die Hand auf die Brust. »Liebling, wir ...«

Fertig.

Ich war so fertig mit diesem Gespräch, dass ich es noch nicht einmal aussprechen musste. Ich hatte keine Lust, mir ihre Belehrungen anzuhören. Ich hatte keine Lust, ihnen überhaupt zuzuhören. Ich wollte bei Rider sein – für ihn da sein, so wie er früher für mich da gewesen war. Das wurde mir jetzt in aller Deutlichkeit bewusst.

Jetzt war ich an der Reihe, mich um ihn zu kümmern und die Starke zu sein. Die zu sein, die alles im Griff hatte, damit er sich gehen lassen und trauern konnte. Ich würde nicht zerbrechen und mich darauf verlassen, dass irgendjemand mich wieder aufrichtete.

Ich war fertig damit.

Ich fuhr herum und rannte die Treppe hinauf. Oben in meinem Zimmer knallte ich die Tür zu und zog mir hastig das weite T-Shirt aus. Ich riss eine Schublade auf und durchwühlte sie, bis ich einen BH und ein Trägertop gefunden hatte. Dann griff ich nach einem Kapuzenpulli und zog ihn an. Zuletzt steckte ich meine Haare zu einem losen Knoten hoch. Nachdem ich mein Handy hineingeschoben hatte, hängte ich mir die Handtasche über die Schulter. Auf dem Weg die Treppe hinunter suchte ich nach meinem Autoschlüssel.

Ich nahm immer zwei Stufen auf einmal. Unten im Flur tauchte Rosa auf. »Er hat es nicht so gemeint.«

»Das ist mir egal.« Ich marschierte direkt zur Tür.

Sie folgte mir. »Wo gehst du hin?«

»Weg«, erwiderte ich mit rasendem Herzen.

»Mallory …«

Ich zog die Tür auf und drehte mich noch einmal um. »Ich muss für ihn da sein. Hector und Jayden sind wie Brüder für ihn.« Kalte Luft schlug mir entgegen und wehte ins Haus. »Ich muss gehen.«

»Du kannst doch nicht …«

»Ich muss gehen.« Meine Hand krampfte sich um den Türknauf, als auch Carl hinten im Flur erschien. »Und ich werde auch gehen.«

Und das tat ich dann.

Ich verließ das Haus, obwohl ich wusste, dass Carl und Rosa nicht damit einverstanden waren und ich später Riesenärger kriegen würde.

Obwohl ich wusste, dass ich sie enttäuschte.

Wieder versuchte ich, Rider zu erreichen, aber der Anruf landete sofort auf seiner Mailbox, und die Nachricht kam nicht zu ihm durch. Offenbar war sein Handy ausgeschaltet. Ich versuchte, deshalb nicht in Panik zu verfallen – ich war ohnehin schon fertig genug wegen Carl und Rosa.

»Mit Marquette hätten wir so eine Diskussion niemals führen müssen.«

Oh Gott.

Die Worte trafen mich tief. Es tat furchtbar weh. Und es tat auch weh, zu wissen, wie die Rivas über Rider und auch über Hector und Jayden dachten. Ich hätte nie gedacht, dass sie so sein würden. Ich war so wütend, so enttäuscht, und umklammerte das Lenkrad, bis mir die Knöchel schmerzten,

Ich durfte jetzt nicht über Carl und Rosa nachdenken. Mit unserem Streit würde ich mich befassen, wenn ich wieder zu Hause war. Die Konsequenzen würden ziemlich heftig werden, weil ich genau wusste, dass es richtig war, was ich tat.

Und zugleich war es total falsch.

Als Erstes versuchte ich es bei den Lunas. Nachdem ich zwei Straßen entfernt einen Parkplatz gefunden hatte, lief ich den Bürgersteig hinunter. Ein scharfer Wind wehte mir entgegen.

Am Randstein parkte Hectors Escort. Leute in dicker Jacke und mit Mütze saßen auf der Vortreppe der Häuser. Ich hastete an ihnen vorbei und ging zur Haustür. Der Herbstkranz war durch ein Gebinde aus grünen Blättern und Mistelzweigen ersetzt worden.

Neue Wut stieg in mir hoch, als mir einfiel, was Rider über die Schulverwaltung gesagt hatte. Dass sie sich bei einem Schüler mit einer bestimmten Adresse von vornherein keine Mühe gaben. Ich hätte nie gedacht, dass Carl und Rosa auch so sein könnten.

Ich klopfte an die Tür. Sirenen heulten in der Ferne auf und erinnerten mich an gestern. Ein Schauer lief mir über den Rücken.

Schwere Schritte ertönten und ich erstarrte. Die Tür ging auf und ein großer älterer Mann stand vor mir. Er sah mich an und fragte verwundert: »Wer bist du?«

»Ich würde gern zu ...«

Ein anderer Typ erschien hinter ihm, den ich noch von gestern kannte. Er war auch bei Rico gewesen. »Du bist doch Riders Freundin.« Er schob den älteren Mann beiseite. »Willst du zu ihm?«

Ich nickte. »Ist ... er da?«

»Ja. Oben, glaube ich. Auf dem Speicher.« Er trat beiseite und ließ mich herein. Ich schluckte mühsam und sah mich um. Im

Wohnzimmer drängten sich die Leute. Ich schaute den Typ noch einmal an. »Es tut mir so schrecklich leid wegen Jayden. Ich …«

Seine Augen schimmerten feucht und er schloss die Tür. »Damit kommen sie nicht durch. Auf keinen Fall. Die kommen nicht damit durch, dass sie einen aus meiner Familie kaltgemacht haben«, drohte er, und wieder überlief mich ein Schauer. Der ältere Mann schüttelte nur den Kopf, während der jüngere, der offenbar mit den Lunas verwandt war, auf die Treppe zeigte. »Es ist ziemlich voll da oben.«

Ich fand die Bemerkung etwas seltsam, weil der Speicher doch sicher recht geräumig sein musste. Aber ich wandte mich ab und ging die Stufen hoch, vorbei an einer sehr großen dunkelhaarigen Frau, die sich mit einem Taschentuch die Augen abtupfte. Mrs Luna war nirgends zu sehen, aber ich musste die ganze Zeit daran denken, was Jayden damals in der Küche zu ihr gesagt hatte: dass sie nicht wüsste, was sie ohne ihn machen sollte. Die Brust wurde mir eng.

Im ersten Stock kam ich an mehreren offenen Türen vorbei, und ich schaute unverwandt geradeaus, damit mein Blick nicht zufällig in Jaydens Zimmer fiel. Ich hätte es nicht ertragen, seine Sachen zu sehen. Und ich ging an Riders Zimmer vorbei.

Ich öffnete die Tür am Ende des Flurs. Das schmale Treppenhaus war nur spärlich beleuchtet, und ein stickiger, leicht modriger Geruch schlug mir entgegen, der mich an Jayden erinnerte. Ich hielt mich am Geländer fest und stieg die Stufen hoch.

Die Sonne kämpfte sich durch die staubigen Dachbodenfenster und warf genügend Licht auf den Raum, dass ich etwas sehen konnte.

Ich sah die Matratzen und die aufgetürmten Kissen.

Ich sah den Kartentisch mit den leeren Flaschen und den Coladosen darauf. Und da lag auch Riders Handy.

Ich sah den ausgeschalteten Fernseher.

Ich sah das Sofa.

Mein Herz setzte einen Schlag aus und begab sich in den freien Fall. Es fiel, wie ein Stern vom Himmel fällt. Ich atmete ganz leise ein. Ich hatte Rider gefunden. Er schlief, den Kopf auf die Sofalehne gelegt. Und er war nicht allein.

Die Handtasche rutschte mir von der Schulter und fiel mit einem dumpfen Schlag zu Boden.

Neben ihm auf dem Sofa lag Paige.

32

DAS GERÄUSCH DER AUF dem Boden aufschlagenden Tasche weckte die beiden nicht. Nur Paige rührte sich kurz. Sie rollte sich noch mehr zusammen und schmiegte sich an Rider. Der Anblick traf mich wie ein Schlag in die Magengrube.

Ich traute meinen Augen nicht.

Zum wiederholten Mal in den letzten vierundzwanzig Stunden war ich so durcheinander, dass mein Gehirn nicht richtig verarbeiten konnte, was vorging.

Ich öffnete den Mund, aber ein banges Gefühl brachte mich dazu, innezuhalten. Mein Blick wanderte von den beiden zu dem Tisch, auf dem Riders Handy lag. Er hatte auf meine Nachrichten und Anrufe nicht reagiert. Ich hatte gedacht, das läge daran, dass er sich um Hector kümmern musste. Aber er war nicht bei Hector. Der Schmerz in der Magengrube wurde stärker.

Die Worte von dem Typ vorhin kamen mir in den Sinn. *Es ist ziemlich voll da oben.* Jetzt wusste ich, was er gemeint hatte. Oh mein Gott. Ein scharfer Schmerz bohrte sich in meine Brust und er fühlte sich vollkommen echt an. So als hätte man mir das Herz herausgerissen.

Und auch wenn das ganz schrecklich klang – in dem Moment dachte ich nicht an Jayden. Ich dachte daran, wie Rider und ich noch zusammen gewesen waren, kurz bevor wir zum Parkplatz hinausgingen. Wie er mich umarmt und geküsst hatte. Wie er mich berührt hatte. Was er mir gestanden hatte.

Und jetzt lag er neben *ihr* und schlief? Ich musste dringend weg hier.

Ich hob die Tasche auf und wandte mich um. Leise schlich ich die Treppe hinunter und zuckte jedes Mal zusammen, wenn die Dielen knarrten. Ich musste weg, bevor Rider aufwachte, weil ... weil ich damit jetzt nicht umgehen konnte.

Nachdem ich die Dachbodentür leise hinter mir zugezogen hatte, konzentrierte ich mich nur noch darauf, wie ich am besten hinauskam. Und was dann? Ich wusste es nicht. Nach Hause konnte ich nicht. Noch nicht. Ich hatte keine Ahnung, was ich tun sollte. Auf halbem Weg den Flur hinunter öffnete sich eine Tür.

Hector kam heraus und fuhr sich durch die Haare. Als er mich sah, zuckte er zusammen. »Hey«, sagte er mit belegter Stimme und ließ die Hand sinken. »Ich wusste gar nicht, dass du da bist.«

Ich schaute hinter mich und konzentrierte mich dann auf Hector, indem ich den wilden Gefühlssturm in mir ausblendete. »Ich ... ähm, ich wollte nach Rider sehen ... und nach dir. Es tut mir so leid wegen ... wegen Jayden.«

»Mir auch.« Seine blutunterlaufenen Augen schlossen sich kurz. »Weißt du, was das Verrückte daran ist? Es hat mich nicht ... es hat mich nicht überrascht. Auch nach dem, was mit unserem Cousin passiert ist, hat es mich nicht überrascht. Jayden wollte etwas verändern. Er wollte mit mir arbeiten, aber ... aber es war zu spät. Er hat sich mit Leuten angelegt, die man einfach nicht verarschen darf. Ich dachte nur ... ach, ich weiß nicht, was ich gedacht habe.«

Ich wusste nicht, was ich sagen sollte. Wahrscheinlich gab es da einfach nichts zu sagen.

»Er ...« Hectors Schultern sackten herunter. »Das hat er nicht verdient. Egal, wie viel Geld er denen geschuldet hat.«

»Nein«, flüsterte ich. Was hatte Rider damals in der Werkstatt zu Jayden gesagt? *Irgendwann legen sie dich noch um.* Oh Gott, wie recht er damit gehabt hatte. »Das hat er nicht verdient.«

Wieder fuhr Hector sich durch die zerzausten Haare. »Ich ... ich glaube nicht, dass die Polizei sie schnappen wird – die Typen, die Jayden umgebracht haben.«

»Sie müssen sie schnappen.« Meine Brust zog sich zusammen. Ich weigerte mich, mir etwas anderes vorzustellen. »Und das werden sie auch.«

Hector nickte, und es sah aus, als kostete es ihn ungeheure Mühe. »Meine *abuelita* schläft. Sie ist ... Sie haben ihr ein Beruhigungsmittel gegeben.«

Ich fand immer noch nicht die richtigen Worte, aber ich wusste instinktiv, dass es in diesem Moment keine Worte gab. Deshalb war ich auch hergekommen: um Rider zu trösten und einfach für ihn da zu sein.

Nur dass er offenbar schon jemand gefunden hatte, der ihn tröstete.

Ich trat einen Schritt vor und tat das Einzige, was ich tun konnte. Ich schlang die Arme um Hector und drückte ihn ganz fest. Zunächst erstarrte er, dann stieß er einen zittrigen Seufzer aus und legte ebenfalls die Arme um mich.

»Danke«, flüsterte er heiser.

Ich nickte und löste mich von ihm

Hector blinzelte ein paarmal. »Also, ähm ...« Er räusperte sich. »Hast du Rider gefunden?«

Die Kehle schnürte sich mir zu, sodass ich kaum noch Luft bekam. »Er schläft. Ich ... ich wollte ihn nicht wecken.«

»Warum? Wir können ihn doch wecken. Du bist den ganzen Weg hierhergefahren ...«

»Nein, schon gut.« Ich ging an ihm vorbei. »Ich ruf ihn später an.«

»Aber ...«

»Kein Problem.« Ich zwang mich zu lächeln und drehte mich zu ihm um. »Ich ... denke an dich.«

Der Anflug eines Lächelns erschien auf seinem Gesicht, dann nickte er noch einmal und ging zur Dachbodentür. Ich verließ das Haus und hastete so schnell, wie es ohne zu rennen möglich war, zu meinem Auto.

Ich rangierte aus der Parklücke und ... fuhr einfach drauflos. Als ich drei Straßen weit gekommen war, klingelte mein Handy, aber ich schaute nicht auf das Display. Meine Finger schlossen sich noch fester um das Lenkrad.

Wieder klingelte mein Handy.

Nachdem es aufgehört hatte, ertönte ein kurzer Piepton und verkündete, dass eine Nachricht auf meiner Mailbox eingegangen war. Ich schaute trotzdem nicht nach.

Ich fuhr einfach weiter.

— —

Am Ende kurvte ich doch nicht stundenlang in der Stadt herum. Eine halbe Stunde nach meinem Besuch bei Hector stand ich vor Ainsleys Haustür. Zum Glück machte sie mir selbst die Tür auf, in Shorts, dicken Kniestrümpfen und in einem Oversize-Kapuzenpulli.

Irgendwie schaffte sie es, trotzdem wunderhübsch auszusehen.

»Hey, was machst du denn …?« Sie sah mein Gesicht und verstummte. Dann beugte sie sich vor, nahm mich bei der Hand und zog mich hinein. Doch die angenehme Wärme konnte die Kälte in mir kaum mildern. Sie zog mich zur Treppe und rief: »Mom! Mallory ist gekommen. Wir gehen hoch.«

»Alles klar.« Der Fernseher im Wohnzimmer wurde leiser gestellt. »Wollt ihr eine heiße Schokolade?«

Heiße Schokolade, hauchte Ainsley mir stumm zu und verdrehte die Augen. »Nein, Mom. Wir sind doch keine kleinen Kinder mehr.«

Doch für mich hörte sich heiße Schokolade richtig gut an.

»Bist du sicher?« Die Stimme ihrer Mutter kam näher. Wir waren schon halb die Treppe hoch. »Ich habe auch die kleinen Marshmallows, die ihr beide so gern mögt.«

»Oh Mann.« Lauter: »Ja, Mom, ganz sicher. Wir wollen wirklich nichts.«

»War ja nur eine Frage«, erwiderte Ainsleys Mutter.

»Ein Tequila wäre mir lieber«, murmelte Ainsley oben auf dem Treppenabsatz.

Unten erschien das Gesicht ihrer Mutter. »Wie bitte?«

»Ach, nichts!« Ainsley grinste, schob mich in ihr Zimmer und schloss die Tür hinter sich. »Meine Güte, die Frau hat ein Gehör wie eine Fledermaus. Ich weiß nicht genau, ob Fledermäuse wirklich so gut hören, aber ich glaube schon.« Sie stieß sich von der Tür ab. »Was ist los? Du siehst aus, als hättest du Grippe oder so.«

»Ich habe keine Grippe.« Ich ließ meine Tasche fallen und warf mich bäuchlings auf ihr Bett.

Ainsley schlurfte auf das Bett zu. »Bist du sicher? Sonst müsste ich nämlich meine Tagesdecke desinfizieren und da hab ich echt keine Lust drauf.«

Ich grinste matt und drehte mich auf die Seite. »Ja, ich bin sicher.« Ainsley rannte die letzten Meter durch das Zimmer und sprang mit einem Satz neben mich aufs Bett. »Was ist los? Ich weiß genau, dass was passiert ist, weil du noch nie unangemeldet bei mir aufgetaucht bist.« Ihre Augen weiteten sich. »Ach! Warte. Hast du dich mit Rider gestritten? Muss ich ihn verprügeln?«

Meine Brust zog sich zusammen. »Nein. Eigentlich nicht.«

»Eigentlich nicht?« Sie stupste mich mit dem Finger ins Bein, als ich nicht antwortete. »Was soll das heißen?«

Ich setzte mich auf und presste ein Kissen an die Brust. »Ich ... ich wollte dich eigentlich schon gestern Abend anrufen, aber du hast ja selbst so viele Probleme.«

Ainsley zog eine Braue hoch und sah mich an. »Es kann sein, dass ich irgendwann blind werde, Mallory. Okay. Aber das heißt noch lange nicht, dass ich viele Probleme habe.«

Zweifelnd sah ich sie an. Sie mochte ja vielleicht so tun, als würde die Diagnose sie nicht belasten, aber ihr angespannter Mund und ihr gesenkter Blick sagten etwas anderes.

»Rede mit mir«, verlangte sie.

Ich holte tief Luft und erzählte ihr alles, angefangen mit Jaydens Tod am Tag zuvor, von dem Streit mit Carl und Rosa am Morgen und wie ich Paige und Rider vorhin schlafend zusammen auf dem Sofa vorgefunden hatte.

Ainsley war genau wie ich zutiefst betroffen. Sie hatte Jayden nicht gekannt, trotzdem füllten sich ihre Augen mit Tränen. »Oh mein Gott, er ist doch erst ... Ich weiß gar nicht, was ich sagen soll.« Sie legte die Hand auf die Brust. »Wie geht es Hector? Okay. Blöde Frage. Wie geht es dir? Du musstest mitansehen ... Okay, wieder blöde Frage.« Auf einmal beugte sie sich vor und schlug mir auf den Arm.

Ich wich erschrocken zurück. »Was soll das denn?«

»Du hättest mich gestern anrufen müssen!«, schimpfte sie flüsternd. »Du hattest ein extrem traumatisches Erlebnis. Du hast gesehen, wie jemand ... Mein Gott, ich kann es gar nicht aussprechen. Nach allem, was du schon durchgemacht hast, musst du auch noch so etwas mitansehen?«

»Nichts von dem, was ich durchgemacht habe, ist so schlimm wie das, was mit Jayden passiert ist.« Meine Kehle brannte. »Es ist so ... so sinnlos. Und es ist mir auch egal, was er getan oder nicht getan hat. Das war nichts, weswegen er hätte sterben müssen.«

»Nein«, stimmte sie zu und wischte sich über die Augen. »Weißt du, ob die Typen schon verhaftet wurden, die das getan haben?«

Ich schüttelte den Kopf. »Ich weiß nicht. Hector ... er denkt, die werden sowieso nie geschnappt. Aber das darf nicht sein. Alle ... wissen, dass dieser Braden und dieser Jerome dahinterstecken.«

Ainsley erschauerte. »Das ist wirklich furchtbar.«

Das Brennen in meinem Hals ließ nicht nach, doch die Tränen, die mir in die Augen stiegen, flossen nicht. Sie flossen nie. Egal, was passierte. Meine Tränenkanäle schienen irgendwie defekt zu sein.

Ich war defekt.

»Der arme Jayden.« Sie schlang die Arme um sich. »Der arme Hector. Mein Gott, ich kann mir gar nicht vorstellen, wie das ist. Und ich will es mir auch gar nicht vorstellen. Weißt du, wann die Beerdigung ist? Oder ist es noch zu früh?«

»Zu früh, nehme ich an«, sagte ich und strich mir eine Haarsträhne aus dem Gesicht. »Ich habe Hector nicht gefragt. Aber ich erfahre es sicher noch, dann sage ich es dir.«

Eine ganze Weile sagte keine von uns etwas. Schließlich seufzte Ainsley. »Okay. Kommen wir zu Rider.«

Eine Schraubzwinge legte sich um meine Brust.

»Ich weiß gar nicht, was ich dazu sagen soll.« Sie schüttelte den Kopf. »Ich meine, es könnte auch total harmlos gewesen sein.«

Ich sah sie mit hochgezogenen Brauen an.

Doch sie ließ sich nicht beirren. »Okay, gehen wir das Ganze doch einmal logisch an. Sie hatten beide noch ihre Sachen an, oder?«

Oh Gott. Sofort sah ich Paige und Rider nackt auf dem Sofa vor mir und hätte mich am liebsten übergeben. »Ja, sie waren angezogen.«

»Tja, aber das besagt noch nicht unbedingt etwas. Als ich mit Todd geschlafen habe, waren wir auch nicht ganz nackt. Das heißt vielleicht nur, dass sie sich hinterher wieder angezogen haben.«

Ich dachte daran, was Rider und ich am Tag zuvor miteinander gemacht hatten, als wir beide noch angezogen waren. Zumindest zur Hälfte. Moment. Ich konzentrierte mich noch einmal auf Ainsleys Worte. »Glaubst du, sie hatten Sex?«

»Was? Nein. Ich meine, das wäre wirklich der allerschlimmste Fall. Dass er in seiner Trauer mit ihr rumgemacht hat.« Sie sah mich an. »So was Ähnliches denkst du doch, oder?«

»Ich ...« In Wahrheit wusste ich nicht, was ich denken sollte. Aber nach dem, was Rider mir erzählt hatte, glaubte ich eigentlich nicht, dass sie miteinander geschlafen hatten. Meine Schultern sackten zusammen. »Ich hab sie gesehen und einfach die Nerven verloren. Ich weiß nicht.« Ich quetschte das Kissen zusammen. »Ich bin nur ... ich meine, kurz vorher hab ich ihn noch vor Rosa und Carl verteidigt. Ich bin weggerannt, um zu ihm zu fahren und für ihn da zu sein, dabei hat er mich gar nicht gebraucht. Er hatte ...« Meine Stimme brach. »Er hatte Paige und er hat auf meine Anrufe und meine Nachrichten nicht reagiert. Er war mit Paige zusammen, Ainsley, und gestern, da ... da sind wir ziemlich weit gegangen und ich ...« Ich presste die Lippen aufeinander und verstummte.

»Was?«, fragte sie leise.

Ich wollte es nicht aussprechen, denn das würde den Schmerz in meiner Brust nur noch schlimmer und meine Angst noch größer machen. Es machte mir Angst, weil ich wusste, was für eine bedeutsame Sache es war, und wenn ich es mir eingestand, dann wäre es auch wahr.

»Du liebst ihn, nicht wahr?«, sagte sie schlicht.

Ich kniff die Augen zu und zwang mich zu atmen. Gestern noch war die Vorstellung, mich zu verlieben, verliebt zu sein, beängstigend und beglückend zugleich gewesen. Jetzt war es nur noch eines davon.

»Ja. Ich glaube schon.« Ich schlug die Augen auf und erwiderte Ainsleys Blick. »Nein, das stimmt nicht. Ich *weiß* es. Ich liebe ihn. Ich glaube, ich habe ihn schon mein ganzes Leben lang geliebt. Und den erwachsenen Rider liebe ich noch viel mehr als den Jungen von früher.« Mein Herz klopfte schneller. »Und das macht mir Angst.«

»Das kann ich gut verstehen«, stimmte sie zu. Ihr Mund verzog sich zu einem Lächeln. »Deshalb ist es mir auch völlig egal, was mit Todd wird. Ich liebe ihn nicht. Ich weiß gar nicht, wie sich das anfühlt, aber ich kann mir vorstellen, dass es einem Angst machen kann.«

Ich musterte sie einen Moment lang. Der Knoten in mir wurde größer. »Ich dachte, Rider würde genauso empfinden.«

»Bitte dreh jetzt nicht gleich durch. Okay? Wir wissen ja gar nicht, was da los war. Sie haben zusammen auf dem Sofa geschlafen, aber nicht Arm in Arm ...«

»Sie hat sich an ihn geschmiegt.« Das auszusprechen verursachte mir Übelkeit, aber ich musste es loswerden. »Er hat sie nicht umarmt oder so, aber zwischen ihnen war kein Zentimeter Luft.«

»Das besagt gar nichts.«

Ich hob die Brauen.

»Na gut, er wird schon eine gute Erklärung dafür haben müssen, aber wir wissen trotzdem nicht, was da wirklich los war. Paige ist eine Freundin von ihm und Hector, oder nicht? Und sie kannte Hectors Bruder?«

Ich nickte.

»Dann kann es auch ganz harmlos gewesen sein.«

Ich wollte, dass es harmlos war. Und ein Teil von mir wollte es nicht. War das nicht verrückt? Aber wenn es nicht harmlos war, dann würde es zwar wehtun, aber ... mein Leben würde wieder in normale Bahnen kommen. Dann musste ich mir keine Gedanken mehr machen über solche Dinge. Oder darüber, was Carl und Rosa von Rider hielten. Ich würde nicht mehr für ihn kämpfen müssen.

Oder überhaupt kämpfen müssen.

Ich wand mich vor Unbehagen, welche Richtung meine Gedanken nahmen.

Ainsley legte mir die Hand auf den Arm. »Hat er in der Zwischenzeit mal versucht, dich anzurufen?«

Ich blickte zu meiner Tasche. »Das Handy hat ein paarmal geklingelt, aber ich ... habe nicht nachgeschaut.«

Sie sah mich an, als würde mein Gehirn nicht richtig funktionieren. »Das solltest du aber. Im Ernst.«

»Wahrscheinlich war es nur Rosa oder Carl.« Trotzdem rutschte ich vom Bett und holte meine Tasche. Ich zog das Handy heraus, drückte auf das Display und spürte eine Woge der Enttäuschung über mich hereinbrechen. »Das war nicht Rider. Eine unbekannte Nummer.«

»Ach.« Sie seufzte tief.

»Aber derjenige hat eine Nachricht hinterlassen. Ich schau mal, wer es war.«

»Vielleicht haben Carl und Rosa einen Privatdetektiv angeheuert, um dich zu suchen.«

Trotz allem musste ich lachen, während ich auf das Nachrichtensymbol klickte. »Das wäre doch ziemlich übertrieben ... Oh!« Ich erkannte die Stimme und verstummte.

»Was ist?« Sie beugte sich vor, die Augen geweitet. »Was ist?«

Ich schüttelte den Kopf, drückte auf die Lautsprechertaste und hielt das Handy in die Höhe. Wir starrten uns an, als Riders tiefe Stimme durch den Raum klang.

»Mallory, ich bin's, Rider. Ich rufe mit Hectors Handy an. Ich hab vergessen, dass mein Akku leer ist. Hab's nicht gemerkt. Ich lade es jetzt auf. Mist. Ist ja auch egal. Er hat gesagt, dass du da warst. Dass du oben auf dem Dachboden warst. Warum hast du mich nicht geweckt?«

Stille. Ainsley murmelte. »Gute Frage.«

Ich warf ihr einen bösen Blick zu, während Rider fortfuhr: »Scheiße, Mann. Ich weiß ja, warum. Mallory, ruf mich an. Versuch's auf dieser Nummer oder auf meiner. Ruf mich an.« Im Hintergrund fiel eine Tür ins Schloss, dann sagte er noch einmal: »Bitte, Mallory. Ruf mich an.«

Die Verbindung wurde unterbrochen und wir saßen beide da und starrten auf mein Handy.

Ainsley sprach als Erste. »Rufst du ihn an?«

»Ich …« Hoffnung keimte in mir, süß und lieblich, verglichen mit dem bitteren Geschmack von Enttäuschung und Trauer.

»Er hat gesagt, sein Akku war leer. Das erklärt, warum er deine Anrufe nicht entgegengenommen hat«, erklärte sie. »Und er hat dich doch noch nie angelogen, oder?«

Ich schüttelte den Kopf. Sein Akku war tatsächlich schon ziemlich leer gewesen. Das fiel mir in diesem Moment wieder ein.

»Und er hat offenbar gleich angerufen, nachdem du weg warst«, fuhr sie fort. »Das hat doch auch etwas zu bedeuten.«

Das fand ich auch, aber trotzdem wusste ich wirklich nicht, was ich denken sollte.

»Ruf ihn an«, drängte Ainsley. »Gib ihm die Chance, alles zu erklären.« Ich sah zu ihr auf. Sie lächelte matt. »Ich bin nicht gerade eine Expertin in Liebesdingen, aber wenn du ihn liebst, musst du ihm die Chance geben, alles zu erklären. Und du liebst ihn doch, oder?«

Mein Herz schrie laut Ja.

»Ruf ihn an.«

33

ICH WUSSTE NICHT, was ich tun sollte.

Na gut, ich wusste, dass ich nach Hause fahren musste und mich den Dingen dort stellen, aber was Rider betraf, hatte ich keine Ahnung. Ich wollte mit ihm reden und wollte es auch nicht.

Im Moment wollte ich nicht, dass er sich auch noch wegen eines Beziehungsstreits Gedanken machte. Ein Junge, der für ihn wie ein Bruder gewesen war, war getötet worden. Da brauchte er nicht auch noch Ärger mit mir.

Und ich fürchtete mich auch davor, was er sagen würde.

Ich fürchtete mich vor den Gefühlen, die seine Worte – egal, in welche Richtung sie gingen – in mir auslösen würden.

Offenbar hatte er mich nicht gebraucht.

Ich zuckte zusammen. Ich fand diesen Gedanken schrecklich, weil er boshaft war und wehtat und sich mit scharfen Krallen in mein Herz bohrte. Ausgerechnet in dem Moment, wo sich das Blatt gewendet hatte und ich für ihn da sein konnte, war mir jemand anderes zuvorgekommen. Das klang vielleicht lächerlich, aber so empfand ich es. Das waren meine Gefühle.

Ich hatte das Gefühl, versagt zu haben.

Als ich kurz vor dem Abendessen nach Hause kam, rechnete

ich eigentlich damit, dass Rosa und Carl in der Küche auf mich warten und sich sofort auf mich stürzen würden.

Aber so war es nicht.

Die Tür zum Arbeitszimmer war zu, und ich hörte, wie jemand in der Küche herumging, höchstwahrscheinlich Rosa. Ich blieb an der Treppe stehen, weil ich wusste, dass es am besten wäre, in die Küche zu gehen und alles auszubaden.

Stattdessen huschte ich die Stufen hoch und schloss die Tür hinter mir. Ich holte mein Handy heraus und ließ die Tasche auf die Fensterbank fallen. Während der Fahrt hatte es geklingelt. Es war wieder Rider, diesmal von seinem Handy aus. Er hatte noch eine Nachricht hinterlassen.

Mit einem Knoten im Bauch hielt ich das Handy ans Ohr und lauschte der Nachricht. Erst herrschte nur Schweigen, dann: »Verdammt.« Sonst hatte er nichts gesagt. Die Nachricht war zu Ende.

Ich saß auf der Fensterbank und starrte auf mein Handy. Der Magen tat mir weh und ich biss mir auf die Unterlippe.

Ich liebte Rider.

Oh Gott.

Ich war verliebt in ihn.

So viel wusste ich wenigstens. Dieses hoffnungsvolle Gefühl in mir, das jedes Mal in mir hochstieg, wenn ich ihn sah – das war Liebe. Dass ich alles um mich herum vergaß, wenn ich bei ihm war – das war Liebe. Mein stockender Atem, wenn er mich so eindringlich ansah – das war Liebe. Das leise Stöhnen, das er mir mit den einfachsten Berührungen entlocken konnte – das war Liebe. Die Tatsache, dass ich ... dass ich mich in seiner Gegenwart nicht verstellen musste, dass ich nicht perfekt sein musste oder mir Sorgen machen, was er über mich dachte, weil er mich so nahm, wie ich war – das war Liebe. Und alles zusammengenommen?

Die Liebe jagte mir eine Heidenangst ein.

Ich wollte kein gebrochenes Herz. Ich wusste, dass ich Rider wichtig war, dass er mich irgendwie auch liebte, so wie man einen alten Freund aus Kindertagen eben liebt, aber ich wusste nicht, ob er genauso für mich empfand wie ich für ihn. Denn es war ein Unterschied, ob man jemand liebte oder ob man in ihn verliebt war. Und er hatte nicht gesagt, dass er in mich verliebt war. Er hatte viel gesagt oder getan … aber diese Worte waren nie gefallen. Dass ich ihn mit Paige zusammen gesehen hatte, das hatte mich auf eine Weise verletzt, dass ich es kaum in Worte fassen konnte; es war ein Gefühl, mit dem ich überhaupt nicht vertraut war. Mir war übel, und in mir war eine Angst, als hätte ich vergessen, etwas Wichtiges zu erledigen, obwohl es gar nichts gab, was ich hätte erledigen müssen.

Aber ein gebrochenes Herz wäre noch schlimmer.

Ich wollte ihn nicht eines Tages verlieren, und, mein Gott, es gab so viele Möglichkeiten, jemanden zu verlieren. Ich wollte ihn nicht enttäuschen. Aber ich wollte auch nicht, dass er mich enttäuschte.

Rastlos stand ich auf und ging zur Tür. Dann blieb ich stehen. Wo sollte ich denn hin? Wenn ich hinunterging, musste ich nur Carl und Rosa gegenübertreten. Schließlich zog ich mich in mein Bett zurück und …

Ich sprach nicht mit ihnen.

Ich rief Rider nicht an.

Ich tat, was ich am besten konnte, so wie die Mallory vor zwölf Jahren.

Ich versteckte mich.

Der Tag konnte nur beschissen werden.

Das war mein einziger Gedanke, als ich mich durch den Hintereingang der Schule schleppte. Jayden würde mich nicht an meinem Spind überraschen. Er würde nicht unverhofft beim Mittagessen neben mir sitzen, mit den Mädchen flirten und ihnen die Pommes klauen. Und sicher würden alle darüber reden, was am Samstag passiert war.

Mit schmerzenden Gliedern schleppte ich mich die Treppe zu meinem Spind hinauf. Der dicke Pulli, den ich anhatte, konnte die Kälte in meinen Knochen nicht vertreiben. Ich hatte kaum geschlafen, und Rosa schien es gespürt zu haben, denn beim Frühstück sagte sie nur, ich solle mich warm anziehen, weil Schnee angekündigt sei. Irgendwie war es noch beängstigender, dass sie so vorsichtig um mich herumschlich, anstatt mich wegen unserer Auseinandersetzung am Sonntag zur Rede zu stellen. Mir war jetzt schon nach einem kurzen Schläfchen zumute und ich zog die Spindtür auf.

»Maus.«

Ich schrak zusammen und fuhr herum. Mein Kopf war auf einmal ganz leer.

Er sah ... er sah völlig erschöpft aus. Er hatte dunkle Ringe unter den Augen. Seine Haare waren zerzaust, als würde er ständig mit den Fingern hindurchfahren. Bartstoppeln sprossen an seinem Kinn. Am liebsten wäre ich zu ihm gerannt und hätte ihn ganz fest umarmt wegen der unendlichen Trauer, die in seinem Blick lag.

Doch ich rührte mich nicht.

Rider trat auf mich zu, ohne darauf zu achten, dass er anderen damit den Weg versperrte. »Können wir reden?«

Mein Herz klopfte.

»Du musst in den Unterricht, ich weiß«, sagte er und kam noch näher. So nah, dass sich unsere Schuhspitzen berührten. »Ich konnte nicht bis zur Mittagspause warten. Ich meine, ich kann schon, aber bitte gib mir die Chance, mit dir zu reden.«

Ich öffnete den Mund. Keine Ahnung, was ich eigentlich sagen wollte, aber ich war selbst überrascht, was herauskam. »Wir können auch jetzt reden.«

»Jetzt?« Erleichterung huschte über sein Gesicht. »Du willst die Schule schwänzen?«

Ich nickte, schloss den Spind ab und drehte mich zu ihm. Was machte ich da nur? Am Abend zuvor war ich nicht bereit gewesen, mit ihm zu reden. Ich wusste nicht genau, ob ich jetzt wirklich bereit war, und die Schule zu schwänzen war auch keine besonders gute Idee.

Trotzdem tat ich es.

Rider musterte mich einen Moment lang, so als würde er mir nicht glauben. Ich glaubte mir ja selbst nicht, dennoch gingen wir gemeinsam zum Ausgang. Und dann weiter, hinaus in die kalte Luft und direkt zu meinem Auto, gegen den Schülerstrom. Keiner hielt uns auf. Keiner achtete auf uns. Wir stiegen ein und ich ließ den Motor an und drehte die Heizung auf. Ich zwang mich, nicht darüber nachzudenken, was ich da machte oder was für einen Riesenärger ich bekommen würde, wenn die Schule bei mir zu Hause anrief.

Ich schaute zu ihm und stellte fest, dass er nur ein langärmeliges schwarzes Unterhemd anhatte und Jeans. Keine Jacke. »Ist dir nicht kalt?«

Sein Blick erforschte mein Gesicht. »Ich spüre die Kälte gar nicht.«

Ich wandte den Kopf ab, legte den Rückwärtsgang ein und fuhr aus der Parklücke. »Wohin?«

»Wir können zu Hector fahren«, bot er an. »Da ist jetzt niemand. Sie sind alle drüben bei seiner Tante.«

Seine Wortwahl kam mir seltsam vor. »Warum ... sagst du eigentlich nie ›zu mir nach Hause‹?«

Er antwortete nicht. Ein Blick zu ihm zeigte mir, dass er mit aufeinandergepressten Lippen aus dem Fenster starrte.

»Rider«, beharrte ich. »Du ... du willst doch reden. Also reden wir.«

»Ich möchte darüber reden, was du gestern gesehen hast«, erwiderte er.

Der Knoten in meinem Bauch wurde größer. »Aber ich möchte zuerst *darüber* reden.«

Rider schlug den Kopf gegen die Rückenlehne, dann sagte er: »Es ... es fühlt sich für mich nicht an wie ein Zuhause, Mallory. Zumindest nicht wie *mein* Zuhause.«

Ich konzentrierte mich auf die Straße. »Was soll das heißen. Dein Zuhause sieht doch aus wie ein Zuhause.«

»*Dein* Zuhause sieht aus wie ein Zuhause. Du bist da. Im Wohnzimmer und in der Küche, überall. In deinem Zimmer«, erklärte er. »Aber ich schlafe da nur.«

Übelkeit breitete sich in mir aus. »Gibt dir ... Mrs Luna dieses Gefühl?«

»Nein«, seufzte er. »Natürlich nicht. Aber ich bin nicht ... ich bin nur ein Pflegekind, eines von vielen, die Mrs Luna über die Jahre bei sich aufgenommen hat. Ich bin nicht ihr Enkel. Und ich bin weiß Gott kein Ersatz für Jayden, und auch wenn sie mich noch so herzlich bei sich aufnehmen – sobald ich mit der Schule fertig bin, dreht das Jugendamt den Geldhahn zu. Ich gehöre nicht zur Familie. Ich bin nur ein Esser mehr am Tisch. Das darf ich nicht vergessen. Das darf ich nie vergessen.«

Ich dachte daran, was Carl gestern gesagt hatte, und ich konnte dieses Gefühl verstehen. Doch ich war mir nicht sicher, ob Rider Mrs Luna damit nicht unrecht tat. Oder ob er sich selbst damit nicht unrecht tat.

»Aber das ist nicht so schlimm«, fügte er hinzu.

»Finde ich schon.« Ich wurde langsamer wegen des Verkehrs um uns herum und sah zu ihm hinüber. Er starrte immer noch aus dem Fenster und fuhr mit dem Finger über die Scheibe. Ich holte tief Luft und fasste dann die Gedanken in Worte, die ich zuvor für mich behalten hatte. »Ich glaube ... du merkst gar nicht, wie sehr Hector und Mrs Luna dich mögen. Wie sehr Jayden dich mochte. Ich glaube, du denkst, du wärst es nicht wert. Und mit deiner Kunst und der Kunstschule ist es genauso. Und mit dem College.« Meine Hände umschlossen das Lenkrad fester und auf einmal war ich mir ganz sicher. »Du gibst dich selbst auf, bevor jemand anderer es tun kann.«

Schweigen folgte auf meine Worte.

Ich spürte Riders Blick auf mir.

»Das ist doch Quatsch. Und irgendwie zum Totlachen, dass ausgerechnet du so etwas sagst. Du hast mich doch gestern auch einfach aufgegeben.«

Ich wollte mich verteidigen, aber ich konnte nicht. Ich schluckte. »Ich weiß. Da hast du recht, aber ich habe auch recht.«

»Und warum?« Seine Stimme klang hart und herausfordernd.

»Weil ich mich selbst jeden Tag aufgebe«, gestand ich und fuhr mit heißen Wangen fort. »Darum weiß ich es.«

Er atmete hörbar ein. »Mallory ...«

Ich schüttelte den Kopf und dachte über die vielen widerstreitenden Gefühle, Bedürfnisse und Wünsche in mir nach. »Es stimmt. So ist es nun mal. Dabei will ich es gar nicht. Oder vielleicht will ich es doch. Es … es ist einfacher, vor allem Angst zu haben.«

»Wie … wie kann das sein?« Seine Stimme wurde weicher. »Wie kann das einfacher sein?«

Ich lächelte matt. Auf einmal wünschte ich, ich wäre zu Hause und könnte mir die Decke über den Kopf ziehen. »Weil man nicht scheitern kann, wenn man es gar nicht erst versucht. Das musst du doch wissen.«

Rider fluchte leise, doch er sagte nichts. Kurz darauf setzte ich das Auto in eine Parklücke ein paar Häuser von Mrs Lunas Haus entfernt. Zum Reden hierherzukommen schien mir auf einmal keine gute Idee mehr zu sein. Deshalb stellte ich den Motor nicht ab.

Das Klicken von Riders Sicherheitsgurt hallte durch den Wagen. Ich sah zu ihm hinüber. »Vielleicht sollten … sollten wir lieber ein anderes Mal reden?«

»Was?« Er hielt inne, die Hand an der Tür. »Nein. Nicht nach dem, was du gerade gesagt hast. Du gibst nicht einfach auf, ohne dass wir überhaupt geredet haben. Vor allem nicht, nachdem du mir genau das vorgeworfen hast.«

Tja, da hatte er natürlich recht, trotzdem zögerte ich.

»Wir sind da. Okay. Also reden wir.«

Am liebsten wäre ich zurück zur Schule geflüchtet oder nach Hause. Ich konnte kaum glauben, dass ich die Schule ohne Erlaubnis verlassen hatte und vor Riders Haus saß – vor dem Haus, das sich für ihn nicht wie ein Zuhause anfühlte.

»Okay«, flüsterte ich.

Rider wartete, bis ich meine Tasche genommen hatte und aus-

gestiegen war. Erst dann verließ auch er den Wagen. Als hätte er
Angst, ich würde sonst abhauen. Ich folgte ihm die Straße hinunter und zitterte, als der Wind mir die Haare von den Schultern
hochwehte.

Im Haus war alles ruhig, und diesmal roch es eher nach Kürbis
als nach Äpfeln. Unwillkürlich fiel mein Blick auf die Wand hinter dem Sofa. Zwischen den vielen Fotos stach mir eines von
Jayden sofort ins Auge. Es war ein Weihnachtsfoto, wahrscheinlich vom vergangenen Jahr. Er stand vor einem festlich beleuch-
teten Weihnachtsbaum und grinste breit in die Kamera, eine
puerto-ricanische Flagge in den Händen.

Meine Brust zog sich so eng zusammen, dass ich schon dachte,
mein Herz würde stehen bleiben. Ich konnte nicht glauben, dass
es ihn nicht mehr gab.

Mein Blick wanderte über die Fotowand, und da sah ich sie,
Fotos von Rider zwischen denen von Hector und Jayden, als
würde er zur Familie gehören.

Weil er zur Familie gehörte.

Die Bilder waren mir vorher gar nicht aufgefallen, aber Rider
lebte tatsächlich hier. Wieso sah er das nicht?

Rider ging nicht in die Küche, sondern stieg sofort die Treppe
hoch, und ich folgte ihm in das Zimmer, in dem er kaum Zeit
verbrachte.

Er schaltete das Licht an. Als Erstes fiel mein Blick auf *Der
Samthase*. Das Buch lag auf dem Nachttisch. Ich ließ meine
Tasche auf den Boden fallen.

Rider setzte sich auf den Stuhl vor dem ordentlichen, offensichtlich kaum benutzten Schreibtisch. »Am Samstagabend war
irgendwann der Akku von meinem Handy leer«, fing er an. Langsam drehte ich mich zu ihm. »Erinnerst du dich, dass wir vorher

noch darüber gesprochen haben? Er hatte nur noch zehn Prozent, bevor ... bevor das alles passiert ist.«

Ich setzte mich auf die Bettkante.

»Ich habe deine Anrufe nicht absichtlich ignoriert, und ich wollte mir auch die ganze Zeit ein Handy leihen und dich anrufen, aber es war einfach so viel los. Ein paar Typen wollten, dass wir alle losziehen und uns Braden und Jerome vorknöpfen, und ich habe versucht ... ich habe Hector davon abgehalten, weil ich nicht ...« Er räusperte sich. »Ich wollte ihn nicht auch noch verlieren.«

»Ich weiß, dass du viel um die Ohren hattest. Und ich war auch nicht sauer, weil du auf meine Anrufe nicht reagiert hast. Ich ... ich bin nur vorbeigekommen, weil ich für dich da sein wollte. Weil ich ... für dich da sein *musste*. Deshalb bin ich gekommen.«

»Ich hatte keine Ahnung, dass Paige kommen würde.« Seine Augen begegneten meinen und diesmal schaute er nicht weg. »Ich hatte echt keine Ahnung. Ich schwöre dir, ich wusste nicht, dass sie da ist.« Er hielt inne und zog die Schultern hoch. »Sie war total fertig. Sie kennt Jayden und Hector schon seit vielen Jahren. Sie hat zwar immer viel mit Jayden gestritten, aber die beiden haben sich trotzdem sehr gemocht.«

Ich schloss die Augen. Das verstand ich. Absolut. Die beiden hatten gestritten, wie Geschwister eben streiten. Paige hatte Jayden viel nähergestanden als ich, deshalb tat sie mir trotz allem auf einmal schrecklich leid. Aber das änderte nichts daran, was ich empfunden hatte, als ich sie und Rider gesehen hatte.

»Sie muss nach mir eingeschlafen sein«, erklärte er. »Am Anfang lagen wir nicht so da.«

»Ich ... Sie hat sich an dich geschmiegt. So wie ihr es wahrscheinlich früher immer gemacht habt«, sagte ich leise. »Das war einfach zu viel für mich und da bin ich gegangen. Ich konnte nicht mehr bleiben.«

»Es hat dir wehgetan«, meinte er.

Ich senkte den Blick und nickte. »Ich habe überhaupt nicht damit gerechnet. Ich wollte einfach nur bei dir sein.«

»Und ich hätte dich so gern bei mir gehabt. Wirklich«, sagte er und stand auf. Mein Blick folgte ihm. Er fuhr sich durch die Haare. »Ich wollte dich bei mir haben, aber ... Ich wollte auf keinen Fall, dass du in irgendwelche Racheaktionen reingezogen wirst. Du hast schon mitansehen müssen, wie Jayden erschossen wurde.«

»Du hast es auch mitansehen müssen.«

»Ja, aber ich ...«

»Kein Aber. Das war ... So etwas ist für jeden hart. Vor allem für jemanden, der für ihn fast wie ein Bruder war.« Ich strich mir die Haare aus dem Gesicht. Rider trat dicht vor mich. Dieses ganze Gespräch kam mir auf einmal völlig falsch vor. »Ich will jetzt nicht über uns reden. Jayden –«

»Hätte verstanden, dass wir das klären müssen«, unterbrach er mich. »Du bedeutest mir so unendlich viel, Mallory, und als Hector mich geweckt hat und mir gesagt hat, du wärst da gewesen ... Ach Scheiße. Da ist mir echt das Herz stehen geblieben. Es tut mir leid. Verdammt, Mallory, es tut mir so leid. Wir haben über Jayden geredet und da bin ich eingeschlafen. Ich hatte den ganzen Tag nicht geschlafen, und kurz nachdem ich eingedöst bin, musst du gekommen sein. Das war nicht so geplant. Und ich schwöre dir, es ist auch nichts passiert zwischen uns. Ich würde dir das nie antun und Paige ist nicht so dumm.« Er setzte sich neben mich aufs Bett und neigte sich zu mir. »Sie weiß, was ich für dich empfinde. Auch wenn sie uns wahrscheinlich keine Glückwunschkarte schreiben wird.« Er grinste kurz. »Aber sie weiß es.«

Mein Herz schlug schneller. »Und ... was empfindest du für mich?«

»Das ist doch ziemlich offensichtlich, oder?«

»Sagen wir einfach, ich hätte da gern eine ausführlichere Beschreibung.«

Seine Lider mit den langen Wimpern hoben sich und er sah mir tief in die Augen. »Das kann ich gern machen.«

»Okay.« Ich neigte mich ebenfalls zu ihm.

»Ich habe nie aufgehört, an dich zu denken, nachdem sie dich weggebracht haben. Die ganzen vier Jahre lang. Ich konnte nur hoffen, dass du an einen guten Ort gekommen bist. Ich hätte nie gedacht, dass du einfach in meine Schule spazierst. Das hätte ich mir nie träumen lassen. Und dann war es so und es hat mich einfach umgehauen. Du warst noch genauso, wie ich dich in Erinnerung hatte, nur anders. Das Mädchen, das ich schon ansatzweise in dir erkennen konnte, als wir noch kleiner waren, stand auf einmal direkt vor mir. Und als du meinen Namen gesagt und mich umarmt hast, da wusste ich es.« Rider legte seine Hand auf meine. »Ich wusste, dass ich mich in dich verlieben würde, und so war es dann auch. Ich liebe dich, Mallory.«

Meine Lippen öffneten sich zu einem unsicheren Atemzug. »Was?«

»Ich liebe dich, und das ist nicht die Art Liebe, die wir füreinander empfunden haben, als wir noch klein waren. Paige weiß das. Und Hector. Und Jayden wusste es auch. Ich liebe dich.«

Oh mein Gott.

Ich erstarrte, während seine Worte in mein Bewusstsein drangen und weiterwanderten durch meine wirren Gedanken bis zu meiner Haut und zu meinen Muskeln und bis ganz tief ins Mark.

Rider Stark *liebte* mich.

Ich reagierte, ohne nachzudenken.

Ich schlang die Arme um ihn. Und irgendwie, ich wusste nicht genau, wie, landete ich auf seinem Schoß. Zuerst hielt ich ihn einfach nur fest und er hielt mich. Ich wollte weinen. Ich wollte lachen. Ich wollte Millionen verschiedene Dinge tun.

Ich wollte ihn küssen.

Und das tat ich dann auch.

Sobald ich den Kopf hob und mich zu ihm neigte, wusste er, was ich wollte, und kam mir entgegen. Seine Lippen berührten meine und wieder verlor ich mich in ihm, in uns. Unser Atem vermischte sich, unsere Hände bewegten sich.

Ich wollte das. Ich wollte das und noch viel mehr.

Es fühlte sich richtig an. Am Samstag war ich noch nicht bereit gewesen, aber jetzt war ich bereit. Keine Ahnung, warum ich mir auf einmal so sicher war, so *furchtlos*, wo ich zwei Tage zuvor noch gezögert hatte, aber diese zwei Tage kamen mir vor wie eine Ewigkeit. Vielleicht lag es an den Ereignissen vom Wochenende, daran, was mit Jayden passiert war. Weil wir gesehen hatten, wie ein Leben einfach ausgelöscht wurde. Etwas daran weckte in mir den Wunsch zu leben, möglichst alles zu erfahren. Oder vielleicht lag es daran, was danach passiert war. Da war der Streit mit Carl und Rosa und die Erkenntnis, dass ich Fehler machen würde und dass ich nicht perfekt war – nicht perfekt sein konnte. Dieser Gedanke hatte etwas zutiefst Befreiendes. Und als ich Rider mit Paige zusammen gesehen hatte, war ich gezwungen zu erkennen, wie tief meine Gefühle für ihn waren, anstatt dem wieder aus dem Weg zu gehen. Und jetzt das Gespräch mit ihm und dass wir alles offen aussprechen konnten. Zu hören, wie er sagte, dass er mich liebte.

Was auch immer der Grund dafür war, ich wusste mit jeder Faser meines Körpers, dass ich das, was in diesem Moment in diesem Zimmer geschah, auch wirklich wollte.

Ich erwiderte seinen Kuss, ohne darüber nachzudenken, ob ich es richtig machte oder nicht. Ich schmeckte seine Lippen, berührte seine Zunge und strich ihm mit den Händen über die Brust. Ich spürte sein klopfendes Herz. Mein Körper presste sich an ihn und verrückte, schwindelerregende Gefühle krochen über meine Haut. Ich glitt mit den Händen unter sein Shirt, überwältigt davon, wie sein Körper zusammenfuhr, als ich mit der Handfläche über seinen nackten Bauch strich. Ich wollte ihn spüren, wollte mehr von ihm.

Ich lehnte mich zurück und griff nach dem Saum meines Pullis. Sein verschleierter Blick folgte meinen Händen, und seine Lippen öffneten sich leicht, als ich den Pullover über den Kopf auszog.

»Oh Gott ...« Seine Stimme war belegt und heiser. »Mallory, du bist ...«

»Was?«, flüsterte ich, und mein Körper brannte aus zwei ganz unterschiedlichen Gründen.

»Du bist wunderschön.« Sein Blick wanderte an mir herab und folgte der Spitzenborte meines BHs. »Ich hätte nie gedacht, dass ich dich mal so sehen würde. Und ich bin so froh darüber, so verdammt froh. Du bist wunderschön, Mallory.«

Mein Herz schwoll an, bis ich meinte, ich müsste an die Decke schweben.

»Aber ich denke, wir ...« Er packte mich an den Hüften. »Wir ... sollten aufhören.«

Das was das Letzte, was ich wollte. Ich fasste Mut und presste mich mit den Hüften an ihn, und als er aufstöhnte, fuhr ein sinnlicher Schauer durch mich hindurch. »Das finde ich nicht.«

»Mallory.« Mein Name klang wie Gebet und Fluch zugleich, während seine Hände über meinen Körper nach oben wanderten. »Wir haben beide viel durchgemacht. Ich will nicht, dass du es hinterher bereust.«

»Ich werde es nicht bereuen.« Ich legte die Stirn an seine. »Ich bin bereit dafür … und für dich.« Meine Finger krallten sich in sein Unterhemd. »Ich will es. Ich liebe dich. Ich bin verliebt in dich.«

Ich weiß nicht, was von dem, was ich gesagt hatte, ihn schließlich überzeugte, aber er packte mich wieder an den Hüften, und dann lag ich unter ihm und sein Mund war auf mir. Seine Küsse waren hart und betäubend, und ich wusste, was diese Küsse mir sagen wollten.

Rider war auch bereit.

34

ALLES WURDE SCHNELLER und dann wieder langsamer.

Sein Unterhemd flog in die Ecke, und obwohl ich ihn schon mit nacktem Oberkörper gesehen hatte, überraschte mich sein Anblick von Neuem. Seine Haut unter meinen Fingern war geschmeidig und fest, sein Körper ganz anders als meiner. Ich war wie Wachs in seinen Händen, aber er schien genauso ehrfürchtig wie ich. Er erforschte mich, ich erforschte ihn. Wir redeten kaum. Erst verschwand seine Jeans, dann meine. Mein BH glitt über meine Arme.

Ich war nervös und meine Hände zitterten. Noch nie hatte mich jemand so entblößt gesehen. Ich musste mich zwingen, mich nicht zuzudecken, aber als seine Brust meine berührte und nichts mehr zwischen uns war, hörte ich auf zu denken.

Ich bestand nur noch aus Fühlen, und anders als beim letzten Mal gab es diesmal nicht diesen Beigeschmack von Angst, der die erregende Hitze und die neugierige Spannung auslöschte. Ich war nervös, ich wusste nicht, was passieren würde, aber das konnte meine Leidenschaft nicht zügeln, und ich wollte auch nicht weglaufen. Unsere Körper bewegten sich aneinander, rastlos und suchend. Seine Hand glitt über meine Hüfte, seine Finger fuhren den Saum meines Slips nach. Ich erschauerte und bäumte mich auf, er gab ein Stöhnen von sich, bei dem sich alles in mir zusammenzog.

Er stützte sich auf die Ellbogen und stemmte sich über mir hoch. Er küsste mich tief und innig und schob sich auf mich. Meine Beine schlangen sich um seine. Meine Finger fassten in seine Haare. Sein Mund löste sich von meinem, seine Lippen glitten über mein Kinn und über meinen Hals. Mir schwanden fast die Sinne, als er tiefer ging und neue Regionen erforschte.

»Mist«, stöhnte er plötzlich und hob den Kopf.

Ich schlug die Augen auf, meine Lippen fühlten sich wunderbar geschwollen an. »Was ist?«

»Wir ... wir müssen aufhören.« Er kam zu mir hoch und umfasste mein Gesicht mit den Händen. Aufhören? Ich wollte nicht aufhören. Er lachte heiser, offenbar dachte er dasselbe. »Ich hab nichts da, um zu verhüten.«

»Nein?« Ich war überrascht.

Er legte die Stirn an meine. »Ich schätze, du auch nicht, oder?«

Ich musste fast lachen. »Haben ... haben nicht alle Jungs Kondome im Geldbeutel stecken?« Mein Gesicht brannte, als ich die Frage stellte.

Rider lachte leise. »Oh Gott. Ich wünschte, es wäre so. Ich habe eben noch nie ... Na, du weißt schon. Ich bin noch nie so weit gegangen.«

»Ich weiß.« Ich strich ihm über die Brust und versuchte, wieder zu Atem zu kommen. »Und du hast keine gekauft, als du mit ... mit Paige zusammen warst?«

Er sah mich an. »Doch. Einmal. Da hab ich sie aber nicht gebraucht.« Er drehte den Kopf und küsste meine Handfläche. »Ich habe eigentlich nicht eingeplant, dass das heute passiert.«

»Ich auch nicht.« Ich biss mir auf die Lippe. Etwas in mir wollte einfach vergessen, dass wir nichts zum Verhüten hatten, aber das wäre furchtbar leichtsinnig gewesen. Und auch dumm. Es nervte total, so vernünftig zu sein, aber wenn wir das nicht tun konnten … »Aber … es gibt doch bestimmt andere Dinge, die wir tun können.«

Seine Lippen kräuselten sich zu einem Lächeln. »Oh ja, es gibt auf jeden Fall noch andere Dinge, die wir tun können.«

Und dann taten wir einige dieser Dinge. Dinge, die wir am Samstag schon angefangen hatten. Und diesmal geriet ich nicht in Panik, als seine Hand zwischen meine Schenkel glitt. Unbekannte, berauschende Gefühle bauten sich in mir auf, und ich hieß sie alle willkommen, auch die, die mir fremd waren. Ich berührte ihn ganz ohne Angst vor meiner Unerfahrenheit und lernte schnell, dass ich nicht viel falsch machen konnte. Das Einzige, was durch mein laut klopfendes Herz hindurch zu hören war, waren atemlose Seufzer und ein tiefes, raues Stöhnen.

Als es vorbei war, war ich auf eine glückselige und wunderbare Weise erschöpft, wie ich es mir nie hätte vorstellen können. Ich hätte nicht beschreiben können, wie es sich anfühlte. Es war, als würde man ganz fest zusammengepresst, aber auf eine schöne, angenehme Weise, und als sich diese seltsame, berauschende Anspannung schließlich entlud, kam es in Wellen über mich. Rider schien es ähnlich zu gehen, denn als er neben mir zusammensackte, atmete er genauso schnell und schwer wie ich.

Es dauerte eine Ewigkeit, bis ich wieder sprechen konnte.

»Das war …« Ich drehte mich auf die Seite, sah ihn an und verschränkte die Arme vor der Brust.

»Perfekt?«, murmelte er und fuhr mir mit den Fingern durch die Haare. »Es war absolut perfekt.«

»Ja.« Ich rutschte näher und legte den Kopf unter sein Kinn. Er schlang den Arm um mich. Ich konnte mir gar nicht vorstellen, wie sich erst richtiger Sex anfühlen musste, wenn das, was wir gerade getan hatten, schon so gut war. Allerdings würde es beim ersten Mal sicher ein bisschen wehtun. Deshalb war ich froh, dass meine erste Bekanntschaft mit diesen berauschenden Gefühlen nicht von Schmerz getrübt wurde.

»Danke«, sagte er nach einer Weile.

Ich hob den Kopf. »Wofür?«

Er grinste leicht. »Weil du mir vertraut hast. Hier, damit. Und überhaupt.«

Ein Lächeln huschte über mein Gesicht. Ich schmiegte mich an ihn und schloss die Augen. Mein ganzer Körper war entspannt und ich hätte einschlafen können. Da hörte ich Rider leise lachen. Ich hob den Kopf und sah ihn an.

»Ich hab nur gerade an was gedacht.« Seine Wangen bekamen einen rosigen Schimmer. »Mann, das klingt bestimmt voll kitschig, aber das ist das erste Mal, dass sich dieses Zimmer anfühlt wie … mein Zimmer.«

»Nein«, flüsterte ich. »Das ist überhaupt nicht kitschig.«

Rider strich mir mit den Lippen über die Wange und stützte sich auf einen Ellbogen. »Was sollen wir tun?«

»Jetzt?«

»Ja. Du solltest zurück zur Schule fahren. Es ist sicher bald Mittagspause.«

»Und du?«

»Ich glaube, ich geh' rüber zu Hectors Tante. Ich möchte heute bei ihnen sein. Sie werden sicher mit den Vorbereitungen für die Beerdigung anfangen.«

Die schwere Last der Trauer kehrte zurück. Natürlich hatten

wir Jayden nicht vergessen, aber der Schmerz war für kurze Zeit etwas leichter geworden. Es kam mir vor, als würde ich aus einem Traum erwachen. »Na gut. Wenn ich Glück habe, hat die Schule noch nicht bei mir zu Hause angerufen. Carl und Rosa sind sowieso schon sauer auf mich.«

Fragend sah er mich an. »Warum das denn?«

Es war schwer, ihm ins Gesicht zu sehen, wenn er fast nackt neben mir lag. Ich hatte ihn zwar schon ausgiebig betrachtet, aber ich hätte es gern noch länger getan.

»Mallory?« Er lachte leise.

Ich war schon wieder abgelenkt gewesen, dabei sollte ich mich doch konzentrieren. Meine Wangen wurden heiß. »Na ja, sie waren ziemlich wütend, als ich ihnen von Samstag erzählt habe.«

Das Lächeln wich langsam aus seinem Gesicht. »Das ist verständlich.«

»Finde ich nicht«, erklärte ich. »Sie ... sie wollen, dass wir uns nicht mehr sehen.«

Mit ernstem Gesicht setzte er sich auf und stellte die Füße auf den Boden. Dann schaute er zur Tür, die Lippen aufeinandergepresst. »Wirklich?«

»Ja. Ich habe mich furchtbar mit ihnen gestritten«, erklärte ich.

Rider stand vom Bett auf, zog die Boxershorts hoch, und einen Moment lang lenkten mich die kräftigen Muskeln an seinem Rücken ab. »Du kannst doch nichts dafür, was mit Jayden passiert ist.«

»Aber du hast es mitansehen müssen, weil ich dich mit zu Rico genommen habe.« Er hob die Jeans auf und zog sie an. »Da haben sie schon recht.«

Ich war da ganz anderer Meinung. »Du konntest doch nicht wissen, dass so etwas passiert.«

Rider sah mich an, meinen BH in der Hand. Ich wurde rot, als er ihn mir gab. »Das ändert aber nichts daran, was passiert ist.« Er wandte den Kopf ab, während ich mich anzog. »Und wie schlimm war euer Streit?«

»Ich bin gegangen. Weil ich nach dir sehen wollte.« Ich rutschte zur Bettkante, suchte meinen Pulli und zog ihn über den Kopf. Als ich aufstand, rutschte er mir über die Schenkel. »Sie haben einfach ... überreagiert.«

Sein Blick wanderte wieder zurück zu mir, und er betrachtete mich so eindringlich, dass sich meine Zehen in den Teppich krallten. Er sagte nichts. Schließlich fand ich meine Jeans und schlüpfte hinein. Ich setzte mich wieder auf die Bettkante und kaute auf der Unterlippe, bis er fertig war. »Sie verstehen das einfach nicht. Sie erwarten von mir, dass ich immer die Entscheidungen treffe, die sie auch treffen würden. Oder die Marquette treffen würde. Aber ich bin eben nicht wie Carl und Rosa. Und auch nicht wie Marquette.«

»Das wissen sie doch.« Rider trat zum Bett und blieb vor mir stehen. Ich musste lächeln, weil seine nackten Füße unter dem Hosensaum hervorschauten. »Sie wollen einfach nur dein Bestes.«

»Ich weiß.« Ich sah zu ihm auf. »Carl ... Er hat etwas gesagt, das ich nie von ihm erwartet hätte. Er hat zu Rosa gesagt, über solche Sachen – also, unseren Streit und so – hätte er sich bei Marquette nie Gedanken machen müssen.«

»Oh Mist«, murmelte Rider und fuhr sich durch die Haare. »Das hat er bestimmt nicht so gemeint, Maus.«

Ich zuckte nur die Schultern. Vielleicht doch. In den letzten vier Jahren war ich ziemlich leicht zu beeinflussen gewesen. »Ich habe nie ... ich habe ihnen nie wirklich widersprochen, weißt du.

Ich verdanke ihnen so viel, und da habe ich immer allem zugestimmt, was sie wollten. Habe immer getan, was sie für richtig hielten. Zum Beispiel wollen sie mich zum Medizinstudium drängen, dabei will ich das gar nicht. Trotzdem habe ich gesagt, ich würde mir die Broschüren anschauen. Ich weiß nicht, warum. Ich glaube, ich will ...«

»Was willst du?«

»Ich glaube, ich will lieber so was wie Sozialarbeiterin werden.« Ich rechnete damit, dass er lachte, doch das tat er nicht. Ich setzte mich aufrechter hin. »Irgendwie kommt mir das nur logisch vor. Dann könnte ich Menschen helfen, die das durchmachen, was wir durchgemacht haben. Aber Carl hat nur gelacht und gefragt, ob das mein Ernst sei. Er hat gesagt, da würde ich viel zu wenig Geld verdienen.«

»Geld ist nicht immer das Wichtigste.«

»Genau!«

»Aber es schadet auch nicht, Geld zu haben.« Rider hielt kurz inne. »Carl scheint ein guter Kerl zu sein. Er war sicher nur wütend. Die Leute sagen oft dumme Sachen, wenn sie wütend sind.« Ein Muskel pochte an seinem Kiefer. »Aber ich ...«

»Was?«, fragte ich, als er nichts sagte.

Rider öffnete den Mund und schüttelte dann den Kopf. »Wir sollten zurück zur Schule fahren. Ich will nicht, dass du noch mehr Ärger kriegst.«

Ich rutschte vom Bett und suchte meine Socken. Als ich mich angezogen hatte, setzte Rider noch eine Mütze auf. Darunter schauten ein paar Haarsträhnen hervor. Schweigend ging er mit mir aus dem Haus und zu meinem Auto.

Ein leichtes Unbehagen regte sich in mir. Ich drehte den Zündschlüssel um und sah ihn an. »Alles in Ordnung?«

»Ja. Alles bestens«, wehrte er ab. »Kannst du mich bitte zu Hectors Tante fahren? Das liegt auf dem Weg zur Schule.«

Ich musterte ihn einen Moment lang und nickte schließlich. Ich durfte nicht mehr so paranoid sein, ermahnte ich mich und fuhr nach seinen Anweisungen zum Haus der Tante. Dort stieg ich aus und ging zu Rider hinüber, der ebenfalls ausgestiegen war. Er umfasste mein Gesicht mit den Händen und strich mir mit den Daumen über die Wangen. Dann senkte er den Kopf und küsste mich weich und zärtlich, ein langer Kuss, der mir den Atem raubte.

Ich wusste nicht, was es war, aber irgendwie fühlte sich dieser Kuss anders an als die Küsse vorhin bei ihm im Zimmer. Fast ein bisschen traurig.

35

SOBALD ICH DURCH die Tür kam, stürzte sich Rosa auf mich. »Setz dich!« Sie schleifte mich fast in die Küche und deutete auf einen Stuhl. Auf dem Tisch standen zwei Tassen, und ich konnte die Zimtstange riechen, die sie immer in ihren Tee tat.

Ich holte tief Luft und folgte ihrer Aufforderung. Es würde sicher nicht um die Schule gehen, weil ich am Ende doch in fast allen Stunden gewesen war, aber ich wollte nicht fragen. Stattdessen wartete ich, bis sie etwas sagte. Es war, als wäre der Vormittag mit Rider schon wieder ewig lange her. Ich freute mich darauf, Ainsley in allen Einzelheiten davon zu erzählen – ich hatte ihr vor einer Weile eine Nachricht geschickt, und ihre virtuellen Entzückensschreie hätten fast mein Handy zum Explodieren gebracht.

»Zuerst möchte ich dir sagen, dass Carl und ich dich sehr lieb haben«, erklärte Rosa. »Wir lieben dich genauso, wie wir Marquette geliebt haben, und ich hoffe, du weißt das auch. Was Carl gestern gesagt hat, war absolut nicht in Ordnung. Er war wütend und er hat sich Sorgen um dich gemacht. Aber das rechtfertigt seine Worte nicht. Er muss sich bei dir entschuldigen.«

Ich stellte den Fuß auf den Stuhl und zog das Knie an

die Brust. Die Schule schien tatsächlich nicht angerufen zu haben. Glück gehabt. »Er ... ich will nicht, dass er sich entschuldigt.«

»Trotzdem muss er es tun.«

Ich schüttelte den Kopf. »Ich will nur, dass er ... Ich will, dass alles wieder so ist wie ...« Ich brach ab, weil mir klar wurde, was ich da sagte. *Ich will, dass alles wieder so ist wie früher.* Aber das stimmte nicht.

Ich wollte absolut nicht, dass irgendetwas wieder so war wie früher.

»Du hast recht«, sagte ich und hob das Kinn. »Er muss sich entschuldigen.«

»Und das wird er auch tun.« Sie musterte mich. »Es gibt da etwas über Carl, was du wissen solltest, um ihn zu verstehen. Aber das muss er dir selbst sagen. Ich hoffe nur, du gibst ihm die Chance dazu.«

Ich dachte daran, was Carl alles gesagt hatte. Manches davon hatte den Eindruck erweckt, als würde er sich mit solchen Vorfällen wie dem von Samstag auskennen. Ich drückte mein Knie. »Das werde ich.«

»Gut.« Sie trank einen Schluck Tee. »Während du weg warst, haben Carl und ich lange geredet über dich und Rider.«

Oh. Die Richtung, die unser Gespräch nahm, gefiel mir gar nicht. Ich nahm die Tasse und trank. Die warme Flüssigkeit rann mir durch die Kehle, aber sie schaffte es nicht, den Knoten in meinem Magen zu lösen.

»In den vier Jahren, seit du bei uns lebst, hast du nie die Stimme erhoben. Du warst immer mit allem einverstanden, was wir wollten, egal, um was es ging.« Sie hielt kurz inne und mein Blick huschte zu ihr. Ihre Fingerknöchel waren weiß, als sie die

Tasse wieder auf den Tisch stellte. »Du willst gar nicht Medizin studieren, oder?«

Das kam aus heiterem Himmel.

Ich wollte schon instinktiv widersprechen und »Doch, doch« sagen, weil ich wusste, dass sie das hören wollte, aber ich ... ich konnte es einfach nicht mehr.

»Nein«, gab ich leise zu. »Das will ich nicht.«

Rosa schloss kurz die Augen und nickte. »Gut, okay.«

»Ist das ... ist das wirklich okay für dich?«, fragte ich. Ich zog auch mein anderes Bein hoch und schlang die Arme um beide Knie. »Ich weiß, dass ihr das nicht so gern hört.«

»Ich war immer ehrlich zu dir, Mallory und ich will es auch jetzt sein. Natürlich höre ich das nicht gern. Mit einem Job in der Forschung hättest du eine aussichtsreiche Zukunft, aber hier geht es um dein Leben.« Sie atmete rau aus. »Und das Wichtigste ist, dass du glücklich bist. Carl sieht das genauso.«

Das bezweifelte ich irgendwie.

Sie nahm ihre Tasse. »Erwägst du wirklich, Sozialpädagogik zu studieren?«

Eine leichte Erregung keimte tief in mir. »Ja.«

»Weil es ein Herzenswunsch von dir ist.«

Ich nickte.

»Das kann ich verstehen.« Sie hob die Tasse an die Lippen. »Bei deiner Vergangenheit verstehe ich, dass es dir wichtig ist, etwas zu bewirken, und ich bin stolz, dass du das tun willst. Es wird nicht leicht werden für dich.«

Meine Erregung wuchs, auch wenn Rosa recht hatte. Als Sozialpädagogin zu arbeiten, würde tatsächlich nicht einfach werden für mich. Ich würde vielleicht Fälle bearbeiten müssen, die meinem eigenen schmerzhaft ähnlich waren. Sicher würde mir manches auch nach der Arbeit noch nachgehen, aber trotzdem wäre es ein Beruf, der mir Freude machen würde.

»Wir unterstützen dich, Mallory. Ich will nur, dass du das weißt. Ob es ein Medizinstudium ist oder Sozialpädagogik oder ein Flug zum Mond – wir kriegen das hin.«

Eine große Last fiel von mir ab. »Danke.«

Rosa schwieg, dann sagte sie: »Was die Sache mit Rider angeht ...«

»Ich liebe ihn«, brach es aus mir heraus. Ihr Blick wurde streng, aber sobald ich die Worte laut ausgesprochen hatte, wollte ich sie nicht mehr zurücknehmen. »Ich liebe ihn. Und ich werde ganz sicher nicht aufhören, mich weiter mit ihm zu treffen.«

»Liebes, ich ...« Sie beugte sich vor und legte mir die Hand auf das Knie. »Ich weiß, du denkst, du bist verliebt, aber ihr zwei habt nun mal diese gemeinsame Vergangenheit, wo ihr beide gegen den Rest der Welt kämpfen musstet. Ich kann verstehen, warum du so fühlst, nach allem, was ihr zusammen durchgemacht habt.«

Was sie sagte, klang logisch. Und ich konnte es auch durchaus nachvollziehen. »Woher weiß man, ob man jemanden wirklich liebt?«

Rosa öffnete den Mund, sagte aber nichts. Stattdessen zog sie die Hand weg.

»Woher hast du gewusst, dass du Carl wirklich liebst? Wie kann man das überhaupt wissen?« Ich schüttelte den Kopf. »Ich glaube nicht, dass man das wissen kann ... aber ich weiß, was ich gerade empfinde. Vielleicht ändert sich das irgendwann wieder, ich weiß es nicht, aber bitte ...« Ich straffte die Schultern. »Bitte sag mir nicht, ich wüsste nicht, was ich empfinde, und schreib mir nicht vor, was ich fühlen soll.«

Sie setzte sich ganz gerade hin.

»Ich empfinde viel für ihn, das weiß ich jedenfalls. Und ich weiß auch, dass es Liebe ist. Er ... er akzeptiert mich, er hat mich schon immer akzeptiert, aber er erwartet nicht, dass ich immer dieselbe bleibe, und wenn ich irgendwas nicht hinkriege und er ist dabei, dann muss ich mich deswegen nicht schlecht fühlen«, erklärte ich in dem Versuch, meine Gefühle in Worte zu fassen. »In seiner Gegenwart finde ich mich selbst gut – und ihn auch.«

Bei diesen Worten weiteten sich Rosas Augen. »Okay«, sagte sie nach einer Weile. »Ich werde dir nicht sagen, was du fühlen sollst.«

Doch ich kam gerade erst in Fahrt und wollte nicht so schnell aufhören. »Ich weiß, er würde alles tun, um mich glücklich zu machen, und glaub mir, er findet es schrecklich, dass ich das am Samstag mitansehen musste. Carl muss ihm gar nicht die Schuld geben, er gibt sich schon selbst die Schuld. Aber er konnte nichts dafür, und ich finde es schrecklich ... ich finde es wirklich schrecklich, dass Jaydens Tod auf einmal etwas ist, was zwischen Rider und mir steht. Das ist nicht richtig. Das drängt alles, was mit Jayden passiert ist, in den Hintergrund, und das ist falsch.«

Sie sah mich mit hochgezogenen Brauen an.

Ich war noch nicht fertig. »Ich weiß, ihr habt kein Vertrauen zu Rider, und ihr denkt, er hätte keine Zukunft, aber ihr wisst nicht, dass er es sehr wohl versucht. Und selbst wenn er nicht aufs College geht, ist er noch lange kein schlechter Mensch. Er hat trotzdem euren Respekt verdient. Er ist toll und sehr begabt. Das Letzte, was er braucht, ist noch ein Mensch, der nicht glaubt, dass er die Mühe wert ist.«

Sie schaute weg und presste die Lippen aufeinander. »Ich glaube sehr wohl, dass er die Mühe wert ist, Mallory. Ich ... ich weiß nur nicht, was ich denken soll.«

Mein Herz hämmerte wie wild in der Brust. »Ich möchte, dass ihr zwei euch ein bisschen bemüht und versucht – wirklich versucht –, das zu sehen, was ich in ihm sehe.«

Rosa lächelte matt. »Wir wollen nur dein Bestes und dabei machen wir manchmal auch Fehler.« Sie fasste noch einmal zu mir herüber und legte ihre Hand auf meine und drückte sie. »Wir werden es versuchen, Liebes. Das verspreche ich dir.«

Ich schloss die Augen. »Danke.«

Ein Lächeln lag in ihrer Stimme. Sie sagte: »Ich weiß nicht, ob dir das klar ist, Mallory, aber du bist nicht mehr das Mädchen von vor vier Jahren. Und das ist gut.« Wieder schloss sich ihre Hand ganz fest um meine. »Das ist sogar sehr gut.«

Sie hatte recht.

Ich hätte nicht genau sagen können, wann ich eine andere Mallory geworden war. Vielleicht weil es kein einzelner Augenblick war, sondern vielmehr eine Kombination von Hunderten, vielleicht Tausenden verschiedenen Faktoren. Nicht nur, dass ich auf eine öffentliche Schule ging oder in der Mittagspause bei Keira am Tisch saß. Nicht nur, dass ich mich bewusst entschieden hatte, Rhetorik zu belegen, obwohl mir das Reden so schwerfiel. Nicht nur, dass ich Ainsley endlich von meiner Vergangenheit erzählt hatte. Nicht nur, weil ich die bittere Wahrheit hinter der Boshaftigkeit von Paiges Worten erkannt hatte. Nicht nur, dass Jayden gestorben war und ich sehen musste, wie schnell man aus dem Leben gerissen werden konnte.

Und nicht nur, dass ich Rider wiedergetroffen und mich in ihn verliebt hatte.

Es war das alles zusammen.

Mein Veränderung kam daher, weil ich mich bewusst entschieden hatte, Dinge zu tun, die mir Angst machten. Sie kam daher, dass ich am dritten Schultag den Mut fand, zu Keira an den Tisch zu gehen. Dass ich in einer Mittagspause eine Rede gehalten hatte und dann gleich noch einmal eine, auch wenn mir nur ein einziger Mensch zugehört hatte. Dass ich es nicht geschafft hatte, auf Peters Party zu gehen, und dann erkannte, dass das völlig okay war. Dass ich akzeptiert hatte, dass meine Vergangenheit immer ein Teil von mir sein würde und damit auch ein Teil von denen, die mir nahestanden. Dass ich endlich etwas gefunden hatte, was *mir* wichtig war und was *mich* glücklich machte. Dass ich erkannt hatte, dass ich Carl und Rosa nicht mein Leben opfern musste und dass es reichte, wenn ich sie liebte, und dass ich keine Kopie von ihrer Tochter werden musste. Und weil mir bewusst geworden war, dass Jayden mich auf eine Art und Weise verändert hatte, über die ich noch mein ganzes Leben lang nach-grübeln würde. Weil ich Rider wiedergefunden und mir erlaubt hatte, mich in ihn zu verlieben.

Und weil ich wusste, dass ich zwar vielleicht immer noch ... vor allem Möglichen Angst hatte, dass mich diese Angst aber nicht daran hindern würde, zu leben.

Die Erkenntnis kam nicht in Form einer welterschütternden Erleuchtung über mich. Sie kam unauffällig und langsam, ein Zusammenspiel von Tausenden Momenten, die sich zu einem einzigen Moment verdichteten, doch als ich hier mit Rosa am Küchentisch saß, wusste ich, dass es stimmte.

Ich hatte mich verändert.

Keira starrte auf ihr unberührtes Essen. »Ich kann es immer noch nicht fassen«, seufzte sie. Am Tisch herrschte Schweigen. »Er war doch gerade noch hier. Letzte Woche ist er in die Mensa gekommen und wollte wissen, wann ich endlich mal mit ihm ausgehe.«

»Und dann hat er mir die Pommes vom Teller geklaut«, fügte Jo hinzu. »Und mir angeboten, dass er mit mir ausgeht.«

»Er hat immer solche Sachen gemacht.« Keira lachte erstickt. »Es ist einfach nur schrecklich. Es gibt kein anderes Wort dafür.«

Da hatte sie recht.

»Ich habe gehört, dass Braden gestern von der Polizei verhört worden ist«, sagte Anna mit leiser Stimme. »Ich kannte ihn eigentlich nicht besonders gut, aber wie alt ist er? Achtzehn? Wie kann man jemanden umbringen, wenn man achtzehn ist? Das ist doch verrückt.«

»Wie kann man, wenn man fünfzehn ist, erschossen werden«, murmelte Jo.

Keira und die Mädchen wussten nicht, dass Rider und ich dabei gewesen waren, als Jayden getötet wurde. Das hatte sich zu meiner Überraschung nicht herumgesprochen, und ich wollte auch nicht, dass außer Ainsley jemand davon erfuhr.

Es war seltsam zu sehen, wie viele Menschen Jayden beeinflusst hatte, und dass ihm das wahrscheinlich selbst gar nicht bewusst gewesen war. Und dann gab es noch die Kehrseite, Leute, die nur wussten, dass ein Schüler gestorben war, die ihn aber nicht gekannt hatten. Es war nicht so, dass sie einfach über den Verlust hinweggingen, es hatte nur keine Auswirkungen auf ihr Leben. Heute war ein ganz normaler Dienstag für sie. Und auch der Mittwoch wäre nicht anders. Sie würden am Samstag nicht auf die Beerdigung eines Fünfzehnjährigen gehen. Sie glaubten noch an die Ewigkeit, an ein *Für immer*.

Aber wir wussten es besser.

Wir alle nahmen es als selbstverständlich, dass alle und alles für immer da sein würden, aber das Problem war, dass es dieses *Für immer* nicht gab.

Jayden hatte nicht gedacht, dass seine Tage gezählt sein könnten. Er hatte Pläne gemacht, Ziele gehabt und angenommen, er hätte noch für immer Zeit. Ainsley war völlig zu Recht davon ausgegangen, dass sie für immer würde sehen können. Aber sie würde das, was die meisten von uns als selbstverständlich betrachteten, nicht für immer haben. Und dann war da noch ich. Ich hatte gedacht, ich würde für immer so bleiben, wie ich war, immer voller Angst, immer angewiesen auf jemanden, der für mich sprach. Aber ich hatte gelernt, mit meinen Ängsten umzugehen, ich hatte meine Stimme gefunden und erkannt, dass Carl und Rosa mich auch dann liebten, wenn ich nicht perfekt war.

Für immer – das gab es einfach nicht.

Und für mich war es wahrscheinlich gut, dass es so war. Für andere aber wünschte ich, *für immer* würde noch gelten.

Als ich mich am Nachmittag auf meinen Platz hinten in Rhetorik setzte, starrte ich auf Hectors leeren Stuhl. Wann würde er wieder in die Schule kommen? Ich konnte mir gar nicht vorstellen, was er durchmachen musste.

Als Rider und ich getrennt worden waren, hatte es sich auch so angefühlt, als wäre er gestorben. Die Monate nach unserer Trennung waren einsam und endlos lang gewesen, aber ich wusste immerhin, dass Rider noch lebte. Mein Schmerz und mein Verlust damals waren nichts gegen das, was Hector durchlitt.

Überraschung durchzuckte mich, als Rider ins Klassenzimmer kam. Wir hatten uns am Abend zuvor noch ein paar SMS hin und her geschickt, und da hatte er gesagt, er würde kommen, aber ich hatte nicht so recht daran geglaubt.

Er war immer noch unrasiert und trug dieselben Sachen wie am Tag zuvor. Die Furcht, die ich gestern empfunden hatte, als ich ihn bei Hectors Tante absetzte, kehrte zurück. Rider sah völlig fertig aus.

»Hi«, sagte ich. Er setzte sich neben mich. Sein alter Schreibblock landete auf dem Tisch. »Wie geht's ... Oh Mann, was für eine bescheuerte Frage, aber ... bist du okay?«

Er nickte langsam und sah kurz zu mir. »Ja, nur müde.«

Aber es war mehr als das.

»Können wir nach der Schule kurz reden?«, fragte er, als die Glocke läutete.

»Ja. Natürlich«, sagte ich und lächelte, obwohl mir nicht danach zumute war.

Meine Furcht wuchs während der Schulstunde, und ich bekam nur am Rande mit, wie Mr Santos die Reihenfolge der nächsten Reden bestimmte. Ich würde meine am kommenden Dienstag während der Mittagspause halten müssen, Rider war am Mittwoch dran.

Dabei hatte ich meine Rede noch gar nicht fertig.

Trotzdem konnte ich mich nicht auf die Beispiele konzentrieren, die Mr Santos uns vorlegte. Ich rätselte zu viel darüber, warum Rider mir nicht richtig in die Augen schauen konnte. Nicht als er sich neben mich gesetzt hatte und auch kein einziges Mal während des Unterrichts.

Als die Schulglocke endlich läutete, schrak ich zusammen. Ich befahl mir, mich zu beruhigen, und packte meine Sachen zusammen. Rider wartete an meinem Tisch, den Blick auf das Lehrerpult gerichtet.

»Bist du so weit?«, fragte er mit seltsam tonloser Stimme.

Mein Magen zog sich zusammen. Ich nickte und winkte Keira

auf dem Weg nach draußen halbherzig zu. Schweigend verließen wir das Gebäude und gingen unter dem wolkenverhangenen Himmel zum Parkplatz.

»Rosa und Carl kommen erst spät nach Hause«, sagte ich und schloss die Hand um den Autoschlüssel. »Magst du mit zu mir kommen?«

Er runzelte die Stirn, und ich dachte schon, er würde ablehnen.

»Ja, klingt gut.«

Auf der Fahrt schwiegen wir, und als wir bei uns angekommen waren, lagen meine Nerven blank. Ich ließ meine Tasche auf die Treppe fallen. »Ähm, möchtest du was trinken?«, fragte ich und ging ins Wohnzimmer.

»Nein danke.« Er folgte mir langsam und blieb vor der Vitrine stehen, um meine Seifenfiguren zu betrachten. »Ich brauche nichts.«

Ich ließ den Autoschlüssel auf die Kücheninsel fallen und holte mir eine Cola aus dem Kühlschrank. Mit zittrigen Händen ging ich ins Wohnzimmer zurück. Ich setzte mich aufs Sofa und griff nach der Fernbedienung. »Wir könnten uns einen Film anschauen oder –«

»Eigentlich wollte ich mit dir reden.«

»Oh.« Ich spielte an der Lasche meiner Dose herum. »Okay.«

Er ging um den Couchtisch herum und setzte sich ebenfalls aufs Sofa, allerdings in großem Abstand zu mir. Meine Finger erstarrten.

»Ich weiß nicht, wie ich es sagen soll«, sagte er und stützte die Ellbogen auf die Knie. Langsam schüttelte er den Kopf. »Ich mag dich wirklich sehr, Mallory. Ehrlich.«

Oh Gott.

Ich stellte die Coladose auf den Tisch, bevor ich sie noch fallen ließ. »Ich mag dich auch. Ich … ich liebe dich, Rider.«

Sein Gesicht wurde hart. »Das gestern – das war ein Fehler.«

Ich atmete scharf ein. Ich hatte mich wohl verhört, das konnte er doch unmöglich gesagt haben.

»Es ist nicht so, dass es mir nicht gefallen hätte … Das hat es schon, ehrlich, aber so kann es nicht weitergehen. Wir können nicht zusammen sein. Nicht so«, sagte er, immer noch mit der gleichen tonlosen Stimme. »Es tut mir leid.«

Eine ganze Weile konnte ich ihn nur anstarren. Ich versuchte zu verarbeiten, was er da gerade gesagt hatte, doch das Blut in meinem Kopf pochte so laut, dass es mir schwerfiel. »Das … das verstehe ich nicht.«

»Wir können nicht zusammen sein«, wiederholte er und sah mich immer noch nicht an. Es war, als würde ein Riss durch meine Brust gehen, und ich holte tief Luft, weil es sich so echt anfühlte, eine brennende Linie aus Schmerz. »Wir können Freunde sein, aber … mehr nicht.«

»Ich will nicht, dass wir Freunde sind«, brach es aus mir heraus. »Du hast gesagt, du liebst mich. Erst gestern.« Meine Stimme stockte, als der Kloß in meinem Hals noch größer wurde. »Das ist noch keine vierundzwanzig Stunden her. Das verstehe ich nicht.«

Er legte die Hand an die Stirn. »Ich liebe dich doch auch.«

»Und warum sagst du dann, dass du nicht mit mir zusammen sein willst?« Ich legte die Hand auf das Sofa, um Halt zu finden, weil es mir plötzlich so vorkam, als würde es sich bewegen. Als würde die ganze Welt erbeben. »Das … das ist doch verrückt.«

»Ich kann einfach nicht mit dir zusammen sein. Es ist vorbei.«

Und dann passierte etwas Seltsames. Ein merkwürdiges, fast

erstickendes Gefühl der Erleichterung überkam mich. Es war vorbei. Ich konnte einfach wieder zurück zu meinem alten ...

Ich erstarrte.

Alles erstarrte.

So war ich nicht mehr. Ich gab nicht einfach auf, und ich gab nicht einfach nach, weil das einfacher war. Ich war nicht mehr *sie*.

»So ist es am besten, Maus.«

»Nenn mich ja nicht *Maus*«, blaffte ich. Wut brodelte in mir, überlagerte den Schmerz und riss ihn mit sich. »Ich bin nicht Maus. Dieses Mädchen gibt es nicht mehr.«

Rider fuhr zurück, als hätte ich ihn geschlagen. »Mallory ...«

»Nein. Schau mich bloß nicht so an, als hätte ich dir weh-getan.« Ich stand auf und ballte die Fäuste. »Du musst mir schon eine bessere Erklärung geben. Das bist du mir schuldig.«

Er hob den Kopf, seine Augen leuchteten hell, und dann sah er mich endlich an. Die Ringe darunter waren noch größer und dunkler geworden. »Kapierst du denn nicht?«

»Nein. Offensichtlich nicht.«

Rider sah mich an. »Du hast jemand Besseres verdient als mich.«

Mir blieb der Mund offen stehen.

»Und du solltest nicht wegen mir mit Carl und Rosa streiten. Sie haben dich aufgenommen, sie haben dir alles gegeben, und ich werde mich ganz sicher nicht zwischen euch stellen«, sagte er. Dann redete er weiter, aber ich hörte nicht mehr hin.

Du hast jemand Besseres verdient als mich?

Hatte Paige nicht genau das Gleiche gesagt, bevor sie dann das Gegenteil sagte? Ja, das hatte sie.

»Ist das dein Ernst?«, unterbrach ich ihn. »Meinst du das wirk-lich ernst?«

Er schluckte. »Ja, Mau ... *Mallory*, das ist mein Ernst.«

Ich lachte, aber es lag kein bisschen Humor darin. »Lass mich das bitte mal klarstellen. Du machst mit mir Schluss, weil das so am besten ist für *mich*. Weil du dich nicht zwischen mich und Carl und Rosa stellen willst?« Die Worte flossen heraus, ohne zu stocken. »Dann ist es also wegen dem Streit, den wir am Wochenende hatten.«

Er richtete sich auf und hob die Hände. »Es ist mehr als nur das, Mallory. Du und ich – wir sind zu verschieden. Früher waren wir mal gleich, aber jetzt nicht mehr. Du wirst deinen Weg gehen und ich bleibe hier zurück. So wird es laufen.«

Ich öffnete die Fäuste. Komisch. Lange Zeit war es mir so vorgekommen, als wären alle irgendwie unterwegs und würden es zu etwas bringen, während ich nur regungslos und wie gefangen herumsaß. Dabei war ich die ganze Zeit diejenige, die sich bewegte, und Rider kam nicht vom Fleck.

»Du siehst das alles ganz falsch«, hauchte ich.

Fragend sah er mich an. »Meinst du?«

»Ja, meine ich.«

Seine Wangen liefen rot an. »Weißt du, was wir früher waren? Wir waren der Abfall, den andere wegschmeißen. So hat man uns behandelt. Und das kann man auch nicht schönreden. Unsere Scheißeltern wollten uns nicht. Oder vielleicht sind sie auch bei einem tragischen Autounfall ums Leben gekommen oder konnten sich nicht um uns kümmern. Wer weiß? Ich habe gefragt. Wusstest du das? Aber ich habe keine Antwort bekommen. Es war niemandem wirklich wichtig, das herauszufinden. Und Miss Becky und Mr Henry? Über die Sauerei brauchen wir ja gar nicht erst zu reden«, fuhr er mit blitzenden Augen fort. »Und danach im Heim? Die Leute dort haben sich bemüht. Wirklich bemüht, aber sie konnten auch nicht immer alles im Blick haben. Und als Mrs Luna dann aufgetaucht ist, was hatte es da noch für einen Sinn?«

Ich wurde blass. Oh Mann. Damit hatte ich nicht gerechnet.

Aber er war noch nicht fertig. »Du bist aus diesem ganzen Scheiß rausgekommen, ich nicht. Was du hast, das ist echt. Ich habe das nicht. Ich tu nur so.«

Ich zuckte zusammen. »Das verstehe ich nicht. Hectors Familie, das sind doch gute Menschen. Wie kannst du da sagen, ich wäre rausgekommen und du nicht?«

»Das ist nicht das Gleiche. Ich bin nur vorübergehend dort. Es ist anders als bei dir mit Carl und Rosa.«

Kopfschüttelnd starrte ich ihn an. »Das ist ... du redest so eine Scheiße!«

Er blinzelte. »Hast du gerade geflucht?«

»Ja. Ja, das habe ich, weil du wirklich Scheiße redest«, wiederholte ich. »Hector und seine Familie, sie mögen dich. Ich kenne Mrs Luna eigentlich nicht, aber ich habe keine Minute gebraucht, um zu sehen, dass du für sie einer ihrer Jungs bist. Sie mögen dich alle. Keiner von denen behandelt dich so, als wärst du eine Last oder so.«

Rider schwieg.

»Oder doch?«, wollte ich wissen. »Geben sie dir das Gefühl, dass du eine Last bist?«

Der Muskel an seinem Kiefer pochte. »Nein, das nicht, aber ...«

»Kein Aber!«, brüllte ich, und wieder fuhr er zusammen. Ich hatte noch nie in meinem Leben so laut gesprochen, aber – verdammt – in diesem Moment übermannten mich Ungläubigkeit und Enttäuschung. »Sie lieben dich, Rider. Und sie brauchen dich jetzt mehr denn je. Hector hat gerade seinen Bruder verloren.

Mrs Luna muss ihren jüngsten Enkel zu Grabe tragen – ein Junge übrigens, der erzählt hat, du wärst wie ein Bruder für ihn. Gestern hast du noch gesagt, du willst für sie da sein, aber wie soll das gehen, wenn du dich weigerst, zu erkennen, dass du zu ihnen gehörst und sie zu dir?« Ich atmete tief ein, doch die Luft drang nicht bis in meine Lunge. »Weißt du noch, was ich gestern zu dir gesagt habe? Das stimmt nämlich. Das stimmt absolut. Du hast dich selbst aufgegeben, bevor sie es tun konnten.«

»Mallory ...«

»Und mit uns machst du es genauso! Du gibst uns auf, noch bevor wir überhaupt angefangen haben. Und schlimmer noch, du benutzt mich als Ausrede dafür. Du tust das, was du immer getan hast – du beschützt mich, obwohl das gar nicht deine Aufgabe ist.«

»Es ist nicht so wie damals«, sagte er leise.

»Doch. Doch, es ist genauso. Du hast einfach keinen Selbsterhaltungstrieb.« Ich ging einen Schritt auf ihn zu und blieb dann stehen. Wenn ich noch näher kam, war die Versuchung zu groß, mit einem Sofakissen auf ihn einzuschlagen. »Ich dachte immer, du hättest dir diese Rolle des tapferen Ritters ausgesucht, aber ich habe mich geirrt. Du spielst lieber den Märtyrer.«

Er sah aus, als hätte ich wirklich mit dem Sofakissen auf ihn eingedroschen.

»Was ist nur mit dir los, Rider? Du bist so unglaublich schlau und begabt, aber du ... *du* ...«, ich hob die Hand und zeigte auf ihn, »... du versuchst es ja nicht einmal, und sobald es schwierig wird, läufst du weg. Du gibst einfach auf. Das ist nicht mehr der Rider, mit dem ich aufgewachsen bin. Früher warst du ein Kämpfer, aber wenn es am meisten darauf ankommt, weil es zum Beispiel um dein Leben geht, dann gibst du einfach auf.«

»Nein, ich …«

»Doch, das tust du.« Tränen stiegen mir die Kehle hoch und ich sah ihn an. Mein Gott, das war so unfair. Das war so verdammt unfair. »Gestern hab ich hier in dieser Küche gesessen und Rosa erklärt, dass ich dich liebe. Ich hab ihr gesagt, sie soll mir nicht vorschreiben, wen ich lieben darf, und sie angefleht, dir eine Chance zu geben. Und sie hat es mir versprochen. Und jetzt sagst du mir, was du hast, wäre nicht echt? Du hast nicht nur von deiner Pflegefamilie gesprochen. Hier geht es auch um mich – um uns. Du denkst also, was wir hatten, war auch nicht echt.«

Rider schloss die Augen.

Ich atmete zitternd ein. »Hast du das Formular für den Collegetest, das ich dir gegeben habe, überhaupt ausgefüllt?«

Er antwortete nicht.

»Und?«

»Nein«, flüsterte er.

Es brach mir das Herz. »Der Junge, den du immer malst, da in der Fabrik und in der Galerie? Der Junge, das bist du, oder?«

Rider schwieg.

»Und das bist nicht du, wie du früher warst«, flüsterte ich und sein gut aussehendes Gesicht verschwamm mir vor den Augen. »Das bist du heute noch.«

Er schloss die Augen.

»Und weißt du was? Die ganze Zeit habe ich gedacht, *ich* wäre die Verkorkste von uns beiden. Ich wäre diejenige, die total kaputt und verkorkst aus diesem Haus herausgekommen ist. Ich dachte, *ich* wäre das.« Meine Stimme brach und ich wich vor ihm zurück. »Dabei stimmt das gar nicht. Du warst das. Das warst immer nur *du*.«

Sein Blick begegnete meinem, und der Schmerz in seinen Augen war wie ein Schlag in die Magengrube, weil er sich das selbst antat. Und mein Gott, das tat mir mehr weh als alles andere. Es lag ganz allein an ihm. Nicht an mir.

Es lag an ihm.

Er hatte sich diese Last auf die Schultern geladen, er hatte überall, wo er konnte, nach Schuld und Verantwortung gesucht und die ganze Scheiße dann begeistert auf sich genommen. Nicht ich gab ihn auf – er gab sich selbst auf, die ganze Zeit schon. Das wurde mir in diesem Moment klar, und es kostete mich große Mühe, mein Schluchzen hinunterzuschlucken.

»Du steckst fest«, flüsterte ich.

Rider erstarrte.

»Das stimmt, ich weiß.« Ich fuhr mir mit den Händen über die Hüften. »Jahrelang – achtzehn Jahre, um genau zu sein – hast du dich so gefühlt. Dein Leben lang hast du dich gefühlt wie ein Niemand und nicht auf die Leute gehört, die dir gesagt haben, dass du sehr wohl wichtig bist, und kein Gespräch kann das beheben. Die Lunas konnten dir nicht helfen. Und – *oh Gott* – ich kann es auch nicht. Ich kann es nicht in Ordnung bringen. Ich hätte es ja versucht …« Wieder stockte mir der Atem. »Ich hätte es versucht, weil ich dich liebe, ich liebe dich so, aber du bist derjenige, der sich ändern muss. Nicht ich.«

»Mallory.« Er stand auf und ging auf mich zu.

»Nein.« Ich hob die Hand und versuchte, nicht auf das Zittern zu achten. »Du … du musst jetzt gehen.«

Er wurde blass. »Ich bin …«

»Bitte. Geh einfach. Lass mich.« Ich spürte, wie mir meine Gesichtszüge langsam entglitten. »Ich habe dir nichts mehr zu sagen. Geh.«

Rider zögerte, und einen süßen, hoffnungsvollen Moment lang meinte ich, er würde nicht auf mich hören. Ich meinte, ich hätte ihn vielleicht irgendwie erreicht und etwas in ihm angestoßen und dass er für uns kämpfen würde, für sich.

Aber das tat er nicht.

Er drehte sich um und ging zu Tür. Wie benommen ging ich ihm nach. Ich wollte ihm die Straße hinunter folgen. Ich wollte ihn anschreien. Ich wollte, dass er sah, was ich in ihm sah, und was auch Rosa und Carl sehen würden, wenn sie die Chance dazu bekamen. Aber ich tat es nicht, denn wie in aller Welt sollte ich für ihn kämpfen, wenn er nicht einmal für sich selbst kämpfen konnte?

Und so tat ich etwas, was ich nie für möglich gehalten hätte. Ich schloss die Tür hinter ihm.

36

MEIN HERZ WAR nur noch eine hohle, leere Hülle.

Okay, das ist vielleicht ein bisschen übertrieben, dachte ich und starrte an die Decke meines Zimmers. Aber so fühlte es sich an, seit ich die Tür hinter Rider geschlossen hatte. Ich hatte mich in meinem Zimmer eingeigelt und war am Mittwoch nicht zur Schule gegangen. Schwach von mir, aber ich schaffte es einfach nicht.

Die letzten Tage waren einfach zu viel gewesen. Ich hatte alle Hochs und Tiefs durchmachen müssen, die man sich vorstellen konnte. Liebe. Verlust. Liebe. Wieder Verlust.

Ich brauchte eine Pause. Ich brauchte eine Auszeit. Und die nahm ich mir.

Das hatte ich aus den Therapiestunden bei Dr. Taft gelernt. Wenn einem alles zu viel wurde, wenn man sich gestresst und dünnhäutig fühlte, war es Zeit, eine Verschnaufpause einzulegen. Dr. Taft hatte immer betont, dass man sich auch um seine geistige Gesundheit kümmern musste. Ich erinnerte mich daran, wie er einmal darüber geschimpft hatte, dass man bei einer Erkältung gleich krankgeschrieben wurde, während von einem Menschen, der geistig erschöpft war, erwartet wurde, dass er klaglos weitermachte.

Ich hatte Rosa gesagt, ich würde mich nicht gut fühlen. Da sie mir nicht sofort das Fieberthermometer brachte oder einen Kräutertee aufzwang, schien sie zu wissen, dass sich meine Beschwerden eigentlich nicht behandeln ließen.

Meine Brust schmerzte. Sie fühlte sich leer an und diese Leere tat so weh. Ich fand es furchtbar, dass Rider ausgerechnet in dem Moment mit mir Schluss gemacht hatte, wo die Trauer um Jayden noch so frisch war. Denn jetzt konnte ich nicht für ihn da sein.

Ich drückte das Kissen an mich, drehte mich auf die Seite und kniff die Augen zu. Da hatte ich endlich erkannt, dass ich mich verändert hatte, nur um gleichzeitig festzustellen, dass es bei Rider nicht so war.

Ich zog die Knie an das Kissen und dachte an den ersten Schultag, an den Moment, wo ich Rider zum ersten Mal wiedergesehen hatte. Ich dachte an die Zeit, die wir zusammen verbracht hatten, und daran, was wir uns alles erzählt hatten. Die Zeichen waren da gewesen. Ich hatte sie gesehen, aber ich hatte nicht gemerkt, wie tief Riders Narben tatsächlich gingen. Ich war zu sehr mit mir selbst beschäftigt gewesen und mit den Gefühlen, die Rider in mir weckte. Gab es etwas, was ich schon vor Wochen oder Monaten hätte tun können?

Ich war mir nicht sicher.

Bei mir hatte es vier Jahre gedauert, bis die Veränderung begonnen hatte, und obwohl ich längst nicht mehr das Mädchen von früher war, musste ich immer noch an mir arbeiten. Rider hatte noch nicht einmal den ersten Schritt getan.

Keira schrieb mir am Nachmittag eine SMS und fragte, wie es mir ging. Ich antwortete nur, dass ich krank sei, und warf dann das Handy neben mir aufs Bett.

Morgen.

Morgen würde ich aufstehen und in die Schule gehen. Ich konnte nicht für immer im Bett liegen bleiben. Am Samstag würde ich zu Jaydens Beerdigung gehen, und ich würde für Rider da sein, wenn er jemanden zum Reden brauchte. Das konnte ich ihm nicht verweigern. Aber mehr würde ich nicht tun. Ich war bereit, für unsere Liebe zu kämpfen, aber es durfte nicht einseitig sein. Auch Rider müsste kämpfen.

Aber er hatte sich entschieden, das nicht zu tun.

Meine Augen waren feucht, aber ich vergoss keine einzige Träne und verbrachte den ganzen Tag im Bett. Die Sonne ging schon unter, als es an meine Tür klopfte. Kurz darauf wurde sie geöffnet. Ich setzte mich auf. Carl kam herein, immer noch in seinem hellblauen OP-Kittel.

»Wie geht es dir?«, fragte er und blieb vor dem Bett stehen.

Am liebsten hätte ich gelogen, weil ich mir nicht sicher war, ob ich mich einem Gespräch mit Carl gewachsen fühlte. Aber ich tat es nicht.

»Mir geht's schon wieder besser.«

»Kann ich dir ein bisschen Gesellschaft leisten?«

Ich nickte und schob mich hoch und lehnte mich an das Kopfteil. Dann nahm ich mein Kissen und drückte es wieder an die Brust.

Carl setzte sich auf die Bettkante und drehte sich mit dem Oberkörper zu mir. »Ganz schön harte Woche, was?«

Ich nickte wieder.

»Und dabei ist sie erst halb um«, sagte er nachdenklich und lächelte ganz leicht. Er wandte den Kopf ab, und da fiel mir auf, dass silbergraue Fäden seine Haare an seinen Schläfen durchzogen.

»Gehst du morgen wieder in die Schule?«

»Ja.« Ich räusperte mich. »Das habe ich vor.«

»Gut. Bald sind Ferien, da solltest du nicht zu viel Stoff versäumen«, meinte er und schlug die Beine übereinander. »Ich weiß, dass du am Montag mit Rosa geredet hast, und ich hätte gern früher mit dir geredet, aber im Krankenhaus ist gerade ziemlich viel los. Ich hatte eine Operation nach der anderen wegen dem kalten Wetter und Unfällen mit Ölheizungen.« Er sah mich an. »Aber ich wollte schon die ganze Zeit mit dir reden. Ich muss mich entschuldigen für das, was ich neulich gesagt habe.«

Der tief sitzende Drang in mir, ihm zu sagen, dass es schon gut sei, ließ sich nur schwer unterdrücken, aber ich schaffte es trotzdem. Schweigend wartete ich, dass er weitersprach.

»Rosa und mir ist natürlich klar, dass du nicht Marquette bist. Wir haben dich nicht als Ersatz für sie adoptiert«, fing er an. »In dem Moment, wo wir uns für die Adoption entschieden haben, bist du unser Kind geworden. Wir lieben dich genauso wie Marquette und finden dich genauso wunderbar.«

Meine Brust wurde eng und ich drückte das Kissen fest an mich.

»Wir sind deine Eltern und Eltern … machen Fehler. Bei meinen war es jedenfalls so. Das lässt sich nicht vermeiden und am Sonntag habe ich wirklich einen Riesenfehler gemacht. Ich habe aus Angst und Enttäuschung etwas gesagt, was ich nicht hätte sagen dürfen. Und das tut mir leid. Ich weiß, dass dich das verletzt und aufgebracht hat, und das bedauere ich aufrichtig.«

Ich presste die Lippen aufeinander und nickte, während ich meine ganze Willenskraft einsetzte, um den Druck auf meiner Brust loszuwerden. Stattdessen schien er noch größer zu werden. »Ich verzeihe dir«, sagte ich und ich meinte es auch so.

»Das freut mich.« Er lächelte wieder. »Rosa hat mir erzählt, was ihr über Rider geredet habt, und ich wollte nur sagen, dass du recht hast. Ich habe ihm keine richtige Chance gegeben.«

Rider war so ziemlich das Letzte, worüber ich reden wollte. »Wir müssen nicht …«

»Doch, das müssen wir. Hör mich an, okay?« Seine Bitte klang so aufrichtig, dass ich den Mund wieder schloss. »Ich war viel zu kritisch, was Rider angeht. Meine eigenen Vorurteile und Erfahrungen sind mir da in die Quere gekommen und das war absolut nicht korrekt von mir.«

Mir fiel wieder ein, dass Rosa gesagt hatte, Carl hätte dazu eine Geschichte zu erzählen.

»Ich hatte einen Bruder«, fing er völlig überraschend an. »Er hieß Adrian. Er war zwei Jahre älter als ich. Damals war die Stadt noch nicht so schlimm wie heute, aber es gab auch schon Probleme. Die Gewalt auf den Straßen ist ja nicht neu und genau wie heute waren auch damals zu viele Menschen davon betroffen. Manche mehr, manche weniger.« Er fuhr sich durch die Haare. »Es waren nicht immer Schusswaffen. Manche Leute hatten auch Messer und Baseballschläger, eben alles, was sie in die Finger kriegen konnten, und manchmal wurden auch nur die Fäuste benutzt. Aber auch Fäuste können eine tödliche Waffe sein.«

Oh Mann, ich hatte schon so eine Ahnung, worauf dieses Gespräch hinauslief, und mir wurde ganz übel.

»Adrian war ständig in Schwierigkeiten. Er hat die Schule geschmissen, als ich im ersten Jahr an der Highschool war. Ehrlich gesagt wusste ich nicht einmal, was er genau gemacht hat. Wir waren in vieler Hinsicht sehr verschieden, aber er hatte immer irgendwie Geld, und ich wusste sehr wohl, dass es nicht aus sauberen Quellen stammen konnte. Damals, in den Siebzigern, wurden die Jobs schon weniger, und es gab nicht mehr so viele Möglichkeiten, Geld zu verdienen«, erklärte er. »Jedenfalls weiß ich noch, dass Adrian an einem Mittwoch zu Hause war. Meine Mutter war aufgebracht und weinte. Und ich erinnere mich, dass mein Vater ihn rausgeschmissen hat. Ich weiß nicht genau, was da vorgefallen war. Meine Eltern haben nie darüber gesprochen. Ich denke, sie haben sich die Schuld gegeben. Wenn sie ihn nicht rausgeworfen hätten, würde er vielleicht noch leben – oder so ähnlich.«

Carl legte den Kopf in den Nacken und seufzte. »Eine Woche später war er tot. Ein Schlag auf den Kopf mit einem Baseballschläger. Und er war sicher nicht zufällig zum Opfer geworden. Wir wissen nicht, weswegen man ihn umgebracht hat. Die Polizei hat Drogen vermutet, aber sie haben seinen Tod nicht allzu genau untersucht. Adrian war nur ein weiterer Jugendlicher, den sie tot aus einer Gasse gezogen haben.«

»Das ... das ist ja schrecklich.« Ob die Polizei das auch gedacht hatte, als der Notruf wegen Jayden kam? Eigentlich kannte ich die Antwort darauf, ich wollte nur nicht genauer darüber nachdenken, was ziemlich erbärmlich von mir war.

Carls Augen glänzten. »Adrian hat ein paar falsche Entscheidungen getroffen. So wie dein junger Freund vielleicht auch. Aber das macht es nicht leichter, damit fertigzuwerden. Und natürlich verfolgt einen ständig der Gedanke, wie es hätte sein können, wenn er sein Leben nicht so sinnlos vergeudet hätte.«

»Oh mein Gott«, flüsterte ich und sah ihn an. »Das wusste ich nicht.«

»Das kannst du auch nicht wissen. Ich rede nicht so gern darüber.« Nachdenklich hielt er inne. »Vielleicht hätte ich doch darüber reden sollen.«

Über die Jahre hatte es Hinweise gegeben, Dinge, die er gesagt hatte und die plötzlich einen Sinn ergaben. »Das tut mir so leid, Carl.«

»Es ist schon lange her, aber trotzdem danke.« Er tätschelte mein Bein. »Als Rider dann bei uns aufgetaucht ist, musste ich sofort an Adrian denken. Er hat mich an ihn erinnert – diese Gleichgültigkeit dem Leben gegenüber, so als wäre ihm alles total egal.«

Ich senkte den Blick. Ich fand es furchtbar, wie wahr diese Worte waren. Gut möglich, dass Rider sich tatsächlich nichts machte aus seinem Leben. Ich hatte nur gedacht, es wäre nicht so.

»Und dann noch die Sache mit dem Jungen – das hat mich richtig umgehauen. Da sind mir dann meine eigenen Erfahrungen in die Quere gekommen. Ich weiß nichts über Rider. Vielleicht irre ich mich ja. Ich hoffe es, und nach allem, was Rosa sagt, liege ich wohl wirklich falsch.«

Unsere Blicke begegneten sich. Ich wusste, was er mir damit sagen wollte, und hatte nicht den Mut, ihm zu gestehen, dass das keine Rolle mehr spielte.

Er sah mich ernst an. »Ich werde es versuchen. Wahrscheinlich wird es immer wieder Momente geben, wo es anders aussieht, aber ich werde mich bemühen. Ich will, dass es dir gut geht und dass du glücklich bist. Du bist klug genug, um deine eigenen Entscheidungen zu treffen. Das hatte ich vergessen.«

Oh Gott. Oh Mann. Tränen brannten mir in den Augen.

»Und da ist noch etwas. Ich weiß, ich habe dich ziemlich gedrängt, Medizin zu studieren. Auch das war falsch von mir. Rosa hat gesagt, du würdest lieber Sozialpädagogik wählen, und ich hätte zuhören sollen, als du das zum ersten Mal erwähnt hast«, sagte er. »Ich finde, das ist ein großartiger Weg, und es ist ein

Beweis dafür, dass du kluge Entscheidungen treffen wirst. Das erkenne ich jetzt.«

Mehrere Sekunden vergingen, in denen ich da saß wie erstarrt und seine Worte zu verarbeiten versuchte.

Dann löste sich etwas in mir. Ich beugte mich vor, schlang die Arme um Carl und warf ihn dabei fast vom Bett.

Er fing sich wieder und hielt mich ganz fest. Zum ersten Mal seit Jahren löste sich meine zugeschnürte Kehle. Diesmal drohten die Gefühle mich nicht zu ersticken und meine Tränen versiegten nicht wieder. Sie konnten frei fließen.

37

DER SCHMETTERLING SCHIEN mich zu verhöhnen.

Ich betrachtete die Zeichnung, die Rider an dem Tag, an dem Jayden gestorben war, von mir gemacht hatte. Nein, Jayden war nicht einfach nur gestorben, er war *ermordet* worden. Das Wort ließ sich nur schwer denken und aussprechen, aber ich zwang mich, das, was mit Jayden passiert war, korrekt zu benennen. Er war nicht wie Marquette eines tragischen, natürlichen Todes gestorben. Er war nicht unerwartet bei einem Autounfall ums Leben gekommen. Er war in einem sinnlosen Akt der Gewalt ermordet worden, genau wie Carls Bruder.

Mein Blick wanderte zu dem Seifenschmetterling und dann wieder zurück zu der Zeichnung. Der eine war vollendet, der andere nicht. Ich schloss die Augen und wandte mich ab, während meine Gedanken zurück zu meinem Schultag wanderten.

Rider hatte furchtbar ausgesehen im Unterricht und kaum Hallo zu mir gesagt. Es war, als würden eine Million Kilometer zwischen uns liegen. Am Ende der Stunde meinte ich schon, er würde etwas zu mir sagen, aber dann hatte er es sich doch anders überlegt. Er hatte sich nur kurz verabschiedet und war gegangen.

Keira war die Veränderung zwischen uns sofort aufgefallen, sie hatte gleich gemerkt, dass Rider und ich ... dass wir nicht mehr zusammen waren. »Vielleicht liegt es nur daran, was mit Jayden passiert ist. Du willst bestimmt keine Ratschläge von mir, aber ... gib nicht auf, Mallory. Jeder kann doch sehen, dass ihr zusammen-gehört.«

Ich wusste, dass Jaydens Ermordung Rider schwer auf der Seele lastete, aber das war nicht das Einzige, womit er klarkommen musste.

Was mit Rider nicht stimmte, saß nicht nur ganz tief in ihm. Es war in seine Knochen eingeritzt und durchdrang sämtliche Fasern seines Körpers.

Ich wusste nicht, wie sich sein Selbstbild verändern könnte oder ob das überhaupt zu schaffen war. Ich wusste nur, dass ich Jahre gebraucht hatte, um so weit zu kommen, und dass immer noch viel Arbeit vor mir lag.

Natürlich wollte ich gerne hoffen, dass Rider sich ändern könnte, aber ich wusste auch, dass es erst geschehen würde, wenn er so weit war.

Und er war noch nicht so weit.

— —

»Wir müssen reden.«

Es war Freitag kurz vor der Mittagspause und ich stand vor meinem Spind. Mein Rücken versteifte sich. Wenn Paige so etwas sagte, bedeutete das nichts Gutes. Ich hatte keine Ahnung, worüber sie mit mir sprechen wollte, trotzdem schloss ich die Tür und drehte mich zu ihr um, ein Schulbuch in der Hand. Als ich sie sah, schrak ich zusammen.

Paiges Augen waren rot und verquollen. Sie hatte die Haare zu einem nachlässigen Pferdeschwanz zurückgebunden, und sie trug eine Jogginghose, die ihr ein paar Nummern zu groß war. Sie holte tief Luft, straffte die Schultern und sah mir in die Augen. »Du und ich, wir mögen uns nicht besonders, und wir haben nur eins gemeinsam.« Da erzählte sie mir nichts Neues. Allerdings hatten wir mehr gemeinsam, als sie ahnte, und vielleicht lag deshalb keine Feindseligkeit in ihrer Stimme. »Und das ist Rider.«

Ich erstarrte.

»Ich habe keine Ahnung, was zwischen euch abgeht, aber ich finde es ziemlich abgefuckt von dir, dass du nach der Sache mit Jayden so eine Scheiße abziehst.«

Mir blieb der Mund offen stehen. »Wie bitte? Was für eine Scheiße ziehe ich denn angeblich ab?«

Ein überraschter Ausdruck huschte über ihr Gesicht. Vielleicht weil ich diese beide Sätze ohne jedes Zögern gesagt hatte? Sie verbarg es jedoch schnell wieder. »Du brauchst gar nicht so dumm zu tun. Du hast dich von Rider getrennt, direkt nachdem er seinen Freund hat sterben sehen, einen Freund, der wie ein Bruder für ihn war.«

Lebte sie wirklich im gleichen Universum wie ich? »Ich habe mich nicht von Rider getrennt.«

»Blödsinn.« Sie senkte den Kopf und starrte mich aus zu schmalen Schlitzen verengten Augen an. »Er war sowieso schon so unglücklich wegen Jayden und jetzt ist er total depressiv geworden.«

Verwirrt und völlig entgeistert schüttelte ich den Kopf. »Ich weiß ja nicht, was Rider dir erzählt hat, aber ich … ich habe mich nicht von ihm getrennt.«

Paige lachte abfällig. »Ich weiß, dass du lügst. Das Letzte, was er tun würde, wäre, sich von seiner *kostbaren* Maus zu trennen.«

Ich hob die Brauen.

»Mein Gott, weißt du, wie oft er in all den Jahren von dir gesprochen hat? Wie perfekt und lieb und süß und klug du angeblich bist? Und das hat er ausgerechnet mir erzählt – du weißt schon, dem Mädchen, mit dem er zusammen war, bevor du auf einmal aufgetaucht bist.«

Ich fragte mich, ob es wohl unhöflich wäre, ihr mit dem Schulbuch eins überzuziehen.

»Deshalb weiß ich, dass du Blödsinn redest. Das würde er nie tun. Du hast Schluss gemacht, weil du uns zusammen auf dem Sofa gesehen hast«, warf sie mir vor. »Dabei ist gar nichts passiert. Auch wenn ich nichts dagegen gehabt hätte.«

Meine Augen verengten sich und meine Hände klammerten sich um das Buch. Es war ein ziemlich dicker Band.

»Ich wusste, dass du ihm das Herz brechen würdest. Er liebt dich und ...«

»Wenn er dir gesagt hat, dass ich mich getrennt habe, dann ist er es, der lügt.« Wütend steckte ich das Buch in meine Tasche und zog hastig den Reißverschluss zu. »Ich habe mich nicht wegen Sonntag von ihm getrennt ... oder aus sonst irgendeinem Grund ... ich habe mich gar nicht von ihm getrennt. Hör mal, tut mir leid, wenn du das unbedingt glauben willst. Das Letzte ... das Letzte, was ich will, ist, Rider wehzutun, und das habe ich auch nicht getan. *Er* hat sich von *mir* getrennt.«

Ungläubig sah sie mich an. »Er hat mir nicht erzählt, dass du dich getrennt hast. Ich bin nur davon ausgegangen, dass du es gewesen bist, weil ich wusste – oder dachte –, dass er das nie tun würde.«

»Tja, da hast du falsch gedacht.« Ich wandte mich zum Gehen, weil es mich nicht gerade aufheiterte, Riders Ex zu erzählen, dass er mit mir Schluss gemacht hatte.

Natürlich trat sie mir in den Weg. »Und warum hat er das getan?«

Mit schmerzendem Kiefer schaute ich zum Ende des Gangs. Es ging sie ja eigentlich nichts an, aber vor lauter Frust sagte ich die Wahrheit. »Weil er denkt, es wäre besser so – für mich. Weil ich ohne ihn besser dran wäre.«

»Das ist doch ... total bescheuert.«

»Stimmt«, murmelte ich.

»Das ist ja so was von bescheuert.« Paige schwieg kurz. »Und du lässt ihn in dem Glauben?«

»Ob ich ihn in dem Glauben lasse? Ich hab's ja versucht, aber ich kann nichts daran ändern, wie er sich selbst sieht.«

»Du solltest dich mehr anstrengen«, gab sie zurück.

»So einfach ist das nicht«, sagte ich zu ihr. »Du ... du weißt doch, was er durchgemacht hat, oder? Er hat dir ... davon erzählt. Diese Scheiße sitzt verdammt tief bei ihm. Ich kann ihm millionenmal sagen, dass er alles Gute auf dieser Welt verdient hat und noch mehr, aber *er* muss es glauben. Nicht ich.«

Paige blinzelte.

Eine Lehrerin trat aus einem Klassenzimmer und sah uns missbilligend an. »Ihr zwei müsst in den Unterricht und der findet nicht hier auf dem Gang statt.«

Paige verdrehte die Augen und beachtete die Frau nicht. »Du musst dich mehr anstrengen«, sagte sie noch einmal und trat zur Seite. »Wenn er dir wirklich wichtig wäre, dann würdest du das tun.«

Ich erwiderte nichts. Paige drehte sich auf dem Absatz um und marschierte in die entgegengesetzte Richtung davon. Mich mehr anstrengen? Als wenn das so einfach wäre.

— —

Es war ein strahlend schöner Tag, und ich wusste nicht recht, ob das für eine Beerdigung passend war.

Eigentlich fand ich schon, dass der Morgen nicht ganz so strahlend hätte sein müssen. Ich bezweifelte, dass Hector oder Mrs Luna sich über den Sonnenschein freuen konnten. Aber vielleicht würde das sonnige Wetter sie an die Schönheit der Welt erinnern. Vielleicht hatte es auch irgendeine Bedeutung, dass der Himmel völlig wolkenlos war. Ich wusste es nicht.

Das war meine erste Beerdigung.

Ainsley und ich trafen uns vor der Kirche der Lunas und standen eine ganze Weile im Foyer herum, bevor der Gottesdienst begann. Meine Füße, vor allem meine Zehen, wurden in den schwarzen Pumps fies zusammengequetscht. Solche Schuhe trug ich sonst nie. Ich hatte sie mir von Ainsley geliehen, weil ich keine passenden Schuhe zu der dunklen Wollhose und der schwarzen Bluse gefunden hatte.

Hector und Rider waren nirgends zu sehen. Als die Türen aufgingen, fiel mein Blick zuerst auf die Stühle und wanderte dann unwillkürlich den breiten Gang mit dem weinroten Teppich hinunter zu den Vasen und Blumensträußen und dann zu dem Sarg.

Der Sarg stand offen.

Ich konnte nur Jaydens Nasenspitze sehen und die glatte Wölbung seiner Stirn. Ainsley und ich blieben hinten. Ich wollte nicht weiter vorgehen. Ich wollte Jayden nicht so sehen, weil ich wusste, dass ich dieses Bild sonst für immer im Kopf haben würde.

Die Leute strömten herein und verteilten sich auf die Sitzreihen und da entdeckte ich auch Hector und Rider. Sie waren ganz vorn und sahen beide sehr blass aus. Hectors Großmutter saß bereits in einer Bank, ihr Rücken war gebeugt vor Kummer. Rider war ähnlich angezogen wie Hector: weißes Hemd, ordentlich in die Hose gesteckt. Ich wusste nicht, wie lange ich die beiden anstarrte, doch plötzlich drehte Rider sich um und sein Blick fiel mit irritierender Präzision direkt auf mich.

Ich atmete scharf ein und wir blickten uns durch den Raum hinweg an. Eine ganze Weile lang wandte keiner von uns den Blick ab, dann sagte Hector etwas zu ihm. Rider drehte sich weg, ich schloss die Augen und atmete tief auf.

»Wirst du mit ihm reden?«, fragte Ainsley leise.

»Nein.« Ich wickelte mir den Riemen meiner Handtasche um die Finger. »Ich meine, wenn er mit mir reden will, dann schon, aber ... ich will keine Szene machen. Das kann jetzt niemand brauchen.«

Ainsley neigte sich zu mir. »Denkst du denn, es würde eine Szene geben?«

Ich schüttelte den Kopf. »Ich weiß es nicht, aber ich bin ... ich will es nicht riskieren.«

Die Kirche füllte sich rasch und ich sah Keira und Jo auf der gegenüberliegenden Seite sitzen. Sie konnten uns nicht sehen und ich wollte nicht vor allen Leuten Keiras Namen rufen.

Der Gottesdienst begann, indem der Pastor ein paar Bibelverse vorlas. Dann sprach er über den Tod und meine Aufmerksamkeit wanderte zum Sarg. Ich hob die Hand und wischte mir über die Augen.

Ich begriff nicht, wie so etwas geschehen konnte. Wie konnte jemand einen anderen Menschen kaltblütig umbringen? Und wofür? Für ein paar Hundert Dollar? Und dass ich das nicht begreifen konnte, zeigte, trotz meiner Herkunft, wie ungeheuer privilegiert ich doch war. Es gab Dinge, um die ich mir keine Sorgen machen musste, zumindest nicht so wie andere Leute.

Mein Blick schweifte zu seiner Familie, die in den ersten drei

Reihen saß, darunter auch Rider und Hector. Aber ich war nicht die Einzige, die Jaydens Bruder beobachtete. Auch Ainsley tat es. Als ich sah, wie eingefallen Hectors Gesicht war, wäre ich am liebsten aufgestanden und hätte ihn umarmt. Eigentlich berührte ich fremde Menschen nicht gern, aber als seine Schultern bebten und er in Tränen ausbrach, hätte ich es gerne getan.

Nachdem der Gottesdienst vorbei war, wartete ich, bis die meisten Leute ihr Beileid ausgesprochen hatten, bevor ich zu Hector ging. Er erwiderte meine verlegene Umarmung, als würde er mich gar nicht sehen. Als wäre er gar nicht richtig da. Auf meine mitfühlenden Worte murmelte er eine Antwort, die ich nicht verstehen konnte.

Traurig drehte ich mich um und stand auf einmal vor Rider. Erschrocken wich ich einen Schritt zurück und wollte ihm ausweichen, doch dann besann ich mich. Das wäre nicht sehr nett von mir gewesen.

Rider sagte nichts, als ich mich wieder zu ihm drehte. Also stellte ich mich auf die Zehenspitzen und schlang die Arme um ihn, dann drückte ich ihn ganz fest und legte alles, was ich nicht sagen konnte, in meine Umarmung. Er erwiderte die Umarmung nicht. Vielleicht hatte ich die Arme zu schnell wieder zurückgezogen. Vielleicht hatte ich ihn überrascht. Vielleicht wollte er aber auch einfach nicht.

Ich ließ mich wieder zurück auf die Füße sinken und sah zu ihm auf. Es gab tausend Dinge, die ich in dem Moment gern gesagt hätte, und ich weiß nicht, warum ich ausgerechnet diese Worte wählte: »Nach dem Abend in der Werkstatt hat Jayden mal zu mir gesagt, er würde zu dir und Hector aufsehen. Ich ... ich fand nur, dass du das wissen solltest; das war nämlich *echt*. Er hat es wirklich so gemeint.«

Die Haut um seine Augen und um seinen Mund spannte sich. Dann tat ich noch etwas, worüber ich nicht nachdachte. Ich reckte mich noch mal in die Höhe und gab ihm einen Kuss auf die Wange. Ich spürte, wie er scharf einatmete, und drehte mich nach einem letzten Blick zu ihm weg.

Ainsley wartete zwischen den Bankreihen auf mich. Sie war nicht mit mir vorgekommen, sondern schaute dorthin, wo Hector mit seiner Großmutter stand.

»Ich will nur noch ganz schnell mit Hector reden.« Sie umarmte mich hastig. »Lass uns nachher telefonieren.«

Ich umarmte sie ebenfalls. »Okay.«

Ich konnte Keira und Jo in der Menge nicht entdecken, als wir die Kirche verließen. Ich war mir nicht sicher, ob meine Worte Rider geholfen oder ob sie ihm wehgetan hatten. Ich wusste nur, als ich zu meinem Auto ging, dass die Sonne immer noch strahlte und der blaue Himmel immer noch wolkenlos und scheinbar endlos war.

Zu Hause in meinem Zimmer fiel mein Blick auf den Schmetterling auf meinem Schreibtisch. Ich betrachtete die unvollendete Schnitzerei und dachte daran, was ich zu Rider gesagt hatte, und dann dachte ich daran, was Paige zu mir gesagt hatte. Und da wusste ich, dass es noch etwas gab, was ich tun musste, etwas, was ich mir beweisen musste.

Ich nahm meinen Schreibblock und den Stift und ging zu meinem Bett. Es war an der Zeit, meine Rede zu schreiben, und diesmal wusste ich genau, was ich sagen wollte.

38

MIR WIRD NICHT SCHLECHT.

Wenn ich mir das nur lange genug vorsagte, würde es vielleicht stimmen. Schon den ganzen Mittwoch über fühlte ich mich hundeelend, aber wenigstens war ich nicht die Einzige. Keiras Essen stand unangetastet neben meinem, und sie las immer wieder leise ihre Rede, das Gesicht ganz blass. Das Papier raschelte in ihren zitternden Händen.

In Rhetorik setzte ich mich auf meinen Stuhl, ohne mich daran zu erinnern, wie ich überhaupt ins Klassenzimmer gekommen war. Wie durch einen Tunnel sah ich Paige hereinkommen. Sie war gestern nicht in der Schule gewesen, genauso wenig wie Rider und natürlich Hector.

Ich zog meine Blätter heraus, strich sie glatt und atmete tief und gleichmäßig, um nicht ohnmächtig zu werden.

Die Gefahr war groß, dass ich tatsächlich demnächst umkippte.

Kurz vor dem zweiten Läuten schlenderte Rider ins Klassenzimmer und mein Herz machte einen Satz. Ich hatte nicht damit gerechnet, dass er kommen würde.

Hilfe, ich hätte absolut nicht damit gerechnet, dass er in diese Stunde kommen würde.

Meine Hände zitterten und ich ließ sie in den Schoß sinken. Paiges Augen folgten ihm zu dem Stuhl zwischen uns. Sie lächelte ihn traurig an, und ich wusste nicht, ob er es erwiderte, doch dann setzte er sich und schaute zu mir. Er hatte sich rasiert und seine Kleider waren nicht mehr zerknittert. Nur seine Haare waren genauso zerzaust wie immer.

Seit der Beerdigung am Samstag hatte ich ihn nicht mehr gesehen.

Und ich hatte auch nichts von ihm gehört.

Doch daran durfte ich jetzt nicht denken.

Riders Blick wanderte über mein Gesicht. »Hi.«

»Hi«, flüsterte ich.

Er senkte die Lider und seine Schultern spannten sich an. »Glaubst du, wir ...«

»Also gut, liebe Klasse.« Mr Santos klatschte in die Hände und unterbrach uns. »Wir haben heute einige Reden vor uns, deshalb müssen wir gleich anfangen. Also, herzlich willkommen zu eurer dritten Rede – *Der wichtigste Mensch in meinem Leben* –, eines meiner Lieblingsthemen in diesem Schuljahr. Ich hoffe, ihr konntet ein bisschen etwas über euch selbst lernen, indem ihr über jemand schreiben musstet, der euch beeinflusst hat. Und ich hoffe, es erinnert euch daran, diesem Menschen eure Wertschätzung hin und wieder auch zu zeigen. Denn gerade erst sind wir wieder schmerzhaft daran erinnert worden ...«, sein Blick huschte kurz zu Hectors leerem Platz, »... dass das Leben viel zu kurz sein kann.«

Was auch immer Rider zu mir sagen wollte, trat völlig in den Hintergrund, als Mr Santos den ersten Schüler aufrief. Dann kam der nächste dran. Danach Keira, die sich während ihrer Rede krampfhaft an das Stehpult klammerte. Inzwischen war ich an die Kante meines Stuhls vorgerutscht, weil ich entweder jeden

Moment aus dem Zimmer flüchten oder einfach nur umkippen würde.

Auf dem Weg zu ihrem Platz zeigte Keira mir den hochgereckten Daumen. Ich freute mich, dass sie es geschafft hatte, und ich versuchte zu lächeln, aber ich war zu beschäftigt damit, nicht in Panik aus der Schule zu rennen. Rider hockte ebenfalls auf der Kante seines Stuhls wie ein seltsames Spiegelbild von mir.

»Leon Washington, du hast das Wort«, verkündete Mr Santos. »Ich bin mir sicher, wir sind alle sehr neugierig, welche Einflüsse dich geformt haben.«

Ich hörte kein einziges Wort von Leons Rede, doch die anderen lachten, und Mr Santos sah aus, als würde er sich am liebsten in Frührente wünschen. Da bereute ich fast, dass ich nicht aufgepasst hatte.

»Mallory Dodge?«, rief Mr Santos kurz darauf von seinem Schreibtisch her und sah mich freundlich an. Genauso freundlich wie am Tag zuvor, als ich mit meiner seltsamen Bitte zu ihm gekommen war. »Du bist dran.«

Ich hörte, wie Paige überrascht auflachte.

Ich erinnerte mich nicht, dass ich aufgestanden war, aber ich sah Riders entgeistertes Gesicht, als ich um meinen Tisch herumging. Auf halbem Weg merkte ich, dass ich meinen Aufschrieb vergessen hatte, und musste noch einmal zurück und die Blätter holen. Mein Gesicht war ganz heiß. Der Junge, der vor Paige saß, lachte leise, und sie trat von hinten gegen seinen Stuhl.

Darüber war ich so erstaunt, dass ich schon dachte, ich hätte Halluzinationen. Keiner lachte. Oder wenn jemand es tat, dann hörte ich es jedenfalls nicht, weil mir das Blut so laut in den Ohren rauschte. Schließlich schaffte ich es bis nach vorn und stellte mich hinter das Stehpult.

Mein Blick wanderte über die Klasse. Die Hälfte der Schüler sah mich gar nicht an, sie starrten auf ihren Schoß oder auf ihren Tisch. Oder sie hatten die Augen geschlossen. Blieb noch die andere Hälfte. Und die beobachteten mich dafür umso aufmerksamer.

Ich sah zu Keira hinüber und sie grinste und zeigte mir noch einmal den hochgereckten Daumen.

»Du kannst jederzeit anfangen«, sagte Mr Santos.

Ich nickte und versuchte zu schlucken. Ein Meer aus Gesichtern starrte mir entgegen. Der Pfropfen steckte wieder in meinem Hals.

Irgendjemand hustete.

Das war ... das war ganz entsetzlich. Tränen stiegen mir die Kehle hoch. Ich schaute zu Mr Santos, weil ... keine Ahnung, warum, dann wandte ich mich wieder der Klasse zu.

Da fiel mein Blick ausgerechnet auf Rider und er ... er nickte. Ich konnte förmlich seine Stimme in meinem Kopf hören. *Du kannst das.* Und dann wurde es meine Stimme. Er hatte recht. Ich hatte recht. Ich konnte das. Es würde schlimm werden und vermutlich furchtbar peinlich – nein, nicht peinlich, denn es lag ganz allein an mir, ob mir etwas peinlich war. Und ich konnte das. Es musste mir nicht peinlich sein. Und selbst wenn es so sein sollte, nur ein kleines bisschen, spielte es keine große Rolle. Diese Rede würde nicht für immer dauern. Und das peinliche Gefühl auch nicht. Nichts davon war für immer.

Aber es zu versuchen, das war für immer.

Und zu leben, das war auch für immer.

Mein Blick fiel auf das Blatt und der Pfropfen in meinem Hals verschwand.

Manche Leute haben einen Menschen, der ihnen wichtig ist.
Der sie mehr beeinflusst hat als irgendjemand sonst. Unsere
Aufgabe war es, über diesen einen Menschen zu schreiben, aber
beim Schreiben dieser Rede habe ich gemerkt, dass ich mich auf
keinen Fall nur auf einen einzigen Menschen beschränken
kann. Und wenn ich mit meiner Geschichte fertig bin, hoffe
ich, dass ihr das verstehen werdet, aber damit meine Geschichte
einen Sinn ergibt, muss ich ganz vorn anfangen.

Mein Mund war ganz trocken, und ohne die Klasse anzuschauen,
fuhr ich fort mit den drei schlimmsten Sätzen, die ich je geschrieben hatte oder laut aussprechen musste.

Als kleines Mädchen habe ich mich oft in einem Schrank ver-
steckt. Dort war es staubig und dunkel und es roch nach Mot-
tenkugeln. Aber der Schrank war meine Zuflucht vor den
Monstern im Haus. Als ich größer wurde, habe ich mir in die-
sen Momenten immer vorgestellt, ich würde in einem Haus
leben, in dem die Monster im Schrank gefangen waren und wo
ich sicher in meinem Bett liegen konnte. Ich habe mir vor-
gestellt, ich würde in einem Haus leben mit Eltern, zu denen
ich aufschauen und die ich bewundern kann, und dass ich
eines Tages eine Rede über sie schreiben könnte und darüber,
wie sich durch sie alles zum Guten gewendet hat in meinem
Leben. Leider lebte ich nicht in so einem Haus. Doch die
Monster, vor denen ich mich verstecken musste, haben mich
dennoch beeinflusst, indem sie mir zeigten, wie wichtig es ist,
großzügig umzugehen mit Liebe und Freundlichkeit. Sie zeig-
ten mir, wie ich auf keinen Fall sein wollte. Und deshalb sind
sie noch heute wichtig für mich.

Mit knapp dreizehn Jahren wurde ich von zwei Menschen adoptiert. Sie sahen nicht einfach nur ein verängstigtes Kind, das nicht redete. Sie sahen eine Tochter, ihre Tochter. Sie bemühten sich in jeder freien Minute, die schlimmen Erinnerungen auszulöschen und die Albträume zu bekämpfen. Sie öffneten Türen, die mir vorher nie offen gestanden hatten, und sie glaubten an mich. Sie bewiesen mir, dass Liebe und Freundlichkeit großzügig gegeben werden können und ohne Erwartungen. Sie brachten mir bei, Vertrauen zu fassen und dass ich keine Angst mehr haben musste.

In der Zeit, als ich zu Hause unterrichtet wurde, lernte ich ein Mädchen kennen, das kein Problem damit hatte, zu reden oder auf neue Leute zuzugehen. Zuerst war ich neidisch auf ihre Offenheit und ihre freundliche Art. Leute kennenzulernen und Freunde zu finden, fiel mir damals nicht leicht. Wir waren also völlig verschieden, und ich hätte nie gedacht, dass sie einmal meine beste Freundin werden würde. Sie zeigte mir, dass man eine beste Freundin finden kann, wenn man es am wenigsten erwartet. Und erst vor Kurzem habe ich von ihr gelernt, dass ich das, was ich habe, nicht als selbstverständlich betrachten darf.

Der schwere Teil kam erst noch, deshalb hielt ich kurz inne und atmete langsam ein, bevor ich weiterlas.

Vor ein paar Monaten habe ich einen Jungen kennengelernt, der nett zu mir war, obwohl er mich nicht kannte. Er war immer gut gelaunt und lustig und charmant. Ich kannte diesen Jungen nicht sehr gut, dennoch hat er wahrscheinlich mit den größten Einfluss auf mich gehabt, weil er mir zeigte, dass man das Le-

ben nicht einfach als gegeben hinnehmen darf und – wichtiger noch –, dass man einem Fremden immer ein Lächeln schenken sollte. Er war nett zu mir, als ich es am meisten brauchte, und ich hoffe, ich kann das Gleiche auch einmal für andere tun.

Den letzten wichtigen Menschen in meinem Leben, den ich vorstellen möchte, gibt es schon, seit ich denken kann. Er hat ebenfalls in dem Haus gelebt, in dem die Monster ihr Unwesen trieben. Er hat mich beschützt, wenn sie uns zu nahe kamen. Er hat mir vorgelesen, wenn ich vor Angst nicht schlafen konnte. Weil es ihn gibt und weil er so viel geopfert hat, um mich zu beschützen, kann ich jeden Morgen in meinem eigenen Bett aufwachen. Wegen ihm habe ich eine zweite Chance im Leben bekommen.

Ich hielt inne, holte noch einmal tief Luft und schaute kurz auf. Ich dachte, die meisten Schüler würden schlafen. Ein paar schliefen auch tatsächlich, aber nur ganz wenige. Der Rest der Klasse starrte mich an und ihre Gesichter verschwammen vor meinen Augen. Ich sah Paige. Staunen lag in ihrem hübschen Gesicht. Ich sah Rider und er … Den Mund leicht geöffnet, saß er steif auf seinem Stuhl und ließ die Arme schlaff an den Seiten herunterhängen.

Ich zwang mich, fortzufahren.

Aber er ist vor allem deshalb so ein wichtiger Mensch für mich, weil er mir bewiesen hat, dass man es riskieren sollte, denen zu helfen, die Hilfe brauchen, auch wenn sie denken, dass sie das nicht wollen. Ihm verdanke ich, wie ich heute bin, weil er der Erste war, der erkannt hat, dass auch ich eine Stimme habe, die es wert ist, gehört zu werden.

Manche haben einen Menschen, der sie mehr beeinflusst hat als irgendjemand sonst. Doch beim Schreiben dieser Rede habe ich gemerkt, wie froh ich bin, dass ich so viele Menschen habe. Ich habe gelernt, dass es oft eine ganze Reihe Menschen und Ereignisse sind, die einen formen. Ich habe gelernt, dass selbst Monster noch einen positiven Einfluss haben können. Ich habe gelernt, dass es Menschen gibt, die ihr Herz und ihr Haus öffnen und keine Gegenleistung dafür erwarten. Ich habe gelernt, dass auch Fremde tolerant und freundlich sein können. Ich habe gelernt, dass diejenigen, die immer anderen helfen, sich selbst als Letztem helfen. Und durch das alles habe ich gelernt, dass ich etwas schaffen kann, was ich selbst für unmöglich gehalten hätte – heute hier vor euch zu stehen.

In der Klasse war es ganz still, und ich war mir nicht sicher, ob das ein gutes Zeichen war.

Mr Santos räusperte sich. »Danke, Mallory.«

Blicke folgten mir auf dem Weg zurück zu meinem Platz. Keira sah aus, als würde sie gleich weinen, und gleichzeitig strahlte sie mich an. Selbst Paige sah zu mir.

Ich schaute zu Rider.

Auf seinem Gesicht lag der gleiche Ausdruck wie schon während meiner Rede. Er wusste, was außer Paige niemand wusste – dass ich von ihm gesprochen hatte. Er saß da, als hätte ihn der Schlag getroffen.

Und ich … ich hätte zur Decke schweben können.

Ich hatte es geschafft.

Ich presste die Lippen aufeinander, um nicht dämlich zu grinsen, und ließ den Blick über die Klasse schweifen. Ich hatte es geschafft. Verdammte Scheiße, ich hatte mich tatsächlich vor die

Klasse gestellt und eine Rede gehalten. Ich war über ein paar Wörter gestolpert, und immer wieder hatte es peinliche Pausen gegeben, aber ich hatte es geschafft. Am liebsten hätte ich getanzt und laut gesungen. Ich musste mich sehr zusammenreißen, um während Laura Kayes Rede nicht johlend durch das Klassenzimmer zu hüpfen.

Mr Santos rief mich zu sich, nachdem die Glocke geläutet hatte. Ich warf einen kurzen Blick auf Rider, bevor ich meine Sachen einsammelte und zum Lehrerpult ging.

Lächelnd legte mir Mr Santos die Hand auf die Schulter. »Das hast du sehr gut gemacht, Mallory.«

Mein Herz klopfte. »Ja ... das finde ich auch.«

Er nickte freundlich. »Ich wollte dir nur sagen, dass ich weiß, wie schwer das für dich war, vor allem bei einem so persönlichen Thema. Ich bin stolz auf dich.«

Ich schluckte. »Danke.«

»Und von jetzt an erwarte ich, dass du alle deine Reden vor der Klasse hältst«, sagte er. »Meinst du, du schaffst das?«

Ob ich das schaffte? Ich wusste es nicht, aber ich würde es versuchen. Ich nickte.

»Gut.« Er klopfte mir auf die Schulter. »Einen schönen Tag noch.«

Ich murmelte eine höfliche Erwiderung und drehte mich um. Rider war weg. Trotz allem, was zwischen uns gewesen war, überraschte mich das. Und zwar sehr. Ich hatte gedacht, er würde bleiben und mir gratulieren, weil er von allen Leuten am besten wusste, was für eine ungeheure Leistung das war. Aber er war nirgends zu sehen.

Ich verließ das Klassenzimmer und ermahnte mich, mir von seinem Verschwinden dieses Erfolgserlebnis nicht verderben zu lassen. Es war schade, dass er nicht da war, aber ... was ich heute geschafft hatte, war wichtiger, und ich wusste auch schon genau, wie ich es feiern würde.

Als ich von der Schule nach Hause kam, ging ich gleich in mein Zimmer und warf meine Tasche in die Ecke. Ich zog die Schublade auf und holte meine Werkzeuge heraus, dann trug ich den halb fertigen Schmetterling zur Fensterbank. Dort setzte ich mich hin und vollendete die Figur.

Schließlich war er fertig, mit zarten Flügeln, die sich zu beiden Seiten des kleinen Körpers spannten. Ich hatte sogar ein kleines Lächeln unter die eingekerbten Augen geritzt.

Ich stellte ihn zurück auf den Schreibtisch, direkt unter Riders Zeichnung von mir, und nahm mein Geschichtsbuch. Ich musste noch für eine Arbeit lernen.

— —

»Mallory«, rief Carl. »Kannst du mal runterkommen?«

Ich schob die Karteikarte in das Geschichtsbuch und rutschte vom Bett. Meine Füße in den Socken landeten auf dem Boden. Ich wunderte mich über die Aufforderung, weil es noch viel zu früh war für das Abendessen.

Eilig lief ich die Treppe hinunter und strich mir eine lose Haarsträhne hinters Ohr. Carl stand an der Tür zum Wohnzimmer, Rosa war neben ihm. Mein Blick fiel auf das kleine rechteckige Päckchen in braunem Papier, das er in den Händen hatte.

Meine Schritte wurden langsamer. »Was ist das?«

»Das ist für dich.« Carl hielt es mir entgegen.

Ich nahm es und betrachtete es neugierig. »Äh, und wofür?«

Rosa lehnte sich an Carl. »Es ist nicht von uns, Liebes.«

»Oh.« Ich drehte das Päckchen in den Händen. Es war nicht

sehr schwer, trug keine Aufschrift, und das braune Packpapier erinnerte an eine Einkaufstüte. »Von wem ist das?«

»Warum machst du es nicht einfach auf?«, riet Carl.

Ah ja. Gute Idee. Ich bohrte den Finger unter die Kante und schälte den Klebestreifen ab. Das Papier ging sofort auf, und als ich sah, was sich darunter verbarg, schlug mir das Herz bis zum Hals. Es war *Der Samthase*.

Aber es war nicht das alte Buch, aus dem Rider mir früher immer vorgelesen hatte, sondern eine glänzende neue Ausgabe. Ein Buch mit einem festen blauen Einband, wo der Hase auf einem kleinen Wiesenhügel stand.

Das braune Papier glitt mir aus den Fingern und schwebte lautlos zu Boden. Zwischen den Seiten schaute ein Papier hervor. Mit zitternden Händen schlug ich das Buch auf. Es war nur ein herausgerissener Fetzen aus einem Schreibblock, aber auf der markierten Seite waren einige Zeilen mit blauer Farbe hervorgehoben worden.

„Was ist echt?", fragte der Samthase eines Tages das Plüschpferd. „Bedeutet das, man hat so was in sich drin, was brummt, und einen Griff, der heraussteht?"

„Echt sein hat nichts damit zu tun, wie man gemacht ist", sagte das Plüschpferd. „Es kommt von ganz allein. Wenn ein Kind dich sehr lange liebhat – wenn es nicht nur mit dir spielt, sondern dich richtig liebhat – dann wirst du echt."

„Tut das weh?", fragte der Hase.

„Manchmal", sagte das Plüschpferd, denn es hielt nichts davon, die Wahrheit zu verschweigen. „Aber wenn man echt ist, macht es einem nichts aus."

„Passiert das alles auf einmal, so als ob man aufgezogen wird?", fragte der Samthase.

„Es kommt nicht plötzlich über dich", erklärte das Plüschpferd. „Es entwickelt sich langsam und es dauert sehr lange. Deshalb passiert es den Spielsachen, die leicht kaputtgehen oder die scharfe Kanten haben oder auf die man gut achtgeben muss, auch nur ganz selten. Normalerweise ist das Fell abgeliebt worden, die Augen sind herausgefallen, und die Gelenke sind lose, und man sieht ziemlich schäbig aus. Aber das ist ganz egal, denn sobald du echt bist, kannst du nicht mehr hässlich sein, außer für die Leute, die das nicht verstehen. Und sobald du echt bist, kannst du nie wieder unecht werden. Es ist für immer."

Von der letzten Zeile hatte Rider eine Linie bis zum Rand gezogen und dort hingeschrieben: Es bleibt für immer.

»Oh mein Gott«, flüsterte ich heiser. Ich schloss die Augen und drückte das Buch an die Brust. Diese blau markierten Zeilen sagten alles. Sie fassten perfekt zusammen, wie ich mich fühlte, wie ich mich verändert hatte. Und nichts davon war auf einmal gekommen, aber als es dann geschehen war, ließ es sich nicht mehr rückgängig machen. Und es war geschehen, weil ich geliebt wurde. Von Carl und Rosa, von Ainsley und auch von Rider, aber – und das war am wichtigsten – von mir selbst.

Carl räusperte sich. »Ich denke, du solltest die Tür aufmachen.«

Ich schlug die Augen auf, mein Blick schwenkte zu ihnen. »Was?«

Leise lächelnd deutete Rosa zur Tür. »Mach schon, Liebes.«

Einen Moment lang stand ich ganz still da, dann fuhr ich herum, rannte zur Tür und riss sie auf.

Das Herz blieb mir stehen.

Rider war auf der Vortreppe und drehte sich langsam zu mir um. Er trug noch dieselben Sachen wie vorhin in der Schule, die Hände hatte er in die Hosentaschen geschoben. Ausnahmsweise hatte er einen Pulli übergezogen, marineblau, und aus dicker Wolle.

Sein Blick wanderte über mein Gesicht und dann zu dem Buch, das ich immer noch an mich drückte. »Ich bin echt.«

Diese drei Worte: *Ich bin echt.* Niemand würde sie verstehen, aber für mich bedeuteten sie alles. Mit Tränen in den Augen trat ich zur Seite und hielt ihm die Tür auf.

Erleichterung lag auf seinem Gesicht und er kam herein. Ich schloss die Tür, unfähig etwas zu sagen, aber nicht aus dem üblichen Grund.

»Die Tür oben bleibt offen«, befahl Carl noch, dann drehte er sich auf dem Absatz um und verschwand in der Küche.

Rosa lächelte uns an.

Abwartend sah Rider zu mir. Als ich nickte, folgte er mir die Treppe hoch in mein Zimmer. Dort ließ ich tatsächlich die Tür offen. Einen winzigen Spaltbreit zumindest.

Rider ging zur Fensterbank und setzte sich darauf. Ich ging zum Bett und hockte mich auf die Ecke. Sein erschöpfter Blick folgte mir und seine Mundwinkel waren zu einem müden Lächeln verzogen. »Ich weiß nicht, wo ich anfangen soll«, sagte er.

»Einfach irgendwo«, flüsterte ich und presste das Buch an mich. Hoffnung und Argwohn kämpften in mir.

Er senkte den Kopf. »Am besten fange ich mit deiner Rede an. Die war ... Sie war wunderschön. Die Worte und wie du das gesagt hast – einfach alles. Aber am schönsten war, dass du dich überhaupt da vorne hingestellt und vor allen gesprochen hast. Und das ist mein Ernst, Mallory.«

»Danke«, flüsterte ich.

»Ich … ich wollte schon vor der Stunde mit dir reden, aber ich bin froh, dass ich zuerst deine Rede gehört habe. Ich wusste zwar schon vorher, dass du recht hast, aber dann habe ich es noch klarer erkannt.«

Ich atmete tief durch.

»Du hattest recht mit dem, was du über mich gesagt hast, darüber, wie ich mich und andere sehe. Das stimmt total. Ich gebe anderen Leuten gar nicht erst die Chance, mich aufzugeben, und mach es lieber gleich selbst. So habe ich das vorher nie gesehen, aber du hast total recht damit.« Er ließ die Unterarme auf die Knie sinken. »Es ist schon seltsam. Weißt du noch, was du bei der Beerdigung gesagt hast über Jayden und dass das echt war? Ich … mein Gott, ich kann so was wirklich nur dir sagen, weil du das verstehst, aber ich habe mich nicht echt gefühlt. Und manchmal tue ich das bis heute nicht.«

»Das verstehe ich.« Ich drückte das Buch noch fester an mich. »Das verstehe ich sehr gut.«

Er hob die Augen und sein Blick bohrte sich in meinen. »Ich weiß. Wir waren beide so wie dieser blöde Hase.« Er lachte rau. »Am Samstag saß ich da auf dieser Beerdigung und ich … ich hab über alles nachgedacht. Ich habe daran gedacht, wie verdammt ungerecht es ist, dass Jayden in diesem beschissenen Sarg liegt, und da hab ich es kapiert. Ich habe die ganze Zeit so gelebt, als hätte ich nichts. Keine Familie, keine Möglichkeiten. Niemand, den es scherte, ob es mich gibt oder nicht. Und da lag Jayden und neben mir saßen sein Bruder und seine Großmutter und ich ...« Seine Stimme brach und meine Brust zog sich zusammen. »Jayden hatte eine Familie. Er hatte Möglichkeiten. Es gab jede Menge Leute, denen er wichtig war, und trotzdem hat er am Ende tot auf diesem verdammten Parkplatz gelegen.«

Rider fuhr sich durch die Haare. »Und ich bin noch da. Ich hatte so ein verdammtes Glück, weil ich nie besonders vorsichtig gewesen bin. Henry hätte mich ohne Weiteres auch irgendwann totschlagen können.«

Ich atmete scharf ein. Da hatte er völlig recht. Ich hatte so oft gedacht, Mr Henry würde ihn totprügeln.

»Wenn Henrys Freunde mich ... holen wollten, habe ich immer gedacht, ich hätte was getan. Dass es irgendwie meine Schuld war ...«

»Was? Das war doch nicht deine Schuld, Rider. Nichts war deine Schuld.«

»Ich weiß, aber manchmal ist mein Kopf ... Es ist alles durcheinander da drin.« Er hielt inne. »Und im Heim war mir dann alles egal. Ich hab mich ständig mit älteren und größeren Jungs angelegt. Ich bin immer wieder zusammengeschlagen worden, aber das war mir schnuppe. Und als Mrs Luna dann kam, war es schon zu spät. Sie hat sich wirklich bemüht, sie bemüht sich immer noch, und trotzdem habe ich so viele blöde Sachen gemacht, die mich das Leben hätten kosten können.«

Ich fand es furchtbar, das zu hören. Es jagte mir eine Riesenangst ein.

»Jayden hat ein oder zwei dumme Fehler gemacht, und er ist tot, aber ich bin immer noch da.« Er ließ den Kopf in den Nacken fallen und seufzte. »Man hat mir so viele Möglichkeiten geboten und ich habe sie alle ausgelassen. Und jetzt frage ich mich, ob es nicht vielleicht zu spät ist.«

»Es ist nicht zu spät«, flüsterte ich aus tiefster Überzeugung.

Er schluckte. »Nach dem Begräbnis bin ich nach Hause und hab das Buch in die Hand genommen. Ich ... ich hab angefangen, darin zu lesen. Keine Ahnung, warum, aber dann bin ich zu dem Teil gekommen, und ich ... oh Gott, da hab ich es begriffen. Wie wahr es ist, was dieses bescheuerte Plüschpferd sagt. Echt sein kann wehtun. Geliebt werden kann wehtun. Aber ... darum geht es nun mal im Leben, anders wäre es gar nicht möglich.«

Ich legte das Buch in den Schoß und fuhr mit der Hand über die harte glatte Oberfläche. Die Worte des Plüschpferds gingen mir durch den Kopf. Man konnte sie auf so unterschiedliche Weise interpretieren. Für mich handelten sie davon, dass man die Angst ablegen solle, nicht perfekt zu sein. Und akzeptieren, dass es okay war, erwünscht zu sein und gebraucht und geliebt zu werden, gehört und gesehen.

Rider und ich hatten große Ähnlichkeit mit dem kleinen Jungen und dem Hasen, der echt sein wollte. Wir beide hatten so viele Jahre nur uns gehabt. Wir waren weggegeben worden, niemand wollte uns. Und wir sehnten uns so danach, anerkannt und geliebt zu werden. Wir wollten uns *echt* fühlen. Und wir fürchteten uns beide vor dem Gegenteil. Für manche war das Gegenteil der Tod, aber für mich – für uns – war das Gegenteil, festzustecken. Sich nie zu ändern. Uns oder die anderen nie anders sehen zu können.

»Und mir ist nicht alles egal«, sagte er mit schroffer Stimme. »Ich will nicht für immer so bleiben.«

Mein Blick wanderte zu ihm hinauf.

»Ich habe mich von dir getrennt, weil ich dachte, es wäre besser so. Weil ich dachte, dann könntest du irgendwann jemand finden, der seinen Scheiß geregelt kriegt, der eine Zukunft hat und der nicht in der Vergangenheit feststeckt. In meinem Kopf war – ist – einiges ziemlich durcheinander. Und ich versuche, das zu ändern. Ich versuche es wirklich.«

Ich bewegte mich nicht.

»Ich weiß, dass du mir vielleicht nie verzeihen wirst, weil ich dir wehgetan habe. Das kann ich verstehen. Und ich kann auch verstehen, wenn du lieber nichts mehr mit mir zu tun haben willst, solange ich noch versuche, mich zu bessern, besser zu werden, aber ich ... ich will ein Mensch werden, wie du ihn verdient hast.«

Oh Gott ...

»Ich will jemand sein mit einer Zukunft, der seinen Kram auf die Reihe kriegt und der Hoffnung hat«, gestand er und rutschte an die Kante der Fensterbank. Sein Blick begegnete meinem, und in seinen wunderschönen Augen lag ein Leuchten, das mir das Herz zerriss. »Ich will ein Mensch sein, der deine Liebe verdient hat, und ich schwöre, wenn du mich zurücknimmst, werde ich alles tun, was in meiner Macht steht, um so ein Mensch zu werden. Ich werde nie aufhören, es zu versuchen. Niemals.«

Oh mein Gott ...

»Und ich will, dass du weißt, dass ich verstanden habe, was du in deiner Rede gesagt hast«, sprach er mit heiserer Stimme weiter. »Damals habe ich vielleicht dich gerettet, aber jetzt hast du mich gerettet.«

Mein Herz stockte und fing dann an zu rasen. Ohne nachzudenken warf ich das Buch beiseite und lief zu Rider, der sich von der Fensterbank erhob. Wir stießen zusammen, ich schlang die Arme um ihn, und dann fielen wir zu Boden, ich halb auf seinem Schoß, seine Arme schlossen sich um meine Hüften, sein Gesicht war in meinem Nacken vergraben. Ein Beben lief durch seinen Körper, dann lag er zitternd in meinen Armen, und ich hielt ihn fest, während seine jahrelange Beherrschung auf einmal zusammenbrach. Die ganze Zeit hielt ich ihn fest.

Und dann war ich die, die Rider wieder aufrichtete.

EPILOG

Die Fernbedienung lag verlockend nah auf dem Polsterhocker neben dem Tablett mit den zwei Gläsern und einer Schüssel mit Salzbrezeln, die noch fast unangetastet waren. Ich müsste mich nur aufsetzen und die Hand ausstrecken, dann könnte ich sie mir holen und müsste das Basketballspiel nicht länger anschauen.

Doch mich aufsetzen und die Hand ausstrecken war im Moment nicht möglich.

Riders Arm lag schwer auf meiner Taille, und wenn ich mich zu heftig bewegte, würde er aufwachen, und nach den anstrengenden Tagen, die er hinter sich hatte, wollte ich das nicht. In den letzten zwei Wochen waren die Ringe unter seinen Augen immer dunkler geworden und ich machte mir Sorgen.

Er hatte viele Stunden in der Werkstatt gearbeitet, um einen Sonderauftrag bis Donnerstag fertig zu bekommen. Gestern nach der Schule hatte ich mir das Auto angesehen und das Bild darauf war wie alle Entwürfe von Rider einfach toll. Umwerfend. Ich hatte immer noch keine Ahnung, wie er es schaffte, mit einer Lackierpistole auf jede Oberfläche die erstaunlichsten und filigransten Muster zu zaubern.

Die Speziallackierung war für einen Wagen gewesen, mit dem der Besitzer bei Autorennen antreten wollte. Auf die Motorhaube hatte Rider einen Drachen gemalt mit wunderschönen, detailgetreuen grünen und roten Schuppen. Aus dem offenen Maul schossen rötliche Flammen hervor, die sich über die vorderen Kotflügel zogen.

Ich hatte mit einer Kamera ein Foto davon gemacht für Riders immer umfangreichere Arbeitsmappe. Wie zuvor schon hatte er ganz verlegen darauf reagiert, als wüsste er immer noch nicht, wie er mit seiner Begabung umgehen sollte.

Ich konnte nicht begreifen, wieso es ihm so schwerfiel, sein Talent anzuerkennen, aber es wurde langsam besser. Es war wie bei mir ein Prozess, der noch lange nicht abgeschlossen war.

Vor ein paar Wochen hatte Rider mir erzählt, dass er manchmal die Mappe in die Hand nahm, die wir zusammengestellt hatten, und sich die Bilder von seinen Werken anschaute. Bei diesem Geständnis war er knallrot geworden. Ich fand diese Reaktion zum Anbeißen süß. Ab und zu blätterten wir sie gemeinsam durch und auch da wurde er immer rot.

Aber dieser Spezialauftrag war nicht allein schuld, dass Rider eingeschlafen war, sobald er auf dem Sofa lag.

Am Vormittag hatte er einen wichtigen Termin hinter sich gebracht.

In den letzten Wochen hatte er jede freie Minute dazu genutzt, für den Collegetest zu lernen, den er an diesem Morgen schließlich absolviert hatte. Ein Lächeln huschte über mein Gesicht. Noch vor Kurzem hätte er es rundweg abgelehnt, dafür zu lernen. Vermutlich war das gesamte Kollegium bass erstaunt, dass er den Test gemacht hatte. Außer Mr Santos natürlich.

Ein Tor wurde erzielt und die Menge im Fernsehen jubelte. Oder war es ein Punkt? Oder ein Korb? Ich hatte echt keine Ahnung. Warum hatte ich bloß keine telekinetischen Fähigkeiten?

Wenn ich mit den Gedanken Gegenstände bewegen könnte, wäre das echt praktisch.

Mein Blick wanderte zu Riders Hand, die auf meinem Bauch lag. Ich liebte dieses kribbelnde Gefühl. Das leichte Flattern, das ich empfand, wenn wir uns berührten, würde sicher nicht so schnell verschwinden. Ich war sogar überzeugt, dass es nie ganz weggehen würde.

An seinem Mittelfinger waren lauter blaue Farbspritzer. Anscheinend bekam er seine Hände nie ganz sauber.

Ich legte den Kopf zurück und schaute nach rechts. Das Flattern in meiner Brust fühlte sich jetzt so an, als würden tausend Schmetterlinge mit den Flügeln schlagen, als mein Blick über Riders hübsche Gesichtszüge glitt. Auch wenn ich mir insgeheim ein bisschen vorkam wie ein Spanner, betrachtete ich ihn eingehend. Seine Haare waren dunkelbraun wie Kaffee und eine Strähne fiel ihm in die Stirn. Lange Wimpern, die viel dunkler waren als die Haare, lagen wie Fächer über seinen Wangen. Die vollen Lippen waren leicht geöffnet.

Mittlerweile kam es mir fast merkwürdig vor, dass es einmal eine vier Jahre lange Zeitspanne in meinem Leben gegeben hatte, in der ich ernsthaft geglaubt hatte, ich würde Rider nie wiedersehen. Wo die Vorstellung, dass ich so in seinen Armen liegen könnte, eine Fantasie war, die ich mir nie gestattet hätte. Und jetzt war es Wirklichkeit geworden.

Das Leben war schon seltsam.

»Wenn du ein Foto machst, hast du länger was davon«, murmelte er.

Mein Gesicht wurde heiß. »Was?«

Die Wimpern hoben sich langsam und enthüllten zwei braungrüne Augen. »Ein Foto hält länger. Dann hast du auch was, mit dem du abends kuscheln kannst, wenn ich nicht da bin. Du kannst es ganz fest an dich drücken.«

Ich verdrehte die Augen und grinste. »Ja klar.«

»Na also.« Er hob den Arm und reckte sich gähnend. »Wann kommen Carl und Rosa zurück?«

Ich schaute auf die hellgraue Wanduhr. »So in einer Stunde.«

»Gut, dass ich wach bin und dich nicht vollsabbere, wenn sie zur Tür reinkommen.«

»Ja«, sagte ich ernst. »Das ist echt gut.«

Rider grinste, aber es war tatsächlich so, dass weder Rosa noch Carl besonders erfreut wären, wenn sie uns aneinandergeschmiegt auf dem Sofa vorfinden würden. Sie gingen sicher nicht davon aus, dass Rider und ich uns, nun ja, nicht ... näherkamen, aber sie mussten sich immer noch an unsere Beziehung gewöhnen. Auch das war ein längerer Prozess und sie machten ihre Sache schon ganz gut. Sie bemühten sich immerhin, und das war erheblich besser als ihre Furcht vor dem, was Rider anfangs für sie verkörpert hatte.

Natürlich war es hilfreich, dass Rider sich ernsthafte Gedanken über seine Zukunft machte. Und dass er für den Collegetest lernte, hatte ihm bei Carl mit seinen hohen Ansprüchen einen dicken Pluspunkt eingebracht. Carl hatte zwar immer noch gewisse Vorbehalte, aber ich spürte bereits, dass er anfing, Rider zu respektieren. Allmählich sah er nicht mehr nur einen Jungen ohne Zukunft in ihm, der mich wie ein gut aussehender Rattenfänger auf den falschen Weg führte. Trotzdem wäre es nicht unbedingt günstig, wenn sie uns eng umschlungen vorfinden würden. Deshalb machte ich nun Anstalten, mich aufzusetzen.

Riders Arm schlang sich fester um mich und er rollte sich auf mich. Ich stemmte die Hände gegen seine Schultern, und mein

Herz machte einen Satz, als ich sein liebevolles Grinsen sah. »Wo willst du hin?«, fragte er.

»Aufstehen.« Ich packte ihn am T-Shirt. »Carl wird ... dich rauswerfen ... wenn er uns so sieht. Und was Rosa tun wird, willst du lieber gar nicht erst wissen.«

»Das stimmt.« Er senkte den Kopf und fuhr mit seiner Nase über meine. »Rosa jagt mir immer noch eine Heidenangst ein.«

Ich kicherte.

»Du findest das vielleicht komisch, aber es stimmt.« Er senkte den Kopf und küsste mich auf die Wange. »Sie weiß bestimmt genau, wie man mit möglichst geringem Aufwand möglichst viel Schaden anrichtet. Sie ist Ärztin. Mit so was kennt sie sich aus.«

Ich lachte wieder und versuchte, mir vorzustellen, wie Rosa jemanden k. o. schlug. Doch es gelang mir nicht. Ich tätschelte ihm die Schulter. »Dir wird schon nichts passieren.«

»Du musst mich vielleicht beschützen.« Er küsste mich auf die andere Wange.

Meine Mundwinkel wanderten nach oben. »Kann ... ich machen.«

Seine Lippen strichen über meine Schläfe. »Tut mir leid, dass ich gleich eingeschlafen bin. Wir sehen uns in letzter Zeit so wenig, und wenn ich dann mal nicht lernen oder in der Werkstatt stehen muss, schlafe ich auf dir ein.«

Ich fand es irgendwie schön, wenn er in meinen Armen einschlief. »Das macht doch nichts. Du hattest ... viel um die Ohren. Wie ist es denn gelaufen?«

Rider hob den Kopf. »Ganz gut, denke ich. Nur ein paar Fragen waren ein bisschen schwierig.«

Ich lächelte erfreut. »Bist du glücklich?«

»Ich denke schon. Ich meine ...« Er brach ab und runzelte die

Stirn. »Es muss sich schon noch einiges klären. Ich habe noch bis Juni Zeit, um den Antrag auf ein Stipendium einzureichen, aber mit meinen Noten wird es schwer werden, so spät noch einen Platz zu bekommen. Dazu müsste ich einen extrem guten Zulassungstest hingelegt haben.«

»Aber du kannst dich ja noch für das Frühjahr bewerben. Du hast sicher eine Chance, auch wenn du … nicht gleich im Herbst einen Studienplatz bekommst«, erklärte ich. »Und ehe du dich versiehst, hängst du mit mir auf dem Campus ab und studierst Malerei.«

»Du hast recht.« Ein freches kleines Grinsen erschien auf seinem Gesicht. »Ich finde, das müssen wir feiern.« Er hielt inne und sah mich vielsagend an. »Wir haben noch fünfzig Minuten, aber ich brauche nur fünf.«

»He!«, lachte ich und stieß ihn gegen die Schulter. »Du bist schrecklich.«

»Ich bin nicht schrecklich.« Seine Augen begegneten meinen, und sofort kehrte das Flattern zurück, tiefer diesmal und sehr verwirrend. »Ich bin verliebt.«

Oh mein Gott. Mein Herz schwoll an wie ein Luftballon. Es dauerte eine Weile, bis ich antworten konnte. Ich flüsterte: »Ich liebe dich auch.«

»Ich weiß.« Riders Mund senkte sich auf meinen und der Kuss vertrieb sämtliche Gedanken. Ich war immer noch erstaunt darüber, welche Macht so ein Kuss haben konnte. Sobald ich seine Zunge spürte, vergaß ich alles um mich herum.

Viel zu früh hörte der Kuss wieder auf. Rider schob sich von mir herunter und setzte sich auf. Er zog meine Beine auf seinen Schoß und ich lag ganz entspannt da und sah zu ihm auf. Ein albernes Lächeln lag auf meinem Gesicht, aber das war mir egal.

Ich dachte daran, wie wir die verbleibenden fünfzig Minuten noch nutzen könnten.

»Wie läuft's bei Dr. Taft?«, fragte er und setzte sich bequemer hin. »Ich konnte dich gestern gar nicht fragen.«

Was? Ich verzog das Gesicht. Da lag ich nun und dachte an Küssen und andere schöne Dinge und er fragte nach meinem Therapeuten?

Rider schnippte mir liebevoll gegen das Bein und lachte. »Hey, ich rede mit dir.«

Ich verengte die Augen und sah ihn an, doch es fiel mir schwer, mich zu konzentrieren, wenn sich mein Körper so anfühlte, als würde er in der glühenden Sonne liegen. »Es war... gut. Wir haben darüber gesprochen, wie es mir so geht und wie ich mit... Stress umgehe.«

Ich ging inzwischen wieder alle zwei Wochen zu Dr. Taft. Hauptsächlich deshalb, weil ich jemanden brauchte, der nicht zu meinem alltäglichen Umfeld gehörte, um ... zu reden. Ich musste immer noch an mir arbeiten. Zuerst hatte ich das sehr deprimierend gefunden, weil ich schon zwei Jahre nicht mehr bei ihm gewesen war. Es kam mir vor, als hätte ich einen Rückfall in die Vergangenheit gehabt, anstatt weiter Fortschritte zu machen, aber Taft bläute mir etwas ein, was furchtbar wichtig war. Etwas, was ich schon gewusst hatte, was ich aber erst richtig verstehen musste.

Die Vergangenheit würde niemals verschwinden, sie blieb ein Teil von mir.

Sie würde immer da sein und ich durfte sie nicht einfach verdrängen. Dr. Taft erklärte mir immer wieder, dass der Versuch, die Vergangenheit auszulöschen, nur dazu führte, dass man in der Zukunft in eine Krise geriet, und er hatte recht. Meine Ver-

gangenheit konnte nicht mit einem Skalpell aus mir heraus-
geschnitten werden. Und sie ließ sich auch nicht aus Rider ent-
fernten. Was mit Jayden passiert war, konnte nicht vergessen
werden.

Meine Vergangenheit war ein Teil von mir, und sie formte die,
die ich heute war, aber sie bestimmte nicht, was für ein Mensch
ich wurde. Sie kontrollierte mich nicht.

Rider beugte sich vor und drückte meine Hand. Seine Finger
schoben sich zwischen meine. »Ich will dich nicht verlieren.«

Etwas Schweres legte sich auf meine Brust und ich erwiderte
den Druck seiner Hand. Jaydens Tod hatte Rider verletzlich gemacht. Das passierte, wenn man auf einmal mit der eigenen
Sterblichkeit konfrontiert war.

»Das wirst du auch nicht.«

»Gut.« Lächelnd zog Rider mich hoch in den Sitz. Er legte die
Hand um mein Gesicht und küsste mich noch einmal süß und
sanft. Dann löste er sich gerade so weit von mir, dass sein warmer
Atem über meine Lippen strich. »Ich glaube, ich will dich noch
einmal küssen.«

»Das ist voll in Ordnung«, versicherte ich ihm lächelnd.

In Wahrheit fand ich … mich selbst in Ordnung. Ich war noch
nicht hundertprozentig wiederhergestellt, aber das war okay so,
weil auch meine Entwicklung ein Prozess war. Es gab Augen-
blicke, wo mir alles zu viel war, wie neulich, als ich mich vor die
Klasse stellen und wieder eine Rede halten musste. Solche Situationen gab es immer wieder, vor allem wenn ich daran dachte,
dass ich in knapp einem Jahr schon auf dem College sein würde.
Oder wenn ich an Jayden dachte. Der Tod war etwas Schreckliches und Beängstigendes. Und wenn ich daran dachte, was
Ainsley in Zukunft noch bevorstand, könnte ich echt ausflippen.

Ich musste immer noch viel an mir arbeiten. Das war meine Aufgabe, und *meine* Stimme musste gehört werden, wenn ich das Bedürfnis hatte zu sprechen. Ich musste mich selbst über die Ziellinie tragen, und wenn ich zwischendurch einmal die Lust verlor, es immer wieder von Neuem zu versuchen, musste ich mich nur daran erinnern, dass dieses Gefühl nicht für immer anhalten würde.

Für immer...

Früher dachte ich, das gebe es nicht. Als Kind hatten diese zwei Worte mich in Angst und Schrecken versetzt und mich verfolgt. Doch jetzt wusste ich aus vielen kleinen Erfahrungen, dass Angst zwar etwas Reales war, aber es machte mir keine Angst mehr. Das kleine Mädchen, das sich im Schrank versteckte, saß dort nicht *für immer*. Der Schatten, der hinten im Klassenzimmer saß, saß da nicht *für immer*. Und ich musste nicht *für immer* das tun, was Carl und Rosa von mir erwarteten, anstatt dem Weg zu folgen, den ich einschlagen wollte. Und es hieß nicht, dass ich *für immer* glauben musste, ich sei eine Art Ersatztochter, die sie enttäuschte.

Es hieß nicht, dass ich *für immer* diejenige war, die beschützt werden musste.

Für immer war nicht Schmerz und Leid.

Für immer war kein Problem.

Für immer war mein Herzschlag und die Hoffnung auf morgen. *Für immer* war die glänzende silberne Umrahmung einer dunklen Wolke, auch wenn die noch so schwer und dick war. *Für immer* hieß zu wissen, dass sich Momente der Schwäche nicht zu einer Ewigkeit auftürmten. *Für immer* hieß zu spüren, wie stark ich war. *Für immer* waren Carl und Rosa, Ainsley und Keira, Hector und Rider. Auch Jayden würde *für immer* ein Teil davon sein. *Für immer* war der Feuer speiende Drache in mir, der die Angst von sich abstreifte wie eine Schlange ihre Haut. *Für immer* war einfach nur das Versprechen auf mehr.

Für immer war ein Prozess.

Und ich konnte nicht für immer warten.

Danksagung

Einen Roman zu schreiben, der von Kindesmisshandlung und den langfristigen Folgen handelt, bedeutete für mich, in eine Welt vorzudringen, die für viele Menschen nur sehr schwer auszuhalten ist. Eine Welt, in der viele glauben wollen, dass das, was Mallory und Rider erlebt haben, reine Fantasie ist. Es war nicht einfach, die gute Arbeit darzustellen, die unsere Jugendämter zum Schutz von Kindern leisten, und gleichzeitig erkennen zu müssen, dass dennoch hin und wieder Jungen und Mädchen durch die Maschen dieses unterfinanzierten, überbeanspruchten und unterbesetzten Netzes fallen.

Manche Leute haben mich gefragt, warum das Buch gerade in Baltimore spielt. Ich versuche fast immer, meine Bücher in einer Gegend spielen zu lassen, die mir vertraut ist, und weil ich in der Nähe von Baltimore aufgewachsen bin, war ich immer viel dort unterwegs. Doch ich finde, dass die Stadt mehr als nur den Hintergrund der Geschichte bildet. In gewisser Weise ist die Stadt selbst eine Figur, voller Hoffnung und Schönheit, wie Rider, Mallory, Jayden, Ainsley, Hector, Keira und die anderen Figuren des Romans, obwohl Baltimore leider zu den vernachlässigten Regionen unseres Landes zählt.

Es ist mir nicht leicht gefallen, *Morgen lieb ich dich für immer* zu schreiben. Ich hatte noch nie über eine Figur wie Mallory geschrieben, aber am Ende des Buches ist mir dann klar geworden, dass in jedem von uns ein bisschen etwas von ihrer »Maus« steckt. Deshalb gibt es einige Leute, denen ich danken möchte, weil sie an die Geschichte geglaubt und das Buch mit auf den Weg gebracht haben.

Vielen Dank an meine Agentin Kevan Lyon, weil sie eine unglaublich tolle Agentin war und ist und das Projekt immer unterstützt hat.

Ohne Margo Lippschultz und das gesamte Team bei Harlequin Teen wäre das Buch nie entstanden. Danke auch an Mallory Dodge und Rosa, die mir ihre Namen zur Verfügung gestellt haben.

Ein paar Menschen spielten eine besondere Rolle bei der Entstehung des Romans. Dank gebührt Ashlynn King, die einen sehr, sehr frühen Teil davon gelesen und trotzdem nicht gleich eine Blindenbrille aufgesetzt hat. Und ich danke auch ihrer Mutter Tiffany King, weil sie dieses Buch einen meiner *Horkruxe* taufte, auch wenn ich meines Wissens nichts wirklich Böses angestellt habe. (Glaube ich jedenfalls). Großer Dank gebührt auch Vilma Gonzales, die ebenfalls eine frühe Fassung gelesen und mich nicht ausgelacht hat, sondern viele Ideen beisteuerte, wie das Buch noch verbessert werden könnte. Ich darf auch Damaris Cardinali nicht vergessen, die mir bei den puerto-ricanischen Stellen half und immer geduldig blieb, auch wenn ich manchmal fast verzweifelt bin, weil man gewisse Dinge in Puerto-Ricanisch auf drei verschiedene Arten ausdrücken kann. Danke auch an Jen Fisher für die Informationen über den Hausunterricht. Außerdem gehört sie zu meinen frühen Lesern und sagt immer offen ihre Meinung dazu. Ein großes Dankeschön auch an Danielle Ellison, die mir geholfen hat, den perfekten Titel in einem knapp gefassten Twitter-Stil zu finden.

Ein besonderer Dank gebührt euch, den Lesern. Ohne euch und eure Unterstützung wäre nichts, von dem, was ich tue, möglich.

Und danke an Margery William für *Der Samthase*, ein Buch, das ich als Kind zugleich gehasst und geliebt habe. Ich glaube, wir alle wollen im Grunde unseres Herzens nur echt sein und geliebt werden.

Die Autorin

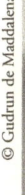

Jennifer L. Armentrout schreibt Romane für Jugendliche und Erwachsene und wurde bereits vielfach ausgezeichnet. Ihre Bücher kletterten mehrfach auf Platz 1 der New York Times-Bestsellerliste und ihr Spiegelbestseller »Obsidian« wird derzeit verfilmt. Sie lebt mit ihrem Mann und ihrem Hund Loki in West Virginia. Wenn sie nicht gerade liest oder schlechte Zombie-Filme anschaut, arbeitet sie an ihrem neuesten Roman.

Mehr zur Autorin auch auf www.jenniferarmentrout.com

Von der Autorin sind außerdem bei cbj erschienen:

Dämonentochter
Verbotener Kuss (Band 1, 38043)
Verlockende Angst (Band 2, 38044)
Verführerische Nähe (Band 3, 38050)
Verwunschene Liebe (Band 4, 38052)
Verzaubertes Schicksal (Band 5, 38058)

Und wenn es kein Morgen gibt (31166)

Die Übersetzerin

Anja Hansen-Schmidt studierte Amerikanistik, Anglistik und Politikwissenschaft in Tübingen und St. Paul, Minnesota. Sie arbeitet als freiberufliche Übersetzerin, vorwiegend im Bereich Kinder- und Jugendbuch, und wohnt mit ihrer Familie in Tübingen.

Mehr über cbj auf Instagram unter @hey_reader